SERTİFİKA NO 15033
ISBN 978 - 975 - 22 - 0318 - 1
2009 . 06 . Y . 0105 . 3932

Birinci-Otuz Altıncı Basım Ekim 2009
Otuz Yedi-Kırk Altıncı Basım Kasım 2009

Kırk Yedinci Basım
Kasım 2009

BİLGİ YAYINEVİ
Merkez: Meşrutiyet Cd., No: 46/A, Yenişehir 06420 / ANKARA
Tlf.: (0-312) 434 49 98/ 434 49 99/ 431 81 22 • Faks: (0-312) 431 77 58
Temsilcilik: İstiklâl Cd., Beyoğlu İş Mrk., No: 187,
Kat: 1/133, Beyoğlu 34433 / İSTANBUL
Tlf.: (0-212) 244 16 51 - 244 16 53 • Faks: (0-212) 244 16 49

BİLGİ KİTABEVİ
Sakarya Cd., No: 8/A, Kızılay 06420 / ANKARA
Tlf.: (0-312) 434 41 06 • Faks: (0-312) 433 19 36

BİLGİ DAĞITIM
Merkez: Gülbahar Mh., Gülbağ Cd., No: 33, A-B Blok,
Mecidiyeköy 34387/ İSTANBUL
Tlf.: (0-212) 217 63 40 - 44 • Faks: (0-212) 217 63 45
Şube: Narlıbahçe Sk., No: 17/1, Cağaloğlu 34112 / İSTANBUL
Tlf.: (0-212) 522 52 01 - 512 50 59 • Faks: (0-212) 527 41 19

www.bilgiyayinevi.com.tr • info@bilgiyayinevi.com.tr

Turgut Özakman

Cumhuriyet

Türk Mucizesi

roman

BİLGİ YAYINEVİ

kapak: murat sayın

baskı: pelin ofset
(0– 312) 418 70 93 - 94

C u m h u r i y e t

Önsöz
Birinci Bölüm:
Başlangıç
28 Eylül 1922-11 Kasım 1922
İkinci Bölüm:
Haklı Savaştan Güzel Barışa
12 Kasım 1922-29 Ekim 1923
Dipnotlar

Önsöz

'**Cumhuriyet**', Türkiye Üçlemesi'nin üçüncü kitabıdır. İki cilt olacak.

Objektif bilim adamları Milli Mücadele ile başlayıp Cumhuriyet'le süren bu dönemi **Türk Mucizesi** diye adlandırıyorlar.

Birinci ciltte Büyük Zafer'den Türkiye Cumhuriyeti'nin kuruluşuna kadarki olaylar yer alıyor. Bir yanda cumhuriyetçiler var, öte yanda bu daha iyi, daha insanca, daha onurlu düzeni istemeyenler. Ders ve ibret verici, uyarıcı bir dönem. Bu dönemi bilmeden sonraki olayları doğru değerlendirmek zor olur.

Emperyalizmi, paralı askerlerini, işbirlikçilerini yenmek, bu hayasızca akının kökünü kazımak, kurtuluşun sadece bir parçasıydı. Gerçek kurtuluş için Batı ülkeleri ile baş edebilecek kadar güçlü olmak, yoksulluğu, ilkelliği, geriliği, çağdışılığı, bilgisizliği yenmek, aklı özgür kılmak, aydınlanmayı yaşamak, bağnazlığa son vermek, hoşgörüyü yerleştirmek, kadın-erkek eşitliğini sağlamak, yüzde doksan üçü okur-yazar olmayan halkı bilgilendirmek, eğitmek, yurttaş olmalarını sağlamak, millet olmak, sanayileşmek, salgın hastalıkları kırmak gerekiyordu.

Bunlar ancak barış döneminde başarılabilirdi.

Bunun için Türkiye'yi parçalamak amacıyla çok çeşitli planlar hazırlamış, uygulamış ve sonunda yenilmiş Müttefiklerle önce ateşkes, sonra da barış masasına oturmak gerekiyordu.

Yoksul Türkiye'nin zaferi bütün mazlum ülkeleri etkilemiş, Müttefikler yani emperyalizm bundan çok rahatsız olmuştu. Barış için çok zorluk çıkardılar. Sevr'in yumuşatılmış bir örneğini kabul ettirmek için çalıştılar. Hatta İngiltere, Çanakkale olayını bahane ederek dünyayı yeniden Türkiye'ye karşı savaşa davet edecektir.

Mudanya Anlaşması ile Lozan Andlaşması görüşmeleri sırasında Müttefiklerin tutumları, davranışları, oyunları, tuzakları, üslupları unutulmaması gereken olaylardır. Lozan bu yüzden eşi bulunmayan, uzun ve çok çetin bir boğuşma halinde geçmiştir. Kuva-yı Milliye ruhu ile emperyalizm, Çanakkale'den, Anadolu'dan sonra, Lozan'da da karşılaşmış ve Kuva-yı Milliye ruhu galip gelmiştir. Lozan'da barış, 'canavarın karnından sökülüp çıkarılmıştır'.

Mudanya ve Lozan Milli Mücadele'nin masa başındaki devamıdır. Birkaç kez savaşın eşiğine gelinmiştir.

Her iki görüşmeyi de emperyalist anlayışın ve ahlakın iyi bilinmesi için genişçe yansıttım. Bu anlayış ve ahlakı iyi bellemeliyiz. Kaç zamandır yine devreye giriyor.

İç sorunlar da çok dramatiktir:

Mecliste gelenekçiler ile cumhuriyetçilerin çekişmesi, saltanatın kaldırılması, Ali Kemal'in yakalanması, Vahidettin'in ve hainlerin kaçması, karşı-devrimin oluşmaya başlaması, Milli Mücadele'yi başlatan kadronun ikiye bölünmesi iç sorunların başlıcasıdır.

Halkı coşturan olaylar sürmektedir: İstanbul'a gelen Refet Paşa'nın ve bir bölük Türk askerinin olağanüstü karşılanışı, Trakya'nın il il geri alınışı, İstanbul'u geri almak için yapılan gizli hazırlıklar, Türk-İngiliz futbol karşılaşması, sonunda işgalcilerin Türk sancağını selamlayarak çekip gitmeleri, Türk ordusunun İstanbul'a girmesi bu emsalsiz olayların başlıcalarıdır.

Özgürlük, toplumsal uyanışa, değişime de yol açar. Kadınlar peçelerini atmaya, çarşaftan çıkarak manto giymeye başlar. Büyük sorunların nasıl çözüleceği daha yoğun olarak konuşulup tartışılır. M. Kemal Paşa'nın dünyaya kapalı bir doğu ülkesini cumhuriyete, aydınlanmaya, uygarlığa, çağdaşlaşmaya adım adım hazırlaması, halkın çağrıya katılması bu dönemin en önemli özelliğidir. M. Kemal Paşa'nın örnek bir aile olmak için yaptığı talihsiz evlilik de bu dönemde yer alıyor. Dönem Ankara'nın başkent olması ve türlü çatışmalardan geçilerek 29 Ekim 1923'te cumhuriyetin ilanı ile sona eriyor.

Birinci cildin içeriği bunlar.

Bir sorunun yanıtını hemen vermek istiyorum.

Atatürk niye büyüktür, niye hiç eksilmeyen bir minnet ve saygı ile anıyoruz?

Bunun yanıtını bilmeyen yalnız yabancılar değil, birçok vatandaşımız da bilmiyor.

Dünyada ülkesini savaşta zafere kavuşturan birçok komutan var. Milletini daha ileri bir toplum yapmak için çalışmış birçok önder de var. Ama yokluk, yoksulluk içinde ikisini birden başarmış bir kişi var: Atatürk.

Sıfır imkânla, işgal edilen vatanını kurtarmış, emperyalizmi ve yardakçılarını yenmiş, ülkesini tam bağımsız yapmış, bununla kalmamış, milletini çağdaşlaştırmak, kadın-erkek eşitliğini sağlamak, halkını uyandırmak, kalkındırmak için devrimler gerçekleştirmiş, bir doğu ülkesinde demokrasinin kapısını açmış böyle bir önder, bilge, millet atası hiçbir ülkenin tarihinde yer almıyor.

Yabancılar bu yüzden Atatürk saygımızı anlamıyorlar. Tarihlerinde bir örneği yok ki.

Ama ya Atatürk'ün büyüklüğünü anlamayan vatan kardeşlerimiz? Onların anlamaması yetişmelerinden, telkinlerden kaynaklanıyor. Böyle yetiştiriliyorlar. Oysa tarihimizi bilseler, düşünseler, kafalarına yerleştirilen önyargıları, yanlış bilgileri aşabilseler onlar da bu büyüklüğü benimseyecek, Atatürk'ün Allahın bir lütfu olduğunu anlayacaklar.

Tarihimizi doğru bilsek sorunlarımızın yarısı kendiliğinden çözülür.

İkinci cilt, Cumhuriyetimizin Atatürk'ün hayatı ile sınırlı olarak Kasım 1938'e kadarki 15 yılını yansıtacak.

Neyimiz varsa bu döneme borçluyuz. Birçok yurtseverlik, özveri, toplumsal kahramanlık destanı ve hainlik olaylarıyla dolu olağanüstü bir dönem bu. İkinci ciltte de 'Türk mucizesinin' hikâyesini anlatmaya devam edeceğim.

Yine belgesel bir roman olarak.

Bu mucizeyi dokuyan bütün olayları tümüyle anlatmak imkânsız. Cumhuriyet döneminin baskın niteliği çağdaşlaşmak, çağdaş uygarlığa ulaşmaya çalışmak, bu yolla kalkınmak, uyanmak. Bu dönemle ilgili bütün özellikleri çağdaşlaşma terimi kucaklıyor: Milliliği de, laikliği de, bağımsızlığı da, özgürlüğü de, cumhuriyetçiliği, dolayısıyla demokrasiyi de.

Bu nedenle ikinci ciltte asıl kurtuluş olan çağdaşlaşmayı, Atatürk'ün bu büyük idealini anlatmaya çalıştım. Dönemin iyi anlaşılması için insan ilişkileri, giyim kuşam, mekân ve benzeri hayat ayrıntılarına da değindim.

Karşı düşünceleri ve hareketleri de anlattım. Şeyh Sait isyanına ve İzmir suikastına yer verdim. Türk tarihinin ezeli sorunu olan karanlık ile aydınlık, ortaçağ ile çağdaşlaşma arasındaki çatışmayı yansıtmaya çalıştım. Yan konulardan önemli olanları da ihmal etmedim. Hiç olmazsa dipnotlarda bilgi sundum.

Bu dönemi de, **Diriliş** ve **Şu Çılgın Türkler** gibi, sağlıklı, dürüst belgelere, güvenilir, namuslu tanıklara dayanarak, gerçeğe en uygun biçimde yansıtmaya gayret ettim. İkinci cildin sonunda yer alacak olan geniş kaynakçaya bakarak bu konudaki yoğun gayretimi görebilirsiniz. Bu dönemle ilgili aleyhte eserleri de yok saymadım, hepsini inceledim, gerekenlere kaynakçada yer de verdim.

Sevgili gençler!

Bütün bu özenler, dikkatler, çabalar, emekler, araştırmalar, kılı kırk yarmalar, sizlere ve çevrenize, Türkiye Cumhuriyeti'nin kuruluşunun ve ilk 15 yılının gerçek hikâyesini anlatmak içindir.

Bir iki roman tipinin dışında herkes ve her olay gerçektir. Hepsinin kanıtları ve tanıkları dipnotlarda gösterilmiştir.

Diriliş'ten ve **Şu Çılgın Türkler**'den gelen birkaç roman tipi **Cumhuriyet**'te de yer alıyor. Bunlar o dönemlerin tipik kişileridir. Kolay anlatım için bazı olayları birleştirdim. Kişileri, düşünce ve üsluplarını saygıyla dikkate alarak konuşturdum.

Cumhuriyet dönemi de, tıpkı Çanakkale ve Milli Mücadele gibi yazarın hayaline ihtiyaç göstermeyen, çarpıcı, büyük olaylarla dolu. Bu bakımdan kendiliğimden bir sahne yazmış, bazı şeyleri abartmış değilim.

Gerçeğe ihanet etmedim.

O dönemin bir bölümünü yaşadım, Atatürk'ü görebilmiş son kuşaktanım. O dönemle ilgili yazılı her kaynağı elden geçirdim. O dönemi içinden bilen birçok kişiyle konuştum. Önemli olanların adını kaynakçada belirttim.

***

Daha önce, yakın tarihimizle ile ilgili yalanları, sahtecilikleri, uydurma ve çarpıtmaları derlemiş, **Vahidettin, M. Kemal ve Milli Mücadele** adlı kitabımda, doğrularıyla birlikte açıklamıştım. Sahte tarihçiler ve yalan üreticisi yazarlar uzunca bir zaman bu konularda yalanlara ara vererek, susmuşlardı.

Yakın zamanlarda yalan rüzgârları gazetelerde, televizyonlarda yeniden esmeye başladı. Bu kez bazıları yalanlara cumhuriyet dönemini de katıyor. Birbirlerine destek vererek sahte bir tarih üretmeye çabalıyorlar. Bu yazıları okurken, konuşanları dinlerken utanıyorum, midem bulanıyor. Bilimsel kılıklı kitaplar da yazıyorlar. Ama bilgisizlikleri, önyargıları, bilimsellikten uzaklıkları satır aralarından akıyor.

Yalandan, çarpıtmadan, uydurmadan daha ayıp, daha ahlak dışı bir şey düşünemiyorum. Okurları, izleyenleri amaçlarına uygun sahte bir tarihle uyutmak, kandırmak, aldatmak, öz tarihlerinden soğutmak, yerine uyduruk, yapma, bütünüyle sahte bir tarih yerleştirmek istiyorlar. Bunu her fırsattan yararlanarak yapıyorlar. Eskiyi abartıyor, yeniyi bir ucundan tutup karalıyorlar. Aralarında gepgenç insanlar var. Belli ki bilimsellik, bilim ahlakı nedir, hiç bilmiyorlar. Doldurulmuş plaklar olarak tarihe aykırı hikâyeleri, dedikoduları mekanik bir biçimde seslendiriyorlar. Bu yalanların ve yanlışların başlıcalarını dipnotlarda göstereceğim, gerekli açıklamaları yapacak, doğruları da belirteceğim.

Sevgili gençler!

Cumhuriyetin ne kadar büyük bir nimet olduğunu anlamak için Afganistan'ı, Irak'ı, İran'ı, Pakistan'ı, Emirlikleri, Suudi Arabistan'ı, Suriye'yi, Mısır'ı, Libya'yı, Tunus'u, Cezayir'i, Fas'ı, Müslüman Afrika'yı düşünün.

Cumhuriyetin önünde hazır bir model yoktu. Yolunu düşünerek, arayarak, deneyerek açtı. Şartlardan, ihtiyaçlardan, imkânlardan, tarihten yararlandı. Para yok, kredi yok, yetişmiş yeterli sayıda eleman, uzman yok, araç-gereç yok. Osmanlıdan borca batık bir miras kalmış. O altın kuşağın iki gücü vardı sadece: Akıl ve yurtseverlik. Bu iki güçle yola çıktılar.

Mucizeler yarattılar.

Her şeyi başarabildiler mi? 15 yıla sığabilecek her şeyi çok fazlasıyla başardılar. Eksikleri tamamlamak sonraki kuşaklara düşerdi. Sonraki kuşaklar görevlerini yaptılar mı? Bunu duygusallığa, partizanlığa kapılmadan dürüstçe sorgulamamız gerek.

Dünyada bağımsız, çağdaş, özgür tek Müslüman devletiz.

Yeniden kuruluş, kurtuluş, kalkınma sürecinde, deneme ve arayış içinde, elbette yanlışlar yapıldı. Ormanı bırakıp da ormandaki bir gelişmemiş ağacı ele alıp Cumhuriyet dönemini, hele ilk altın kuşağı bütünüyle eleştirmeye yeltenmek büyük ayıptır.

Tarihte ve dünyada eşi olmayan çarpık, utandırıcı bir tutum bu.

Devlet, Milli Eğitim Bakanlığı, üniversitelerimizin çoğu, Türk Tarih Kurumu ve benzeri Cumhuriyet kuruluşları susuyorlar. Bu da o yalanları üretmek kadar ayıp bir durum.

Sevgili gençler!

Bu yalanlara, çarpıtmalara, yutturmalara karşı uyanık durun. Sizi kandırmalarına izin vermeyin. Gerçeğe saygı duyun ve gerçeği dürüst, namuslu kaynaklardan yararlanarak öğrenmeye çalışın. Doğru, gerçek tarihinizi yanlışları ve doğrularıyla öğrenin. Ağzı kalabalık, kalemi karışık olanlara karşı dikkatli olun. Kanıtsız, belgesiz, tanıksız iddiaları yani dedikoduları ciddiye almayın. Vicdanınız ve sağduyunuz pusulanız olsun. Tarihimizdeki doğrulardan yararlanın, yanlışlardan uzak durun.

Şunu bilmenizi çok istiyorum: Bu kitabı yazarken her şeyden fazla gerçeğe saygı duydum.

Sizlere Cumhuriyet döneminin doğru, gerçek, dürüst, sevgi ve vefa dolu, özenli bir fotoğrafını sunuyorum.

En iyi dileklerimle.

Turgut Özakman
Eylül 2009, Ankara
tozakman@bilgiyayinevi.com.tr

Birinci Bölüm
Başlangıç
28 Eylül 1922-11 Kasım 1922

BÜTÜN Türkiye günlerdir durup durup coşuyor, bayram ediyordu.

Bir İstanbullu anı defterine şöyle yazdı:

"Hastalık, parasızlık, acı, düşmanlık, gelecek kaygısı, her şey, her şey unutuldu. Her yer çılgınca sevinen mutlu insanlarla dolu. Sevinçten kucaklaşıp kucaklaşıp ağlaşıyoruz. Her yanda bayraklar. Milli Mücadele karşıtı beş hocayı üniversiteden kovdurmayı başaran öğrencilerin sevinci artarak sürüyor."[1]

Asya, Ortadoğu ve Afrika'daki bütün Müslüman topluluklar da, bu mucize zaferi coşkuyla kutlamaktaydı. Hiçbiri bağımsız değildi. Hepsi sömürgeydi, işgal ya da denetim altındaydı, esirdi, geriydi. Dünya bu talihsiz insancıkların sevinç ve gurur dolu çığlıklarıyla inliyordu:

"Yaşasın Türkiyeeee!"

Türkler emperyalizmi yenmişti. Bir ilkti bu. Tarihin çok önemli bir dönemeci yaşanıyordu. Türk ordusu Anadolu'yu temizlemiş, Çanakkale'yi sarmış, İstanbul kapılarına dayanmıştı.

Kanlı oyunun son aşaması başlamıştı.

Türkiye 1918'de yenilip teslim olduğu zaman hepsi yıkılmıştı. Türkler bile başa çıkamadığına göre 'bu beyaz efendileri' kimse yenemez diye düşünmüşlerdi. Ümitsizliğin dibine çöktükleri anda 'Türklerin İngilizlere ve ortaklarına isyan ettikleri' gibi inanılması zor haberler gelmeye başlamıştı.

"Neee?"

İşgale, parçalanmaya, paylaştırılmaya, sömürülmeye karşı çıkmıştı Türkler...

"Acaba doğru mu?"

Son haçlı saldırısına direniyorlardı...

"Direniyorlar ha!"

İngilizlerin ortaklarını, paralı askerlerini, kiralık katillerini ardarda yeniyorlardı...

"Yarabbi bu bir rüya ise ne olur uyandırma!"

Bu olağanüstü mücadeleyi dört yıl boyunca, Türklerin kazanması için dua ede ede, içleri titreyerek izlemişlerdi. Ezilen, sömürülen, hor görülen İslam dünyası için bu bir onur sorunuydu. Sonunda büyük haber gelmişti: Müslüman Türkler bütün beyaz efendileri, adamları, yamakları, uşakları, beslemeleri, soytarıları, alkışçıları ve çığırtkanlarıyla birlikte yenmişti!

Milyonlarca yanık, kavruk ses göğe yükseldi:

"Elhamdülillaaaaah!"

Malezya'dan Nijerya'ya kadar Asya ve Afrika'daki bütün Müslüman topluluklar sevinçle dalgalandı. Birçok şehir M. Kemal Paşa'nın resimleriyle donatıldı, Gazze'de ve Nablus'ta pencerelere Türk bayrakları asıldı.

İngilizler Nehru ile öteki Hint liderlerini hapsetmişlerdi. Liderler kaldıkları koğuşları Türk zaferi şerefine çiçekli dallarla süslediler.

Bu olay Müslüman olmayan sömürgelerde de bağımsızlık ve özgürlük ümidini yeşertecekti.

Tarihin akışı değişiyordu.

Tunus'un Kairouan şehrinde yaşayan Bouhdiba Efendi haberi alır almaz şükür secdesine kapandıktan sonra duaya durdu:

"Bize de Mustafa Kemal Paşa gibi bir serdar, Türk ordusu gibi bir ordu nasip et ey yüce Allahım."[2]

İSLAM dünyasını coşturan bu zafer dünyayı şaşırtmış, özellikle İngilizleri çok sarsmıştı. Yüz yıllık bir ön hazırlığın ürünü olan Sevr Andlaşması ile onun kadar önemli olan Üçlü Anlaşma suya düşmüş,[3] bütün çabalar boşa gitmiş, bütün planlar çökmüştü. Bu tehlikeli örnek sömürgeleri karıştıracaktı.

İngilizlerin, M. Kemal Paşa önünde, Çanakkale'den sonra ikinci büyük yenilgisiydi bu.

"Lanet olsun!"

Anadolu'yu Yunan ordusundan temizlemiş olan Ankara, İstanbul'da bulunan Yunan savaş gemilerinin uzaklaştırılmasını, Meriç'e kadar Doğu Trakya'nın da Yunan askerlerinden boşaltılarak Türkiye'ye geri verilmesini istiyordu (Edirne, Tekirdağ, Kırklareli ve Gelibolu).[4] Bu konuda direneceği anlaşılıyordu. Bir yandan da iki ordusuyla ağır ağır İstanbul ve Çanakkale'yi kuşatıyor, böylece Müttefikleri barış masasına oturmaya zorluyordu.

İngiliz ve Türk askerleri bir yıldan beri Gebze ile Karadeniz arasındaki çizgide karşı karşıya oldukları için bu kesimde durum oldukça sakin sayılabilirdi.

Ama hava Çanakkale'de çok gergindi. İngilizler Boğaz kıyısında genişçe bir kesimi tarafsız bölge ilan etmişlerdi. Türklerin bu bölgeye girmesini istemiyorlardı. Bunu sağlamak için de Çanakkale'ye birlik, top, uçak ve savaş gemisi yığıyorlardı. Bildikleri tek çare savaştı.[5]

İngiliz askerleri tarafsız bölgenin sınırlarında, tel örgüler gerisindeki siperlerde, eller tetikte beklemekteydiler.

Türkler 2. Ordu'yu Çanakkale'ye doğru yürüttüler.

Birliklere İngilizler ateş açmadıkça çatışmaya girmemeleri emri verilmişti. Türk piyadeleri ve süvarileri patikalardan, sel yataklarından yaklaşarak, tarafsız bölgenin sınırlarında bitiveriyor, usul usul 'tarafsız bölgeyi' sarıyorlardı. Amaç savaşmadan, kan dökmeden yenmekti. Bu, demir gibi bir disiplin isterdi, bu da Türk ordusunda fazlasıyla vardı.

Çanakkale'de dövüşmüş eski askerler İngilizleri küçük görüyorlardı. Bunları kaç kez yenmiş, önlerine katıp kovalamışlardı.

İngiliz komutanlar da ilk ateş açan kendileri olmamak için sürekli geri çekilip yeniden mevzileniyorlardı. Bu böyle süremezdi. Çanakkale'deki İngiliz komutan sonunda ateş izni istedi. Başbakan Lloyd George M. Kemal Paşa'nın önünde üçüncü bir kez daha yenilmeye katlanamazdı.[6] General Harrington'a, '24 saat süre tanıdıktan sonra tarafsız bölge sınırını zorlayan Türklere ateş açılması için' emir verdi.

Savaş çarkları dönmeye başlamıştı.

İngilizleri yumuşatmaya çabalayan Fransa, M. Kemal Paşa'yı yatıştırması için de Ankara Anlaşması'nı yapan M. Franklin Bouillon'u hızlı bir savaş gemisiyle İzmir'e yolladı.

M. KEMAL PAŞA ve karargâhı İzmir yangını üzerine Kordon'daki evi bırakarak Uşaklıgiller'in Göztepe'deki beyaz köşküne taşınmıştı. Misafirler köşkte, yaverler bahçedeki küçük evde kalıyorlardı. Muhafızlar ve görevliler için bahçede küçük çadırlar kurulmuştu.[7]

General Harrington

Lloyd George

Ev sahibi Latife Hanım gerektikçe çevirmenlik yapıyor, akşamları misafirler için süslü ve zengin ziyafet sofraları hazırlatıyor, herkese çok nazik davranıyordu. Her halinden Paşa'ya hayran olduğu, Paşa'nın da bu genç hanıma ilgisiz kalmadığı anlaşılıyordu.[7a]

Öğleden önce M. Kemal Paşa, Ankara'dan gelen TBMM İkinci Başkanı Ali Fuat Cebesoy Paşa, Başbakan Rauf Orbay, Dışişleri Bakanı Yusuf Kemal Tengirşenk ve Avrupa'dan İzmir'e dönen Fethi Okyar misafir odasında oturuyorlardı. İki pencereden lacivert İzmir körfezi görünüyordu.

Sabah, Yunan savaş gemilerinin Ankara'nın isteğine uyularak İstanbul'dan uzaklaştırıldıkları bildirilmişti. Franklin Bouillon'un yoldan yolladığı telsiz mesajı da, iyi haberlerle geldiği ümidini veriyordu.

Yusuf Kemal Bey, "Eğer Doğu Trakya'nın Yunan askerlerinden boşaltılarak bize teslimi kabul edilirse, yüzyıllardır ilk kez savaşmak zorunda kalmadan çok önemli bir toprağımızı geri almış olacağız" dedi.

Bu tümce birdenbire derin bir sessizliğe yol açtı. Hepsi içine gömüldü. Nereden nereye gelinmişti. Bugüne, anımsaması bile yorucu, uzun ve yaman bir yoldan geçerek, her gün tarih yaşayarak ulaşmışlardı.

İsmet Paşa

Geçmişten geriye ilk dönen M. Kemal Paşa oldu, yeniden çay ve kahve söyledi.

Ateşkes görüşmeleri için Mudanya elverişli görünüyordu. Deniz kıyısında uygun bir ev de bulunmuştu. Fethi Bey, "Paşam.." dedi, "..görüşmelerde sizi kim temsil edecek?"

"İsmet Paşa."

Kimsenin itiraz edemeyeceği uygun bir seçimdi.

Yaver Muzaffer Kılıç M. Franklin Bouillon'u getiren geminin İzmir körfezine girdiğini bildirdi.

METCH kruvazörü körfezde işaret edilen yere demirledi. İzmir körfezi artık bütünüyle Türk denetimi altındaydı.

Geminin motoru Franklin Bouillon'u Göztepe iskelesine getirdi. Franklin Bouillon 1921 Haziranında Ankara'da "Bizimle uzlaşmaya bakın. Çünkü kağnı kamyonu yenemez" demişti.

Kağnı Türkiye, kamyon emperyalist Avrupa'ydı.

Bekleyenleri görünce, motor iskeleye yanaşmadan bağırmaya başladı:

"Olacak iş değil! Kağnı kamyonu yendi!"[8]

İskeleye çıkınca coşkuyla Gazi M. Kemal Paşa'yla kucaklaştı, karşılayıcıların ellerini sıktı. Göztepe'ye hareket ettiler.

FRANKLIN BOUILLON gerçekten iyi haberlerle gelmişti. İki Türk ordusunun Çanakkale ve İstanbul karşısına gelmesi, sürekli yığınak yapması, Türklerin kararlılığı, Müttefikleri telaşlandırmış, işi uzatmalarını engellemişti.[9]

İngiltere, Fransa ve İtalya, ortak bir nota ile ateşkes görüşmelerine başlanılmasını öneriyorlardı. Notaya göre 'Türklerin Doğu Trakya konusundaki isteğini anlayışla karşılamaktaydılar.' Buna karşılık, barış imzalanana kadar tarafsız bölgelere girilmemesini rica ediyorlardı.[10]

Mustafa Kemal, Franklin Bouillon

M. Kemal Paşa dört gözle barış döneminin açılmasını beklemekteydi. Yüzlerce yıllık birikmiş sorunlar ancak barışta çözülebilirdi. Ama yıllardır emperyalizmin kaç çeşit yüzünü, oyununu, aldatmacasını, numarasını görmüş, kaç ateşten geçmişti. Güveni olmadığını nazik bir dille açıkladı. Franklin Bouillon çok telaşlandı:

"Ooo, hayır, hayır, hayır!"

Duraksamaya gerek yoktu. Hükümeti adına güvence veriyordu: Doğu Trakya'nın en kısa süre içinde Yunan askerlerinden arındırılarak Türklere teslim edileceği ateşkes anlaşmasında kesinlikle yer alacaktı.

M. Kemal Paşa arkadaşlarıyla görüştü. Fransa'nın güvencesi dikkate alınarak, 'birliklerin bulundukları yerlerde kalmaları' kabul edildi.[11]

Savaş bir süre için dondurulacaktı. Müttefikler verdikleri sözü tutmazlarsa, harekete geçmek sorun değildi. Birlikler bu olasılığa göre yerleşeceklerdi.

M. Bouillon İstanbul'a gitmek üzere ayrılırken "Yunanistan'dan haber var mı?" diye sordu.

Vardı.

Albay Plastiras'ın başkanlığındaki cunta, yenilginin dehşetini anladıkça sağduyusunu yitirmekteydi.

Son olarak bugün bir bildiri yayımlamıştı:

"Biz Doğu Trakya'nın ve Edirne'nin kaybına engel olmak için ihtilal yaptık. Bütün gayretimiz buranın Yunanistan'da kalmasına yönelik olacaktır. İlk işimiz orduyu yeniden kurmaktır."[11a]

M. Bouillon yüzünü buruşturmakla yetindi. Fransa Yunanlıların yayılma hırsını iyi bilirdi.

YUNANLILAR kaçarken yolları üzerindeki köyleri, kasabaları, şehirleri ve binlerce camiyi yakıp yıkmış, halka çok acı çektirmişlerdi. Bağları sökmüş, incirlikleri, zeytinlikleri ateşe vermiş, hayvanları öldürmüşlerdi. Becerebilseler Türklere yâr olmasın diye kara toprağı da yakacaklardı.[11b]

Yanık yıkık şehirler

Evi yanmış, yıkılmış yüz binlerce Türk açıktaydı. Ama aç değillerdi. Çünkü 'olanın olmayana borcu var' töresince elinde bir dilim ekmek olan, komşusuyla paylaşıyor, felaket böyle yumuşatılıyordu.

Ege'de üç yıldan uzun süren işgal döneminde Yunanlılarla işbirliği yapmış, birçok pisliğe karışmış hayli Osmanlı vardı. Çoğu Yunanlılarla birlikte kaçmıştı.[12]

Kaçamayan sıradan hainleri halk, pisliğine göre, döverek, yüzüne tükürerek, boynuna yafta asıp gezdirerek, sakalını tıraş ederek cezalandırıyordu. Kaçmayı başaramayan ağır suçlular, kıyıma yardımcı olanlar, üç kuruş bahşiş için Yunan askerlerine kocaları askerdeki gelinlerin evini gösterenler ise, tümen mahkemelerinde hesap vermeye başlamışlardı. Hepsi yaptığının bedelini ödeyecekti.

Büyük gafiller, korkaklar ve hainler İstanbul'daydı. İstanbul uzun yaşamış bir imparatorluğun tortusunun çöktüğü yerdi.

Türk zaferine Yunanlılar ve emperyalistler kadar şaşıran ve üzülen hayli Osmanlı bulunuyordu: Saray, Damat Feritler, Hürriyet ve İtilaf Partisi'nin yöneticileri ve militanları, İngilizciler, Türk ve Türkçe düşmanı Arapçılar, Sevr Andlaşması'nın umuda düşürdüğü ayrılıkçılar, Milli Mücadele karşısında yer almış olan hain ya da gafil subaylar, polisler, yazarlar, bir kısım Osmanlı aydınları ve din adamları.[12a]

Bunlar işgalcilerin gölgesi altında, olayların gelişmesini bekliyorlardı.

Ah be! Her şey ne güzel tıkır tıkır işliyordu. Bu güzel düzeni çıplak ayaklı Türk ordusu ardarda galip gelerek sarsmıştı!

Evet, sadece sarsmıştı. Yıkamamıştı. Çünkü hiçbiri, İngilizin, Boğazları ve sadık dostlarını bırakıp gideceğine, İstanbul'u Ankara hükümetine bırakacağına inanmıyordu. Yenilenler aptal Yunanlılardı. İngiliz birlikleri, çok şükür, İstanbul ve Çanakkale'de taş gibi duruyordu. Savaş gemileri alarma geçmişti. Uçaklar vızır vızır uçarak Türk birliklerini gözlüyordu. Öyleyse korkulacak bir şey yoktu.

İngiltere yenilmemişti. İngiltere yenilmezdi. İngiltere dünyanın efendisiydi.[13]

Bu düşünceyi hararetle paylaşan Refik Halit Karay ile Refi Cevat Ulunay, laflamak için Ali Kemal'in evinde buluştular. Ali Kemal kendisini tanıyan halkın tepkisiyle karşılaştığından beri gündüzleri sokağa çıkmıyordu. Edepsiz halk boş duvarlara, tramvay duraklarına tebeşirle, boyayla 'kahrolsun Vahidettin', 'kahrolsun hainler' diye yazıyordu.

İstanbul kaynıyordu.

Bu ünlü yazarlar sırtlarını teslimiyetçi Osmanlı yönetimi ile işgalci İngilizlere dayayarak, inatla hainleri övmüş, Sevr'i savunmuş, yurtseverlikten başka bir şey olmayan milliyetçiliği kötülemiş, yurdu için dövüşenleri aşağılamış, Ankara yönetimini karalamışlardı. Bu konuda en ileri giden Ali Kemal'di.

Üçü de şimdilik susmuştu. Milliciler aleyhinde yazı yazabilmek tehlikeliydi. Zafer bütün hain, satılık, kiralık, vatansız kalemleri susturmuştu.

Türk geri dönmüştü!

Bunların dört bir yandan Anadolu'ya giren işgal güçlerini yenebilecekleri hiçbirinin aklının ucundan geçmemişti.

Önemsemedikleri Türk ordusunun, doğuda Ermenileri, kuzeyde Pontus çetelerini, güneyde Fransızları ve Ermeni birliklerini, Anadolu'da İstanbul yönetimi ile İngilizlerin kışkırttığı asileri ve Kuva-yı İnzibatiye gibi İstanbul'un kurduğu birlikleri yeneceğini kim düşünebilirdi? 'Sahte kahramanlar' diye niteledikleri ordu son olarak da o kadar övülen Yunan cephesini 36 saatte çökertmiş, Yunan ordusunu mahvederek Ege'yi düşmandan temizlemişti. Bu inanılmaz bir sonuçtu. Nasıl başarmışlardı bu işi? Türkü, Kürdü, Çerkesi, Lazı, Arabı, Tatarı, Aleviyi, Sünniyi birbirlerine düşürmek için o kadar çalışıldığı halde Anadolu birliğini nasıl korumuşlardı? Şeyhülislamın fetvasına rağmen halkı nasıl yanlarına çekebilmişlerdi?

Koca Osmanlı yönetimi de derin bir suskunluk içindeydi. Yasal, haklı yönetim İstanbul yönetimiydi. Niye konuşmuyor, ben burdayım demiyordu? Sesi soluğu çıkmıyordu. Ah kendileri işbaşında olsaydılar böyle mi olurdu?

Ali Kemal Dahiliye Nazırı, Refik Halit Posta-Telgraf Genel Müdürü iken Anadolu'ya duman attırmışlardı.

İngiltere'nin ateşkes görüşmelerini kabul ettiğini daha öğrenmemiş olan Refi Cevat iyimser bir sesle, "İngilizler savaşa hazır.." dedi, "..bugün yarın kıyamet kopar."

"Kimden öğrendin?"

"Sait Molla'dan. Dün konuştum."

"O dediyse doğrudur."

Sait Molla

Sait Molla'nın İngilizlerle içli dışlı olduğunu bilirlerdi. Yüzlerine tatlı bir aydınlık yayıldı. İngiliz, Fransıza, Yunana benzemez, Türk ordusunu evire çevire yener, alimallah Ankara'ya kadar kovalardı.

Sevinçle ikindi rakısına oturdular. Varmış gibi birbirlerinin şerefine kadeh kaldırdılar.

Oysa bu sırada uyanık Sait Molla telaş içinde eşyasını toplamaktaydı. İstanbul'un hainler için artık tekin olmadığını çakmıştı. Ertesi gün ailesini alıp bir Romen gemisiyle İstanbul'dan kaçacaktı.[14]

ATEŞKES görüşmeleriyle ilgili gelişme İngiliz Yüksek Komiserliğine ve General Harrington'a bildirilmişti. Tepebaşı'ndaki elçilikte, General Harrington, Yüksek Komiser Sir Horace Rumbold'a, "Bir savaş çıksaydı, ancak kısa bir süre direnebilirdik.." dedi, "..çünkü asker sayımız ciddi bir savaş için yetersiz. İki yüz elli bin kişilik Yunan ordusunu iki hafta içinde silip süpürmüş muzaffer bir orduyla nasıl başa çıkabilirdik?"

Coşkulu bir Türk topluluğunun yaklaşan uğultusu duyuluyordu. General devam etti:

"Bu coşmuş halkı nasıl sindirebilirdik? İstanbul'da gizlice örgütlenmiş birçok silahlı Türk var. Her gün yeni adamlar da şehre sızıyor. Rumların da bir bölümü silahlı. Bir savaş durumunda İstanbul cehenneme dönerdi. Bir an önce İstanbul'u Türklere bırakıp buradan kaçmalıyız."[14a]

Elçilik görevlileri şaşkınlıklarını üzerlerinden atamamışlardı. Olayların, kavrayışlarından daha hızlı geliştiği yüzlerinden belli oluyordu. Mr. Rattigan dünyaya küsmüştü. Türk başarısını içine sindiremiyordu. Çünkü yenilenin Yunanistan değil, İngiltere olduğunu iyi biliyordu. İpler her aşamada İngiltere'nin elinde olmuştu. Baş Tercüman Mr. Ryan konuşmalara katılmadan, ayakta, pencereden Haliç'e bakıyor ve düşünüyordu. Osmanlı kaç zamandır Türkün devleti olmaktan çıkmıştı. Türk devletsizdi, Osmanlı Devleti de çoktan beri milletsizdi. Tarih galiba bu yaman çelişkiyi düzeltiyordu.[15]

Elçiliğin önünden geçen Türklerin söylediği marş büyük odayı doldurdu:

"...Yaşa Mustafa Kemal Paşa yaşa..."

BU SIRADA İtalya'da, sonuçları dünyayı etkileyecek bir olay yaşanmaktaydı.

Faşist Parti lideri Benito Mussolini parti üyeleri ile sopalı, silahlı, eli kanlı gençlik örgütlerine Roma'ya hareket etmeleri emrini vermişti:

Marcha su Roma!

On binlerce üye ve kara gömlekli genç Roma'ya akacak, büyük Venetzia meydanında toplanacaktı. Amaç Kralı ürküterek Mussolini'yi başbakan yapmasını sağlamaktı.

Benito Mussolini

İtalya savaştan galip çıktığı halde hiçbir kazancı olmamıştı. Güneybatı Anadolu İtalyan çıkar bölgesi olacaktı. Türk zaferi ile bu ümit de suya düşmüştü. Savaş ekonomiyi sarsmış, bolşeviklik işçileri etkilemişti. İtalya 1918'den beri karışıklıklar, çekişmeler, grevler, çatışmalar, siyasi cinayetlerle çalkalanıyordu. Güven arayan kamuoyu, kararlılık isteyen büyük burjuvazi, ümit dağıtan Mussolini'ye kaymaya başlamıştı.

Kral Victor Emanuel, birkaç gün içinde Mussolini'yi başbakan atayarak, iktidarı faşizme teslim edecektir.

İSMET PAŞA İzmir'de bulunan Halide Edip, Yakup Kadri, Falih Rıfkı Atay ve Asım Us'tan Ege bölgesindeki Yunan ve Rum mezalimini saptamalarını istemişti. Neler yaptıklarını biliyordu. Ordu İzmir'e bu barbarlığın izini sürerek gelmişti.

Hazırlık bitmiş, program kesinleşmişti.

Halide Edip Hanım veda için İsmet Paşa'ya uğradı. Üzerinde cepheye geldiğinden beri üniforma olarak giydiği lacivert giysi, kolunda yeni rütbesi, başçavuş işareti vardı.

İsmet Paşa Halide Edip Hanım'ı bırakmadı. Çay söyledi. Bir soru aklını kurcalıyordu, sordu:

"Latife Hanım'ı nasıl buluyorsunuz?"

Halide Edip Hanım Latife Hanım konusunda kararsız görünüyordu. Bir rahatsızlığı vardı. Kibarca, "Çok çekici, zarif.." dedi, sonra hemen sordu: "Siz nasıl buldunuz?"

İsmet Paşa Latife Hanım'ı beğenmişti. Bu konunun evlilikle sonuçlanmasını istediğini belli etti. Halide Edip Hanım "Fikriye Hanım çok üzülecek" dedi.

"Neden?"

"Bir yıldan fazladır Paşa'ya canla başla bakıyordu."

İsmet Paşa önemsemedi:

"Akrabası değil mi? Bir saygı görevi olarak bakıyordur."

"Öyle başlamış olabilir ama durum artık değişik. Bence Paşa'ya iyice âşık. Paşa'nın sarı tespihini bir muska, kutsal bir kolye gibi boynunda taşıyor. Öyle sanıyorum ki evleneceklerini umuyor."

İsmet Paşa itiraz etti:

"Yoo! İyi bir hanım olabilir. Ama Paşa'nın eşi olmak için yeterli mi?"

Halide Edip Hanım gülümsedi:

"Aşk haddini bilmemektir zaten."

İzin isteyerek kalktı.

Latife Hanım

Fikriye Hanım

Yazarların emrine Yunanlılardan kalma büyük bir otomobil ile iki kamyon, bir fotoğrafçı, yeteri kadar da muhafız verilmişti. İlk olarak Turgut'luya gidilecekti.[16] Üç yazarı da kaldıkları evden alarak yola çıktılar.

İstanbullu yazarlar evlerine ancak iki hafta sonra döneceklerdi.

İSTANBUL için anlaşmazlık çıkabileceği düşüncesi subayları çok tedirgin etmekteydi. İzmir yangınına benzer bir barbarlığa kalkışılması, şehirde çatışma çıkması, Trakya için savaşın yeniden başlaması uzak bir olasılık değildi.

Gizli M.M. Grubu üyeleri tetikteydi. Kör kuyulara, sarnıçlara, bodrumlara, mahzenlere, tavan aralarına, yüklüklere, çeyiz sandıklarının dibine, mezarlıklara, türbelere saklanan silahlar çıkarılıp temizlenmiş, kullanılmaya hazır hale getirilmişti. Gerektiği kadar silah vardı ama M.M. Grubu üyelerinin sayısı ve savaş deneyleri yetersizdi.[17]

1. Ordu kurmay kurulu M.M. Grubunun İstanbul'a gizlice yollanacak yeni subaylarla desteklenmesini ve Anadolu yakasına iki alay sızdırmayı gerekli görmüş, Ordu Komutanı Nurettin Paşa öneriyi kabul edince hazırlığa başlanmıştı.

İstanbul'dan yeterli sayıda eski elbise, mintan, fes ve ayakkabı alınmış, şehri iyi bilen subaylar ön hazırlık için Anadolu'dan gelmiş esnaf, tüccar kimliği ile İstanbul'a geçmişlerdi. Birliklerin yerleşecekleri yerleri, evleri ayarlıyorlardı.

İlk sivil giysili tabur geceleri küçük birlikler halinde İngilizlere fark ettirilmeden Beykoz'a geçirilerek, ayakkabı fabrikasına yerleştirildi.

Sırada iki taburun Anadolu Hisarı yakınındaki cami, medrese ve evlere yerleştirilmesi vardı. İkinci bir alay da Selimiye-Kadıköy kesimindeki İngiliz tugayını kuşatacak biçimde gizlice çevredeki Türk evlerine dağılacaktı.[18]

İşgalcileri uyandırmamak için çok dikkatli hareket etmek gerekiyordu.

İSTANBUL'A yollanan subaylardan biri de eski Yüzbaşı, yeni Binbaşı Faruk'tu. Mahallesi olan Cihangir'de M.M. yetkilisi olarak görevlendirilmişti. Eve uğramadan önce beş gün güvenli bir yerde kalarak gerekli önlemleri almıştı. Her gün yol üzerindeki kahveye gelerek akşama kadar orada bekleyecekti. Gece gerekebilir diye nöbette kalacak olanlara ev adresini de vermişti.

Şimdi dikkati çekmeden eve ulaşmalıydı. Ordudan verilen sivil giysi iyice eskiydi. Fesi buruşuktu. Bavulu hurdaya çıkmıştı. Beş günde sakalı oldukça büyümüş, yüzü kararmıştı. Kendi halinde, yorgun, bıkkın, aptalca bir taşralı gibi görünüyordu.

Görünüşünü beğendi.

Annesiyle teyzesine görevini alıştıra alıştıra açıklamayı düşünüyordu. Ama planı ilk adımda duman oldu. Daha görür görmez teyzesi bütün sesiyle çığlığı bastı, annesi heyecandan bayıldı, sokak ayaklandı.

Ev komşuların hücumuna uğradı.

Faruk Türklerin oturduğu çeşmeli sokağın kahramanıydı. Anadolu'dan sırmalar, madalyalar içinde dönecek diye beklemişlerdi. Allaha şükür sağ gelmişti ama bir garip olmuştu zavallı. Çok üzüldüler.

"Ah canım. Musibet savaş çocuğu sersem etmiş. Yazık."

YOLUN iki yanı acı veren savaş izleriyle doluydu. Yakup Kadri Bey arkadaşlarının moralini düzeltmek için M. Kemal Paşa ile yaptığı konuşmayı aktardı.[19]

Dikkatle dinlediler. İlk konuşan Asım Us oldu:

"Türkiye iki yüz yıldır bu kararlılığı bekliyor. Bu büyük bir uygarlık hamlesi olacak."

Yakup Kadri pek iyimser değildi:

"O kadar çok engeli aşması, olumsuzluğu yenmesi gerekiyor ki. Bu mücadeleden başarıyla çıkabilir mi, kestiremiyorum."

"Başarması için yardım ve dua edelim."

Halide Edip Hanım "Mücadele, savaş gibi sözleri artık işitmek istemiyorum" dedi. M. Kemal Paşa'nın bir konuşma sırasında, 'savaştan sonra birbirimizi yiyeceğiz'[20] dediğini söyleyerek gergin bir sesle sordu:

"Bu ne demek?"

Falih Rıfkı gülerek açıkladı:

"Şu demek: Eski ile yeni, yani geri ile ileri, yani yanlış ile doğru, yani kara ile ak, yani yobaz ile aydın, yani ortaçağ ile yeniçağ çatışacak. Kaç yüzyıldır çatışıyor. Yeni, galip gelirse kurtuluruz. Eski galip gelirse yine ortaçağda kalır, Batının yanaşması ve emir kulu oluruz."

Halide Edip Hanım Anglo-sakson tipi az partili, çatışmasız, sakin bir demokrasi döneminin başlamasını istiyordu. Toplum doğal gelişime bırakılmalıydı.

Y. Kadri karşı çıktı:

"Batı ile aramızdaki büyük fark bu yolla kapanabilir mi, kaç yüzyılda kapanabilir? İlkel bir haldeyiz."

Falih Rıfkı da atıldı:

"Demokrasi yerden bitmez, gökten yağmaz, şapkadan çıkmaz. Özlediğiniz demokrasinin yerleşmesi, işlemesi için bizde bulunmayan bazı önemli şartlar gerek. Bu şartları gerçekleştirmeden yaptığımız demokrasi denemeleri özentiden ileri gitmedi, fiyasko ile sonuçlandı. İngiltere'de, Fransa'da demokrasi kaç yüzyılda gerçekleşti, biliyor musunuz?"

Halide Edip Hanım tartışmaya gelmez, hele bilgisinin sınanmasına katlanamazdı.[21] "Yeter!" diye kestirip attı, "bu konu kapanmıştır."

Asım Us gülümsemeye çalıştı:

"Yavaş yavaş birbirimizi yemeye başladık bile."

Daha neler yaşanacaktı!

LONDRA, Paris ve Roma'daki Türk temsilcilikleri başlıca gazetelerin Türkiye hakkındaki haberlerini Ankara'ya bildiriyor, Dışişleri de her akşam İzmir'e telgrafla geçiyordu.

Telgrafı okuyan Ruşen Eşref Ünaydın Yaver Salih Bozok'a, "Birader.." dedi, "..dört yıl önce bizi aşağılayan gazetelerin çoğu mücadelemizi haklı buluyor ve övüyor."

Ruşen Eşref Ünaydın

Salih Bozok acı acı güldü:

"Dört yıllık kanlı bir gecikmeyle. Bugün ne istiyorsak, dört yıl önce de tam onu istiyorduk. Kabul ettirebilmek için dört yıl savaşmak zorunda kaldık."

Batı kuvvetten anlıyordu.

Halkın sesi yansımaya başlamıştı. İzmirliler her gün hava kararırken çoluk çocuk Karşıyaka'da, Eşrefpaşa'da, Konak'ta, Karataş'ta, Göztepe'de toplanıyor ve gittikçe coşarak eğleniyor, kurtuluşun tadını çıkarıyorlardı.

Bütün evler bayraklarla süslüydü. Çoğunun göğsünde iğne ile tutturulmuş M. Kemal Paşa'nın resmi vardı. Bahçelerde, geniş yollarda ateşler yakılıyor, topluca marşlar, şarkılar söyleniyor, derken bir coşku rüzgârı esiyor, yüzlerce, binlerce İzmirli hanım zilleri takıp zafer ve barış şerefine oynamaya başlıyordu. Bunlar üç yıl boyunca bir saygısızlığa uğramamak için evlerinden dışarı adım atmamış, sokağa çıkmamışlardı. Sevgi ve sevinç çığlıkları havayı yırtıyordu:

"Yaşasın Gazi Paşa!"

"Yaşasın ordu!"

"Yaşasın güzel İzmir!"[22]

Çığlıklara şimşek çakar gibi tekbirler karışıyordu. Ancak kanlı bir işgal yaşamış olanların anlayabileceği sonsuz bir bayramdı bu.

Ruşen Eşref Bey ayağa kalktı, "İzin alayım da dışarı çıkıp şu mutluluğu bir daha paylaşalım" dedi, yazıyı Paşa'ya vermek için odadan çıktı.

Hızla döndü. Yüzü gülüyordu.

"Haydi, çıkıyoruz."

Beş dakika sonra kendilerini coşkunun kucağında buldular. Gök yıldız dolu, hava limonata gibi, deniz civelek, sokaklar cıvıl cıvıldı.

LONDRA'DA ise sisli, karanlık, kirli bir hava vardı. İngiliz kabinesi saat 22.30'da bu gün ikinci kez toplanmıştı.

İstanbul'dan haber bekliyorlardı.

M. Bouillon-M. Kemal görüşmesinin sonucu öğrenilememiş, General Harrington'dan Çanakkale'deki durum hakkında bilgi alınamamıştı. Belki de çatışma başlamıştı.

Sinirler gergindi.

Lloyd George başını önüne eğmiş düşünüyordu. Yüzü iyi, güzel, insanca bir şey düşünüyormuş gibiydi. Oysa gerekirse son Yunan birliklerinden nasıl yararlanabileceğini hesap etmekteydi. Kısacası Trakya için yapılacak yeni bir savaşın hayalini kuruyordu.

Eğer şu çılgın Türkler olmasaydı, Dünya Savaşı'nı pürüzsüz, görkemli bir zaferle kapatmış olacaktı. Ne var ki Türkler Sevr'i reddederek savaşı sürdürmüş, İngiltere'nin başını türlü dertlere sokmuş, Anadolu'daki savaşı kazanarak sömürgelerin ve dominyonların önünde İngiltere'yi küçük düşürmüşlerdi.

Mis Stevenson sessizce içeri süzülerek İstanbul'dan gelen şifresi çözülmüş yazıyı Lloyd George'un önüne bıraktı.

Yüksek Komiserlik, 'savaş çıkmadığını, Franklin Bouillon ile M. Kemal'in ateşkes görüşmeleri için ilkelerde uzlaştıklarını' bildirmekteydi.[22a]

M. Kemal'in koşullarını kabul ederek ateşkes görüşmelerine razı olmak, düpedüz bir yenilgiydi. Ama sonrası vardı bunun: Ateşkes görüşmeleri, barış görüşmeleri ve dahası.

Lloyd George Türklere bunu ödetmek için eline birçok fırsat geçeceğini düşünerek öfkesini bastırdı. Uzun zaman Başbakan kalacağını hesaplıyordu.

SABAH M. Kemal Paşa, Mudanya kurulunu kabul etti. İsmet Paşa'nın başkanlığındaki kurul Cephe Kurmay Başkanı Asım Gündüz Paşa ile Cephe karargâhından Yarbay Tevfik Bıyıklıoğlu ve Binbaşı Seyfi Akkoç'tan oluşuyordu.

M. Kemal Paşa Trakya'nın Türklere teslim edileceğinden kuşku duymaktaydı. İsmet Paşa'ya, "Eğer Trakya'nın bize teslimini kabul etmezlerse.." dedi, "..hareketin durdurulması için verdiğim yazılı emri iptal edeceğim. O zaman iki orduyu da harekete geçirirsiniz."

"Başüstüne."

Görüşmelerde İngiltere'yi işgal kuvvetleri başkomutanı General Harrington'un, Fransa'yı İstanbul ve Trakya'daki Fransız kuvvetlerinin komutanı General Charpi'nin, İtalya'yı İstanbul'daki İtalyan birliğinin komutanı General Mombelli'nin temsil edeceği bildirilmişti. Yunanlılar hakkında bir bilgi yoktu. Unutulması imkânsız bir yenilgiye uğramışlardı. Yenilgiden 'büyük felaket' diye söz ediyorlardı. Yıkım, kargaşa, çekişme içindeydiler.

Kahveler bitince kalktılar. M. Kemal Paşa sevgiyle hepsinin elini sıktı:

"Başarılar dilerim, kolay gelsin."

Behiç Bey

YAVER Salih Bozok, Anadolu Demiryolu Genel Müdürü Kurmay Albay Behiç Erkin'den telgrafla İzmir-Ankara demiryolunun son durumunu sordu. M. Kemal Paşa artık Ankara'ya dönmek istiyordu.

Yunanlılar kaçarken demiryollarını birçok yerde bozmuş, bazı önemli köprüleri de yıkmışlardı. Behiç Bey'in demiryolcuları inanılmaz bir beceriyle bir ay içinde bunların çoğunu onarmış, yolu iki yerde aktarma yapılması şartıyla Kütahya'ya kadar işletmeye açmayı başarmışlardı.

Behiç Bey övünç içinde "Kütahya'ya kadar yol açık" diye yanıt verdi. Kütahya-Eskişehir ile Eskişehir-Polatlı arası yer yer sorunluydu. Otomobiller trenlere yüklenecek, sorunlu yerler otomobille aşılacaktı.

Albay Behiç Bey gerekli emirleri verdi. Paşayı karşılamak için Konya'dan Afyon'a hareket etti.[23]

AKŞAM YEMEĞİ çok güzel geçmişti.

Çevre gün görmüş Müslüman-Türk ailelerin köşkleri ile doluydu. Sofra hizmetine bu köşklerin iyi yetişmiş kızları yardımcı olmuşlardı. Hepsinin boynunda M. Kemal Paşa'nın resmi bulunan altın madalyonlar vardı.

Tren vakti yaklaşınca kalkıldı.

Otomobiller köşkün önünde sıralanmış, eşyalar yüklenmişti. Görevliler, yaverler, şoförler, muhafızlar ayakta Paşa'yı ve birlikte Ankara'ya dönecek misafirleri bekliyorlardı. Farların ışıkları altında köşk bir masal evine benziyordu.

Komşu köşklerin bahçeleri, balkonları ve pencereleri gölgeler ile doluydu. M. Kemal Paşa'nın ayrılacağını duyan komşular, uzaktan da olsa bir daha görmek ve uğurlamak için bekliyorlardı.

Latife Hanım, Paşa ve misafirler ile merdivenlerden bahçeye birlikte indi. Köşk hizmetlileri ve yardım için gelmiş olan genç kızlar merdiven başında kalmışlardı.

Latife Hanım hepsinin elini sıkarak iyi bir yolculuk diledi. En son Paşa'nın elini tuttu ve bırakmadı:

"Paşam, evimize saadet ve şeref bahşettiniz. Annem ve babam yakında dönecekler. Onların da bu şerefe nail olmaları için evimizin Başkomutanlık Karargâhı adını taşımaya devam etmesini, üç-beş erden oluşan bir birlik tarafından da korunmasını rica edebilir miyim?"

M. Kemal incelikle gülümsedi:

"Peki."[24]

Latife Hanım elini öpmek için eğilince, Paşa telaşla geri çekildi, askerce selamladı. Arabasına yürüdü. Geçirmeye gelmiş olan yetkililere gerekli emri verdi. Latife Hanım sessizce Salih Bozok'a sokulmuştu, fısıltıyla, "Beni unutmayın!" dedi. Bu, 'beni Paşa'ya anımsatın' demekti. O zamanın genel terbiyesince, bir genç hanımın bir erkeğe ilgisini açıkça belirtmesi ayıplanırdı. Bu yüzden Salih Bey bir yandan bu davranışı yadırgıyor, bir yandan da kızın cesaretini takdir ediyordu. "Peki, unutmam" dedi.

Arabalar çalıştırıldı. Komşu bahçe ve köşklerden alkış sesleri, sevgi haykırışları, dualar yükseldi.

Arabalar köşkün önünden ayrılarak ilk yoldan sola döndüler. Motor uğultuları iyice uzaklaşana kadar alkışlar, dilekler, dualar kesilmedi.[25]

FETHİ OKYAR ile Dışişleri Bakanı Yusuf Kemal Tengirşenk aynı arabaya binmişlerdi. Göztepe yolundan Basmane istasyonuna gidiyorlardı. Önden giden küçük bir süvari birliği yol açmasa, her akşamki gibi sokaklara dökülüp eğlenen halkı yarıp da geçmek çok zor olacaktı.

Halk sevgisini avaz avaz açıklıyor, arabalar yavaşlarsa çamurlukları seviyor, arabaların gözleriymiş gibi farları öpüyorlardı.

Yusuf Kemal Bey, "Çok zarif bir hanım, öyle değil mi?" diye sordu.

"Evet."

"İnşallah evlenirler."

Fethi Bey yanıt vermedi. Düşünceli duruyordu. Yusuf Kemal Bey üsteledi:

"Yoksa siz uygun görmüyor musunuz?"

"Haklısınız, uygun görmüyorum."

Yusuf Kemal Bey şaşırmıştı:

"Neden?"

"Misafirliğimiz süresince dikkatle izledim. Paşa'yı idare edebilecek yetenekte biri olmadığını, olamayacağını anladım."[26]

"Amma yaptınız ha! Bence fevkalade bir hanım."

Basmane garında tren hazırdı. Lokomotif bayrak ve defne dallarıyla süslenmişti. Gece yarısı olmasına rağmen peron binlerce İzmirliyle doluydu. Tren bandonun çaldığı İzmir Marşı'nın yürek titreten ezgileri ve halkın alkışları arasında hareket etti.

2 Ekimde Ankara'da olacaklardı.[26a]

TRENİN hareket ettiği saatte İstanbul hükümetinin Maliye Nazırı Mehmet Tevfik (Biren) Bey, kuştüyü yatağında azap içinde dönüp duruyordu.

Ağustos ayına ilişkin emekli aylıklarını daha ödeyememişti. Genel aylıkların Ekim ayı toplamı 508.000 lira tutuyordu. Bunu da ödemesi mümkün değildi. Çünkü Osmanlı hazinesinde sadece 60.000 lira vardı.

Düyun-u Umumiye İdaresi ile Osmanlı Bankası'ndan avans istemiş, ikisinden de ses çıkmamıştı. Eldeki para Padişah ve hanedanın aylık ödeneğine bile yetişmiyordu.[27]

Sabaha kadar kıvranacaktı.

Her ay sonunda yaşıyordu bu azabı. Yoksul, esir bir devletin Maliye Nazırı olmak iğneli fıçıda yaşamak gibiydi.

İSMET PAŞA ve kurul arkadaşları sabah trenle İzmir'den ayrıldılar. İlk durak Balıkesir'di.

İsmet Paşa Milli Mücadele içinde eşini ve annesini İstanbul'dan Malatya'ya, Malatya'dan Konya'ya getirtmişti. Ayrılmadan önce eşine bir mektup yazarak Göztepe'de deniz kıyısında güzel bir ev tuttuğunu belirterek İzmir'e gelmelerini istedi. Mevhibe Hanım'ın mektubu alır almaz hazırlığa girişeceğini biliyordu. Eşinin ve annesinin İzmir'i seveceklerini ve rahat edeceklerini ümit ediyordu.

İzmir'den içi yanarak ayrıldı. İzmir'de doğmuş, çocukluğunu İzmir'de yaşamış, öğrencilik yıllarında tatilleri burada, dayısının yanında geçirmişti. İzmir'in en güzel kesimlerini yakan barbarları affetmiyordu. Güzelim şehrin ortasında, dev bir yanardağ ağzı gibi kocaman, kapkara bir yangın yeri oluşmuştu.[28]

Akşam Balıkesir'de büyük bir sevgiyle karşılanacaklardı.

ÖZEL KATAR Afyon'a öğleye doğru ulaştı.

Behiç Bey Türk töresince Başkomutan'ın elini öperek zaferini kutladı. Başkomutan ile arkadaşları da demiryolcuların başarılarından dolayı Behiç Bey'i kutladılar.

Kahveler içildikten sonra M. Kemal Paşa Behiç Bey ile kendi kompartımanında özel bir görüşme yaptı. "Ateşkes görüşmeleri tıkanabilir ve savaş yeniden başlayabilir.." dedi, "..biz sessizce en kötü olasılıklara hazırlıklı olalım. Ankara-Eskişehir-İzmit hattını en hızlı biçimde kullanıma açmalıyız. Bunun için ne gerekiyorsa iste."

Behiç Bey Bayındırlık Bakanından, Bakanlığın kırtasiyeciliğinden ve parasızlıktan şikâyetçiydi. Kıskançlık, taş koyma gibi milli hastalıklarımız da yeniden belirmeye başlamıştı. Başkomutan'ın neşesini kaçırmamak için hiçbirini söylemedi.

"Anladım Paşam. Elimizden geleni yaparız. Büyük sorun Karaköy-Bilecik arasındaki yıkık Başköy köprüsü. Bu köprüyü geçici olarak ahşaptan yaptırmaya çalışıyorum. Yapım bitene kadar Karaköy-Bilecik arasını otomobille, arabayla, atla aşacağız."

"Peki, teşekkür ederim."[29]

ÖZEL KALEM MÜDÜRÜ Hayati Bey Çankaya Köşkü'nü arayarak Fikriye Hanım'a Kemal Paşa'nın ertesi gün Ankara'da olacağını bildirdi.

"Teşekkür ederim Hayati Bey."

Uçar gibi ikinci kata çıkarak küçük odadaki yatakta yatan Zübeyde Hanım'a müjdeyi verdi. Sonra yine uçar gibi aşağıya indi.

Evi toparlamalı, Paşa'nın sevdiği yemekleri yapmalı, kendine de çekidüzen vermeliydi.

Heyecandan yine öksürmeye başladı.

ANKARA günlerdir muzaffer Başkomutan'ı karşılamaya hazırlanıyordu.

Geniş bir karşılama programı düzenlenmişti. Ankara istasyonu ile Türkiye Büyük Millet Meclisi arasındaki toprak yol zafer takları ile süsleniyordu.[30]

Türkiye ölümden dönmüş, yüzyıllardır böyle kesin, büyük bir zafer görmemişti. İç ve dış ne kadar karşı güç varsa hepsi yenilmişti.

Bu yüzden ne yapılsa Program Kuruluna az geliyordu.

BU BÜYÜK hazırlık bazı milletvekillerinin sinirine dokunmuştu. Karaoğlan Caddesi'ndeki Kuyulu Kahve'de toplanmış, alçak sesle dertleşiyorlardı. Geleneksel devlet/toplum düzeninin sürmesinden yana olan grubun önde gelen, inatçı, aşırı üyeleriydiler.

Karşılarında çağdaş devlet/toplum ideolojisini savunan grup vardı. Bu grubun önderi M. Kemal Paşa'ydı.

Meclis'in açıldığı günden beri, üç yıla yakın zamandır, geleneksel ideolojinin savunucuları ile çağdaşlık ideolojisinin savunucuları arasında, sürekli ve derinden bir çekişme yaşanmaktaydı.

Gelenekçiler her fırsattan yararlanarak Padişahlık/ halifelik/ meşrutiyet düzeninin sürmesini güven altına alacak girişimlerde bulunmuş, çağdaşçılar ise cumhuriyete engel olacak, kabulünü zorlaştıracak bu tür her girişimi etkisiz bırakmaya çalışmışlardı.[31] Bu çekişme sırasında ne padişahçılar padişahtan, ne cumhuriyetçiler cumhuriyetten söz etmişlerdi. Emperyalizme karşı Anadolu birliğini korumak için iki yan da bu sözcükleri kullanmaktan kaçınmış, açık tartışmayı zafer sonrasına ertelemişti.

Artık son aşamaya gelinmişti.[31a]

Zaferin yıldırım hızıyla gerçekleşmesi gelenekçileri şaşırtmış, M. Kemal Paşa'yı çok büyütmüştü. Paşa'yı durdurmak artık çok zordu.

Bir çare bulup durdurmalı, geleneksel rejimi yaşatmalı, hanedanı korumalıydılar.

Ama nasıl?

Fısır fısır konuşmayı sürdürdüler.

ÖZEL KATARI 2 Ekim Pazartesi sabahı bir Meclis Kurulu Eskişehir yakınındaki Beylikahır istasyonunda karşıladı.

Ankara Garnizon Komutanı Yarbay Fuat Bulca karşılamaya, Gazi Paşa'nın manevi çocuğu Abdürrahim ile Salih Bozok'un oğlu Cemil'i de götürmüştü. Bu incelik iki babayı da çok sevindirdi. Kurulda muhalefet grubundan da milletvekilleri vardı.

Muzaffer Başkomutan'ı heyecanla kutladılar.

Dört yıl önce neredeyse herkesin çılgınca bir hayal sandığı amacı, adım adım, yaman aşamalardan geçerek, olağanüstü bir sabırla gerçekleştirmiş, dünyaya kabul ettirmişti. Gören gözler, düşünen kafalar için yüzlerce mucize içeren olağanüstü bir süreçti bu dönem.

Tarihin akışını değiştirmişti.

Sabah sekizde ikinci bir tren daha Başkomutan'ı Ankara'ya gelmeden önce karşılamak için Sincan'a hareket etti. Bu trende ilkine yetişememiş milletvekilleri ile Ankara ileri gelenleri, bazı basın mensupları ve Sovyet Büyükelçisi Aralof vardı. Tren Malıköy'de durdu. Bütün yakın köylerin halkı bayramlık giysileriyle gelmişti. Birlikte kınalı kurbanlık koçlar getirmişlerdi. Paşa'nın gelmesini beklerken, bayram sevinci içinde köy oyunları oynuyorlardı.

Bu köylüler Sakarya Zaferini bilen, ölümün soluğunu ve kurtuluşun zevkini duymuş insanlardı.

Özel katar görününce istasyona koştular. Paşa vagonun kapısında göründü. Oradan kucaklanarak indirildi. Köylüler ellerini, yüzünü öpmek için kaynaşıyorlardı. Kimse bir şey söylemiyor, yalnız ağlıyordu. Bir yandan da kurbanlar kesiliyordu.

Paşa halkın arasından zorlukla trene dönebildi.

Tren kısa bir süre de Sincan'da durmak zorunda kaldı. İstasyon ve çevresi Sincanlılar ve çevre köylerden gelen binlerle dolmuştu. Aynı kaynaşma, kucaklaşma, ağlama burada da yaşandı.

Ankara istasyonu bayraklar, defne dalları ile süslenmişti. Peron tıklım tıklım doluydu. Milletvekilleri, elçiler, yöneticiler, subaylar, basın mensupları, kalabalığa karışabilen halk ve bir bando ile bir şeref birliği Başkomutan'ı bekliyordu.

Makinist istasyona düdüğünü öttüre öttüre girdi, Gazi Paşa'nın ineceği kapıyı, yere serilen kırmızı yol halısına denk getirmeyi başardı. Bando 'hoş gelişler ola Mustafa Kemal Paşa' bestesini çalmaya başlamıştı. Salih Bozok kapıyı açtı ve geri çekildi.

Başkomutan Mareşal Gazi M. Kemal Paşa, sade mareşal üniforması, tığ gibi endamı, çok yakışan kalpağı ile vagon kapısının çerçevesi içinde göründü.

41 yaşındaydı.

Sanki bir cephanelik patladı. Öyle bir gürültü yükseldi kalabalıktan. Alkış ve çığlıklara sevinç gözyaşları karıştı. Meclis adına Dr. Adnan Adıvar ilerledi, Başkomutan'ın elini sıktı, sonra dayanamadı, heyecan içinde kucakladı.

Kalabalık karışıp düğüm oldu.

Gazi Paşa istasyondan güçlükle çıkabildi. Sağ yanında Milli Savunma Bakanı Kâzım Özalp Paşa, sol yanında Dr. Adnan Bey vardı. Ankaralılar yola Meclis'e kadar halı sermişlerdi. Tekbirler arasında kurbanlar kesilmeye başlandı. Öne ilahiler söyleyen dervişler geçti. Onları Seğmenler izledi.

Kafile zafer taklarının altından geçerek ilerledi. Memurlar, esnaf birlikleri, zanaatkârlar, imalat-ı harbiyeciler, işçiler, halk, öğrenciler, Subay Talimgâhının öğrencileri (Harbiyeliler), gönüllü hemşireler, kağnılarının başında kağnıcı kadınlar, Ankara'ya akmış olan köylüler, bandolar ve saz takımları yolun iki yanında yer almışlardı. Paşa'yı selamlıyor ve olanca güçleriyle haykırıyorlardı:

"Yaşa, var ol Paşam!"

"İki cihanda aziz ol!"

"Yoluna canımız feda!"

"Yaşasın büyük Gazi!"

"Yaşasın büyük ordu!"

"Allah bağışlasın!"

"Sağoool!"

Paşa herkesi selamlayarak yürüyor, kurban kesimine rastladıkça başını çeviriyor, gözlerini kaçırıyordu. Görevliler Paşa'yı kucaklamak, ellerini öpmek, çizmesinin tozunu gözlerine sürme diye sürmek için yola atılmak isteyenleri zorlukla engellemekteydiler.

Bu kalabalığın arasında İngiliz ajanları ile İstanbul yönetiminin jurnalcileri de bulunuyordu. Halkın sevgisini yutkunarak izliyorlardı. Tarihin bambaşka bir yöne aktığı besbelliydi.

Küçük Meclis binasına ulaşıldı. Karşıdaki Millet Bahçesi kadınlarla doluydu. Şimdiki Ulus Meydanı dalgalanan bir insan denizini andırıyordu. Başkomutan sevinç çığlıkları ve gözyaşları arasında TBMM'ne girdi.[32]

Bakanlar ve Milletvekilleri Gazi Paşa'yı izlediler. Meclis'te büyük bir kutlama töreni yapılacaktı.[32a]

BURSA Milletvekili Muhittin Baha (Pars) Bey tören başlamadan önce ellerini yıkamak için lavaboya koştu.

Gözlüklü bir milletvekili de ellerini yıkıyordu. Suratı allak bullaktı. Muhittin Baha Bey içtenlikle sordu:

"Nedir bu halin? Bir şey mi oldu?"

Adam omuzunun üzerinden öfkeyle geriye baktı:

"Ne olsun? Nasıl olsa İzmir'i bize vereceklerdi. Bu olayı niye bu kadar büyütüp duruyorsunuz? Nedir bu şamata?"

Düşmanlar dışında herkesin bu harika sonuca sevindiğini sanan Muhittin Bey şaşırmıştı. Gözlüklü, "Yunanlılardan kurtulduk.." diye devam etti "..bakalım M. Kemal'den nasıl kurtulacağız?"

Yürüyüp çıktı.

Muhittin Baha Bey donakaldı.[33]

Doğu tarzı siyasetin kimi siyasetçileri hainliğe kadar sürüklediğini bilirdi ama bu mutlu günde böyle bir tavırla karşılaşmaya hazır değildi. Ürktü.

Ne yapmıştı M. Kemal Paşa?

Sevr'e, işgale, parçalanmaya, Avrupa'nın uşağı olmaya karşı çıkmış, halka davayı benimsetmiş, Meclis'i toplamış, orduyu kurmuş, sonunda Türkiye'yi kaç türlü onursuzluktan, pislikten, rezillikten, zavallılıktan kurtarmıştı.

Gelişmemiş bir insan bile bu hizmetlerin değerini bilirdi.

Bu nasıl bir insandı?

İnsan mıydı?

M. KEMAL PAŞA eve ancak akşama doğru gelebildi. Fikriye pencerede bekliyordu. Otomobil görünür görünmez koşa koşa kapıyı açtı. Gece diktiği mor elbisesini giymiş, saçlarını sıkı sıkı toplamış, hafifçe boyanmış, boynuna kehribar kolyeyi takmıştı. Paşa'yı kapının dışında karşıladı.

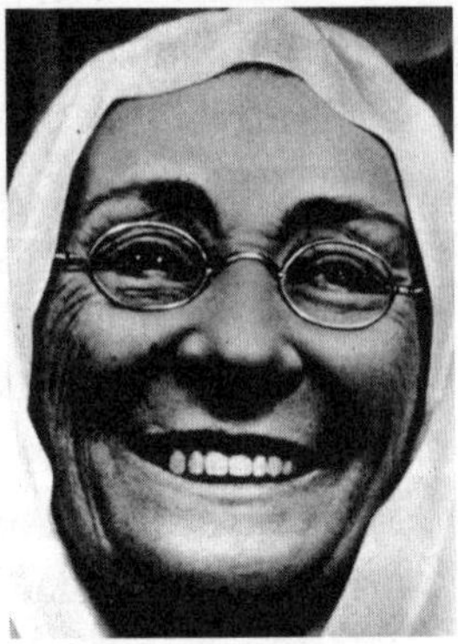

Zübeyde Hanım

Elini öptü.

Paşa annesinin yanına çıktı. Oğlunu görünce Zübeyde Hanım'ın mavi gözleri ışıldadı. "Hoşgeldin oğlum.." dedi, "..gazan mübarek olsun. Allah'ı da, milleti de hoşnut ettin."

Paşa annesinin elini öptü, yanına oturdu.

"Nasılsın anam?"

"Doktor Adnan 'iyisin' diyor ama ben iyi değilim, Fikriye de iyi değil. Kesik kesik öksürmeye başladı. Galiba bu da baban gibi verem. Neyse geldin ya, ikimizi de gözetirsin artık."

İSMET PAŞA da, kurul arkadaşları ve karargâhı ile 2 Ekimde Mudanya'ya ulaştı. Dinlenmeden görüşmeler için hazırlanmış olan binayı görmeye geldi.

Deniz kıyısında, genişçe bir rıhtımı olan güzel, beyaz bir evdi. Alt katında uzunca bir salon vardı. Görüşmeler için burası hazırlanmış, deniz tarafına delegelerin oturacağı kadife örtülü bir masa ve iskemleler yerleştirilmişti.

İsmet Paşa masanın yanında uzun süre ayakta durdu. Yol boyunca bir düşünce gelişmişti kafasında. Gülümsedi. Bir zamanların galiplerini şaşırtacaktı.

Oturma düzenini tasarladıktan sonra binadan ayrıldı.

DOKTOR ADNAN BEY, Doktor Mim Kemal (Öke) Bey ile hava kararırken köşke geldi. Zübeyde Hanım'ı ve Fikriye'yi birlikte muayene ettiler. Paşa'yla salonda buluştular.

Doktorlara göre Zübeyde Hanım'ın deniz kıyısında, yumuşak iklimli bir yerde oturması iyi olurdu. Paşa sızlandı:

"Yine mi ayrılacağız?"

"Başka çare yok."

"Peki, ya Fikriye?"

Doktor Adnan, "Annenizin koyduğu teşhis doğru" dedi.

"Ben gidene kadar hiçbir belirti yoktu."

"Verem ilerlemeden kendini belli etmez."

"Anladım."

MUHALEFETTEN bazı milletvekilleri yemekten sonra, bir arkadaşlarının Samanpazarı'na çıkan yolun sol yanındaki iki katlı evinde buluşmuşlardı.

Büyükçe oda duvara asılı bir gaz lambasıyla aydınlanıyordu. Kimi sarıklı, kimi fesliydi. Ot minderli sedirlerde oturuyorlardı. Ziya Hurşit Bey, konuşmaya katılmadan elindeki tabancayla oynamaktaydı.[34]

Günlerden beri allak bullak suratla gezen gözlüklü milletvekili, hırçın, sert bir sesle, "Her şeyden önce bu zaferi küçültmenin bir yolunu bulmalıyız.." dedi, "..Her gün biraz daha büyüyor adam. Başa çıkmak imkânsız olacak."

Şişman milletvekili itiraz etti:

"Küçültmeyi başaramayız."

"Nedenmiş?"

"Çünkü Yunanistan bile çok büyük bir felakete uğradığını itiraf etti. Avrupa gazeteleri zaferin eşsizliğini, olağanüstülüğünü belirtiyor. Zaferin tanığı on binlerce gazi var. Küçültmeye kalkarsak gülünç oluruz."

Cüppeli, sarıklı bir milletvekili, "Ben kendi adıma böyle bir yalanın vebalinden korkarım.." dedi, "..Kazandığımız bir zaferi niçin küçültelim? Şehitlerimizin, gazilerimizin hakkını niye yiyelim? Günahtır. Daha iyi bir yol bulmalıyız."

Bir başka sarıklı araya girdi:

"O kadar ince düşünme Efendi. Gaye hayırlı ise yapılan işin vebali olmaz."

"Boş konuşma. Olmaz olur mu? Hayır niyetiyle eşkiyalık, sahtekârlık, yalan dince uygun mudur?"

Saygın bir sarıklı tartışmaya noktayı koydu:

"Uygun değildir. Bunu tartışmak bile doğru değil."

Şişman sabırsızca, "Yarın öbür gün Trakya'yı da geri alırsa.." diye söze başlamıştı. Gözlüklü bağırdı:

"Nah alır! İngiliz dövüşmeden adama toprak verir mi?"

Top sesine benzer patlamalar duyuldu. Perdelere havai fişeklerin keskin ışıkları vurdu. Ankara bugün de coşmuştu.

"Yetti yahu. Ne görmemiş milletmişiz be!"

Biri güldü:

"Ee, üç yüz yıldır böyle bir zafer görmediğimiz kesin. Sevindirik olduk."

Çopur bir milletvekili, "Beyler.." dedi, "..Gerçekçi olmalıyız. Yapılacak şey belli: Beklemek ve sessizce çoğunluğu ele geçirmek. Bunu sağlamaya bakalım. Başka ne yapsak yanlış olur."

Biri, Ziya Hurşit'e seslendi:

"Sen bir şey söylemiyorsun?"

Ziya Hurşit, sakin bir sesle, "Beyefendi haklı.." dedi, "..Bekleyeceğiz."[34a]

Şarjörü şaklatarak tabancasının kabzasına yerleştirdi.

3 EKİM 1922 öğleye doğru İsmet Paşa ve kurul üyeleri görüşmeler için hazırlanmış olan eve geldiler.

Trakya Türkiye'ye geri verilmezse savaşa devam edilecekti. Olası bir savaş Çanakkale ve İstanbul'da geçecekti. Genelkurmay Başkanı Fevzi Paşa karargâhı ile bu iki cephenin ortasındaki Bursa'ya gelmişti. Hazırlanan planlar Fevzi Paşa'ya gösterilmekteydi.

Ev güven altına alınmış, çevre temizlenip düzenlenmişti. Ortalıkta görünecek askerlere yeni üniformalar, Yunanlılardan kalma yeni botlar verilmişti. Halk tek asker görse alkışlıyor, kucaklıyor, gepgenç askerlerin ellerini öpüyordu.

Mudanya Türkiye tarihinin yeni bir aşaması için hazırdı. Rumlar kaçak Yunan birlikleriyle birlikte Mudanya'dan göçmüşlerdi. Evleri boş duruyordu. Türk evleri bayraklarla süslüydü.

Önce bir savaş gemisiyle Franklin Bouillon geldi. Generallere gereken bilgileri verdiğini söyledi. Merak edilecek bir şey yoktu. Doğu Trakya kesinlikle Türklere devredilecekti.

Bu açıklama görüşmelerin uzamayacağı ümidini uyandırıyordu ama İsmet Paşa iyimserliğe kapılmadı. Avrupa siyasi tarihi ve dört yıldır olanlar iyimserliğe izin vermiyordu. Hele İngilizlere hiç güveni yoktu.[35]

Generaller ayrı gemilerle 14.45'te geldiler.

Mudanya açıklarında bir şilep belirmişti. Şilepte Yunan delegesi General Mazarakis ile bir zamanların ünlü Albayı Sarıyanis vardı. General Mazarakis bu trajik toplantıya katılmak istemediğini generallere bildirmişti.

İsmet Paşa omuzlarını silkti:

"Kendileri bilir."

Ortada doğal olmayan bir durum vardı zaten. Ateşkes görüşmelerinin Türk ve Yunan yetkililer arasında olması gerekirdi. Ama Türklerin karşısında İngiliz, Fransız ve İtalyan generaller vardı. Dublörlerin yerini asıl rol sahipleri almıştı.

İsmet Paşa yol gösterdi. Eve girerek salona geçtiler.

Paşa'nın beklediği an gelmişti.

Masanın başında durdu. General Harrington ve iki yardımcısına sağında, Fransız Generale solunda, İtalyana karşısında yer gösterdi.

"Buyrunuz!" diyerek oturmaya davet etti, onları beklemeden masa başındaki yerine oturdu.

Saat 15.00'ti.

Böylece Mudanya Ateşkes toplantısı Türk delegesinin başkanlığında açılmış oldu. İsmet Paşa'nın başkanlığı görüşmeler bitene kadar sürecek, toplantının sekreterya görevlerini de Türkler yürütecekti.

Franklin Bouillon bir gözlemci olarak salonun öbür ucunda oturmuştu. İsmet Paşa'nın ev sahipliği havası içinde şaşırtıcı bir incelikle başkanlığı ele almasını gülümseyerek izledi.

Generaller oturdular ama memnun olmadıkları yüzlerinden akıyordu. Türk delegesinin başkanlığında toplanmayı yadırgamışlardı.[36]

İsmet Paşa toplantıyı Fransızca açtı, ana başlıkları belirtti, konuşmak isteyen General Harrington'a söz verdi.

Harrington İngilizce konuştu. Kurmay Başkanı Albay Heywood konuşmayı Fransızcaya çevirdi. Görüşmeler Fransızca yapılacaktı.

10 maddelik bir proje ile gelmişlerdi. Proje İngiliz, Fransız ve İtalyan ortak görüşü olarak sunulmaktaydı ama İngiliz etkisi belli oluyordu. Yunan ordusunun Trakya'yı boşaltması ve Trakya'nın Türkiye'ye teslimi kabul edilmekteydi. Ama Trakya Türkiye'ye ancak barış andlaşması imzalandıktan sonra teslim edilecek, o tarihe kadar Müttefik birliklerinin işgali altında kalacaktı. Karaağaç teslim edilecek toprakların dışında bırakılmış, Yunan ordusunun Trakya'yı boşaltma süresi hayli uzun tutulmuştu. Trakya'ya geçirilecek Türk jandarmaları için önerilen sayı yetersizdi. Yunanlıların elindeki esirler ve rehineler sorunu açıkta duruyordu.

İngilizin bir hakkı, bekletmeden, yozlaştırmadan, sulandırmadan, zorluk çıkarmadan, haracını almadan verdiği görülmemişti.

İsmet Paşa sakinliğini zor korudu. Projeyi incelemek için görüşmeye bir saat ara verdi.

Türkler vakit geçirmeden üst kata çıkıp projeyi değerlendirmeye oturdular.[37] Hem tarafsız bölgeleri, yani Çanakkale ile İstanbul'u, hem Trakya'yı barış görüşmeleri için pazarlık kozu olarak saklamak istedikleri anlaşılıyordu. Demek ki barış görüşmeleri birçok tuzakla dolu olacaktı.

İsmet Paşa ve arkadaşlarının Trakya'nın tesliminin gecikmesine razı olmaları imkânsızdı. Sürenin uzun tutulması da çok sakıncalıydı. Trakya'daki Türkleri bir an önce Yunan ve Rum baskısından kurtarmak gerekiyordu. Acı haberler gelmeye başlamıştı bile.[37a]

FİKRİYE Salih Bozok'un gelmek istediğini bildirince Zübeyde Hanım sevindi. Selanik'ten tanıdığı, gençliğini bildiği Salih Bozok'u evladı gibi severdi:

"Hemen gelsin."

Salih Bey 'anne' dediği Zübeyde Hanım'ın elini öptü, yatağın karşısındaki kanepeye oturdu. Hatır sordu, savaşı ve İzmir'i anlattı. Sözü döndürüp dolaştırıp Latife Hanım'a getirdi. Bu İzmirli genç hanımı çok beğenmiş, Paşa'ya yakıştırmıştı. Cömertçe övdü. Sonunda dedi ki:

"Bir gün Paşa evlenecekse ben Latife Hanım gibi biriyle evlenmesini isterim."

İyi niyetle söylediği bu sözler oğlunu evlendirmeyi kuran Zübeyde Hanım'ın yüreğini kaldırmıştı.

Kaderin saati işlemeye başladı.

HERKES yerini alınca İsmet Paşa toplantıyı yeniden açtı.

Trakya konusunun ana sorun olduğunu, bu konuda ödün vermelerinin söz konusu olamayacağını açıkladı. Sakin ve kesin konuşuyordu.

Generallere göre, Trakya'nın Türklere teslimi siyasi bir konuydu. Bu nedenle barışın imzalanmasını beklemek gerekmekteydi.

Konuşmalar tartışmaya dönüştü.

Türklerin bir karşı proje sunması kabul edildi. Toplantı ertesi gün saat 10.00'a ertelendi.

İsmet Paşa durumu bir raporla Başkomutan'a bildirdi. Karşı projeyi hazırlamak için mola vermeden arkadaşları ile çalışmaya oturdu.

BAKANLAR KURULU istasyondaki direksiyon binasında M. Kemal Paşa'nın başkanlığında toplanmıştı. Gelişmeleri görüşüyorlardı. İsmet Paşa'nın raporu geldi.

M. Kemal Paşa raporu sinirli bir sesle okudu. Yusuf Kemal Bey çok şaştı:

"Ama Fransızlar güvence vermişti."

M. Esat Bozkurt "Çok entrika yani İngiliz kokuyor bu durum" dedi. İngiliz baskısı yüzünden Fransızlar güvencesine güvenilmez bir devlet durumuna düşmüştü. İçişleri Bakanlığına o gün yeniden seçilmiş olan Fethi Okyar, "Demek ki bundan sonra Fransa'ya da inanamayacağız" dedi.

Milli Savunma Bakanı Kâzım Özalp Paşa çok kızmıştı:

"Trakya konusu hiçbir biçimde ileriye bırakılamaz."

Yenilince eşkıya sürüsüne dönen Yunan ordusunun, yenilginin acısını Trakya Türklerinden çıkarmaya kalkışmasından çekiniyorlardı.

Müttefiklerin bu tutumunun bir taktik mi, yoksa kesin bir görüş mü olduğunun anlaşılması, ona göre bir karar verilmesi için ertesi günü beklemeyi uygun buldular.

M. KEMAL PAŞA eve dönünce, her zaman olduğu gibi elini yüzünü yıkar yıkamaz annesinin yanına çıktı. Elini öptü. Zübeyde Hanım fırsatı kaçırmadı:

"İzmir'de genç bir hanım seni evinde misafir etmiş, doğru mu?"

Salih'in gevezelik ettiği anlaşılıyordu:

"Doğru ama yalnız beni değil, bütün arkadaşları, hepimizi misafir etti."

Zübeyde Hanım oğlunun ne düşündüğünü anlamak için dikkatli dikkatli baktı:

"Nasıl bir şey?"

"Zarif bir hanım."

"Güzel mi?"

"Eh, fena değil."

Annesinin bu önemli konuyu aceleye getirmesinden korkuyordu. Latife Hanım'ı gerçekten beğenmişti ama enine boyuna düşünmesi gerekiyordu.[38] Misafirleri olduğunu söyleyerek izin alıp ayrıldı.

Sofraya bir göz attı. Sofranın özenli, düzenli olmasına çok önem verirdi. Zaten her konuda özenli, düzenli, titiz biriydi. Eksiklik görmeyince arkadaşlarını sofraya buyur etti.[39]

Bu akşam yakın, özel arkadaşlarını çağırmıştı.[39a]

Ankara'dan ayrılmadan bir gece önce de birlikte olmuşlar, ayrılırken, "Taarruz haberini alınca hesap ediniz, on beşinci günü İzmir'deyiz" demişti.

Ordu on dört gün sonra İzmir'de olmuştu. Arkadaşlarına, "Bir gün yanılmışım.." dedi, "..ama kusur bende değil, düşmanda."[40]

Kadehini kaldırdı.

Derin bir mutluluk içinde zaferi kutladılar.

Misafirler gece yarısına doğru ayrıldılar. M. Kemal Paşa ertesi gün Meclis'te savaşı anlatacaktı. Üst kattaki çalışma odasına çıkarak konuşması için notlar almaya başladı.

Az sonra Fikriye kolunda hırka, elinde bir fincan kahve ile geldi. Kahveyi masaya bıraktı. Hırkayı Paşa'nın omuzlarına koydu. Geceler serin olmaya başlamıştı.

"Teşekkür ederim. Sen daha yatmadın mı?"

"Sizi bekledim."

"Ben çalışmak zorundayım. Sen yat, olur mu?"

"Belki bana ihtiyacınız olur."

"Olmaz. Lütfen yat. Zaten iyi değilsin."

Fikriye, "Bir şeyim yok.." dedi, "..iyiyim ben."

"Lütfen."

"Peki Paşam, Allah rahatlık versin."

"Sana da Fikriye."

Kendini çalışmaya verdi.

SABAH Türk projesi Generallere dağıtıldı. Generaller incelemek için süre istediler.

"Tabii. Biz burdayız. Ne zaman gelirseniz toplanırız."

Üçü birden İngiliz gemisine gittiler. Gerektikçe İstanbul'daki Yüksek Komiserler ve hükümetleriyle bağlantı kurabilirlerdi. Geminin telsizi güçlüydü.

Türk kurulu ikinci kata çıktı.

Çok güzel bir sonbahar günüydü. Güneş yumuşak, deniz Türk mavisiydi. Rıhtımda martılar dolaşıyor, kıyıdan biraz açıkta yunuslar taklalar atarak oynaşıyorlardı.

Bu mavi güzelliğin bir ufuk ötesinde Trakya vardı. Rum çetelerinin Türk köylerini basarak hayvanları öldürdükleri hakkındaki haberler hepsinin sabrını sınamaktaydı.

Generaller 12.25'te geldiler.

Toplantı başladı.

Özellikle İngilizlerin Trakya'yı barış imzalanmadan Türklere teslim etmek niyetinde olmadıkları belli oldu. O tarihe kadar Trakya'yı elde tutmak istiyorlardı.

İsmet Paşa bu tutumu düşmana zaman kazandırma olarak niteledi ve Generalleri sertçe uyardı.[40a] Trakya'nın en kısa zamanda teslimi kabul edilmezse Başkomutan'ın savaşı durduran kararını geri alabileceğini sezdirdi. General Harrington da Türkleri hedef almıyormuş gibi görünerek şöyle dedi:

"Bizim pek çok gemilerimiz, toplarımız, uçaklarımız var. İngiltere'yi kızdırmak akıllıca bir hareket olmaz."

Kılıçlar çekilmişti.

BU DAKİKADA Başkan Dr. Adnan Bey uğultuyu kesmek için çana vuruyordu. Uğultu kesilince, "Efendim.." dedi, "..Başkomutan Paşa Hazretleri son zaferimiz hakkında açıklama yapacak. Söz Paşa Hazretlerinindir."

Salon hıncahınç doluydu. M. Kemal Paşa kürsünün önündeki ilk sıranın sağ başında oturuyordu. Başkanın açıklaması üzerine yerinden kalktı.

Salondaki milletvekillerinin büyük bölümü ile balkonlardaki dinleyicilerin ve basın mensuplarının hepsi ayağa fırladılar. Meclis yıkılacaktı. Alkışa dinleyiciler, basın mensupları, salona girip en arkada ayakta duran Meclis görevlileri de katıldılar. Milletvekilleri "Gazan mübarek olsun!" diye bağırıyorlardı.

M. Kemal Paşa konuşma kürsüsüne çıktı. Başıyla Meclis'i selamladı. Salonu derin bir sessizlik kaplayınca, konuşmaya başladı:

"Arkadaşlar!"

TÜRK-İNGİLİZ gerginliği Fransız ve İtalyan delegeleri kaygılandırmıştı. İsmet Paşa'ya hak verdiklerini ama siyasi bir konu olarak kabul edilen Trakya'nın teslimine evet demeye yetkili olmadıklarını açıkladılar.

İsmet Paşa kestirme konuştu:

"Hükümetlerinizden yetki isteyiniz."

Yunan cuntasının Trakya için savaşmaya niyetlendiğini, elinde kalmış birlikleri Meriç batısında toplamaya başladığını, gecikmenin barışa hizmet olmadığını, çok acı olaylara yol açabileceğini belirtti. Yunan ordusunun çekilirken neler yaptığını çarpıcı birkaç cümle ile anlattı.

Hiçbir şey General Harrington'u etkilemiyordu. Kesin talimat almış olmalıydı. Türklerin sabırlarının tükenip Trakya'ya zorla geçmeye çalışacaklarını hiç düşünmüyor gibiydi.

Ana sorunlarda ilerleme sağlanamayınca görüşmelere ara verildi. M. Bouillon bu olumsuz, haksız gidişten dolayı özür diledi.

İngiliz, Fransız ve İtalyan savaş gemileri Mudanya'dan ayrılmadılar. Generallerin İngiliz gemisinde toplandıkları gözlendi.

M. KEMAL PAŞA'nın uzun konuşması alkış tufanı ile sona erdi. Büyük Taarruz'u, Başkomutan Meydan Savaşı'nı ve takip savaşlarını ayrıntılı olarak, çok etkili bir dille anlatmış, komutanları, subayları ve erleri övmüştü. Kürsüden indi, sevgi gösterisinde bulunan milletvekillerinin arasından geçerek salondan çıktı.

Başkanlık odasına geçti. Masasının üzerine İstanbul ve Çanakkale Boğazıyla ilgili Kiepert paftasını serdi. Salih Bozok'a "Yarım saat içeri kimseyi alma.." dedi, "..çalışacağım."

"Başüstüne."

Haritaya eğildi.

Müttefikler direnmezlerse Türk birliklerinin karşıya geçişi sorun olmazdı. Direnirlerse geniş, sert bir savaş başlayacaktı. Bütün olumlu ve olumsuz olasılıkları değerlendirdi. Zor, tehlikeli bir hareket olacaktı ama başarıyla sonuçlanacağını hesapladı. Sonra da her gerçek asker gibi, savaşa gerek kalmamasını diledi.

HAVA kararmış, savaş gemileri ışıklarını yakmıştı. Renkli ışıklar denizde yankılanıyordu. Gemiler arasında motorlar gidip geliyor, ışıldaklarla sürekli haberleşiliyordu.

Türkler sabırlarının son kertesinde bekliyorlardı.

Gece böyle geçti.

Generaller 5 Ekim Perşembe günü öğleye doğru birlikte geldiler. Oturum açılınca şu anlaşıldı:

Ana konularda görüşleri hiç değişmemişti. Yunanlıların elindeki Türk esir ve rehinelerin geri verilmesi konusunu da barış andlaşmasına ertelemek istiyorlardı.

Oysa bu sırada Yunanlıların Batı ve Doğu Trakya'daki Türklere işkence uyguladıkları, köylerde evleri yıktıkları, yaktıkları bildirilmekteydi.[41] Bu olayları Türkler gibi Müttefikler de biliyorlardı.

Batının acımasız karakteri buydu. Türkiye Batının –bilimi, sanatı, toplum düzeyi ve teknolojisi ile değil– bu karakteri ile mücadele ediyordu.

Görüşmeler tıkandı.

Ertesi gün (6 Ekim) saat 14.30'da toplanılması kararlaştırıldı.

İsmet Paşa'nın durumu belirten raporu yıldırım telgrafla Ankara'ya geçildi.

BAKANLAR Mudanya görüşmeleri nedeniyle hazır bekliyor, çağrılınca hemen toplanıyorlardı. Meclis'te de milletvekilleri heyecan içindeydiler. M. Kemal Paşa Bakanlar Kurulunun görüşünü aldı.

Kimse ödün vermeye razı değildi.

Gözleri öfkeden yaşaran Mahmut Esat Bozkurt eliyle masayı yumruklayarak, "Paşam.." diye bağırdı, "..bizi neden böyle oynatıyorlar? Çünkü yoksuluz, geriyiz, yetersiziz. Böyle kalırsak bizimle sonsuza kadar oyuncak gibi oynarlar."

İsmet Paşa'ya Ankara'nın son görüşü bildirildi.

M. Kemal Paşa Başbakan ve Milli Savunma Bakanı ile konuştuktan sonra ikinci bir emir daha yolladı. Bu emirle '6 Ekim günü yapılacak toplantıda Türk görüşleri kabul edilmeyecek olursa, Başkomutan olarak İsmet Paşa'ya verdiği hareketi durdurma yetkisinin saat 18.00'den başlamak üzere sona ereceğini' bildirdi.

Bu emir, Trakya'yı vermemekte diretirlerse, Türklerin gerekince Müttefik birlikleriyle de çatışmayı içeren yeni bir savaşı göze aldıkları anlamına geliyordu.[42]

İSMET PAŞA, akşam Bursa'da, Fevzi Paşa ve kurmaylarla bir toplantı yaptı.

Fevzi Paşa

Durumu değerlendirdiler.

Birlikler dinlenmişti. Silah ve mühimmat bakımından sorun yoktu. Yunanlılardan pek çok top, mermi ve fişek, birçok da otomobil, kamyon ve ambulans kalmıştı.

Cephe hattındaki birlikler alarma geçirildi. Harekete hazırlık olarak Çanakkale ve İstanbul cephelerinin gerisinde bulunan birliklerin ileriye yanaşmaları uygun görüldü. İzmir limanı savunması hızla pekiştirilecekti.

Durum iki orduya da bildirildi.

Emperyalizm haktan, barıştan, uzlaşmadan değil, doğası gereği zordan anlıyordu.

Cephe gerisindeki tümenler yürüyüşe geçmek için hazırlığa giriştiler. Yürüyüşler geceleri yapılacaktı. Büyük Taarruz'da da birlikler cepheye böyle sessiz yürüyüşlerle kaydırılmıştı. Telsizler, telgraflar, telefonlar durmadan çalışmaya başladı.

Savaş yaklaşıyordu.

6 EKİM günü toplantı 14.30'da başlayacaktı. Ama Generaller gelmediler. İstanbul'da Yüksek Komiserlerle birlikte toplantı halinde oldukları öğrenildi.

İstanbul ve Çanakkale hattı karşısındaki Türk birliklerinin canlılığı dikkatlerini çekmişti. Çok geçmeden cephe gerisindeki birliklerin hazırlık içinde oldukları hakkında haberler almaya başladılar. Bu hazırlıklar pek de gizli yapılmıyor, belki Müttefiklerce bilinmesi isteniyordu. Bu bilgiler gittikçe kesinleşti ve durum aydınlandı: Türkler savaşa karar vermişti.

Bu sonucu hiç beklemedikleri anlaşılıyordu.

Paniklediler.

Müttefikler adına Fransız Yüksek Komiseri General Pelle yıldırım telgrafla uzlaşma sağlanacağı ümidini vererek 'harekete geçilmemesini' rica etti. İstanbul'da bulunan M. Bouillon daha ayrıntılı bir telgraf göndererek, 'Trakya'nın Türklere teslimi konusunun Londra ve Paris'te görüşüldüğünü bildiriyor, sonucun beklenmesini diliyordu'.[43]

Güç gösterisi görevini yapmıştı.

Generaller saat 20.30'da geldiler. Üçü de heyecanlıydı.[44]

Toplantı açılınca, Fransız ve İtalyan Generaller 'hükümetlerinin Trakya'nın Yunan askerleri çekilince Türklere teslim edilmesini kabul ettiklerini' açıkladılar.

Büyük bir gelişmeydi bu. İsmet Paşa iki generale ve hükümetlerine, TBMM hükümeti adına teşekkür etti.

İngiltere direnmeyi sürdürüyordu. General Harrington mahcup bir sesle, "Ben de yarın sabah aynı olumlu haberi verebileceğimi ümit ediyorum" dedi.

Bunalım şimdilik aşılmış görünüyordu. İsmet Paşa birliklerin cepheye yaklaşmayı sürdürmelerini istedi.

İngilizlere güven olmazdı.

İNGİLİZ hükümetinden ertesi gün de olumlu bir yanıt gelmedi.

Bir günde başlayıp biteceği sanılan görüşmeler beş gün uzamış ve sonuçlanmamıştı. Bu durum Ankara'yı da, halkı da iyice germişti. İstanbul çok tedirgindi. M.M. Grubunun bütün şubeleri ateş üzerinde bekliyorlardı.

Faruk evden ayrılıp Cihangir'deki eczanenin üst katındaki odaya taşınmıştı. Her gün değişen duruma göre önlem alıyordu. İstanbul'da olduğu anlaşılmasın diye Nesrin'e mektup yollayamamıştı. Fırsat düştükçe yazıp yazıp biriktiriyordu.

İngiliz hükümeti uzun bir direnmeden sonra, barışı beklemeden Trakya'nın Türklere teslimini kabul etmişti. Fakat bunu İstanbul'a bildirmekte acele etmediğinden 8 Ekim günü için kararlaştırılan toplantı gerçekleşmedi.

FİKRİYE kapıyı sessizce aralayarak baktı. Zübeyde Hanım yatakta oturuyor, gerekli hareketleri yapamadığı için başıyla namaz kılıyordu. Fikriye biraz bekledi, namaz bitince, Paşa'ya haber verdi:

"Gelebilirsiniz."

Zübeyde Hanım oğlunu görünce ayak ucunu gösterdi:

"Otur hele."

"Peki."

Oturdu.

"Kibar, akıllı, bilgili, görgülü, saygılı, pek iyi bir kızmış."

Paşa anlamazlıktan geldi:

"Kim?"

"Sanki anlamadın. Sana da hayranmış."

"O Salih'in iddiası."

"Ben Salih'e güvenirim. Doktorlar benim deniz kıyısında bir yerde oturmamı istiyorlarmış, doğru mu?"

"Allah Allah! Salih'in ağzında da bakla ıslanmıyor."

Zübeyde Hanım güldü:

"Canım yabancıya boşboğazlık etmiyor ya. Bak, ben İstanbul'a gitmem. Sen beni İzmir'e yolla. Orası da deniz kıyısıymış."

Oğlunun gözlerinin içine baktı:

"Latife'yi de görürüm."

Annesini nereye yollayacağına daha karar verebilmiş değildi. Doktorlu, hastaneli ve güvenli bir yer olmalıydı. Evlenmeli miydi, Latife Hanım'la mı evlenmeliydi, bu konularda da kesin bir karara varmamıştı. Yanlış bir adım atmak istemiyordu.

Fikriye kapıyı araladı:

"Telefon."

Paşa telefon edene içinden teşekkürler ederek izin isteyip odadan kaçtı.

9 EKİM sabahı Fransız ve İtalyan Generaller geldiler. İsmet Paşa ile özel görüşmek istiyorlardı.

"Buyrun."

Paris'te alınan kararları açıkladılar. Evet, Trakya Türklere teslim edilecekti. Ama bazı koşulların kabul edilmesi isteniyordu. Bunları bildirdiler ve konuşmayı "Bunlar kabul edilmezse durum çok ağır olabilir" diye tehdit ederek bitirdiler.[45]

Yenilen emperyalizm kuyruğu dik tutmaya çalışıyordu.

Bütün bu ileri geri gitmeler, dostluk gösterileriyle karışık tehditler, birbirleriyle çekişseler bile önemli konularda bir araya gelmeler, İsmet Paşa için olağanüstü bir deneydi. Bu deneyleri unutmayacaktı. Üslupları genel olarak olarak Lloyd George'un ve benzerlerinin üslubuydu.

Trakya kan dökülmeden geri alınacaktı! Önemli olan buydu. Gerisi zamanla çözülürdü.

İsmet Paşa Ankara'ya durumu bildirdi.

ORHAN yavaş yavaş yürüyerek her zamanki saatinde eve geldi. Ayağı hafif aksak kalmıştı. Dilber ile üç yaşındaki oğlu pencerede bekliyorlardı.

Fakülteyi bitirdikten sonra Bakırköy Erkek Ortaokuluna Türkçe öğretmeni olarak atanmış, Kartaltepe'de iki katlı, ahşap, eskice bir ev tutarak yerleşmişlerdi.

Ayda bir-iki kez Anadolu Hisarı'na, baba evine gidiyor, gece kalıyor, ihtiyarları mutlu ediyor, kendileri de mutlu oluyorlardı. Ailenin ortak kararıyla çocuğa, Anadolu'yu uyandıran M. Kemal Paşa'dan dolayı Kemal adı verilmiş, bu güzel ismi çocuğun kulağına Orhan'ın babası ezan okuyarak fısıldamıştı.

Karısı ile oğlunu büyük bir özlemle kucakladı.

Özlemez olur mu?

Sabahtan beri ayrıydılar.

ÖNCE Ankara'dan talimat geldi, kısa bir süre sonra da Generaller sökün ettiler.

Toplantı 19.00'da başladı.

İlk sözü General Harrington aldı. Uzun, süslü bir konuşma yaptı. Romantik bir sesle, "Hepimiz insanlık davasını temsil etmekte olduğumuzu hatırlamak zorundayız" dedi, "Türkiye'nin barış ve refahı cevabınıza bağlıdır" dedi, son olarak da "Barış ve esenliğin sağlanması yolunda yapılmış iyi niyetli teşebbüs ve müracaatları reddedecek misiniz?" diye sordu.

İsmet Paşa yüzüne yansımasına izin vermediği derin bir hayret içinde dinliyordu. Dört yıldır kan dökülmesine neden olan, şaşılacak düzenler kuran, Sevr gibi barbarca bir andlaşmayı hazırlayıp dayatan, İstanbul'u işgal altında tutan, ateşkes görüşmelerini uzatan sanki başkaları idi.

Bu ucuz edebiyatın bir amacı vardı: Yeni bir proje hazırlamışlar, daha önce ortaklaşa kabul edilmiş bazı maddeleri ve süreleri değiştirmişler, birkaç yeni madde eklemişlerdi. Şimdi istedikleri, bu üzerinde oynanmış anlaşmanın kabul edilmesiydi. Önemli konularda Türk isteklerini kabul etmişlerdi ama 'bizim dediğimiz olur' havasını korumak istiyorlardı.

Üç General ve iki telgrafla devreye giren M. Bouillon, yeni projenin gecikmeden, hemen, itirazsız kabulü için İsmet Paşa'yı uzun süre baskı altına aldılar.

Ama bazı maddeler ve ayrıntılar sorunluydu.

Uzlaşılamadı.

İsmet Paşa özetle, "Benim hareketi durdurma yetkimin kaldırıldığını biliyorsunuz.." dedi, "..Ordu düşmanı izlemekle görevli. Bunun için Trakya'ya geçmesi gerekiyor. Başkomutanımın emri de bu. Ben sizin ricanız dolayısıyla bu hareketi tutuyorum. Daha fazla tutarsam sorumlu olurum. Ateşkes anlaşması askerce bir işlemdir. Askerce konuşalım."

Özellikle General Harrington'a Başkomutan'ın son gelen emrini gösterdi .

Emir şöyleydi:

"Trakya'nın TBMM hükümetine geri verilmesini kabul etmedikleri takdirde, tasarlandığı gibi, derhal İstanbul üzerine harekete geçiniz. İngiliz generaline, Trakya'daki düşmanı takip için İstanbul ve Çanakkale üzerinden harekete geçecek birliklerimizle İngiliz birlikleri arasında bir çatışma olmaması için gerekenlere emir ve talimat vermesinin uygun olacağını bildiriniz."[46]

Emri dikkatle Fransızcaya çevirdi.

İngiliz Komutanın sarsılıp sarardığını gördü. Sonra sakin bir dille, hükümetinden son bir talimat almak için toplantının ertesi güne ertelenmesini istedi.

Generaller itiraz etmediler.

Vakit gece yarısına yakındı.

BAKANLAR KURULU toplantı halinde, İsmet Paşa'nın raporunu bekliyordu. Savaş olasılığı, Müttefiklerin sinir bozucu yöntemleri, sözlerinden kolayca caymaları, barış görüşmelerinin çok çetin geçeceğinin belli olması hepsini çok germişti.

Zafer tek başına sonuç almaya yetmiyordu. Devletin de zafer kadar büyük ve sağlam olması gerekiyordu. Bu gerçeği gittikçe daha iyi anlıyorlardı. Batılı büyük devletlerin, son iki yüzyıldır, güçlü olmadığı, borçla yaşadığı için zavallı Osmanlı Devleti'ni nasıl horladıklarını, galip geldiği savaşlardan sonra bile barış masalarından vererek, eksilerek, budanarak kalkmaya zorladıklarını anımsadılar.

Beklerken bir yandan da bu uyarıcı, ayıltıcı, öğretici olayları konuşuyorlardı.

Rapor gece yarısı geldi.

M. Kemal Paşa raporu, bazı Bakanların homurdanmaları arasında yüksek sesle okudu.

Ankara yönetimi, hakkından fazlasını istemediği, hep gerçekçi olduğu için zafere ulaşmıştı. Rapor aynı anlayışla yanıtlandı. Şifre subayına teslim edildi.

Saat 02.00'de dağıldılar.

M. Kemal Paşa uyumadan önce H.G. Wells'in Tarihin Ana Hatları kitabının Fransızca çevirisini okumaya devam etti.

BURSA'DAKİ nöbetçi şifre subayı Teğmen Ankara'dan yollanacak talimatı bekliyordu. Telgraf odasından sürekli maniple takırtıları yansıyordu. Ordu uyumuyordu. Talimat sabaha az kala geldi. Hızla şifresini çözdü, temize çekti. Binbaşı Seyfi Akkoç'a teslim etti.

"Buyrun Binbaşım!"

"Teşekkür ederim."

Sekiz gündür ateşkes görüşmeleriyle ilgili olanların hiçbiri doğru dürüst uyumamıştı. Ama yüzlerinde küçücük bir yorgunluk izi yoktu.

Teğmen, "Bu adamlar demirden olmalılar" diye düşündü.

TOPLANTI 10 Ekim 1922 Salı günü 14.00'te başladı.

Generaller bugün pek anlayışlıydılar.

Havaları, savaş olasılığını enine boyuna değerlendirdiklerini ve sonucun Müttefikler açısından ümitsiz olduğunu anladıklarını düşündürüyordu.

Görüşmeler çok sakin, kolay geçti. Birçok pürüz giderildi. Metnin temize çekilmesi ve çoğaltılması amacıyla toplantıya akşam ara verildi. Gece yarısı toplanılacak ve Mudanya Ateşkes Anlaşması imza edilecekti.

YAKUP KADRİ, F. Rıfkı ve Asım Us, Ege'nin yanık, yıkık köy, kasaba ve şehirlerini inceleyerek, halkla konuşarak, not alarak sonunda Bursa'ya gelmişlerdi. Yanmamış, yakılmamış bir şehir görmenin sevincini yaşadılar.

Mudanya'da olduğu için İsmet Paşa'yı göremediler.

Valilik yazarlar için Anadolu otelinde yer ayırtmıştı. Otelin temiz bir lokantası vardı.

Halide Hanım yemeğe birlikte inmek istemedi. Yol boyunca Türkiye'nin geleceğini konuşmuşlar, aralarında gittikçe derinleşen bir fark belirmişti.

Bir zamanlar Turancı, sonra Amerikan mandacısı, sonra millici olan Halide Edip Hanım şimdi muhafazakâr-meşrutiyetçi olmuştu.

Falih Rıfkı, "Ben Halide Hanım'ı yalnız İstanbul'dan değil, Cemal Paşa karargâhından da tanırım. Düşüncesini kabul ettiremeyince küser.." dedi, "..umarım küsmekle kalır, düşman olmaz."

Üç erkek akşam yemeği için lokantaya indiler. Birer kadeh içki söylediler. İzmir'den beri ilk kez içeceklerdi.

Ama neşelenemediler. Gördükleri, dinledikleri facialar beyinlerini burguluyordu. Acı denizinde yüzen halkın vekarı, tokgözlülüğü, sabrı, devlete ümitle bakması da içlerini yakıyordu.

Afyon'dan denize kadar Batı Anadolu, açıkta, evsiz, işsiz, yarı çıplak, yarı aç insanla doluydu. Fransızların yakıp yıktığı Gaziantep'in de böyle olduğunu duymuşlardı. Ne olacaktı bunca insan? Ne yapılabilirdi? Bu sorunu çözmeye kimin gücü yeterdi?

Mudanya anı fotoğrafı

SON TOPLANTI 11 Ekim günü, gece yarısından sonra saat 03.00'te açıldı.

Temize çekilen metin denetlendi. Bazı yanlışlar düzeltildi. Sayfalar yeniden yazıldı.

Gün doğuyordu.

Sabah saat 06.00'da Mudanya Ateşkes Anlaşması imzaya hazırdı. Anlaşma metni çoğaltılırken gazeteciler salona alındı. Aralarında kendisi bir güzellik heykeline benzeyen heykel sanatçısı Mrs. Sheridan da vardı. Dışarda bando operet havaları çalıyordu. Gazeteciler generallerle konuşurlarken, dört kopya olarak çoğaltılmış anlaşmayı getirdiler. General Harrington "Haydi imza edelim" dedi.

Dört delege büyük bir özenle anlaşma metinlerini imzaladı. General Harrington ve İsmet Paşa birer konuşma yaparak verilen emeği ve barışı övdüler.[47]

Birlikte bir anı resmi çektirdiler.

General Charpy "Dünya savaşı nihayet bitti" dedi. Gülüştüler. General Harrington İsmet Paşa'ya, "İstediğiniz gibi bir mütareke yaparak, sanıyorum ki dostluğunuzu hak ettik General" dedi. İsmet Paşa General Harrington'u, "Barış görüşmelerinde de bu anlayışın devam etmesini dilerim" diye yanıtladı.

Tören birliği hazırdı. Generaller tören birliğini denetlediler. Türk askerini saygıyla selamladılar.

Bandonun çaldığı neşeli bir ezgi eşliğinde rıhtımdan motorlarına binerek Mudanya'dan ayrıldılar.

Trakya savaşa gerek kalmadan vatana geri dönmüş, İngiltere'nin Yunanlılarla birlikte yürüttüğü Türkiye politikası bütünüyle iflas etmişti.

İsmet Paşa kutlamaları kabul ettikten sonra anlaşmanın imzalandığını Ankara'ya bildirdi.

Huzur içinde uyuyabilirdi.

BAŞKOMUTAN, Bakanlar Kurulu üyeleri ve görevliler geceyi haber bekleyerek uykusuz geçirmişlerdi. İmzalandığı haberi ve anlaşmanın metni büyük sevinç yarattı. Taze çay ve simitle kahvaltı yaptılar.

Sonra Meclis'e gidecek, anlaşma hakkında bilgi sunacaklardı.

Anadolu Ajansı ateşkes anlaşmasının imzalandığını açıkladı. Sevinç Türkiye'ye yayıldı. Barış demekti bu. Onurlu bir barış, güzel bir zaferden bin kez daha güzeldi![47a]

Ölüm duracak, erkekler evlerine, işlerine dönecek, yıkık, yanık köyler, kasabalar, şehirler yeniden yapılacak, yüzlerce yıldır çözülmemiş sorunlar ele alınacaktı. Asıl kurtuluş buydu.

BİRÇOK milletvekili Meclis'e koşmuştu.

Birbirlerini kutladılar, kucaklaşıp öpüştüler. Gülüştüler, ağlaştılar. 23 Nisan 1920 günü bu küçük binada buluştukları zaman tek güçleri azimleriydi. Çok tartışmış, kapışmış, çekişmiş, hatta dövüşmüşlerdi. Ama hepsi yurt, tarih ve yazgı kardeşiydi.

M. Kemal Paşa, Rauf Bey ve Bakanlar hep birlikte geldiler. Meclis'te yer yerinden oynadı.

Meclis Binası

Bilecik milletvekili Mustafa Fehmi Hoca (Gerçeker) gözyaşları beyaz sakalına döküle döküle M. Kemal Paşa'ya sarıldı, "Paşam.." diye bağırdı, "..sen bize yüce Allah'ın bir lütfu, ihsanı, hediyesisin. Ömrünce mesut, muazzez, muzaffer ol!"

Sarılıp kutlamak için onu İstiklal Marşı'nın şairi ve Burdur Milletvekili Mehmet Akif Bey izledi.

Meclis İsmet Paşa'ya başarısından dolayı teşekkür etmeyi kararlaştırdı.

SADRAZAM Tevfik Paşa, bilgi sunmak için saraya koşmuştu. Padişah küçük kabul odasında ayakta bekliyordu.

Tevfik Paşa, büyük saygı ile, "Müttefikler ile Ankara temsilcisi arasında Mütareke Anlaşması imzalanmış efendim.." dedi, "..Savaş sona erdi."

Vahidettin pencereden dışarı baktı. Sona eren yalnız savaş mıydı? Bir şey demedi. Başıyla belli belirsiz bir selam verip odadan çıktı.

Uzaktan martı çığlıkları geliyordu.

Vahidettin

Sadrazam Tevfik Paşa

İÇLERİNDEN sevinmek gelmeyen iki milletvekili dalga dalga Meclis'e akan halkı yararak Kuyulu Kahve'ye yürüyordu. Meclis'teki zafer havası, heyecanlı kutlamalar, övgüler, kucaklaşmalar ikisini de sarsmış, ezmişti. Kutlamaya katılanlar arasında birçok arkadaşları da vardı. Bir şeyler çöküyor, parçalanıyor, dağılıyor, ölüyordu.

Ne yapmalıydılar?

Milli Mücadele'yi söndürmeye çalışan Vahidettin'in yerinde kalmasını hiçbiri isteyemezdi. Veliaht Abdülmecit Efendi de çağrıldığı halde Anadolu'ya gelmemişti. Çok genç bir veliaht da ancak milli ordunun Yunanlıları yeneceği iyice anlaşıldıktan sonra Anadolu'ya gelmek istemiş, İnebolu'dan geri çevrilmişti.[47b]

Hanedanın büyükleri de, İstanbul hükümetleri de bu ölüm kalım günlerinde çok kötü sınav vermişlerdi. Bu talihsiz örnekleri herkes bilirken, Osmanlı düzenini nasıl savunacaklardı?

Kahveden içeri girdiler.

Bazı arkadaşları da gelmişti. Onları görünce yüzleri gevşedi.

İNGİLİZ Yüksek Komiseri Sir Horace Rumbold, elçilik ileri gelenlerini toplamıştı.

Son durumu değerlendiriyorlardı.

Hepsinin yüzü asıktı. Bütün kazançlarını Türkler teker teker geri alıyorlardı. Anadolu için düşünülen düzen iflas etmiş, son olarak Doğu Trakya da elden gitmişti. Besbelli ki bir süre sonra İngiliz askerleri de İstanbul'dan ve Çanakkale'den geri çekilecekti.

Son olarak Mr. Ryan elini kaldırdı.

"Söz sizin Mr. Ryan."

"Teşekkür ederim efendim. Türkiye siyasetimizin yenilgiye uğradığını kabul etmek zorundayız. Bunu emperyal bir olgunlukla karşılamak zorundayız. Ama önümüzde barış görüşmeleri var. Barış görüşmelerine hem İstanbul, hem Ankara yönetimlerini birlikte davet edeceğiz, değil mi efendim?"

Sir Horace Rumbold, "Evet" diye Mr. Ryan'ı doğruladı.

"İstanbul yönetiminin varlığı bizim için büyük avantajdır. Bu avantajı çok iyi kullanabiliriz. Kaldı ki Türkiye'nin tarihten devraldığı birçok sorun var. Uzun savaşlardan yeni çıkmış imkânı az, yoksul, karışık, etkilere açık, birçok şey için dışarıya, yani bize muhtaç, çağdışı bir toplum. Yaşamak için kendini yenilemek zorunda. Bunu yaptığı zaman tutucu, gerici güçler, biraz teşvikle harekete geçebilir. Bu özellikleriyle Türkiye, üzerinde oynanmaya çok elverişli bir ortam. Bu durumda, elimize kayıplarımızı telafi edebileceğimiz birçok imkân geçeceğini sanıyorum. Kötümser olmamız için bir neden görmüyorum."[48]

Hava kapalıydı.

Yağmur çiselemeye başladı.

M. KEMAL PAŞA'yı Fikriye, Abdürrahim ve Ali Metin Çavuş karşıladılar.

"Hoş geldiniz."

"Hoş bulduk."

Gece gelemediği için merakla sordu:

"Annem nasıl Fikriye?"

"Sizi merak etmişti. Şimdi görünce sevinir."

Merdivene yürüdü. Fikriye, "Yemekte kimse olacak mı?" diye sordu.

"Hayır. Biz bizeyiz."

Paşa Abdürrahim'le birlikte yukarı, annesinin yanına çıktı. Fikriye etekleri uçuşarak sofrayı kurmaya girişti. Paşa Mudanya görüşmeleri dolayısıyla bir haftadır hiç içmemişti. Belki barışı kutlamak için bu akşam içer diye düşündü, sofrayı ona göre düzenledi. Kendisi için de bir kadeh koydu.

M. Kemal Paşa, Fikriye ve Abdürrahim, 26 Ağustosla başlayan zaferleri, savaşın sona ermesini, Trakya'nın geri alınmasını kutladılar. Sakarya zaferini de yine böyle, kendi aralarında kutlamışlardı.

Yemekten sonra salona geçtiler. Abdürrahim Fikriye Ablasına okulda söyledikleri marşları öğretmişti. Fikriye piyanoda bütün marşları çaldı, Abdürrahim ile birlikte söylediler. Sesleri birbirini tutmuyordu ama pek sevimli bir ikiliydiler. Bazı marşlara Paşa da katıldı.

Sonra Fikriye sevdikleri şarkılara, türkülere geçti.

Paşa ile birlikte söylediler.

ATEŞKES ANLAŞMASI 14 Ekim gece yarısı yürürlüğe girecek, Yunan birlikleri ve Yunanlıların –sonsuza kadar burada kalacaklarını sanarak– Trakya'da kurdukları yönetim birimleri, memurlar, jandarmalar, 15 gün içinde Trakya'yı terk ederek Meriç nehrinin batısına geçecekti.

Bütün rüyaları, hevesleri, hayalleri tarihe karışmıştı.

Doğu Trakyalı Rumlar da askerle birlikte gitmeye karar verdiler. Kimi suçluydu, kimi de güven ve barış içinde yaşamanın artık imkânsız olduğunu anlamıştı. Yüzlerce yıllık barış ortamı üç yıl önce Yunan işgali ile yıkılıp gitmişti. Balkan Savaşı'dan sonra Türklerin yaşadığı acı göç olayını yaşamak sırası bu kez Rumlardaydı.

Ağlaşarak göç için hazırlanmaya başladılar.

Bütün iller ve ilçeler Müttefikler tarafından 30 gün içinde aşama aşama Türk yönetimine devredilecekti.

Trakyalı Türkler de Yunanlılar ve Rumlar giderayak azmasınlar diye gizli gizli, usul usul Türk yönetimini ve askerini karşılamak için hazırlanmaya koyuldular. Genç kızlar çeyiz hazırlar gibi sevinç içinde bayrak dikeceklerdi.[49]

FEVZİ ÇAKMAK PAŞA başkanlığında toplanıldı. Toplantıya İsmet Paşa ve kurmaylar katıldı.

Devir ve teslim dönemi için Trakya'ya 8.000 Türk jandarması geçecekti. Generallerle, asayiş için yeterli olan bu sayıda anlaşma olmuştu.

8.000 jandarmanın iki süvari alayı, bir sabit alay ve on altı tabur olarak düzenlenmesine karar verildi. Hazırlanan birlikler 25-30 Ekim günleri arasında, Bandırma, Gemlik ve İzmit limanlarında bulunacaklardı.

Karar, gereği için Ordu Komutanlıklarına bildirildi.

Subaylar arasında Rumeli'ye ilk geçen Türklerin heyecanını anımsatan bir duygu rüzgârı esecek, birçoğu gönüllü olacaktı.

M. KEMAL PAŞA iyi Almanca bilen Yüzbaşı Mahmut Soydan Bey'i çağırmıştı. Durumu anlattı:

"Bu sabah öksürürken Fikriye kan kustu. Hastalığı hızla ilerliyor. Bu kıza bir şey olursa çok yanarım. Doktor bir sanatoryuma yatırılmasını zorunlu görüyor."

"Münih'te bildiğim çok iyi bir sanatoryum var."

"Bunu tahmin ettiğim için seni rica etmiştim. Bir telgraf çekerek yer ayırt."

"Başüstüne."

"Fikriye'ye eşlik edebilir misin?"

"Emredersiniz."

M. Kemal Paşa rahatladı:

"Yarın Bursa'ya gidiyorum. Acele hazırlan. Hiç olmazsa yolun yarısına kadar birlikte oluruz. Siz oradan İstanbul'a devam edersiniz."

"Peki efendim."

"Doktorun ne düşündüğünü öğren, öyle geri dön."

"Peki efendim."[50]

Paşa Salih Bey'e döndü:

"Sen Ankara'da kalıyorsun. Eşin ile birlikte anneme ve Abdürrahim'e göz kulak olursunuz."

Salih Bozok

"Başüstüne."

Hayati Bey yeni bir rapor getirdi. Yunan birliklerinin Trakya'yı boşaltmaya başladıkları bildiriliyordu. M. Kemal Paşa güldü, "Galiba bir kahveyi hakkettim çocuk" dedi.

Kahvesini içerken Salih Bey Kâzım Karabekir Paşa'nın geldiğini haber verdi.

"Buyursunlar."

Karabekir Paşa Doğu cephesinde bir sorun kalmadığı ve Meclis Ankara'da olduğu için artık Ankara'ya yerleşmişti. El sıkıştılar. Başkomutan yer gösterdi:

"Buyrun."

"Teşekkür ederim."

Bir yıl önce saltanat düzenini savunan Karabekir Paşa olayları bir daha, bir daha gözden geçirmiş ve şu sonuca varmıştı: Türkiye geleceğe iki başlı olarak yürüyemezdi. Bu düşüncesini bildirmeye gelmişti.

Bu gelişme M. Kemal Paşa'yı memnun etti. Karabekir iyi bir asker ama ufku dar bir insandı. Askeri hizmeti ve bazı meziyetleri dolayısıyla Karabekir Paşa'yı kazanmak yararlı olurdu. "Benimle Bursa'ya gelsenize.." dedi, "..Daha geniş konuşuruz. Görüşülecek çok sorun var."

Karabekir Paşa bu aşamada Başkomutan'ın yakınında yer alacağı için memnun oldu. O da M. Kemal Paşa'yı yönlendirmeyi, denetimi altında tutmayı tasarlıyordu:[50a]

"Çok iyi olur. İsmet'i de görürüm. Kaç yıldır görmemiştim. Hasta olduğunu duydum, anneniz nasıl?"

M. Kemal Paşa'nın gözleri doldu birdenbire:

"Sönüyor."

Karabekir Paşa

KARABEKİR PAŞA Ankara'ya 'Karabekir'in çocukları' diye anılan çocukları temsil eden 54 çocukla birlikte gelmişti.

Karabekir'in çocukları iki binden fazlaydı. Bunlar anne-babaları Ermenilerce öldürülen doğulu yetim ve öksüz çocuklardı. Karabekir bunları bir çocuk tümeni olarak örgütlemiş, alaylara, taburlara, bölüklere, takımlara ayırmış, her birliğin eğitimi için kolordusundan bir subayı görevlendirmişti. Çocuklar büyük bir özenle eğitiliyordu.

Asker gibi giyinmişlerdi. Yaşları 5 ile 12 arasındaydı.

Meclis'in önünden okul mızıkası ile Meclis'i selamlayarak asker gibi geçtiler. Balkonu dolduran milletvekilleri tarafından sevgi ve hayranlıkla alkışlandılar.

Hafif bir yağmur başlamıştı. Milletvekilleri bu minyatür askerler ile doğulu kardeşlerini karşılamaya gelmiş olan Ankara Erkek Lisesi'nin öğrencilerini Meclis'e aldılar. Milletvekilleri, küçük askerler ve öğrenciler kaynaştılar. Küçük askerler mızıka eşliğinde jimnastik gösterisi yaptılar. Öğrendikleri temiz İstanbul şivesiyle şiirler okudular, şarkılar söylediler.

Gelibolu milletvekili Celal Nuri İleri, yanındaki milletvekilinin koluna girdi:

"Keşke biz de böyle bir bilgi, beden ve duygu eğitiminden geçmiş olsaydık. Şimdi böyle nanemolla olmazdık. Bizim nesilden hayır yok. Ne spor biliriz, ne sanattan anlarız, ne güzel konuşabiliriz. Vatanı ancak böyle hayat için eğitilen cesur, bilgili, sağlıklı çocuklar yüceltecek."[50b]

SADRAZAM Tevfik Paşa'nın arabası, Yıldız Sarayı'nın ana kapısından içeri girdi.

Kapı hemen kapandı.

Küçük Mabeyn Köşkünün önünde saray görevlileri Sadrazamı bekliyorlardı. Tevfik Paşa bir görevlinin yardımı ile zorlukla arabadan indi.

Birinci kat sofasında Başmabeyinci Ömer Yaver Paşa ile bir mabeyinci Sadrazamı bekliyorlardı. Saygıyla selamlaştılar. Mabeyinci kapıyı açtı. Sadrazam içeri girince kapıyı usulca kapadı.

Padişah ayağa kalkmamak için Sadrazamı ayakta bekliyordu. Yer gösterdi. Oturdular.

Sadrazam, "Efendimiz.." dedi, "..Savaş bittiğine göre devletin artık tabii ve kanuni haline geri dönmesi zamanı geldiğini görüşmüştük. İkiliği bitirmek, birliği sağlamak için ilk adım olarak M. Kemal Paşa'ya yollamak üzere şöyle bir yazı hazırladım."[50c]

Yazıyı eli titreyerek uzattı. 77 yaşındaydı, sağlığı iyi değildi. Yanında taşıdığı küçük mataradan ara sıra birkaç yudum konyak içerek kanını ısıtıyordu.

"Lütfedip okumanızı niyaz edeceğim. Eğer uygun görülürse yarın göndermek istiyorum."

Padişah yazıyı aldı, okudu, sehpaya bıraktı. Onayladığı yüzünden anlaşılıyordu. Gözlerini kapayarak, "Evet, gönderin.." dedi, "..Ama İngilizlere de bilgi verin."

"Emredersiniz efendimiz."

ÖZEL KATAR akşam törenle uğurlandı.

Behiç Bey bir vagonun yarısını toplantı salonu gibi düzenlemişti. M. Kemal Paşa ile Kâzım Karabekir Paşa, Refet Paşa ve Milli Savunma Bakanı Kâzım Özalp Paşa salona geçtiler.[50d]

Ali Metin Çavuş Fikriye Hanım'ı kompartımanına yerleştirdi. Bavulunu eşya rafına koydu.

"Gazi Paşa nerde Ali?"

"Paşalar ile salona geçti."

Fikriye Hanım uzun bir "ooof" çekti. Paşalara çok kızdığı yüzünden belli oluyordu. Galiba bu yolculuğu Gazi Paşa ile yalnız yapacaklarını sanmıştı.

Üzerinde uzun tüylü bir kürk manto vardı. Sıkma başlıydı. Köşeye çekildi. Sıkı sıkı mantosuna sarınarak sessizliğe gömüldü. Çok mutsuz olduğu belli oluyordu.

Yunanlılar Eskişehir-İzmit yolunu da yer yer bozmuşlardı. Onarımları sürüyordu. Bu yüzden Eskişehir-Bilecik arasındaki Karaköy istasyonunda trenden ineceklerdi. Bursa'ya gidecekler buradan otomobille yola devam edecekler, İstanbul'a gidecekler de yine otomobille Bilecik'e giderek, orada bekleyen trene bineceklerdi.

ÜNİVERSİTELİ gençler Mudanya'ya gidecek gemide yer bulabilme telaşı içindeydiler. Bursa'ya geleceğini öğrendikleri Başkomutan'ı karşılamak istiyorlardı.

Galata bu coşkun öğrencilerle doluydu.

Bursa'ya birlikte gitmek için üniversite öğretmenlerine öneride bulunmuşlar, bazı öğretmenler, bu arada şair Yahya Kemal de kabul etmişti..

Y. Kemal 1921'de Ankara'ya çağrılmış ama bu çağrıya uymamıştı. O zamandan beri bunun huzursuzluğu içindeydi. Zafer neşesi içinde bu davranışını bağışlatabileceğini ümit ediyordu. Bu ümitle gemiye bindi.[51]

Küçük gemi kaptan köprüsüne kadar yolcuyla doldu. Sevinç çığlıkları, marşlar, alkışlar arasında hareket etti.

Gece yıldızlı, deniz çarşaf gibiydi.

TREN Karaköy istasyonuna sabaha karşı ulaştı. Uzun uzun buhar salarak durdu. Gazi Paşa Fikriye Hanım'ın kapısını vurdu. Yorgun bir ses duyuldu:

"Buyrun!"

Kapıyı açtı. Fikriye köşeye büzülmüş, uykusuz gözlerle bakıyordu.

"Geldik Fikriye. İniyoruz."

Fikriye belki yüzüncü kez yineledi:

"Ben sanatoryuma gitmek istemiyorum!"

Paşa şefkatle omuzlarından tuttu:

"Haydi çocuk, lütfen."

Kaldırdı.

Elini vererek trenden inmesine yardım etti. Yolcuları Bursa'ya ve Bilecik'te bekleyen trene götürecek otomobiller farlarını yakmış bekliyorlardı. Far ışıklarını biçerek ilerlediler. Fikriye Hanım ile Mahmut Bey'i götürecek otomobilin önünde durdular.

Fikriye Hanım Paşa'nın elini, Paşa da genç kadını kucaklayarak yanaklarını öptü. Fikriye Hanım elinin tersiyle gözlerini silerek otomobile bindi.[52] Mahmut Bey kapıyı kapattı, Paşa'yı selamlayıp şoförün yanına geçti.

"Haydi."

Otomobil hareket etti ve gözden kayboldu.

Paşalar, yaverler ve hizmet erleri de Bursa'dan gelen otomobillere bindiler.

BİR KURUL İzmir'e giderek Paşa'yı Bursa'ya davet etmiş, Paşa da geleceğine söz vermişti. İki yıl işgal altında kalan Bursa kurtuluş sevincini yaşamaya doyamıyordu.

Şehir günlerdir bugün için hazırlanmıştı.

Evler, dükkânlar, zafer takları, bayraklar ve çiçeklerle süslenmişti. Yola halılar serilmişti. Bursalılar ile ilçe ve köylerden gelenler, sabah erkenden Paşa'nın geçeceği yolun iki yanını doldurmaya başladılar.

İstanbul'dan gelen öğrenciler de, bu coşkun kalabalığın arasında yer aldılar. Öğretmenler Vilayet Konağı'na gitmişti. TBMM Muhafız Taburu da tören düzeninde Paşa'yı karşılamak için bekliyordu.[53]

Vali Hacı Adil Bey, Belediye Başkanı, bazı milletvekilleri, komutanlar, Müftü Efendi, karşılama kurulu üyeleri ve gazeteciler, M. Kemal Paşa'yı ve arkadaşlarını şehir dışında karşıladı.

Paşa'nın bindiği otomobil bu kısa duruş sırasında defne yapraklarıyla süslendi. Kafile öğleye doğru Bursa'ya girdi ve şehir ayaklandı.[54]

Osman Gazi türbesinin yanından selam topları atılıyor, bitmez alkışlara, tükenmez çığlıklara, bandoların ve davul zurnaların sesleri karışıyor, minarelerden sela veriliyor, kasideler okunuyordu. Sevinç sarhoşları arabasına dokunmak, daha yakından görebilmek, konuşabilmek için kendilerini yola atıyorlardı.

Bursa böyle bir günü hiç yaşamamıştı.

Binbaşı İsmail Hakkı

Paşa arabadan inerek hükümet konağına kadar dura dura yürüdü. Hafif bir yağmur yağıyordu ama kimsenin aldırdığı yoktu. Halkla konuşuyor, hatır soruyor, soruları yanıtlıyor, çocukları seviyordu. Muhafız Taburunu usulünce denetledi. Tabur Komutanı Binbaşı İsmail Hakkı'yı iki aydır görmemişti. Büyük Taarruz'da gösterdiği başarı dolayısıyla kutladı.

Hükümet konağının önünde minik bir kız Paşa'ya bir demet çiçek sundu. Paşa da kızı havaya kaldırıp bağrına bastı. Mutluluk çığlıkları havai fişekler gibi göğe yükseldi. G dolup taştı.

Gece büyük bir fener alayı şehri dolaşacaktı.[55]

Halk, kurtuluş günü duyduğu söze sığmaz sevinci bir daha yaşıyordu.

İNGİLTERE Başbakanı Mr. Lloyd George da bugün seçim bölgesi olan Manchester'de, Reform Club üyelerine açıklama yapacaktı.

Salon bütünüyle doluydu.

Başbakan bütün saygınlığını Türkler aleyhine, Yunanlılar ve Ermeniler lehine harcamış ve tüketmişti. Bunu biliyordu. Koalisyon ortağının bu tehlikeli ortaklıktan memnun olmadığını, koalisyonu bozmayı düşündüğünü de öğrenmişti.

Koalisyonu kurtarmak ve çok sevdiği Başbakanlığı korumak için son bir çabaydı bu.

Üyelere Yunan yenilgisinden sonra yaşanan olayları, yeni bir savaşı körükleyen siyasetini bir başarı olarak anlattı. Bütün olanların barışı çabuklaştırmak isteğinden kaynaklandığını iddia etti. Hatta Türkleri övdü.[56]

Üyeleri kandıramadığını fark etmedi.

BURSA Belediyesinin M. Kemal Paşa onuruna verdiği büyük ziyafetin davetlileri ön salonda toplanmaya başlamışlardı. Sofraya geçmek için Paşa'yı bekliyorlardı.

M. Kemal Paşa, İsmet, Kâzım, Refet ve Şükrü Naili Paşalarla birlikte geldi. Yöneticiler hoş geldiniz demek için Paşa'ya doğru yürürlerken, beklenmedik bir şey oldu, Yahya Kemal Bey cüssesinden umulmayan bir çeviklikle ileri atıldı, M. Kemal Paşa'nın ayaklarına kapandı ve öylece kaldı.[57]

Yahya Kemal Bey

Koşuşup Yahya Kemal Bey'i yerden kaldırdılar.

Paşa sofrada sağına İsmet Paşa'yı, soluna Kâzım Karabekir Paşa'yı aldı. Uzun masanın öbür ucunda Fransız gazeteci Madam Gaulis vardı. İki kez Ankara'ya gelmiş, gazetesinde Türk görüşlerini savunmuş önemli bir dosttu. O da Bursa'ya koşmuştu.

Paşa, iki yanındaki paşaları Madam Gaulis'ye güzel bir Fransızcayla çok yücelterek tanıttı. Bütün komutanlarını sevgiyle andı.[58]

Askeri zaferi, evrensel uygarlığa katılma ve topluca kalkınma gibi iki daha büyük zaferle tamamlamayı istediklerini söyledi.

Bu iki istek ruhca ve zihince sağlıklı herkesin benimseyeceği isteklerdi.[59]

Refet Paşa

BAŞKOMUTAN Doğu Trakya'yı teslim alacak Ankara temsilcisi olarak Refet Bele Paşa'yı görevlendirdi. Refet Paşa'yı olumlu olumsuz yanlarıyla yakından tanırdı. Zekâsının kıvraklığına güveniyordu.[60]

Refet Paşa'ya, karargâhını kurması için istediği 12 subay verildi. Birlikte 120 kişilik bir jandarma birliği de İstanbul'a gidecekti. Bu bölük milli orduyu temsil edecekti.

Başkomutan Muhafız Taburu Komutanı Binbaşı İsmail Hakkı Bey'i çağırdı:

"Refet Paşa'ya bir bölük hazırlayacaksın. Jandarma işareti taşıyacaklar. Paşa, hazırlayacağın bölüğü ne zaman, nerede görsün?"

Binbaşı duraksamadan yanıtladı:

"Bölük yarın sabah saat dokuzda Kaleiçi'nde Paşa'nın emrine hazır olur efendim."

İsmail Hakkı Bey, hızla, seçme subay ve askerlerden kurulu 120 kişilik bir bölük oluşturdu.

Sabaha kadar çalışılıp bütün üniformalar ve donanım elden geçirilecek, postallar onarılıp boyanacak, subayların ve erlerin kalpak ve kabalaklarının önüne konulmak üzere jandarma tuğu hazırlanacaktı.

Bölük sabah saat 09.00'da pırıl pırıl teftişe hazırdı.[61]

M. KEMAL PAŞA valilikte kendisine ayrılan salonda sabah Fevzi Paşa, İsmet Paşa, Kâzım Karabekir Paşa ve Kâzım Özalp Paşa ile toplanmıştı. Bölüğü görüp beğenen Refet Paşa da yetişip toplantıya katıldı. Terhis, Trakya'nın teslim alınması, Özdemir Bey müfrezesinin durumu gibi askeri konuları görüşüyorlardı.[62] Muzaffer Kılıç Tevfik Paşa'nın şifresi çözülmüş telgrafını getirdi ve dışarı çıktı.

M. Kemal Paşa telgrafı yüksek sesle okudu. Paşalar aşırı bir dikkatle dinlediler.

Ürkütücü, tuhaf bir sessizlik oldu.

Tevfik Paşa kısaca, 'ikiliğin kalktığını, barış görüşmelerine hazırlanmak için güvenilir birinin İstanbul'a gönderilmesini' istiyordu. Osmanlı Sadrazamı, incelikli bir Osmanlıca ile, 'bundan böyle size düşen İstanbul'a bağlanmaktır, gereğine uyunuz' demek istiyordu.[62a]

İstanbul yönetimini iyi bilen komutanlardan itirazlar yükseldi:

"Yani milleti zafere götüren Meclis'i kapatacağız!"

"Milli hükümeti dağıtacağız!"

"Bizi hayata döndüren ordu bunların emrine girecek, öyle mi?"

"Tevfik Paşa bizim bir anayasamız olduğunu, Anadolu'da yeni bir devlet kurulduğunu, İstanbul işgal edildiğinden beri İstanbul yönetiminin varlığını kabul etmediğimizi bilmiyorsa ayıp, bildiği halde bu yazıyı yazıp yolluyorsa daha da ayıp."[62b]

"Emperyalistlerle barış masasına, teslimiyetçi İstanbul yönetiminin uygun göreceği, Vahidettin'in onaylayacağı bir kurul oturacak ha!"

Kâzım Özalp Paşa patladı:

"Haydi ordan be!"

Sakin Fevzi Paşa bile sinirlenmişti:

"Bu şaşkınlar rüyada mı yaşıyorlar?"

İsmet Paşa, "Türkiye'yi Sevr'i kabul eden kafa mı yönetecek?" diye sordu.

Muzaffer Kılıç çekinerek içeri girip M. Kemal Paşa'nın kulağına bir şeyler fısıldadı. Paşa ayağa kalktı. O kalkınca hepsi ayağa fırladılar:

"Ben öğleyin Tevfik Paşa'ya gönderilecek yazıyı hazırlarım. Sonra birlikte okur, son biçimini veririz."

Refet Paşa'ya döndü:

"Bak! Yarın İstanbul'a Türkiye Büyük Millet Meclisi hükümetinin temsilcisi, görevlisi olarak gideceksin. Türkiye'yi Türkiye Büyük Millet Meclisi ile onun hükümetinin temsil ettiğini, Türkiye'nin her yerinde bu Meclis'in kanunlarının ve kararlarının geçerli olduğunu belirteceksin. Seni Sadrazamın yaveri karşılayacak. 'Ben böyle bir makam tanımıyorum, Ankara'da Başbakan var' diyeceksin. Hariciye Nazırının özel kalem müdürü gelecek, 'Hariciye Nazırını tanımıyorum, Ankara'da Dışişleri Bakanımız' var diyeceksin. Böyle konuşacaksın."[63]

"Başüstüne!"

M. Kemal Paşa, arkadaşlarına döndü:

"Bazı misafirler bekliyordum. Gelmişler!"

İsmet Paşa nazikçe, "Öyleyse biz izin isteyelim" dedi. Paşa gülümsedi, "..Hayır, lütfen kalın.." dedi, "..bu misafirleri birlikte kabul edeceğiz." Paşalar merakla M. Kemal Paşa'nın iki yanında yer aldılar.

Paşa kapının önünde bekleyen Muzaffer'e başıyla 'gelsinler' diye işaret etti. Muzaffer kapıyı açtı. Kapıdan içeri çığlık çığlığa, bir ışık, renk, hayat seli aktı.

Hepsinin sinirleri yatıştı, nabızları düzeldi.

Bunlar en süslü giysilerini giymiş, kız, erkek, küçücük ilkokul öğrencileriydi. Başlarında iki öğretmen vardı ama bu seli durdurmaya, bir düzene sokmaya güçleri yetmedi. Çocuklar M. Kemal Paşa'yı bir çelenk gibi sardılar. Bir kız çocuğu Paşa'ya bir kucak çiçek verdi. Halinden bir şey söyleyeceği anlaşılıyordu ama konuşmayı başaramıyordu.

"Ne oldu yavrum?"

Kız can havliyle "Çok güzel bir şiir ezberlemiştim" dedi.

"Ee?"

"Heyecandan... unuttum."

Paşalar kahkahayı bastılar. M. Kemal Paşa güzel kızı okşadı, "Hiç üzülme.." dedi, "..Senden, sizden, bu çiçeklerden daha güzel şiir olur mu?"

Her ciddi, önemli konuşmada durduğu gibi dik durdu:

"Küçük hanımlar, küçük beyler! Sizler geleceğimizin gülü, yıldızı, talih ışığısınız. Memleketi asıl aydınlığa sizler boğacaksınız. Ne kadar önemli, değerli olduğunuzu düşünerek, ona göre çalışınız. Kızlarım, çocuklarım, sizlerden çok şeyler bekliyoruz."

Durdu, sordu:

"Çok çalışacaksınız değil mi?"

Çocuklar avaz avaz bağırdılar:

"Söz!"

"Arkadaşlarımla birlikte ne yaptıksa sizler için yaptık. Sizin mutluluğunuz, onurunuz için yaptık. Başınız dik gezin, kimsenin kulu kölesi olmayın diye yaptık. Bir daha bu acı günleri yaşamayın diye yaptık. Ödülümüz sizin temiz, güzel sevginizdir."

Fevzi Paşa'nın gözleri yaşardı.

Çocuklar sevinç çığlıkları atarak, M. Kemal Paşa ile öteki paşaların bacaklarına, ellerine sarıldılar.

ÖĞLE YEMEĞİNİ paşalar birlikte yediler.

M. Kemal Paşa bir yandan yemek yiyor, bir yandan da Tevfik Paşa'ya verilecek yanıtı hazırlıyordu.

Bitince okudu.

Okurken bir-iki sözcüğü değiştirdi.

Yanıt çok kısaca şöyleydi: "Türkiye'yi anayasa gereği yalnız TBMM ve onun hükümet temsil eder. Bir daha devlet siyasetine karışmaktan kaçınınız."[64]

Yanıt, Tevfik Paşa'ya ulaştırması için Ankara'nın İstanbul'daki resmi olmayan temsilcisi Kızılay İkinci Başkanı Hamit Hasancan'a tellendi.

ABD'li muhabir Hemingway, The Toranto Daily Star gazetesi adına İstanbul'a gelmişti. Pera Palas'ta kalıyor ve İstanbul, Milli Mücadele, M. Kemal Paşa, Mudanya Anlaşması hakkında üstünkörü bilgiye dayanan yazılar yazıp yolluyordu.

Trakya boşaltılıyordu. Gördüklerini gazetesine bildirdi:

"Yunanlılar artlarında kalan bütün telgraf hatlarını kesmişler. Tellerin direklerden aşağıya sallandığı görülüyor. Barınaklarını, kamufle edilmiş müstahkem mevkilerini, makineli tüfek yuvalarını, Türklere karşı son bir direniş göstermeyi tasarladıkları düzenli sırtları terk ettiler.

Her bir yanı çamur içinde kalmış öküzlerin çektiği binek arabaları, tozlu yollarda gıcırdayarak ilerliyor. Yorgun insanlardan, kadınlardan ve çocuklardan meydana gelmiş uzun bir kuyruk. Her şey ve herkes suskunluk içinde. O güzelim köylü kıyafetleri sırılsıklam ve pislik içinde. Bacaklarından asılmış piliçler, tavuklar arabalardan sarkıyor, yaşlı bir adam bir domuzun altında iki büklüm olmuş, yürüyor. Meriç nehrini aşarak Batı Trakya'ya geçecekler.

Arabaların önlerinde, arkalarında askeri birlikler yürüyor. Gün boyunca onların pis, perişan, sakallı, rüzgârdan yanmış hallerini seyrettim. Yunanlıların giriştiği büyük askeri serüvenin sonu bu. İkinci Truva kuşatmasının sonu."[64a]

REFET PAŞA'nın ve bir askeri birliğin geleceği öğrenildiğinden beri İstanbul, için için kaynıyordu.

Kaç yıldan beri işbirlikçi İstanbul hükümetinin ve işgalcilerin yönetimi ve baskısı altında, Rum ve Ermeni azınlıkların şımarıklıklarına katlana katlana, yarı aç yarı tok yaşamış olan İstanbul halkı, kurtuluşu temsil edenleri hak ettikleri gibi karşılamak için hazırlanıyordu.

Kızılay Genel Merkezi Ankara'dan aldığı talimata göre gerekenlerle ilişki kurarak programı oluşturmaktaydı. Refet Paşa'nın geleceği hükümete ve basına bildirilmişti.

Karşılamayla ilgili asıl hazırlıklar, İngilizlerin engel olmaması için alttan alta, sessiz sedasız, kulaktan kulağa yürütülmekteydi.

İstanbul hükümeti emrindeki hainler, Ankara muhalifleri, ordu karşıtları, İngilizlerin millici gösterilere fırsat vermeyeceklerini düşünüyorlardı. Belki kalpaklı paşayı birkaç kişinin karşılamasına, nezaket gereği izin verirlerdi, o kadar.

Oysa İngilizler nasıl davranmaları gerektiğini daha kestirebilmiş değillerdi. Refet Paşa'nın Kabataş rıhtımına çıkacağı öğrenilmişti. Orada ve bir-iki yerde zafer takları hazırlandığını görmüş, fakat büyük hazırlık hakkında bir şey öğrenebilmiş değillerdi. Her yer sakindi.. Kimsede kuşku uyandıracak bir hareketlilik yoktu.

İşgalciler karşılamayı engellemeyecek, bununla birlikte şehrin işgal altında olduğunu da unutturmamaya çalışacaklardı.

19 EKİM 1922 Perşembe günü sabahı İsmet Paşa ile Karabekir Paşa, Refet Paşa'yı İstanbul'a yolcu etmek üzere Mudanya'ya gelmişlerdi.

Bir gün önce gelen Gülnihal gemisi bayraklar ve flamalarla donanmıştı. Gemiyle birlikte İstanbul'dan, Refet Paşa'ya saygı sunmak üzere bir kurul ile ünü gittikçe yayılan tiyatro sanatçısı Muhsin Ertuğrul Bey de gelmişti. Her hareketi filme alıyordu.[65]

Karargâh ve bölük gemiye binmişti. Uğurlamaya gelenlerin ellerini sıktıktan sonra Refet Paşa da bindi. Gemi gürültüyle demir aldı. Düdük çalarak uğurlamayı gelenleri ve kıyıya yığılmış olan Mudanyalıları selamladı.

Arkasında köpükler bırakarak hareket etti.

Saat 10.30'du.

İsmet ve Karabekir Paşalar gemi iyice uzaklaşıncaya kadar iskelede kaldılar. Temiz deniz kokusu ikisine de iyi gelmişti.

Bursa'ya dönmek için otomobile bindiler.

Karabekir yolda, "Halk iki gündür M. Kemal Paşa'yı alkışlamaktan yorgun düştü.." dedi, "..neredeyse sevgiden parçalayacaklar."

Karabekir İsmet Paşa'nın en iyi arkadaşıydı. Huyunu suyunu ismi gibi bilirdi. Kıskandığını anladı. Bu tehlikeli duyguyu körletmek için, "Uçurumun kenarından döndük Kâzım, millet bunun kadrini bilmez mi?" dedi, "..bilmemesi çok ayıp olmaz mıydı?"

"Haklısın ama ben bu taşkın sevgiden korkarım."

"Neden?"

"Bu sevgi seli insanı diktatörlüğe götürür."

İsmet Paşa güldü:

"Haydi canım sen de! İnsanı diktatörlüğe, halkın sevgisi değil, nefreti götürür. M. Kemal Paşa'da diktatörlük hevesi ve yeteneği olsa, bu zorlu mücadeleyi şu çetin Meclis'le sürdürür müydü? Hâlâ da sürdürüyor."

Karabekir sustu.

Gunaris
(Eski Yunan Başbakanı)

BU SIRADA Atina'da cunta, yenilginin sorumluları olarak tutuklanan eski Başbakan Gunaris'i, sonraki Başbakan Protopadakis'i, Savaş Bakanı Teotokis'i, Dışişleri Bakanı Baltaciz'i, İçişleri Bakanı Stratos'u, Başkomutan General Hacianesti'yi, General Stratigos'u, General Papulas'ı, General Andreas'ı sorgulamak ve suçlarını belirlemek üzere bir Soruşturma Kurulu kurdu, başına General Pangalos'u getirdi.

Pangalos'un adını duyan tutuklular ürperdiler.

General Pangalos, Kral düşmanı, Venizelosçu, tutkulu ve acımasız bir politikacı askerdi.

Kurulu örgütlemeye başladı. Birkaç gün içinde soruşturmayı başlatacaktı.[65a]

İSMET PAŞA ile Karabekir Paşa'nın Mudanya'dan Bursa'ya dönmek için yola çıktıkları saatte, İstanbul'da, hükümetin ve işgalcilerin hiç beklemedikleri bir olay gelişiyordu: İstanbullu Müslüman Türkler, sabah erkenden kalkmışlar, evlerini, dükkânlarını hazırladıkları bayraklarla, dallarla donatmışlardı. Üniversite öğrencileri de iskelet halindeki takları bayraklar, kurdeleler, kâğıt zincirler, fenerler, çiçekler, resimler ve Ankara'yı öven yazılarla süslüyorlardı.

Sonra on binler harekete geçti.

Halka, Paşa'nın Kabataş rıhtımına çıkacağı, buradan Köprü, Sirkeci, Sultanahmet, Beyazıt, Şehzadebaşı yoluyla Fatih'e gideceği duyurulmuştu. Halk sel gibi Kabataş'a doğru akmaya, Kabataş-Fatih arasındaki yolları, meydanları doldurmaya başladı.

Sayı her dakika şaşırtıcı bir hızla artıyordu. Yüz binlere ulaştı. Kadınların çoğu peçesizdi.

Denize de insan dolu motorlar, yelkenliler, kayıklar açıldı. Bunlara az sonra liman işletmesine ait römorkörler, istimbotlar ile Şirket-i Hayriye'ye ait yandan çarklı Neveser gemisi de katılacaktı. Römorkörlerde bulunan bandolar durmadan milli marşlar çalıyorlardı.

Bu çapta bir hazırlık yapıldığını öğrenememiş olan hükümet ve işgalciler şaşakalmışlardı.

Hazırlıklara İstanbul yönetimine bağlı birimlerde çalışanların büyük çoğunluğu da katılmıştı. Durumu en iyi şu olay özetlemekteydi: Karşılamayı programlayan ve uygulatan kurulun başında İstanbul Emniyet Müdürü Albay Esat Bey bulunuyordu.[66] İstanbul'un ana damarlarında uzun zamandır Kuva-yı Milliye kanı dolaşmaktaydı.

Öğrencilerler ellerinde bayraklar, çiçekler yerlerini alıyorlardı. Okulların kalbi çoktan Ankara'ya bağlıydı.

Bugün, milli olan her şeye karşı çıkan, Türk sözcüğünü bile yasaklayan, millicileri özel mahkemelerde yargılatan, hapseden, idama mahkûm eden, İngilizlere ihbar eden, Malta'ya sürdüren, Milli Mücadele'yi söndürmek için özel silahlı birlikler kuran, Şeyhülislamdan 'düşmanla savaşan millicilerin öldürülmesi gerektiği' hakkında fetva alan, fetvayı İngiliz ve Yunan uçaklarıyla Anadolu'ya attıran, kardeş kavgasına yol açan, kendine bağlı basınla yurtseverleri aşağılatan, iftiralar yağdırtan, çağdışı, ruhsuz, onursuz, yurt sevgisinden ve bağımsızlık düşüncesinden yoksun, İngiliz işbirlikçisi ve hizmetkârı, suçu ve günahı bol İstanbul yönetiminin iflas ettiği gündü.

Kadınların, kızların peçesiz sokaklara dökülmeleri, bağırıp çağırmaları, erkek işlerine karışmaları softaları çok rahatsız etmişti. Bunlara neden olan olaylara, insanlara dişlerini gıcırdatıyorlardı. Kadına hak tanımayan anlayış da iflas mı edecekti yoksa?

Aman Allah!

Neveser gemisi Kabataş rıhtımına yanaştı. Üst yöneticiler adına Refet Paşa'yı karşılayacak olan yaverler ile şehir yöneticileri, çeşitli kurullar, temsilciler, dernekçiler, basın mensupları gemide yerlerini aldılar.

Bu arada 6 İngiliz uçağı şehir üzerinde zaman zaman alçaktan uçarak halkı ürkütmeye çalışıyordu. Ama sonuç tam tersi oluyor, halk daha coşuyordu.

Kabataş rıhtımı, karşıki setin üzerindeki evlerin pencereleri, balkonları, damları, bahçeler, yamaçlar, yol hıncahınç İstanbullularla dolmuştu. Bahriye ve Harbiye bandoları da rıhtımdaydı. Başlarındaki şefler ellerindeki püsküllü değnekleri havaya atıp tut-

Gülnihal

makta, türlü gösteriler yapmakta, biri susunca öbürü başlamakta, halkı heyecana boğmaktaydılar.

Gülnihal saat 14.00'te Boğaz girişinde göründü. Gemiyi yüzlerce deniz aracı sardı. Bazı heyecanlı karşılayıcılar motorlarla gelerek gemiye çıkıp Refet Paşa'ya hoş geldiniz dediler.

Bir İngiliz kontrol gemisi yaklaştı, dur işareti verdi. Bir İngiliz subayı Gülnihal'e çıktı. Kaptana "Göstereceğim yere demirleyeceksin!" emrini verdi. Subaya "Geminin Kabataş'a yanaşacağı, Refet Paşa'nın Kabataş'a çıkacağı" söylendi ise de İngiliz subayı, kaba-ca, "Hayır.." dedi, "..gemiyi gösterdiğim yere demirleyeceksiniz."

Dört yıldır süren işgalin sesi, ahlakı ve tavrıydı bu.

Paşa'nın çevresinde yer alan subayların birdenbire kasları kabaran yüzlerini, nefret fışkıran gözlerini görünce, subayın küçük aklı çalışmaya başladı. Bunlar başka Türklerdi. Ürkmüştü. Biraz geri çekildi, "Paşa, bir motora binerek maiyetindekilerle Kabataş'a çıkabilir" dedi.

Refet Paşa, İngiliz subayına bir hamamböceğine bakar gibi göz ucuyla bakarak, "Söyleyin şu adamcağıza.." dedi, "..Bu gemideki herkes benim maiyetimdir."

Subay bocaladı. Günlük kuralları uygulamaktaydı. Hep boyun eğen Türklere ne olmuştu böyle? Büyük bir sorun çıkacağı kuşkusu uyandı içinde. Üstlerine danışması gerektiğini söyleyerek gemiden indi.[67]

Herkesin keyfi kaçmıştı.

Kızılay İkinci Başkanı Hamit Bey de gelenler arasındaydı. Yıllardır bu kirli işgal havası içinde yaşıyordu. "Biz benim geldiğim istimbotla karaya çıkalım efendim.." dedi, "..Bölük de Sirkeci'ye çıkar. Yarın General Harrington'la görüşür, bu terbiyesizliği anlatırız."

Refet Paşa yüz binlerce İstanbulluyu bekletmemek için karargâhını oluşturan 12 subayla birlikte Hamit Bey'in istimbotuna geçti. İstimbot, çevresinde yüzlerce deniz aracının sevgi gösterileri arasında ilerledi. Kabataş'a yaklaştılar.

Paşa'nın istimbotta olduğunu anlar anlamaz halk yanardağ gibi patladı.

İstimbot Neveser gemisine yanaştı.

Bekleyenler makam sırasına göre Refet Paşa'ya hoş geldiniz dediler. İlkönce Padişah adına Yaver Kurmay Binbaşı Nuri Okday elini sıkarak Refet Paşa'ya "Hoş geldiniz" dedi. Refet Paşa'nın yanıtı duyanları sersemletti:

"Hilafet makamının tebriklerini ordu adına kabul ediyorum."

Padişah dememişti. Üstelik süslü cümlelerinin arasına milli saltanat gibi bir deyim sıkıştıracaktı.

Milli saltanat ha!

Veliaht Abdülmecit Efendi'nin Yaverinin sözlerini de, "Hilafet makamının veliahtı olan Efendi Hazretlerine saygılar sunarım" diye karşıladı.

Yine yalnız hilafet sözcüğünü kullanmıştı.

Sadrazam Tevfik Paşa'nın Yaveri Binbaşı Selahattin Bey Sadrazamın selamlarını iletince, "Ankara'nın burada bir sadrazam tanımadığını, geçmişteki hizmetleri dolayısıyla Tevfik Paşa'yı saygıyla selamladığını" söyledi.

İstanbul yönetimi sallanıyordu.

Refet Paşa İstanbul'da

Belediye Başkanı Dahiliye Nazırı adına konuşunca, "Teşekkür ederim ama temsil ettiğim hükümet burada bir Dahiliye Nazırının varlığını kabul etmiyor" dedi.

Her sözü saatli bomba gibiydi. Akıl kulağı açık olanlar bombaların tik taklarını duymaya başlamışlardı.

Büyük bir nezaketle bütün karşılayıcıların ellerini sıktı, kurmayları ile gemiden rıhtıma çıktı.

Rıhtımın çevresindeki on binlerce İstanbullunun alkışları, çığlıkları yeri titretti. Yazgılarını İstanbul düzenine bağlamış olanlar da titremekteydiler. 600 yıllık imparatorluk eriyip bitmiş, bir buz parçası kadar kalmıştı. Belli ki o da birkaç gün içinde eriyip yok olacaktı. Bir zamanlar dünyanın en büyük devleti olan Osmanlı, çağın gereklerini idrak edememek yüzünden duraklamış, gerilemiş, çürümüştü. Şimdi göçüyordu.

Paşa'yı düğüm olmuş kalabalığın içinden zorlukla geçirerek hazırlanmış bir arabaya bindirdiler. Birçok araba sıralanarak uzun, görkemli bir kortej oluşturuldu. Yola çıkıldı. Yol boyunca kurbanlar kesiliyor, halk çılgınca bağırıyor ve sevinçten ağlıyordu. Birçok kişi "Kahrolsun Yıldız'daki herif!" diye haykırıyordu.[67a]

İşgal devriyeleri ortadan kaybolmuştu.

Rumlar ve Ermeniler de iş yerlerini kapatıp evlerine çekilmişlerdi. İstanbul işgal edildiği gün bunun tam tersi olmuş, azınlıklar sevinç içinde sokaklara dökülürken, Türkler ağlayarak evlerine kapanmışlardı.

Devran tersine dönmüştü.

Sultanahmet Meydanı da çok kalabalıktı. İzmir işgalinin protesto edildiği gün, üç buçuk yıl önce, bu meydandaki minarelerden aşağıya siyah matem bayrakları sarkıtılmıştı. Şimdi kırmızı-beyaz Türk bayrakları zafer neşesiyle dalgalanıyor, minarelerden sela veriliyor, halk da yüreğinin çekirdeğinden "Allah büyük!" diye haykırıyordu.

Öğrenciler Paşa'nın arabasını çiçek ve konfeti yağmuruna tuttular. Polis halkı durdurmayı başaramadı, halk otomobili sardı, havalandırdı. Otomobili yere değdirmeden taşımaya başladı.

İngiliz istihbarat subayı Yüzbaşı Armstrong bu olağanüstü karşılayışı, güvenli bir yerden dikkatle izliyordu. Geniş haber toplama ağlarına rağmen hazırlığın çapını öğrenememişlerdi. Bu müthiş coşkuyu önlemek artık imkânsızdı. Engellemeye yeltenmek bile çok tehlikeli olaylara yol açabilirdi. Şehir ayaklanmıştı.

Bundan sonra İstanbul artık eski İstanbul olamazdı. Zart zurt dönemi kapanmıştı.

Gece güncesine şunları yazacaktı:

"Ruhumun isyan ettiğini duyuyorum. Türkler sanki Kanuni Sultan Süleyman devrinde imişler gibi düşünüyorlardı. İngiltere imparatorluğu şerefinin, bütün Asya'ya karşı, çamurlara yuvarlanması gururumu yaralamıştı."[68]

Sultanahmet'te Şark Mahfeli'ne (evine) gelindi.

Biraz dinlenildikten sonra, İstanbul fatihi Fatih Sultan Mehmet'in türbesini ziyarete gidildi. Bu İstanbul üzerinde oyun oynamak isteyenlere yönelik incelik dolu bir ihtardı. Yollar, çevre, Fatih camisinin avlusu halk ve öğrencilerle doluydu. Paşa Fatih'in türbesini ziyaretle dua etti. Fatih'i övdü ve kesin bir sesle dedi ki:

"İstanbul bizimdir!"

Kimse gözyaşını tutamadı.

Programa göre Jandarma Bölüğünün Sirkeci'ye çıkmış ve buraya gelmiş olması gerekiyordu. Bölük ortada yoktu.

Bir aksilik olmalıydı.

Son olarak Kızılay Genel Merkezi'ne uğrandı. Burası İstanbul'daki yurtseverlerin kalbiydi. Binanın önü iğne atılsa yere düşmeyecek kadar kalabalıktı. Halk ve gençler Refet Paşa'yı alkışlamaya, dinlemeye doymuyorlardı. Refet Paşa hiç yüksünmeden birkaç kez balkona çıkıp kalabalığı selamladı, konuştu.[69]

Bu ara bölükten haber gelmişti. Geminin Sirkeci'ye yanaşmasına ve bölüğün karaya çıkmasına İngilizler izin vermemişlerdi.

İngiliz İngilizliğini yapmıştı.

Refet Paşa General Harrington'a telefon etti, randevu istemedi, geleceğini bildirdi ve İngiliz karargâhına hareket etti.

Konuşma kısa sürdü.

Harrington, bu ufak tefek Paşa'nın da, İsmet Paşa gibi çetin ceviz olduğunu anlamıştı. Milli Mücadele'nin ateşinden geçenler başka türlü oluyorlardı. İstanbul'da kalan ve olayları seyretmekle yetinen yorgun, kararsız, pelte gibi Osmanlı paşalarına hiç benzemiyorlardı. Refet Paşa ile çalışacağını düşünerek alttan aldı, "Bir yanlış anlama var.." dedi, "..Ben böyle emretmedim. Askerleri isterseniz şimdi İstanbul'a çıkarabilirsiniz."[70]

Refet Paşa oradan Trakyalıların verdiği ziyafete geldi. Kurmayları ve ilgililerle görüştü.

Bölüğün şimdi, karanlıkta değil, ertesi gün öğleye doğru karaya çıkması kararlaştırıldı. İngilizlere bir uyarı olarak en az bugünkü gibi görkemli bir karşılama yapılacaktı.

İlgililer, dernekler, gizli örgütler hazırlığa giriştiler.

Esnaf dernekleri Gülnihal'de bekleyen bölüğe motorlarla tepsi tepsi akşam yemeği yolladılar.

GÜLNİHAL römorkörlerin yardımıyla sabah Sirkeci rıhtımına yanaştı. Yakınlardaki bütün Türk gemileri Gülnihal'i düdüklerini çalarak selamladılar.

Dehşetli bir kalabalık bütün çevreyi doldurmuştu. Birçok erkek gece uyumamış, sabaha kadar dağılmamış, gösteri yapmış, bayram etmiş, sabah da buraya koşmuştu. Esnaflar bayraklarını asar asmaz dükkânlarını kapatıp gelmişlerdi. Dört bir yandan da halk, kadın-erkek, akın akın askerleri karşılamak için Sirkeci'ye koşuyordu. Kimileri kalpak giymişti. Kadınların çoğu yine peçesiz, bazıları mantoluydu.

Orhan okuluyla birlikte Bakırköy'den gelmişti. Trenden koşarak indiler. Sirkeci istasyonunun önünde kendilerine zorlukla yer açmaya çalıştılar.

Bandolar çalıyor, halk avaz avaz bağırıyordu:

"Yaşasın şanlı ordu!"

"Hoş geldiniz!"

"Gazanız mübarek olsun!"

"Var olsun Mustafa Kemal Paşa!"

Askerler geminin merdiveni başında göründüler. Dar merdivenden tek sıra halinde ineceklerdi. En başta kıvırcık kalpağı, savaş yanığı yüzü, tertemiz giysisi, belinde meşin kılıflı büyük tabancası, körüklü çizmesiyle Bölük Komutanı Yüzbaşı göründü.

Güneş altında bir zafer heykeli gibiydi.

Merdivenden koşar adım inmeye başladı. Onu subaylar, çavuşlar, onbaşılar ve erler izledi.

Bunlar gelincik tarlasından geçer gibi ateşten geçmiş, ölümle kan kardeşi olmuş babayiğit Anadolu çocukları, Kemal'in askerleriydi. Tunç yüzleri, gür bıyıkları, bakımlı giysi ve donanımlarıyla çok etkili bir görünümleri vardı. Seyredenlerin göğüsleri gururla kabardı.

İstanbullular dört yıldır iyi giyimli, silahlı bir Türk askeri görmemişlerdi. Hele İngilizlerin esir kamplarından getirip İstanbul'a döktükleri askerlerin sefilliğini hiç unutamıyorlardı. Kahrolmuşlardı. Damat Ferit hükümetleri hiç ilgilenmediği için yarı çıplak askercikler dilenerek karınlarını doyurmuş, yol parası edinebilmişlerdi. Bazı Rumların ve Ermenilerin bu hasta, sakat gazi askerleri yalnız yakalayınca dövmeye kalkıştıklarını duyan İstanbulluların içleri kanamıştı.[71] Bunlar unutulabilir, Türk düşmanı Damat Ferit kafası affedilebilir miydi?

Dört yıldır işgalcilerin iyi giyimli askerlerine imrenerek, kıskanarak, içleri giderek bakmışlardı. Şimdi özledikleri, hayal ettikleri, rüyasını gördükleri asker İstanbul'a geri dönüyordu. Birazdan önlerinden geçecekti.

Bölük rıhtımda toplanmış yürüyüş düzenine giriyordu. Birkaç kişi koşarak minnetle askerlerin dizlerini öpmek için bacaklarına sarıldı. Zorlukla uzaklaştırıldılar.

Ardarda komutlar patladı. Ayasofya'ya gitmek üzere yürüyüşe geçtiler. Çok düzenli, çalımlı, havalı bir yürüyüştü bu.

İstanbulluların daha bilmediği yeni bir marşa başladılar:

"Kemal Paşa serdarımız..."

Kalabalık daha heyecanlandı, kabardı, köpürdü, delirdi, bağırmaya ve ağlamaya başladı. Herkes ağlıyordu. Yıllardır özledikleri sevinç, gurur, güven, ümit, şükür ile dolu, tadına doyulmaz bir ağlayıştı bu.

Bu görüntüleri Anzavur çetesinin, Kuva-yı İnzibatiye'nin İstanbul'da sinmiş yaşayan bazı artıkları, işkenceci polisler ile millici avına çıkan İngilizlere av köpekliği yapmış olanlar da izliyordu. Pisliklerini unutturmak için en çok bunlar alkışlıyor, bunlar bağırıyordu.

Refet Paşa cuma namazı için Ayasofya'ya gelmişti. Caminin içi de, dışı da doluydu. Sanki İstanbul burada toplanmıştı. Bölük de yolları dolduran halkın alkışları ve duaları içinde Ayasofya'ya yetişti. Cemaat sıkışarak bölük subay ve erlerine cami içinde yer açtı.

Namazı cami içindeki ve dışındaki on binler birlikte kıldılar. Unutulmaz bir olay oldu.

İkdam gazetesi şöyle yazacaktı:

"Sevincin, bayramın ne olduğunu unutalı yıllar olmuştu. Müslüman Türk kaç zamandır bayram ediyor, doya doya seviniyor. Sevinci hak etmek için neden hep bu kadar uzun çile çekmemiz gerekiyor?"

AKŞAM Londra'dan, bu güzel günü daha unutulmaz yapan bir haber geldi .

Muhafazakâr Parti ile Liberal Parti'nin bir bölümünden kurulu koalisyon, Muhafazakâr Parti'nin koalisyondan çekildiğini açıklaması üzerine dağılmış, bu koalisyon hükümetinin altı yıllık Başbakanı Lloyd George istifa etmek zorunda kalmıştı.

David Lloyd George... Son yüzyılın en karanlık yüzlü, entrikacı, bencil, kaba siyasetçisi. Ülkeleri, sırf İngiltere'nin yakın, orta ve uzak çıkarları için pasta gibi bölüp parçalayan fraklı bir kasap, savaş ve zengin sever bir liberal emperyalist.

Bir daha ne Başbakan, ne Bakan olabilecek, Liberal Parti de İngiliz siyaset dünyasından silinip gidecekti.[72]

Haberi duyan Binbaşı Faruk yazıya gelmez bir küfürle Lloyd George'u tarihe yolcu etti.

SALİH BOZOK'un eşi Pakize Hanım, Zübeyde Hanım'la birlikte köşkte kalıyordu. Salih Bey her gün sabah köşke uğruyor, istenilen bir şey varsa aklına yazıyor, Abdürrahim ile Cemil'i okula bırakıyor, sonra istasyondaki direksiyon binasına geliyordu.

Londra'dan gelen haber herkesi sevindirmişti. Hayati Bey akşam postasından çıkan bir mektubu vererek Salih Bey'i daha da sevindirdi. Mektup Latife Hanım'dan geliyordu.

Genç hanım kısaca diyordu ki:

"..Burada siyahlar giyinmiş üzgün ve kederli bir vücut var. Bu kadar samimiyetten sonra yapayalnız kalmak ne acı. Paşa Hazretleri'ne birçok mektup yazdığım halde yollamaya cesaret edemedim. 'Mektup istemem, talgraf yeter' demişti. Halbuki son

telgrafıma da cevap alamadım. Paşa Hazretleri'ne karşı taşıdığım temiz ve ebedi bağlılığı hiç kimse sizin kadar bilemez. Siz de beni üzmeyin, Paşa'nın sağlığı hakkında birkaç kelimecikle bilgi veriniz. Gazetelerden edindiğim bilgiyle yetinemiyorum. Deli gibiyim. Paşa Hazretleri'nden bana Ankara'da bir görev vermesini istemiştim ama beni beraberinde bulundurmak istememişti. Paşa Hazretleri'ne sonsuz saygı ile iki ellerini öptüğümü ve daima emirlerini yerine getirmeye hazır olduğumu söyler misiniz? Beni unutmadığınızdan dolayı teşekkürler eder, saygılar sunarım. Uşşakizade Latife."[73]

Akşam yemekte mektubu eşine de okudu. Paşa'ya yakın olmak için Ankara'da bir görev bile istemişti. Salih Bey bu ısrarcı tutumu Latife Hanım'ın Paşa'ya âşık olmasına ve saygısına yoruyordu. Pakize Hanım ise tedirgin olmuştu. Salih Bey'i uyardı:

"Bu genç hanım bence sırf kendini düşünüyor. Türkiye'de neler olup bittiğinin, Paşa'nın ne halde olduğunun farkında bile değil, anlaşılan ilgilendiği de yok. Sen bu işe karışma Salih."

M. KEMAL PAŞA'nın önünde yüzlerce sorun vardı. Sıralayarak çözmeye çalışıyordu. İzmirli genç hanıma mektup yazacak durumu yoktu hiç.

Önemli bir konuyu karara bağlamak için kendisine ayrılan eve akşam Fevzi ve İsmet Paşaları çağırmıştı. Küçük oturma odasında oturuyorlardı.

Refet Paşa'nın nalına mıhına konuşmalarına değinerek biraz güldüler. M. Kemal Paşa Fevzi Paşa'ya baktı:

"Paşam!"

"Buyrun!"

"Her an barış konferansına çağrılabiliriz. Bizi bu önemli görüşmelerde kim temsil edebilir, kim etmeli? Kesin bir karar verme zamanı geldi. Seçilecek arkadaşa hazırlık yapacak vakit bırakmalıyız."

Son günlerin en ciddi sorunu buydu. Başdelegelik için Başbakan Rauf Bey'i düşünenler çoktu. Kâzım Karabekir Paşa da bu göreve talip olmuştu. Fethi Okyar olabilir diyenler de vardı.

Fevzi Paşa, Rauf Bey'i anımsattı, İsmet Paşa da Fethi Bey'i.

M. Kemal Paşa, "Rauf Bey Başbakan.." dedi, "..Barış konferansına başbakanların katılmayacağı bildiriliyor. Rauf Bey'in de katılmaması doğru olur.[74] Fethi Bey iyidir, güvenirim ama bilirsiniz zora gelmez, rahatını sever. Bu görev için çok metin, dirençli, inatçı, kararlı, yılmaz, çalışkan biri gerek. Çok çetin görüşmeler olacağını tahmin ediyorum."

Sessizlik oldu.

M. Kemal Paşa, "Ben İsmet Paşa'yı düşünüyorum" dedi.

İsmet Paşa böyle bir şey beklemiyordu. Şiddettle itiraz etti:

"Oo, yo, hayır!"

Fevzi Paşa M. Kemal Paşa'yı destekleyince, İsmet Paşa bağırarak ayağa fırladı:

"Yapmayın! On yıldır savaşıyorum. İki yıldır evimi görmedim. Biraz dinlenmek istiyorum. Hakkım değil mi?"

M. Kemal Paşa da ayağa kalktı, sarıldı:

"Sakin ol. Kaç gecedir doğru dürüst uyuyamıyorum. Barış konferansında nice sorunlar didiklenecek. Yılların hesabı görülecek. Kansız savaş gibi bir şey olacak. Dört yıllık çabamız ya boşa gidecek, ya kazanacağız. Seni düşünmemin bir nedeni karakterin, bir nedeni de Mudanya başarın. Bu hayati işi senden başkasına emanet etmeyi göze alamadım, alamam."

İsmet Paşa'yı sevgiyle yerine oturttu.

Kahve söyledi.

Barışta izlenecek politikayı konuştular. Giderek ilkeler belirmeye başladı: Gerçekçi düşünmek ve davranmak, maceradan ve hayallerden uzak durmak ama her hakkı şiddetle savunmak, bu konuda sabırlı, inatçı ve kararlı olmak.

M. Kemal Paşa Hamit Hasancan'ın Tevfik Paşa'ya yazılan yanıtı ulaştırdığını sanıyordu. Yeni bir istek gelmemişti. Buna dayanarak İstanbul'un barış konferansına katılmak hevesinden vaz geçtiğini düşünmekteydi. Kısa bir süre sonra yanıldığını anlayacaktı.[75]

M. Kemal Paşa İsmet Paşa'nın barış görüşmelerine başdelege olarak katılabilmesi için Dışişleri Bakanı seçilmesi amacıyla Rauf Bey, Yusuf Kemal Bey, Fethi Bey ve Meclis İkinci Başkanı Dr. Adnan Bey'e telgraflar yolladı.[76]

İSMET PAŞA odasına çekilince, İzmir'e gelip yerleşen eşine bir mektup yazarak bilgi verdi.

Soyunup yattı.

Osmanlı ve Batı tarihini iyi bilirdi. Tarihteki büyük barış görüşmelerini, Batılı büyük devletleri, Osmanlıya oynanan oyunları düşündü. Düşündükçe uykusu kaçtı. Mudanya'nın ayrıntılarını, özellikle Harrington'un tutumunu aklından geçirdi. Dış görünüşüyle tam bir centilmendi. Zorda kalınca ince bir zırh halindeki centilmenlik çatlayıp dökülüyor, altından bütün hoyratlığı ile emperyalist, küstah kimlik görünüyordu. Bu ortamın yetiştirdiği diplomatlar da böyleydiler herhalde.

Bu düşüncelerin hiçbiri cesaret verici değildi. Öbür yanına döndü.

Milli Mücadele dönemini düşünmeye çalıştı. Hiçten yola çıkılmış, Misak-ı Milli ile çizilen yoldan yürünmüş, dört yıl didinilmiş, çırpınılmış, zafere kavuşulmuştu. Böylece galip devletleri yeniden barış masasına oturtmayı başarmışlardı. Bu hiçbir yenik ülkenin aklından bile geçiremediği çok büyük bir başarıydı. Tarihi ters yüz etmişlerdi.

Barış görüşmelerinden de başarıyla çıkabilirler miydi? Çıkmalıydılar, çünkü çıkmak zorundaydılar, öyleyse çıkarlardı.

Az sonra uyudu.

Tunalı Hilmi Bey

BAŞKAN Dr. Adnan Bey çana vurarak milletvekillerinin dikkatini çekti, gürültü azalınca, az önce yapılan kapalı oylamanın sonuçlarını açıkladı:

"Efendim, seçime 174 milletvekili katılmış, 20 çekimser oya karşılık, 154 oyla İsmet Paşa Hazretleri Dışişleri Bakanı seçilmiştir."

Alkışlar yükseldi. Tunalı Hilmi Bey bağırdı:

"Allah ikinci zaferi nasip etsin."

Seçim sonucu Bursa'ya bildirildi.

BATI CEPHESİNİN Bursa'daki geçici karargâhında, İsmet Paşa, Dışişleri Bakanı seçildiğini bildirerek, Batı Cephesi Komutanlığına bağlı bütün birliklere bir veda yazısı yazıyordu. Cephe Kurmay Başkanı Asım Paşa masanın önündeki iskemlede oturmuş yazının bitmesini bekliyordu. Yaver ayaktaydı.

İsmet Paşa yazıyı şöyle bitirdi:

"..Türk tarihinin Birinci İnönü, İkinci İnönü, Kütahya, Sakarya, Afyon, Dumlupınar, İzmir, Bursa ve Mudanya kelimeleriyle özetlenebilecek heyecanlı bir döneminde, şerefimizi ve kanımızı birbirimize bağladığımız bütün asker ve subay ve komutan arkadaşlarıma, muhabbet ve minnetlerle, ayrı ayrı teşekkür ve veda ederim."

Yazıyı imzalayıp Yavere verdi:

"Bunu birliklere gönderelim."

"Başüstüne efendim."

Yaver topukları üzerinde dönüp çıktı. İsmet Paşa duygulanmıştı. Asım Paşa'ya, "Bir gün çizmeleri çıkarıp iskarpin giyeceğim aklımın ucundan bile geçmezdi.." dedi, "..Hiç sivil elbisem olmadı. Ne zaman, nerede, ne giyilir, onu da bilmiyorum. Umarım bilen birileri öğretir."

Ayağa kalktı:

"Haydi yemeğimizi yiyelim, eğer yemek kaldıysa."

Gizlice ciddi bir hazırlık yapılmıştı. Asım Paşa sürprizi belli etmemeye çalışarak, "Herhalde kalmıştır Paşam" dedi.

Subay yemekhanesine indiler. Kapıda bekleyen subay çok fiyakalı bir selam vererek kapıyı açtı. İsmet Paşa içeri girdi. Gözleri şaşkınlıkla doldu taştı.

Uzun masada yirmi kadar kurmay ve karargâh subayı oturuyor ve paşaları bekliyordu. Rap diye ayağa kalktılar. Var olan imkânlarla süslü, düzenli bir sofra hazırlanmıştı.

İsmet Paşa subaylarını başıyla selamlayarak masa başına geçti. Sağ yanına Sakarya Savaşı'ndan beri Kurmay Başkanlığını yapan Asım Gündüz Paşa oturdu. Soluna Yarbay Tevfik Bıyıklıoğlu geçti.

"Bu ne güzel sürpriz Asım Paşa. Teşekkür ederim."

"Pek apar topar oldu efendim. Kısa zamanda ancak bu kadar becerebildik."

İsmet Paşa güldü:

"Daha ne olsun! Hiçbir Dışişleri Bakanı böyle güzel, vefalı bir ziyafette bulunmamıştır."

Aşçı onbaşı çorbaları dağıtmaya başladı.

DÖRT YÜZ SEKSEN öğretmen Mudanya'da törenle karşılandı. M. Kemal Paşa'yı görmek için İstanbul'dan gelmişlerdi. Yoksul öğrenciler için de binlerce kitap, defter, kalem getirmişlerdi.

250'si hanım, 230'u erkek öğretmendi. Erkekler kalpaklıydı. Kadın öğretmenler mantolu ve sıkma başlıydı. Hiçbirinin yüzü peçeli değildi. Peçe İstanbul'un bazı kenar mahallelerinde kalmıştı.

Bu giyim tarzı, uzun yıllar süren çabaların, çekişmelerin, isyanların ürünüydü. Uygarca giyinme isteği azar azar birikmiş ve birdenbire toplumu sarıvermişti. Vatanla birlikte kadınlar da özgürleşmekteydi.

Mudanya-Bursa trenine bindirildiler.

42 kilometrelik yolu yeşilin bin çeşidini tadarak bir buçuk saatte aldılar. Bursa'da başta Vali, bütün önde gelenlerce karşılandılar. Mutlu oldular. Öğretmenlere, özellikle hanımlara özel bir saygı gösterilmeye başlanmıştı. Yaşlıca bir hanım öğretmen, "Erkeklerimiz yavaş yavaş ehlileşiyor" dedi. Gün, gösteriler, toplantılar, ağırlanmalar ile geçti.

Akşam Şark Tiyatrosu'nda toplanıldı.

Büyük salon öğretmenler, bazı siyasetçiler, Bursalı yönetici ve aydınlarla dolmuştu. M. Kemal Paşa Bursa'da bulunan büyük komutanlarla birlikte geldi.

Ayakta bitmez alkışlarla karşılandılar.

Bandonun verdiği kısa bir konserden sonra kürsüye öğretmenler adına Kemal Zülfü Bey geldi. Zaferin yapıcılarına öğretmenlerin minnetlerini sundu. Gördükleri ilgiye gözleri yaşararak teşekkür etti. Bu içten konuşmayı Ruşen Eşref, Hamdullah Suphi ve Muhittin Baha (Pars) Beylerin heyecanlı konuşmaları izledi. En son M. Kemal Paşa, coşkun alkışlar içinde kürsüye geldi.[77]

Unutulmaz konuşmasını yaptı.

Özetle dedi ki:

"Hanımlar, Beyler!

Bu noktaya kolay gelmedik. Ama bilelim ki bugün ulaştığımız nokta gerçek kurtuluş noktası değildir. Gerçek kurtuluşa ancak uygar, çağdaş, bilime, fenne ve insanlığa saygılı, bağımsızlığın değerini ve şerefini bilen, hurafelerden arınmış, aklı ve vicdanı hür bir toplum olduğumuz zaman ulaşabiliriz. Okul genç dimağlara insanlığa, yurda ve millete saygıyı, şerefi, bağımsızlığı öğretir. Bağımsızlık tehlikeye düştüğü zaman onu kurtarmak için izlenmesi gereken yolu belirtir.

Öğretmenler!

Ordularımızın kazandığı zafer, sadece eğitim ordusunun zaferi için zemin hazırlamıştır. Gerçek zaferi bilgisizliği yenerek siz kazanacak, siz koruyacaksınız. Çocuklarımızı ve geleceğimizi ellerinize teslim ediyoruz. Çünkü aklınıza ve vicdanınıza güveniyoruz."[78]

Herkes ayağa fırladı. Alkışlar, çığlıklar salonu sallıyordu. M. Kemal Paşa ile komutanlar öğretmenlerin arasına karıştılar. Soruları yanıtladılar, bilgi verdiler. Öğretmenlerin hayatları boyunca hiç yaşamadıkları bir kaynaşma oldu. Deneyli öğretmenlerin verdikleri bilgiler de komutanların ufuklarını genişletti.

Muzaffer Kılıç, toplantı sürerken M. Kemal Paşa'ya İstanbul'dan, Hamit Hasancan Bey'den gelen bir telgraf verdi. Müttefikler Ankara yönetimini barış görüşmelerine davet ediyorlardı.

Lord Curzon

DAVET yazısına göre barış konferansı Lozan'da 13 Kasımda açılacaktı.

Başdelege olarak İngiltere'yi Dışişleri Bakanı Lord Curzon'un temsil edeceği belli olmuştu. Lord Curzon'un varlığı hepsini düşündürdü. Tipik bir Türk düşmanıydı. İstanbul'un Türklerin elinden alınması için çok gayret göstermiş, Doğu Trakya'nın Yunanlılara verilerek Türklerin Avrupa'dan ayağının kesilmesini istemiş, Lloyd George'un izinde bir siyasetçiydi. Büyük Taarruz'dan önce savaşsız barış amacıyla Londra'ya yollanan Fethi Bey'i kabul etmemek kabalığını göstermişti.

Müttefikler Lozan'a İstanbul yönetimini de davet etmişlerdi. Osmanlı ve Türk ikiliğinden yararlanmayı hesapladıkları açıktı. Teslimiyetçi, işbirlikçi Osmanlı yönetiminin barış görüşmelerinde bulunması, istedikleri sonuçları almalarını çok kolaylaştıracaktı. Çünkü dört yıldır işgalcilere herhangi bir konuda bir kez bile itiraz etmiş değildi. Her konuda tam bir teslimiyet içinde olmuştu. Kuzu gibi bir yönetimdi.

İngilizler şöyle düşünüyorlardı: Ankara 1921'deki Londra Konferansına da, biraz huysuzluk ettikten sonra İstanbul yönetimiyle birlikte katılmıştı. Şimdi de bu duruma boyun eğecekti elbette.

Başka ne yapabilirdi ki?

M. KEMAL PAŞA, Fevzi, İsmet, Kâzım Karabekir Paşalar, Ruşen Eşref, Hamdullah Suphi ve Muhittin Baha Beyler Ankara'ya gitmek üzere sabah Bursa'dan halkın büyük sevgi gösterileri arasında ayrıldılar.

Kâzım Özalp Ege'deki birlikleri denetliyordu.

M. Kemal Paşa trene kadar yolda konuşmadı. İçine kapanmıştı. Trende de konuşmalara, tartışmalara katılmadı, daha çok kompartımanında kaldı.

Ankara'ya inince İsmet Paşa'ya, "Akşama bana gel" dedi.

BÜTÜN gazeteler Ankara haberlerine ve Refet Paşa'nın açıklamalarına birinci sayfalarında yer veriyor, gelecek hakkında önerilerle dolu yazılar yayımlıyorlardı.

Refet Paşa İstanbul'da her gün birkaç okulu, derneği ziyaret ediyor, heyecanla karşılanıyor, Ankara'yı, Meclis'i, Kuva-yı Milliye'yi, Misak-ı Milli'yi, anayasayı, milli egemenliğin ne olduğunu, bağımsızlık aşkını anlatıyor, ağlıyor ve ağlatıyordu.[78a]

Üniversite öğrencileri İngiliz elçiliği önünde gösteriler yaparak "İşgalciler dışarı" diye bağırıyorlardı. Öğrencilerinin içinde rahat yürümek için ayakkabılarını ellerine almış kız öğrenciler de bulunuyordu. Bunların en başında Ankara yönetiminin Basın-Yayın Genel Müdürü Ağaoğlu Ahmet Bey'in kızı Süreyya vardı.

Taşkınlık yapmış, kabadayı kesilmiş Rumlar ortalıktan kaybolmuşlardı. Çoğu İstanbul'dan kaçıyordu. Bunlara zengin Rumlar da katılmak üzereydi. Mallarını paraya çevirerek, işlerini devrederek gitmeye hazırlanıyorlardı. Birikimlerini birlikte götüreceklerdi.[78b] İstanbul'un Konstantinopolis olamayacağını sonunda anlamışlardı.

Bir de işgalcilere yaranmak, birkaç kuruş kazanmak için birçok Türk'ü millici diye ihbar etmiş, yakalatmış, ezmiş, ağlatmış olan satılık, kiralık küçük adamlar vardı.[78c] Mütareke döneminin yüzkaralarıydı bunlar. En çok korkan bunlardı. Bir zamanki tafraları, fiyakaları uçup gitmiş, geride uyuz kedi hali kalmıştı.

LOZAN'a sıfırı tüketmiş İstanbul yönetiminin de resmi olarak çağrılması Tevfik Paşa'ya ve çevresine bir canlılık vermişti. Tevfik Paşa saraya ve bazı Nazırlara danıştıktan sonra, M. Kemal Paşa'yı atlayarak, bu kez Türkiye Büyük Millet Meclisi'ne başvuruda bulunmaya karar verdi.

İstanbul yönetimi Meclis'te M. Kemal Paşa'ya muhalif hayli milletvekili olduğunu biliyordu. Bunlar herhalde Osmanlı Devleti'nin böyle önemli bir aşamada kırık bir oyuncak gibi bir köşeye atılmasına izin vermezler, M. Kemal Paşa'yı serbest bırakmazlardı.

Tevfik Paşa, büyük bir dikkat ve özenle, güzel bir yazı yazdı. Yazısının başlığı "Ankara'da Büyük Millet Meclisi Başkanlığına" biçimindeydi.

Türkiye demiyordu.

Özet olarak '600 yıllık Osmanlı yönetiminin de barış görüşmelerine katılması gerektiğini' ileri sürerek, 'memleketin geleceği ve vatan haklarını savunma konularında görüşmek üzere Meclis'çe seçilecek yetkili birinin İstanbul gönderilmesini' istedi.[79]

Ankara Meclisi bu isteği kabul ederse İstanbul yönetimi hayata dönerdi. Yazı şifrelenmedi. İçeriğinin herkesçe bilinmesi için açık telgraf olarak Ankara'ya, Meclis Başkanlığına gönderildi.[79a]

AKŞAM yemeğini M. Kemal Paşa, İsmet Paşa ve Abdürrahim birlikte yediler. Okuldan, derslerden konuşuldu. Yemek çabuk bitti. Paşalar ikinci kattaki çalışma odasına çıktılar. Çalışma masasının önündeki koltuklara oturdular. Kalpakları çıkarmış, yakalarını açmışlardı.

İkisinin de yüzünde çizgiler derinleşmişti.

M. Kemal Paşa uzun bir sessizlikten sonra, "İsmet.." dedi, "..Yolda gelirken, bütün olasılıkları tarttım. İstanbul'dan gelen iki yazıyı, yarın Meclis'in bilgisine sunmaya karar verdim.."

İsmet Paşa kaygıyla baktı. Meclis'in son durumu hakkında hiç de güven verici şeyler duymamıştı.

"..Barış görüşmelerine iki lokma halinde katılamayız. Bizi kolayca yutarlar. Milletin canı, kanı, emeği boşa gitmiş olur. Bu sorunu kökten çözmemiz gerekiyor."

"Nasıl?"

"Bu fırsattan yararlanarak Meclis'ten, padişahlığa son vermesini isteyeceğim. Ne dersin?"

Bu beklenmedik bir çözümdü. İsmet Paşa şaşırdı:

"Bunu başarabilir miyiz?"

"Evet. Çünkü egemenliğin millete ait olduğunu iki yıl önce bu Meclis kabul etmişti. Ama tabii biraz çalışmak, arkadaşları hazırlamak gerekecek."

İsmet Paşa'nın gözlerinin içine baktı:

"Hedefimiz insanca bir düzen değil miydi? Adım adım yaklaşıyoruz işte. Kaygılanma, başarırız."

Gelecek için kimi cesur, kim ürkek, birçok hayale daldılar.

SABAH İsmet Paşa erkenden Dışişleri Bakanlığına geldi. Müttefiklere bir nota yollayarak Ankara'nın, İstanbul yönetiminin barış görüşmelerine katılmasına kesinlikle karşı olduğunu bildirecekti. Sonra da Hukuk Müşaviri Münir Bey'le (Ertegün) başbaşa bir görüşme yaptı. Diplomatik dili öğrenmeye, geliştirmeye yardımcı olacak kitaplar istedi. Barış konferansına kadar her fırsatta dersine çalışacaktı.

M. Kemal Paşa da direksiyon binasına gelmişti. Başbakan Rauf Bey'le telefonla konuştu, Sadrazamın ikinci yazısının da bir kopyasını gönderdi. Müdafaa-yı Hukuk grubunun yöneticilerini ve önde gelen üyelerini çağırdı. Gidilecek bir yer olmadığı için herkes kolayca bulunuyordu.

Tevfik Paşa'dan gelen iki yazıyı okudu.

Kıyamet koptu:

"Vahidettin'in, Tevfik Paşa'nın kafasındaki insanların yer aldığı bir barış masasından ancak yeni bir Sevr kabul edilerek kalkılır."

"Sevr kabul edilmedi diyor. Yalancı. Öyleyse uygulanmasına nasıl geçildi? Mesela İzmir'in yönetimi törenle Yunanlılara devredilmedi mi?"

"Başkenti işgal edilmiş, ülkesi çiğnenen bir devletin hükümdarı tahtına yapışıp kalır mı? Son Bizans Kralı devletini korumak için dövüşerek kahramanca öldü. Buna yüreği yetmiyorsa hiç olmazsa istifa edip şerefiyle bir kenara çekilemez miydi?"

"Bırak Allah aşkına! Bir tek onurlu sözü, açıklaması, jesti, tutumu, tepkisi, duruşu yok!"

"Vatanını koruyanların öldürülmesinin dince gerekli olduğu hakkında fetva veren hain Şeyhülislamı kim bulup da atadı?"

"Vahidettin!"

"Neredeyse hepimiz hakkında idam kararı verdiler."

"Vahidettin de bu kararları onayladı."[80]

"Tevfik Paşa utanmadan kazanılan zaferde payları olduğunu da ileri sürüyor."

"Haydi ordan!"

"Barış görüşmelerine katılmamaları düşünülemezmiş."

"Gölgelerinden bile korkan bu adamlarla birlikte emperyalizmle mücadele edilebilir mi?"

"Memleketin geleceğini ve vatanın hukukunu savunmak için İstanbul ile Ankara'nın Lozan'da birlikte bulunmaları şartmış."

"Bugüne kadar kendi gelecekleri ile kendi haklarından başka neyi savundular? Millet ırzını, namusunu, şerefini, haysiyetini, ocağını korumak için yarı çıplak dövüşürken, akılları neredeydi?"

"Birlikte gidilmezse, maazallah milletin başına büyük bir musibet gelirmiş. Yahu sizden daha büyük musibet olur mu?"

M. Kemal Paşa, "Efendiler.." dedi, "..Öyleyse bu sorunu çözelim. İstersek kökten çözebiliriz."

"Nasıl, nasıl?"

Önerisini açıklayınca ikinci bir kıyamet koptu. Öneri coşkuyla benimsendi. M. Kemal Paşa heyecan fırtınasını bir süre izledikten sonra durumu toparladı:

"Uygun bulduğunuza göre Rıza Nur Bey'den, konuştuğumuz esaslara göre bir öneri hazırlamasını rica ediyorum."

Bu tarihi görev Dr. Rıza Nur Bey'i çok memnun etti:

"Emredersiniz."

"Öneriyi, uygun bulan bütün arkadaşlara imzalatırsınız.."

Gülümsedi:

"..Bana da imzalatın olur mu?"

Dağıldılar.

Her biri yakın çevresini aydınlatacaktı.

DR. RIZA NUR BEY'in hazırladığı öneriyi 80 kadar milletvekili imzaladı. Son olarak M. Kemal Paşa'ya getirdi, o da imzaladı.

Olay duyuldu ve yıldırım gibi yayıldı.

Gelenekçiler durumu öğrenince kısa süren bir paniklemeden sonra ne yapabileceklerini araştırmaya koyuldular.

Vahidettin'in ve Tevfik Paşa'nın temsil ettiği İstanbul yönetimini korumak imkânsızdı. Bunları değil, düzeni korumaya çalışacaklardı. Acaba 'önemli değil, üzerinde durmayalım' diyerek Meclis'in bir karar almasını önleyebilirler miydi?

Ne etmeliydi?

Yıllardır özel bir dikkatle üstü kapalı yürütülen çekişmenin en son aşamasına gelinmişti.

30 EKİM 1922 günü üçüncü oturumun başlaması bekleniyordu. M. Kemal Paşa Başkanlık odasına Başbakan Rauf Bey'i davet

etti. Rauf Bey'e, "Hilafet ve saltanatın birbirinden ayrılarak saltanatın lağvedileceğini" bildirdi, 'bunun uygun olduğu hakkında kürsüden açıklama yapmasını' istedi.

Rauf Bey çok zor durumda kaldı. Çünkü bir süre önce M. Kemal Paşa'ya 'padişahlığa ve hilafete bağlı olduğunu, bu makamların kesinlikle korunması gerektiğini' söylemiş, M. Kemal Paşa'yı 'bu anlayışa aykırı bir şey yapmaması için' uyarmıştı.[81]

Değişen koşullar, geleneksel düzeni savunan Başbakanı şimdi padişahlığa son verilmesini desteklemeye zorluyordu. Yoksa barış anlaşması görüşmelerine, İstanbul yönetiminin seçeceği pısırıklarla birlikte katılmak zorunda kalacaklardı.

Tarih dümdüz akan bir derecik değildi ki. İşte böyle anaforları, cilveleri olan büyük bir nehirdi.

Rauf Bey tarihin akışına uyacaktı.

Gazi üçüncü oturumu yönetmek üzere salona girdi, başkanlık kürsüsüne çıktı. Tabii sivil giyimliydi.

Milletvekilleri salonu doldurdular.

Saat 17.00'ydi.

Başkan, Tevfik Paşa'dan gelen birinci yazı ile bu yazıya verdiği yanıtı okudu. Hava gerginleşmeye başladı. Sonra Tevfik Paşa'nın yolladığı ikinci yazıyı okudu. Hava iyice gerginleşti.

Birçok milletvekili söz istedi.

Meclis tarihinin en heyecan verici, hararetli görüşmelerinden biri başladı. İlk olarak Antalya Milletvekili sarıklı Rasih Efendi kürsüye geldi:

Rasih Efendi

"Müttefiklerin davet yazısında bizden Ankara Millet Meclisi diye söz ediliyordu.."

Bir ses duyuldu:

"Ankara ne demek, Türkiye!"

"..Şu rastlantıya bakınız ki Tevfik Paşa'nın yazısının başlığı da öyle: Ankara Millet Meclisi. Aynı zihniyet, aynı üslup. Bunlar birbirinin eşi. Ankara'da Türkiye Büyük Millet Meclisi vardır ve Türkiye'nin hâkimi yalnız bu yüce Meclis'tir."

Şiddetli alkışlar yükseldi.

"..Tevfik Paşa bunu hâlâ anlamamış."

Konya Milletvekili Refik Koraltan koca sesiyle bağırdı:

"Tevfik Paşa diye birini tanımıyoruz. Bizim sadrazamımız yok, Başbakanımız var."

Rasih Efendi alkışlar azalınca devam etti:

"..Vahidettin Yunan ordusu 'Halife ordusu' diye anıldığı halde, 'Hayır, Yunan ordusu Halife ordusu değildir' dememiş, diyememiştir."

"Kahrolsun!"

Yahya Galip

Meclis'in genel havası padişahlığın kaldırılacağını gösteriyordu. Erzurum Milletvekili Hüseyin Avni Bey, Bayındırlık Bakanı ve Diyarbakır Milletvekili Feyzi Pirinçcioğlu, Kırşehir Milletvekili Yahya Galip Kargı konuştu. Rıza Nur Bey alkışlar arasında şöyle dedi:

"Türkiye Büyük Millet Meclisi bundan üç yıl önce Ankara'da toplandığı vakit kararını vermiştir: Egemenlik milletindir. Böylece, eski Osmanlı İmparatorluğu sona ermiş, yerine dinç ve milli Türkiye Devleti doğmuştur ve bütün egemenlik ondadır. Buna rağmen İstanbul'da hâlâ kendini hükümet sanan bir kurul var. Ama hükümet olmak için gereken vasıta, vasıf ve meziyetlerin hiçbirine sahip değil. Üstelik işgalcilerin elinde esir.."

Bir milletvekili söz attı:

"Esir değil, kukla."

"..Müttefikler onu bir hükümet olarak görmek ve göstermek istiyorlar. Çünkü bu ikilikten yarar umuyorlar. İstanbul da bu oyuna katılıyor.."

"Allah onları kahretsin!"

Mazhar Müfit Kansu

"..Bu konuda bir öneri hazırladım. Başkanın bir an önce bu öneriyi okutup oya sunmasını rica ederim."

Dr. Rıza Nur'u Hakkâri Milletvekili Mazhar Müfit Kansu, onu da Kâzım Karabekir Paşa izledi. İlgiyle dinlediler. Karabekir Paşa İstanbul yönetimi için özetle şöyle dedi:

"İstiklal Harbi'nde düşmanlarımızın işini kolaylaştıran ve her fenalığı yapmaktan çekinmeyen bu güruh, bugün de barış görüşmelerini baltalamak için çalışıyor. Habis ruhlar gibi karşımıza çıkan bu insanlar, Doğu Cephesinin bile en uzak köşelerine, hatta benim karargâhımın içine kadar fesat ellerini uzatmışlardı. Damat Ferit devresi kapandı, Vahidettin'in dünürü Tevfik Paşa perdesi açıldı. Bunların hepsi kukla, karagöz sureti gibi idrak ve vicdandan yoksun birtakım insanlar. Türkiye Büyük Millet Meclisi bunları ilk fırsatta İstiklal Mahkemesine vermelidir.."

Hacı Şükrü Bey

Bu öneri geniş bir kabul gördü.

"..Bütün şehitlerimiz, gazilerimiz, kolu, bacağı kopmuş kardeşlerimiz, bu adamları lanetliyorlar. Bugün alacağımız kararla herkese İstanbul yönetiminin bir hiç olduğunu göstermeliyiz."

Diyarbakır Milletvekili Hacı Şükrü Bey ayağa fırladı ve bağırdı:

"Başta Vahidettin olmak üzere hepsinin besmeleyle taşlanmasını öneriyorum!"[82]

Kürsüye seçkin din adamlarından biri olan Muş Milletvekili Hacı İlyas Sami Efendi geldi. Uzunca, keskin, sert bir konuşma yaptı:

Hacı İlyas Sami

"Efendiler, İstanbul'dan gelen son yazı bir paçavra, bir hayasızlık, bir ihanet belgesidir. Efendiler! Bir zamanlar Vahidettin'e biat ettiği için sağ elime nefretle bakıyorum. İslam boğazlandığı gün, Türkler hırsız gibi tutuklanıp Malta'ya götürülürlerken, İzmir rıhtımı kanlara boyandığı zaman, o, saltanatını devam ettirmekten çekinmemiştir. Mabetlerimizi, mescitlerimizi bu adamın ismiyle kirletmemek için artık gerekli kararı alalım!"

Hacı İlyas Sami Efendi'den sonra gelenekçilerden Albay Selahattin Köseoğlu konuştu. Kısaca "Önemsemeyelim, üzerinde durmayalım, gündeme geçelim" diyerek konuyu örtbas etmeye çalıştı ise de tepki gördü. Ciddiye alınmadı.

Müfit Kurutluoğlu

Sırada, bir başka din bilgini, Kırşehir Milletvekili Müfit Efendi (Kurutluoğlu) vardı. Cüppesinin eteklerini savurarak kürsüye çıktı.

"Müttefikler barış görüşmelerine İstanbul'u çağırarak, yine içimize ayrılık tohumu, bölünme ateşi saçıyorlar. Biz 23 Nisan 1920'de burada toplanarak, İstanbul'un Sevr Andlaşması'nı kabul ederek mahvettiği her şeye, istiklale, milli hâkimiyete, milletin varlığına sahip çıktık. Bunu da dünyaya ilan ettik. Biz Türkiye'yi kurtarmak için çabalarken, İstanbul bizi 'haydut, isyancı, idamı hak ettiler, kanları helaldir' diye niteleyerek Müslüman kardeşlerimizi aleyhimize teşvik ve tahrik etmişti. Kendilerine verilmesi lazım gelen cevap, vatana ihanet suçunu işlediklerini bildirmekten ibarettir."

Kürsüden alkışlar içinde ayrıldı.

Başbakan Rauf Bey

Nusret Efendi

Ziya Hurşit

Başkan söz isteyen Başbakan Rauf Bey'i kürsüye davet etti. Derin bir sessizlik oldu. Gelenekçilerin bir çeşit gizli önder olarak kabul ettikleri Rauf Bey kürsüye geldi.

Gelenekçilerin ümitlerini kıran bir konuşma ile İstanbul yönetimini suçladı, Rıza Nur'un önerisini destekledi.

Ankara Milletvekili Ali Fuat Paşa, İçişleri Bakanı ve İstanbul Milletvekili Fethi Okyar da öneriyi desteklediler. Erzurum Milletvekili Nusret Efendi hilafetin tarihçesi hakkında bilgi verdi. Dört Halifeden sonra Halifeliğin kalmadığını, halifeliğin emirliğe, sultanlığa dönüştüğünü anlattı. Bu konunun 'Müslümanların başına bela olduğunu' söyledi.

Son konuşmayı Dışişleri Bakanı İsmet Paşa yaparak, barış görüşmelerinde ikiliğin yaratacağı sakıncaları, tehlikeleri açıkladı.

Hava çoktan kararmış, büyük gaz lambaları yakılmıştı.

Birçok yazılı önerge ve öneri birikmişti. Başkan bunları gruplaştırarak oya sundu. Çoğunluk Padişah, Sadrazam ve hükümet için kanuni işlem yapılması hakkındaki öneriyi kabul etti!

M. Kemal Paşa, Rıza Nur ve arkadaşlarının önerisini oylatacağını belirtti. Bu durum yoğun tartışmalara yol açtı. İki kişi çok etkindi: Mersin Milletvekili Albay Selahattin Köseoğlu ile Rize Milletvekili Ziya Hurşit. Hava da, Başkan da sertleşti. Usul hakkında söz isteyenlere söz vermeyerek öneriyi oylamaya sundu.

Oylama başladı.

Gelenekçiler kurnazca bir taktikle birer ikişer Meclis'i terk etmeye başladılar. Karar alınabilmesi için gerekli çoğunluk kalmazsa oylama geçersiz olacaktı.

Öyle de oldu.

Oylamaya 136 kişi katılmıştı. 132 beyaz (kabul), 2 kırmızı (red) ve 2 yeşil (çekimser) oy çıkmıştı. Geçerli karar sayısına ulaşmak için daha 25 oy gerekliydi.

Başkan 1 Kasım 1922 Çarşamba günü toplanmak üzere oturumu kapattı.

Saat 20.45'ti.[83]

BU SAATTE yeni bir Rum kafilesi ile onu izleyen bir Yunan birliği, Meriç nehrini aşıyordu.

Hava serin, karanlık ve yağmurluydu. Kafilenin önünde mum fenerli bir adam yürüyor, ürkütücü sessizliği köpek havlamaları parçalıyordu.

Yunan birlikleri ve Rumlar günlerdir, parça parça Meriç'i aşarak Yunanistan'a geçiyorlardı. Aralarında Yunanlılarla işbirliği yapmış hain Osmanlılar da vardı.[83a]

Yunan askerlerinin ve yönetiminin boşalttığı yerleri, Müttefik birlikleri ve yöneticileri teslim alıyordu.

Doğu Trakya'ya gizlice sızdırılan Türk birlikleri ancak uzanabildikleri yerlerdeki köyleri koruyabilmişlerdi. Düşmanın ayrılmadan önce neler yaptığı, ancak Doğu Trakya bütünüyle vatana katıldıktan sonra anlaşılacaktı.

Ertesi günden başlayarak Doğu Trakya aşama aşama Türk yöneticilere ve jandarmalarına devredilecekti.[84]

İlk devir ve teslim alınacak yer Çorlu'ydu. Çorlulular da, Çorlu'ya gelecekler de heyecan içindeydiler.

Yüzyıl gibi süren iki yıl üç ay sonra Türk askeri ve Türkçe geri dönecekti.

ANKARA'da gelenekçiler Hamamönün'deki bir tekkenin büyükçe salonunda toplanmışlardı. Oylamanın geçersiz kalmasına sevinmişlerdi ama geçici bir başarıydı bu. Meclis çoğunluğunun padişahlığı kaldırma eğiliminde olduğu açıkça anlaşılmıştı.

"Ne yapılabilir?"

Ankara Milletvekili Hacı Mustafa Efendi dedi ki:

"Padişahlıkla Halifelik birbirinden ayrılamaz. Önerinin incelenmek üzere Şeriye (Din İşleri) Komisyonuna gönderilmesini sağlarsanız, biz bu yolda bir karar alabiliriz."

Meclis kurallarını iyi bilenler bu düşünceyi daha da geliştirdiler.

Güçlü bir ümit doğdu.

Zamir Bey

BU SIRADA Çankaya'da, ilk kattaki misafir salonunda da, M. Kemal Paşa ve arkadaşları aynı konuyu görüşüyorlardı.

Sorun çoğunluğu sağlamaktı.

Mazhar Müfit Bey, "Öneride hilafet hakkında açık bir hüküm yok.." dedi, "..Bazı arkadaşların bu yüzden duraksadıkları anlaşılıyor. Öneriye yapılacak bir ekle bu sorunu açıklığa kavuşturmak iyi olur."

Rıza Nur Bey, "Anladım, haklılar" dedi.

Zamir Bey terini sildi:

"Hilafet konusu açılırsa medreselilerin işi çıkmaza sürükleyeceklerinden korkarım. Saltanatsız hilafet olmaz diye tutturacaklardır."

M. Kemal Paşa, "Zarar yok.." dedi, "..bu konuyu tartışmaya hazırım. Meclis'te bu konuda geniş bir açıklama yapacağım. Tatmin olacaklarını sanıyorum. Merak etmeyin."

Hepsi hayretle baktı. Paşa'nın bilebileceği bir konu değildi ki bu. Paşa bilgi verdi:

"Ben Sakarya Savaşı'ndan sonra, Büyük Taarruz'a kadar, aylarca, her fırsattan yararlanarak İslam tarihini inceledim.[85] Olayların akışına göre bu bilginin bir gün gerekeceği belliydi. Nitekim o gün geldi işte."

Notları yanındaydı. Zamir Bey'e bir tomar kâğıt uzattı:

"Bak da için rahat etsin."

Salih Bey İstanbul'dan yollanan bir yıldırım telgraf getirdi. Şifresini çözmüşlerdi. Hamit Hasancan Bey, Müttefiklerin İsmet Paşa'nın notasına verdikleri yanıtı bildiriyordu: Londra, Paris ve Roma, Lozan'a İstanbul yönetiminin de katılması için ısrar ediyorlardı.

Mahmut Esat Bozkurt parladı:

"Bu kadar açık entrika olur mu?"

M. Kemal Paşa, "Beyler.." dedi, "..Bu işi düşündüğümüz gibi bitirmek zorunlu oldu. Hilafetin devam edeceğini açıkça belirten bir ek öneri hazırlayın. Padişahlığa son verelim."

"Peki efendim."

"Sabah grup toplantısında buluşalım."

Arkadaşlarını uğurladı. Salih Bey'e sordu:

"Annem İzmir diye ısrar ediyor mu?"

"Evet. Bazen ağlıyor."

"Eyvah! Ben annemi ihmal ettim. Çok kötü oldu. Şu konuyu halledelim de, annem için ne yapabiliriz, konuşalım, olur mu?"

"Başüstüne."

"İyi geceler."

"İyi geceler."

Çalışma odasına çıktı.

Notları masanın üzerine yaydı. Masanın bir yanında üstüste kalınlı inceli bir düzine kitap duruyordu. Birkaçı Fransızca, geri kalanı Osmanlıcaydı. Hepsi İslam tarihi hakkındaydı.

Sabaha kadar çalışacaktı. Uykusuzluğa dayanıklı bir yapısı vardı.

31 EKİM günü Müdafaa-yı Hukuk Grubu, eski Öğretmen Okulunun toplantı salonunda toplandı.[86] Binada Meclis yatakhanesi ve yemekhanesi de olduğu için Müdafaa-yı Hukuk grubunun toplandığını herkes bilirdi.

Milletvekilleri akın halinde geliyordu. Büyük ilgi gelenekçileri tedirgin etti. Onlar da Kuyulu Kahve'de toplandılar.

M. Kemal Paşa, sorunun çözümü için saltanat sistemine son verilmesi gerektiğini belirten bir konuşma yaptı. Padişahlık ile halifeliğin ayrılabileceğini İslam tarihinden örnekler vererek açıkladı. Bu konudaki soruları yanıtladı. Bilgisiyle, konuya egemenliği ile grubu şaşırttı ve rahatlattı.[87]

Grup oy birliği ile öneriyi desteklemeye karar verdi.

ÖĞLEDEN SONRA kar beyaz sarıklı, ak sakallı, cüppeli, mest lastikli bir milletvekili M. Kemal Paşa'yı direksiyon binasında ziyarete geldi. Bugün Meclis tatildi. Paşa güncel, basit, sıradan tartışmalara hiç katılmayan bu olgun din adamını severdi. Hiç bekletmeden kabul etti. Saygıyla karşıladı, yer gösterdi.

Oturdular. Karşılıklı hal hatır sordular. Hoca konuya girdi:

"Güzel Paşam, sen bu millete Allah'ın bir lütfusun. Bugüne kadar sen beni hoş tuttun, ben de seni başımız bildim. Bu güvene dayanarak sana bir teklifte bulunmaya geldim."

M. Kemal Paşa merakla, "Buyrun" dedi.

"Anladığıma göre padişahlık gidiyor. Belki bir gün hilafet de tarihe karışacak.."

Paşa gülümsemekle yetindi.

"..Yüzlerce yıllık düzen değişecek, içerden dışardan, bilir bilmez, birçok düşman kazanacaksın. Hayatın hep tehlikede olacak. Bunları halkın iyiliği için yapıyorsun ama bakalım halk kadrini bilecek mi? Gel bu işten vaz geç. Kurban olduğum Allah, sana yürü ya kulum demiş. Saltanatı da, hilafeti de üzerine al. Bugünkü kudretine, şanına, bunların kuvvet ve şerefini de ekle. Tahtınla, devletinle, sarayınla, hareminle, hazinenle, keyfince yaşa.."

Hoca derin bir soluk alarak sözünü tamamladı:

"..Benim teklifim bu. Artık ötesini sen bilirsin."

M. Kemal Paşa duygulanmıştı. Öne doğru eğildi:

"Dediğiniz doğrudur. Bazı insanlar bilir bilmez bana düşman kesilecek. Belki de hayatım sürekli tehlikede olacak.."

"Evet, evet!"

"Ama sevgili Hocam, milletin önüne düşen bir adam artık kendini, keyfini, cebini, çıkarını, rahatını, ailesini, geleceğini değil, milletin ihtiyaçlarını, zamanın gereklerini temsil eder. Bu yüzden tasvir ettiğiniz hayat, hoşuma gitse bile kabul edemem. Millet yolundan geri dönemem. Artık millet de buna izin vermez.."

Uzanıp sevgiyle Hocanın elini tuttu:

"..Ben bu görevi her türlü tehlikeyi göze alarak üstlenmiştim. Benim için hayır dua ediniz."[88]

Hocanın gözleri doldu.

Karşısında rahatı, güveni, saltanatı, zevki, keyfi değil, halkının yararı için zoru seçen, öldürülmeyi, iftiralara ve haksızlıklara uğramayı göze almış bir insan, adam gibi bir adam vardı.

Saygıyla kucakladı.

ÇORLU geceyi heyecandan uykusuz geçirdi.

Yöneticiler ve asker Sirkeci'den törenle uğurlanmışlardı. Ara istasyonlarda büyük törenlerle ve coşkuyla karşılana karşılana yaklaşıyorlardı.

Edirne Valiliğine atanan Şakir Kesebir Edirne geri alınana kadar yerel yönetim işlerini Çorlu'dan yönetecekti.

Şehir Yunanlılardan arınır arınmaz Çorlulular istasyonu ve hükümet konağına giden yolu bayraklarla donatmış, yolları temizleyip sulamış, çiçekler hazırlamışlardı.

İstasyonu ve ana yolun iki yanını erkenden doldurdular.

Beklemeye başladılar.

İnsafsız zaman yürümüyordu.

MECLİS öğleden sonra Musa Kâzım Efendi'nin başkanlığında toplandı.

Gündeme göre sırası gelince 80 imzalı öneri ikinci kez oylanacaktı. Öneriye ek bir öneri ile halifelik konusuna açıklık getirilmişti.. Gelenekçiler de bu doğrultuda bir yazılı öneri verdiler.

Öneriler üzerinde görüşme açılınca, ilk sözü M. Kemal Paşa aldı. Din bilginlerini de hayran bırakan uzun, akıcı, bilgi dolu konuşmasını yaptı.[89] Gelenekçilerin de alkışını aldı.

Sorun açıklığa kavuşmuş, konu her bakımdan aydınlanmıştı. Sıra önerilerin oylanmasına gelmiş görünüyordu. İşbilir gelenekçiler bu aşamada harekete geçtiler.

Önce önerilerin Anayasa Komisyonunda incelenmesi için yazılı bir öneride bulundular. Sonra bu isteğe Adalet ve Şeriye (Din İşleri) Komisyonlarını da eklediler.

Kürsünün çevresinde toplanarak, bağırarak Başkanı sıkıştırdılar. Ziya Hurşit ön plandaydı. Ankara Milletvekili Hacı Mustafa Efendi de Şeriye Komisyonunun unutulmaması için çabalıyordu. Müdafaa-yı Hukukçular da ayağa kalktılar. Meclis karışmıştı. Her kafadan bir ses çıkıyordu.

Başkan bunalmıştı. Gürültü içinde önerilerin incelenmesi ve bir karara bağlanması için söz konusu üç komisyona gönderilmesini oya koydu. İtirazlar arasında 'önerilerin Şeriye, Anayasa ve Adalet komisyonlarına havale edildiğini' açıkladı ve oturumu kapattı.[90]

Gelenekçilerin istediği olmuştu.

KOMİSYON üyeleri toplanırken, Türk yöneticiler ve 600 jandarmadan oluşan birlik Çorlu istasyonuna iniyordu.

Kimi, askerlerin ayaklarına sarıldı; kimi, ellerini öpmeye çalıştı. Alkışlara çığlıklar gözyaşları karışıyordu. Kadınlar, kızlar askerlerin üzerine gelin telleri, oyalı mendiller, danteller, çiçekler atıyor, kolonya serpiyorlardı.

Bütün minarelerden sela sesleri yükselmekteydi.

Boşaltmaya Çorlu'da İtalyan yöneticiler ve askerler göz kulak olmuşlardı. Çorlu'yu Türklere teslim edip ayrılacaklardı. Bir milletin ordusu, bayrağı, dili ile çılgınca kucaklaşmasını ilgiyle izliyorlardı. Belki bazıları utanmaktaydı. Çünkü bu haksız ayrılığı yaratan devletlerden biri de İtalya idi.[90a]

ÜÇ KOMİSYONUN üyeleri büyük masanın çevresinde yerlerini almışlar, Başkanlığa Kırşehir Milletvekili Müfit Hoca'yı seçmişlerdi.

Birçok milletvekili, özellikle gelenekçiler, görüşmeleri izlemek, gerekirse söz alıp konuşmak, komisyon üyelerini etkilemek, yönlendirmek için odayı doldurmuştu.

Ayakta duracak kadar bile yer kalmadığından bazı milletvekilleri içeri girememişti. Kapıdan kulak veriyor, sıkıntı içinde koridorda geziniyor, biri dışarı çıkarsa çevresini alıp bilgi edinmeye çalışıyorlardı.

Çoğu huzursuzdu, sinirliydi, kızgındı.

Önerilerin komisyonlara, hele Şeriye Komisyonu'na havale edilmesi, konuyu tehlikeye atmıştı.

BAŞKANLIK ODASINDA M. Kemal Paşa, Başbakan Rauf Bey, İkinci Başkan Ali Fuat Paşa, Dr. Adnan Bey oturuyor, sonucu bekliyorlardı.

Konu belli ki safsata ve mugalataya elverişli medrese mantığına takılmıştı.

Ali Fuat Paşa saatine baktı:

"İki saat oldu."

Kapı hızla vurularak açıldı, içeri Zamir ve Muhittin Baha Beyler girdiler. Zamir Bey'in alın damarları kabarmıştı, "Paşam.." dedi, "..Malum kişiler konuyu saptırdılar. Saltanat bırakıldı hilafet konuşuluyor."

Muhittin Baha Bey de çok gergindi:

Ali Fuat Paşa

"Bunların tarihle, ilimle, barış konferansına davetle, koşullarımızla, sorunlarımızla hiç ilgileri yok. Hayal peşinde, laf cambazlığı yaparak saltanatı kurtarmaya, yaşatmaya çalışıyorlar."

Görüşmeleri Zamir Bey özetledi:

"Hilafet saltanatsız olabilir miymiş, olamaz mıymış, saltanatı kaldırmak hilafet açısından caiz miymiş, değil miymiş, eski ulema ne demişmiş, şimdi ne denebilirmiş, iki saattir bunları tartışıyorlar. Daha önerileri incelemeye başlamadılar bile. Bu gidişle başlamalarına da imkân yok."

M. Kemal Paşa kalktı. Fazla sakin bir sesle, "Gidelim" dedi. Yürüdü.

KOMİSYON odasına zorlukla girdiler. Zamir Bey güçlü gövdesiyle yol açarak önden yürüdü, M. Kemal Paşa Zamir Bey'i izledi. Biri yerini verince oturdu, görüşmeleri izlemeye başladı.

Konu lastik top gibi bir konuydu. Medreseliler konuyla, itirazlara, uyarılara aldırmadan, telaş etmeden, güzel güzel oynuyorlardı.

Bolu Milletvekili Tunalı Hilmi Bey yanındaki arkadaşına fısıltıyla, "Yahu.." dedi, "..dünya dönüyor, zaman akıyor, bizimkiler hâlâ geçmişte yaşıyorlar. Bunların saatleri birkaç yüzyıl önce durmuş. Şu evrende her şeyin hareket ve değişim halinde olduğundan haberleri bile yok."

M. Kemal Paşa uzun bir süre sabırla bekledi. Ümidini kesince Müfit Efendi'ye seslendi:

"Söz istiyorum efendim."

"Özür dilerim Paşam, sırada Tevfik Rüştü Bey var."

Muğla Milletvekili Tevfik Rüştü Bey (Aras), "Ben sıramı Gazi Paşa'ya bırakıyorum" dedi.

"Öyleyse buyrun efendim, söz sizin."

Paşa oturduğu yerin üzerine çıktı. Tam yanında Ankara Milletvekili Hacı Mustafa Efendi vardı.

"Efendiler!

İçinde bulunduğumuz acil şartlara rağmen, safsatayla, nazariyatla vakit geçirdiğimizi görüyorum. Hâkimiyet ve saltanat, hiç kimse tarafından, hiç kimseye, ilim icabıdır diye, müzakere ile, münakaşa ile verilmez. Hâkimiyet ve saltanat, kuvvetle, kudretle, zorla alınır. Türk milleti de hâkimiyet ve saltanatını, isyan ederek, bilfiil kendi eline almıştır. Bu olmuş bitmiş bir durumdur. Söz konusu olan, millete saltanatını, hâkimiyetini bırakacak mıyız, bırakmayacak mıyız meselesi değildir. Mesele bu olmuş bitmiş durumu ifadeden ibarettir. Bu her halde olacaktır. Burada toplananlar, Meclis ve herkes, meseleyi böyle görür-

Hacı Mustafa Efendi

se, fikrimce uygun olur. Aksi takdirde yine hakikat usulünce ifade olacaktır..."

Eliyle işaret etti:

"..Fakat ihtimal bazı kafalar kesilecektir."

M. Kemal Paşa'nın eli Hacı Mustafa Efendi'nin boynunun yanından geçti.

Türkiye Büyük Millet Meclisi Başkanı, herkese burasının bir ihtilal meclisi olduğunu hatırlatıyordu.[91] Hoca Efendilerin bazı kaygılarını giderecek ilmi açıklamalarda bulunup sözünü bitirdi.

Hacı Mustafa Efendi, saygılı bir sesle, "Afedersiniz efendim.." dedi, "..biz meseleyi başka bakımdan mütalaa ediyorduk. Şimdi aydınlandık."[92]

KOMİSYON Dr. Rıza Nur ve Hüseyin Avni Beylerin önerilerini görüştü, ikisinden de yararlanarak iki maddelik bir karar tasarısı hazırladı. Komisyon sözcüsü Muğla Milletvekili Yunus Nadi Bey kararın gerekçesini açıklayan bir bildiri yazdı. Karar tasarısı ve bildiri Meclis'e sunulmak üzere oybirliği ile kabul edildi.

Durum Başkanlığa bildirildi.

Dr. Adnan Adıvar başkanlık kürsüsüne çıktı. Ziller çalıyor, milletvekilleri toplantıya katılmaya çağrılıyordu.

Salon doldu.

Dinleyici balkonları da dolmuştu. Sovyet Büyükelçisi Aralov ile Azerbaycan Büyük Elçisi Abilof da dinleyici balkonunda yer aldılar.

M. Kemal Paşa, Başbakan, Bakanlar kürsünün önündeki ilk sıraya oturdular. Paşa sıranın sağ ucundaki her zamanki yerine geçti.

Gelenekçiler düzeni koruyamadıkları için üzgündüler. Tarihin akışını tersine çevirmeye çalışmış, başaramamışlardı. Aralarında, halkın büyük tepki göstereceğine, ürkütücü olaylar çıkacağına ümit bağlayanlar da vardı, bu karara karşı çıkmadığı için orduya kızanlar da.

İki kısa konuşmadan sonra, Başkan iki maddelik tasarıyı ve bildiriyi oya koydu.

Bütün eller kalktı.

Dr. Adnan Bey tarihi sonucu bildirdi:

"Oybirliği ile kabul edilmiştir."

Padişahlık tarihe karışmıştı.

Tarih 1 Kasım 1922, saat 20.40'tı.[92a]

Bir doğu ülkesinde ilk kez saltanat düzeni yıkılıyordu. Alkış fırtınası koptu. Milletvekillerinin çoğu ayağa kalkmışlardı. Ziya Hurşit Bey bağırmaya başladı:

"Ben muhalifim! Öyleyse oybirliği yok..."

Ziya Hurşit'in sesi "Söz yok!" sesleri, alkış gürültüsü ve sevinç bağırtıları içinde kaybolup gitti.

Bir milletvekilinin bugünün milli bayram diye kabul edilmesini önermesi üzerine Başbakan Rauf Bey söz aldı. Bu gecenin ve ertesi günün milli egemenlik bayramı olarak kabul edilmesini önerdi. Meclis iki öneriyi de kabul etti.

Yeni bir dönemi başlatan oturum, Müfit Efendi'nin okuduğu güzel bir dua ile sona erdi.[93]

Ortaçağ büyük bir darbe almıştı.

Akşam bu güzel karar şerefine 101 pare top atılacaktı.

Muhabirler durumu gece telgraflarla gazetelerine bildirdiler. Sabah yeni bir dönem başlayacaktı.

HABERİ sabah Tevfik Paşa'ya telefonla A. İzzet Paşa bildirdi. Gece duymuş ama inanmamış, sabah gazetelerde okumuştu.

Nazırlar Tevfik Paşa'nın Ayazpaşa'daki konağında toplandılar.[94] Kararı yeni öğrenen Nazırlar taş kesildiler. Tevfik Paşa'nın zaten kansız olan yüzü bembeyazdı.

A. İzzet Paşa'nın yüzü ise tersine mosmordu. Boğuk, inanmaz, şaşkınlıktan kısılmış bir sesle ikide bir, "Ankara, padişahlığı nasıl kaldırabilir, hangi yetkiyle?" diyordu. Nazırlardan biri korka korka "Durum Efendimize bildirildi mi?" diye sordu. Tevfik Paşa

Ahmet İzzet Paşa

titrek bir sesle, "Evet.." dedi, "Başkâtip Beye bilgi verdim."

BAŞMABEYİNCİ Ömer Yaver Paşa, Başyaver Avni Paşa ve Başkâtip Rıfat Bey iznini alarak Padişahın huzuruna çıktılar.

İki paşa temenna ederek ellerini kavuşturup durdu. Rıfat Bey ilerledi, sehpanın üzerine üç belge bıraktı:

"Ankara Meclisi'nin bildirisi ve iki kararı efendimiz."[95]

Geri geri giderek o da ellerini kavuşturdu.

Yeni unvanı ile Halife Vahidettin Efendi bir süre sessiz ve hareketsiz kaldı. Başını belli belirsiz sallayarak ayrılmalarına izin verdi. Üç saray yöneticisi geri geri giderek odadan çıktı.

Vahidettin Efendi elini yavaşça uzatarak sehpanın üzerindeki üç kâğıdı ağır ağır buruşturarak avucunun içine aldı, sıktı, ezdi, inler gibi bir ses çıkararak fırlatıp attı:

"Iıaah."

MÜTTEFİKLER de şaşkına dönmüşlerdi.

Ankara'nın, İstanbul yönetiminin Lozan'a katılmasını engellemek için böyle kestirme bir yola gidebileceği hiç akıllarına gelmemişti.

Ankara iki maddelik bir kararla düğümü çözmüştü.

Müttefikler Lozan'da masaya, İstanbul yönetimine hiç benzemeyen Ankara'nın inatçı, katı temsilcileriyle oturacaklardı. Ankara tam bağımsızlık diye diretiyordu.

Tam bağımsızlık ha!

Lozan'la ilgili yetkililerin kaşları çatıldı. İşte bu imkânsızdı.

EDEBİYAT FAKÜLTESİNDE genç öğretmenler ve öğrenciler kalpaklarını havaya fırlatarak kararı kutladılar.

Gelenekçi öğretmenler ise çok mutsuz oldular. Ahmet Naim Hoca bunların başında geliyordu. Türkçe yerine Arapçanın resmi dil olarak kabul edilmesini isteyen bir üniversite hocasıydı.

Milli Mücadele'yi kaleminin bütün gücüyle desteklemiş olan Yahya Kemal'e ise bir hüzün çökmüştü. İmparatorluğun görkemli dönemlerini hayranlıkla anar, onlarda şiiri için gür kaynaklar, canlı hayaller bulurdu.

Son dersini veriyordu bugün. İsmet Paşa'nın basın müşaviri olarak Lozan'a gidecekti. Edebiyatı bıraktı, Kanuni dönemini ele aldı. Viyana eteklerinden Kırım'a, Kafkasya dağlarına, Aden körfezinden Cebel-i Tarık'a yayılan İmparatorluğun büyüklüğünü, zenginliğini, yüksek düzeyini anlattı. Şiir söyler, beste yapar gibi anlatıyordu.

Bir öğrenci ayağa kalkarak şu soruyu sordu:

"Hocam bu büyük imparatorluk sonra neden küçüldü, içi boşaldı, güçsüzleşti, zavallı bir hal aldı, Avrupa'nın oyuncağı oldu, toplu iğne bile yapamaz, yoksul, geri, ancak borçla yaşayabilir duruma geldi? Neden, neden? Bunu da bir anlatsanız da aynı yanlışları bir daha yapmasak."

Genç adam, haklı bir soru sormuştu. Tarihte benzeri olmayan trajik bir durumdu bu. Yahya Kemal Bey içini çekti. Koca imparatorluğu bu aciz, cılız, sünepe hale düşüren, ortaçağ kafası ile yüreksiz yöneticilerdi. Yöneticiler çağın değiştiğini anlamış fakat ortaçağ kafasından korktukları için çağa bütünüyle ayak uydurmayı göze alamamışlardı.

Bir çöküşü anlatmanın hiçbir zevki, şiiri, coşturucu bir yanı yoktu. "Ben size.." dedi, "..Çanakkale'yi, Sakarya'yı, Büyük Taarruz'u anlatayım."

Yeniden coştu.

HALKIN padişahlığın kaldırılmasına tepki göstereceğini umanlar bütünüyle aldandılar.

Hiçbir yerde, en ufak bir tepki olmadı.

Osmanlının başkenti ve Müttefiklerin işgali altındaki İstanbul'da bile hiçbir gazetede padişahlığı savunan, koruyan bir satır yer almadı. Gazeteler Türkiye Büyük Millet Meclisi'nin bildirisine, milli saltanatı öven, yücelten başlıklara, yazılara yer verdiler.

Halk üç gün sürecek milli saltanat bayramını başlattı. Dükkânlar kapandı, okullar tatil edildi. Sokaklar şarkılar söyleyerek dolaşan, sarayı lanetleyen kalabalıklarla doldu. Gece de fener alayları düzenlenecekti.[96]

Orhan dayanamadı, arkadaşlarına öğretmenler odasında kısa bir nutuk attı:

"Halk artık padişahın kulu değil, vatandaş! Vatan artık padişahın mülkü değil, hepimizin! Devlet artık hanedanın değil, bizim! Millet artık bir çobanın güttüğü sürü değil, insan topluluğu! Bu büyük devrimi herkese iyi anlatmalıyız!"

REFET PAŞA Şark Mahfeli'ndeki çalışma odasında yeni kurulan gizli örgütten bir binbaşıyı kabul etti. Eski örgütler kapatılmış, deneyli kişiler korunarak yeni ve geniş bir örgüt oluşturulmuştu.

"Az önce Fevzi Paşa'dan bir emir aldım. Şu hain gazeteci Ali Kemal'in gizlice yakalanmasını, Ankara'ya gönderilmek üzere İzmit'te, 1. Ordu Komutanlığına teslim edilmesini emrediyor. Anlaşılan yargılanacak. Ee keser döner sap döner, gün gelir hesap döner. Adamlarına söyle, adamı İzmit'e sağ salim teslim edecekler. Kılına dokunmayacaklar. Milli Mücadele'nin en tehlikeli günlerinde bile teröre, suikasta, işkenceye başvurmadık."

"Merak etmeyin Paşam. Elimize hiç kan bulaşmadı. Yoksa buradaki hainleri temizlemek iş miydi?"

"Ortalığı karıştırmadan yakalayıp postalayabilecek misiniz?"

Binbaşı güldü:

"İçiniz rahat olsun."

İzin isteyip çıktı.

Ali Kemal

ZÜBEYDE HANIM iki gündür oğlunu göremiyordu. Görünce sevindi. Oğlunun elini okşadı:

"Yorgun görünüyorsun."

"Biraz iş vardı anne."

"Sana bakacak iyi bir kadın lazım."

Durdu, birden, "Beni ne zaman İzmir'e yollayacaksın oğlum?" diye sordu. M. Kemal Paşa uzanıp annesinin başını öptü:

"Anne, gel seni İstanbul'a göndereyim. Kız kardeşim de orada. Artık kimse seni rahatsız edemez. Evini basamaz. Oğlunu idama mahkûm edemez. Yüreğini ağzına getiremez. Milletine biraz hizmet etmiş bir adamın annesidir diye saygı gösterirler. Orada tanıdığımız doktor da çok."

Zübeyde Hanım kararlılıkla, "Hayır.." dedi, "..İzmir'e gönder beni. Bu işi fazla da uzatma. Kendimi iyi hissetmiyorum."

M. Kemal Paşa boyun eğdi:

"Peki anne."

Sabah Salih Bey'e, "İzmir'e gidiyorsun.." dedi, "..Gevezeliğinin cezasını çek. Annem için küçük bir ev tut. Sade biçimde döşet. Sonra da gelip annemi al."

"Başüstüne."

SALİH BOZOK'un İzmir'e hareket ettiği gün Mahmut Soydan da Avrupa'dan döndü.

Fikriye'yi Münih'teki sanatoryuma yerleştirmişti.

"Yolculuk boyunca pek mahzundu ama sanatoryumdaki hastalar arasında bir Türk hanım varmış. Onu görünce biraz rahatladı."

"Alışveriş yapmak istiyordu."

"Yaptık. Münir Nurettin Bey'in son plağına kadar her istediğini aldık."

"Doktor ne dedi?"

"Biraz geç kaldığımızı düşünüyor. Ama ümitsiz de değil."

M. Kemal Paşa'nın yüzü solmuştu:

"Fikriye nasıl?"

"İyi. Size bazı hediyeler almıştı. Muzaffer'e verdim. Bir de mektup yolladı."

Artan parayla birlikte Fikriye'nin mektubunu da verdi.

"Buyrun efendim."

"Her şey için çok teşekkür ederim Mahmut Bey."

"Rica ederim."

SALİH BEY Basmane istasyonunda karşısında Latife Hanım'ın adamlarından Ahmet Ağa'yı görünce şaşırdı. Ahmet Ağa, "İzmir'e geleceğinizi Vali Beyden duyduk.." dedi, "..Hoş geldiniz. Latife Hanım sizi köşkte bekliyor. Araba kapıda."

Latife Hanım Salih Bozok'u çok candan karşıladı. Konuyu Vali Beyden rastlantı eseri öğrenmişlerdi.

"Bakınız. Karşıyaka'da bizim genişçe bir evimiz var. Dayalı döşeli bir ev. Hiç kullanmıyoruz. Paşa'nın annesini orada misafir edeyim. Bana bu şerefi veriniz. Lütfen."

Salih Bey eşinin uyarısını anımsadı ama Latife Hanım'a karşı koymaya gücü yetmedi. Birlikte Karşıyaka'ya gittiler. Evi gördüler. Ev sahiden güzeldi.[96a]

TEVFİK PAŞA bu saatte İngiliz Yüksek Komiseri Sir Horace Rumbold'u ziyaret ediyordu.

Ankara Meclisi'ni padişahlığı kaldırmaya yetkisi olmayan kuraldışı bir Meclis olarak niteledi. Böyle bir Meclis'in kararına uyarak istifa etmek doğru olur muydu? Ankara'yı ciddiye almadan Lozan'a bir kurulla katılmalarına İngiltere ne derdi?

Osmanlı Sadrazamı, ne yapılması gerektiği konusunda İngiliz Büyükelçisinden akıl sormaya, görüş almaya gelmişti. Çok uzun yıllardan beri Osmanlı yöneticileri bağımsız düşünemiyor, en azından bir büyük devletin onayını almadan karar veremiyorlardı. Hiçbir konuda kendilerine özgü bir düşünceleri yoktu. Batılı elçilerin önlerinde titredikleri büyük Osmanlı Vezirleri masal olmuştu!

Yüksek Komiser bu zavallı soruları 'hükümetinin başka ülkelerin içişlerine karışmayacağı' gibi basmakalıp bir açıklama ile yanıtlamadan geçiştirdi.[97]

SADRAZAM İngilizlerden akıl ve yardım dilenirken, İstanbul yönetimine bağlı birimler sırayla Refet Paşa'ya gelerek Ankara'nın emrine girdiklerini bildiriyorlardı.

Maliye ve Maarif Nazırları da istifa yazılarını Sadrazamlığa bırakmışlardı.

İstanbul çözülüyordu.

MECLİS 3 Kasım Cuma günü saat 13.45'te Dr. Adnan Bey'in başkanlığında toplandı. Bütün milletvekilleri cuma namazını hep birlikte Hacı Bayram camisinde kılmış, Meclis'e öyle gelmişlerdi.

Dışişleri Bakanı İsmet Paşa Lozan'da izlenecek politika hakkında açıklama yapacaktı.

İsmet Paşa henüz sivil bir elbise sağlayamadığı için üniformalıydı. Delege kurulu için gerekli giysiler Ankara'da yaptırılamadığından, giyim kuşam işini çözmek İstanbul'a bırakılmıştı.[98]

Bakanlar Kurulu Lozan delegelerine uymaları gereken politika hakkında yazılı bir talimat vermişti. Özü Misak-ı Milli idi.[98a]

İsmet Paşa Lozan'da Misak-ı Milli'ye uyulacağını açıklayarak Meclis'i rahatlattı. Ayrıntılar hakkında bilgi vermedi. İsmet Paşa'dan sonra bazı milletvekilleri söz aldılar. Ege adaları, dış borçlar, güney sınırlarımız, özellikle Musul ve Hatay konularına değindiler. Diyap Ağa milletvekilliği hayatında ikinci kez söz alarak Türk-Kürt konusu hakkında kısaca şöyle dedi:

"Hepimiz biliyoruz ve söylüyoruz ki dinimiz, aslımız, neslimiz birdir. Bizim içimizde ayrılık gayrılık yoktur. Ne Türklük, ne Kürtlük davası vardır. Hep biriz, kardeşiz. Düşmanlar bizi birbirimize düşürmek için tuzaklar kuruyorlar. Hile yapıyorlar. Biz birbirimizle iftihar ederiz. İşte bu kadar!"

Yusuf Ziya Bey

Meclis Diyap Ağa'nın konuşmasını alkışlar, bravo sesleri ile karşıladı. Diyap Ağa bin yıllık toprak, tarih ve yazgı kardeşliğini özetlemişti.[99]

Bitlis Milletvekili Yusuf Ziya Bey de dedi ki:

"Avrupalılar, aldatıcı sözlerle, bizi birbirimizden ayırmaya çalışıyorlar. Ben Kürtoğlukürdüm. Bir Kürt milletvekili olarak sizi temin ederim ki Kürtler, yalnız büyük ağabeyleri Türklerin saadet ve selametini istiyorlar. Biz Kürtler Avrupa'nın Sevr paçavrası ile verdiği bütün hakları, hukukları ayaklarımızın altında çiğnedik ve bütün manasıyla bize hak tanımak isteyenlere geri verdik. Türklerle birlikte kanımızı döktük ve ayrılmak istemedik, istemeyiz. Delege kurulumuz, Lozan'da azınlıklar söz konusu edildiği zaman Kürtlerin hiçbir isteği olmadığını söylesin. Kerkük'ü, Süleymaniye'yi, Musul'u da unutmasın!"

Yusuf Ziya Bey'in açıklaması da uzun uzun alkışlandı.

Bitlis, Mardin, Genç, Muş, Siirt, Diyarbakır ve Van milletvekilleri ortak bir açıklama yaptılar:

"Türk-Kürt tek kitledir. Kürtler hiçbir vakit Türk camiasından ayrılamaz."[100]

İngilizler Mütareke dönemi boyunca yaptıkları açık, gizli çalışmalarla, Doğu Anadolu'da küçük bir Kürt devleti kurulmasına yaktıkları yeşil ışıkla, Türk-Kürt birlikteliğini yıkmayı başaramamıştı.[101]

Anadolu demek tek vatan demekti.

Dört yönü de birbirine muhtaçtı, birbirini tamamlıyordu.

İSMET PAŞA M. Kemal Paşa'ya "5 Kasım günü İstanbul'a hareket edebileceklerini" bildirdi. Hazırlıklar sonuçlanmıştı.

M. Kemal Paşa, "Rauf'la konuştuk.." dedi, "..Sizi büyük bir törenle uğurlayacağız. Dünya, Meclis'in, ordunun ve milletin arkanızda olduğunu bilsin. Akşama bendesiniz."

Akşama Rauf Bey'le birlikte bazı bakanları, Lozan delegelerini ve danışman olarak birlikte gidecek milletvekillerini yemeğe çağırmıştı.[101a]

Sofra gençliğinden beri önem verdiği bir sohbet, tartışma, doğruyu arama ortamıydı. Farklı düşünceleri dinliyor, kendi düşüncelerini de bu sohbetlerde olgunlaştırıyordu.[101b]

Sağına Başbakan Rauf Bey'i, soluna İsmet Paşa'yı aldı.

Yemek ağır bir hava içinde başladı. Emperyalizmin diplomasi alanındaki oyunbazlığı herkesi düşündürüyordu. Türkiye emperyalistler ailesi karşısında tek başına yer alacaktı. Kendi varlığından başka dayanacağı hiçbir kudret yoktu.

Ağır hava sürerken bir ara delegelerin giysileri konusuna değinilince, M. Kemal Paşa bir anısını anlattı:

"Fransa'daki bir manevraya yolladılar bizi. İki arkadaşız. Yıl 1910 olmalı. Trenle gidiyoruz. Yolda arkadaş fesini çıkarmadı. Durduğumuz her istasyonda püsküllü fesiyle alay konusu oldu. Çok üzüldü. Ben gayet şık ve Avrupai giyinmişim. Yani öyle giyindiğimi sanıyorum. Üzerimde redingot var, başımda da çok beğenerek aldığım, şeridine tavuk tüyü iliştirilmiş nefti bir Tirol şapkası.."

Misafirler güldüler. En çok gülen de Fethi Okyar'dı.

"..Paris'e bu gülünç kıyafetle indim. Şimdi güzel güzel gülen Fethi Bey o zaman Paris'te ataşemiliter. Beni o kılıkta görünce zavallının aklı başından gitmişti."

İsmet Paşa "Gülmeyin.." dedi, "..Dışişleri Bakanınız da sivil giyim konusunda farklı değil. O da böyle gülünç durumlara düşebilir."

Kahkahalar yükseldi. Hava hafifledi. Konuşmalar ilerledikçe herkese bir iyimserlik, kararlılık ve ümit gelecekti.

DARMALAR bütünüyle Trakya'ya geçirilmiş, geride tek askeri kalmamıştı. İller ve ilçeler sırayla Müttefiklerden alınıyordu.

Trakya kocaman bir bayram yeri gibiydi.

Binbaşı Faruk'u Refet Paşa'nın karargâhında görevlendirdiler. Annesiyle teyzesine alıştıra alıştıra niye o döküntü kılıkta gezdiğini anlatmıştı. Artık gerçeği öğrenme sırası sokağa gelmişti. Cihangir'deki kekeme berberde saçını sakalını kestirdi. Güvenli evde sakladığı üniformasını, çizmelerini giydi, kalpağını her zamanki gibi azıcık kaşına yatırdı. Sokağa döndü.

İlk uyanan sokağın başındaki ebe Huriye Hanım oldu. Çığlığı yatalakları bile ayağa kaldırdı.

Sokak düğün evine döndü.

HER ŞEY İstanbul yönetiminin tabanı olmadığını, pek az yandaşı kaldığını gösteriyordu.

Nazırlar Kurulu son olarak öğleden önce Bâb-ı Âli'de toplandı.[101c] Ankara'ya göre artık var olmayan bir yönetimdiler. Belediye Başkanı da Refet Paşa'ya bağlı olduğunu bildirmiş, bağlılık yemini etmişti. Nazırlıklarda çalışanlar hiçbir işe el sürmüyorlardı.

Çıkar yol kalmamıştı. Topluca istifa etmenin artık zamanı geldiğini anladılar. İstanbul yönetiminin son kurumu da yokluğa karıştı.

Tarih 4 Kasım 1922'yi gösteriyordu.[102]

Tevfik Paşa hükümetin istifasını sunmak üzere saraya gitti. İstifayı verdi. Saraydan çıkarken gazetecilere şöyle bir açıklama yaptı:

"Sultan Hazretleri istifa etmeyecekler. Millete hesap vermek istiyorlar."

TBMM zaten Vahidettin'in İstiklal Mahkemesi önünde hesap vermesini karar altına almıştı. Bu yürekli çıkış Vahidettin karşıtlarını mahcup etti. "Demek ki Padişah sandığımız kadar korkak değilmiş" diye düşündüler.

Kimsenin aklına Vahidettin'in kaçması olasılığı gelmiyordu. Bir hükümdar-halifenin düşmana kaçacağı düşünülebilir miydi?

BÂB-I ÂLİ'de salonlar, odalar, koridorlar, merdivenler son hızla temizlendi, yeniden düzenlendi.

Öğleden sonra Refet Paşa, karargâhı ile geldi ve Bâb-ı Âli'ye yerleşti.

Artık İstanbul Türkiye'nin sadece bir iliydi. Başkentliği sona ermişti.[103] Başkentliğin sona erdiğine en fanatik İstanbullu bile inanmadığı için bu durum bir sızlanmaya, gürültüye, kızgınlığa yol açmadı. Şartların gerektirdiği geçici bir durumdu bu. İstanbul'dan daha zengin, ileri, büyük şehir mi vardı? Başkent olabilmek için en önemli niteliğin güvenlik olduğu hiçbirinin aklına gelmiyordu.

Ankara adlı köyü başkent yapacaklar değildi ya.

ANKARA istasyonu yine tıklım tıklımdı.

Başta M. Kemal Paşa, Rauf Bey, Fevzi Paşa olmak üzere bütün Bakanlar, Milletvekilleri, Vali, Belediye Başkanı, Ankara'daki komutan ve subaylar, Bakanlık yöneticileri, basın mensupları, öğrenciler ve halk Lozan kurulunu törenle uğurlamak için istasyonu doldurmuştu.

Bando marşlar çalıyordu.

Özel katarın lokomotifi defne dalları ve bayraklarla süslenmişti.

Kurul üyeleri önde bulunanlara veda ederek, geridekilere el sallayarak trene bindirdiler. Birçok Ankaralı "Zaferle dönün!" diye bağırıyordu.

Tren alkışlar, hayır dilekleri arasında hareket etti.

Her istasyonda, gündüz ya da gece, coşkun gösterilerle karşılanacak, İstanbul'a kadar alkışlar ve dualar içinde yol alacaklardı. Anadolu dört yıl önceki dünyadan habersiz Anadolu değildi. Nice acı sınavdan geçerek uyanmış, dostla düşmanı, akla karayı, doğruyla yanlışı ayırdetmişti.

O AKŞAM Ali Kemal berbere gitmek için havanın iyice kararmasını bekledi. Karanlık çöktükten hayli sonra evden çıktı. Berberi yakında, ana cadde üzerindeydi. İzlendiğini anlamadı.

Rum berberler Ali Kemal'i saygıyla karşıladılar:

"Hoş geldiniz Beyefendi!"

Ali Kemal sinirliydi:

"Hoş gelmek mümkün mü? Sokaklar kalpaklı delilerle dolu."

Yan koltukta oturan müşteri korkuyla uyardı:

"Aman Beyefendi, böyle konuşmayın!"

"Oo, merhaba Mösyö Aleko."

"Merhaba Ali Kemal Beyefendi. Yerin kulağı vardır."

Ali Kemal güldü:

"Korkma. Burası İngiliz bölgesi. Burada bir şey olmaz."

Koltuğa oturdu:

"Saç sakal."

Gözlerini kapadı.

Meşaleler taşıyan bir grup bağıra çağıra vitrinin önünden geçip gitti. Berber örtü ve havlu almak için arkaya geçti. Bu sırada kapı açıldı. Dışardan gelen sesler yükseldi, yeniden azaldı. Ali Kemal başını arkaya yaslamış, güven içinde gözleri kapalı bekliyordu. Demek ki bir müşteri geldi diye düşündü. Sağına ve soluna iki kişinin sokulduğunun farkında olmadı. Biri Ali Kemal'in kulağına eğildi:

"Sakın ses çıkarma Artin Kemal. Sessizce kalk ve bizimle gel."[103a]

Ceketinin cebindeki tabancayı Ali Kemal'in kaburgasına dayadı. Ali Kemal sapsarı kesildi. Bir gün bir Türkün eğilip de kulağına bunları söyleyebileceğine, kaburgasına silah dayayabileceğine hiç ihtimal vermemişti. Dizleri titreye titreye kalktı.

"Yürü."

İki adamın arasında yürüdü. Kapı açıldı, dışarı çıktılar, kapı kapandı. Mösyö Aleko koltukta korkudan küçüldükçe küçülmüştü. Sızlandı:

"Hani İngiliz bölgesiydi burası? İngiliz bölgesi mi kaldı? Böyle armut gibi toplarlar adamı."

ANKARA İstanbul'da yönetimin olaysız el değiştirmesine dikkat ediyordu. Boşuna bir dikkatti bu. Çünkü olay çıkması için bir tepki, direnç olması gerekirdi.

Ne tepki vardı, ne de direnç.

Her birim, her görevli Ankara'ya bağlanmıştı. Belki de dünyadaki en kolay devrim yaşanıyordu. Ama ertesi gün yaşanan bir olay bu sakin gidişi lekeleyecekti.

Muzaffer Kılıç alt üst olmuş bir suratla M. Kemal Paşa'nın yanına girdi:

"Paşam!"

"Ne var çocuk?"

"İzmit'te halk Ali Kemal'i linç etmiş efendim."

"Ne diyorsun?"

"Şimdi telefonla Genelkurmay'dan bildirdiler."

M. Kemal Paşa elindeki kalemi fırlattı:

"Ankara'ya getirilecekti. Halk bir insanı, ordunun elinden alıp da linç edebilir mi? Nurettin Paşa'nın bir tertibidir bu. Allah kahretsin bu ilkel, gaddar kafaları! Bana Rauf Bey'i bağlayın!"[104]

HABER İstanbul'da bomba gibi patladı.

Sarayı, eski Nazırları, Ayan üyelerinin çoğunu, Ferit Paşa takımını, İngilizcileri, Türk düşmanı Arapçıları, Milli Mücadele karşıtı yazarları, dincileri, polisleri, subayları ve ajanları büyük bir korku aldı.

Bu kadarla kalmazdı bu hareket, arkası gelirdi.

İngiliz Yüksek Komiserliği de sadık bir dostunun başına böyle bir şey gelmesinden çok rahatsız olmuştu.

İstanbul fokurdamaya başladı.[105]

HALİFE Vahidettin Efendi özel doktoru ve güvenilir adamı Dr. Reşat Paşa'yı çağırttı. Vahidettin'in gözleri korku doluydu. İkisi yalnız kalınca sesini alçaltarak, "İngiliz Elçisi veya görevlendireceği biriyle çok acele konuşmak istiyorum.." dedi, "..Gizlice bağlantı kurup bu ricamı ilet."

"Peki efendimiz."

"Bizimkilerden haber var mı?"

"Az önce öğrendiğime göre, İngiliz Elçiliğine sığınmaya başlamışlar."

"Anladım."

En iyi çözüm buydu. Beğendi.

TEPEBAŞI'ndaki İngiliz Elçiliğinin bahçe kapısının önünde bavullu, torbalı, çantalı, sarıklı, fesli yüzden fazla Osmanlı toplanmıştı. Birbirleriyle itişerek, kakışarak, panik halinde, içeri girmeye, kapıdaki görevliler de düzeni korumaya, sığınmacıların birer birer içeri girmesini sağlamaya çalışıyorlardı.

Bir İngiliz askeri içeri girmek için açıkgözlük eden iriyarı bir sarıklının göğsüne dipçik vurdu. Sarıklı yere düştü ve derin bir hayal kırıklığı ile baktı. Asker İngilizlere olan hizmetlerini bilse herhalde böyle davranmazdı. Göğsünü tutarak kalktı, uslu uslu sıraya girdi.

Kavaslar bahçeye girenleri sıraya diziyor, bir kâtip isimlerini bir deftere kaydediyordu.

Aralarında eski Şeyhülislam, işbirlikçi Mustafa Sabri, eski Nazırlar, 'Yunan ordusunun başarısı için dua edilmesini' isteyen eski Adliye Nazırı Ali Rüştü Efendi, okul kitaplarında Türk sözcüğünün kullanılmasını yasaklayan Maarif Nazırı Fahrettin Bey, Sevr'i imzalayan Filozof Rıza Tevfik, her karanlık işte parmakları bulunan Ayan'dan (Senatör) Vasfi Hoca ile Ayan'dan Konyalı Zeynel Abidin Efendi, İngilizci Hürriyet ve İtilaf Partisi Başkanı Albay Sadık Bey, bu partinin bütün yöneticileri, İzmir'i Yunanlılara teslim eden Kolordu Komutanı Ali Nadir Paşa, eski İstanbul Emniyet Müdürü Arnavut Tahsin, Refik Halit Karay, Refi Cevat Ulunay, Mevlanzade Rıfat gibi bazı yazarlar vardı.

Sayıları gittikçe artıyor, kapının önü kalabalıklaşıyor, bahçe doldukça doluyordu. İngilizler Boğaziçi, Kadıköy, Üsküdar gibi uzak semtlerde oturan sadık dostlarını otomobillerle elçiliğe aldırmaya başlamışlardı.

Çevredeki esnaflar, meraklılar durumu izlemekteydi. Bu rezillerin bır kısmından bir zamanlar ödlerinin koptuğunu anımsayıp gülüyorlardı. Biri ötekine seslendi:

"Ne kadar çok hain varmış."

"Hepsi bu kadarsa iyi."

Telaşları, sırnaşıklıkları, zilletleri ile İngilizlerde bile tiksinti yaratmışlardı. Gece hepsini siyasi sığınmacı olarak Taşkışla'ya gönderdiler.[106]

İNGİLİZ YÜKSEK KOMİSERİ Sir Rumbold Halife Vahidettin'in görüşme isteğini öğrenince, Mr. Ryan ile birlikte 6 Kasım günü ziyaret etmeye karar verdi. Lozan görüşmelerine katılacaklardı. Böylece veda etmiş de olurlardı.

Toplantıya kimse alınmadı.

Mr. Ryan çok iyi Türkçe biliyordu. Çevirmenliği o yaptı.

Halife Vahidettin Efendi çok dertliydi. Uzun uzun millicileri çekiştirdi, azınlıkta olduklarını ileri sürdü, 'görevini bir Meclis lehine asla terk etmeyeceğini' söyledi, şu iki soruyu sordu:

"Müttefikler Ankara hükümetinin meşruluğunu tanıyacaklar mı? Barışın sonuçlanmasına kadar Ankara hükümetinin İstanbul'a ait iddialarını kabule yanaşacaklar mı?"[107]

Sonunda asıl konuya geldi:

"İki yıl önce yetkili makamlarınız, bir tehlike olduğu takdirde, beni koruyacakları hakkında söz vermişlerdi.[108] Bu söz şimdi de geçerli mi?"

Mr. Ryan Sir Rumbold'un yanıtını Türkçeye çevirdi:

"Evet efendim, şimdi de geçerli."

Vahidettin Efendi derin bir nefes aldıktan sonra, "İlk fırsatta İstanbul'dan ayrılmak istiyorum.." dedi, "..Beni nereye götürürsünüz? Mısır'a mı, Kıbrıs'a mı, nereye?"

Sir Rumbold'un yanıtı uzunca oldu:

"Mısır mümkün değil efendim. Orası bu ara biraz karışık. Ankara'nın zaferi Mısırlıları cesaretlendirdi. Kıbrıs da olmaz. Geçici olarak başka bir yere gidebileceğinizi sanıyorum. Mesela Malta'ya. Beraberinizde on, on beş kişi olabilir. Biz Mr. Ryan ile birlikte Lozan'a gidiyoruz. Hazırlık yapması için General Harrington'a kararınızı bildireceğim. Ayrılış gününü kararlaştırdığınız zaman kendisine birini yollarsınız."

Vahidettin mahzun baktı:

"Kimi yollayabilirim? Yakınımda güvenilecek o kadar az insan kaldı ki."

Emrindekiler sessizce kaçıyorlardı. Kimi yollayabileceğini düşünmeye başladı.[109]

YÜKSEK KOMİSER elçiliğe döner dönmez General Harrington'dan gelmesini rica etti.

Gelince durumu anlattı.

Sultan –İngilizler için hâlâ sultandı– ayrılmaya karar verdiğini sarayın Hademeler ve Mızıka Komutanı Zeki Bey'le gizlice bildirecekti.

Elçilik Müsteşarının uyarısı üzerine, Sultan'dan, İstanbul'dan ayrılmak istediği hakkında bir yazılı belge istenmesine karar verildi.

Bu yazı her türlü yakıştırmayı, dedikoduyu önlerdi.

Sir Rumbold odasından Haliç'e bakarak, "Türklerle Sevr Andlaşması imzalanmıştı.." dedi, "..Sevr yırtıldı, yeni bir barış andlaşması için toplanacağız. İşgalimiz altındaki İstanbul'da şimdi Türkler egemen. Basın üzerindeki sansürümüz artık anlamsız oldu.[109a] Mr. Lloyd George istifa etmek zorunda kaldı. Yunan Kralı devrildi. Şimdi de Osmanlı Sultanı çekiliyor. Kurduğumuz cephe dağıldı. Nerede yanlış yaptık?"

General Harrington yanıtladı:

"Ankara'yı İstanbul sandık. Eski İngilizlerin deyişi ile 'Koca Türk'ü unuttuk."

7 KASIM sabahı hava yağmurlu, soğuk ve rüzgârlıydı.

Buna rağmen İstanbul, Batı Cephesi Komutanı ve Dışişleri Bakanı İsmet Paşa'yı ve arkadaşlarını Haydarpaşa'da büyük bir heyecan ile karşıladı. Gar karşıcılarla dolup taşmıştı.

Özel katar gara alkışlar, sevgi haykırışları arasında girdi.

İzmit'te Ali Kemal olayını öğrenen İsmet Paşa'nın Nurettin Paşa'yı azarladığı duyulmuştu. Kimse bu pis olayı konuşmak istemediği için daha fazla bilgi alınamadı.[109b]

İsmet Paşa Şark Mahfeli'nde misafir edildi. Sık sık balkona çıkarak yağmur altında sevgi gösterileri yapan halkı selamlamak zorunda kaldı.

İsmet Paşa'nın iki günü vardı. Bu süre içinde elbiseler diktirecek, gömlekler, boyunbağlar, ayakkabılar, çoraplar alacak, üniversiteye gidecek, yemeklere katılacak, Müttefiklerin İstanbul'daki temsilcileri ile temas edecek, yerli ve yabancı basınla konuşacaktı.

Bu arada üç yıldır görmediği akrabalarını görmek için Süleymaniye'deki eve de uğramak istiyordu. Geleceğini bildirdi. Biri ağzından kaçırmış olmalı ki Ayşekadın Hamam Sokağı İsmet Paşa'nın geleceğini öğrendi ve harekete geçti.

Ertesi gün akşam üzeri Süleymaniye'ye gittiler. Sokağın girişinde şoför otomobili zınk diye durdurdu.

"Ne oldu?"

Şoför sokağı gösterdi.

İsmet Paşa'nın evine kadar sokağa halılar serilmiş, evler bayraklarla, paşaların resimleriyle, dallarla süslenmiş, cumbalardan cumbalara teller çekilip renkli ampuller dizilmişti. Sokak rengârenk ve ışıl ışıldı.

Halıları çiğnememek için otomobilden indiler. Sokak girişinde kurbanlar kesildi. Bütün komşular kapıların önüne çıkmıştı. Yaşlı bir erkek güzel bir dua okudu.

Gençler saygıyla el öptü, yaşıtlar, yaşlılar sevgiyle, minnetle kucakladılar.[110]

BUGÜN Salih Bozok da mektupla evin hazır olduğunu, Latife Hanım'dan büyük yakınlık ve yardım gördüğünü bildirmişti. Artık dönmesi gerekiyordu ama üşütmüş, grip olmuştu. Yüksek ateşle yatıyordu. Doktor hemen hareket etmesini uygun görmemişti.

"İyileşir iyileşmez gelip Anne'yi alacağım Paşam."

VAHİDETTİN EFENDİ verdiği kararı bir de Tütüncübaşı Şükrü Bey'e açıkladı. Hazırlık için onun yardımına ihtiyaç vardı.[110a]

Şükrü Bey, efendisinin yakınında, bir yer minderinde, dizlerinin üzerinde oturuyordu. Efendisi Şükrü'ye küçük bir zarf uzattı:

"İçinde birkaç parça mücevher var. Hazine'ye aittir, geri ver, imzaladığım makbuzu geri al."

"Aman efendim, gurbette lazım olurdu."

"Sen söylediğimi yap.Arkamdan hırsız demesinler."

Vahidettin Efendi başını koltuğun arkasına yaslayıp gözlerini kapadı:

"Merak etme Şükrü, nasıl olsa geri döneceğiz."

Şükrü'nün gözleri ümitle parladı:

"İnşallah, elbette efendim, tabii, Allah'ın izniyle."

Çekinerek sordu:

"Kararınızı kadınlara ne zaman söyleyeceksiniz?"

"Son gece."[111]

LOZAN KURULU İstanbul'dan da katılan danışman ve uzmanlarla 38 kişi olmuş, iki buçuk gün içinde de herkes şimşek hızıyla ihtiyaçlarını tamamlamıştı.

Lozan görüşmelerinin İngiliz seçimleri dolayısıyla bir hafta kadar erteleneceği söyleniyordu ama bu durum resmi olarak bildirilmemişti. İlk davet yazısına göre görüşmelerin 13 Kasım günü başlaması gerekti. İsmet Paşa yürürlükteki programa uymayı doğru bulmuştu.

Garı dolduranlar koyu renk yeni giysileri içinde pek şık görünen kurul üyelerini sevgi gösterileriyle karşıladı. Üyelerin hepsi kalpaklıydı. Bando artık İstanbulluların da öğrendiği Milli Mücadele marşlarını çalıyor, kurbanlar kesiliyordu.

Doğu Ekspresi, 9 Kasım günü saat 12.30'da alkışlar ve başarı dilekleri arasında hareket etti.[112]

12 Kasım akşamı Lozan'da olacaklardı.

Türkler dünyanın dörtte üçüne egemen ve Dünya Savaşı galibi emperyalistleri, dört yıl daha mücadele ederek, savaş ve diplomasi alanında yenmiş, yeniden barış masasına oturtmayı başarmıştı.

Bu, insanlık tarihinin kaydetmediği bir başarıydı.

İSTANBUL iki aydır bayram yapmaktaydı.

Afyon'un geri alındığının öğrenildiği gün İstanbul'da evlere, dükkânlara bayraklar asılmaya başlanmıştı. Zaferi Mudanya Ateşkes Anlaşması izlemiş, Refet Paşa gelmiş, Türk Jandarması Trakya'ya geçmiş, son olarak Lozan kurulu da İstanbul'a inmişti. Her aşamada coşku artmış, bayraklar, süsler, resimler, meşaleler, gösteriler çoğalmıştı.

Artık olağan döneme dönmek zamanı gelmişti.[113]

Lozan kurulunun Sirkeci'den törenle uğurlanmasından sonra taklar söküldü. Yollara, dükkânlara, evlere asılı on binlerce bayrak toplandı.

Yeni güzel günler için sakladılar.

TAŞKIŞLA'DA misafir edilen hainler, işbirlikçiler, casuslar, Milli Mücadele karşıtları, vatanları mide ve cep olanlar, yüzlerce sefil, grup grup gemilere bindirilerek, isteklerine göre Mısır'a, Yunanistan'a, Romanya'ya yollanmaya başlamıştı.

İngilizler çıkarlarına ve isteklerine sadıkça hizmet etmiş olanlara geçim parası verecek, hizmetleriyle orantılı olarak rahat yaşamalarını sağlayacaktı.

Yazar Refik Halit Karay da dost İngilizler ve Fransızların yardımı ile Piyer Loti gemisine bindi. Beyrut'ta inecekti. Beyrut'un yemekleri, içkileri ve kadınları güzeldi.

Yaptıklarından ne utanç duyuyordu, ne de pişmanlık. Bir an önce Beyrut'a gitmek istiyordu.[114]

10 KASIM Cuma günü selamlık törenine pek az kişi katıldı. Bunlar da sayıları her gün biraz daha azalan görevliler ile işgalcilerin temsilcileriydi.

Cuma selamlıkları, Sarayın ve İstanbul yönetiminin Milli Mücadele'ye karşı olduklarının anlaşılması üzerine sönükleşmişti. Halk izlemiyordu.

Halife Vahidettin Efendi Yıldız Sarayı'ndan Yıldız camisine siyah bir atın çektiği yaldızlı bir arabayla geçti.

Üzerinde Osmanlı mareşali üniforması vardı. Bu selamlığın son selamlık, bu kıyafetin son kıyafet olduğunu pek az kimse biliyordu.

Hutbede adı söylenilmeden Halife olarak anıldı.[115]

Osmanlı İmparatorluğu bir evvel zaman gemisi gibi batmış, suyun üzerinde yalnız bir direğinin ucu kalmıştı. Altı gün sonra o da suya gömülecekti.

Bu sırada Kırklareli hükümet konağına törenle Türk bayrağı çekilmekteydi.

Trakya bayramı sürüyor, vatan bütünleniyordu.[116]

GENERAL PANGALOS'un başında olduğu Soruşturma Kurulu, görevini bitirmiş, iddianameyi hazırlamıştı.

Gunaris, Protopapadakis, Baltazis, Stratos, Teotokis ve Hacianesti vatana ihanetle suçlanıyorlardı.

Bu ölüm cezası demekti.

Ötekiler hapis cezalarına çarptırılmış, asker olanların rütbelerinin sökülmesi uygun bulunmuştu.

İddianame, bunları yargılayacak Divan-ı Harbe (askeri mahkemeye) teslim edildi. Duruşmalar 13 Kasım günü başlayacaktı.

İSMET PAŞA yolda kompartımanından çıkmadan çalıştı. Gerektikçe birini çağırıp bilgi alıyor, görüşüyor, sonra hiç durmadan çalışmaya devam ediyordu.

Aralıksız çalışma yeteneği kimilerini hayran bıraktı, böyle yoğun çalışmaya alışık olmayanların ise gözünü korkuttu.

İsmet Paşa yolculuk sırasında bir de işbölümü ve uyulması zorunlu kurallar hakkında ayrıntılı bir genelge hazırladı. Disiplin içinde, özenli, sürekli bir çalışma istiyor, öncelikle gizliliğe büyük önem verilmesini bekliyordu. Sıkı kurallar bazılarını rahatsız etti.

Ama kaldıkları otellerde çevrelerinin casuslarla dolu olduğunu çok çabuk fark edecek, bu kuralların değeri ve gerekliliğini anlayacaklardı.[117]

ESİR, sömürülen, koloni yapılan ülkelerden Meclis'e ve M. Kemal Paşa'ya kutlama telgrafları yağmaya devam ediyordu.[118]

Dünya Türk zaferi ile tarihin büyük kırılmalarından birini yaşamaktaydı. Bu büyük olay, zaman içinde, doğrudan ya da dolaylı olarak, Müslüman ya da değil, bütün mazlum milletleri etkileyecekti.

Bağımsızlıkları için destek isteyenler çoktu. Bugün de Mısır Kadınlar Derneği Başkanı Lebibe Ahmet Hanım zaferi kutluyor, Türkiye'nin Mısır'ın ve Sudan'ın bağımsızlığına destek vermesini istiyordu.

Refik Şevket Bey

M. Kemal Paşa ziyarete gelen Refik Şevket Bey'e telgrafları gösterdi, "Bir millet bağımsız olmak için kendi bir bedel ödemeye hazır değilse kim ne yapabilir.." dedi, "..Biz can havliyle dirildik, uyandık, olağanüstü bir iş başardık. Şimdi bu uyanışı sürekli kılmak için çalışmalıyız."

Refik Şevket Bey "Umarım artık uyumayız" dedi.

M. Kemal Paşa daha da ciddileşti:

"Emperyalizm bizi affeder mi? Yüz yıllık emeğinin ürünü Sevr'i ve Üçlü Anlaşma'yı tarihe gömdük. Hevesi kursağında kaldı. Affetmez. Bizi yine uyutmak, istediklerini yaptırmak isteyecektir. Onun için gözümüzü daima dört açmalı ve çok çalışmalıyız. Tarihimizi iyi bilmeli, bağımsızlık bilincini güçlendirmeliyiz."

İkinci Bölüm
Haklı Savaştan Güzel Barışa
12 Kasım 1922-29 Ekim 1923

DOĞU EKSPRESİ Lozan'a yaklaşıyordu.

Lozan'dan bir önceki istasyonda trene binen Le Matin adlı Fransız gazetesinin muhabiri, İsmet Paşa'ya, konferansın ertelendiğini duyurdu. İsmet Paşa dehşetli öfkelendi. Ne İstanbul'da, ne yolda, Türk Kuruluna, konferansın bir hafta ertelendiğini kimse bildirmemişti.[1] Bu affedilmez bir laubalilikti. Daha ilk adımda yapılan bu saygısızlığa İsmet Paşa şiddetli tepki gösterdi:

"Bütün bir milleti ve bütün bir orduyu belirsiz bir mütareke (ateşkes) halinde tutmak kolay değildir."

Açıklama konferans davetçilerine yönelik ciddi bir uyarı, hatta tehditti. Etkisi kısa zamanda görülecekti.

Tren Lozan Garına 12 Kasım Pazar günü saat 22.00'de girdi.[2]

Türk kurulunu İsviçre makamlarını temsil eden bir görevli, Polis Müdürü, Fransa'nın Lozan Başkonsolosu ve Lozan'daki Türkyurdu yöneticileri karşıladı. Polis bir Ermeni ya da Yunan suikastına karşı önlem olarak peronu boşaltmıştı.

Sekiz yıldır Türkiye aleyhindeki yazılar ve söylentiler ile beyinleri yıkanmış olan halk Türkleri uzaktan merak, kaygı, biraz da korkuyla izliyordu. Ermenileri kesen ve savaşı dört yıl daha sürdüren barbar, uzlaşmaz Türkler bunlar mıydı? Şık paltoları, siyah kalpakları, görgülü tavırlarıyla gayet kibar görünüyorlardı. Yine de dikkatli olmalı, bunlarla dost olmamalı diye düşündüler.[2a]

Fransız Başkonsolosu İsmet Paşa'yı selamladıktan sonra yolculuğa devam ederek Paris'e gitmek isteğinde olup olmadığını sordu. İsmet Paşa daha durumu değerlendirmemişti. Yorgun olduğunu ileri sürerek Lozan'da kalacağını bildirdi.

Üç delege ve Genel Sekreter Reşit Saffet Atabinen Lozan Palas'a, ötekiler Hotel de la Paix'ye yerleşmek üzere otomobillere bindiler.

Gar dışında Kurulu beklemiş olan Türk ve Mısırlı öğrencilerin alkışları arasında hareket ettiler.

İSMET PAŞA'ya Lozan Palas'ın ikinci katında, 210 numaralı salonlu, geniş daire ayrılmıştı.

Biraz dinlendikten sonra ertelemeyi resmi olarak bildirmedikleri için İngiltere, Fransa ve İtalya'yı protesto eden birer telgraf yazdırdı. Çok zarif bir dille üçüne de diplomasi dersi verdi.

Sonra telefonla Paris'i arayarak Ankara yönetimini temsil eden Ferit Tek Bey'i Lozan'a çağırdı.

Ferit Bey gece hareket etti.

PAZARTESİ sabahı Bakanlar Kurulu toplantısı vardı.

Üç yeni Bakan katılmıştı. İstifalar üzerine Eğitim Bakanlığına İsmail Safa Bey, Sağlık Bakanlığına Dr. Tevfik Rüştü Aras, Din İşleri Bakanlığına Konyalı Mehmet Vehbi Hoca seçilmişti.[2b]

Rauf Bey salona rüzgâr gibi girdi:

İsmail Safa Bey

Dr. Tevfik Rüştü Aras

"Geciktiğim için çok özür dilerim. Lozan Konferansının bugün açılması gerekiyordu."

"Bir şey mi oldu?"

"Evet, açılamıyor. Çünkü İngiliz, Fransız ve İtalyan delegeler Lozan'a gelmemişler."

Fevzi Paşa çok şaştı:

"Allah Allah!"

Tevfik Rüştü Bey yerinden zıpladı:

"Neden?"

"İngiltere'de seçim varmış. Bu yüzden konferansı bir hafta ertelemişler."

Mahmut Esat Bey kızdı:

"Bize haber vermeden mi?"

"Haber vermeden."

"Bu ne kabalık, saygısızlık!"

Rauf Bey, "Seçim bahane.." dedi, "..Edinebildiğimiz bilgilere göre asıl neden başka. Lord Curzon konferansa üçlü bir cephe halinde katılmalarını sağlamaya çalışıyor."

Kâzım Özalp sesini yükseltti:

"Anlaşılan Türkiye'de kaybettiğini Lozan'da geri almaya çalışacak."

Fethi Bey, "Ne yapmayı düşünüyoruz?" diye sordu.

Mahmut Esat Bey

Kâzım Özalp

"İsmet Paşa üçünü de yazılı olarak protesto etmiş. Bu sabah da bir basın toplantısı yapacak."

LOZAN PALAS'ın İsmet Paşa'nın basın toplantısı için hazırlanan salonu otuzdan fazla gazeteci ile dolmuştu. Bir kısmı oturuyor, bir kısmı ayakta gevezelik ediyordu. En önde oturan bir İsviçreli gazeteci ayaklarını umursamazca ileri uzatmış bekliyordu. Denilebilir ki çoğu –Avrupa kamuoyu gibi– yıllardan beri Türkiye aleyhinde yürütülen geniş propagandanın etkisi altındaydı.

Yanlarda ayaklı fotoğraf makineleri ve kameralarıyla foto muhabirleri ve kameramanlar yer almıştı. İskemlelerin karşısına İsmet Paşa'nın oturacağı zarif bir masa konulmuştu.

İsmet Paşa zamanında, Genel Sekreter Reşit Saffet Bey, basın danışmanları Ruşen Eşref ve Yahya Kemal Beylerle birlikte salona girdi. Dördü de açık başlı ve şıktı.

Ruşen Eşref Bey

Yahya Kemal Bey

Reşit Saffetl Bey

İsmet Paşa basın mensuplarını başıyla selamladı, magnezyum ışıklarının patlamaları altında, yerine geçti.

Öndeki gazeteci ayaklarını toplamadı. Bir kadın gazeteci rujunu tazeliyordu, devam etti. Gazeteciler Türk başdelegesinin ne söyleyeceğini merak ettikleri için değil, işsizlikten dolayı gelmişlerdi. Lozan ıssızdı. Haber olacak hiçbir olay yoktu.

İsmet Paşa, "Hanımefendiler, beyefendiler.." diye söze başladı, hazırladığı metne bakarak konuşmaya devam etti, Fransızcası oldukça akıcıydı, "..İngiltere, Fransa ve İtalya hükümetlerinin daveti üzerine, bildirdikleri tarihte barış görüşmelerine katılmak için Lozan'a geldik. Biz buradayız. Fakat davet eden hükümetlerin temsilcileri yok."

Gazeteciler arasında bir dalgalanma oldu. İlginç bir haber doğuyordu galiba.

İsmet Paşa devam etti:

"Türkiye büyük savaştan sonra da barış yapılmasını bekliyordu. Ama barış yerine bütün sınırlarından, aynı anda hücuma uğradı. Batı dünyası barışı yaşarken biz dört yıl daha dövüşmek zorunda kaldık. Bağımsızlık ve özgürlüğümüzü yeniden elde edebilmek için verdiğimiz bu mücadele bize çok pahalıya mal olmuştur. Büyük şehirlerimiz bugün kül halinde. Eskiden mamur olan yerlerimiz viraneye döndü. Bir milyon insanımız açıkta.."

Önde oturan gazeteci ayaklarını geri çekti. Gazeteci kadın rujunu çantasına atıp not tutmaya başladı.

"..Son taarruzumuza kadar, asla savaşı başlatan taraf olmadığımızı hatırlatmak isterim. Barış çarelerinin hepsini kullanmadan da harekete geçmedik. Nitekim son taarruzdan önce, barış ümidiyle Londra'ya bir temsilcimizi göndermiştik. Ama Başbakan ve Dışişleri Bakanı tarafından kabul edilmedi.."

Bazı gazetecilerin birbirleriyle fısıldaştıkları görülüyordu.

"..Biz de sorunu taarruza geçerek çözmek zorunda kaldık. Sonucu biliyorsunuz.."

Gülüşmeler duyuldu. Bütün gazeteciler not almaya başlamışlardı.

"..Bütünüyle ölmeyi göze almış bir orduyu kim durdurabilirdi? Çanakkale ve İstanbul önünde, sırf barış yolunu açmak için durduk, barış yapmak için de buraya koştuk. Ama bizi barışa davet edenlerin şu anda nerede olduklarını, ne yaptıklarını bilmiyorum.."

Gülmeler yükseldi.

"..Deneyli diplomatlar bu gecikmenin nelere mal olabileceğini takdir edeceklerdir sanıyorum."

Ankara, gazetecilerin hiç beklemediği bir dille konuşuyordu. Alttan alış, barış dilenciliği havası yoktu hiç.

"..Teşekkür ederim."[3]

İsmet Paşa ayağa kalktı. Birçok gazeteci de saygı ile ayağa kalktı. Le Matin gazetesi ile Le Petit Parisien gazetesinin muhabirleri birlikte bara doğru yürüdüler.

"Birinci raund Türklerin."

"Bunlar Osmanlı diplomatlarına hiç benzemiyor. Ben Sevr'i imzalayanları görmüştüm. Bizim delegelerin karşısında emir eri gibi duruyorlardı."[4]

"Çok heyecanlı bir maç izleyeceğimiz anlaşılıyor."

FERİT BEY Basın toplantısının sonuna yetişti.

İsmet Paşa'nın dairesinde toplandılar. Ferit Bey Fransa ile İngiltere arasında, Lord Curzon'un çabasıyla bir yakınlaşma, uzlaşma olduğunu söyledi. Lord Curzon bunu sağlamak için Paris'e gelmişti. Şimdi İtalya ile temaslar sürmekteydi.

"Yani karşımıza bir blok olarak çıkacaklar."

"Lord Curzon'un isteği bu. Zor olan Fransa'yı ikna etmekti. Ettiği anlaşılıyor."

"Demek ki konferans sert geçecek."

"Evet."[5]

Yemeğe inilecekti. İsmet Paşa bu konuda görgüsüne güvendiği Ferit Bey'den ne giyilmesi gerektiğini sordu. Ferit Bey giyimle ilgili ayrıntılı bilgi verdi. Birçok incelikleri olan ve kuralları oturmuş bir konuydu bu. Pot kırmamak, Türkiye'yi küçük düşürmemek için hepsi Ferit Bey'i can kulağı ile dinlediler. Bir devletin ve milletin saygınlığına büyük önem veren nitelikli insanlardı.

Öğle yemeğine günlük elbise giyip başları açık olarak indiler.

ÖĞLEDEN SONRA Divan-ı Harp parlemento binasının büyük salonunda göreve başladı.

Divan General Othonaios'un başkanlığında on subaydan kuruluydu. Subaylar üniformalı olarak başkanın iki yanında yer almışlardı. Parlamento sıraları izleyicilere ve basına ayrılmıştı. Ürküntü veren bir sessizlik vardı.

İlerde 'altılar' diye anılacak olan beşi sivil, biri asker, altı sanık içeri alındılar. Oturmalarına izin verildi.

Karar ve yönetimleriyle büyük yenilgiye neden olmuşlardı. Vatana ihanet etmekle suçlanıyorlardı.

Türk kamuoyunun Sakarya Savaşı ile Büyük Taarruz dolayısıyla yakından tanıdığı General Papulas, General Pallis, Albay Sarıyanis, Yarbay Spyridonos, General Valettas, Albay Passaris ve birçok subay ve sivil tanık olarak dinlenecekti.

Divanın hızından, hatta telaşından, yargılamayı bir an önce bitirmek ve karar vermek istediği anlaşıldı. Sanıkların soğukkanlı bir halleri vardı geldikleri zaman. Bu halin yerini kaygılı bir bekleyiş aldı.

İlk olarak eski Başbakan Gunaris'in sorgusu başladı. Gunaris tifo olmuştu. Titriyordu.

Zorlukla konuştu.[5a]

AKŞAMA yakın İngiltere, Fransa ve İtalya Dışişleri Bakanlarının, ertelemeyi zamanında haber veremedikleri için Türk kurulundan özür dileyen telgrafları geldi. Konferansın İngiltere ve İtalya'daki olaylar nedeniyle zorunlu olarak ertelendiğini bildiriyorlardı.[6]

Toplantı 20 Kasımda açılacaktı.

Fransa'nın İsviçre Büyükelçiliği Müsteşarı İsmet Paşa'yı, aradaki boşluğu değerlendirmesi için Paris'e davet etti. Başbakan ve Dışişleri Bakanı M. Poincare İsmet Paşa'yı misafir etmekten büyük onur duyacağını bildiriyordu.

Fransız hükümetinin görüşlerini öğrenmek için İsmet Paşa daveti kabul etti ve ertesi gün Paris'e hareket etti. Yanında Ferit Bey, Genel Sekreter Reşit Saffet Bey, Hukuk Müşaviri Münir Bey (Ertegün), askeri uzman Tevfik Bıyıklıoğlu ve Yaveri vardı.

Kalpak yerine yeni aldıkları melon şapkaları giymişlerdi.

İsmet Paşa, çetin görüşmelere hazırlık olarak, yol boyunca Ferit, Reşit Saffet ve Münir Beylerle Fransızca konuştu.

İSMET PAŞA Paris'e inerken İngiltere'de genel seçimler başlamıştı.

Muhafazakâr Parti 344 milletvekilliği, İşçi Partisi 138 milletvekilliği kazandı. Liberal Parti iki gruptu. Lloyd George'un grubu yarı yarıya eridi, 57 milletvekiline düştü.

İktidar dışı kaldı.[7]

Bir süre sonra daha da ufalacak, önemini bütünüyle yitirecek ve bitecekti. Liberal Parti adının uyandırdığı olumlu düşüncelerin tersine, varlığı boyunca iç ve dış sömürüye, emperyalizme hizmet etmiş, bu yıkıcı tutumun yaldızlı maskesi olmuştu.

TÜRK KURULU sabah Paris/Lion istasyonunda Fransız görevliler ve Türkler tarafından karşılandı. Gazeteciler de gelmişti. İsmet Paşa çok kısa bir açıklama yaptı:

"Ankara hükümeti tam bağımsız bir Türkiye kurmak istiyor. Özellikle kapitülasyonsuz."

Saat 17.00'de görüşeceği M. Poincare'ye bir mesajdı bu. Fransızlar kurula ünlü Crillon otelinde yer ayırtmışlardı. İlk ziyarete gelen M. Franklin Bouillon oldu.

F. Bouillon dostça birçok bilgi verdi:

"Lozan Konferansına delege olarak katılmam söz konusuydu. Fakat Lord Curzon engelledi. Fransa delegasyonunda bir Türk dostu olmasını tehlikeli buldu. Lord Curzon sıkı kulis yapıyor. Duyduğuma göre Türk ordusunun sayıca sınırlanmasını istemek gibi Sevr artığı birçok ilginç düşünceleri var. Fransa'yı ve İtalya'yı düşüncelerine ortak etmeye çalışıyor. Trakya sınırındaki Yunan ordusunu gerekirse Türklere karşı kullanılmak üzere, yeniden örgütlesinler diye Yunan cuntasını sıkıştırıp durduğunu biliyorum."[8]

M. Poincare ile görüşme gittikçe önem kazanıyordu.

M. Poincare

İNGİLİZLER birçok önemli bina gibi Harp Okulu ile eski 1. Ordu Komutanlığı binalarına da el koymuşlardı. İşgal Kuvvetleri Başkomutanı General Harrington da burada çalışıyor, öğle yemeklerini yiyor, Tarabya'da oturuyor, Moda'da tenis oynuyordu.

Türk zaferine kadar İstanbul'un hükümdarı gibiydi. Sadrazam da, Genelkurmay Başkanı da emrindeydi. Türk zaferi, derken Refet Paşa'nın, arkasından İsmet Paşa'nın gelişi, Trakya'nın Türklere verilişi, halkın işgali hiçe sayan gösterileri, sansürün baş edemediği millici basının yazdıkları sonrasında hükümdarlık sona ermiş, istenmeyen yüzsüz bir misafir durumuna düşmüştü.

Barış bir an önce imzalanmalı ve buradan çekip gitmeliydiler. Saygınlıkları her gün biraz daha azalıyordu. Şehrin birçok köşesinden, işgal askerlerinin dayak yedikleri hakkında haberler geliyordu. Eskiden bir İngiliz askeriyle kavga etmeye kim cesaret edebilirdi?

İngiltere'deki yeni iktidar barışçı ve uzlaşmacı görünüyordu ama Harrington hırsını bildiği Lord Curzon yüzünden barış görüşmelerinin uzayabileceğinden çekiniyordu.

Yemek salonunun pencerelerinden eşsiz Boğaz görünürdü. Yemeğini Boğaz'ı seyrederek yerken, emir subayı, saraydan Mızıka Komutanı Yarbay Zeki Bey diye birinin geldiğini bildirdi:

"Biraz Fransızca biliyor."

"Biraz Fransızca yetmez. Anlaşamayız. Adamı Türkçe bilen bir subayla birlikte odama getir. Sonra da kimse içeri girmesin."

Yemeği bırakıp odasına geçti.

Bir gün önce Sultana, 'İstanbul'un gittikçe tehlikeli olduğunu, bir zırhlı ile Malta'ya götürebilecekleri' mesajını yollamıştı. Adam bu mesajın yanıtını getirmişti herhalde.[9] Ayrıntılı bir kaçırma planı hazırlamışlardı. Bir engellemeye karşı Vahidettin İstanbul'dan ayrılana kadar kaçtığı gizli tutulacaktı.

Zeki ile tercüman subay içeri girdiler.

Zeki, Vahidettin'den gizli bir mektup getirmişti. Tercüman mektubu İngilizceye çevirdi:

"İstanbul İşgal Orduları Başkomutanı General Harrington Cenaplarına,

İstanbul'da hayatımı tehlikede gördüğümden İngiltere devlet-i fahimanesine iltica (sığınır) *ve bir an evvel İstanbul'dan mahall-i ahara naklimi* (başka yere götürülmemi) *talep ederim efendim. 16 Kasım 1922.*

Müslümanların Halifesi
Mehmet Vahideddin"[10]

36. OSMANLI Padişahı Mehmet Vahidettin işgalci İngilizlere sığınmak istiyordu. İngilizlerin talebine uyarak bu isteğini yazılı olarak bildirmişti.

Harrington bir haftadır bu olayın içindeydi. Bu ânı bekliyordu. Yine de titredi. Tarihte pek az rastlanan, belki de hiç rastlanmamış olan bir olay yaşanmaktaydı: Hükümdar Osmanlı Devleti'ni kuşa çeviren ve kuklaya döndüren Hıristiyan düşmana sığınıyordu.

Harrington Vahidettin'in yazısını, Devlet Arşivine vermek üzere aldı. Tercüman subaya emir verdi:

"Şimdi Zeki Bey'e planımızı dikkatle çevir. Sultan ve adamları, yarın sabah saat altıda, sarayın arka kapısına gelecekler. Orada iki ambulans, iki otomobil ve koruyucular hazır olacak. Ben kendilerini Kabataş rıhtımında bekleyeceğim. Yol güven altına alınmış olacak. Oradan bir motorla Malaya zırhlısına geçeceğiz."

Harrington planı iki kez anlattı. Zeki Bey'i anladığına inandıktan sonra yolladı. Gerekli emirleri verdi. Hazırlık tam bir gizlilik içinde yapılacaktı.

İSMET PAŞA saat 17.00'de Başbakanlık binasında Fransız Başbakanı ve Dışişleri Bakanı M. Poincare'yi ziyarete geldi.

Saygı ve nezaketle karşılandı.

M. Poincare sakin ve inatçı bir siyaset adamıydı. Türkleri anlıyor, İngilizlerle anlaşmazlık çıkarmaktan kaçınıyor, Fransız çıkarlarından ödün vermek de istemiyordu.

İsmet Paşa Fransa'nın tutumunu anlayabilmek için birçok soru sordu, aldığı yanıtları bir araya getirdi. Şu anlaşılıyordu: Lozan Konferansı bazı konularda sandığından daha hırçın geçecekti.

Boğuşacaklardı.

YILDIZ SARAYI'nın harem dairesi keder içindeydi.

Gün doğuyordu.

Sağnak yağmurlu, pis bir hava vardı.

Vahidettin dört eşiyle vedalaşmıştı. Son eşinden ayrılması zor oldu. Genç Nevzat Hanım haremdeki tek Türktü. Bu nedenle Türk olmayan saray halkı tarafından hayli incitilmişti.[10a]

Vahidettin gizlice kaçışını kolaylaştırmak için Merasim Köşküne geçmişti.

Vaktin geldiği hatırlatılınca, 10 yaşındaki oğlu Ertuğrul'u elinden tutarak köşkün alt katına indi. Vahidettin'le birlikte gelecek olanlar, ellerinde bavullar, çantalar, alt katta bekliyorlardı. Dr. Reşat Paşa Vahidettin'in kendisine emanet ettiği bir çantanın sapına sıkı sıkı yapışmıştı. İçinde para ve mücevher vardı.[11]

Köşkün arka kapısından bahçeye çıktılar.

İngiliz askerleri bahçeye seyrekçe yayılmışlardı. Çevreyi denetim altında tutuyorlardı. Yağmur altında, Malta kapısı diye anılan arka kapıya doğru ıslana ıslana yürüdüler.

Biri çok az kullanılan demir kapıyı açtı. Kapı gıcırdayarak, inleyerek açıldı. Tam kapının önünde bir ambulans bekliyordu. Yüksek Komiserlik tercümanı Mattews ve bir subay, Vahidettin'in, oğlunun, Ömer Yaver Paşa ile Dr. Reşat Paşa'nın ilk ambulansın arkasına binmelerine yardımcı oldular. Kapı kapatıldı. İçerde son padişahın bulunduğunu kimse anlayamazdı. İkinci ambulansa Vahidettin ile birlikte gidecek olan yedi kişi bindi. Bavullarla sığışmaları güç oldu.[12]

Şoförlerin yanında silahlı subaylar vardı. Ambulansların önüne ve arkasına muhafızlarla dolu otomobiller geçti.

Görevli subayın işareti üzerine hareket ettiler.

Kabataş'a kadar yolun iki yanına aralıklarla İngiliz askerleri dizilmişti.

GENERAL HARRINGTON, Yüksek Komiser Vekili Mr. Henderson, birkaç subay Kabataş'ta, arkalarında yağmurluklar, konuşmadan bekliyorlardı. General Harrington sabah çok erken kalkıp jambonlu yumurta ile zenginleştirilmiş güzel bir kahvaltı yapmıştı. Neşesi yerindeydi.

Çevre İngiliz askerlerince güven altına alınmıştı.

Rıhtımda büyük bir motor bekliyordu. Biraz açıkta da Malaya zırhlısı. Dev bacasından duman püskürtüyordu. Uzun yolculuk için ocakları çalıştırılmıştı.

Kafile gecikince Harrington telaşlandı. Türkler durumu öğrenip de kafilenin yolunu kestilerse çatışma çıkardı. Ama hiç silah sesi duyulmuyordu.

Yerinde duramaz olmuştu.

Birden öndeki otomobil, sonra ambulanslar köşeyi dönüp rıhtıma yaklaştılar. Harrington ve Henderson geniş bir nefes aldı. Planın tehlikeli bölümü geride kalmıştı.

İlk ambulans iyice rıhtıma yanaştırıldı.

Vahidettin Dr. Reşat Paşa'nın elini tutarak indi. General Harrington ve Mr. Henderson, Vahidettin'i saygıyla selamladılar. Tercüman Mattews de yetişmişti. Motora konuşarak yürüdüler. Yolda ilk ambulansın lastiği patlamış, bu yüzden gecikmişlerdi. Başkaca bir aksilik olmamıştı.

Denizcilerin yardımıyla motora binildi. Vahidettin'in adamları, bavullar ve çantalar da yüklendi. Motor arkasındaki büyük İngiliz bayrağını dalgalandırarak rıhtımdan ayrıldı. Malaya zırhlısına yol aldı.

Vahidettin 'her şey için teşekkür' ettikten sonra General Harrington'u şaşırtan birşey söyledi:

"Eşlerimi size emanet ediyorum General."

Müslümanların Halifesi Vahidettin Efendi'nin en yakın ve güvenilir bulduğu insanın İşgal Kuvvetleri Başkomutanı General Harrington olduğu anlaşılıyordu.[13]

Malaya'ya yanaştılar.

Saat 06.30'du.

REFET PAŞA Bâb-ı Âli'de çalışıyor ve orada yatıp kalkıyordu.

Uyanmış, düşünüyordu. Bugün de kendisini pek çok ve karışık sorun bekliyordu. İşgalcileri adım adım İstanbul'un yönetiminden uzaklaştırmaya çalışmaktaydı. Halife'nin yaverlerinden Deniz Yüzbaşı Fahri'nin geldiği ve Paşa'yı mutlaka görmek istediği bildirildi. Fırlayıp kalktı, sırtına sabahlığını geçirdi:

"Gelsin."

Yüzbaşının yüzü bembeyazdı. Ağlamaklı bir sesle Vahidettin'in kaçtığını bildirdi.

Refet Paşa birkaç koldan Vahidettin'i izletiyordu. İngilizlerle gizli görüşmeler yaptığını öğrenmişti. Bu sonucu tahmin ediyordu. "İyi oldu.." dedi, "..Kaçtı, bizi bir yükten kurtardı."[14]

Durumu Ankara'ya bildirdi.

VAHİDETTİN'in kaçtığı, İstanbul'da cuma selamlığı için Yıldız camisinde toplanıldığı sırada duyuldu, yayıldı, büyük şaşkınlık yarattı. Deli, tembel, sarhoş, yobaz, müstebit, kardeş katili padişah vardı ama canını kurtarmak için düşmana sığınan yoktu. Bu onur kırıcı durum hanedanı çok rahatsız etti. Gazeteler Vahidettin'i hain diye suçlayan, lanetleyen, aşağılayan yazılarla dolup taşacak, bundan hanedan da yara alacaktı.[14a]

General Harrington öğleyin resmi bir bildiri ile durumu kamuoyuna açıkladı.

Ankara'da Bakanlar Kurulu toplanmıştı. Kimileri çok kızgındı, kaçmayı bir hükümdar için aşağılık bir davranış olarak görüyorlardı:

"Hani milletine hesap verecekti?"

"Bir Halife yalan söyler mi?"

"Vahidettin ise söyler."

Kimi de kaçtığı için memnundu.

"Padişah olduğundan beri yaptığı tek hayırlı iş bu."

"Evet, devleti varlığından kurtardı."

Din İşleri Bakanı Vehbi Efendi 'Halife kaçtığı için hilafet makamının boşaldığı' hakkında bir fetva hazırladı. Kaçak Halife görevden alınacak, yerine, 1 Kasım tarihli karara göre yeni bir Halife seçilecekti.

GELENEKÇİLER için yeni bir fırsat doğdu.

Halifeyi bazı önemli yetkilerle güçlendirerek, devlet başkanı yapmak yolu açılmıştı.

Evlerde toplanarak çalışmaya başladılar. Gerçekleşmesi zordu ama denemeye değerdi. Meclis'te mücadele etmeyi kararlaştırdılar.

Yüzlerine bir ümit rengi yayıldı.

TBMM 18 Kasım Cumartesi günü, İsmet Paşa'nın Paris'ten Lozan'a döndüğü saatte, biri çeyrek geçe toplandı. Başkan Dr. Adnan Bey'di. Gündemdeki bazı maddelerden sonra Vahidettin konusuna gelinecekti.

Salon bunun için dolmuştu.

Çankırı Milletvekili Tevfik Efendi, gündem dışı söz alarak bir konuşma yaptı. Erkeklerle kızların (üniversitede) bir arada öğrenim görmelerini eleştirdi, bunun özendirilmemesini istedi. Dedi ki:

"Bunu âlem-i İslam kabul edemez."

Eğitim Bakanlığının erkek ve kadın öğretmen derneklerini canlandırdığını işittiğini söyledikten sonra da "Bunu da kabul etmeyelim!" diye bağırdı.

Ortaçağ konuşuyordu.

Meclis karıştı.

Gelenekçiler Padişahlığa son verilmesinden sonra her konuda hırçınlık yapıyor, görüşmeleri çok uzatıyor, saptırıyorlardı. Bugün de bu gündem dışı konuların daha geniş tartışılmasını istediler. Başkan da Meclis'i gündem içinde tutmak için çabalayıp durdu. Vahidettin konusuna ancak çok sonra sıra geldi.

Hükümet gizli oturum istedi.

Gizli oturuma geçilebilmesi için dinleyiciler dışarı çıkartıldı. Tutanak kâtipleri yerlerini genç milletvekillerine bıraktılar. Salonda sağır ve dilsiz iki hademeden başka yabancı kalmadı.

Tevfik Efendi

Rauf Bey, Refet Paşa'nın olayı bildiren ilk telgrafını, General Harrington'un 'Vahidettin'in isteği üzerine İngiliz yardımıyla kaçırıldığı' hakkındaki bildirisini ve Başkomutan M. Kemal Paşa'nın Refet Paşa'ya verdiği emri, Veliaht Abdülmecit'in Ankara'nın tutumunu onayladığını belirten mektubunu okudu.[14b]

Görüşme açıldı ve uzadıkça uzadı.

Rauf Bey söz aldı:

"Bir an önce Vahidettin'in yerine yeni bir Halife seçerek fitne ve fesata çok elverişli olan bu sorunu bitirelim."

Vahidettin aleyhine sesler, homurtular yükseliyordu. Rize Milletvekili Necati Bey bir istekte bulundu:

"Yeni Halifemiz buraya gelsin, artık yanımızda bulunsun."

İzmit Milletvekili Sırrı Bey de, "Halifenin Ankara'ya gelip Meclis'te yemin etmesini" istedi.

Milletvekilleri kızdılar:

"Padişah mı seçiyoruz?"

Bu aşamada Bitlis Milletvekili Yusuf Ziya Bey gelenekçilerin düşüncesini kesin sözcüklerle açıkladı:

"Efendiler, Halifelik yalnız bir unvan değildir. Görevleri ve yetkileri olmak gerekir. Bunları belirlemek zorundayız. Halifenin şahsında hem cismani, hem ruhani sıfatlar vardır."

Din İşleri Bakanı Vehbi Efendi sinirlendi, ayağa kalkarak, "Efendi!" diye haykırdı, "..Öğren de konuş. Ruhanilik, cismanilik Hıristiyanlıkta olur."

Yusuf Ziya Bey aldırmadı bile:

"İslamiyette danışılarak idare esastır. Bir danışma meclisi, bir şûra bulunur, bunun tabii başkanı da Halifedir."

Bu konuşma, Halifenin başkanlığında yeni bir düzen kurma isteğini belirtiyordu. Ciddi tepkiler aldı. Diyarbakır Milletvekili Hacı Şükrü Bey yerinden fırladı:

"Yani Halife bu Milli Meclis'in başkanı mı olacak?"

Gürültüler başladı. Yer yer tartışmalar, hatta itişmeler görülüyordu. Birçok tartışma ve çekişmeden sonra M. Kemal Paşa da söz aldı:

"Efendiler, bazı gerçekleri bilmenin karar vermenizi kolaylaştıracağını ümit ediyorum. Bu Meclis Türkiye'nin meclisidir, Türkiye halkının meclisidir. Bu Meclis'in sıfatı, yetkisi Türkiye ve Türkiye halkı ile sınırlıdır. Öyleyse bu Meclis'in Başkanı da yalnız Türkiye'yi ve Türkiye halkını temsil eder. Halifelik ise İslam âlemini kapsayan bir makamdır. Meclis Hilafeti destekler ama varlığını onun eline teslim etmez, edemez, etmeyecektir.."

Meclis

Alkışlar yükseldi.

"..Türkiye halkı egemenliğine, kayıtsız ve şartsız sahip olmuştur. Egemenlik hiçbir renkte, hiçbir şekilde, hiçbir manada ortaklık kabul etmez. Unvanı ne olursa olsun, ister Halife olsun, hiç kimse milletin iktidarına ortak olamaz. Sorunlara bu açıdan bakmak zorundayız. Çünkü artık başka yol yoktur."

M. Kemal Paşa'nın konuşması çoğunluğun alkışları ile karşılandı. Tarih yurtsever aydınları bu görüşte birleştirmişti. Ama gelenekçiler her fırsatı kullanarak çekişmeyi sürdürdüler. Ancak uzun tartışmalardan sonra açıkoturuma geçilebildi.

Yeni Halife seçimi kamuoyunun önünde yapılacaktı.

Dinleyiciler içeri alındı. Tutanak kâtipleri yerlerine geçtiler.

Başkan Din İşleri Bakanının verdiği fetvayı okudu ve Meclis'in oyuna sunacağını söyledi. Yusuf Ziya Bey buna şiddetle itiraz etti:

"Hayır, olmaz! Fetva oya konulamaz."

M. Kemal Paşa yerinde ayağa kalktı, öfkelenmişti:

"Beyefendi, siz de çok iyi bilirsiniz ki bu memleketi yıkmak, istiklal için mücadele edenleri öldürtmek, kardeş kavgası açmak için de fetva verilmiştir. Onun için bu fetva Meclis'in oyuna sunulmalıdır."

Yusuf Ziya Bey "Olmaz.." diye bağırdı, "..Fetva oylarımızdan yüksektir."

Egemenliği üzerinde çok titiz olan Meclis'te ürpertici bir hava esti. Yusuf Ziya Bey çok yanlış bir şey yaptığını anladı, korktu, yerine oturup sindi.

Başkan fetvayı oya sundu. Fetva Meclis'çe kabul edilerek geçerlik kazandı. Böylece Vahidettin Halifelikten alınmış oldu. Yeni Halife için seçim yapıldı.

Osmanlı hanedanının en uygun üyesi Abdülmecit Efendi 148 oyla Halife seçildi.[15]

HABER dünyaya yayıldı. Malta yolundaki Malaya zırhlısına da ulaştı.

Dr. Reşat Paşa, kapıda bekleyen Tütüncübaşı Şükrü'ye Padişahı görmek istediğini söyledi.

Şükrü Bey "Buyrun, müsait" dedi.

Dr. Reşat Paşa Vahidettin ile oğlu Ertuğrul'un kaldığı büyük kamaraya girdi.

Vahidettin bir koltukta oturuyor, dalgın sigara içiyordu. Tıraşı uzamış, gözlerinin altı çürümüştü. Önündeki sigara tablası izmarit doluydu.

"Efendimiz!"

"Gel."

Halife Abdülmecit Efendi

Dr. Reşat Paşa yaklaştı. Ellerini kavuşturdu.

"Telsiz şimdi haber geçti. Ankara Meclisi Abdülmecit Efendi'yi Halife seçmiş."

Vahidettin toplandı:

"Kabul etmiş mi?"

"Evet efendimiz."

Abdülmecit'ten nefret ederdi. Daha da nefret etti. Yüzü öfkeyle buruştu:

"Bizim budala demek ki saltanatsız Halifeliğe razı, yani tekke şeyhi olacak. Ona bu kadarı da çoktur ya.."[16]

Sigarasını, birinin başını ezer gibi hınçla, bastıra bastıra söndürdü. Yeni bir sigara yaktı.

BUGÜN İleri gazetesinde Celal Nuri Bey'in ilginç bir başyazısı yayımlandı. Celal Nuri Bey özetle diyordu ki:

Celal Nuri Bey

"Milletimizi yenilemek zorundayız. Gelecek kuşaklar, bizden başka anlayışta, başka duyarlıkta, başka çalışma yöntemlerine sahip olmalıdır. Şimdiki öğretim, eğitim ve çalışma usullerine devam edersek, sonumuz yine yıkım olur. Bu tarzda yaşanmaz. Anadolu'da çağdaş bir şehir yok. Anadolu'da ıslahata helalardan başlamak gereklidir. Doğu illerimizde evler topraktan mezar gibi. Medreseler binlerce çocuğumuzu eğitmiyor, cahil ediyor. Köylüye hiç kimse hayat yollarını göstermemiştir.

Aydınlar, olgunlar, bilgeler, büyükler, her türlü anlaşmazlığı bir yana bırakıp, gelecek kuşaklara yardımcı, yol gösterici, esirgeyici olmalılar. Eğitime yeni ve milli bir yön vermeliyiz.

Milletin yenilenmesi için sağlık, eğitim ve bayındırlık işlerini sağlama almalıyız. Sıtma ve öteki hastalıklar birer düşman ordusu gibi karşımızda sırıtıyorlar.

Görevimiz, 30-35 yıl içinde, genç, diri, canlı, sağlıklı, bizden daha iyi düşünür, bizden daha çalışkan bir Türk milleti var etmektir."[16a]

Yazı, geleceği düşünen duyarlı çevrelerde yankı buldu. Ertesi gün de aynı gazetede Suphi Nuri Bey'in bir yazısı yayımlanacaktı. Yazar, "Türkiye'yi ciddi olarak ilerletmek, geliştirmek için ne yapmalı?" diye soruyordu.

Ne yapmalıydı?

Her düşünen, çalışan kafa, yıllardan beri bu sorunun yanıtını arıyordu. Bu ilkelliği, geriliği, yoksulluğu, cahilliği kırmak, uyanmak, ilerlemek, insanca yaşamak için ne yapmalıydı?

Ne yapmalıydı gerçekten?

M. Kemal Paşa akşam Mahmut Esat Bey'i yemeğe çağırdı:

"Bugüne kadar açık, ayrıntılı, ciddi bir iktisat siyasetimiz olmadı. Nasıl olacaktı ki? Ne paramız vardı, ne fırsatımız. İki yakamızı bir araya getirmeyi başarı sayıyorduk. Yoksulluk Milli Mücadele'yi destanlaştırdı ama destan dönemi bitti. Artık barış dönemine giriyoruz. Bu ilkellikten nasıl kurtulacağız? Bir çıkış yolu bulmak için birçok kez, birçok insanla konuştum. Hayli kitap karıştırdım. Bilinen iki ana yol var. Kapitalizm, kollektivizm. İkisi de Türkiye'nin ihtiyaçlarına, özelliklerine, özlemlerine uymuyor. Şartlarımıza ve ihtiyaçlarımıza uygun olduğunu düşündüğüm bir görüş geliştirdim. Tartışalım."

Görüşünü Mahmut Esat Bey'e açtı.

M. KEMAL PAŞA öğleyin direksiyon binasından Meclis'e geçti. Birikmiş yazılar vardı. Onları incelerken Yaver, Ali Fuat Paşa ile Dr. Adnan Bey'in görüşmek istediklerini bildirdi. Yardımcılarını gülerek karşıladı:

"Gelin, gelin."

Yer gösterdi. Kahve söyledi.

"Size ilginç bir haber vereyim. Yeni Halife eski padişahlar gibi kaftan giymek, Fatih Sultan Mehmet'in sarığına benzer sarık takmak istiyormuş. Ne dersiniz?"

Ali Fuat Paşa şaşırdı:

"Aman Paşam, bu kıyafet bu devirde çok gülünç olmaz mı?"

Dr. Adnan Bey de şaşırmıştı:

"Niye günümüze uygun bir kıyafet giymiyor acaba?"

M. Kemal Paşa'nın kaşları çatıldı:

"Korkarım bu safdil adamcağız bizi çok uğraştıracak. Belli ki padişah olmayı çok hevesle beklemiş. Şimdi bu hevesini Halife olarak tatmin etmeye çalışacak."

Durdu, ümit ve kaygı dolu bir sesle, "Yarın Lozan konferansı açılacak" dedi.

TÜRK KURULU Genel Sekreteri Reşit Saffet Bey, Lord Curzon, M. Poincare ve İtalyan Başbakanı Mussolini'nin İsviçre'ye geldiklerini ve Lozan yakınındaki küçük Territet şehrinde toplandıklarını gazetecilerden öğrenmişti.[16b]

Bu bilgileri İsmet Paşa'ya iletti.

Müttefiklerin Türkiye'ye karşı birlikte hareket edecekleri kesinleşmişti.

Ertesi günkü açılış töreni hakkında da bilgi verdi:

"Açılış töreni Casino de Montbenon adlı lüks gazinonun büyük konser salonunda yapılacak. Salonu gördüm. Çok güzel. Konferansa katılacak devletlerin temsilcileri, kurul üyeleri, İsviçre'deki diplomatlar, bilim ve sanat çevreleri ve basın davetli. Delegeler iki grup halinde sahnede yer alacak, karşılıklı olarak oturacaklar. Ortada Cumhurbaşkanının oturacağı koltuk ile konuşma kürsüsü bulunuyor. Salonda davetliler yer alacak. İsviçre, büyük savaşı bitirecek bu konferansına çok önem veriyor. Çok iyi hazırlanmışlar. Programa göre İsviçre Cumhurbaşkanı ev sahibi olarak açış konuşması yapacak. Sonra da davet sahibi devletler adına Lord Curzon konuşacak."

Reşit Saffet Bey susunca, İsmet Paşa huylandı:

"Sonra?"

"Tören sona eriyor efendim."

İsmet Paşa ayağa kalktı:

"Hayır. Hemen gerekli temasları yapınız. Curzon'dan sonra da ben konuşacağim. Kimsenin üstünlüğünü ve farklılığını kabul etmiyoruz. Daima bu ilkeyi dikkate alacaksınız. Burada her konuda eşit bir devlet olarak bulunuyoruz. Bunu asla unutmayınız. Osmanlıya yaptıkları haksız, kaba muameleyi kabul etmeyeceğiz."

Reşit Saffet Bey'in nabzı yükseldi. Böyle çıkışlara, tepkilere, sert jestlere alışık olmayan bir Osmanlı aydını idi. Kesinleşmiş bir program son dakikada değiştirilebilir miydi? Nasıl söyleyecek, olumsuz yanıt alınca ne diyecek, İsmet Paşa ne yapacaktı?

Genel Sekreterin duraksadığını gören İsmet Paşa, kesin bir tonla, "Bunu halledeceksiniz.." dedi, "..Yoksa program dışı konuşurum."

İsmet Paşa'nın isteği sorun oldu. Lozan yönetimi itiraz etti. Fransız delegasyonuna da Lozan Palas'ta yer ayrılmıştı. Territet'den otele gelen M. Poincare olayı öğrenince, devreye girmek gereğini duydu, İsmet Paşa'yı caydırmaya çalıştı ama başaramadı. İsmet Paşa'nın yanıtı çok kesin olmuştu:

"Lord Curzon konuşmaktan vaz geçsin, o zaman ben de vaz geçerim."

Bu genç, nazik, alçakgönüllü, hatta çekingen generalin görünüşüne hiç uymayan bir karakteri vardı: Zorlandıkça sertleşiyordu.

LOZAN PALAS, gazetecileri çekebilmek, basın merkezi olmak için birçok önlem almıştı.

Otel sahibi Herr Steiner akıllı bir adamdı.

Otelin büyük salonunu gazetecilere ayırmış, telgraf, telefon birimleri kurdurmuştu. Yazı yazabilmeleri için masalarla dolu bir salon, bir okuma odası, ayrıca bir cafe ile bar hazırlatmıştı.

İki yüz kadar gazetecinin geleceği tahmin ediliyordu. Şimdiden birçok gazeteci gelmişti.

Türk Kurulunun basın danışmanı olan Ruşen Eşref ve Yahya Kemal Beyler de sabahtan gece geç saatlere kadar Lozan Palas'ta bulunuyor, bilgi veriyor, bilgi topluyorlardı.

Türk gazeteciler de gelmişti.[17]

Bunlardan Tanin gazetesi başyazarı Hüseyin Cahit Yalçın kaldığı otelin parasının Lozan kurulunca ödenmesini istemiş, İsmet Paşa bu isteği geri çevirmişti.

Hüseyin Cahit Yalçın hafiften İsmet Paşa aleyhine konuşmaya başlayacak, eleştiri şiddetini gittikçe artıracaktı.[17a]

20 KASIM pazartesi sabahı Malaya zırhlısı İngiliz İmparatorluğunun Akdeniz'deki önemli üssü Malta adasının büyük limanına girdi.

Demirledi.

Büyük bir motor Vahidettin'i ve adamlarını karaya çıkardı. Malta hükümeti adına Albay V.C. Micallef tarafından karşılandı. Malta Valisi Lord Plumer Vahidettin için Tigre Sarayı'nın bir konağını hazırlatmıştı.

Kafile geniş konağa yerleşti.

İngilizler bir zamanlar, bazı önde gelen İttihatçıları ve millicileri bu adaya sürmüşler, Vahidettin de bu olayı memnunlukla kar-

Vahidettin ve yanındakilerin Malta'ya çıkışı

şılamıştı. Malta iki yıl o Türklere sürgün yeri ve zindan olmuştu. Şimdi kader Vahidettin'i Malta'ya savurup atmıştı.

Ne kadar çok ders vardı bu olayda.

4 Ocağa kadar Malta'da kalacak, Tütüncübaşı Şükrü'ye göre boyuna konyak aldıracak, konyakla avunacaktı.[17b]

LOZAN KONFERANSI da bugün saat 15.30'da açılacaktı.

Gazeteciler, Lord Curzon, M. Poincare ve Mussolini'nin sabahleyin İngilizlerin kaldığı Beau Rivage otelinde bir daha buluştuklarını haber verdiler. Türk Dışişleri örgütünün o sıradaki yetersizliğini ancak yabancı gazetecilerin gevezeliği kapatıyordu.

Buna karşılık Yunan propaganda makinesi bütün hızıyla çalışmaya koyulmuştu. Bazı İsviçre gazetelerinde yeni Türkiye aleyhinde yazılar yer almaya başladı. Neredeyse Türkleri işgalci Yunanlıları yendikleri için suçlu göstereceklerdi.

Casino de Montbenon'a giden yollar trafiğe kapatılmış, büyük güvenlik önlemleri alınmıştı. Yalnız delegeleri ve davetlileri getiren otomobillere izin veriyordu. Gelenleri izlemek isteyen halk için ana yolun iki yanında yerler ayrılmıştı.

Otomobillerden ünlüler indikçe heyecanlanıyorlardı.

İlk gelen Yunan Başdelegesi Venizelos oldu. Yunanistan'ın başını belaya o sokmuş, Kral Konstantin de bu yayılmacı politikayı izlemişti. Sonuçta Yunanistan büyük felakete uğramıştı. Şimdi bu yanlışı temizlemek, Yunanistan'a huzur verici, iyi bir gelecek sağlamak zorundaydı. İzmir'i kaybetmiş olmanın acısı içindeki ihtilalciler şimdi, Doğu Trakya'yı Türklerden geri almak için savaş planları yapıyorlardı. Bu delileri dizginlemesi gerekiyordu.[18]

Venizelos'u Avrupa kamuoyunun yeni tanımaya başladığı yeni İtalyan Başbakanı faşist Mussolini izledi. Mussolini'den sonra Japon, Bulgaristan, Belçika, Romanya delegeleri geldi. Türk delegesi İsmet Paşa çok merak ediliyordu. O da iki delege arkadaşıyla geldi. Alkışlayan Türk öğrencileri, melon şapkasıyla selamlayarak içeri girdi. Şapkayla selam vermeye alıştığı anlaşılıyordu.

Venizelos

Fransa Başbakanı ve Dışişleri Bakanı Poincare ile Lord Curzon arka arkaya geldiler. Curzon uzun boyu, görkemli tavrı, değişik yürüyüşü ile çok dikkat topladı. Belkemiği arızalı olduğu için çelik korse giyiyor ve bu nedenle tuhaf yürüyordu. Bu görkemli diplomatı gören biri, "İşte İngiliz İmparatorluğu!" dedi.

Öteki delegeler, gözlemciler, davetliler ve basın da yerini aldı.

Özel giysili bir tören görevlisi tam saat 15.30'da salona girdi. Tören görevlisini İsviçre Cumhurbaşkanı Mösyö Haab izliyordu. Salon saygıyla ayağa kalktı.

Cumhurbaşkanı sahnede, iki delege grubunun ortasındaki kürsüden konuştu. Barışı öven güzel bir konuşmayla Lozan Konferansını açtı. Sonra gerideki yüksek arkalıklı koltuğa oturdu.

Cumhurbaşkanının konuşması bitince, programa uygun olarak Lord Curzon bastonuna dayanarak ayağa kalktı. Ağır ağır kürsüye geldi. Her halinden aristokrat ve emperyal bir diplomat olduğu anlaşılıyordu. O da barışı ve uzlaşma ruhunu öven bir konuşma yaptı.

Davetliler açılış töreninin bittiğini sanıyorlardı. Kendilerine bildirilen program bu kadardı. Ayağa kalkmak için Cumhurbaşkanının kalkmasını beklerlerken program dışı bir olay oldu, İsmet Paşa kalkıp genç adımlarla kürsüye yürüdü.

İsmet Paşa'nın konuşmak istediği Cumhurbaşkanına duyurulmuştu. Nezaketle, "İsmet Paşa" diyerek Türk başdelegesini davetlilere tanıttı.

Program değişikliği ilgi uyandırdı.

İsmet Paşa hazırladığı konuşmayı okumaya başladı. Gazeteci Ali Naci Karacan gazetesine konuşmayı şöyle özetleyecekti: "Bu bir konuşma değil, Türkiye'nin çektiği acıları yansıtan bir iddianame."

Barış bekleyen Türkiye'nin nasıl işgal edildiğini, parçalanmak istendiğini anlatan İsmet Paşa, "Türk milleti varlığını korumayı, istiklalini kazanmayı başardı.." dedi, "..Bunun için hadsiz hesapsız fedakârlıklara katlandı. Her yaşta ve mevkideki Türkler, kadınlar ve çocuklar, bu savunma savaşına katıldılar. 1918 tarihinden sonra Türk milletinin maruz kaldığı sonsuz hücumları ve ıstırapları, burada hatırlatmaktan kendimi alamıyorum. Gerek bu hücumları, gerekse hiçbir askeri zorunluk olmaksızın Türkiye topraklarının en bayındır kısımlarını bilerek mahvetmek ve yıkmak amacıyla yapılmış olan tahribatı, hiçbir şekilde mazur göstermek kabil değildir. Hâlâ bu dakikada bile bir milyondan ziyade masum Türkün Anadolu ovalarında ve yaylalarında evsiz ve ekmeksiz dolaştığını da hatırlatmak isterim."

Çıt çıkmıyor, Venizelos bu ağır suçlamaların muhatabı olarak renkten renge giriyordu. Türkiye'nin acıları ve istekleri, ilk kez aracısız, sulandırılmadan, doğru olarak Batı kamuoyuna ulaşmaktaydı.

"Biz bütün uygar milletler gibi hürriyet ve istiklal istiyoruz" diyen İsmet Paşa, konuşmasını ev sahibi İsviçre'ye teşekkürle bitirdi. Davetlilerin nazik alkışları arasında yerine oturdu. Müttefik temsilcilerinden hiçbiri alkışlamamıştı. Türkiye zaten alkış değil, eşit muamele istiyordu.[19]

Tören salonunda dinleyiciler

Cumhurbaşkanı, Lord Curzon'a ve İsmet Paşa'ya teşekkür etti, görüşmeler için Ouchy (Uşi) şatosunun ayrıldığını, ilk toplantının orada ertesi gün saat 11.00'de yapılacağını söyledi ve toplantıyı kapatıp ayağa kalktı.

Tören sona ermişti.

Fransız delegesi Mösyö Bombard İsmet Paşa'nın yanına geldi, gülerek, "Anlaşıldı.." dedi, "..Sizden çekeceğimiz var."

Şakalaşarak binadan çıktılar.

GECE Lord Curzon açılış törenini Londra'ya hırçın bir raporla bildirdi.[20] Küçük bir devletin temsilcisi, kendisiyle, Kedleston Markisi George Nathaniel Curzon ile eşitlik yarışına çıkmıştı.

İngiltere ile Türkiye, kendisiyle İsmet Paşa eşit olabilir miydi? En önemli konular kendisinin başkan olacağı Arazi, Boğazlar ve Azınlıklar Komisyonunda görüşülecekti. Diplomasi alanında bu toy generalle istediği gibi oynar, bu yarışın acısını çıkarırdı. Fakat tehlikeli bir durum vardı. Fransızlarla Türkler aynı otelde kalıyorlardı. Demek ki 'sürekli ve sıkı temasta' olacaklardı.

İşte bu büyük sorundu.

O Fransızları hiç boş bırakmamalıydı. Fransızlara oldum olası güvenmezdi zaten. Nitekim 1921'de İngiltere'den habersiz Türklerle anlaşıp savaştan çekilmiş, İngiltere'yi yalnız bırakmışlardı.

Curzon bugünkü töreni de unutmayacaktı, Fransızların eski ihanetini de.[20a] Hep tetikte duracak, bütün Avrupalı delegeleri bir arada tutmaya çalışacaktı. Bunu başaracağına güveniyordu. Bölünürlerse Türkiye'deki, Yakın Doğu'daki, petrol bölgelerindeki çıkarlar tehlikeye girerdi.[20b]

Hiçbir şey İngiltere'nin çıkarlarından daha değerli ve kutsal olamazdı.

LOZAN görüşmeleri 21 Kasım günü başlayacaktı. Görüşmelerin nasıl gelişeceği ilk toplantının havasından, konuşmalardan anlaşılırdı.

Ankara bu yüzden gergindi.

Salih Bozok hastalıktan gözünü açar açmaz Ankara'ya dönmüş, kendini bu gerginliğin içinde bulmuştu. Bir ara ziyaretçilerden, telefonlardan, gelen telgraflardan fırsat bulup araya girerek 'evin hazır olduğunu, Anneyi İzmir'e götürebileceğini' söyleyebildi. M. Kemal Paşa, "Annem hasta Salih.." dedi kırık bir sesle, "..Uzun bir yolculuk yapacak halde değil. O konu kalsın. Sen Muzaffer'e, Hayati'ye yardımcı ol. İş çok. Aranızda gece nöbeti için bir düzen kurun. Lozan görüşmelerini saati saatine izlemek istiyorum. Gerekirse beni uyandırırsınız."

"Başüstüne."

İLK OTURUM lüks bir otel olarak düzenlenen Uşi Şatosunda yapılacaktı.

Bütün ilgililerin katılacağı genel toplantı için büyük salon, komisyon toplantıları için daha küçük salonlar, sekreterya hizmetleri için odalar ayrılmıştı.

Lozan'ın temizliği, düzeni, meydanları, parkları, sanat eseri heykelleri, ağaçlı yolları, havuzları, üniversitesi, her metrekaresine verilen özen ve şehirde birçok lüks otel, toplantıya elverişli büyük binalar bulunması Avrupa'yı ilk gören Türk üyeleri çok etkilemişti. Bütün cafeler, pastaneler öğrenciler, kadınlar ve erkeklerle doluydu. Sokaklarda ne dilenci, ne gezgin satıcı, ne başı boş köpek, ne de kedi vardı. Ekmeğin hası buradaydı. Kimse yüksek sesle konuşmuyor, yere tükürmüyor, sümkürmüyor, küfretmiyor, kadınlara laf atmıyor, gözlerini tabanca gibi dikip bakmıyordu. Bir yere girerken erkekler kadınlara yol veriyorlardı. Bilim insanı, doktor, mühendis, garson, memur kadınlar vardı.

Batı ile Türkiye arasındaki utandırıcı büyük farkı, her açıdan ne kadar geri olduklarını açık açık görmüşlerdi.

"Bu güzelliği, düzeyi, kaliteyi biz neden yaşamayalım? Biz ikinci, üçüncü sınıf yeteneksiz ya da yeteri kadar ehlileşmemiş, ehlileşemeyecek insanlar mıyız?"

Kuşkucular sordular:

"Bu düzeye ulaşmayı başarabilir miyiz?"

"Elbette başarırız. Ama bir şeyler ya da birileri başarmamızı engellerse, sonsuza kadar hor ve küçük görülmeye, aşağılanmaya katlanırız."

Polis yine varlığı pek belli olmayan sıkı güvenlik önlemleri almıştı. İsmet Paşa'nın korunması için iki sivil polis görevlendirilmişti. Ermenilerin bir suikast yapacağından çekiniliyordu.

Meraklılar toplanmıştı. Kapının iki yanını fotoğrafçılar, kameramanlar doldurmuş, gazeteciler için otelin büyük, süslü holü ayrılmıştı.

Delegelerin otomobilleri saat on bire doğru arka arkaya gelmeye başladılar.

İlk toplantı büyük salonda yapıldı. Bir yanda Türkler, karşı yanda bütün öteki delegeler, danışmanlar ve uzmanlar yer almıştı. Görüntü Türkiye'nin yalnızlığını kanıtlıyordu. Yüzlerce yıl Avrupa ile sınırdaş olmuş ama Batıdaki gelişimin önemini anlamamış, kendini yenileyememiş, Batı ile dostluk kuramamış, eşitliği sağlayamamıştı.. Ya düşman durumunda olmuştu, ya uydu.

Bu ön toplantıyı yönetmesi için Lord Curzon başkan seçildi. Curzon yerini aldı. Bastonunu gürültüyle masanın üzerine koydu. Bir görevli rahat oturması için ayaklarının altına bir tabure yerleştirdi. Her haliyle bir başkandı. Kararlarına itiraz etmek cesaret isterdi.

Konferans içtüzüğü görüşüldü. Konferansın adını Doğu İşleri Konferansı koymuşlardı. Üç büyük komisyon kurulacak, komisyonlarda İngiliz, Fransız ve İtalyan başdelegeleri başkanlık yapacaktı. Gerektikçe bu komisyonlar da alt komisyonlar kurabileceklerdi. Her ülke iki delege ile temsil edilecekti.

Büyük ülkeler her konferansı bu gibi kurallarla ve egemenlikleri altında yönetmişlerdi. Kimse de itiraz etmemişti.

Bu kez öyle olmadı.

İsmet Paşa'nın eşitliği sağlamak için her maddeye itiraz etmesi gerekti. Konferansın adının Lozan Konferansı olarak değiştirilmesini önermişti. Yalnız bu öneri uygun bulundu. Öteki itirazları geri çevrildi. Türkiye üç delege göndermişti. İsmet Paşa, üçünün de kabul edilmesini istedi. Bu da ancak bazı şartlarla ve zorlukla kabul edildi.

Konferansın Müttefiklerin, dolayısıyla Lord Curzon'un egemenliği altında geçeceği anlaşılmıştı. Tartışmasız karara bağlanan tek konu, Konferans Genel Sekreterliğine Mösyö Massigli'nin seçilmesi oldu.[21]

İSVİÇRE ile Türkiye arasında Akdeniz'den geçen bir telgraf hattı vardı. Bu hattı Eastern adlı bir İngiliz şirketi işletiyordu. Lozan'daki Türk kurulu ile Ankara bu hat ile haberleşiyorlardı. Fransızlarca işletilen ikinci hat daha vardı ama daha pahalı ve yavaştı.

İngiltere savaş biter bitmez haberalma sistemini yenilemiş, Kod ve Şifre Okulu'nu kurmuştu. Bu okuldan yetişen şifre uzmanları şifreleri çözebiliyorlardı. Bu uzmanlar Lozan'dan Ankara'ya, Ankara'dan Lozan'a yazılan şifreli, çok gizli telgrafları çözmeye çalışacaklardı.

İlk olarak İsmet Paşa'nın ilk günü anlatan raporunun şifresini çözdüler. Sekreteri sabah, raporun İngilizceye çevrilmiş metnini Lord Curzon'a sunacaktı.

Türk hükümetinin ve İsmet Paşa'nın şifresi çözülmüş talimat ve raporlarının hiç olmazsa başlıcalarının çevirileri, İngiliz başdelegesinin önünde olacaktı.[22]

ERTESİ GÜN Arazi, Boğazlar ve Azınlıklar Komisyonu toplanacaktı. Bu en önemli komisyonun başkanlığını Lord Curzon yapacaktı.

İsmet Paşa ile ilgili danışman ve uzmanlar İsmet Paşa'nın dairesinde toplandılar. Bu ilk toplantıya çok hazırlıklı girmek gerekiyordu.

Çalışmanın yarısında nöbetçi kâtip M. Kemal Paşa imzalı bir telgrafı şifresini çözmüş olarak getirdi. Kaygıya düşen Gazi Paşa, İsmet Paşa'ya, Çerkes Ethem, Kuşçubaşı Eşref ile arkadaşlarının, belki Ethem'in kardeşleri Reşit ile Tevfik'in İsviçre'ye gittiklerinin haber alındığını bildiriyor ve diyordu ki:

"Size suikastta bulunmaları ihtimali olduğundan, İsviçre hükümetine müracaatla tutuklanıp sınır dışı ettirilmelerini sağlamanızı istiyorum."[23]

İsmet Paşa bu ilgiyi minnetle karşıladı ama dağılmadan çalışmak, iyi hazırlanmak zorundaydı. Ertesi gün Lord Curzon'la ciddi olarak çatışacaktı. Arkadaşlarına "Bu haberi unutunuz" dedi.

Bir suikast uyarısı almamış gibi çalışmayı sürdürdüler.

Çok geç saatte dağıldılar.

TOPLANTI saat 11.00'de başladı.[24]

Lord Curzon bütün heybetiyle yerini aldı, toplantıyı Fransızca açtı:

"La Seance est ouverte!"

Türkler giderek şunu gözlemlediler: Lord Curzon toplantıyı yönetmekle yetinmiyor, türlü sorular, karışmalar, itirazlarla görüşmeleri yönlendiriyordu da. İstediği sonucu almak için üstü kapalı ya da açıkça tehdit ediyor, alay ediyor, övüyor, her yolu deniyordu.

İlk gündem maddesi Türkiye'nin Trakya sınırıydı.

Lord Curzon'a göre insanlar değil, toprağın politik değeri, Batının, Batı dostlarının çıkarları önemliydi. Dünyayı pasta gibi bölerek yönetmişlerdi. Böyle yönetmeyi sürdürmek istiyorlardı.

Türkiye'nin karşısında Balkan devletleri de bir blok halinde yer aldı: Yunanistan, Romanya, Sırp-Hırvat-Sloven Devleti (Yugoslavya). Yalnız Bulgarlar şimdilik blok dışı duruyordu.

Türkiye'nin istek ve iddiaları, bin dereden su getirilerek, dikkate alınmıyordu.

İsmet Paşa Mudanya görüşmeleri sırasında Generallerin Karaağaç için Türklere vaatte bulunmadıklarını söyleyen Lord Curzon'u büyük bir sabırla dinlemişti. Yanılmaz sanılan Lord Curzon'a bir darbe indirmek zamanı gelmişti. Söz aldı:

"Mudanya Konferansında General Harrington'un da, öteki iki Generalin de, Edirne'nin bir mahallesi olan Karaağaç'ın Türkiye'ye verileceğini vaat etmiş olduklarını bir daha belirteceğim.."

Lord Curzon bu iddiadan çok sıkılmış gibi yüzünü buruşturdu.

"..Müttefiklerin, generallerinin verdikleri sözleri tutacaklarını ümit ederim."

Türk Kurulundan bir kâtip, Mudanya Konferansının Fransızca tutanaklarının bu konuyla ilgili kısmını Lord Curzon'un önüne bıraktı.[24a] Lord Curzon tutanaklara göz attı, İsmet Paşa'nın haklı olduğunu gördü, canı sıkıldı, konuyu erteledi.

Yanılmazlık ünü daha ilk adımda yara almıştı. Ama ünü ve geri kalan özellikleri konferansı etkilemeye yetiyordu.

BU SIRADA İstanbul'daki İngiliz komutanlığı da, Mudanya Ateşkes Anlaşmasına aykırı bir etkinlik içindeydi. Gizli yürütülen bu çalışmayı Türkler yavaş yavaş anlamışlar, İstanbul'dan 8.000 genç Rum ve Ermeninin işçi diye Çanakkale'ye yollandığını saptamışlardı. Oradaki birliklerini takviye etmek üzere gizlice eğitiyorlardı. Demek ki askeri bir hazırlık içindeydiler.[24b]

Olayı inceletip doğru olduğunu anlayınca Fevzi Paşa'nın canı çok sıkıldı. Bu ne ikiyüzlülüktü! Türkiye Lozan'da barış arıyor, İngilizler Çanakkale'de savaşa hazırlık yapıyordu. Birinci ve İkinci Orduları uyardı:

"Hazırlıklı olunuz!"

OLAYLAR emekli Evkaf görevlisi Ahmet Cemalettin Efendi'nin de canını çok sıkıyordu.

Padişahlığın kaldırılmasına, Vahidettin Han'ın kaçmasına, kalpaklı Millicilerin İstanbul'a gelip yönetime el koymalarına çok üzülmüştü. O şanlı Osmanlı sözcüğü yerine Türk sözcüğünün kullanılması tuhafına gidiyordu.

Allah Allah!

Türk köylü demekti yahu.

Barış olursa İngilizlerin İstanbul'dan gideceği anlaşılıyordu. Canını en çok bu olasılık yakıyordu. İçinden 'inşallah barış olmaz' diye geçirdi. Çünkü İngiliz dine, dindara, giyime kuşama hiç karışmamıştı. Keşke İstanbul'da sonsuza kadar kalsalardı. Şu ölümlü dünyada istiklal, hürriyet, vatan, bayrak mayrak neydi ki? Gereksiz, yararsız kavgalar. İşte dört yıldır işgal altındaydılar, hiç istiklal, hürriyet ihtiyacı duymamış, İstanbul'da bütün kulluk görevlerini yerine getirerek, cuma namazlarına giderek huzur içinde yaşamıştı.

Yunanlı İzmir'i istiyor diye neler olmuştu! Verin gitsin yahu. Hay aptallar! Allah'ın toprağı. Herkese yeter. Verilseydi tek kişinin burnu kanamazdı. Binlerce insan öldü gitti. İyi mi oldu yani? Antep'i Fransızlar alsaydı ne olurdu? Orayı da mamur ederlerdi.

Vermemek için deli gibi dövüştüler. Dinimize dokunmamaya söz versinler yeter. Ötesi dünya malı ve dünya işleri için kavgadır ki boşunadır. Aptal Milliciler vatan matan diye tutturdular. Birçok savaş oldu. Kan aktı.

İşin en kötü yanı Milliciler İstanbul'a gelir gelmez birçok kadın peçeleri atmış, çarşafı çıkarmış, manto giymiş, kâfirler gibi sokaklara dökülmüştü. Kimbilir daha neler olacaktı!

Hay mendeburlar!

Hayatın amacı Allah'a kulluk etmekti. İngiliz bu hikmete saygı göstermişti. Daha başka ne ister ki insan hayattan? Öyle istiklal mistiklal diye azmak, deli gibi bayraklarla dolaşmak, İngilize meydan okumak doğru işler değildi. Büyüğe boyun eğmek terbiye gereğiydi. Atalarımız ne güzel buyurmuşlar: Bükemediğin eli öp. Bu kibirsizlik, boyun eğiş insanı olgunlaştırır, ahrete hazırlar.[25]

Ayağa kalktı.

Yeni Halifenin göreve başlama alayını seyretmek için Sultanahmet'e gidecekti.

HİLAFET ALAYI Dolmabahçe Sarayı'ndan hareket etmişti. Karaköy, Köprü, Sirkeci yoluyla Topkapı Sarayı'na gidilecek, orada Halife tahta oturacak, Ankara'dan gelen milletvekilleri tarafından kutlanacak, Mukaddes Emanetler kendisine teslim edilecekti.

En önde yaverleri ve görevlileri taşıyan üç otomobil ilerliyor, bunları mızraklı süvariler izliyordu. Süvarilerin arkasından dört atın çektiği üstü açık saltanat arabası geliyordu. Arabada bir hükümdar edasıyla oturan Halife Abdülmecit Efendi vardı. Halkın alkışlarına küçük baş hareketleriyle karşılık veriyordu. Halife Efendi Ankara'dan uyarıyı alınca, kaftan ve sarık giymekten caymış, redingot ve fes giymişti. Karşısında Halifeye saygısından daha da küçülmüş olan Refet Paşa oturmaktaydı.

Saltanat arabasının iki yanında maiyet bölüğünden özel giysili dört atlı subay ilerliyor, arabanın arkasından yine mızraklı süvariler geliyordu. Bunları da hanedan mensubu erkekler ile ileri gelenlerin bindiği atları süslü on fayton izlemekteydi.

Seyre gelenler az değildi ama özel bir coşku yoktu. Bu konunun çoktan beri çekiciliği kalmamıştı.

Alay Topkapı Sarayı'na girdi.

M. Necati Bey

HİLAFET ALAYININ ve Topkapı Sarayı'ndaki törenin ayrıntıları, ertesi günkü Hâkimiyet-i Milliye ve Yeni Gün gazetelerinde geniş biçimde yer almıştı.

Bir grup milletvekili Meclis'in karşısındaki Millet Bahçesinin kapalı kısmında, bir yandan gazetelere göz atıyor, bir yandan da söyleniyorlardı.

M. Necati Bey, "Sanki saltanat alayı!" dedi. Topçu İhsan Bey "Çok doğru" diye onayladı. M. Necati Bey söylenmeye devam etti:

"Sonra da Halifeyi, sanki padişah olmuş gibi, Topkapı Sarayı'nda tahta oturtmuşlar."

Zamir Bey yeni gelmiş, daha gazetelere bakmamıştı. İnanamadı:

"Neee?"

"Evet, tahta oturtmuşlar."

"Döneme daha uygun bir tören biçimi bulamazlar mıydı? Halife ile tahtın ne ilgisi var?"

M. Necati Bey kızdı:

"Refet Paşa'nın gafleti."

Bu sırada Kuyulu Kahve'de de üç gelenekçi milletvekili toplanmıştı. Onlar iyice neşeliydiler.

"Tören çok güzel olmuş."

"Evet. Hilafet makamını güçlendirmek için çok iyi bir başlangıç."

"Ama M. Kemal Paşa'yı susturamadıkça sonuç alamayız. Adam kürsüye çıkıyor, konuşuyor, Meclis'i ikna ediyor ve hedefine yürüyor."

İçlerinden biri sesini alçalttı:

"Bazı milletvekilleri Seçim Kanunu ile ilgili yeni bir öneri hazırlıyorlar. Haberiniz var mı?"

"Yoo."

Fısıltıyla yeni kanun hakkında bilgi verdi. Dinleyenlerin gözleri parladı. Biri, "Ama kanunu, karşı tarafı uyandırmadan Meclis'ten geçirmek gerek.." dedi, "..Bunun için çok dikkatli olmalı, ilgisiz gibi durmalıyız."

Garsona seslendi:

"Çayları tazele! Nargile isteyene nargile getir. Şu kanun bir geçerse..."

Gevrek gevrek güldüler.

Vali Şakir Bey

SON Yunan yöneticileri ve askerleri birkaç gün önce, Fransızların gözetimi altında Edirne'yi terk etmiş, bayraklar çıkarılmış ve şehir bir anda kırmızı beyaz olmuştu.

Bugün Edirne Türklere teslim edilecekti.

Halk Valiyi, yeni memurları ve üç tabur jandarmayı karşılamak için İstanbul yolunun iki yanını doldurmuştu.

Jandarmalar yürüyüşe geçmek için Edirne yakınında toplanmışlardı, Vali Şakir Bey'i bekliyorlardı. Bando marşlar çalıyordu. Vali, bazı milletvekilleri ve memurlar sekiz otomobille göründüler.

Jandarma taburları da yürüyüşe geçtiler.

Vali ve arkadaşları şehir girişinde otomobillerden indiler. Fransız saygı birliğini selamlayarak şehre girdiler. Şehir alkış ve sela seslerinden yıkılıyordu. Onları jandarmalar izledi.

Önde alay sancağı vardı.

Al sancak serhad şehrine geri dönmüştü.

İki buçuk yıl Yunan işgalini yaşamış binlerce kadın ve erkek Edirneli çığlık çığlığa ağlayarak, sancaktarın, subayların ve askerlerin ayaklarına kapandılar.

Yalnız düşmanın kahrına katlanmamış, daha acı veren ihaneti de yaşamışlardı. Bazı Müslüman Türkler üç kuruş için Yunana çalışmış, kendi yurttaşlarına eziyet etmişlerdi. Bunlar ne dindaş, ne soydaş, ne yurttaştı. Bunlar sadece haindi.

Vali, bir genç kızın sunduğu Türk bayrağını, borazanların selam havası, halkın çığlıkları, alkışlar ve tekbirler arasında Hükümet Konağının direğine çekti.

Konağa girdiler. Yunanlılar hükümet konağını yağmalayarak gitmişlerdi. Konağın büyük salonları ve birçok odaları çıplaktı. Edirneliler kafile kafile Valiyi kutladılar. Herkes öyle mutluydu ki konağın çıplaklığı kimseyi rahatsız etmedi. Çoğu farkına bile varmadı.

Kurtulmuşlardı ya.[26]

EDİRNE bayram ederken Lozan'da zaman bunaltıcı tartışmalarla geçiyordu.

Bugün sabah ve öğleden sonra toplanan Arazi, Boğazlar ve Azınlıklar Komisyonundaki çeşitli konulardaki görüşmelerde sert tartışmalar yaşanmış, birçok konu askıya alınmış, bir karara bağlanamamıştı. Musul, azınlıklar ve Boğazlar gibi önemli konulara daha sıra gelmemişti.

Özel bir görüşme sırasırda Lord Curzon İsmet Paşa'ya "Musul'u –yani petrolü– asla Türkiye'ye bırakmayacaklarını" açıkladı, "Musul Irak'ındır."

Irak İngiliz işgalindeydi ve 25 yıl yönetimi altında kalacaktı.

Mali ve Ekonomik Sorunlar Komisyonu, M. Barrere'in başkanlığında toplandı. İlk madde Osmanlı borçlarıydı. Alacaklı ülkeler Türkiye'nin borcun tamamını ve faizlerini altınla ödemesini bekliyorlardı. Müttefikler de, Türkiye'yi işgal etmek için yaptıkları giderleri istiyorlardı. Bu giderlerin toplamı hesaplarına göre 50 milyon altındı.

Buna karşılık Ege'yi yakıp yıkan Yunanistan'ın Türkiye'ye tazminat vermesini ise hiç de gerekli görmüyorlardı. Zavallı Yunanistan yenilmişti. Bir de tazminat mı ödeyecekti?

28 KASIM sabahı erken saatte General Othonaios ve Divan-ı Harp üyeleri yerlerini aldılar.

Pek az izleyici vardı.

Divan-ı Harp cuntanın ve hükümetin baskısı üzerine bütün gece çalışmış, kararlar yazılmıştı. Sanıklar çağrılmadı. Hepsi sabaha karşı Averof hapishanesine götürülmüşlerdi.

Başkan yorgun bir sesle kararları okudu. Altı sanık da idama mahkûm edilmişti. İdamdan önce General Hacianesti'nin rütbesi sökülecekti.

Başbakan Gunaris de, tedavi gördüğü hastaneden alınarak hapishaneye getirilmişti. Bir subay saat dokuzda Averof hapishanesine gelerek suçlulara haklarındaki kararları okudu. Sonra mahkûmların hapishanenin kapısında bekleyen eşleri, çocukları ve yakınları vedalaşmaları için içeri alındı.

Saat 10.30'da mahkûmlar hapishaneden çıkarılarak kamyonlara bindirildiler. Atina dışındaki bir askeri bölgeye götürüldüler. Bölge birçok askerle güven altına alınmıştı. Hava yağmurlu ve soğuktu. Gunaris çok üşüyordu.

General Hacianesti

Alanda cesetlerin içine devrileceği altı çukur kazılmıştı. Mahkûmlar kendilerine gösterilen çukurların önünde yer aldılar. General Hacianesti apoletlerini ve bütün askeri işaretlerini kendi söküp çukura attı. Hiçbiri gözlerinin bağlanmasını istemedi.

Her mahkûmun karşısına beş silahlı asker geçti. Kılıcını çekmiş bir subay son emri verdi:

"Ateş!"

Tüfekler patladı. Mahkûmlar çukurlara devrildiler.

Bu ölümler hiçbir sorunu çözmedi. Büyük felaket bütün büyüklüğü ile sürüyordu. Devlet iflasın eşiğindeydi. Ordu varlığının büyük bölümünü kaybetmişti. Adalar, Pire, Atina, Batı Trakya göçmenlerle dolmuştu.

Atina'daki güzel opera binası göçmenlere verilmişti. Her loca bir ev olmuştu. Locaların önü çarşaflar, çamaşırlarla kapatılıyordu.

Büyük felaket Cunta Başkanı Albay Plastiras ile General Pangalos'u ayıltmamıştı. Bu ikili Doğu Trakya'yı savaşarak geri alma tutkusunun öncüleriydi. Müttefiklerin yardımına gerek olmadan Türkleri yenebileceklerine inanıyorlardı. Yunan hayalciliğinin ve yayılma tutkusunun iyi bir örneği olan General Pangalos "Bir hafta içinde Türkleri sonsuzluğa kadar Asya'ya kapatacağız"dedi.[27]

Türklerse, soyulup soğana çevrilmiş Doğu Trakya'yı düzene sokmaya, evleri yakılıp yıkılmış olanlara başlarını sokacak bir dam altı bulmaya, hastalara doktor ve ilaç yetiştirmeye çabalıyorlardı.

Doğu Trakya'daki bütün Türklerin elinde sadece 2.100 koyun kalmıştı. Gerisini Yunanlılar ve Rumlar ya giderayak öldürmüş, ya da zorla alıp birlikte götürmüşlerdi.[28]

Türkiye'yi uygarlık getireceklerini söyleyerek işgal eden Yunanlılardan geride sadece utandırıcı izler kalmıştı.

M. KEMAL PAŞA, bazı güvendiği arkadaşlarını sabahleyin direksiyon binasına çağırdı.

Çağırmasının nedenini açıkladı:

"Boğazları ve Trakya'yı barış yoluyla geri almak istediğimiz için askeri hareketi durdurmuş ve Ateşkes Anlaşması yapmıştık. Fakat Lozan'da görüşmeler iyi gitmiyor. Umarım gerekmez ama savaşmak zorunda kalabiliriz. Savaşırsak, hedefimiz İstanbul ve Çanakkale boğazlarını ele geçirmek olacak. İki ordumuz da buna hazır.."

Bir an durdu:

"..Bu, işimizin küçük bölümü. Gelelim büyük bölüme: Barış olunca ne yapacağız? Bu ilkellik, cahillik, yoksulluk, gerilik içinde kalamayız. Bu susuz, karanlık kuyudan düze çıkmamız gerek. Bakanlıklara basit araştırmalar yaptırıyor, başlıca konularda devraldığımız maddi mirası saptamaya çalışıyorum. Sonucu sizlere de duyuracağım. Ama halimiz ortada. Elbise düğmesi için bile dışarıya muhtacız.

Ben ilk iş olarak Anadolu ve Rumeli Müdafaa-yı Hukuk Cemiyeti'ni bir partiye dönüştürmeyi düşünüyorum. Derneklerle, kurullarla yürütülen, partisiz bir demokrasi olmaz. Bu partinin Türkiye için yararlı, geçerli bir programı olmalı. Parti, siyasi hayatımız için bir okul niteliği taşımalı. Milli Mücadele bize güçlü ve zayıf yanlarımızı gösterdi. Güçlü yanlarımızı geliştirecek, zayıf yanlarımızı düzeltecek, Türkiye'nin şartlarını dikkate alacak gerçekçi bir siyaset izlemek zorundayız. Nasıl bir iktisat programı uygulayacağız? Bu konular hakkında düşüncelerinizi öğrenmek istiyorum."

M. Kemal Paşa'nın gelecek için çok önemli tasarıları, düşünceleri, hayalleri vardı. Onları açıklamanın zamanı gelmemişti. Zamanı geldikçe açıklayacaktı.

Şimdi arkadaşlarının düşüncelerini öğrenmek, tavsiyelerini almak istiyordu. Danışmadan hareket etmek âdeti değildi.

29 KASIMDA Arazi, Boğazlar ve Azınlıklar Komisyonunda adalar sorunu tartışıldı. Türkiye'nin adalar hakkındaki görüşleri ciddiye bile alınmadı. Herkes Bozcaada ile Gökçeada'nın bile Yunanistan'a verilmesi gerektiğini düşünüyordu.

Marki Garroni

2 Aralık günü İtalyan Başdelegesi Marki Garroni'nin başkanlığında toplanacak olan üçüncü komisyonun [Yabancılara Uygulanacak Usuller Komisyonu] gündemindeki ilk ve en önemli madde kapitülasyonlardı. Bütün delegelerin Osmanlıyı kansız bırakan, her konuda bağımsızlığı çürüten kapitülasyonların kalması için diretecekleri belliydi.

Bütün gün didişmekle geçiyor, akşam ertesi gün için hazırlık yapılıyordu. Gece geç saatlerde, iş sona erince, İsmet Paşa Ankara'ya yollayacağı günlük raporu yazıyordu.

Ümidini koruyor, zorlukları da açıkça belirtiyordu. Bugüne kadarki raporları üç sözcükle özetlenebilirdi:

"Şimdilik her konuda olumsuzlar."[29]

M. KEMAL PAŞA, Rauf Bey ve Bakanlar da, Lozan'dan gelen raporları bekliyor, görüşüyor, yanıtı yazdırılıyor, sabaha karşı yatıyorlardı.

M. Esat Bozkurt 1921 Şubatında Londra Konferansına katılmış, özellikle İngiliz ve Fransızların tutumunu görmüştü. Bakanları uyarmak istedi:

"Ne dersen de, ne belge gösterirsen göster, istersen gerçeği getirip vazo gibi masanın üzerine koy, adamlar bildiklerini okuyorlar."

Kısacası hakça bir barış canavarın karnındaydı. İsmet Paşa'nın elini sokup barışı bu bencil, obur canavarın karnından çekip çıkarması gerekiyordu.

Rauf Bey son durumu şöyle özetledi:

"Avrupa'ya ve Balkanlar'a karşı tek başımızayız. Sevr Andlaşması'nı hazırlayan ve dayatan o bencil, haksız, insafsız anlayışla yine karşı karşıyayız. Bu anlayışla mücadele ediyoruz."

"Allah yardımcımız olsun!"

TÜRK KURULUNDA bulunanların hiçbiri daha önce bu çapta ve anlamda milletlerarası bir konferansa katılmış değildi. Hepsi acemiydi.

Âdetleri ve imkânları bilmiyorlardı. Üçte biri Avrupa'yı ilk kez görüyordu. İlk günler yanlış bir şey yapmak, söylemek korkusu hepsini titretmişti. Uygulamada ürkek, çekingen kalıyorlardı.

Müttefiklerin ve gölgelerinin niyeti, kısa süre içinde anlaşıldı: İnsanca yaşamak için dört yıl daha savaşmayı göze almış Türkiye'nin geleceğini kendi görüş ve çıkarlarına göre belirlemek istiyorlardı. İnanılmaz derecede bencillerdi. Tam bağımsız bir Türkiye kurulmasına kesinlikle, açıkça karşıydılar. Yeni Türkiye'nin yaşayacağına da pek güvenmiyorlardı.

Bu gerçek hepsini sarstı, silkeledi, kendine getirdi. Danışmanlar, uzmanlar, kâtipler silkindiler, gözlerini ve kulaklarını dört açtılar. Daha çok çalışmaya başladılar. Neredeyse uyumayacaklardı. Konferansın arka sokaklarında, kulislerinde, çöplüklerinde dolaşmaya, gözlemlerini, edindikleri özel bilgileri birbirlerine aktarmaya başladılar.

Öteki delegasyonlardaki görevlilerle daha rahat konuşacak, hak ettikleri yanıtları vereceklerdi.

Yeni Türkiye'nin Mondros'u ve Sevr'i imzalayan yorgun, boynu bükük, emir kulu Osmanlı Devleti olmadığını her yerde ve her fırsatta iyi anlatmak, hatta bazı kafalara iyice çakmak gerektiğini kavramışlardı.

M. KEMAL PAŞA birkaç saat uyuduktan sonra direksiyon binasına geldi. Birikmiş belgeleri imzalarken Hayati Bey odaya girdi:

"Meclis Başkâtibi Recep Bey (Peker) sizi mutlaka görmek istiyor."

"Öyle mi? Buyursun."

Recep Bey, "Özür dilerim Paşam" diye girdi içeri, "..Üç milletvekili seçim kanunu ile ilgili bir tasarı vermişlerdi. Bugün gündemde yer alıyor. Bilginize sunmak istedim. Çünkü tasarının 14. maddesi, dolaylı olarak sizinle ilgili."

"Ver bakayım."

M. Kemal Paşa tasarıyı gülerek aldı. Recep Bey'e güvenirdi ama seçim kanunuyla ilgili bir tasarının dolaylı da olsa kendisiyle ne ilgisi olabilirdi? Kâğıda göz attı. Gülmesi dondu. Yüzü sarardı:

"Tüü, ne biçim insan bunlar?"

Salih Bey'e döndü:

"Öğleden sonra Meclis'te olmamız gerekiyor."

İSMET PAŞA Boğazlar konusundaki görüşmelere katılmak üzere bir gün önce Lozan'a gelen Sovyet Rusya Dışişleri Komiseri (Bakan) Çiçerin ve yardımcılarını Lozan Palas'ta 2 Aralıkta öğle yemeğine çağırmıştı.

Sovyet Rusya ile Avrupa devletleri arasında sağlıklı, olağan bir ilişki yoktu. Lozan'daki tek dost Türkiye'ydi. Türkiye bakımından da tek dost Sovyet Rusya'ydı.

Büyük yemek masası, uzun, süslü bir paravana ile öteki masalardan ayrılan sakin bir köşede hazırlanmıştı.

Çiçerin

Olayı öğrenen gazetecilerin gözleri kapıdaydı. Çiçerin ve yardımcıları tam saatinde geldiler. İsmet Paşa, Dr. Rıza Nur, Hasan Saka ve Reşit Saffet Bey tarafından karşılandılar. Dr. Rıza Nur ile Çiçerin Moskova Andlaşması görüşmeleri dolayısıyla tanışıyorlardı. Kucaklaştılar. Bol fotoğraf çekildi. Yemeğe danışman olarak Lozan'da bulunan Türk milletvekilleri de katıldı.

Yemekten sonra Boğazlar sorununu görüşmek üzere İsmet Paşa'nın dairesine çıktılar. Boğazların geleceği iki gün sonra görüşülmeye başlanacaktı.[30]

MECLİS saat 13.30'da toplanmıştı. Başkanlık kürsüsünde Dr. Adnan Bey vardı. Gündemdeki maddeler sırasıyla görüşülüyordu.

M. Kemal Paşa salona girip kürsünün karşısındaki sıranın sağ başına oturdu, bekledi. Gündem ilerledi. Başkan, "Seçim Kanununda değişiklik yapılması hakkındaki öneriyi ilgili komisyona havale ediyorum" dedi.

M. Kemal Paşa ayağa kalkarak söz istedi. Yüzü çok gergindi. Çok kırgın, üzgün olduğu görülüyordu:

"Efendim, bu öneri özel bir maksat taşıyor ve doğrudan beni hedef alıyor. İzin verirseniz birkaç kelime söylemek istiyorum."

Dr. Adnan Bey tasarıyı okumadığı için olayın farkında değildi. Şaşırarak, "Buyrun" dedi.

M. Kemal Paşa kürsüye geldi:

"Efendiler, üç arkadaşımız tarafından verilen öneriyi okudum.[31] Bu önerinin amacı beni vatandaşlık hakkından yoksun bırakmaktır."

"Hayır! Olamaz!" sesleri yükseldi. Erzurum Milletvekili Salih Efendi "Senin şahsın çok muhteremdir!" diye bağırdı. Meclis dalgalandı. Lozan'da türlü tuzaklardan geçilirken Ankara'da da bu oyun oynanıyordu.

"Fakat efendiler, önerinin 14. maddesinde deniliyor ki: 'Milletvekili seçilebilmek için Türkiye'nin bugünkü sınırları içindeki yerler ahalisinden olmak veya bir yerde en az beş yıl oturmak şarttır.'"

Öfkeli bağırışmalar duyuldu.

"Madde bu. Yazık ki doğum yerim bugünkü sınırlar dışında kalmış bulunuyor. Eğer düşmanlar amaçlarında tamamen başarılı olsalardı, bu öneriye imza koyan efendilerin seçim bölgeleri de, Allah korusun, sınırlarımız dışında kalabilirdi. Herhangi bir seçim bölgesinde de, görevlerim gereği, beş yıl oturabilmiş değilim. Oturabilmek için Çanakkale'de, Doğu Anadolu'da, Suriye'de hizmet vermemiş olmam gerekirdi. Bunlardan sonraki çalışmalarımın ise herkesçe bilindiğini ümit ediyorum.."

Kılıç Ali

Kılıç Ali yanındakilere yüksek sesle, "Bunu en iyi Anadolu'yu işgal edenler ile Damat Feritler bilir!" dedi. Söz bir anda sıradan sıraya yayıldı. Muhalifler de beğenmişti. Beğendiklerini alkışlayarak açıkladılar.

"..Düşmanlarımız beni hizmetten alıkoymak isteyebilirler. Ama bu Meclis'te onlar gibi düşünebilecek kimselerin bulunabileceğini aklımdan, hayalimden bile geçirmezdim. Şimdi millete ve bu arkadaşların seçim bölgelerindeki halka bu öneriyi paylaşıp paylaşmadıklarını soruyorum ve cevap istiyorum."

Meclis'in çok büyük çoğunluğu ayaktaydı:

"Hayır, katiyyen, haşa!"

Hüseyin Avni Bey kürsüye geldi. Öneriyi 'Meclis'te Arnavut milletvekili, Arap milletvekili bulunmasını önlemek için verilmiş iyi niyetli bir öneri' olarak niteledi, 'M. Kemal Paşa'nın milletin timsali olduğunu, bu kanunun üstünde olduğunu' ileri sürdü, "Paşanın vatanı her yer ve herkesin kalbidir" dedi. Maddenin açık anlamı karşısında bu sözlerin hukuki bir anlamı yoktu. Nitekim M. Kemal Paşa oturduğu yerden konuştu:

"Bunlar edebiyat. Madde açık. Yoruma gerek yok."

Bir milletvekili "Siz müstesnasınız" diye bağırdı. M. Kemal Paşa öfkelendi:

"Benim müstesna olduğuma dair bir kanun yoktur ve müstesna olamam!"

Süleyman Necati Bey kürsüye çok üzüntülü çıktı:

"Öneride imzası olanlardan biri de benim. Niyetimiz Paşa'yı saf dışı etmek değildi. Bunu ancak namussuzlar ister, bu milletle ilgisi olmayanlar ister, vicdanlarını, namuslarını satmış olanlar ister. Ben böyle namussuz bir adam değilim. Azınlıkların oyunları bizi mahvetmiştir. Kanunun amacı buna son vermekti."

Emin Bey söz alarak 'yanlış anlaşıldıklarını' söyledi, M. Kemal Paşa'nın hizmetlerini övdü, "Biz de nankör değiliz" dedi, bol alkış aldı. Çok üzüldüğü her halinden belli oluyordu.[32]

Meclis'in tavrı, öneri sahiplerinin zavallı hali, M. Kemal Paşa'yı yatıştırdı. Konu kapandı. Ama Türkiye Büyük Millet Meclisi tarihe çok özel bir not düşmüştü: Kurucusu olan M. Kemal Paşa'ya kitle halinde sahip çıkmış, yalnız adıyla değil vefası, değerbilirliği ve namusuyla da 'büyük' olduğunu kanıtlamıştı.

UZUN süren Türk-Rus görüşmesi Lord Curzon'u huzursuz etmişti. İsmet Paşa'nın ağzını aramak, durumu öğrenebilmek için ertesi sabah randevu alarak ziyarete geldi.

İsmet Paşa ayrıntıya girmeden Türk-Rus ilişkilerinin iyi olduğunu söylemekle yetindi. Lord Curzon birçok konuda dolaşarak bir bilgi gösterisi yaptıktan sonra fırsatını düşürüp İsmet Paşa'yı uyardı:

"Siz Yunanistan'ı yendiniz, İngiltere'yi değil. Bunu unutmayın."

İsmet Paşa, 'Hayır..' diye düşündü, '..Yalnız Yunanı yenmedik, güneyde müttefikiniz Fransızları yendik, onun silahlandırdığı Ermenileri yendik, müttefikiniz İtalyanları Anadolu'dan uzaklaştırdık, sizin silahlandırdığınız Doğu Ermenilerini ve Pontus çetelerini yendik, sizin İstanbul yönetimiyle birlikte azdırdığınız isyancıları yendik, silah ve para ile desteklediğiniz Kuva-yı İnzibatiye'yi yendik, en son olarak da maşanız Yunan ordusunu yenip denize döktük, Mondros'u yendik, Sevr'i yendik, Üçlü Anlaşma'yı yendik. Bunların hepsinin arkasında siz vardınız, hepsinin ipleri, dümeni, düğmesi sizin elinizdeydi.

Biz asıl sizi yendik!

Hırçınlığınızın, telaşınızın, durmaksızın entrika çevirmenizin nedeni bu. Bunu örtbas etmeye, kaybınızı gidermeye çalışıyorsunuz.

Biz sizi burada da yeneceğiz!'

Bu inancını kurnaz diplomatı tahrik etmemek için açıklamaktan kaçındı. Amaç Lord Curzon'u değil, emperyalist diplomasiyi yenmekti. Lord Curzonlar bu iki yüz yıllık diplomasinin iyi yetişmiş uygulayıcılarıydı.

Hırpalanacak, güç durumda kalacak, sıkılacak, bunalacak, üzülecek, sinirlenecek, azap çekecek, uyuyamayacak, belki öfkeden ağlayacak ama sonunda başaracaklardı. Buna inanıyordu. Çünkü başarmak zorundaydılar ve çünkü Lord Curzon'un taktiğini çözmüşlerdi. Önce Türklere söz verip konuşturuyor, Müttefiklerin ve gölgelerinin bu konuşmaya göre hazırlanmalarını sağlıyordu. Artık aynı taktiği Türk delegeler kullanacaklardı.[33]

İsmet Paşa hemen yanıt vermeyip "Danışmanlarımla konuşmam gerek, yarın yanıt vereceğim!" dediği zaman Lord Curzon küplere binecek, Türkler kıs kıs güleceklerdi.[34]

Lord Curzon'un büyüsü bozulmuştu.

KAPİTÜLASYONLAR hakkındaki görüşmeler tartışmalı geçti.

İsmet Paşa kapitülasyonları kaldırmanın her Türkün eski ve aziz rüyası olduğunu, kapitülasyonları 1914'te kaldırdıklarını, tam bağımsız bir yeni devlet kurmak istediklerini, kapitülasyonları hiçbir biçimde kabul etmeyeceklerini birkaç kez söylemişti.

Ama kapitülasyonların sürmesini isteyen karşı cephe hiç sarsılmıyordu. Sinekler gibi konunun çevresinde vızıldayarak dört dönüyorlardı.

Fransız delegesi, son olarak, "Kapitülasyon sözcüğünü kullanmayalım, bu eski haklara yeni bir ad verelim" dedi. Bu yutturmaca İsmet Paşa'yı isyan ettirdi, ayağa fırlayarak, söz almadan konuştu:

"Sayın delegeler, bir kez daha söyleyeceğim. Türkiye, hangi ad altında olursa olsun, yabancılara hiçbir öncelik, üstünlük, farklılık, ayrıcalık verilmesini kabul etmez ve asla kabul etmeyecektir!"[35]

Sir Horace Rumbold

Uyarısını elini şiddetle masaya vurarak noktaladı.

Sir Horace Rumbold ikinci İngiliz delegesi olarak görüşmeleri dikkatle izliyordu. Bu şaklama üzerine ağzındaki puroyu masaya düşürdü.

Türklerin Müttefiklerin niyetini anladıkları gibi Müttefikler ve gölgeleri de bir gerçeği anlamaya başlamışlardı. İsmet Paşa ve arkadaşlarının, tanıdıkları o nazik, uyaroğlu, haddini bilir Osmanlı diplomatları ile bir ilgileri yoktu. Bunlar, tıpkı kendileri gibi tam bağımsız bir devlet kurmak istiyorlardı. Bir Doğu devletinin tam bağımsız olması kabul edilebilir miydi? Bu devletin üzerinde ta eskilerden gelen bir sürü hakları vardı. Onlardan vaz geçmek söz konusu olabilir miydi?

İsmet Paşa'nın bu sert çıkışı tartışmayı kesti ama konu bir karara bağlanamadı, askıya alındı. Askıya alınan sorunlar üstüste yığılıyordu.

KAPİTÜLASYON her Türkü isyan ettiren bir sözcüktü.

Kapitülasyonlardan dolayı bir Türk'ün İstanbul'a, İzmir'e, Mersin'e, Samsun'a vb. çöreklenmiş, dokunulmazlıkları olan yabancı tüccarlarla rekabet etmeleri imkânsızdı. Bunların yanısıra Osmanlı azınlıklarından kurulu bir grup vardı. Ticaret, dolayısıyla ekonomi, büyük şehirlerde bu iki grubun, yabancılarla azınlıkların elindeydi.

Anadolu'da Türk tüccarlar da vardı ama ticaret Türklerin fazla heves ettiği bir alan değildi. Daha çok toprak geliri ve esnaflıkla yetinmişlerdi.[35a] Ticari hayat İstanbul'da Türkler arasında Dünya Savaşı başında kapitülasyonların kaldırılması üzerine az çok gelişebilmişti.

Yabancılar ve azınlıklardan kurulu iktisadi yapı zafer sonrası çökmüş durumdaydı. Bu boşluğu doldurmak, milli bir iktisat hayatının kurulmasına katılmak üzere bazı tüccarların girişimiyle İstanbul'da Milli Ticaret Birliği kuruldu.[35b]

4 ARALIK günü Arazi, Boğazlar ve Azınlıklar Komisyonu, Boğazlar sorununu görüşmeye başladı. Türkiye'nin önerisi ile konferansa Karadeniz'de sınırı olan Rusya, Ukrayna ve Gürcistan da davet edilmişti. Bugün toplantıya onlar da katılıyorlardı. Konuyla doğrudan ilgili olmayanlar da gelmiş, salon delegeler, danışmanlar ve uzmanlarla dolmuş, birçok kimse ayakta kalmıştı.

Lord Curzon başkanlık koltuğuna yerleşti.

İlk sözü İsmet Paşa'ya verdi. İsmet Paşa çok kısa bir konuşma yaparak, Misak-ı Milli'nin 4 yıl önce ilan edilmiş olan Boğazlarla ilgili maddesini okudu ve sustu. Lord Curzon'un ısrarı para etmedi. İsmet Paşa tuzağa gelmedi:

"Sizleri dinledikten sonra konuşacağım."

Lord Curzon istemeye istemeye sözü Sovyet Rusya Başdelegesi ve Dışişleri Komiseri Çiçerin'e verdi. Çiçerin ayağa kalkarak, büyük jestlerle uzun bir bildiri okudu. Rusya Boğazların Türklerin egemenliğine kalmasını ve savaş gemilerine ve uçaklara kesinlikle kapalı olmasını istiyordu. Müttefiklerin görüşünün barışa hizmet etmeyeceğini, Lord Curzon'u sinir eden keskin bir üslupla açıkladı. Müttefiklerin görüşlerini açıklamalarını ısrarla istedi.

Müttefikler görüşlerini erken açıklamaktan kaçındılar.[36] Önce ayrıntılı Türk görüşünü öğrenmek istiyorlardı. Lord Curzon yeniden İsmet Paşa'ya döndü:

"Görüşlerinizi daha açık, ayrıntılı açıklamanızı bekliyorum."

"Açıklayacağım."

"Gecikmeden, bugün öğleden sonra açıklayınız."

"Öğleden sonra olmaz. Çalışacağım, inceleyeceğim, uzmanlara danışacağım, yetiştirirsem yarın, olmazsa bir gün sonra konuşurum."

Gün böyle sona erdi.

Lord Curzon taktiğinin iflas ettiğini görmüştü. Ama Lord Curzon Lord Curzon'du. Konferansı, zorlukla da olsa, etkisi altında tutuyordu.

M. KEMAL PAŞA üç gün arka arkaya, bazı milletvekilleri, Meclis dışı uzmanlar ve yazarlarla toplanıp görüştü. Kimi sağcı, kimi solcu, kimi batıcı, kimi doğucu, değişik görüşleri olan yurtsever insanlardı. Halkçı bir parti kurulması düşüncesini desteklediler.

M. Kemal Paşa kamuoyunu aydınlatmak için 6 Aralık günü Hâkimiyet-i Milliye, Yeni Gün ve Öğüt gazetelerinin muhabirlerini davet ederek bir demeç verdi. Özetle dedi ki:

"Zaferimizi tamamlamak zorundayız. Askerlikçe galip gelmek yetmez. Memleketimiz hakkında olumsuz emeller besleyenlerin her türlü ümidini kırmak için siyaset, idare, ekonomi bakımından da güçlü olmak zorundayız.

Ama bir programa dayanmayan çabalar yöneticilerin değişmesiyle söner gider. Program milletin gerçek ihtiyacını karşılamalı. Barışın imzalanmasından sonra, halkçılık esasına dayalı, Halk Fırkası (partisi) adıyla siyasi bir parti kurmak niyetindeyim.

Başka memleketlerde kurulmuş bu gibi partilerin programlarını gözden geçirdim. Bunları memleketimizin ve milletimizin gerçek ihtiyaçlarını karşılayacak yeterlikte bulmadım. Biz neredeyse sıfırdayız. Bizim için bize uygun yöntemler, çözümler bulmak gerek. Bu nedenle, şimdiden, böyle bir partinin programını hazırlamak üzere, bütün yurtseverlerin, bilim ve fen adamlarımızın yardımına ve işbirliğine başvurmayı görev biliyorum. Bütün milletten, bütün aydınlardan yardım ve destek göreceğimi ümit ediyorum."[36a]

KONU Müdafaa-yı Hukuk Grubunda da görüşüldü, enine boyuna tartışıldı. Çözüm yolları arandı. Bu arada sık sık asri (çağdaş, yüzyıla uygun) sözcüğü geçiyordu. Yaşlı bir milletvekili kürsüye geldi. Asri sözcüğü onu tedirgin etmişti. Biraz sinirli bir eda ile "Asri ne demek?" diye sordu.

Bu küçük sorunun yanıtı ciltler tutardı. Ama birinin yanıt vermesi gerekiyordu. Başkanlık kürsünde oturan M. Kemal Paşa eğildi, soruyu kestirmeden yanıtladı:

"Adam olmak demektir Hocam."

Yanıt kahkahalar ve alkışlarla karşılandı.

BİRKAÇ GÜN sonra azınlıklar sorunu görüşülecekti.

Bu konunun gündeme geleceği Lozan'a dolan Amerikan misyonerlerinden, Ermeni cemaatleri temsilcilerinden, Ermenileri destekleyen dernek yöneticilerinden, çeşitli yeni yüzlerden, birçok dini giysilerden anlaşılıyordu.

Lozan Palas'ın holü bunlarla doldu. Polis İsmet Paşa'yı koruma önlemlerini artırdı.

Hepsi İsmet Paşa ile görüşmek istiyor, İsmet Paşa günlük yoğunluk içinde bazılarına zaman ayırmaya çalışıyordu. İlk olarak eski Osmanlı Nazırlarından Noradunkyan Efendi ile arkadaşını kabul etti.

Uzlaşma ümidi ile, "Biz.." dedi, "..Ermeni olaylarının tümüyle dışında kalmış yeni insanlarız. Türkiye de yeni bir devlettir. Sizinle bir vatanın çocukları olarak iyi ilişkiler içinde, birlikte yaşamayı istiyoruz."

Noradunkyan Efendi ve yanındaki eski Ermeni ihtilalcisinin, birlikte yaşamak istemedikleri anlaşıldı. Onlar Anadolu'da kendilerine bir bölge verilmesini, orada toplanmak, kısacası ayrı bir devlet kurmak istiyorlardı.

"Nasıl olur? Size ait olmayan bir yerde toplanın diye orada yaşayanlar zorla çıkarılacak. Siz yerleşeceksiniz. İçimizde bir devlet olacaksınız. Olur mu böyle şey?"

Noradunkyan Efendi bu sözleri önemsemedi, gittikçe sertleşti, tehdite başladı. İsmet Paşa, "Dinle.." dedi, "..İsteğiniz ne bugün kabul edilir, ne de yarın. Başka bir sözünüz var mı?"

"Yok."

İsmet Paşa ayağa kalktı:

"Öyleyse konuşmamız sona erdi. Size uzattığım samimi eli tutmadınız. Dönüp dolaşacak, hiçbir sonuç alamayacak, yine bana geleceksiniz. Ama ben sizi bir daha kabul etmeyeceğim."[37]

LORD CURZON azınlıklar konusunun görüşülmesini bir gün önceye aldı. Gündem değişikliği delegelere gece yarısı bildirildi. Nöbetçi kâtip çok yorulduğunu bildiği İsmet Paşa'yı uyandırmaya kıyamadı.

Sabah durumu öğrenen İsmet Paşa dehşetli kızdı, kâtibi çok ağır dille azarladı. Ayrıca ceza da verdi. Bugün toplanıp konuyu görüşecek, hazırlık yapacaklardı. Gündem değişikliği yüzünden hazırlıksız yakalanmışlardı.

Lord Curzon'un bütün Hıristiyan dünyasını bu sorun çevresinde toplamak, bu yolla Türkiye'yi etki altına almak istediğini tahmin ediyorlardı.

Toplantı 11.00'de başlayacaktı.

Konu çok duyarlıydı. Türkler aleyhindeki propaganda uzun yıllardan beri sürdürülüyordu. Dünya kamuoyu Türklere karşı önyargılıydı.

Elde sadece Osmanlı azınlıkları tarihi hakkında uzun bir inceleme vardı. İsmet Paşa hızla göz geçirdi. Toplantıda bunu okumaya karar verdi. Güncel sorunlara çözüm getirmiyordu ama olup bitenleri iyi anlatıyordu. Konuya giriş için iyi bir çalışmaydı. Tarih, Osmanlıların azınlıklara adil, insanca davrandıklarını gösteren, buna karşılık azınlıklarla ilgili sorunları yaratanların Müttefikler olduğunu kanıtlayan bilgi ve belgelerle doluydu. Yüzlerce yıl Türklerle bir arada yaşamış olan Hıristiyan azınlıkları kendi çıkarları için kullanan, kışkırtan, konuyu Osmanlı Devleti'nin içişlerine karışmak için bahane eden, soruna çeviren, silahlandıran, ayaklanmaya davet eden Müttefikler ve Çarlık Rusyası'ydı.

Toplantı saatinde açıldı. Salon yine çok kalabalıktı.

Lord Curzon'un diplomatik bir gösteri yapmak istediği anlaşıldı. Azınlıkları koruyan, savunan, uzun bir konuşma yaptı. Bir misyoner havasındaydı. Yaptığı gösterinin etkisini artırmak için süslü cümleler, iyi tınlıyan deyimler kullanıyordu. Verdiği sayıların çoğunun gerçeklerle ilgisi yoktu ama etkisi çoktu. Konferans bu konu yüzünden kesintiye uğrarsa bunun çok kötü sonuçları olacağını söyleyerek Türkleri korkutmayı da denedi.

Lord Curzon'u Fransız ve İtalyan başdelegeleri ile ABD temsilcisi izledi. Azınlıklar için Milletler Cemiyeti'nin (Cemiyet-i Akvam) denetimi altında geniş güvence ve askerlik yapmamak gibi ayrıcalıklar istiyorlardı. Din (mezhep), dil ve soy bakımından farklı bütün grupları azınlık olarak niteliyorlardı.[37a]

Sıra İsmet Paşa'ya geldi. Ayağa kalktı. Türklerin görüşünü kısaca açıkladı.

"Milletler Cemiyeti'nin belirlediği milletlerarası yöntem ve kurallara saygılıyız. Bunun dışında herhangi bir kayıt, ayrıcalık, hele denetim kabul etmeyiz."

Sonra uzun incelemeyi okumaya başladı.

Sükûn içindeki bir ülkeyi çıkarları ve amaçları için nasıl huzursuz ettiklerinin karanlık hikâyesini dinlemek Müttefik delegeleri çok rahatsız etmişti. Lord Curzon kıpkırmızı dinliyordu.

İsmet Paşa'nın can sıkıcı ve yakıcı açıklaması üç saat sürdü.

Verilen kanıtlı, belgeli bilgiler, Lord Curzon'un yaratmaya çalıştığı 'kötü Osmanlı-zavallı Hıristiyan' havasını dağıtmıştı. İsmet Paşa bu oturumun sonunu anılarında şöyle anlatacaktı:

"Konferans dağıldı. Dışarı çıkıyordum. Baktım Lord Curzon otelin bahçesinde yalnız başına oturuyor. Her tarafından adeta ateş, duman çıkıyordu. Yanına gittim. 'Ne oldu?' dedim. 'Harap ettin bizi' diye şikâyette bulundu."[38]

AZINLIKLAR sorunu ertesi gün yeniden görüşüldü. Görüşme İsmet Paşa-Lord Curzon, İsmet Paşa-Venizelos düellosu halinde sürdü.

Lord Curzon bir gün önce Türkleri eleştirmek için şöyle demişti:

"Türkiye Milletler Cemiyeti'ne niye üye olmuyor? Biz Milletler Cemiyeti'nin denetiminden, işimize karışmasından korkmuyoruz. Çünkü ellerimiz temizdir."

İsmet Paşa bu dolaylı aşağılamaya yanıt vermek için söz aldı. Yüzünden öfkesi belli olmuyordu:

"Milletler Cemiyeti'ne girmeyi reddetmiş değiliz. Barıştan sonra girmeyi düşüneceğiz. Şunu da belirteyim ki yakılıp yıkılmış olan memleketlerinde çalışan Türklerin elleri, özellikle temizdir. Bu eller hiçbir vakit, hiçbir yabancı memlekete saldırmadı, hiçbir memleketi istila ve işgal etmedi, sömürmedi, hiçbir ülkeyi tahrip etmedi, edenlere arka çıkmadı."[39]

Hasan Saka Lord Curzon'un yüzüne baktı: Yakalanmış bir suçlu gibiydi. Danışman Münir Bey'e, "Galiba sözlerini geri alacak" dedi.

Münir Bey "Hiç ümitlenmeyin.." dedi, "..kendini toparlayınca yine yukardan bakmayı, suçlamayı sürdürecektir. Bunlar insanlığa en aykırı suçu işler, yine de af dilemezler. Bu kafayı ve ahlakı iyi bilmeli, ona göre davranmalıyız."

Y. KADRİ BEY M. Kemal Paşa tarafından İstanbul'da Müdafaa-yı Hukuk şubesini kurmakla görevlendirilmişti. Güvenilir insanlarla şubeyi kurmuştu. Milli hava içinde hızla çalışıyorlardı.

Gazeteler M. Kemal Paşa'nın Halk Partisi adıyla bir parti kurmak istediğini haber vermesi üzerine İstanbul'da bazı hareketler oldu.

Eski İttihatçılar Kara Kemal'in çevresinde toplanmaya başladılar. Bu durum ayrı bir siyasi örgütlenme hazırlığı içinde oldukları izlenimi veriyordu. Hüseyin Cahit Yalçın'ın Tanin gazetesi bu hareketi destekler görünüyordu.

M.M. Grubu da, bütün gizli örgütler gibi dağıtılmıştı. Ama M.M. Grubunun yöneticilerinden, Tevhid-i Efkâr gazetesi sahibi Velit Ebüzziya'nın da M.M. Grubuna dayanarak siyaset yapmak istediği sezinleniyordu. Müdafaa-yı Hukuk şubesini tanımamıştı.

Tertemiz birlik havası yavaş yavaş bulutlanmaktaydı. İstanbul yeniden Bizans oluyordu.

Y. Kadri Bey birliği sağlamak için bir girişimde bulundu ama sonuç alamadı. Dr. Adnan Bey'in bile ağır ağır İttihatçılara kaydığını görmekteydi.

Bir seçim olursa kazanamayacaklarını düşünmeye başladı. Durumu M. Kemal Paşa'ya bildirdi.[39a]

LOZAN'DA görüşülen bir konu da Türkiye'deki Rumlarla Yunanistan'daki Türklerin mübadelesiydi (değişimiydi).

Nüfus değişimini bir çözüm olarak önce Milletler Cemiyeti görevlisi Dr. Nansen ileri sürmüş, İstanbul'daki Müttefik Yüksek Komiserlerinin bu çözümü desteklemeleri, barış anlaşmasını beklemeden uygulanmasını yararlı görmeleri üzerine Yunan ve Türk hükümetleriyle temas etmeye çalışmıştı.

Yunanistan değişimi kabul etmişti.

Nansen'in önerisi hakkında Türkiye bir karar vermiş değildi.[40] Konu bir daha görüşülmek üzere sonraki toplantıya bırakıldı..

Mali ve Ekonomik İşler Komisyonunda görüşmeler hiç iyi gitmiyordu.[40a] Müttefiklerin amacı Yeni Türkiye'ye de hafifletilmiş bir Sevr Andlaşması kabul ettirmekti. Politikaları bu kadar sadeydi.

HALİDE EDİP HANIM Ankara'da mutsuz olmuştu.

Milli Mücadele heyecanının yerini bekleme dönemi almıştı. Erkekler yorgundu. Kadınlar yine evlerine kapanmışlardı.

Ankara'da bir edebiyat dünyası da yoktu. Çıkan her edebi kitabı okuyan bir M. Kemal Paşa vardı ama onun da bu konuları konuşacak vakti yoktu.

Dr. Adnan Bey sağlığı nedeniyle Meclis'ten üç ay izin aldı. İstanbul'a geldiler. Sükûnet içinde, artık en sevdiği işi yapacağı, kitap yazacağı için sevinçliydi.

Kitabına başlayamadan olaylar gelişti. Hükümet İstanbul'da Yüksek Komiserlerle teması sağlamak üzere bir Ankara temsilciliği kurmaya karar verdi. En uygun aday Dr. Adnan Adıvar'dı.

Dr. Adnan Bey temsilciliği kabul etti. Eski bir İttihatçıydı. İttihatçılar hemen Adnan Bey'in çevresini almaya başladılar. Halide Edip Hanım da bu ortamda kendini sanatın dışında, türlü olayların içinde bulacak, güncel siyasete karışacaktı.

M. KEMAL PAŞA Salih Bozok'a "Eve gitme, yemeği birlikte yiyelim" dedi.

Erkenden sofraya oturdular. Paşa dedi ki:

"Annem 'Ölceksem İzmir'de öleyim' diyor. Son arzusu gibi geldi. İtiraz edemedim. Sen yarın, yok, öbür gün, annemle İzmir'e gidebilir misin?"

"Tabii Paşam."

"Eşini de götür. Anneme bakan kızı da alın. Belki Dr. Asım Bey de (Arar) birlikte gelir. Annem size emanet. Oğlun bende kalır. Zaten akşama kadar okulda Abdürrahim'le birlikteler. Burada birlikte yemek yer, ders çalışırlar. Ben de yardım ederim."

"Başüstüne."

LORD CURZON akşam, ABD Temsilcisi Mr. Child ile birlikte İsmet Paşa'yı ziyarete geldi. Viski içtiler. Havadan sudan konuştular. Lord Curzon konferansın iyi gitmediğinden yakındı. Ayrılmadan önce, tane tane şöyle dedi:

"Bir neticeye varacağız ama biz memnun ayrılmayacağız. Hiçbir işte bizi memnun etmiyorsunuz. Hiçbir dediğimizi, makul olduğuna, haklı olduğuna bakmaksızın kabul etmiyorsunuz. Hepsini reddediyorsunuz. En nihayet şu kanaata vardık ki ne reddederseniz hepsini cebimize atıyoruz. Memleketiniz haraptır. İmar etmeyecek misiniz? Bunun için paraya ihtiyacınız olacaktır. Parayı nereden bulacaksınız? Para bugün dünyada bir bende var, bir de yanımdakinde. Unutmayın, ne reddederseniz hepsi cebimdedir. Nereden para bulacaksınız? Fransızlardan mı? Para kimsede yok. Ancak biz verebiliriz. Memnun olmazsak kimden para alacaksınız? Harap bir memleketi nasıl kurtaracaksınız? İhtiyaç sebebiyle yarın para istemek için karşımıza gelip diz çöktüğünüz zaman bugün reddettiklerinizi cebimizden birer birer çıkartıp size göstereceğiz."[41]

İsmet Paşa bu dehşet verici sözleri hiçbir zaman unutmayacaktı.

Parasız Türkiye, Lord Curzonların önünde diz çökmeden kalkınabilir miydi, nasıl kalkınırdı?

M. KEMAL PAŞA da bunun çaresini arıyordu.

Paris Temsilciliğinin yardımı ile siyaset, siyasi akımlar, ideolojiler, sistemler, ekonomi ile ilgili birçok kitap getirtmişti.[42]

Kitapların bir bölümünü evde alıkoydu. Büyük bölümünü Fransızca bilen, bu konulara ilgili duyan arkadaşlarına dağıttı:

"Çabuk okuyun. Notlar alın. Sonra bilgilerimizi değiş tokuş edelim."

Yoksul, sermayesiz, uzmanı ve deneyimi az, talihsiz bir ülke, sömürülme tuzağına düşmeden, nasıl kalkınabilirdi? Bunun bir yolu var mıydı? Böyle bir yol yoksa ne yapacaklardı?

Yana yana bu soruların yanıtlarını arıyordu.

KARŞIYAKA istasyonunda olağandan fazla kalabalık vardı. Salih Bey Valiye ve Latife Hanım'a geleceklerini bildirmişti. Başta Vali Abdülhalik Bey, şehir ileri gelenleri, Latife Hanım ile annesi ve babası Ankara trenini bekliyorlardı.

Ankara treni gecikmiş olarak istasyona girdi.

Salih Bey pencerede görünerek hangi vagonda olduklarını belli etti. Vali ile Latife Hanım ailesi Zübeyde Hanım'ın elini öpmek için trene bindiler.

Yolculuk Zübeyde Hanım'ı çok hırpalamıştı. Uykusuzdu. Yine de Valiyi ve Latife Hanım ailesini güler yüzle karşıladı. Biraz konuştular. Sonra hep birlikte trenden indiler.

ÇANAKKALE'yi unutamayan Müttefikler, Boğazların tam serbest olmasını ve askersizleştirilmesini istiyorlardı. Askersizleştirme pratikte bir zararı olmayacağı düşünülerek görüşülebilir bulunmuştu.[42a]

Müttefikler şimdi askersiz alanları denetlemek üzere milletlerarası bir de kurul kurulması için ısrar ediyorlardı.

Denetimi bağımsızlığa aykırı gören İsmet Paşa öneriyi geri çevirdi.

Fransız Başdelegesi bir generalle birlikte İsmet Paşa'yı ziyarete geldi. Söz sonunda denetim konusuna dayandı. Müttefikler milletlerarası bir kurulun askersizleştirilecek alanları denetlemesini mutlaka istiyorlardı. İsmet Paşa yerinden fırladı:

"Denetim düşüncesinden vaz geçmenizi birkaç kez rica etmiştim. Bu düşünceden vaz geçmeyecekseniz, akşam treni ile Lozan'dan ayrılırım."

Odaya bomba düşmüş gibi oldu.

Gittiler.

İsmet Paşa gece raporunu şöyle yazdı:

"İyi ilişki ve kibarlık gösterisi altında adamların düşüncesi tıpkı eskisi gibi. Hiç değişmiyorlar. ABD gözlemcisi dahil hepsi tehditler savuruyor.

Ya bizi yıkacaklar, eski usulde değişik bir Sevr Andlaşması yapacaklar, ya biz onları yıkacağız, her uygar ve bağımsız millet gibi bir barış yapacağız.

Konferans bugünkü duruma göre olumlu bir hedefe yürümüyor. Konferansın kesilmesi beklenmelidir."[43]

M. KEMAL PAŞA Abdürrahim ve Cemil ile yemekten sonra matematik çalışmış, ikisini de iyi bulmuştu. "Bu akşamlık ders bitti, ikinize de aferin" dedi.

"Artık masadan kalkabilir miyiz?"

"Tabii. Biraz oynayın. Sonra yatarsınız."

Oyun sözü çocukları heyecanlandırdı. Kitap ve defterlerini ışık hızıyla topladılar. Önde Abdürrahim, arkada Cemil, marş söyleyerek çalışma odasından çıktılar.

Ali Metin Çavuş kahveyle geldi. Masaya bıraktı.

"Teşekkür ederim. Fikriye'nin bir dikiş kutusu olacaktı."

"Evet. Giderken bana bıraktı."

"Getir şunu. Ceketimin düğmesi kopmak üzere."

"Ben dikerim Paşam."

"Ama Fikriye gibi güzel dik."

Ali Metin Çavuş hüzünle gülümsedi:

"Çalışırım."

M. Kemal Paşa ceketini çıkarıp verdi. Kar gibi beyaz ve temiz gömleğiyle kaldı. Böyle daha da genç görünüyordu. Oysa arkasında birçok kişiye yetecek kadar başarı dolu bir hayat vardı.

Yeni gelen kitapları okuyarak, İsmet Paşa'nın gece raporunu bekleyecekti.

FİKRİYE HANIM sanatoryumdaki beyaz odasına çekilmişti. Yatmış, gözleri kapalı, baş ucundaki gramofona koyduğu taş plağı dinliyor ve Çankaya günlerini hayal ediyordu:

Yüzündür cihanı münevver eden
Fedadır yoluna bu can-u ten
Senin̈çün yandığım nedendir neden
Senden midir benden midir
Dilden midir bilmem ah

Fikriye Hanım

Birden kapı açıldı, gardiyanı anımsatan nöbetçi hemşire içeri girdi, konuşmadan, gramofonu kapattı, ışığı söndürdü, kapıyı çekip gitti.

ZÜBEYDE HANIM, Salih Bey ve eşi Pakize Hanım, Dr. Asım Bey (Arar), Zübeyde Hanım'a bakan kız, Karşıyaka'daki eve yerleştiler.[43a]

Latife Hanım gerçekten evi özenle döşetmiş, Zübeyde Hanım için geniş, güzel bir oda hazırlamıştı. Zübeyde Hanım'ın gözüne girmek için çok yakınlık gösteriyordu. O da köşkte kalıyor, evine gitmiyordu.

Zübeyde Hanım Salih Bey'le Pakize Hanım'a, nemli havadan şikâyet ederken, dışardan Latife Hanım'ın keskin sesi duyuldu:

"Ben size dikkatli olun dememiş miydim?"

Zübeyde Hanım şaşırdı. Yüksek sesle konuşmaya bile alışık değildi.

"Ne oluyor oğlum?"

"Latife Hanım birini azarlıyor. Yanlış bir şey yaptılar herhalde. Size mahcup olmamak için çırpınıp duruyor işte."

Zübeyde Hanım İzmir'de

Latife Hanım'ın yükseldikçe keskinleşen sesi yine duyuldu:

"Yeter, cevap istemem!"

Bir kapı şiddetle kapandı.

Zübeyde Hanım'ın karyolası deprem olmuş gibi titredi.

BİNBAŞI FARUK'tan Nesrin'e:

"Ben Refet Paşa ile T'ye geçiyorum. Mektuplarını eve yolla. Dönüşte topluca okurum. Özlem, sevgi ve her şey."

Nesrin dayısı Binbaşı Vedat'a "T ne demek" diye sordu.

"Tümceyi söyle."

Söyledi.

"Tekirdağ."

Nesrin'in kalbi ağzına geldi:

"Savaş olasılığı mı var?"

"Öyle gibi. Yunanlılar uslu durmuyor. Meriç batısında birtakım delice hazırlıklar içindeler. İngilizlerle de aramız gergin. Gerginlik her gün artıyor. Avrupa zaferimizi boşa çıkarmak için çabalıyor."

"Boşa çıkarabilir mi?"

Vedat güldü:

"Çanakkale ve Kurtuluş Savaşları hem bize, hem düşmanlara şu büyük gerçeği öğretti: Hiçbir devlet, hiçbir silah, hiçbir zırhlı, yurt sevgisinden ve milli onurdan daha üstün, daha güçlü değildir, olamaz. Korkma, canımız yanar ama yenilmeyiz."

Nesrin'in gözleri doldu. Gururdan mı, kaygıdan mı, bilemedi.

GECE İsmet Paşa dairesine çekilmiş günlük raporunu yazıyordu. Gün yine çok yorucu geçmiş, durmadan tartışmış, didişmiş, çok gergin saatler geçirmişlerdi.

Yunan sorunu küçük bir ayrıntıydı. Lozan'da Avrupa ile Türkler arasındaki yüzlerce yılın hesabı görülüyor, yüzyılların biriktirdiği sorunlar görüşülüyordu. İyi tartışıyor, çarpıcı yanıtlar veriyor, mahcup olacakları örnekler sunuyorlardı ama bunlar günün tesellileri olarak kalıyor, esası etkilemiyordu. Birkaç konuda olumlu sonuç alınabilmişti. Ana konular duruyordu.[44]

Şiddetle M. Kemal Paşa'yı özledi.

Raporu bitirince Paşa'ya özel bir mektup yazdı. Mektubu şöyle bitirdi:

"Nasılsın? Sıhhatinden, neşenden bize kuvvet ver şanlı Gazi. Görüştüğümüz zaman saçlarımı bembeyaz, yaşımı on sene ileri bulacaksın."[45]

24 ARALIKTA Noel tatili başladı. Yıl başına kadar sürecekti. Bazı delegeler ülkelerine gittiler. İsmet Paşa ve Türk Kurulu ile Lord Curzon ve kadrosu Lozan'da kaldılar.

İki yan da son raund için hazırlanıyordu.

Lord Curzon ve kadrosunun, Fransız ve İtalyanlarla birlikte bir proje hazırladıkları duyuluyordu. Konferans kulislerinde bu projenin bitince Türk Kurulunun önüne konulacağı ve şöyle denileceği söyleniyordu :

Ya bu projeyi imza edersiniz ya da bize ve barışa elveda!

Bu ciddi bir olasılık mıydı?

Kulağı delik gazeteciler bu soruya "Evet!" diyorlardı, "hem de çok ciddi."

Türkler yaşamaya tutunmak, savaşı unutmak, geleceği kurmak için barışa muhtaçtılar. Zafer için çok özveride bulunmuşlardı. Şimdi acımasız dünya, barış adına da özveride bulunmalarını istiyor, böyle tehdit ediyordu.

Ne kadar özveride bulunulabilir, ödün verilebilirdi? Bunun bir sınırı vardı. Hükümet ve Lozan Kurulu zaten gerçekçi bir tutumla o sınırda duruyorlardı. Daha fazla özveri, ödün artık imkânsızdı. Ne var ki Lord Curzon'lar, en fazlasını elde edebilmek için bastırıyor, şantaj yapıyor, zorluyor, basını da harekete geçiriyordu.

İsmet Paşa direnecek ve karşı cepheyi sarsmak için elinden geleni yapacaktı. Ama zaman zaman sızlanmaktan kendini alamıyordu:

"Ah sevgili Gazi beni niye bu ateşe attın?"

Fevzi Paşa

BATI CEPHESİ Komutanlığına, Genelkurmay Başkanı Fevzi Paşa vekâlet ediyordu.

Karargâhı İzmir'deydi.

İsmet Paş'nın raporlarının bir kopyası da Fevzi Paşa'ya yollanıyordu. Fevzi Paşa'ya Refet Paşa'nın ve orduların günlük raporları da geliyor, genel durumu günü gününe izliyordu.

Savaş olasılığı artmıştı.

Çanakkale'ye ve İstanbul'a taarruza hazırlık olmak üzere 'gerekli birliklerin, gizlilik içinde cepheye iyice yaklaştırılmalarını' emretti.[46]

LOZAN'DAKİ Türkler yeni yıla neşesiz, gergin, suratlı girdiler.

Üç komisyonda da, alt komisyonlarda da karşılıklı direniş sürüyor, on konudan ancak birinde uzlaşma oluyordu.

Başta İngiltere olmak üzere Müttefikler Ermenilere Anadolu'da bir yurt verilmesi için baskı yapmayı sürdürüyorlardı. Buna Geldanilere, Asurilere yurt verilmesi gibi istekler de eklendi. Dr. Rıza Nur'un katıldığı bir alt komisyon toplantısında Başkan Sinyor Montagna, sorun çıkmasın diye 'Müttefiklerin Ermeni yurdu konusuna değineceklerini' önceden haber verdi. Dr. Rıza Nur da şartlı razı oldu:

"Başkan olarak yalnız sen birkaç tümce söyleyip bitir. Bu konu yetti artık. Bu bizi parçalamaya çalışmaktır. Buna asla razı gelmeyeceğimizi biliyorsunuz. Bu kadar kısa konuşacağına namusun üzerine söz veriyor musun?"

"Evet."

"O zaman tamam. İtiraz etmeyeceğim."

Montagna oturumu açtı, Anadolu'da Ermenilere yer verilmesi hakkında yazdığı uzun bir yazıyı okumaya başladı. Dr. Rıza Nur'un tepesi attı. Sürekli itiraz etti ama Montagna yazısını bitirmeden susmadı.

Sonra da Sir Horace Rumbold'a söz verdi. O da Ermeni yurdu konusunda konuşmaya başladı. Montagna Dr. Rıza Nur Bey'in itiraz etmesini, söz istemesini duymazlıktan, görmezlikten geliyordu. Tutanak kâtipleri propaganda için söylenen bu sözleri tutanağa geçirmekteydiler. Çok pis bir sahneydi. Sıra Fransız delegesine gelmişti. Dr. Rıza Nur Bey ayağa kalktı, Başkana çok kibarca seslendi:

"İzin verin, birkaç kelimecik söyleyeceğim."

Başkan Dr. Rıza Nur'un uzattığı yemi yuttu, "Buyrun" dedi.

Dr. Rıza Nur Bey, ardarda el bombaları atar gibi, "Ermeni sorununu yaratanların kendileri olduğunu" söyledi, Müttefikleri suçladı, "El malıyla cömertlik olmaz" dedi, "İstiyorsunuz siz kendi ülkenizden yurt verin" diye ekledi, konuştukça kızdı, "Hindistan, Mısır, Tunus, Cezayir, Fas bağımsızlığını istiyor, İrlanda da istiyor, kanını döküyor. Asıl mazlum milletler bunlar. Bunların bağımsızlıklarını tanısanıza!" diye bağırdı.

Kâğıtlarını toplarken, "Bütün söylediklerinizi söylenmemiş sayıyorum, oturumu terk ediyorum" dedi.

Hiç yaşanmamış bir olaydı bu. Montagna telaşlandı:

"Terk edemezsin! Burası parlamento değil. Sen delegesin."

"Terk edemez miyim?"

"Evet, edemezsin."

"Bizi burada tutmaya gücü yetecek bir kuvvet var mı? Oturumu terk ederiz ve nasıl terk ediyoruz görürsünüz."

Türk danışman ve kâtiplere döndü:

"Haydi kalkın."

Danışmanlar ve kâtipler kalktılar, Dr. Rıza Nur'un arkasında sıralandılar. Dr. Rıza Nur, Montagna'ya döndü:

"İşte bakınız nasıl gidiyoruz. İyi günler Mösyö!"

Montagna'nın itiraz, tehdit çığlıkları arasında komisyonu terk ettiler.

Otele dönerken Dr. Rıza Nur'un morali bozuldu. Tepkisinin haklı ama yaptığının kural dışı olduğunu biliyordu. Üzüntülü bir halde İsmet Paşa'ya durumu anlattı, kurulu zor durumda bırakmamak için istifa etmek istediğini söyledi. İsmet Paşa'nın korkacağını ya da azarlayacağını sanıyordu. Öyle olmadı. İsmet Paşa Dr. Rıza Nur'u kucakladı, "Çok iyi olmuş.." dedi, "..iyi yapmışsın, seni kutlarım, yalnız böyle pişman olmuş gibi bir tavır gösterme. Rahat ol. Ötesini ben hallederim."[47]

Böyle bir tepkiyi çoktan hak etmişti bu yavuz hırsızlar.

VAHİDETTİN EFENDİ oyalanmak için yılbaşı kutlamasına bile katılmıştı ama oyalanamıyordu. İçi içini yiyordu. Dünyanın hâkimi İngiltere'nin koruması altında olmasına rağmen, koyun sürüsü olarak nitelediği millet, tahtını altından çekip alıvermişti. Bunu kabullenemiyordu.

Hicaz Kralı Hüseyin'den bir davet mektubu alınca, Hicaz'a gitmeye karar verdi.

7 Ocak günü Ajax zırhlısı ile Malta'dan ayrıldı.[47a]

ZÜBEYDE HANIM bakıcı kızla Salih Bey'i odasına çağırttı:

"Salih yakına gel hele."

Salih Bey yatağın ayak ucuna oturdu.

"Beni iyi dinleyesin. Latife iyi kız, çok iyi kız. Gözümün içine bakıyor. Allah razı olsun. Ama oğluma göre değil."

Salih Bey sarsıldı. Kızcağız Zübeyde Hanım'ın gönlünü kazanabilmek için parçalanıyordu.

"Niye? Ne kusuru var?"

Zübeyde Hanım gözlerini kapadı. Uzun bir sessizlikten sonra "Kusuru yok.." dedi, "..Ama anlıyorum ki oğluma uygun değil. O oğlumu değil, Başkomutan Mustafa Kemal Paşa'yı seviyor."

"Anacığım, bugün keyfin yok da onun için böyle diyorsun. Bu konuyu iyileşince yine konuşalım. O zaman da böyle dersen, Paşa'ya yazarım."

Zübeyde Hanım yorulmuştu:

"Peki Salih."[47b]

Salih Bey Zübeyde Hanım'ın Latife Hanım hakkındaki olumsuz düşüncesini artan rahatsızlığına bağladı. Birkaç gündür iyi değildi. Doktor Asım Bey ilaçlarını artırmıştı.

M. Kemal Paşa'ya Latife Hanım'ı öven yeni bir mektup yazdı.

HAKÇA bir barış sağlayabilmek için demek ki savaşa hazır olmaktan başka çare yoktu. M. Kemal Paşa Batıdaki birlikleri ve geri hizmetleri denetlemeye karar verdi. Bu arada halkla da gelecek hakkında konuşacak, İzmit'te gazetecilerle bir araya gelecekti.

Geziye çıkmadan bir karar daha verdi.

Latife Hanım'ın köşkünde bir süre misafir kalması, bazı dedikodulara yol açmış olmalıydı. Bu iyi niyetli, zarif, konuksever genç hanımın dedikodu konusu olmasına göz yumamazdı. Salih'in mektuplarından Latife Hanım'ın annesine çok ilgi gösterdiğini, bir hastabakıcı gibi hizmet ettiğini öğrenmiş, minnettar kalmıştı. Kaldı ki Latife'yi kendi de beğenmişti. Saygılı, zarif, uygar bir Türk kızıydı.

Ankara'dan ayrılmadan önce yakın arkadaşlarıyla birlikte olduğu bir toplantıda kararını açıkladı:

"Evleniyorum."

"Kiminle?"

"İzmirli bir hanımla. Amacım millete örnek olacak bir aile kurmak."

Kararı alkışlar ve mutluluk dilekleri ile karşılandı. Bu kararı duyunca en çok İsmet Paşa'nın memnun olacağını biliyordu.

M. KEMAL PAŞA 14 Ocak 1923 günü akşamı Eskişehir'e gitmek üzere Ankara'dan trenle ayrıldı.

Törenle uğurlandı.

Paşa yapacağı konuşmaların ve görüşmelerin eksiksiz, doğru kaydedilmesi için üç tutanak kâtibini de birlikte götürüyordu. Bu sayede bu tarihi konuşmalar tarihe eksiksiz geçecekti.

Erkenden kompartımanına çekildi. Getirttiği yeni kitaplardan birkaçını yanına almıştı. Başladığı kitabı durarak, çizerek, sayfa yanlarına not alarak okumaya devam etti.

PAŞA Eskişehir yolundayken Salih Bey'le eşinin korka korka bekledikleri olay oldu: Zübeyde Hanım sonsuzluğa göçtü. İyileşememiş, Salih Bey ile Latife Hanım konusunu bir daha konuşamamıştı.

Salih Bey şifreli bir telgrafla M. Kemal Paşa'ya annesinin ölümünü bildirdi.

BU SIRADA Ankara'da birkaç kişi dikkati çekmeden ertesi gün için hazırlık yapıyordu.

Afyon Milletvekili Şükrü Efendi'nin (Çelikalay) adını taşıyan Hilafet-i İslamiye ve Büyük Millet Meclisi adlı broşürün baskısı bitmişti. Ertesi gün dağıtmak üzere faytonla basımevinden Hacı Bayram camisine yakın bir eve taşıyorlardı. Meclis'te, çarşıda, camilerde ve medreselerde isteyene dağıtılacaktı. Dağıtım için M. Kemal Paşa'nın Ankara'da bulunmadığı zamanı seçmişlerdi.

Broşürde "Hilafet demek hükümet demektir" deniyor, "Meclis'in Halifenin danışma kurulu, Halife'nin de Meclis'in başkanı olduğu" ileri sürülüyordu.[48]

Ortalığın karışacağını, İstanbul basınının da konuyu ele alacağını, Meclis'in bu duyarlı konuyu yeniden düşüneceğini ümit ediyorlardı. Bu inatçı anlayış, her türlü yeni bilgiye, yoruma, duruma karşı kapalıydı. Bildiği ile hareket ediyor, bilgisini geliştirmeye yanaşmıyordu. Medrese eğitimi araştıran, soran, arayan, sorgulayan aklı öldürmüştü. Medrese ve benzeri eğitim, uzun yıllardır, söylenene inanan, hiç denetlemeyen kafalar yetiştirmekteydi.

TELGRAF Biçer istasyonuna yetişti.

İstasyon görevlisi telgrafı yaverlere verdi. Şifresi çözüldü. Paşa'nın annesini ne kadar sevdiğini bilen yaverler de, eski yaveri, Bolu Milletvekili Cevat Abbas Bey de ölüm haberini vermek istemediler. Görev Ali Metin Çavuş'a kaldı. Kötü bir haber getirdiği Çavuşun yüzünden gözünden anlaşılıyordu. Paşa, "Annem ölmüş değil mi?" diye sordu.

"Siz sağ olun Paşam."

M. Kemal Paşa'nın gözleri doldu.

Durum birlikleri denetlemeyi ve komutanlarla konuşmayı ertelemeye elverişli değildi. Lozan'da görüşmeler her an kesilebilirdi. Görevini sürdürmeyi gerekli gördü.

Salih Bey'e annesinin 'uygun bir tarzda toprağa verilmesini' bildirdi.[49]

ESKİŞEHİR, işgal edilmeden önce, Ankara'dan sonra cephe gerisindeki en önemli ikmal merkeziydi. Yunanlılar demiryolu atölyesini, büyük binaları ve istasyonu yakamadan kaçmışlardı. Şehir yeniden canlanıyordu.

M. Kemal Paşa acısını bastırarak, sabah demiryolu atölyesini gezdi, ustalar ve işçilerle konuştu. Büyük atölyeyi çeşitli bölümleriyle yeniden kurmaya çalışıyorlardı. Hepsine ayrı ayrı teşekkür etti. Demiryolculuğun gelişmesi için burasının büyük önemi vardı.

Sonra mutasarrıflığa geldi. İçeri giremeyenler kapının önünde birikmişlerdi. Özlem ve minnetle alkışladılar. Yaşlı bir kadın görevlilerle itişe çekişe Paşa'ya sokulmayı başardı. Omuzunu okşadı:

"İşittim ki anan ölmüş, başın sağ ola."

"Evet, anam öldü. Vatan anam sağ olsun."[50]

Vatan Ana!

Bu sözü duyanların içleri titredi. Bu Çanakkale'den kalma, sonsuza kadar yaşayacak kutsal bir sözdü.

Bütün yöneticiler, şehrin ileri gelenleri, basın ve içeri sığabilen halk Paşa'yı bekliyordu. Eskişehir'in sorunlarını genişçe görüştükten sonra Paşa uzun bir konuşma yaptı, Eskişehirlileri övdü, Lozan Konferansı, hükümet biçimi ve kurmayı düşündüğü parti hakkında bilgi verdi, ekonominin büyük önemini belirtti, iktidarın başlıca görevinin milletin huzurunu ve refahını sağlamak olduğunu söyledi.

Özetle dedi ki:

"Eski hükümetler sayısız yerler zapt etti. Fakat oralardan geri çekile çekile bugün korumak için mücadele ettiğimiz bir sınıra geldik. Yemen'de kaybettiğimiz Türk çocuklarının sayısı bir buçuk milyon kadardır. Afrika ve Suriye'nin korunması için feda edilen Türk çocukları da çok fazladır. Milletimiz baştan ayağa yoksuldur, refah ve mutluluktan uzaktır. Birkaç yıl önce Samsun'da halk miting yapıyordu. Yabancılar, 'hayır miting olmadı, birtakım hammallar toplandı' demişlerdi. Hammal sandıkları yoksul millet bireyleriydi. Millet Havza'da, Amasya'da da paçavralar içindeydi. Her yerde böyleydi. Şimdi de böyleyiz."

Konuşmasını şöyle tamamladı:

"Barış yapmak yetmez. Barıştan sonrası daha önemli. Çünkü her bakımdan geri bir ülkeyiz. Sanayi yok, karayolu, hastane, okul yok. Erkeklerin ancak yüzde yedisi okur yazar, yüzde doksan üçü cahil. Kadınlarımızın durumu ortada. Ancak binde dördü okur yazar. Halk sıtmadan, veremden, trahomdan, frengiden kırılıyor. Bilim hayatımız yok gibi. Bu durumumuzla geleceğe yürüyebilir miyiz?"

Bir ses duyuldu:

"Hayır Paşam."

"Evet yürüyemeyiz. Sürünemeyiz bile. Öyleyse askeri zaferimizi vakit geçirmeden tamamlamamız, uygarlığa yetişmemiz, her alanda ileri gitmemiz gerek. Anadolu gibi çok önemli bir coğrafyayı geri, yoksul, cahil bir millete, zavallı bir devlete bırakırlar mı? İlerlemek, güçlenmek, bunun için çok düşünmek ve çok çalışmak zorundayız. Yeni başarılar için yardım ve desteğinize ihtiyacımız var."[51]

BU SIRADA Ankara'da Şükrü Hoca'nın adını taşıyan broşür Meclis'te, camilerde, çarşıda, medreselerde dağıtılmaya başlandı. Parasız mala merak çoktur. Birçok kişi aldı.

Meclis'te broşüre göz atan milletvekilleri bu konunun yeniden kurcalanmasından çok rahatsız oldular. Hesap sormak için Şükrü Hoca'yı aradılar ama ortalıkta yoktu.

Saltanatın kaldırılmasından sonraki ilk irtica hareketiydi bu.

Birkaç gelenekçi milletvekili, Hoca'yı, düşünce özgürlüğünü savundular, dinin gereklerini konuşmanın her zaman hak olduğunu ileri sürdüler ama kimseden destek görmediler. Bekledikleri gibi bir olay olmadı. Kendi arkadaşları bile bu girişimi artık gereksiz bulmuşlardı.

Başlıca gelenekçiler, halifenin hükümdar yetkileriyle yetkilendirilmesinin, saltanatın yerine hilafetin geçirilmesinin imkânsızlığını anlamışlardı. Tarihin akışı belli olmuştu. Şimdi yapılacak iş devletin dini niteliğini, Din İşleri Bakanlığını, medreseleri, kadılıkları korumaktı. Çünkü bir süredir laiklik diye bir sözcük ortalıkta dolaşmaya başlamıştı. Devlet ile dinin ayrılması gerektiğini söyleyenler vardı.[52]

Fesuphanallah!

MERİÇ'in batısında Yunan ordusu hareketliydi. Yunan askerlerinden Türk tarafına ateş edenler oluyordu. Karaağaç'ı işgal etmişlerdi. Refet Paşa Yunan askerlerinin İngiliz üniforması ve şapkası giydiklerini bildirmekteydi.

Lozan'da mücadele sürüyor, bazı konular gittikçe kördüğüm oluyordu.[53]

Birçok sorun birikmişti. Müttefiklerin ciddi bir baskıyla Türklere hepsini birden kabul ettirmeyi düşündükleri, kendi anlayışlarına uygun bir anlaşma tasarısı için hazırlık yaptıkları kesin belli olmuştu.

Müttefikleri tanıyanlar şöyle düşündüklerini anlamışlardı: Türkiye tasarıyı kabul etmeyip de bütün Avrupa'yla savaşacak değildi ya. Bu tasarıyı biraz sızlandıktan sonra kabul edeceklerdir. Direnecek halleri yoktu.

Dünya kamuoyunu hazırlamak amacıyla bu büyük baskı için biraz daha bekleyeceklerdi.

M. KEMAL PAŞA Arifiye ve Sapanca'da birlikleri denetledi, halkla konuştu ve 16 Aralık akşama doğru İzmit'e geldi.

Gazetecilerle buluşacaktı.

Gazeteciler Ahmet Emin Yalman, Velid Ebüzziya, Suphi Nuri İleri, Yakup Kadri Karaosmanoğlu, İsmail Müştak, Falih Rıfkı Atay ve Kılıçzade Hakkı Beylerdi. Bu ünlü gazetecilerle birlikte Dr. Adnan Bey ile Halide Edip Hanım da gelmişti.

Saat 22.00'de İzmit Kasrı'nda toplandılar. Büyük salonun bir yanına kürsü yerleştirilmişti. Önünde tutanak kâtipleri oturuyordu. Kürsünün karşısına gazeteciler için koltuklar sıralanmıştı. Dr. Adnan Bey ve Halide Hanım kürsünün yanında yer aldılar.

A. Emin Yalman

F. Rıfkı Atay

Y. Kadri Karaosmanoğlu

M. Kemal Paşa hepsinin ellerini sıktı, hal hatır sordu. Şükrü Hoca'nın broşürünü öğrenmiş, canı çok sıkılmıştı. Ama belli etmedi. Kürsüye geçti. Gazetecilerin yarısı Paşa'yı ilk kez görüyordu. Çanakkale'den beri, ünü sekiz yıldır gittikçe büyüyen ve dünyaya yayılan M. Kemal Paşa karşılarındaydı. Tahmin ettiklerinden daha genç ve olağanüstü yakışıklıydı. Gözlerinin canlılığı dikkati çekiyordu. Duru, güzel, kültürlü bir sesi vardı.[54]

Önce hangi konuları merak ettiklerini öğrenmek istedi. Gazeteciler sorularını belirttiler.

Türk yakın tarihinin bu önemli toplantısı böyle başladı.

Paşa soruları yanıtlamakla kalmadı, soru dışı kalmış önemli konular hakkında da geniş açıklamalarda bulundu. Konulara egemenliği, zengin üslubu gazetecileri etkiledi.[55]

Bazı beklenilmez açıklamalar da yaptı. Mesela Ankara'nın başkent olacağının işaretini verdi. Halifeliğin gereksiz olduğunu açıkça belirtti. Gazetecilerden hiçbir şey saklamadı. Neyi yazıp neyi yazmayacaklarını gazetecilerin anlayışına bıraktı.

A. Emin Bey'in bir sorusu oldu:

"Halide Edip Hanım'ı milletvekili görecek miyiz?"

"Anayasamıza göre engel yok. Seçim kanunu değiştirilirse kadınlar da seçme ve seçilme hakkına sahip olurlar. Ama bu konuda konuştuğum arkadaşlarımız bu sorunun çözümünü erken buluyorlar."

Meclis'in bu konuda tutucu, gerici olduğunu söylemekten kaçındı. Yine A. Emin Bey'in bir sorusu üzerine Kürt sorunu hakkında da yeterli bilgi verdi. (**bu dipnota bakınız:** [56])

Toplantı uzadı, gece yarısını geçti. Sabaha karşı 03.00'te dağıldılar.

M. Kemal Paşa gazeteciler uyurken, erkenden kalktı. İzmir'den Fevzi Paşa ile Ankara'dan da Kâzım Karabekir Paşa gelmişti. Onlarla birlikte savaş çıkarsa İstanbul'a yürüyecek olan birlikleri denetledi. Karacı ve denizci komutanlarla konuştu.

Saat 15.00'te gazetecilerle yeniden bir araya geldi.

Yeni açıklamalarda bulundu. Gazetecileri geleceğe hazırladı. Uyardı. Acıların ve zaferin sağladığı birliği korumalarını istedi. Türkiye saltanatı kaldırarak büyük bir devrim yapmış, halk yönetimine geçmişti. Bir daha yenilmemek, ayak altında kalmamak, çağa yetişmek için devrim tamamlanacaktı:

"Devrim kanunu her kanunun üstündedir!"[57]

İSTANBUL'daki istihbarat örgütü İngilizlerin her hareketini izliyordu. İngilizler İstanbul depolarında bulunan Türk silah ve cephanelerini parça parça Yunanlılara kaçırmaya başlamışlardı.

En düşündürücü olay 10,5'luk 38 adet seri ateşli topun, uzun menzilli 10.5'luk 9 adet havan topunun ve 700 sandık top mermisinin bir İngiliz vapuruna yüklenerek Dedeağaç yoluyla Yunanlılara yollanmış olmasıydı.[58]

İngiliz korumakla yükümlü olduğu Türk silahlarını ve cephanesini gizlice Yunanlılara armağan ediyordu. İngilizler Mondros Ateşkes Anlaşması'nı da imzalamış ve imzalarına aykırı davranmaktan çekinmemişlerdi. Şimdi yine öyle yapıyor, daha yeni imzalanmış olan Mudanya Ateşkes Anlaşması'na aykırı davranıyordu.

Milletlerle, hukukla oyuncak gibi oynuyorlardı.

Bir savaş halinde Trakya'ya hücum etmesini istedikleri Yunan ordusunu Türk silahlarıyla besliyorlardı.

M. KEMAL PAŞA bugün (19 Ocak) çevredeki öteki birlikleri denetledi. Tatbikat yaptırdı. Türlü görevler verdi. Ordu bütünüyle hareket halindeydi.

Akşama doğru İzmit sinemasına geldi. İzmitliler Paşa'yı bekliyorlardı. Büyük sevgiyle karşıladılar.

Paşa merak ettikleri, ilgi duydukları her konuda soru sorabileceklerini bildirdi. İzmitlilerin sorduğu sorular Paşa'ya da, ona eşlik edenlere de büyük ümit verdi. Halk gelecekle çok ilgiliydi. Sordukları soruların bazıları şöyleydi:

Köylüleri nasıl zenginleştireceğiz ve eğitecegiz?

Eğitimin amacı ne olacak?
Adliye örgütü böyle mi kalacak?
Eski kanunlar yenilenecek mi?
Milleti refaha götürecek yol nedir?
Avrupalılar derecesine ulaşmanın çaresi nedir?

Her soruyu yanıtladı. Genel durumu özetledi. Halk hükümeti olmanın anlamını açıkladı. Türk tarihi hakkında bilgi verdi. Halifeliğin tarihini anlattı. Kalkınmak için yapılması gerekli işleri sıraladı. İktisatın, eğitimin, bilimin, kültürün önemini belirtti. İktisat Kongresi'nin yakında İzmir'de toplanacağını bildirdi.[59]

Şiddetli alkışlar arasında ayrıldı. Geride heves, ümit, heyecan, azim, hayat dolu bir topluluk bıraktı.

İKTİSAT BAKANI Mahmut Esat Bozkurt ve iş arkadaşları saltanatın kaldırıldığı günden beri bir iktisat kongresi toplamak için çalışıyorlardı.

Yeni bir Türkiye kuruluyordu.

16. yüzyıldaki zengin iktisadi hayat çeşitli iç ve dış nedenlerle gerilemiş, yetersiz, ölgün bir hale düşmüş, yer yer çökmüş, zavallılaşmıştı. Her alanda çağın çok gerisindeydi. Milli bir niteliği yoktu. Demiryolları, başlıca madenler, büyük limanlar, büyük şehirlerdeki hizmet birimleri (su, telefon, tramvay vb.), bankalar yabancıların elindeydi. Başlıca vergileri yabancı bir kuruluş olan Borçlar İdaresi topluyordu. Gelir gideri karşılamıyordu. Buna bir de savaş yıkıntıları katılmıştı. İktisadi hayat böyle acıklı, üzücü, ümit kırıcı bir haldeydi.[59a]

Şimdi yaşamak için iktisadi hayatı canlandırmak, geliştirmek, güçlendirmek, yükseltmek gerekiyordu.

Ama nasıl?

Sermaye yoktu, deney ve bilgi birikimi yetersizdi, birçok alanda uzman da, girişimci de çok azdı. Tarımda bile üretim ümit kırıcı düzeydeydi. Ama bir yerden başlamak gerekiyordu.

Bunun için öncelikle bütün ilgilileri dinlemek, her tabaka halkın sesini duymak, sorunları, istekleri saptamak, önerileri almak gerektiğini düşünmüşlerdi.

Böyle bir kongre Türkiye tarihinde ilk kez toplanacaktı.

İzmir toplantı için en elverişli şehir olarak seçildi.

Mahmut Esat Bey gazetecilere kongrenin şubat ayı ortalarında toplanabileceğini söyledi:

"Çalışıyoruz. Yurdumuzun her yanından tarımı, ticareti, sanayii ve emeği temsil eden iki bine yakın temsilci katılacak. Hepsi hazırlıklı gelecek. Biz de temel sorunlar hakkında bir rapor hazırlamaktayız. El birliği ile yolumuzu çizeceğiz. Böyle çaresiz, geri, ilkel kalacak, avuç açıp bekleyecek değiliz. İktisat zaferini de kazanacağız."[59b]

Üreticilerin ve tüccarların birbirlerini tanımaları için kongrenin yapılacağı binada bir de tarım, el ve sanayi ürünleri sergisi açılacaktı. Batının doğudan, kuzeyin güneyden haberi yoktu. Her il kendi başına yaşıyordu.

İSMET PAŞA'dan Ankara'ya:

"Yakında Müttefiklerle büyük bir meydan savaşı vereceğiz. Ayrıntılarla ilgili küçük savaşlar vermekten yoruldular. Bütün birikmiş, ertelenmiş sorunlar hakkında büyük bir meydan savaşı vermek istiyorlar. Bu sinir sorunudur. Acaba bunda hangi millet kuvvetlidir?"

20 OCAK günü saat 15.00'te M. Kemal Paşa ile Fevzi ve Karabekir Paşalar, Cevat Abbas Bey Bilecik üzerinden Bursa'ya geldiler.

Lapa lapa kar yağıyordu.

Onbinlerce Bursalı kara rağmen Paşa'yı karşılamaya çıkmıştı.[60] Ertesi gün askeri birimleri, yakın birlikleri ziyaret edip denetlediler. Beğendiler.

Ordu bir yandan savaşa, bir yandan da barışa hazırlanıyordu. Gündüzleri karda, fırtınada, yağmur altında, çamur içinde talime çıkılıyor, türlü savaş usulleri öğreniliyor, sonra koğuşlarda gece dersleri yapılıyordu. Askere okuma yazma, hesap, yurt bilgisi ve marşlar öğretiliyor, temizlik, ilk yardım, hayvancılık, tarım hakkında genel bilgiler veriliyordu.

En büyük okul orduydu.

Bilgi, beceri ve deneyce çocuk gibi gelen gençler burada Mehmetçik ve yurttaş oluyorlardı.

Haftada bir gece de eğlence gecesiydi.

LOZAN'ın kulisleri gazeteciler, danışmanlar, uzmanlar, kâtipler, memurlar ve casuslarla doluydu. Görev dışında birlikte oluyor, yiyip içiyor, dedikodu yapıyorlardı. Haber almak, nabız tutmak için çok yararlı ortamlardı buralar.

Danışman Mustafa Şeref Bey zaman zaman buralarda görünüyordu. Paris Hukuk Fakültesinden arkadaşları vardı. Birini gördü. Küçük bir masaya oturdular. Sohbet ettiler. Mustafa Şeref Bey bir ara içini döktü:

"Biz özgürlüğü, insan haklarını, insanlık ailesi gibi kavramları, bağımsızlık edebiyatını sizden öğrendik. Ama delegeleriniz bize bu hakları tanımıyor."

Fransız, 'bırak şunları' anlamında elini salladı.

"Nasıl bırakayım? Canımıza okuyorlar. Küçücük bir çıkar için barışı bozmayı göze alıp çekişiyorlar. Büyük bir barış olayını basit bir tefeci pazarlığına çevirdiler."

Fransız içki söyledi.

"Susayım diye mi ısmarlıyorsun?"

"Hayır, daha rahat konuş diye."[60a]

M. KEMAL PAŞA ertesi gün Şark sineması salonunda Bursalılarla buluştu. Burada da katılanları soru sormaya teşvik etti. Halk bazı konular hakkında düşüncelerini açıkladı, birçok da sorular sordu. Bazıları şöyleydi:

Anıtlar, heykeller halk için bir uyarı hazinesidir. Biz de anıt ve heykeller istiyoruz.

Yabancı sermaye hakkında ne düşünüyorsunuz?

Halkı aydınlatmak için ne düşünülüyor?

Devrimi halka iyi anlatmalıyız.

Kapitülasyonlar tümden reddedilmelidir.

M. Kemal Paşa bilgi verdi, görüşlerini açıkladı. Yeni akıllı soruları, yeni açıklamalar izledi.

Toplantı altı saat sürdü.[61]

Geleceği dokuyacak yeni insanlar yorgun yığının içinden öne çıkıyor, varlıklarını belli ediyorlardı.

BURSA'nın kadın ve erkek öğretmenleri, ertesi gün, Paşa'yı çay ziyafetine çağırmışlardı. Gazi Paşa, paşalar, Cevat Abbas Bey ve Vali Beyle birlikte geldi.

Bursa lisesinin (sultanisinin) büyük salonuna küçük, beyaz örtülü masalar yerleştirilmiş, öğretmenler masalara dağılmışlardı. Tabii yüzler açıktı. Bazıları başörtülüydü, çoğu sıkma başlıydı. Başörtüsünün yerini usul usul, daha şık, daha güzel, uygar görünüşlü sıkma baş alıyordu. Duvarlar bayraklar ve dallarla süslenmişti. Masaların üzeri çeşit çeşit börekler, çörekler, çerezler, kış meyveleri ve çiçekler ile doluydu. Her şeyde hanımlara özgü bir zariflik, düzen ve özen vardı.

Eğitim Müdürü geldikleri için teşekkür etti, Paşa'nın eğitim hakkındaki konuşmalarına değinerek, "Açtığınız çığırda ilerleyeceğiz" dedi.

Sonra Gazi Paşa ayağa kalktı.

Özetle dedi ki:

"Gerçek kurtuluşa kavuşmak, devlet binasını kurabilmek için en kuvvetli temel, toplar, süngüler, taşlar değil, bilim ve eğitimdir.

Millet yalnız erkeklerden kurulu değil. Kadınlarımız da var. İkisi de bilim ve eğitimde, toplumsal etkinliklerde denk olmalı. Biri ötekinden geri kalmamalı. Türk tarihinde kadının yeri çok yüksektir. İslamiyetin ilk zamanlarında da kadınlar savaş meydanına da, fazilet meydanına da kocalarıyla birlikte gitmişlerdi. Milli Mücadele döneminde de, eşini, oğlunu askere gönderen kadınlarımız tarlayı sürmüş, bağı temizlemiş, kağnısıyla cephane taşımıştır. Zaferde payı büyüktür.

Kadınlarımızın genel hayata katılmalarının önünde hiçbir engel kalmayacaktır. Her türlü görevi yapabilecekler. İyi yetişmiş kadınları ve yetiştirecekleri aydın çocukları düşündükçe büyük bir mutluluk duyuyorum. Bu parlak geleceği sizler hazırlayacaksınız."

Öğretmenler Paşa'yı ayakta alkışladılar.

Vefayı, kadirbilmeyi, uygarlaşmaya özlemi gösteren bu coşku paşaları sevindirdi. Her gün biraz daha uyanık, nitelikli bir millet oluyorlardı.

23 OCAK günü paşalar bir savaş olursa Çanakkale'ye yürüyecek olan kolordu ve tümen komutanlarıyla harita başında bir araya geldiler.

Yakup Şevki Paşa gözlerinin tedavisi için Avrupa'daydı. 2. Ordu Komutanlığı boştu. Bütün 2. Ordu birliklikleri Fevzi Paşa'ya bağlanmıştı.

Trakya'da, eğer taarruz ederlerse Yunanlıları durdurmak, Çanakkale'yi ve Gelibolu yarımadasını da İngilizleri denize dökerek hızla ele geçirmek gerekiyordu.

Ayrıntıları konuşmaya başladılar.

TAM da bu saatte Lozan'da Birinci Komisyon Musul konusu için toplanıyordu.

İsmet Paşa ve Lord Curzon bu konuyu bugüne kadar ikili ve özel konuşmalarla çözmeye çalışmışlarsa da bir sonuca ulaşılamamıştı. Lord Curzon Musul'un Türkiye'nin bir parçası olduğunu kesinlikle kabul etmemiş, sonunda konuyu komisyonun gündemine almıştı.

İsmet Paşa iki gündür uyumuyor, sürekli çalışıyordu. Birçok alt komisyonda Türkiye'yi ilgilendiren birçok konu konuşulduğu için danışman ve uzmanlarla her konu için ayrı ayrı toplanıp bir karar vermek gerekmişti.

Toplantı saat 11.00'de açıldı.

İsmet Paşa da, Lord Curzon da iyi hazırlanmışlardı. Konferansın en ilginç söz düellosu başladı. İsmet Paşa daha sakin ve kendinden emindi, açık ve yalın konuşuyordu, Lord Curzon daha ısırıcı ve sabırsızdı, daha sanatlı konuşuyor, söz oyunları yapıyordu. Konuyla ilgili bütün bilgiler, sayılar, belgeler açıklandı.

Tartışmalar sürüp gitti.

İsmet Paşa dedi ki:

"Herkes anlamıştır ki 'himaye', 'medeniyet yolunda rehberlik' gibi kelimeler ve cümleler, istilacıların eline geçmiş milletlerin siyaseten ve iktisaden yutulması için bir vasıtadan başka bir şey değildir."

İngilizlerin Musul'da halka kötü davrandıklarını, silah kullandıklarını, uçaklarla köyleri bombaladıklarını açıkladı, halkın kime bağlanmak istediğinin anlaşılması için halkoyuna başvurulmasını önerdi. Lord Curzon o bölgede yaşayan Kürtlerin ve Arapların cahil olduklarını ileri sürerek öneriyi reddetti.

Akşam 18.00'de bir daha toplanıldı. İki başdelege tartışma sanatının bütün yollarını, yöntemlerini kullandılar. İsmet Paşa son olarak, "Musul'un Türkiye'ye geri verilmesini" istedi. Lord Curzon, "Türklerin savaş çıkarması olasılığı var" gerekçesiyle Musul konusunu Milletler Cemiyeti'ne bildireceğini söyledi. Fransa, İtalya ve Japonya, her zamanki gibi, İngiliz görüşünü savundular. ABD temsilcisi de yazılı bir bildiri okuyarak, İngiliz görüşüne destek verdi.[61a]

Bir büyük devletin, bir küçük ülkeyi işgal etmesini, sömürmesini, pençesinde tutmasını doğal görüyorlardı. Çıkarın tarihten de, haktan da üstün görülmesi yadırganmıyordu.

İsmet Paşa için Gaziantep, İstanbul, İzmir neyse Musul da oydu. Haksızca, sahtekârca işgal altına alınmış vatan parçasıydı. İddiasından vazgeçmedi. İngiltere'yi barışı engellemekle suçladı!

Lord Curzon toplantıyı öfkeyle kapattı. Sinir içinde çıkıp gitti. Genel kanı konferansın yarıda kaldığıydı. Böyle bir izlenim oluştu.[62]

Bu durum Türkleri değil Müttefikleri telaşlandırdı. Musul ile İngiltere'nin ilgisi açıkça petroldü. Gerisi laf cambazlığı, diplomatik edebiyattı! Konferansın İngilizlerin petrol hırsı nedeniyle yarıda kalmış olması birçok olumsuzluklara yol açardı. Fransız ve İtalyanlar bu izlenimi silmek için Beau Rivage oteline, Lord Curzon'a koştular. Lord Curzon'u ikna etmeyi başardılar.

Şu karara varıldı: Komisyonlar ardarda toplanacak, uzlaşılan ve uzlaşılamayan konular saptanacak, bu bilgilere dayanarak bir barış projesi hazırlanacaktı.

Lord Curzon istemeye istemeye bir açıklama yaptı: "Konferans kesilmiş değildir. Hazırlanacak proje 30 Ocakta Türklere verilecek. İmzalayacaklarını ümit ediyorum. İncelemek isterlerse bunun için kendilerine bir süre tanınacaktır."

Konferans kurtulmuşa benziyordu. Müttefikler derin bir soluk aldılar.

İSMET PAŞA iki gündür uyumuyordu. Bugün üçüncü geceydi. Lord Curzon'un pervasızlıkları, haksızlıkları, gerçeklerle oynaması, Misak-ı Milli'yi küçümsemesi karşısında sükûnetini korumak için de olağanüstü çaba harcamıştı.

Raporunu bitirdikten sonra, sabaha karşı M. Kemal Paşa'ya bir mektup yazdı. O kadar yorgundu ki mektubunu şöyle bitirdi:

"Benim güzel Gazi şefim! Acaba seni tekrar görebilecek miyim?"[63]

Ölü gibi uyudu.

25 OCAK Perşembe sabahı M. Kemal Paşa, Fevzi, Asım ve Karabekir Paşalar ve Cevat Abbas Bey, yaverler Bursa'dan ayrıldılar, Karaköy'de trene bindiler. İzmir'e gidiyorlardı. Yollar ve köprüler onarılmıştı. Tek aktarma ile İzmir'e ulaşacaklardı. Katarın hızı da iyiydi. Behiç Bey'i takdirle andılar.

Dört paşa salonda harita başında toplandılar. Bütün olası olumsuzlukları dikkate alarak durumu bir daha değerlendirdiler. Trakya'ya saldıracak Yunan ordusuna karşı 8.000 jandarmayı takviye etmek için alınacak önlemler kararlaştırılmıştı. İngilizleri Çanakkale'de de, İstanbul'da da kesin olarak yenecekleri sonucuna vardılar.

Ama...

Dördü de barışa kan dökülmeden ulaşılmasını dilediler. Türkiye'nin barışa hava kadar, su kadar, ekmek kadar ihtiyacı vardı. Köylülerin giysileri, asıl kumaşın yerini alan yüzlerce yamadan oluşuyordu. Böylesine yoksuldu millet.[63a]

Hiçbir başarı hakça bir barıştan daha güzel ve yararlı olamazdı.

Paşa Alaşehir'i, Salihli'yi, Turgutlu'yu ve Manisa'yı ziyaret edeceğini bildirmişti. Tren saat 19.00'da, akşam karanlığında Alaşehir'e geldi.

Yanık şehirlerini yeniden kurmaya çabalayan Alaşehirliler, çalışmaya ara vererek, istasyonu ve çevresini doldurmuşlardı. Onca dertlerine rağmen istasyondan kaymakamlığa giden yolu süslemiş, meşaleler ile aydınlatmışlardı.

Fevzi Paşa gözleri dolarak "Bu ne güzel halk" dedi.

Paçavralar içindeki halk, üzerlerinde kadifeden, ipekten bayramlıkları varmış gibi vakar ve gurur içinde Paşaları yürekten alkışlıyorlardı. Kadınlar ağlıyordu. Ferah gözyaşlarıydı bunlar. İşgalin, esirliğin ne rezil bir şey olduğunu en iyi onlar bilirlerdi. Yunanlılar varken pencereden bakamamış, bahçeye çıkamamışlardı. Oyun olsun diye, ezan okuyan müezzinleri vurmuştu haydutlar.

Çok acı çeken yerlerden biriydi Alaşehir.

Halkla birlikte kaymakamlığa yürüdüler. Meşalelerin ışığı altında bir masal kafilesine benziyorlardı. Zaten her şey masal gibiydi. En ümitsiz günde Kemal'in askerleri rüzgâr gibi yetişmişti.

M. Kemal Paşa avluda toplanan halka seslendi:

"Başımıza gelen felaketlerin nedenlerini genişçe düşündüğünüzden eminim. Eğer Millet Meclisi'ni kurmamış olsaydık, bugünlere kavuşamayacaktık, yabancıların kölesi olacaktık. Artık o kara günler bir daha gelmeyecektir! Bundan sonra daha önemli zaferlere ulaşacağız. Bunlar süngü zaferleri değil, iktisat, bilim ve kültür zaferleri olacaktır."[64]

Paşalar gece Alaşehir'de, trende kaldılar.

SABAH erkenden hareketle saat 07.00'de Salihli'ye gelindi. İstasyon süslenmiş, erken saate rağmen Salihliler istasyonu doldurmuştu.

İki öğrenci şiir okudu, Belediye Başkanı kısa bir konuşmayla Salihli'nin minnetlerini bildirdi. Gazi özellikle dedi ki:

"Yaşadığımız kara günler bir daha tekrar etmez. Çünkü milletimiz uyandı! Büyük kurtuluşa ulaşmak için çok esaslı önlemler almalıyız. Bu önlemlerin en başta geleni bilim ve kültürdür."

Daha sonra Turgutlu'ya geldiler. Burada da istasyon süslenmişti, Turgutlular ve köylerden koşup gelmiş köylülerle doluydu. Belediye Başkanı "Hepimiz yolunuzdayız" dedi. Öğrenciler şiirler ve şarkılar okudular. İstasyon bayram yeri gibiydi. Paşa kısa konuştu:

"Yaşadığımız felaketli günler hepimiz için uyanış dersi olmuştur. Bu uyanışla çalışırsak bir daha acı günler geri gelemez."

Asım Paşa Cevat Abbas Bey'e, "Biz kolay uyur, zor uyanır bir milletiz.." dedi, "..Anadolu işgal edilmese, birçok pislik yapılmasa, uyanacağımız yoktu. Bu uyku hastalığımızı iyi bir eğitimle tedavi zorundayız."

Turgutlu'dan sonra Manisa'ya gelindi.

Çoğu çadırlarda oturan, yanmamış evlere, camilere sığınan halk, Alaşehir'de, Salihli'de, Turgutlu'da olduğu gibi burada da şehri yeni baştan kurmaya çabalıyordu. Ordunun da yardımıyla yıkıntılar, yangın artıkları kaldırılmış, sokaklar açılmıştı. Burada da 'olanın olmayana borcu var' kuralı işlemekteydi. Manisalılar birbirlerine yardım ederek, dayanışarak birer barınak edinmeye çalışıyorlardı.

Yunancı Hüsniyadisler, hainler, bozguncular, İngiliz ajanı hocalar düşmanla birlikte gitmişlerdi. Kuva-yı Milliye karşıtları kaçmışlardı. Bir yerlerde saklanarak, gizlenerek yaşamaya çalışacak, fırsat bulunca başlarını kaldıracaklardı. Geride ordusunu, bayrağını, devletini sevinç gözyaşlarıyla karşılayan, M. Kemal Paşa'ya yürekten bağlı Manisalılar kalmıştı.

İstasyondan şehre gidildi. Cirit oyunu seyredildi. Öğrenciler gösteriler yaptılar. Belediye Başkanı vefalı, kadirbilir Manisalıların duygularına aracı oldu:

"Allah'tan, sizi millete bağışlamasını niyaz ederiz."

Paşa kısa bir konuşmayla Manisalıların çalışkanlıklarını övdü, gelecek için ümit verdi.

Geç saate kadar Manisa'da kaldılar. Yöneticiler, dernek temsilcileri ve köylerden koşanlarla konuştular. Sabaha karşı Menemen'e geldiler (27 Ocak).

Menemen de acılı bir şehirdi. Düşman birliği, gözdağı olsun diye bir gün içinde binden fazla sivil Menemenliyi şehit etmişti (17 Haziran 1919). Her evden bir şehit vardı.

Tren İzmir'e doğru yola çıktı.

Yol üzerinde bütün küçük istasyonlar vefalı, güzel insanlarla doluydu. Ellerindeki bayrakları sallayarak Gazi'yi selamlıyor, çiçekler atıyorlardı.

LORD CURZON Birinci Komisyonun 27 Ocak günü saat 10.30'da toplanmasını kararlaştırmıştı.

Konu: Rehine, tutsak ve genel nüfus mübadelesiydi (değişimi).

Konunun Türkiye açısından ertelenmesi imkânsızdı. Birçok asker ve sivil Türk, Yunanlıların elinde –alınabilen bilgilere göre– büyük acı içinde kurtulmayı bekliyorlardı. Bakımsızlıktan, açlıktan, kötü muameleden ölenlerin çok olduğu sanılıyordu.

İsmet Paşa ve Dr. Rıza Nur Bey, Lord Curzon'la karşılaşmayı, kibirli suratını görmeyi, konuşmasını dinlemeyi, yükseldikçe çirkinleşen sesini işitmeyi hiç istemiyorlardı. İstemeye istemeye arabaya binerek otelin yolunu tuttular.

İsviçre polisi İsmet Paşa ile ilgili güvenlik önlemlerini artırmıştı.

TREN bayraklarla süslenmiş Karşıyaka istasyonuna el sallayışlar, hafif alkışlar arasında girdi.

Yasına saygı göstererek kimse taşkınlık yapmadı.

Vali Abdülhalik Renda, Fahrettin Altay Paşa, İzzettin Çalışlar Paşa, şehir ileri gelenleri, Karşıyaka yöneticileri, öğretmenler, öğrenciler, Uşakizade Muammer Bey, kadın ve erkek Karşıyakalılar tarafından karşılandı. Hanımların yüzleri açıktı. Kimi başörtülüydü, kimi sıkma başlı.

Karşıcılar arasında Salih Bey de vardı. Durur durmaz trene atladı. Elini öptü:

"Başımız sağ olsun Paşam."

"Sen sağ ol Salih. Muammer Bey burada mı?"

"Burada."

"Latife Hanım'la evlenmeye karar verdim. Kendisine, uygun bir dille, bu isteğimi bildirir misin?"

Salih Bey sevincini bastıramadı, topuklarını birbirine çarparak çalımlı bir selam verdi:

"Başüstüne."

"Önce annemi ziyaret edelim."

Salih Bey geri çekilerek yol verdi.

Trenden indiler. Paşa karşıcıların ellerini sıktı, Mummer Bey'le tanıştı, halkı, öğrencileri ellerini sallayarak selamladı. Bu arada Salih Bey Muammer Bey'e sokularak Paşa'nın isteğini bildirmişti. Muammer Bey sevinç içinde Salih Bey'in boynuna sarıldı. TBMM Başkanı ve Başkomutan'ın kayınpederi olacaktı!

Hayal edilmesi bile zor bir olaydı bu.

İstasyondan çıkmak için öğrencilerin önünden geçiyorlardı. Küçük bir kız çocuğu bağırdı:

"Seni öpmek istiyorum!"

Paşa durdu, kollarını açtı:

"Ne duruyorsun, gel öyleyse."

Çocuk koştu, boyu ancak beline yetişiyordu, bacaklarına sarıldı. Paşa eğildi. Çocuk ayaklarının ucunda yükselip yanağını öptü. Arkadaşları kıyameti kopardılar:

"Biz de, biz de..."

Bağıraşarak, çığlıklar atarak, neşe içinde sırayı, düzeni bozdular, M. Kemal Paşa'yı sardılar. Paşa çocukların saçlarını, yüzlerini okşuyor, eğilip başlarını öpüyordu. Çocukların içinde kaybolmuş gibiydi. Öğretmenler koşup çocukları yeniden düzene soktular. Paşa duygulandığını gördüğü Fevzi Paşa'ya dedi ki:

"Bu çocuklara aydınlık, mutlu, onurlu, ileri bir gelecek sağlayamazsak yazıklar olsun bize."

İstasyon kapısının önünde bekleyen otomobillere bindiler.

LORD CURZON hâlâ burnundan soluyordu.

Türklerin bağıra çağıra ortaya atılacaklarını, konferans kesilmesin diye esaslı ödünler vereceklerini tahmin etmişti. Oysa Türkler tek sözcük bile etmemiş, susmuşlardı. Konferansın kesilmesini Müttefiklerin istediği gibi bir hava doğmuştu.

Bu yüzden konferansın kesilmediğini, ayrıca Türklere projeyi incelemek için süre vereceklerini açıklayarak iki geri adım atmak zorunda kalmıştı.

Lanet olsun!

Toplantıyı surat içinde açtı.

İsmet Paşa her zamanki yerinde, sükûnet ve kararlılıkla oturuyordu. Bütün mazlum ülkelerin temsilcisi gibiydi.

Lord Curzon sarsıldı.

İnsanları, gerçekleri, hakları önemsemeden dünyayı yönetmenin, sömürmenin hiç de kolay olmayacağı anlaşılıyordu. İşte Türkiye! Savaşıp herkesi yenmişti. Burada da, dünyanın önünde, büyük devletlere meydan okuyor, eşitlik talep ediyor, eşit davranılmazsa büyük tepki gösteriyordu. Konferans kesilecek diye korkmuyordu.

Bu kötü örnek yüzünden Hindistan, Mısır, Afganistan kaynıyordu. Reddetmişti ama İsmet Paşa haklıydı, Irak da kaynıyordu. Orada da silah zoruyla tutunuyorlardı.

Büyük devletler başka, yeni, daha kandırıcı, daha uyutucu, daha uygun yöntemler bulmalıydılar.

M. KEMAL PAŞA rahmetli Zübeyde Hanım'ın taze mezarı başında, annesine olan sevgisini, saygısını anlatan, içli bir konuşma yaptı.

İstibdat ve Mütareke dönemlerinde, hürriyet ve vatan için çalışanlara ve ailelerine çektirilen acılara örnek olarak, annesinin korku dolu hayatını hikâye etti.

Konuşmasının sonunda ellerini kaldırarak dua etti. Başsağlığı dileklerini kabul etti.

Yanındakilerle Karşıyaka istasyonuna geri dönerek trenle İzmir'in ana istasyonu olan Basmane'ye geldi. İstasyon sabırla Paşa'yı bekleyen İzmirliler ile doluydu. İzmir'in minneti, bağlılığı, İstanbul yönetiminin ihanetleri, Ankara'nın sorunları öğrenildikçe, daha da artıyordu. Ordunun nal şakırtıları ve kıvılcımları ile İzmir'e girebilmesi için kaç mucize yaşandığını anlamışlardı. Bunun hayranlığı içindeydiler.

Paşa halkın sıcak sevgisi içinde Valiliği ziyaret etti. Sonra Göztepe'ye Latife Hanımların köşküne hareket ettiler.

Girişin sağındaki ve solundaki iki başodada ağırlandılar.

M. Kemal Paşa bir ara çalışma odasında Latife Hanım'la yalnız kaldı. "Latif.." dedi, "..Seni zor bir hayatın beklediğini biliyorsun değil mi?"

"Evet."

"İşi ve görevi çok biriyim. Gelecek için birçok tasarılarım, emellerim, hayallerim var. Bir daha bu yenilgileri, zilletleri yaşamamak için memleketimizi bütünüyle kalkındırmak zorundayız. Büyük sorunlarımızdan biri de toplum hayatımızın kadınlara kapalı, kadınlarımızın da toplum hayatına uzak olması. Yarısı, kadın olduğu için eve kapatılan, okutulmayan, fikri alınmayan, konuşmayan bir millet, yarım bir millettir. Böyle yarım yamalak bir millet uygarlık yarışına katılabilir mi? Böyle toplumların hepsi esir, hepsi sömürge, hepsi zavallı, hepsi geri."

Genç kadının gözlerinin içine baktı:

"Bana katlanır, özellikle uygarlaşma çalışmalarında bana yardım eder, bütün gezilerimde yanımda olur musun?"

Latife Hanım, heyecan içinde, "Evet, evet, evet!" dedi.

"Sağ ol çocuk."

M. Kemal Paşa bu konuşmadan sonra, ev sahibi imiş gibi, herkesi pazertesi günü saat 17.00'de çaya davet etti. Nedenini yalnız aile ile Salih Bey biliyordu.

GECE Fransız delegesi Bombard İsmet Paşa'yı ziyarete geldi. Aynı otelde kaldıkları için kolay buluşuyorlardı. İsmet Paşa, 1921'deki Ankara Anlaşması ve sonrasındaki hava dolayısıyla Fransızlardan Lozan'da destek göreceklerini ümit etmiş, derin bir hayal kırıklığına uğramıştı. Ümidinin tersine, Fransızlar her konuda İngilizlere uyuyor, özellikle kapitülasyonlar, mali konularda büyük zorluk çıkarıyorlardı. Beş paralık Fransız çıkarı için Türk haklarını gözlerini kırpmadan çiğneyip geçiyorlardı. Fransızların sevdiği eski Maliye Nazırı Cavit Bey yararlı olur ümidiyle Lozan'a çağrılmıştı ama bir gelişme sağlanamamıştı.[65]

M. Bombard yarattıkları hayal kırıklığının farkındaydı. Bu duyguyu biraz azaltmak için bilgi verdi:

"Andlaşma projesini size bir-iki gün önce özel olarak vereceğiz. Çalışma bitmek üzere. İyi bir proje olduğunu göreceksiniz. 31 Ocakta resmi olarak Türk delegasyonuna teslim edeceğiz. Kabul edip imzalarsanız barış olacak. Reddederseniz konferans kesilecek."

Hazırlanan projenin ayrıntıları hakkında sustu.

28 OCAK günü Başkomutan, paşalar ve İzmir'deki tüm birlik ve birim komutanlarıyla bir toplantı yaptı.

İzmir körfezinin savunması büyük önem taşıyordu. Yapılan hazırlıklar gözden geçirildi. İstanbul'dan istenen mayınlar gelmiş, bakımları yapılmıştı. Büyük Taarruz'da kullanılan ağır toplar

Afyon'dan İzmir'e taşınmış ve Körfez ağzındaki tabyalara yerleştirilmişti. Oldukça güçlü bir hava kuvveti vardı İzmir'de.

Toplantıdan sonra bazı birlikleri denetledi.

Denetim sonunda birlikler geçit töreni yaptı. Çoğu yeni askerdi. Kısa zamanda usta asker gibi olmuşlardı. Geçitin güzelliği, düzeni herkesi mutlu etti.

Töreni gururla izleyen İzmir'in yeni Eğitim Müdürü Vasıf Çınar Bey yanındakilere dedi ki:

Vasıf Çınar Bey

"Bu orduyu ceketinizin düğmesini ilikleyip de öyle izleyin. Binbir güçlükle kuruldu bu ordu. Ayağı çıplaktı. Tüfeğinin kayışı iptendi. Ne matarası vardı, ne ekmek torbası. Bu mübarek ordu olmasa Sevr uygulanacak, buralar Yunanistan'a bağlanacaktı. Doğu illerimiz Ermenistan'a verilecekti. Ankara civarında birkaç ilden ibaret, kolu kanadı kırık, uyduruk bir devletimiz olacaktı. Sonsuza kadar galiplerin denetimi altında yaşayacaktık. Namusumuzu, vatanımızı, zaferi, devletimizi, bağımsızlığımızı, kısacası yaşama hakkımızı işte bu orduya borçluyuz. Tarihte böyle bir ordu yok. Allah millete bağışlasın."

M. Kemal Paşa akşam belediyenin verdiği büyük ziyafete katıldı. Başkomutan'ın iki günlük programını izlemiş olan bir gazeteci, "Paşa hiç yorulmaz mı?" diye sordu. Yaver Muzaffer Kılıç gülümsedi:

"Yorulsaydı sen şimdi burada General Hacianesti'nin sofrasında oturuyor olurdun."

Yemeğin sonunda Paşa, çok dikkatle dinlenen bir konuşma yaptı. Özetle dedi ki:

"Düşmanın İzmir'i işgalini İstanbul yönetimi de, İzmir Valisi de, Belediye Başkanı da, Kolordu Komutanı da sükûnetle karşılamış, durumu miskince kabullenmişlerdi. Ama millet ayaklandı. Bu ihanet ve gaflet cephesine karşı bir namus cephesi kurdu.

Efendiler!

Namus cephesi bütün saldırılara karşı koydu. İstanbul yönetimi her zillete itirazsız baş eğerken namus cephesinin kadınları, erkekleri, vatanı kurtarmak için her cephede yokluklar içinde dövüştüler, sonunda inanılmazı başardılar, büyük zaferi kazandılar.

Bu zafer hiç kimseye mal edilemez. Zafer mlletin kuvvetlerini birleştirmesiyle kazanılmıştır.

Bir İstanbul yönetimini, o dönemi, bir de Ankara yönetimini, bu dönemi düşünün. Aradaki fark çok büyüktür. İlki yenilgidir, teslimiyettir, ihanettir, öteki zaferdir, bağımsızlıktır, vatanseverliktir! Birincisi saltanat, ikincisi milli egemenlik sistemidir. Zaferin sırrı buradadır. Millet egemenliğini gözümüz gibi korumalıyız.

Daha kurtulmuş değiliz. Kurtulmak için her alanda çok çalışmak zorundayız. Devraldığımız maddi miras yazık ki yoksulluk, gerilik, ilkellik, bilgisizlik. Bunları da yeneceğiz!"[66]

29 OCAK Pazartesi günü Göztepe'deki köşkte saat 17.00'de M. Kemal Paşa ile Latife Hanım'ın nikâhı kıyıldı.

Nikâhı, bir imam ya da müftü değil İzmir Kadısı kıymıştı.

Kaç göç gereği nikâhta kadın bulunmaz, onun vekili olarak bir erkek bulunurdu. Bu kez öyle olmadı. Latife Hanım da nikâh masasında yerini aldı. Yüzünü örtmemiş, sade, şık, kendine çok yakışan bir elbise giymişti.

24 yaşındaydı. Paris'te hukuk fakültesine yazılmış ama sürekli gidememiş, eğitimini tamamlayamamıştı.

Latife Hanım'ın şahitliklerini Vali Mustafa Abdülhalik Bey (Renda) ile Salih Bozok, Paşa'nın şahitliklerini de Fevzi Paşa ile Karabekir Paşa yaptılar.

Nikâha bazı komutanlar ile Latife Hanım ailesi ve yakınları katılmıştı. Gelini ve damadı, yürekten kutladılar, mutluluk dile-

Latife Hanım ve ailesi

diler, dualar ettiler. Nikâh yüzükleri İsmet Paşa'ya ısmarlanmıştı. Lozan'dan gelirken getirecekti.

Biri, "Bakalım Latife Hanım Ankara'mızı nasıl bulacak?" dedi. Muammer Bey güldü:

"Paris olmadığını biliyor."

Yardıma gelmiş komşu kızlar ve hizmetliler koltukların, kanepelerin önlerine küçük sehpalar koydular. Çay ve çaya yakışan çeşitli yiyecekleri ikram etmeye başladılar.

Başodadaki şömine gürül gürül yanıyor, bütün eve bahar sıcaklığı yayıyordu.

SOĞUK, tatsız bir Lozan akşamıydı. Kar serpeliyordu.

Lozan Palas'ın kalabalık lokantasında, bir köşede, İsmet Paşa, Dr. Rıza Nur ve Hasan Saka pek az konuşarak, sıkıntı içinde yemek yiyorlardı.

Üçünün aklı da Müttefiklerin hazırladığı projedeydi.

Dr. Rıza Nur

Hasan Saka

Ertesi gün tutsak, rehine ve nüfus değişimi hakkındaki sözleşme, protokol ve anlaşma imzalanacaktı.[67]

İki buçuk ayda elde edilen tek somut sonuç buydu.

SABAH M. Kemal Paşa İzmir gazetelerinin başyazarlarını kabul ederken, bir görevli Müttefiklerin hazırladıkları anlaşma projesini Genel Sekreter Reşit Saffet Bey'e elden teslim etti.

İsmet Paşa Türk Kurulunun başlıca üyelerini acele toplantıya çağırdı. İsmet Paşa'nın dairesinde buluştular. Sıkışarak oturdular.

Müttefiklerin Türkiye için öngördüğü gelecek, masanın üzerindeki şu kalın dosyanın içindeydi.

İsmet Paşa bilgi verdi:

"Proje 150 sayfa, 160 madde. 9 tane de eki var."

Reşit Saffet Bey'e baktı:

"Projeyi okuyunuz."

Reşit Saffet Bey andlaşma projesini okumaya başladı. Çıt çıkmıyordu kalabalık salonda.

Gerçek ağır ağır belirdi:

Müttefikler komisyonlarda kabul edilen kimi konuları projeye koymuşlar, kabul edilmiş kimi konuları ise, Türkiye'nin onayı olmadan değiştirip ağırlaştırmışlardı. Anlaşmaya varılamamış ya da hiç görüşülmemiş konuları da kendi görüşlerine göre düzenlemişlerdi.[68]

Proje uğursuz Sevr Andlaşması'nı hatırlatıyordu.

İsmet Paşa şöyle dedi:

"Burda geçirdiğimiz iki buçuk ay, bütün o tartışmalar, görüşmeler bir komedyadan ibaretmiş. Anlaşılıyor ki iki buçuk ay önce Paris'te İngiltere ile Fransa arasında kararlaştırılmış birtakım şartlara konferans süsü vermek istiyorlar. Kısacası barış olsun istemiyorlar. Bundan sonra olacakların sorumluluğu Müttefiklere aittir."[69]

KONFERANS kesildiği takdirde Mudanya Ateşkes Anlaşması kendiliğinden sona eriyor, savaş durumu geri dönüyordu.

Başkomutan, 'Müttefiklerin, önerdikleri proje kabul edilmezse konferasın sona ereceğini' açıklamaları halinde, savaşa devam etmenin doğal ve gerekli olduğunu düşünüyordu. Hele İngilizler İstanbul'da 16 Martta olduğu gibi yönetime el koymaya yeltenirlerse bunu önemli bir savaş nedeni olarak görmekteydi. Yeni Türkiye'yi kuran anlayış bu muameleye katlanamazdı. Her şeye katlanmayı siyaset ve diplomasi sanan onursuz, gurursuz, aşağılık Damat Ferit anlayışı tarihe gömülmüştü.

Durumu Fevzi Paşa ve Kâzım Karabekir Paşa ile görüştü. İki Paşa da Başkomutan'ın görüşünü paylaştılar. Başkomutan durumu Başbakan'a bildirdi. O da İsmet Paşa'ya duyurdu.

Savaş kapıyı çalmıştı.[70]

31 OCAK Çarşamba günü Lozan Konferansı'nın son toplantısı yapıldı. Delegelerden başka birçok danışman ve uzman da gelmişti. Savaş ya da barış günüydü.

Hava çok gergindi.

Müttefikler bugün için kandırıcı bir düzen düşünmüşlerdi. Milletlerarası bir oyun sahneye konacaktı.

Oyun saat 10.30'da başladı.

Birinci Komisyon Başkanı Lord Curzon başkanlık yerine geçti. Böylece Birinci Komisyon toplantısı başlamış oldu. Türk delegelerine proje resmi olarak teslim edildi.

Curzon dedi ki:

"Bütün üyeleri andlaşmayı imzalamaya çağırıyoruz!"

Lord Curzon devam etti:

"Bu proje birkaç devletin değil, konferansa katılan bütün devletlerin ortaklaşa sundukları bir andlaşmadır. Kesin yanıtı vermeden önce İsmet Paşa az bir süre daha düşünmek isterse, bu reddedemeyeceğim bir istek olacaktır. Ama İsmet Paşa herhalde bütün görüşmelere yeniden başlamak arzusunda olduğumuz düşüncesine kapılmayacaktır. Biz burada ömrümüzün sonuna kadar pazarlık etmek için bulunmuyoruz. Bir doğu pazarında halı alıp satmıyoruz. Milletlerin kaderi, insanların hayatı ile ilgileniyoruz. İsmet Paşa düşünceleri tamam olduğu zaman, tekrar buraya gelmek ve andlaşmayı imza etmek isterse, bu isteğini memnunlukla kabul edeceğim."

Lord Curzon vatanının bağımsızlığı için didinmeyi –Doğuya bakış gereği– halı pazarlığı gibi tanımlamış, projenin kabulünü ya da reddini istemiş, yeniden görüşmelere başlanmayacağını diplomatik, yani üzeri şekerle sıvanmış kesin bir dille belirtmişti: Evet ya da hayır! Görüşme yok. Sadece kısa bir düşünme payı.

Bu bir ültimatomdu.

Oyunun ikinci perdesine geçildi. Lord Curzon başkanlık yerinden kalktı, yerini İkinci Komisyon Başkanı İtalyan Marki Garroni aldı. İtalyan ateşliliği ile projeyi savundu. Türk kurulundan imzalamasını istedi.

Sonra üçüncü perde başladı.

Büyük masanın başkanlık yerine bu kez Üçüncü Komisyon Başkanı Fransız M. Bompard oturdu. Fransızlar komisyonda ve alt komisyonlarda Türk temsilcilerini bunaltmışlar, konferansı birçok kez kopma noktasına getirmişlerdi. O da Türk Kuruluna hitap etti. Türklere birçok ödün verdiklerinden söz etti. İşgal giderlerinden vaz geçtiklerini belirtti, uğradıkları zarar ve ziyan için istedikleri parayı 15 milyon altın liraya indirdiklerini belirtti. İsmet Paşa'dan barışı kuracak olan bu andlaşmayı imza etmesini istedi. Projeyi övmek için şöyle demekten çekinmedi:

"Türkiye'den başka hiçbir devlet, galipler dahil, savaştan bundan daha elverişli şartlarla çıkmamıştır."

Bu konuşmayı, ABD Temsilcisinin, Japon, Romanya ve Sırp-Hırvat-Sloven Başdelegelerinin projeyi öven, Türkleri imzaya çağıran açıklamaları, bildirileri izledi.

Türkiye'nin dışındaki bütün devletler bu sakat, bağımsızlığa aykırı, yeni kurulan bir devletin gelişmesini engelleyecek hükümlerle dolu projeyi savunuyor, hep birden Türkiye'nin kabul etmesini istiyorlardı. Hem de hiç itiraz, görüşme, düzeltme hakkı tanımadan!

Söz sırası İsmet Paşa'daydı.

Bütün gözler tüfek namluları gibi İsmet Paşa'ya döndü.

İsmet Paşa, olağanüstü bir durum yokmuş, baskı altında değilmiş gibi, ağır ağır konuşarak, kırıcı hiçbir sözcük kullanmadan, basit bir şey istedi. Karşı tarafın oyun planını alt üst eden basit bir satranç hamlesiydi bu:

"Projeyi yeni aldık. Ancak okuyacak vakit bulduk. Değiştirilmiş, ağırlaştırılmış, anlaşamadığımız, hatta hiç konuşmadığımız konular var. Komisyon başkanlarından, bir hafta sonra yapılacak bir toplantıda görüşlerimizi bildirmek için bize fırsat vermelerini rica ederim."

Müttefikler projeyi, bu toplu, arasız, etkili gösteriden sonra, Türklerin boyun eğeceklerini hesaplayarak, imzalaması ya da reddetmesi isteği ile sunmuşlardı.

İsmet Paşa'nın isteği Müttefikleri şaşırttı. Bu haklı, basit, küçük istek nasıl bir gerekçeyle reddedilebilinirdi? Bunu hiç düşünmemişlerdi. Reddederlerse barışı istememek, haksızlık yapmakla suçlanacaklar, hak, hukuk, eşitlik, uygarlık, insanlık gibi sık sık uçurdukları balonlar patlayacaktı.

Aklını başına ilk toplayan Lord Curzon oldu. Telaşla, "Toplantı on dakika tatil edilmiştir" dedi. Müttefik Başdelegeleri hızlı yürümeye çalışan Lord Curzon'u izleyerek, kaçar gibi, yandaki odaya çekildiler. Güne herkesi törenle andlaşmayı imzaya davet ederek başlamışlardı. Şimdi durumu kurtarmaya çalışacaklardı.

Oyun iflas etmişti.

On dakika, yirmi dakika, otuz dakika, kırk dakika oldu. Elli dakika sonra Müttefik Başdelegeleri odadan çıktılar. Mutsuz, ezik, tuhaf, biraz da gülünç bir görünüşleri vardı.

Herkes yerini aldı.

Lord Curzon'un rengi kaçmıştı. Kendini zorlayarak dedi ki:

"İsmet Paşa'nın proje hakkında görüşlerini bildirmek istemesini makul karşıladık. Fakat istedikleri süre uzundur. Ben ancak cumartesi, belki 4 Şubat Pazar akşamına kadar burada kalabilirim. Böylece görüşmeye imkân buluruz."

Toplantıyı kapattı.

Saat 14.30'du.[71]

Müttefiklerin elinde iki çare kalmıştı: Bu kısa süre içinde Türk Kurulunu andlaşmayı imzalamazsa barış olmayacak diye korkutmak, son toplantı günü hep birden büyük baskı yapmak.

M. KEMAL PAŞA Lozan'la ve askeri durumla ilgilenirken, halkı aydınlatmayı, geleceğe hazırlamayı da ihmal etmiyordu.

Osmanlı Bankası'nın İkinci Kordon'da bulunan eski deposu çok büyük bir binaydı. İzmir İktisat Kongresi için hazırlanıyordu. Birinci kattaki bir bölüm birkaç bin kişiyi alacak kadar büyük bir salona çevrilmekteydi. Salonun ikinci katı, çepeçevre balkon ve geniş localar halindeydi.

2 Şubat günü burada İzmirlilerle buluştu.

Salon erkeklerle doluydu. İkinci kat ise hanımlara ayrılmıştı. Aralarında yüzleri açık çarşaflıların da yer aldığı görülüyordu.

M. Kemal Paşa, yani Devlet Başkanı salona eşiyle birlikte girdi. Bu, yüzyıllardan beri asla yaşanmamış, görülmemiş, olağanüstü bir olaydı. Salon da, localar da ayaklandı. Müthiş bir alkış tufanı koptu.

Paşa eşini ön sıraya oturtarak kürsüye geldi. Dinleyicilere seslendi:

"Hanımlar, efendiler!"

Bu sesleniş kadınları da, erkekleri de titretti, sarstı, içlerini hoplattı. Bir dönemeç yaşanıyordu. Türkiye'de o güne kadar çağdaşlığa yaklaşmak, uygarlığı paylaşmak için birçok iyi niyetli girişimler olmuştu. Hepsinin eksik, yarım, yapmacık kalmasının nedeni, milletin yarısının, kadınların yok sayılmış olmasıydı. Ne yapsalar ilkellik, kabalık, gelişmemişlik kalmıştı.

Türk tarihinde, eskilere hiç benzemeyen bir devrim süreci başlamıştı. İzmirliler buna tanık olmanın büyük heyecanını yaşıyorlardı.

Paşa kısa bir açış konuşmasından sonra soru sorulmasını istedi. İzmirli kadın ve erkekler çeşitli sorular sordular, görüşler belirttiler. Bazı görüşler ve sorular şöyleydi:

Milli egemenlik anlayışını yaymak, yaşatmak için önlemler almalıyız.

Bir gün hainlerin de milletvekili olacağından korkuyorum. Kadınların bu devrim sürecinde görevi ne olmalıdır?

Eğitimin amacı iyi belirlenmelidir.

Geleceğimizde medreseler yer alacak mı?

Kadınların siyasi hakları hakkında ne düşünüyorsunuz?

Halk Partisi'nin eğitim görüşü ne olacak?

Her şeyimiz olan köylüleri kalkındırmak zorundayız.

M. Kemal Paşa görüşler hakkındaki düşüncelerini belirtti, soruları yanıtladı, savaş anılarını, Milli Mücadele dönemini, yürürlükteki anayasanın temel ilkelerini, barış görüşmelerini, emperyalist anlayışı, kurmayı düşündüğü partiyi ve gelecek için neler düşündüğünü anlattı.

Şiddetle alkışlanan sözler, halkın uygar, çağdaş, insanca, temiz, rahat, güvenli bir hayata ne kadar özlem duyduğunu gösteriyordu.

Hasan Âli Yücel

Soru soranlardan biri de Hasan Âli Bey'di (Yücel). İzmir Erkek Öğretmen Okulu'nda Edebiyat öğretmeniydi. M. Kemal Paşa'yı ilk kez görmüş ve dinlemişti. Derin bir saygı içinde arkadaşı Hikmet Bey'e, "Bunları bütün Türk tarihinde şimdiye kadar hiç kimse söylemedi.." dedi, "..Yalnız büyük asker, büyük siyasetçi değil, büyük bir düşünce adamı olduğu da anlaşılıyor. Yüzyıldır böyle birini bekliyorduk."[72]

Toplantı 21.15'te sona erdi.

7 saat sürmüştü.[73]

LATİFE HANIM'ın nikâhta bulunması, nikâhı bir din adamının değil de Kadı Efendinin kıyması bağnazları rahatsız etmişti. Bu toplantı iyice sinirlendirdi:

"Karısıyla birlikte gelmiş!"

"Toplantıya kadınlar da katılmış!"

"Ayağa kalkıp soru da sormuşlar!"

"Tüüüü..."

Dindarlar, hele bilgili dindarlar için bu olayların hiçbiri sorun değildi. Evrende her şey eylem halindeydi, her şey değişiyor, gelişiyordu. Donmuş yorum ve anlayışlarla yaşamak, ilerlemek, kalkınmak imkânsızdı.

Ama bağnazlar farklıydı. Bunlar her yeniliği dine aykırı bulan dar ufuklu, aşırı, koyu dincilerdi. Toplumun taş kesilmiş bir halde, hiç kımıldamadan, değişmeden sürüp gitmesini istiyorlardı. Kendi hayatlarında bağnazlık yapmaları sorun değildi. Ne var ki bunların büyük kısmı herkesin kendileri gibi düşünmesini, yaşamasını, giyinmesini istiyordu.

Devleti kurtarmak için yeni bir şey yapmak isteyen padişahları deviren, her iyileştirme çabasına karşı duran, itiraz eden, isyan eden, matbaayı 250 yıl ülkeye sokmayanlar, Osmanlı Devleti'nin yaşama gücünü kemirip bitirenler bunların atalarıydı.

Devlet için de, millet için de, kendileri için de büyük bir talihsizlik olan bu anlayışı ancak ciddi, bilinçli, düzeyli bir eğitim, doğru bir din bilgisi giderebilirdi.[74]

LOZAN'da özel temaslar sürüyordu.

Türk Kurulu projenin 26 hükmünü kabul edilemez bulmuş, bunu bir yazıyla Müttefiklere bildirmişti. Müttefikler birkaç küçük geri adım atarak projede bazı önemsiz değişikler yaptılar. Ama esas sorunlar, özellikle ekonomik konular olduğu gibi duruyordu.[74a]

Öbür devletlerin kurullarında görevli diplomatlar Türk Kurulu üyelerini rastlaştıkları her yerde sıkıştırmaya başladılar:

"Artık andlaşmayı imza ediniz. Lütfen. Yoksa çok geç olacak. Herkes buradan ayrılacak. Süre bitiyor!"

Türklerin son görüşlerini içeren yazı 4 Şubat 13.30'da Müttefiklere verildi.

Bugün son gündü.

Gazetecilerin yarısı Beau Rivage otelinde, yarısı Lozan Palas'ta toplanmışlardı. Durumu anlamaya, haber sızdırmaya çalışıyorlardı. Lord Curzon, M. Bombard, Marki Garroni'nin toplandıkları haberi yayıldı.

Saat 17.00'de İsmet Paşa ile Dr. Rıza Nur, Hasan Saka, Münir Ertegün ve Tevfik Bıyıklıoğlu asansörle aşağıya indiler. Çok sakin görünüyorlardı. Gazetecileri güler yüzle selamlayarak otelin önüne çıktılar.

Türk bayraklı iki siyah araba ile bir polis arabası bekliyordu. Beau Rivage oteline hareket ettiler. Lord Curzon'un dairesinde yapılacak son özel toplantıya davet edilmişlerdi.

Toplantı 17.30'da başlayacak, Lord Curzon saat 21.30'da trenle Lozan'dan ayrılacaktı. Demek ki Türklere tanınan süre birkaç saatti.

Öteki başdelegeler ve bütün delegeler, gazeteciler, Lord Curzon'un dairesine çıkan merdivenin başındaki büyük salonda toplanmışlardı. Danışmanlar, uzmanlar, kâtipler otelin öteki salonlarına, odalarına dağılmışlardı.

Herkes iyi haber bekliyordu.

Lord Curzon'un dairesinde Lord Curzon, M. Bombard, Marki Garroni ve İsmet Paşa toplandılar.

Saat 19.00'da bir görevli ABD temsilcilerine telefon ederek imza töreninde bulunmaları için davet etti. Onlar da hızla gelip öteki delegeler gibi merdiveni gören salonda beklemeye başladılar. Ümit belirmiş olmalıydı.

Oysa gerçek tam tersiydi. Fransız ve İtalyanların inatçılığı, pazarcı pazarlıkları sürüyordu. Birkaç ikinci derece iktisadi, mali sorun yüzünden barış yolunu kapatmışlardı. Cephe lideri Lord Curzon bu sefil çıkarları savunmak için yırtınıyordu.

Tartışma bir çeşit boğuşmaya döndü.

Biri bile, uçurumun kıyısından dönmüş, üç yüz yıldır tam bağımsız olmanın özlemi içinde yaşayan, çağdaş, uygar bir devlet ve toplum kurmak için çırpınan Türkleri anlamak istemiyordu. Üçü de çıkar, ayrıcalık, sömürme hakkı ve dünya kamuoyunu kandırmak için mücadele ediyordu.

Sabrın bittiği, sözün anlamını yitirdiği çizgiye gelinmişti. İsmet Paşa Lord Curzon'a son olarak dedi ki:

"Londra'da niçin barış yapmadan geldiniz diyecekler. Ne yanıt vereceksin?"

Lord Curzon İsmet Paşa'yı ikna edemediği, kandıramadığı, korkutamadığı için öfke içindeydi. Diplomasi alanında toy bulduğu generalle kolayca oynayacağını düşünmüş, denemiş ama başaramamıştı. Sürekli terliyordu.

İsmet Paşa'ya "Sen ne diyeceksin?" diye sordu.

"Bir tek cümle söyleyeceğim: Lord Curzon barış yapmayı istemedi."

İngiliz zembereği bozulmuş gibi havaya zıpladı, "Katiyen!" diye bağırdı.

"Milletime ve dünyaya diyeceğim ki: 'Lord Curzon barış istemiyordu. Görüşmeleri kısır bir sonuca vardırmak için elinden geleni yaptı. Deneyimini barış için kullanmadı, cimri çıkarların hizmetine verdi. Sırf barış yapmamak için nerede bir bahane bulduysa, onların üzerinde ısrar ederek konferansı kesintiye uğrattı.' Benim kanım bu."

Lord Curzon'un yüzü seyiriyordu:

"Nasıl böyle söyleyebilirsin?"

"Böyle söylüyorum, böyle söyleyeceğim. Önceden aranızda her şeyi kararlaştırmışsınız. Hiçbir ciddi değişiklik yapmadınız. Hiçbir haklı talebe saygı duymadınız. Bizi oyaladınız, dünya komuoyuyla oynadınız. Hazırladığınız andlaşmayı bu olumsuz haliyle bize mutlaka kabul ettirmek istiyorsunuz. Baskı yapıyorsunuz. Buna barış konferansı, sizlere barışçı denir mi? Bu durumu bütün dünyaya anlatacağım."

Lord Curzon'a, M. Bombard'a, Marki Garroni'ye baktı. Bembeyaz kesilmişlerdi. Tarihin soluğunu enselerinde duymuşlardı. Bir bahane icat edip Türkiye'yi konferansa yeniden çağıracaklarını anladı. Emperyalist diplomasi yenilmişti.

Ayağa kalktı.

Lord Curzon telaşlandı:

"Gidiyor musun?"

"Evet."

"Andlaşmayı imzalamadan mı?"

"Evet, imzalamadan. İyi akşamlar ve iyi yolculuklar."

Saat 20.00'de Lord Curzon'un dairesinin kapısı açıldı. Merdiven başında İsmet Paşa ve arkadaşları göründüler. Merdivenleri indiler. İsmet Paşa şapkası ile holdeki kalabalığı nazikçe selamladı, çıktı gitti.

ABD temsilcileri yukarı koştular. Lord Curzon dairesinin salonunda yoktu. Fransız ve İtalyan Başdelegeler berbat ettikleri konferansı kurtarmak ümidiyle Türk Kurulunun arkasından koşmuşlardı. Bir dakika sonra, Lord Curzon kızgın bir boğa gibi salona daldı. Yüzünden ter fışkırıyordu. Acı ve korku içindeydi. Türkiye'yi dize getirememişti. Onca üstünlüğe rağmen ülkesine, barışı sağlayamamış, yani başarısız biri olarak dönecekti. Bunu sindirmesi imkânsızdı. Bir eli havada, salonda homurdanarak, inleyerek, aksayarak dönüp duruyordu. Birden durup bağırdı:

"Andlaşmayı imzalaması için elimden geleni yaptım. Fakat İsmet her sözümüze şu iki bayat ve adi kelimeyle cevap verdi: 'Bağımsızlık' ve 'milli hâkimiyet'. Ve bunlar yüzünden andlaşmayı imzalamadı."

"Konferans yarıda mı kaldı, ertelendi mi?"

Konferansın yarıda kalmış olması savaş demekti. Hem de bu kez İstanbul'da ve Çanakkale'de, Türkler ile İngilizler arasında. Terini sildi:

"Ertelendi."[75]

TÜRK KURULU Lozan Palas'a döndü. Haber otele ulaşmıştı. Lozan Palas'taki gazeteciler Türk Kurulunun çevresini sardılar. Türk danışman, uzman, kâtipler ve Türk gazeteciler de gelmişlerdi.

İsmet Paşa ayaküstü durumu özetledi:

"Esir olmayı kabul etmedik."

Lord Curzon'un treni hareket edene kadar Fransız, İtalyan Başdelegeler ile ABD temsilcileri gide gele uzlaşma sağlamaya çalıştılar ama barışı sağlayacak kadar zaman yoktu.

Lord Curzon'un treni 21.35'te hareket etti. Barış Konferansı bilinmedik bir tarihe ertelenmişti.

İsmet Paşa kamuoyunu aydınlatmak için Türk ve yabancı gazetecileri dairesinde kabul etti. Kısa bir demeç verdi:

"Bütün konferans sırasında biz, büyük bir sorumluluk duygusu ile çalıştık. Birçok masum insanların kanı, birçok milletlerin mukadderatı söz konusu ise, bir sorunu yalnız evet ya da hayır diye kestirip atmak kolay mıdır? İnsanların kaderi oyuncak mıdır? Ben bütün konferans boyunca bu ağır sorumluluğun yükü altında çalıştım. Olanlar hakkında yargıda bulunmayı milletlerin vicdanına bırakıyorum."

Kabul edilen sorunları ve reddettikleri önerileri saydı. Bir örnek verdi:

"İstanbul işgal altındayken Müttefikler İstanbul yönetimiyle bazı anlaşmalar yapmışlar, bazı ayrıcalıklar almışlar. Bana bunları görmeden, okumadan, incelemeden, bilgi sahibi olmadan kabul et, imzala diyorlar. Mantıklı bir durum mu bu? Barışa böyle ulaşılır mı? Tabii imzalamadım. Türkiye adına yapılabilecek her fedakârlığı yaptım. Fakat iktisadi esareti reddettim.

Ne diyecekler dünyaya? 'Türkiye'nin iktisadi hayatını mahvetmek istedik. Türkler kabul etmediler. Onun için barış olmadı' mı diyecekler?"

Gazeteciler telefonlara koşuştular.

GECE İsmet Paşa'nın günün olaylarını ve sonucu bildiren raporu Bakanlar Kurulunda okunup görüşüldü. Raporun bir benzeri Başkomutan'a, bir benzeri de Fevzi Paşa'ya tellendi.

Konferans ertelendiğine göre barış görüşmeleri ilerde devam edecek demekti. Mudanya Anlaşması yürürlükteydi. Yani savaş söz konusu değildi.

Ama Fevzi Paşa, İngilizlere güven duymuyordu. İlk aşamada İzmit körfezinin mayınlanmasını emretti. İzmir körfezinin mayınlanması için emir beklenecekti. Yeşilköy havaalanındaki İngiliz uçaklarının tahribi ya da ele geçirilmesi için önlem alınacaktı.[76]

General Harrington da ani bir Türk hareketinden çekindiği için İstanbul'u boşaltıp Çanakkale'ye çekilmek için hükümetten izin istemiş, bir Türk taarruzuna karşı Çanakkale'de çok sıkı savunma önlemleri alınmasını emretmişti.

İki ordu da alarma geçti.

KONFERANS Genel Sekreteri M. Massigli sabah İsmet Paşa'yı ziyaret etti. İsmet Paşa sordu:

"Konferans bitti mi?"

"Hayır, ileri bir tarihe ertelendi."

"O halde, bu aradan yararlanarak ben de gidiyorum. Zamanı gelince beni davet edersiniz."

Konferansı kurtarmak, konferansı batıran Fransa'ya düşüyordu.

İsmet Paşa bağlantı için Lozan'da birini bırakmayı doğru buldu. Bu görev için ahlakını ve bilgisini çok beğendiği Mustafa Şeref Bey'i (Özkan) düşündü. M. Kemal Paşa'ya bu beyi seçim listesine almasını önerecekti. Memleketin böyle kafalara çok ihtiyacı vardı.

M. KEMAL PAŞA, Latife Hanım'la birlikte, 5 Şubat günü erkenden Akhisar'a gitmek için trenle İzmir'den ayrıldı. Özel katar Kayalıoğlu (Çiftlik) istasyonunda durdu.

Akhisar ve çevresi kahraman Süvari Kolordusu'nun bölgesiydi. Kolordu Komutanı Fahrettin Paşa istasyonda Başkomutan'ı bekliyordu.

Başkomutan bu kesimdeki birlikleri denetledi. Birlikler üç saat süren büyük bir manevra yaptı. Manevra çok güzel bir geçit töreni ile sona erdi. Asker savaşa hazırdı.

Başkomutan'ın eşi ile birlikte gelmesi, geçit törenini birlikte izlemeleri, sancaklar geçerken Latife Hanım'ın da ayağa kalkması süvarileri çok memnun etti. Yorgunluklarını unuttular.

Başkomutan'ın eşinin geçit törenini izleyeceğini öğrenen bazı subay hanımları da başlarını örtüp Latife Hanım'ın arkasında yer almışlardı. İlk kez bir geçit töreni izleyen bu hanımlarımıza, biri bir gün kız torunlarının subay olabileceklerini söylese acaba ne derlerdi?

Paşa ve eşi son olarak hastaneyi ziyaret ettiler. Latife Hanım hastalara küçük armağanlar dağıttı.

Fahrettin Altay Paşa ile birlikte Akhisar'a hareket edildi.

Sanki bütün Akhisarlılar istasyonda toplanmıştı. İşgalin unutulmaz acısını çekmiş olan kadın ve erkek Akhisarlılar, üç yıldır adını sayıkladıkları, ömrüne dua ettikleri efsaneyi görmeye koşmuşlardı. Hiç ümit yokken bile bir gün gelecek, düşmanı duman edecek diye beklemişlerdi. Düşman duman olmuş ve o da gelmişti işte!

Çılgınca alkışlıyor, avaz avaz "Gazi Paşaaa!" diye bağırıyor, mutluluk diliyorlardı. İstasyon caddesinin (şimdi Tahir Ün caddesi) iki yanından akan halkla birlikte, zafer takları altından geçerek, eşiyle birlikte karargâha yürüdü. Halkı sevgiyle selamlıyor, ağlayan hanımlara, "Ağlamak bitti, gülünüz!" diye sesleniyordu. Halk bir devlet büyüğünün eşini, Latife Hanım da Anadolu halkını ilk kez görmekteydiler.

Kolordu karargâhında biraz dinlendikten sonra Belediyeye geçtiler. Paşa emekli yargıç İsmail Efendi'nin konuşmasını yanıtladı, 'bütün İslam âleminin içinde bulunduğu acı duruma' dokunduktan sonra şöyle dedi:

"İslam âleminin yoksulluğunun ve düşkünlüğünün nedenleri vardır. İslam âlemi Allah'ın emrini yapmış olsaydı bu durumlara düşmez, bu acıları çekmezdi. Allah'ın emri 'çok çalışmaktır'. Düşmanlarımız böyle çalışıyor. Biz onlara yetişmek için daha çok çalışmak zorundayız. Çalışmak boşuna yorulmak, terlemek demek değildir. İlim ve fenden, her türtlü uygar icatlardan yararlanarak çalışmak demektir. İtiraf edelim ki bu konuda birçok yanlışımız var. Bizim dinimiz milletimize hakir, miskin, alçalmış olmayı tavsiye etmez. Tam tersine Allah da Peygamber de insanların izzet ve şerefini korumalarını emrediyor."

Akşam da Belediyenin verdiği yemekte konuştu, ilk namus cephelerinden birini kuran Akhisarlıları kutladı. Lozan görüşmeleri hakkında bilgi verdi:

"Bize hâlâ bağımsız bir devlet muamelesi yapmak istemiyorlar. Bağımsızlığa aykırı iktisadi ayrıcalıklar kabul ettirmeye çalışıyorlar. Kabul etmedik. Görüşmelere bu yüzden ara verildi. Ama haklarımızı alacağız. Bunun güvencesi milletimizin azmi, kuvveti, kabiliyetidir, sizlersiniz."

6 Şubat sabahı Kırkağaç'a geldiler.

Kırkağaçlılar, bütün öteki Anadolu illeri, kasabaları gibi kimbilir kaç yüz yıldır büyükçe bir devlet adamı görmemişlerdi. Eski yöneticilerin yurdu gezmek, halkı tanımak gibi bir istekleri olmamıştı. M. Kemal Paşa ise kurtuluşu gerçekleştiren büyük asker, Başkomutan, Meclis Başkanı yani Devlet Başkanı'ydı.

Kırkağaçlılar yirmi kurban kestiler.

"Millet gazisi bin yaşa!" diye bağırıyorlardı.

M. Kemal Paşa ve eşi tümen karargâhını ve Türk Ocağı'nı ziyaret ettiler. Paşa Belediyede yaptığı konuşmada "Milli hâkimiyet milletin namusudur, haysiyetidir, şerefidir" dedi.

Kişi ve hanedan yönetimi tarihin dönülmez sayfalarında kalmıştı.

Büyük sevgi gösterileri arasında Kırkağaç'tan ayrılarak Soma'ya hareket ettiler.

Soma'da da coşkuyla karşılandılar. M. Kemal Paşa'nın yalnız vatanı değil, milletin canını, ırzını, namusunu, şerefini, huzurunu kurtardığını en iyi kadınlar biliyorlardı. Ağlayarak Paşa'nın ayaklarına kapanmak istediler. Yaverler zorlukla engel oldular.

Soma'dan sonra Balıkesir'e doğru yola çıkıldı. Ara istasyonların hepsi, Başkomutan'ı görmek isteyen binlerle doluydu. İstasyonlarda yavaşlayan trene halk çiçekler atıyor, alkış tutuyor, dualar ediyor, trenle birlikte koşuyor ve ağlıyordu. Hâkimiyet-i Milliye gazetesi adına geziyi izleyen Recep Zühtü Bey, "Bu inanılmaz kalabalığı, bu olağanüstü bağlılığı, sevgiyi, minneti anlatmayı nasıl başarmalı?" diye dertlendi.

Balıkesir'e ulaşıldı.

Saat 15.30'du.[77]

FEVZİ PAŞA hükümetin izin vermesi üzerine İzmir körfezinin de mayınlanmasını emretti. Körfez ağzında sadece gizli bir geçit bırakıldı.

Bütün yabancı gemilere de 24 saat içinde İzmir'i terk etmeleri bildirildi. Kılavuz motorlar gemilere yol göstereceklerdi. Körfeze yabancı savaş gemisi girmesi de yasaklandı. Karar İstanbul'daki temsilci Dr. Adnan Bey aracılığıyla devletlere bildirildi. Kararın sertliği telaş ve tepki yarattı.

Hava birdenbire çok gerildi.[78]

BALIKESİR'de yalnız istasyon değil, yollar da kaynıyordu. Bütün köyler Balıkesir'e akın etmiş gibiydi. Bir gazeteci kalabalığı 'elli bin kişi' diye tahmin etti. Her türlü hayali aşan bir kalabalık vardı.

Paşa ve eşi trenden inince, o kenetlenmiş, ayrılmaz, yapışık sanılan kalabalık, saygıyla ikiye ayrıldı, kimseye dokunmadan geçebilecekleri kadar bir yol açtı.

İstasyondan çıkıp Belediyeye yürüdüler. Daha sonra ordu karargâhını ziyaret ettiler.

Bütün caddeler, sokaklar, dükkânlar, evler, camiler, minareler bayraklarla donatılmıştı.

Gece yemeğe Latife Hanım da katıldı. Başı örtülü, yüzü açıktı. Kalabalık sofrada tek hanımdı. Kimse eşini getirmeye cesaret edememişti. Paşa, "Zafer milletin azminin eseridir.." dedi, "..Bu azimle bilim, eğitim ve uygarlık yolunda da ilerleyeceğiz."

Yemekten sonra hep birlikte binanın önüne çıkıldı. Fener alayını seyrettiler. Havai fişekler karanlık kış göğünü süsledi.[78a]

Latife Hanım'a teşekkür etti.

"Sağ ol. Sakın yılma. Bir gün yanına Valinin hanımı gelir, öbür gün Belediye Başkanının hanımı. Yavaş yavaş alışılır. Katılanlar çoğalır. Bu ilkellik biter. Uygar sofralarda birlikte oturmayı öğreniriz."

BU SAATTE Lozan Palas'ta büyük hareketlilik vardı. Son olarak Türk Kurulu da bu gece yarısından sonra Lozan'dan ayrılacaktı.

Bavullar, çantalar toplanıyor, dosya sandıkları hole indirilip kapıda bekleyen otomobillere taşınıyor, hesaplar görülüyordu. İkinci oteldeki üyeler ile istasyonda buluşulacaktı. İsmet Paşa Yunan toprağından geçmemek için Bükreş Köstence hattını seçmişti.

Trene Türk Kurulu için fazla vagon eklenecekti.

Müttefikler, özellikle Fransızlar İsmet Paşa ricacı olursa geri gelmeye hazır olduklarını duyurmuşlar ama İsmet Paşa Türkiye'yi küçülten bu beklentiyi boşa çıkarmıştı:

"Ankara'ya dönüyoruz. Çağırırsanız geliriz."

Bugün İsmet Paşa Lozan'ı gezmiş ve ilk kez alışveriş yapmıştı. Paşa'nın ısmarladığı nikâh yüzükleri ile kendi adına bir evlilik armağanı almıştı.

Yemeğe geç saatte oturdular.

SABAH (7 Şubat) M. Kemal Paşa ordu karargâhında çalıştı. Öğle namazını büyük bir cemaat ile Zağanos Paşa camisinde kıldı. Şehitler için okunan mevlidi dinledi. Mevlit bitince yerinden kalktı, ağır adımlarla minbere çıktı. Cemaat dikkat kesildi:

"Millet!

Allah birdir. Şanı büyüktür. Allah'ın selameti, iyiliği ve hayrı üzerinize olsun. (..) Dinimiz son dindir. Ekmel dindir."

Dini yücelten bir konuşma yaptıktan sonra burada da soru sorulmasını istedi. Sorular bitince minberden indi, soruları ayakta yanıtladı.

Biri hutbenin dili ile ilgili bir soru sormuştu. Haklı bir soruydu. Çünkü hutbe Arapça okunur, halk da anlamadan dinlerdi. Genellikle hazır Arapça hutbeler okunurdu. M. Kemal Paşa hutbenin tarihi, anlamı, işlevi konusunda ayrıntılı bilgi verdi. Bilgisiyle yobazları bile hayran bıraktı. Yanıtını şöyle bitirdi:

"Hutbelerin dilinin bilinmesi, anlaşılması, bilim ve fenne uygun olması gerekir. Hutbeler tamamen Türkçe ve zamanın gereklerine uygun olmalıdır ve olacaktır."[79]

Sonra hilafet, Lozan, Osmanlı borçları, ticaret, tarım, sanayi, kadın hakları ve Halk Partisi hakkındaki soruları yanıtladı. Sohbeti şöyle bitirdi:

"Yüzyılların verdiği dersler milletimizi uyandırdı. Her yerde halkımız sizin gibi memleketin bugünü ve geleceği ile çok ilgili. Ordumuzu da gördüm. Halkta ve orduda gördüğüm kudret, kabiliyet, haklarımızı elde etmeye yeterlidir."[80]

BARIŞ yapmayı başaramadıkları için İngiliz, Fransız ve İtalyan basını hükümetlerini eleştiriyorlardı. En çok yüklenen de Fransız basınıydı. Bu zor dönemde Türklerin İzmir körfezini mayınlatarak deniz trafiğine kapatması Fransız hükümetini sinirlendirdi.

Bu kararı dinlemeyeceğini, mayınları toplatacağını bildirdi. Fevzi Paşa da mayınları toplamaya girişmeleri halinde ateşle karşılık vereceklerini açıkladı.

Savaş olasılığı yine geri dönmüştü.[81]

Körfezin girişindeki tabyalardan başka, kıyılara da ağır toplar yerleştirildi. Mayın hattı daha sıkıştırıldı. Elde iki eski torpitobot vardı. Körfezin ağzında karakol gezmeye başladılar. Uçaklar Ege üzerinde keşif uçuşları yapıyordu. Topkapı Sarayı'ndaki tarihi hazinenin önemli bir kısmı, sessizce Konya'ya taşındı.

Havada Çanakkale günlerini hatırlatan bir şeyler vardı.

Tehlikeli biçimde tırmanan gerginlik, M. Kemal Paşa'nın İzmir'e dönmesi, durumu öğrenen İsmet Paşa'nın telgrafla müdahalesi ve İstanbul'daki İngiliz Yüksek Komiseri Vekili Mr. Henderson'un sakinliği sayesinde geçiştirilecektir.

Fransızlar mayınlara yaklaşmama akıllılığını gösterdiler. Birkaç gün sonra da Türkler geçiti genişlettiler.

Şu anlaşıldı ki Türk suları artık tekin değildi.

İZMİR şu sıra savaştan daha güzel bir şeye hazırlanıyordu. Türkiye İktisat Kongresi'nin yapılacağı binadaki eksikler tamamlanmış, salon ve localar halılar, bayraklarla süslenmişti. Hazırlıkları yöneten İzmir kurulu çok çalışkandı.

İktisat Bakanı Mahmut Esat Bey, iş arkadaşları ve 150 kadar temsilci ile 11 Şubat günü İzmir'e geldi. M. Kemal Paşa Bakanı ve temsilcileri kabul etti. Ayrılırlarken Mahmut Esat Bey'e "Sen kal" dedi. Temsilciler ayrıldıktan sonra çalışma odasına geçtiler.

Kongre hakkında bilgi aldı. Mahmut Esat Bey'in kongrede yapacağı konuşmaya göz attı. Beğendi. Tasarladıkları iktisat siyasetini Bakan olarak Mahmut Esat Bey açıklayacak ve tartışmaya açacaktı.

Temsilciler erkenden gelmeye başlamışlardı. Gelenler bin kişiyi geçecekti. Misafirler için otellerde, pansiyonlarda ve okullarda yatacak yerler sağlanmıştı. Bazı İzmirliler açıkta kalanları evlerinde misafir etmeye hazır olduklarını bildirdiler. Yemek için binanın birinci katında büyük bir lokanta kurulmuştu.

Sergide yer alacak ürünler, dev binanın alt katındaki yan salonlara yerleştiriliyordu.

İzmirliler, kongreye büyük ilgi göstermekteydi. İlk kurşun gibi milli iktisata doğru ilk adımın da İzmir'de atılmasından çok mutluydular.

17 ŞUBAT Cumartesi sabahı İzmir ayaktaydı. Temsilciler, görevliler, meraklılar kongre binasına akıyordu.

10.30'da kongre M. Kemal Paşa'nın konuşmasıyla açılacaktı. Alt kattaki büyük salon temsilcilere, davetlilere ve basın mensuplarına, balkon ve localar kongreyi izlemek isteyen halka ayrılmıştı. Halka ayrılan yerin beş yüz kişilik bölümü kadın dinleyiciler içindi.

Erkenden gelmeye başlayan temsilciler ve halk sergiyi gezdikten sonra yerlerine geçiyorlardı. Temsilciler dört gruba ayrılmıştı: İşçiler, sanayiciler, ziraatçiler ve ticaretçiler. Kuva-yı Milliyeci Ayşe Çavuş da sergilensin diye yetiştirdiği ürünleri alıp gelmişti.[82]

Bir başkanlık, bir de konuşma kürsüsü hazırlanmıştı.

Davetliler arasında Genelkurmay Başkanı Fevzi Paşa, Batı Cephesi Kurmay Başkanı Asım Paşa, İzmir'deki komutanlar, Vali, Belediye Başkanı, Sovyet Rusya Büyükelçisi Aralof ve Azerbaycan Büyükelçisi İbrahim Abilof ile eşleri, İzmir'deki konsolosluk görevlileri vardı.[82a]

Temsilciler ve dinleyiciler Fevzi Paşa ve komutanlar ile Aralof ve Abilof'a büyük sevgi gösterisinde bulundular.

İzmir, işçi temsilcisi olarak altı hanım seçmişti. Kurtuluş Savaşı kahramanlarından Kara Fatma da çiftçiler arasında yer almıştı. Manisa'dan sanayicilerin temsilcisi olarak seçilen Kâzım Karabekir Paşa sivil gelmişti. Manisalıların arasında oturuyordu.

Temsilcilerin sayısı bin üç yüzü, dinleyicilerin sayısı üç bini aştı.

10.20'de M. Kemal Paşa da salona girdi.[83]

Temsilciler, davetliler, dinleyiciler ayağa fırladılar. Alkışlar, sevgi haykırışları dev binaya sığmadı, dışarı taştı. Salonu ve dinleyicileri selamlayarak ilerledi, davetlilerin ellerini sıktı. Ön sıraya oturdu. Bahriye bandosunun çaldığı bir parçadan sonra, Belediye adına gazeteci Haydar Rüştü Bey (Öktem) kürsüye geldi. Kısa bir konuşma ile temsilcileri, misafirleri ve halkı selamladı. M. Kemal Paşa'yı açış konuşmasını yapması için Başkanlık kürsüsüne davet etti.

M. Kemal Paşa şiddetli alkışlar arasında kürsüye geldi. Türk devletleri tarihinde örneği olmayan bir konuşma yaptı. İktisatın

İzmir İktisat Kongresi açılış konuşması

çok önemli, milli iktisatın ise bağımsızlığın güvencesi olduğunu söyledi. Konuşması sık sık uzun alkışlarla kesildi.

Devletin artık bir iktisat devleti olması gereğini belirtti. Müttefiklere de şu mesajı verdi:

"Bütün cihan bilsin ki bu millet tam bağımsızlığının sağlandığını görmedikçe, yürümeye başladığı yolda durmayacaktır!"[84]

Konuşmasını yapması için İktisat Bakanı Mahmut Esat Bey'e söz verdi. Mahmut Esat Bey iktisadi açıdan tarih dönemlerini irdeleyerek yeni Türk Devleti dönemine geldi ve geleceğin iktisat modeli tasarısını kendi üslubuyla, iktisat dünyasının ilgisine ve değerlendirmesine sundu:

"Yeni Türkiye iktisat hayatı, var olan iktisat sistem ve siyasetlerinin hiçbirinin aynı olamaz. Yeni Türkiye, milletimizin iktisadi mana ve ihtiyacına, iktisat tarihimizin ruhiyatına uygun, başlı başına bir iktisat siyaseti takip eylemek zorundadır. Biz, ik-

tisat meslekleri tarihinde var olan mekteplerden (modellerden) hiçbirine mensup değiliz. Ne 'bırakınız geçsinler, bırakınız yapsınlar' mektebindeniz, ne de sosyalist, komünist, ateist veya himaye mekteplerindeniz. Bizim de yeni Türkiye'nin yeni iktisadi manasına göre yeni bir iktisat mektebimiz (modelimiz) vardır. Buna ben 'Yeni Türkiye İktisat Mektebi' diyorum. Yukarda zikrettiğim mekteplerden hiçbirine bağlı olmamakla birlikte, memleketimizin ihtiyacına göre bunlardan yararlanmayı ihmal etmeyeceğiz. Yeni Türkiye muhtelit (karma) bir iktisat sistemi takip etmelidir. İktisadi teşebbüs, kısmen devlet ve kısmen şahıslar tarafından üstlenilmelidir."[85]

Sonra başka konulara geçti.

Bakanın alkışlarla karşılanan konuşmasından sonra M. Kemal Paşa, 'bu akşam Ankara'ya dönmek zorunda olduğunu, bu nedenle kongrede sonuna kadar kalamayacağını üzülerek' açıkladı, 'bir genel başkan ve her gruptan da birer başkan vekili seçilmesini' önerdi. Öneri oybirliği ile kabul edildi.

Toplantı başkan ve başkan vekillerinin seçimi için saat 15.00'e bırakıldı.

M. Kemal Paşa ve davetliler Belediyenin verdiği öğle yemeğine katıldılar. Yemekten sonra sergiyi gezdiler. Paşa sergiye katılan her üreticiyi ve sanatçıyı kutladı.

Öğleden sonra Kâzım Karabekir Paşa oybirliği ile Türkiye İktisat Kongresi Başkanlığına seçildi. Bir konuşma yaptı.[86]

Kongre çalışmaya başladı.

KARA KIŞ Doğu Avrupa'yı kasıp kavuruyordu. Ekspres Bükreş'e zorlukla gelmişti. İngiliz Elçiliğinden bir görevli İsmet Paşa'ya Lord Curzon'un gizli bir mesajını ulaştırdı. Lord Curzon barış ümidi veriyor, konferansın barış ile sonuçlanmasını diliyordu.

Bu mesaj, durumun askıda kalmasının İngiliz hükümetini tedirgin ettiğini, barış istediğini gösteriyordu. Lord Curzon bir çeşit af dilemekteydi.

Barışı istemeyen mi vardı? Ama Lozan'nın ilk dönemine katılan Müttefik Başdelegeleri, barışı gerçekleştirecek olgunlukta değillerdi. Hiçbirinde barış kafası ve yüreği yoktu.

İsmet Paşa ve kurul kar yolları kapattığı için Köstence'ye büyük zorlukla ulaşabildi. Köstence'den gemiye bindiler.

16 Şubat akşamı İstanbul'a geldiler.

İsmet Paşa basına bilgi verdi:

"Lozan'a herkes cebine istediğini koyup gelmişti. Çok mücadele ettik. Konferansa ara verilmesine neden olan konular daha çok iktisadi ve mali konulardır. İktisadi bakımdan bir ortaçağ memleketi olamayız! Bizi böyle görmelerine katlanamayız. Yeni Türkiye yaşamak azmindedir. Bunu kanıtlayacağız."[86a]

17 Şubat günü İstanbul'daki Müttefik Yüksek Komiserleri İsmet Paşa'yı ziyaret ederek bazı önerilerde bulundular. İsmet Paşa hükümetiyle konuşmadan hiçbir öneriyi kabul edemeyeceğini bildirdi.

M. Kemal ve Fevzi Paşalarla Eskişehir'de buluşacaklardı.

17 Şubat gecesi trene bindiler.

M. KEMAL PAŞA, Latife Hanım, Fevzi Paşa, bazı milletvekilleri, Salih Bey, Pakize Hanım ve görevliler de o gece İzmir'den hareket ettiler.

Gece olmasına rağmen istasyonlar yine sevgi gösterileri yapan halkla doluydu. Kâzım Karabekir Paşa da, Kongrenin kararı gereği, Kongre adına M. Kemal Paşa'yı uğurlamaya gelmiş, Kongrenin saygılarını, iyi dileklerini iletmişti.

Saat 02.30'da Uşak'a geldiler.

İstasyon lüks lambaları, mum fenerleri, meşaleler ile aydınlatılmıştı. Uşak ayaktaydı. Yakın köylerden de çok gelen olmuştu. Kurbanlar kesildi. Uşak Müftüsü, büyük Kuva-yı Milliyeci Ahmet Hulusi Efendi güzel bir konuşma ile halkın Gazi Paşa'ya minnetini belirtti.

Eskişehir'e kadar bütün istasyonlar heyecanlı kalabalıklarla doluydu. Ama Eskişehir'e zamanında yetişmek için istasyonlarda duramadılar, yavaş geçerek halkı selamladılar.

Sabah 09.00'da Eskişehir'e ulaştılar.

İsmet Paşa, Dr. Rıza Nur, Hasan Saka, kurul üyeleri, Eskişehir yöneticileri ve Eskişehirlilerce karşılandılar. Minarelerden sela veriliyor, istasyonun dışına taşmış olan kalabalıktan bağırışlar, alkışlar, tekbirler duyuluyordu. Davullar zurnalar oyun havaları vurmakta, türlü gruplar halk oyunları oynamaktaydı. Halk M. Kemal Paşa'yı sanki yıllardır görmemiş gibiydi.[87]

İsmet Paşa trene atladı.

M. Kemal Paşa ile kucaklaştılar. İsmet Paşa'nın saçının yer yer beyazlaşmış olduğunu görünce Paşa'nın içi sızladı. Ne kadar zor günler yaşadığı anlaşılıyordu. İsmet Paşa büyük bir sevinçle Paşa'yı ve Latife Hanım'ı kutladı. Nikâh yüzüklerini getirmişti. Kendi armağanıyla birlikte verdi.

Halkın sevgisini karşılıksız bırakmamak için hep birlikte trenden indiler. Halkı selamlayarak Belediyeye yürüdüler. Güzel gözlü genç bir köylü kadın bağırdı:

"Paşam, ulu Allah benim ömrümden alıp sana versin!"

MECLİS'teki büyük komisyon odasındaki masanın çevresinde kimi gazete okuyor, mektup yazıyor, kimi de alçak sesle sohbet ediyordu.

Tevfik Hoca söylenmeye başladı. Biri sordu:

"Ne oldu Hoca?"

"Daha ne olsun? İzmir'deki Kongreye temsilci olarak işçi kadınları da almışlar."

Süreyya Bey okuduğu gazeteden başını kaldırdı:

"Ne var bunda?"

"Allah Allah! İşçi kadınlar erkeklerle diz dize oturup memleket işlerini mi konuşacaklar? Bu ne yani? Uygarlık mı?"

Süreyya Bey kısık bir kahkaha attı:

Süreyya Bey

"Öyle şey olur mu? Uygarlık, kadını eve hapsetmek, okula yollamamak, ara sıra dövmek, kapatmak, erkeğin üç adım gerisinden yürütmek demektir. Doğru dedim değil mi, Hoca?"

Tevfik Hoca masadan kalkıp gitti.

MAHMUT ESAT BEY'in Kongre'de açıkladığı iktisat modeli sadece birkaç dikkatli temsilcinin ilgisini çekmişti.

Bu doğal bir durumdu. Türklerin bir çığır açabileceğine, özgün bir görüş ileri sürebileceğine, kopya olmayan bir çözüm bulabileceğine güvenilmezdi. Avrupalının düşünüp bulamadığı bir şeyi bir Türk'ün düşünüp bulabileceğine yüzyıllardır kimse inanmıyordu.

Batı dünyasına özgü canlılık, zenginlik, icatlar, keşifler, transatlantikler, trenler, uçaklar, balonlar, yeni silahlar, yeni bilimler karşısında duyulan aşağılık duygusu birçok aydının hücrelerine işlemişti.

Kongre, Türkiye'nin geleceğini ilgilendiren iktisat modelini bir yana bıraktı, güncel, pratik, küçük sorunlara daldı. Büyük, kapsamlı sorunları henüz tartışmaya hazır olmayan bir toplumun parçasıydılar.

BELEDİYEDE bir odaya çekildiler.

İsmet Paşa, M. Kemal ve Fevzi Paşalara Lozan'ı genişçe anlattı. Neler kabul edilmişti, neler edilmemişti, neler daha konuşulmamıştı, konferansın bir dökümünü yaptı. Döküm şunu gösteriyordu: İngiltere ile Musul'dan başka sorun kalmamıştı. Musul sorununu andlaşma dışına alarak, Türkiye ile İngiltere arasında bir yıl içinde bir karara bağlamak imkânı vardı.

Lord Curzon'un çıkardığı öteki sorunların İngiltere'yle bir ilgisi yoktu. Fransa ve İtalya ile bazı önemli iktisadi ve mali konularda anlaşma sağlanamamıştı. Görüşmelerin kesilmesinin nedeni, Fransız ve İtalyan delegelerinin küçük çıkarcılıkları ve inatçılıklarıydı. Karaağaç'ı sorun yapan Yunanlılar ve Bulgarlardı. Yunanlılarla tazminat konusunda anlaşma sağlanması çok zor görünüyordu. Lord Curzon bu sorunlarda karşı devletleri deskteklemeyi emperyal bir görev olarak benimsemişti.

Türkiye bir karşı tasarı hazırlayıp Müttefiklere verebilir ve görüşmeler yeniden başlayabilirdi. Durum böyle bir çözüm için elverişli görünüyordu. Lord Curzon'un mesajını gösterdi.

Büyük konuları gece geç saate kadar birkaç kez daha ayrıntılı olarak değerlendirdiler.

Geceyi Eskişehir'de trende geçirdiler. Eskişehir-Ankara yolunu da konuşa konuşa aldılar.

M. Kemal Paşa da, Fevzi Paşa da, bazı geçici, kısa süreli fedakârlıklarla barışın mümkün olduğunu görmüşlerdi. Bu durum ikisini de rahatlattı. Çünkü sürekli savaş olasılığı içinde yaşanamaz, bu kadar büyük bir orduyu uzun süre beslemeye devletin gücü yetmezdi. Türkiye iş yapmak, ayağa kalkabilmek için bir an önce barışa geçmeliydi.

SABAH saat 10.00'da Ankara'ya geldiler. Törenle karşılandılar. Başbakan, Bakanlar, birçok milletvekili, muhabirler ve halk istasyondaydı. Başbakan ve Bakanlar Latife Hanım'a hoş geldiniz dediler ve saygılarını sundular. Halk "Mutlu olun!" diye bağırıyordu.

M. Kemal Paşa ve Latife Hanım Çankaya'ya, Başbakan ve Bakanlar vilayet konağına gittiler. M. Kemal Paşa eşini eve bıraktıktan sonra gelecek ve Bakanlar Kurulu toplanacaktı.

PAŞA "Buyur Latif" dedi, "..evine hoş geldin."

Yol verdi.

Latife Hanım önde, içeri girdiler. Bu sırada şoförler ikinci otomobilden Latife Hanım'ın boy boy bavullarını indiriyorlardı.[88]

Havuzlu holden geçip yemek odasına geçtiler. Latife Hanım havuzlu hole bayılmıştı. Yemek odasına hayran kaldı. Paşa Abdürrahim'e "Latife Ablana evi gezdir.." dedi, "..ben geliyorum."

Yukarı çıktı.

Abdürrahim önce birinci kattaki elçi kabul odasını gösterdi. Oymalı mobilyalarla döşeli, görkemli bir odaydı. Sonra zarif döşeli misafir salonuna götürdü. Salonda piyano da vardı. Çankaya Köşkü Göztepe'deki köşkten daha büyük değildi ama daha güzel döşenmişti. Bir devlet başkanının evi olduğu belliydi. Latife Hanım neşeyle sordu:

"Kim çalıyor bu piyanoyu? Sen mi, Paşa mı?"

"Fikriye Ablamın piyanosu. O çalardı. Çok eğlenirdik."

Latife Hanım'ın yüzünden bir duman geçti:

"Nerde şimdi Fikriye Ablan?"

"Almanya'da, hastanede."

Üstünü değiştiren Paşa aşağıya inmişti. Bakanlar Kurulu toplantısına katılacağını söyledi:

"Sen de biraz dinlenir, biraz yerleşirsin. Ev senin."

BAKANLAR KURULU İsmet Paşa'yı dikkatle, sorular sorarak dinledi. Yemek arası vermediler, yine kaşar ekmek ve çay getirttiler.

İsmet Paşa Müttefiklerin hazırladıkları ve imzalanması için baskı yaptıkları andlaşma projesinin bazı bölümlerini okudu. Hepsi çok kızdı:

"Sevr'i hazırlayan kafa bu!"

"Hiç değişmiyor."

"Bu ne doymaz iştah."

"Bu ne arsız, bencil bir diplomasi!"

Bakanlar Kurulu'nun bir karar vermesi gerekiyordu: Ya barış görüşmelerini keserek, sonuç almak için askeri harekete geçirecekti ya da barış görüşmelerini sürdürecekti.

Bakanlar Kurulu barışı seçti.

Karşı bir tasarı hazırlamaya karar verildi.

21 ŞUBAT günü TBMM toplandı. Başkan Ali Fuat Paşa'ydı. Hükümetin isteği üzerine gizli oturuma geçildi. Balkonlar boşaltıldı. Tutanak kâtiplerinin yerini genç milletvekilleri aldı. Kapılar kapandı.

İsmet Paşa ilk kez sivil giyinmiş olarak kürsüye geldi. Pek şıktı. Lozan görüşmeleri hakkında ayrıntılı bilgi sundu. Soruları yanıtladı. Hükümetin katılımıyla bir karşı tasarı hazırlanıyordu. Karşı tasarı hazırlanınca, Meclis'e yeniden bilgi sunulacaktı.

Bu oturum tartışmasız, kavgasız kapandı.

Ama bu, fırtına öncesi sakinlikti.[89]

MÜTTEFİKLERİN tasarısına karşı Türk tasarısı hızla hazırlanmaktaydı.[90] Asıl çalışmayı İsmet Paşa, Dr. Rıza Nur, Hasan Saka ile danışman ve uzmanlar yapıyor, çalışmalara gerektikçe M. Kemal Paşa, Başbakan ve Bakanlar da katılıyorlardı. Altı gün süren yoğun bir çalışmadan sonra tasarı olgunlaştı.

Uzlaşılmamış önemli, duyarlı konular vardı. Bu konularda gerektiğinde ne kadar, nereye kadar fedakârlık yapılabilirdi? Meclis'ten bu konularda görüş istemeye karar verdiler.

27 ŞUBAT günü gizli bir oturumda İsmet Paşa durumu Meclis'e anlattı, ayrıntılı bilgi sundu, Meclis'in görüşünü istedi.

Tartışmalar başladı.

Söz alan milletvekilleri Lozan kurulunu da, hükümeti de suçladılar. Yeteri kadar fedakârlık yapılmıştı. Karaağaç'tan ve Musul'dan fedakârlık düşünülemezdi. Hiçbir konuda kapitülasyon nitelikli bir ayrıcalık kabul edilemezdi. İskenderun niye istenmemişti? Batı Trakya'da referandum yapılması niçin sağlanamamıştı? İstanbul Rumları niye nüfus değişiminin dışında bırakılmıştı? Patrikhane neden yine İstanbul'da kalmıştı vb..

Meclis gerginlik içinde, öteki iki Lozan delegesiyle danışmanları da dinlemeye karar verdi. Bu görüşmeler 2 Mart günü başlayacaktı.

BUGÜN ilk esir ve rehine kafilesi İzmir'e gelecekti. İktisat Kongresi bir kurulun Kongreyi temsil etmek üzere esirlerin karşılanışında bulunmasını kararlaştırdı.[90a]

Binlerce kişi, yöneticiler, bu kafilede bulunması olası esirlerin ve rehinelerin yakınları, basın ve İzmirliler Alsancak limanını, Birinci Kordon'u doldurmuştu.

Gemi öğleden sonra körfezin ağzında belirdi.

Gemiyi iki motorbot karşılamış, esir değişimiyle ilgili kurul gemiye çıkmıştı. Kurul, gerekli işlemleri gemi yanaşmadan bitirmek istiyordu. Ne esirlerde bekleyecek sabır vardı, ne bekleyenlerde.

Gemi sabırları sınaya sınaya, hayli zaman sonra iskeleye yanaştı. Güverteleri dolduran esirleri de, bekleyenleri de müthiş bir heyecan sarmıştı. Bağırışlar, dualar yangın dumanı gibi göğe yükseliyordu.

Çoğu erkek, azı kadın, esirler ve rehineler ağır ağır gemiden inmeye başladılar. Bir bölümü bakımsız esir kamplarında ölmüştü. Bunlar düşmanın acımasızlığına ve azraile yenilmemiş olanlardı. Hepsi zayıf, sefil, hasta idi. Paçavralar içindeydiler. Durumları, yaklaştıkça daha iyi anlaşılıyordu.

Yakınlarının sevinç, şükür, acıma ve isyan duyguları ile dolu çığlıkları patlamaya başladı.

1 MART 1923 Perşembe günü Meclis dördüncü toplantı yılına giriyordu. Bu nedenle de Meclis Başkanı M. Kemal Paşa bir konuşmayla yeni toplantı yılını açacaktı.[91]

Direksiyon binasındaki çalışma odasında konuşmasını gözden geçiriyordu. Hayati Bey "Kılıç Ali Bey'le Nuri Bey'i (Conker) çağırmıştınız. Geldiler efendim" dedi.

Sevindi. Bir konuda yardımlarını isteyecekti.

"Buyursunlar."

Salih Bozok'u da içeri çağırttı. Üçü tamam olunca dedi ki:

"Yarın Meclis'in dördüncü yılı başlıyor. Latife'nin de dinleyici olarak Meclis'e gelmesini istiyorum."

Üçü de irkildi. Kılıç Ali "Olmaz Paşam.." diye itiraz etti, "..Bin türlü laf ederler."

Nuri Bey de kalın sesiyle "İcat çıkarma!" dedi.

"Ama birinin ilk adımı atması gerek. Bu adımı başka adımlar izler. Bakarsınız bir gün hanımlar Meclis'e milletvekili olarak da girerler."

Nuri Conker'in yüzü buruştu:

"Bazen ne kadar hayalci oluyorsun Paşam."

"Buna hayal değil hedef denir. Fırsatlardan yararlanarak, imkânları zorlayarak bir yol açmak ve bu durgun suyun akmasını sağlamak zorundayız. Dinleyici balkonunda oturur, beni dinler. Sizler de Latife'ye eşlik edersiniz."

Salih Bozok da arkadaşları gibi düşünüyordu. Ama sesini çıkarmadı. İçini çekti.

MECLİS tören günlerine özgü bir canlılık içindeydi.

Saat 13.00'e yaklaşmıştı.

Görevliler koridordaki, odalardaki milletvekillerini salona davet etmeye başladılar. Salon ve balkonlar dolarken, Başkan M. Kemal Paşa ağır adımlarla salona girdi, milletvekillerini selamlayarak başkanlık kürsüsüne çıktı.

Açılış konuşmasından önce usul gereği yapılması gerekli birkaç işlem vardı. O işler yapılırken uğultu kesildi, bir sessizlik oldu. Gözler başkanlık kürsüsünün solundaki balkona döndü. Koyu renk giysili ve başı örtülü bir hanım balkona girdi, yürüdü, en sondaki iskemleye oturdu. Balkonda bulunan Büyükelçiler Latife Hanım'ı ayağa kalkarak saygıyla selamladılar. Kılıç Ali Bey arkasında ayakta durdu, Nuri Conker Bey biraz ötesinde oturdu. Bilenler bilmeyenlere fısıldadılar:

"M. Kemal Paşa'nın eşi."

Salon dalgalandı. Bazıları tepki gösterdiler:

"Buraya kadın girmesi doğru mu?"

Hafız Mehmet Bey homurdandı:

"Bu kadarı da fazla."

Yusuf Ziya Bey, "Bunun arkası gelir" diye söylendi.

İşlemler bitmişti. Paşa açış konuşmasını yapmak için ayağa kalktı. 1922 yılını özetledi.[92] O yoksulluk ve ateş içinde hayli şey yapıldığı anlaşılıyordu. Eğitim konusunda bilgi verdikten sonra geleceğe dönük emellerinden bir kısmını da açıkladı:

"Vatan sınırları içinde önemli merkezlerde çağdaş kitaplıklar, bitki ve hayvanat bahçeleri, konservatuarlar, sanat atölyeleri, müzeler ve sergi salonları, fidanlıklar kurmak, ilçe merkezlerine kadar bütün memleketi basımevleriyle donatmak gerekmektedir. Kurulacak irfan (kültür) merkezlerinde, konferanslar, gece dersleri verilmesi, köy imamları için pratik kurslar açılması, halka ücretsiz kitaplar dağıtılması..."[93]

Bu hayaller, istekler birçok milletvekilini de heyecanlandırdı. İç ya da dış engeller çıkmazsa, birkaç nesil sonunda bu hayaller bütünüyle gerçek olabilirdi.

Paşa konuşmasını milli egemenliği ve TBMM'ni yücelterek bitirdi.

Çok alkışlandı.

LATİFE HANIM birçok erkeğin şaşkın, hayran, ayıplayan, gazap dolu bakışları altında balkonda oturmuş, yüzünü kapamadan, derin bir vakar ve sükunet içinde M. Kemal Paşa'nın konuşmasını dinlemiş, uygarlaşma tarihine geçmişti.

Çankaya'ya dönerken Paşa Latife Hanım'a teşekkür etti. Kılıç Ali ve Nuri Bey'i de Çankaya'ya çağırmıştı. Onların önünde bir daha teşekkür etti:

"Çok teşekkür ederim Latif. İftihar ettim. Bir gün kadın erkek eşitliğinin sağlanacağına kesinlikle inanıyorum. Nuri, sen yine hayal diyeceksin ama haklı hayaller damla damla birikir, bir gün gerçek oluverir."

Nuri Bey'in dizine vurdu:

"Birileri icat çıkarmasa, insanlık mağara döneminde kalırdı."

2 MART günü Meclis'te Lozan görüşmeleri başladı. Oturumlar gizliydi. Başkanlığı Ali Fuat Paşa yapıyor, M. Kemal Paşa da görüşmeleri izliyordu.

Görüşmeler çok çabuk tartışmaya dönüştü.

Hava gerildi.

Muhalefet Lozan'da uzlaşma için atılmış her adımı Misak-ı Milli'ye, Milli Mücadele'ye aykırı, Lozan Kurulunu da yetersiz, başarısız buluyordu.

Aynı hırçınlık 3 Mart günü de sürdü.

M. KEMAL PAŞA bu görüşmelerin birkaç gün süreceğini, bu nedenle eve geç gelebileceğini bildirmişti. Oyalanmak için evi düzenlemeye karar veren Latife Hanım Paşa'dan izin istedi.

"Çocuk, bu ev senin. İstediğin gibi düzenle. Ben akşamdan akşama misafirinim."

Ali Metin Çavuş'la evi düzenlemeye koyuldu. Getirdiği yemek takımlarını, süslü masa örtülerini, peçeteleri büfeye yerleştirdiler. Büyük masaya kadife bir örtü yaydı. Baktı, beğendi.

"Nasıl oldu?"

"Çok güzel oldu efendim."

Sonra misafir odasına geçtiler. Latife Hanım piyanoyu gösterdi:

"Çalan olmadığına göre bu piyanoyu buradan kaldıralım."

Ali Metin Çavuş sarsıldı. Fikriye'den tek iz bu kalmıştı. "Buraya pek yakışıyordu" diyebildi.

Latife Hanım sert, kesin bir eda ile "Bunu buradan kaldırın Ali Çavuş.." dedi, "..Sahibi isteyince verirsiniz."

Ali Çavuş'un başı önüne düştü:

"Peki efendim."

FİKRİYE geç kalkmıştı. Üzerinde sabahlığı, boynunda kehribar tespih vardı.

Küçük masada kahvaltı tepsisi duruyordu. Canı hiç istemiyordu ama iyileşmesi için yemesi gerekti. Tam masaya otururken kapı neşeyle açıldı.

Gelen sanatoryumdaki Türk hastaydı.

"Bonjur güzelim. Evden bir sürü eski, yeni gazete yollamışlar. Birinde ilginç bir haber var. Bak."

Gazeteyi uzattı:

"Gazi Paşa İzmirli bir hanımla evlenmiş."

Bir anda dünya taş kesildi. Gazeteyi almak için elini uzatmıştı, ateşe değecekmiş gibi korkuyla geri çekti:

"Hayır, yooo, hayır!"

Kadın yanlış bir şey yaptığını anlamıştı. Odadan kaçtı.

Fikriye kapıyı kilitledi. Şiddetle yasaktı ama artık önemi yoktu. Bir sigara yaktı. Sonuna kadar içti. Küçük bir bavulu yatağının üzerine koydu. Ufak tefek eşyalarını düzensiz bir biçimde bavula atmaya başladı.

Hava kararınca sanatoryumdan kaçacaktı.

İZMİR İktisat Kongresi tam da bu saatte son olarak toplanmıştı (4 Mart).

Saat 10.30'du.

İzmir Belediyesi adına Haydar Rüştü Bey herkese başarı ve esenlik diledi. Hazırlanan 12 maddelik Misak-ı İktisadi (İktisat yemini) okundu ve kabul edildi. Bu metin halka yönelik bazı öğütler ve ilkelerden oluşuyordu.

Gruplar adına kısa veda konuşmaları yapıldı. Kadın işçiler adına Rukiye Hanım konuştu:

"Kardeşler!

Bizleri bu Kongreye davet eden Büyük Millet Meclisi hükümeti erkânına ve bilhassa reisimiz Gazi Mustafa Kemal Paşa Hazretleri'ne biz kadınlar samimi teşekkürlerimizi takdim ederiz. Türkiye'de memleket işlerine kadınların da iştirak etmesi ilk defa vuku buluyor. Bu şerefin bizlere müyesser olması kalplerimizi ferah ve gurur hisleriyle doldurdu."

Konuşmasanı şöyle bitirdi:

"Yaşasın Türkiye Büyük Millet Meclisi ve onun hükümeti, yaşasın Türk işçi ve köylüleri, yaşasın çalışkan Türk işçi kadınlığı!"[93a]

Kâzım Karabekir Paşa bir konuşmayla Kongreyi kapadı. Deniz bandosu İstiklal Marşı'nı çaldı. Milli marşın nasıl dinleneceğini bilenler oturanlara ayağa kalkmalarını işaret ettiler. Milli marşa yeni yeni alışılıyordu. Marş ayakta dinlendi ve Kongre sona erdi.[94]

Kongre yönetim kurulu altı gün daha çalışarak Kongrede alınan kararları düzenleyip İktisat Bakanlığına gönderecektir.[95]

SANATORYUM Başhekimi telgrafla hastanın kaçtığını bildirmişti.

Salih Bey, "Evlendiğinizi duydu anlaşılan" dedi.

Muzaffer Kılıç tehlikeyi haber verdi:

"Bence Fikriye Hanım buraya geliyor."

M. Kemal Paşa da öyle düşünüyordu:

"Bence de."

Sorunu Fikriye'yi üzmeden, incitmeden, Latife'yi zor durumda bırakmadan, huzursuz etmeden çözmek için türlü yollar düşündüler. Sonunda İstanbul'da Dr. Adnan Bey'in Fikriye'yi durdurup durumu anlatmasını uygun buldular. Bu beklenmedik hareketi hastalığının ilerlediğini gösteriyordu. Üçü de sapsarıydı.

"Sakın kızı üzmesinler Salih."

"Elbette. Adnan Bey'e gerekeni yazarım."

MECLİS'te kırıcı, sert tartışmalar 4 ve 5 Mart günleri de sürdü. Saltanatın kalkması bile bu kadar uzun görüşmelere ve bu hırçınlığa yol açmamıştı. Üç yıl süren Milli Mücadele'ye uygun, yakışır bir barış andlaşması yapılması herkesin istediği bir sonuçtu. Muhalefetin titizlenmesi bu yüzden başlangıçta doğal karşılanmıştı. Ama eleştirilerin kaba, saldırgan üslubu herkesi gerdi.[96]

Süreyya Yiğit koridorda Hüsrev Gerede'yi gördü, koluna girdi. İçini döktü:

"Bizim muhalifler, Lozan'da Lord Curzon'un İsmet Paşayı, 'Ooo, hoşgeldin Paşa, kutlarız, hepimizi yendiniz, aferin, bravo, şimdi emret, nasıl bir barış istiyorsanız öyle bir barış yapalım' diye karşılayacağını mı sanıyorlardı acaba? İsmet Paşa da Müttefiklere elleri arkasında, salonda dolaşa dolaşa barış şartlarını mı dikte edecekti? Böyle bir şey hayal ettiler herhalde. Yüzyılların hesabı görülüyor orada yahu. Belli ki görüşmeler çok çetin geçmiş. Tartışılmış, çekişilmiş, boğuşulmuş, ödün verilmiş, ödün alınmış. Bir ileri gidilmiş, bir geri gidilmiş. Anlaşma başka nasıl yapılabilir? Her anlaşmazlıkta konferansı yarıda kesip savaş mı açılacaktı? Sonra barışıp tekrar görüşmelere devam mı edilecekti? Büyük devletler hak vermeye alışık değiller. Söküp almak gerek."

"İnsanlığın, gücün desteklemediği hakkı teslim edecek kadar doymadığı ve olgunlaşmadığı anlaşılıyor."

"Ah, güçlü olmak zorundayız Hüsrev Bey. Devletçe, milletçe, iktisatça, kültürce, kafaca, ahlakça güçlü. Yoksa bu silindir şapkalı barbarlar insanın geleceğini çalarlar."

"Haklısın."

GERGİNLİK 6 Mart günü de sürdü.

Manisa Milletvekili Reşat Kayalı bir önerge hazırlamıştı. Müttefiklerin verdiği tasarının reddedilmesini, hükümete barış girişiminde bulunması için yetki verilmesini öneriyordu. Önergeyi 128 milletvekili imzaladı.[96a]

Bu önerge hükümeti devirmek ve barış kurulunun görevine son vermek isteyen muhalefeti büsbütün sertleştirdi. Yenilecekleri belli olmuştu. Hazırladıkları karşı önergeye ancak 60 milletvekili katılmıştı.

Hüseyin Avni Ulaş

Tartışmalar, suçlamalar, itiş kakışlar, hakaretleşmeler, bağırtılar sürdü. Hava gerildikçe gerildi. Muhalefeti özellikle Hüseyin Avni Ulaş, Ali Şükrü Bey, Ziya Hurşit Bey, Selahattin Köseoğlu, Sırrı Bellioğlu, Hakkı Hami Ulukan, Durak Sakarya sürüklüyordu.

Reşat Bey ve arkadaşlarının önergesini oylatmamak için çok çabaladılar. Başkan önergeyi zorlukla oylamaya sunabildi. Muhaliflerin bir bölümü çoğunluk kalmasın diye dışarı kaçtı. Ama Meclis çoğunluğu korudu.

Başkan sonucu açıkladı:

"190 katılma, 170 evet, 20 hayır."

Rauf Bey bu oylamayı güven oylaması sayacaklarını söylemişti. Böylece hükümet Meclis çoğunluğunun güvenini de almış oldu. Başbakan Rauf Bey kısa bir konuşma ile Meclis'e teşekkür etti.

Hükümet bir bildiri yayımlayarak durumu iç ve dış kamuoyuna duyurdu.[97]

DOĞU EKSPRESİ Sirkeci garına gürültüyle girdi, ortalığı buhara boğdu.

Sivil polisler trenden inen yüzlerce yolcu arasında kalpaklı, kürk mantolu Fikriye'yi kolayca ayırt ettiler. Dr. Adnan Bey iyi tarif etmişti. Nazikçe 'Dr. Adnan Bey'in kendisiyle görüşmek istediğini' bildirdiler.

Fikriye itiraz etmedi. Polislerden biri bavulunu aldı.

Dr. Adnan Bey eski Kızılay binasında temsilciliğe ayrılan kattaki odasında Fikriye'yi bekliyordu. Fikriye doktoru görünce ağlamaya başladı. Dr. Adnan Bey biraz Ankara, biraz Çankaya, hatta biraz Paşa demekti.

Ağlayınca oldukça rahatladı. İki gündür gözünü kırpmamıştı. Dr. Adnan Bey M. Kemal Paşa ve evliliği hakkında bilgi verdi. "Siz.." dedi, "..Paşa'yı hepimizden daha çok seversiniz. Durumu anlayacağınıza güveniyoruz. Ankara'ya gitmeniz doğru olmaz. Paşa da doğru bulmuyor. Sanatoryuma dönmeyi düşünmez misiniz?"

Fikriye nefretle başını salladı.

"Peki. Burada kalabileceğiniz bir yer var mı?"

"Evet, İstanbul'da eski bir arkadaşım var. İzin verirseniz onda kalmak istiyorum."

"Nasıl isterseniz."

Polislerden biri Fikriye'ye arkadaşı Handan Hanım'ın (Gören) evine kadar eşlik etti.

Fikriye Handan Hanım'ın ailesiyle birlikte Gelibolu'ya gidecek, eve ve içine kapanacaktı.[98]

M. KEMAL PAŞA da, Bakanlar Kurulu da, karşı tasarının bir an önce Müttefiklere verilmesinin yararlı ve gerekli olduğu kanısındaydılar. Ara açıldıkça ümit verici ortam kararabilirdi.

Meclis'te goruşmeler sırasında yapılan bazı eleştırı ve uyarılar da dikkate alınarak tasarıya son biçimi verildi. Hızla Fransızcaya çevirtildi. Türk tasarısı 100 sayfa tutmuştu. 15 sayfalık bir nota ile olayların gelişimi, konferansın yarıda kalmasının nedenleri Türk hükümeti gözüyle anlatılıyor ve tasarı hakkında bilgi veriliyordu.

Tasarı ve nota üçer kopya olarak Dr. Adnan Bey'e yollandı.

Dr. Adnan Adıvar, Ankara hükümeti adına, notayı ve Türk karşı tasarısını 8 Mart günü, İngiliz, Fransız ve İtalyan Yüksek Komiserlerine teslim etti.

O GÜN Eğitim Bakanı İsmail Safa Bey ilerde Eğitim Andı (Maarif Misakı) diye anılacak olan genelgeyi yayımladı.

Genelgenin birinci bölümünde Eğitim Bakanlığının görevi yeniden tanımlanıyor, ikinci bölümde ise M. Kemal Paşa'nın konuşmalarından eğitimle ilgili bölümler aktarılarak, eğitimde güdülecek amaçlar belirtiliyordu. Genelge Türk eğitim tarihinde yeni bir aşamayı, anlayışı müjdelemekteydi.

Akılcı, millici, uygar, insancıl ve hayata dönük eğitim dönemine giriliyordu.

Türkiye büyük uyanışın eşiğindeydi.[99]

M. KEMAL PAŞA, Latife Hanım, bazı milletvekilleri, görevliler 13 Martta trenle Ankara'dan ayrıldılar. Türkiye'nin sorunlarını konuşa konuşa çıplak bozkır içinden geçerek yol alacaklardı.[99a]

Sorunların çoğunu Latife Hanım ilk kez duyuyordu.

Her duyduğu gerçek, sarsılmasına yol açıyordu: Bütün Türkiye'de hiçbir köyde beş sınıflı bir devlet okulu, hiçbir ilçede hastane, İstanbul dışındaki hiçbir ilde kız lisesi yoktu. Bebek ölüm oranı yüzde altmıştan fazlaydı. Eğitim uzmanları bugünkü hızla ancak 150 yılda köylere okul gidebileceğini hesaplamışlardı. Bin yıllık usullerle tarım yapılıyor, köylü kendi ihtiyacı kadar ürün yetiştiriyordu. Fazla ürünü olanlar pazara götüremiyorlardı. Çünkü ne yol vardı ne de taşıt. Büyük, modern çiftlikler yabancılarındı. Köylünün pek azı çiftçiydi, büyük bölümü topraksızdı, ortakçıydı, ırgattı, yanaşmaydı. Ağır sanayi sıfır, orta sanayi çok zayıftı. Bütün Türkiye'de 300 kadar küçük sanayi kuruluşu vardı. Bunun da yalnız yüzde 15'i Türklerindi, gerisi yabancıların. Türkiye'de milli sermaye yoktu.[99b]

M. Kemal Paşa sık sık soruyordu:

"Ne yapmalıyız? İktisadımızı millileştirmeyi nasıl başaracağız? Üretimi nasıl artıracağız? Nasıl sanayileşeceğiz? Çağa nasıl yetişeceğiz? Ne düşünüyorsunuz?"

Herkesi düşünmeye, yani yurttaş olmaya çağırıyordu.

Konya istasyonunda yarım saat kalıp Adana'ya hareket ettiler. Adana'daki karşılaşmayı gazeteciler şöyle anlatacaktı: "Adana Adana olalı böyle bir kalabalığı bir arada görmemişti."

Adana'da

Gazi Adana'da top sesleri, kurbanlar, dualar, halılar, taklar, göğü yırtan haykırışlar ve coşkun alkışlarla karşılandı. Çoğu Çukurova mücadelesine katılmış olan esnaf dükkânlarını kapatmıştı. M. Kemal Paşa gidene kadar da açmayacaklardı. Çukurova halkı zaferin, bağımsızlığın, anavatanın bir parçası olmanın zevkini, şerefini, mutluluğunu yaşıyor, keyfini çıkarıyordu.

Adanalı duruşu nedir düşmana göstermiş, kendini beğenmiş Fransız ordusunu pes ettirmişlerdi.

İki kız öğrenci ağlaşarak, ellerinde çiçek demetleri ile yaklaştılar. Bir demeti Paşa'ya, bir demeti de Latife Hanım'a verdiler. Birinin göğsünde İskenderun, ötekinin göğsünde Antakya yazıyordu. Kızlardan biri hıçkırarak, "Büyük Gazi.." diye yalvardı, "..bizi de kurtar. Bizi de özgürlüğe, anavatana kavuştur."

Paşa'nın dudakları titredi. Çok kesin konuştu:

"Kırk yüzyıllık Türk yurdu yabancı elinde esir kalamaz. Günü gelecek, siz de kurtulacaksınız."

Eşiyle birlikte Valiliği, Belediyeyi, Türk Ocağı'nı ziyaret etti. Türk Ocağı'nda dedi ki:

"İtiraf etmeliyiz ki memleketimiz baştan nihayete kadar sonsuz hazinelerle dolu olduğu halde, biz o hazinelerin üstünde aç insanlar gibiyiz. Bütün bu hazineleri açmak ve bunları işlemek, bütün zenginlik ve mutluluk kaynaklarını bulmak, bizlere, millete düşen görevlerdir."

İleri gelenler kadın erkek ayrı toplantılar yapmak istiyorlardı. Ama M. Kemal Paşa bu önerileri, tavsiyeleri kesinlikle reddetti. Bu tutumu her yerde sürdürecekti. Akşam Belediyenin verdiği ziyafete yine eşiyle katıldı.[100]

İkinci gün bazı kurumları, fabrikaları, okulları gezdi, cuma namazını Ulu Cami'de kıldı. Öğle yemeğini öğretmenlerle yedi. Akşam yemeğini çiftçilerle.

Devletin en büyük adamı ile birlikte sofraya oturmak, çiftçileri çok mutlu etmişti. İnanamıyor gibiydiler. Karşısında oturan Süleyman Ağa şöyle dedi:

"Millete her şeyi biz veririz. Büyükleri biz büyütürüz. Sonra onlardan birinin yanına girmek istersek bizi dipçikle kovalarlar. Fakat şimdi o devirlerin geçtiğini, bizim hakikaten efendi olduğumuzu anladık. En büyük adamımızla karşı karşıya bir sofrada yemek yiyoruz. Şu ihtiyar hayatımda bundan daha sevinçli bir gün görmedim."

Bazı çiftçiler gizlemeye çalışarak gözlerini sildiler.

Paşa da dedi ki:

"Çiftçi kardeşlerim, benim de hayatımda yaşadığım en ulvi, en samimi gece bu gecedir."

Yemekten sonra Adana esnafları geldi. Birlikte çay içildi. Bir ara dedi ki:

"Artık bilim, kültür, fen ve iktisat gibi alanlarda zaferler kazanmalıyız. Bazı kimseler asri (çağdaş, modern) olmayı kâfir olmak sanıyorlar. Asıl küfür onların bu zannıdır. Bu yanlış yorumu yapanların maksadı İslamların kâfirlere esir olmasını istemek değil de nedir? Her sarıklıyı hoca sanmayın. Hoca olmak sarıkla değil beyinledir."

Sabah bazı kurumları gezdikten sonra beraberindekilerle Mersin'e geldi. Valiliği, Belediyeyi, Müdafaa-yı Hukuk Derneği'ni ziyaret etti. Mersinliler Millet Bahçesi'nde toplanmışlardı. Burada Mersinliler adına Dr. Reşit Galip Bey konuştu. M. Kemal Paşa genç doktorun güzel, bilinçli konuşmasını memnunlukla dinledi.

Dr. Reşit Galip adını aklına yazdı. Ayağa kalkıp bahçeyi tıklım tıklım dolduran halka seslendi:

"O acı günleri bir daha görmek istemiyorsanız çalışınız. Ticarete, sanayiye, memleketinize sahip çıkınız."[100a]

Mersin'den Tarsus'a geçtiler. Orada da büyük coşkuyla karşılandılar. Karşılayanlar arasında daha Trablus'a dönmemiş olan Şeyh Sünusi de vardı.

İstasyondan şehre kadar yarım saat süren caddenin iki yanı da heyecanlı halkla doluydu. Her on beş adımda bir kurban kesiliyor, Paşa, kurbana bakamadığı için başını çeviriyordu. Şehirde kadınlar pencerelerden çiçek suyu serptiler. Tarsusluların içtenliği, güleryüzü Paşa'yı ve bütün kurulu mutlu etmişti.

Geceyi Tarsus'ta geçirdiler.

Sabah çiftçilerle konuştu, Gençler Yurdu'nu ziyaret etti.

Her yerde ve her fırsatta yöneticilere, halka, gençlere, ilerlemek, kalkınmak, güçlü olmak, bir daha acı günler görmemek için akla, bilime, tekniğe uymak, sıkı çalışmak, cahilliği, yoksulluğu, bağnazlığı mutlaka yenmek gerektiğini anlatıyordu. Burada da

M. Kemal Paşa ve Latife Hanım Mersin'de

böyle konuştu. Milletini gömüldüğü karanlıktan kurtarmak için çırpınan, şehir şehir dolaşan bir uygarlık velisi gibiydi.

Öğle namazını Tarsus Ulu Camisi'nde kıldı.

Osmaniye'ye de gidilecekti. Ama sel demiryolunu kapatmıştı. Konya'ya hareket edildi.

Latife Hanım'ın bazı hareketleri ve sözleri rahatsızlık yarattı. Sosyal mevkiinin gereklerini, üslup inceliklerini daha kavrayamadığı, M. Kemal Paşa'nın eşinin olgunlaşacağını ümit ederek susmayı uygun gördüğü anlaşılıyordu.[100b]

Bu geziyi Anadolu Ajansı ve Yeni Gün gazetesi adına İsmail Habip Sevük izliyordu. Konya'nın karşılayışını "Adana gibi olağanüstü" diye niteledi.

Konya'da üç gün kalındı. Birçok yer görüldü. Demiryolları Genel Müdürü Behiç Bey Konya'da Şimendifer Okulu açmak için son hazırlıkları yapıyordu. Demiryolları bir savunma sistemi, demiryolculuk artık milli bir meslek olarak görülüyordu.[100c]

Paşa Valilikte, Türk Ocağı'nda, Kızılay Kadınlar Kolunun çay ziyafetinde ve Konya Lisesi'nde dört önemli konuşma yaptı.

Milli iktisattan, tarihten, yabancılara hayran aydınlardan, millilikten, gerçek din bilginleri ile hoca kıyafetli cahillerden, tarihten örnekler vererek dinin siyaset amacıyla kullanılmasının zararlarından, kadınların Milli Mücadele'ye katkılarından, kadın haklarından, kadınları her alanda erkeğin ortağı, arkadaşı, yardımcısı ve desteği yapmanın gerektiğinden söz etti, uygarlık mücadelesinin de kesinlikle kazanılacağını söyledi.

Gece eşiyle birlikte Mevlevi ayinini izledi.

23 Mart günü Afyon'a geldiler.

İstasyonla Belediye binası arasındaki toprak yolu çılgınca alkışlayan, bağıran halkla birlikte aşarak Belediyeye ulaştılar.

Acının bittiği, zaferin doğduğu yerdi Afyon. Zaferin büyük anlamını en iyi Afyonlular bilirdi. 27 Ağustos akşama doğru, süngüleri akşam güneşinde parıl parıl parlayan Kemal'in askerlerinin Afyon'a girişini, kurtuluşu, yeniden doğuşu kim unutabilirdi?

Belediyenin önündeki meydan, meydana açılan bütün sokaklar, pencereler, çatılar, damlar, ağaçlar, duvarlar insanla doldu.

Halkın vefası, sevgisi, saygısı, hayranlığı, minneti İsmail Habip Bey'i çok duygulandırdı. Milletti bu, kuru kalabalık değildi. Kendini tutamadı, çocuk gibi ağlamaya başladı. Görülmesin diye yüzünü mendiline gömdü.

Belediye Başkanı "Halk sizi bir daha görmeden, dinlemeden dağılmaz" dedi.

M. Kemal Paşa ve Latife Hanım Afyon'da

Milletvekilleri, gazeteciler, görevliler yorgunluktan bitik, dinlenmeye çalışıyorlardı. Paşa Belediye Başkanının sözünü ikiletmedi. Hiç yorulmamış gibi yerinden kalkınca herkes Paşa'yı izledi.

İsmail Habip Bey

Aşağıya indi, kapının önüne çıktı. On binlerce insana seslenmeye başlayınca uğultu kesildi ve kimse kımıldamaz oldu. Sesi öylesine gürdü ki en uzaktakilerin bile duyduğu anlaşılıyordu. Dayanışma, çalışma tavsiye etti. Tarihten ders alınmasını diledi. Milli egemenliğe dört elle sarılmalarını istedi.

Akşamüstü çoğu dağılmamış halkı yararak Türk Ocağı'na gitmek için yola çıktılar. Bir gazeteci arkadaşlarına iki katlı, büyük bir evin pencerelerine üşüşen yabancı yüzleri gösterdi. Baktılar. Bilen biri "Esir Yunan subayları" dedi.

Esirler mareşal üniformalı, kalpaklı, genç adama bakıyorlardı. Yıkılmaz sanılan Afyon cephesini yerle bir eden, Yunan ordusunu önüne katıp kovalayan, denize süpüren Büyük Türk buydu demek!

Türk Ocağı'ndaki toplantıda memleket sorunları konuşuldu. Paşa Afyon gençliğini çok beğendi.

Ertesi gün (24 Mart) Kütahya'ya hareket edildi. Öğleye doğru Kütahya'daydılar. Burada da sayısız halk karşıcı gelmişti. Hükümet konağına kadar insan seliyle birlikte yürüdüler.

Bazı camiler ile iki küçük çini atölyesini gezdi. Bu ilkel atölyelerde o harika çinilerin nasıl üretildiği herkesi hayrete düşürdü.

Kütahya Lisesi'nde öğretmenler bir çay ziyafeti vermek istiyorlardı. M. Kemal Paşa bu güzel toplantıya da eşiyle birlikte şeref verdi.

Dedi ki:

"Şimdi sıra sizde. Milletimizin üzerine bir karanlık gibi çökmüş olan cehaleti yeniniz, kahrediniz! Bir daha başını kaldıramasın."

Bugünkü Time dergisi kapağını bütünüyle ilk kez bir Türk'e, M. Kemal Paşa'ya ayırmıştı. Dergi tarihçi Arnold Toynbee'nin son kitabından alıntılar da yaparak M. Kemal Paşa'yı övüyordu. Ermeni cemaatinin yıllardan beri sürdürdüğü Türkler ve Türkiye aleyhindeki propagandaya rağmen bu kapak resminin ve yazının Time dergisinde yer alması büyük bir olaydı. Bazı önyargılar yıkılıyor, bir şeyler değişiyordu.

Gece Ankara'ya dönmek üzere Kütahya'dan ayrıldılar.[101]

Yolda on iki günün değerlendirilmesi yapıldı. Büyük övgüyü halk aldı. Paşa "Her şeye layık bir halkımız var.." dedi, "..bu halka çok şey borçluyuz. Bu borcu ödemek için uygar dünya ile aramız-

daki farkı bir an önce kapatmak gerek. Bilim ve fen nerede ise oradan alacağız. Bu konuda acele etmeliyiz. Fark gittikçe açılıyor. Biz konuşurken onlar kimbilir neler icat etti, neler keşfetti."

İSMET PAŞA direksiyon binasında Paşa'yı ziyarete geldi. Yüzü gülüyordu. Müttefikler barış görüşmelerinin sürdürülmesini kabul etmiş ve yine Lozan'da toplanılmasını uygun görmüşlerdi.

Bazı konularda direnecekleri, zorluklar çıkaracakları anlaşılıyordu ama önemli olan barış yolunun yeniden açılmış olmasıydı.[101a]

Keyif kahvesi içtiler.

İsmet Paşa Latife Hanım'ı sordu. Paşa güldü:

"İyi, iyi. Bazı arkadaşlar dün akşam eşleriyle birlikte Latife'yle tanışmaya geldiler. Çok güzel bir aile akşamı geçirdik."

"Mutlusun değil mi?"

"Evet."

"Buna çok seviniyorum."

Hayati Bey Rauf Bey'in telefonda olduğunu bildirdi. Paşa telefonu açtı:

"Teşekkür ederim."

Yüzü değişti:

"Ne diyorsun? Anladım. Meclis'te buluşalım."

Telefonu kapadı:

"Ali Şükrü Bey iki günden beri kayıpmış."

M. KEMAL PAŞA Rauf Bey'le Meclis'teki başkanlık odasında buluştu. Salih'e "Kimse girmesin" diye de emir verdi.

Rauf Bey olanlar hakkında bilgi verdi:

"..İki günden beri kayıp olduğunu kardeşi haber verdi.[102] Hemen emniyeti ve jandarmayı harekete geçirdik. Arıyorlar. En son Topal Osman Ağa'nın adamlarından biriyle görülmüş. Kahveden birlikte çıkıp gitmişler."

"Osman Ağa?"

"Soruşturma başlayınca evinden ayrılmış, Papazın Bağı denilen yerde bir bağ evi varmış, ona çekilmiş.

"Aralarında bir sorun olsa duyardık. Benim bildiğim Ali Şükrü Bey'le Osman Ağa gayet iyi iki dosttur. Ne tahmin ediyorsun?"

"Bir tahminde bulunamıyorum. Ama arkadaşları olaya siyasi bir cinayet rengi vermek istiyorlar."

M. Kemal Paşa "Üç yıldır neler oldu, kimsenin burnu kanamadı.." dedi, "..Şimdi düze çıkmışken kim, niçin böyle çirkin bir iş yapsın? Bir cinayete neden olacak hiçbir olay yok."

Ayağa kalktı:

"Bir an önce olayı aydınlatmaya bak. İş uzadıkça fesat çoğalır."

Osman Ağa

MECLİS gerginlik içinde toplandı. Herkes üzgündü. Muhalefet ateş püskürüyordu.

İlk sözü Hüseyin Avni Bey aldı. Çok heyecanlı bir konuşma yaptı:

"Ey yüce Meclis, ey milletin Kâbesi! Sana da mı taarruz? Efendiler! Arkadaşımız Ali Şükrü Bey iki günden beri kayıp! Milletin bir vekili kayıp ve hükümet bulamıyor!"

Birçok milletvekili ayağa kalkıp bağırmaya başladı:

"Lanet olsun!"

"Kahrolsun böyle hükümet!"

"İstifa!"

"Acizler çekilsin!"

Hüseyin Avni Bey'in olayın siyasi bir cinayet olması olasılığını da ima eden konuşması huzursuzluk yarattı. Herkes ayakta gibiydi. Başkanın çabası milletvekillerini sakinleştirmeye yetmiyordu. Büyük bir uğultu içinde Rauf Bey kürsüye geldi:

"Efendim, biz de sizler kadar üzgünüz. Olayı daha dün sabah öğrendik. Hükümet gerekeni yapmıştır ve yapıyor. Güvenmenizi ve sabırla sonucu beklemenizi rica ediyorum. Soruşturma sürmektedir. İşin hür adliye tarafından emniyet ve selamet içinde takip edilmekte olduğundan emin olunuz. Sorunu aydınlatacağız. Aydınlatamazsak size gelip aczimizi itiraf edeceğiz."[103]

ANAYASANIN ek maddesine göre birinci Meclis'in görevi amacın (zaferin) gerçekleşmesiyle sona erecek ve yeni seçime gidilecekti.

Bu maddeye göre Trakya'nın da geri alınmasıyla amaca ulaşılmış, TBMM'nin görevi sona ermişti. Barış ve gelecek için yeni Meclis'in karar vermesi gerektiği konuşuluyordu. Meclis'teki dağınıklık, yorgunluk da seçimi yenilemenin zorunlu olduğunu düşündürmekteydi.

Müdafaa-yı Hukuk Grubunun yöneticileri muhalefetle de temasa geçtiler. Onların da bu düşünceyi paylaştığı anlaşıldı. Bunun üzerine seçimin yenilenmesini sağlayacak bir kanun tasarısı hazırlanarak Meclis Başkanlığı'na sunuldu.

1 Nisan günü oybirliği ile kabul edildi.

Türkiye seçim dönemine girdi.[104]

O AKŞAM soruşturma da sonuçlanıp olay aydınlandı.

Ali Şükrü Bey'in cesedi bir tarlaya gömülmüş halde bulunmuş, Osman Ağa'nın adamlarının konuşması cinayetin sorumlusunu da ortaya çıkarmıştı. Ali Şükrü Bey'i Osman Ağa öldürtmüştü.[105]

Durumu akşamüzeri öğrenen Rauf Bey M. Kemal Paşa'ya bir not gönderdi:

"Ben istasyona gidiyorum. Yemekten sonra gelip sizinle görüşeceğim."

İstasyonda Başbakan Rauf Bey'in kaldığı küçük bir lojman vardı. Yemek için lojmanına gitti.

Bu sırada M. Kemal Paşa da bilgi edinmişti. Olayı çatışmasız çözmek zor görünüyordu. Salih Bozok'a telefon ederek, direksiyon binasına gideceğini, ailesini alıp istasyona inmesini söyledi. Çatışmanın yayılması olasılığını düşünerek Latife Hanım'ı ve Abdürrahim'i de birlikte alarak şehre indi. Salih Bey'in ailesi istasyonda İsmail Hakkı Bey'in evine misafir oldular.

Paşa Latife Hanım'la birlikte Rauf Bey'e uğradı. Rauf Bey daha yemek yiyordu. Yemeği bırakıp bilgi verdi, düşündüğü çözümü açıkladı: Osman Ağa Çankaya yakınlarında, Papazın Bağı denilen yerdeki bir bağ evinde bazı adamlarıyla birlikte kalıyormuş.

"Kuşatılıp teslim olması söylenir, teslim olmazsa silah kullanılır."

Rauf Bey bu hareket için Muhafız Taburunu düşünüyordu. M. Kemal Paşa, bazı riskleri olmasına rağmen, bu çözümü uygun buldu.

Muhafız Taburu Komutanı İsmail Hakkı Bey'i çağırdı, gerekli emri verdi.[106]

"Taburunla bağ evini sararsın. Tutuklama kararını bildirerek Osman Ağa'yı teslim olmaya davet edersin. Teslim olursa incitmeyin. Çok hizmeti geçmiş savaş kahramanı bir gazidir. Ama karşı koymaya kalkışırsa gereğini yaparsınız. Çünkü suçu bağışlanabilir bir suç değil. Haydi, kolay gelsin çocuk."

İsmail Hakkı Bey selam verip çıktı.

MUHAFIZ TABURU silah başı yaptı. Sessizce hazırlandı. Papazın Bağı denilen yer, Çankaya Köşkü'nün 2 km. uzağında vadi kenarında, ağaçlık bir yerdi. Birkaç bağ evi vardı.

Gece sessizliğinde iki koldan ilerleyerek çevreyi kuşattılar.

Subaylar çevirmenin tamamlandığını bildirdikleri sırada gün doğuyordu.

İsmail Hakkı Bey ortalığın iyice aydınlanmasını bekledi. İki evin çevresinde özel giysili genç adamların dolaştığı görülüyordu. Osman Ağa'nın erkenci olduğunu bilirdi. O da uyanmış olmalıydı. İsmail Hakkı Bey siper aldığı kayanın arkasından bağırdı:

"Osman Ağa!"

Ses yankılandı. Osman Ağa'nın adamları hızla evlere, ağaç arkalarına çekilip saklandılar.

"Ben Muhafız Taburu Komutanı Binbaşı İsmail Hakkı. Hakkında tutuklama kararı var. Tamamen sarılmış bulunuyorsun. Silah arkadaşın olarak teslim olmanı rica ediyorum."

İkisi de yakın arkadaştılar. Sakarya'da ve Büyük Taarruz'da birlikte savaşmışlardı.

Hiç ses çıkmıyordu.

İsmail Hakkı Bey ayağa kalktı. Onunla birlikte bir subayla birkaç er de ayağa kalktılar.

"Osman Ağa, cevap ver!"

Kalın, öfkeli bir ses duyuldu:

"Al sana cevap!"

Bir el ateş edildi. Ayağa kalkan erlerden biri alnından vurulup düştü. Arkasından Osman Ağa'nın adamları yaylım ateşe başladılar.

Muhafız Taburu da silaha sarıldı. Öğleye doğru çatışma sona erdi. Osman Ağa ağır yaralanmış, birkaç adamı ölmüş, bazı adamları yaralanmıştı. Dini gereklere uyularak ölüler oraya gömüldü. Yaralılar hastaneye gönderildi. Osman Ağa da ruhunu teslim etti. Onu da orada toprağa verdiler.

M. Kemal Paşa'nın muhafızlarının koğuşu Çankaya Köşkü'nün arkasındaydı. Muhafızların bir kısmı nöbette, bir kısmı koğuştaydı. Yeni güne hazırlanıyorlardı. Silah seslerini duyunca silah başı yaptılar. Bunlar her an tetikte yaşayan, gergin, duyarlı insanlardı. Muhafız Taburundan bir kısım askerin Çankaya'ya yaklaşmasından huzursuz oldular. Yatıştırmak kolay olmadı. Bazıları ateş edince kısa süren bir çatışma çıktı. Yazık ki birkaçı vuruldu. Kalanların silahları alındı. İstasyona indirildiler.

M. Kemal Paşa, "Ne talihsizlik.." dedi, "..Osman Ağa'ya da, Ali Şükrü Bey'e de, Giresunlu babayiğitlere de yazık oldu. Suçluları ilgili makamlara teslim edin. Ötekileri gönüllerini alıp memleketlerine yollayın."

Köşkün güvenliği Muhafız Taburu'na verildi. Karargâhı da, kışlası da Köşkün arkasına alındı.

ERTESİ GÜN her sağduyu sahibi insanı rahatsız eden, Meclis'in büyüklüğüne hiç yakışmayan bir olay olacaktı.

Rauf Bey Meclis'e olayın gelişimi hakkında bilgi verdi.

Hüseyin Avni Bey ve Hakkı Hami Beyler Ali Şükrü Bey'i saygıyla anan duygu yüklü konuşmalar yaptılar. Sıra önergelere gelmişti. Van Milletvekili Haydar Bey ve on altı arkadaşının verdiği bir önerge okundu. Bu milletvekilleri 'gebermiş olan katil, kanlı Topal Osman'ın Meclis önünde asılarak teşhir edilmesini' istiyorlardı.

Muhalefet galeyana geldi.

Erzurum Milletvekili Salih Efendi, "Buna el kaldırmayan suç ortağı olacaktır!" diye bağırdı.

Önerge oybirliği ile kabul edildi.

Osman Ağa mezarından çıkarılacak, ayağından asılarak Meclis önünde teşhir edilecekti.[107]

M. KEMAL PAŞA kararı duyunca isyan etti:

"Bu karar adamı bir daha öldürmek olmuyor mu?"

Rauf Bey terini silerek, "Muhalefet öyle bir galeyan halindeydi ki.." diye yakındı, "..bu ilkelliğe hiçbirimiz itiraza cesaret edemedik."

"Meclis kararı olduğuna göre yapacak bir şey yok. Yerine getirilecek. Ama Meclis'in büyüklüğüne, sağduyusuna hiç yakışmayan çok ilkel, vahşi bir karar. İyi ki seçime gidiyoruz."

MECLİS 3 Nisan günü yüklü bir gündemle toplandı. Gündemin önemli maddesi seçim kanununda bazı değişiklikleri öngören tasarıydı. Eski seçim kanununda seçimle ilgili her konuda 'erkek nüfus' deyimi kullanılıyordu.

Yeni tasarı da öyleydi.

Tasarıya göre bu kez 50.000 erkek nüfus yerine, 20.000 erkek nüfus için bir milletvekili seçilecekti. Kadınlar ne tasarıda, ne komisyonlarda, ne komisyon kararlarında dikkate alınmıştı. Yurttaş sayılmıyorlardı.

Erkeklerden kurulu Meclis, Milli Mücadele boyunca memleketi doyurdukları, cephelere silah ve mühimmat taşıdıkları için o kadar övdüğü kadınları, iş seçime gelince, yok sayıyordu. Egemenlik milletindi ama kadınlar millete dahil değildi!

Tunalı Hilmi Bey bu durumun kadınlara, annelere, bacılara haksızlık olduğunu belirtmeye çalışınca büyük tepkilerle karşılaştı. Çoğunluk ayak patırtıları, gürültüler, "Şeriata saygı gösteriniz",

"Milletin duygularıyla oynama" avazeleri arasında Tunalı Hilmi Bey'i konuşturmadı.

Kavga çıkacağını anlayan Başkan oturumu kapattı.

Kadın hakları konusunda Tunalı Hilmi Bey gibi düşünen bir avuç milletvekili olayı ibretle izlemişti. Rasih Hoca Hamdi Bey'e (Ülkümen), "Dinimizde böyle bir kısıtlama yok.." dedi, "..Bu softaların görüşü."

"Ah, en tehlikeli cahillik dinde cahillik. Bu cahilliği bir an önce, bir an önce, bir an önce yenmeliyiz."[107a]

MÜTTEFİKLER Lozan'da barış görüşmelerinin 23 Nisanda başlayacağını bildirince, İsmet Paşa M. Kemal Paşa'yı aradı. Evdeymiş.

"Yemeğe gelsene. Latife de çok istiyor. Sofrada konuşuruz."

"Peki."

Çankaya'ya çıktı.

Latife Hanım'ın en güvendiği insandı. İsmet Paşa'yı büyük bir incelik ve saygıyla karşıladı. Lozan'a gideceğini öğrenince sordu:

"Ne zaman?"

"Önce İzmir'e gitmek istiyorum. Eşim orada. İkna edebilirsem onu da Lozan'a götürmeyi düşünüyorum."

Latife Hanım şaşırdı:

"İkna etmek mi? Neden? Sevine sevine gelecektir."

Paşalar gülümseyerek bakıştılar. İsmet Paşa bilgi verdi:

"Eşim kapalı bir muhitte yetişmiştir. Sokağa çarşafsız çıkamaz. Evde başörtüsüz gezmez."

Latife Hanım hayal kırıklığına uğradı:

"Ama Türk Başdelegesinin eşi olarak Lozan'da öyle umacı gibi gezemez ki."

"İşte sorun o. Bu nedenle ikna etmeliyim."

Sofrada barış görüşmelerini, barıştan sonrasını, seçimleri ve yeni Meclis'i bekleyen büyük görevleri konuştular.

"Yeni devleti yeni Meclis kuracak."

M. Kemal Paşa, seçim dolayasıyla 9 İlke adını verdiği, sade, basit bir seçim bildirisi hazırlamıştı.[108] Okudu. İsmet Paşa'nın görüşlerini aldı.

EĞİTİM BAKANLIĞI Telif ve Tercüme Heyeti Başkanlığına atanan Ziya Gökalp Diyarbakır'dan Ankara'ya hareket ederken, İsmet Paşa da İzmir'e yola çıktı.

Ertesi sabah evine kavuştu. Eşinin annesi Saadet Hanım ile İsmet Paşa'nın annesi Cevriye Hanım da Mevhibe Hanım'la birlikte kalıyorlardı. Mevhibe Hanım iki anneye de gözü gibi bakıyordu.

Aile kahvaltı sofrasında buluştu. İsmet Paşa durumunu açıkladı:

"İki gün sonra İstanbul'da olmam gerek."

Mevhibe Hanım'ın rengi soldu:

"Bu kadar çabuk mu?"

Cevriye Hanım isyan etti:

"Sen bu devletin kölesi misin oğlum? Hiç sıla iznin filan olmaz mı senin? Haydi ben ayrılığa alıştım, kızcağıza yazık."

"Haklısınız. Bu yüzden bu sefer onu da birlikte götürmek istiyorum."

Hanımlar kuşku içinde bakıştılar. Saadet Hanım korkuyla "Nereye?" diye sordu.

"Lozan'a."

Zavallı hanımlar donup kaldılar. En çok şaşıran Mevhibe Hanım oldu. Anneler karı koca rahat konuşsun diye odadan çıktılar.

İsmet Paşa Milli Mücadele'den beri besledikleri hayalleri aktardı. Kadınlar da hayata katılacaklar, Türkiye'nin geleceğini dokumada erkeklerle birlikte, yan yana yer alacaklardı. Lozan görüşmelerini ve şehrini anlattı. Mevhibe Hanım gittikçe kanı çekilen bir yüzle dinliyordu. Türkiye uygar devlet muamelesi görmek, uygarlığa özgü haklardan yararlanmak, Avrupalı bir devlet olarak kabul edilmek için çırpınırken Lozan'a kara çarşafla, peçeyle, başörtüsüyle gidemeyeceğini anlamış, ağzı kurumuştu. Büyük bir gayretle, "Paşacığım.." diyebildi, "..size inanıyorum ve hak veriyorum. Yöneticilerin, komutanların hanımları geliyor. Biz de aramızda konuşuyoruz. Haklısınız. Böyle gitmez. Kadınlar da cesaretle hayata karışmalı. Ama benim alışkanlıklarımdan kurtulmam, bu yaşa kadar gördüklerimin tersini yapmam çok güç. Eminim yeni kuşaklar, sizin görüşlerinize çok daha iyi uyacaklardır."

Yirmi altı yaşındaydı.

İsmet Paşa eşinin elini bıraktı, ayağa kalktı:

"Hanımcığım, biz bu mücadeleye ailelerimize güvenerek girdik. En büyük gücü, yardımı sizden alacağız. Eğer düşüncelerimi paylaşıyorsanız, memleketimizin, insanlarımızın esenliği için alışkanlıklarınızı aşıp öteki hanımlara şimdiden örnek olmalısınız. Siz artık sadece benim eşim olarak kalamazsınız. Bizim ikimizin, beraberce topluma örnek olmamızın zamanı gelmiştir. Yeni hayata birlikte başlamak için sizden cesaret istiyorum. Sizin desteğinize, özverinize muhtacım. Özellikle Lozan'da, beni bundan yoksun bırakmayınız. Lütfen."[109]

ERTESİ GÜN trenle Bandırma'ya hareket ettiler. Başlıca istasyonlarda törenlerle karşılandılar. İsmet Paşa büyük zaferin ikinci adamıydı.

Mevhibe Hanım çarşaflıydı. Sadece yüzünü açmıştı. Ama eliyle ağzını örtüyordu. Kompartımandan az çıkıyor, bir erkek görünse içeri kaçıyordu. Bandırma'da daha büyük törenle karşılandılar. İstasyondan iskeleye kadar halılar döşenmişti.

İsmet Paşa'yı Kaymakamlığa götürdüler. Mevhibe Hanım kimseye bakmadan, başını kaldırmadan doğruca Pendik adlı gemiye gitti. Hanımlara özgü bir kamara varmış. Orada oturdu tek başına.

İsmet Paşa gelince gemi hareket etti.

Yolculuk Mevhibe Hanım için bitmeyen, çok zor bir sınav oldu. Kaptan, yaverler, kamarotlar, garsonlar, kısacası bir sürü yabancı erkek. Ne kadar kaçınsa biriyle karşılaşıyordu. Sınavın devamı daha yaman olacaktı. İçi tir tir titriyordu.

İstanbul limanına girerken bütün gemiler düdüklerini çalarak İsmet Paşa'yı getiren Pendik gemisini selamladılar.

Rıhtımda İsmet Paşaları Dr. Adnan Bey ve Halide Hanım ile yönetici kalabalığı karşıladı. Mevhibe Hanım Halide Edip Hanım'ın romanlarını okumuştu. İlk kez görüyordu. Rahatlığına imrendi.

İsmet Paşa onlarla gitti.

Otomobil Mevhibe Hanım'ı Süleymaniye'ye, Ayşekadın Hamam sokağına bıraktı. Duyan koştu. Hasret giderdiler. Konuşulacak ne kadar çok şey vardı. Mevhibe Hanım bir şeyin farkına vardı. Hiçbiri gazete okumadığı için pek az şeyin farkındaydılar. Kulaktan dolma bilgilerle yaşıyorlardı. Onlara uzun uzun savaşı, sonrasını, İzmir'i anlattı. Ağızları açık dinlediler.

Ramazan başlamıştı. Gece akraba ve komşularla Süleymaniye Camisi'ne teraviye gittiler.

Sabah erkenden akraba hanımlarla alışverişe çıktı. Gri bir pardösü ile iskarpin vs. aldı. Başını sıkma baş yapacaktı. Bunların ne büyük özveri olduğunu bir erkek acaba bilebilir miydi?

Ama hak ve söz vermişti.

Milletinin şerefi ve saygınlığı için böyle giyinmek günah da olsa sonucuna katlanacaktı. Yüce Allah'ın bu özveriyi, bu kendini feda edişi beğeneceğini ümit ediyordu. Tersi sırf kendini düşün-

Mevhibe Hanım

mek yani bencillik olurdu. Bunu ne Allah hoş görürdü, ne de kul.[110]

İSMET PAŞA danışman ve uzman sayısını yeni duruma göre azaltmıştı. Daha dar bir kurulla gideceklerdi bu kez. Kurulun bir bölümü bir gün önce gitmişti. Kalanlar bugün gidiyordu.

18 Nisan günü öğleyin Sirkeci garı yine hıncahınç dolmuş, yola halılar serilmişti. Şeref birliği hazırdı. Fotoğrafçılar magnezyum ışıklarını patlatıp duruyorlardı.

Mevhibe Hanım önceden gelip hızlı adımlarla vagona attı kendini. İsmet Paşa ve eşi için özel bir vagon ayrılmıştı. Üzerinde gri pardösü vardı. Kısa topuklu bir iskarpin giymişti. Sıkma başlıydı. Bu kıyafet artık doğallaşmaya başladığı için dikkati çekmedi.

Örtünmek için özel çaba göstermenin dikkati daha çok çektiğini zamanla herkes fark edecek, doğallaşma hızlanacaktı.

İsmet Paşa tören birliğini denetledi. Uğurlamaya gelenleri selamladı. Hareket çanı çalarken trene atladı.

Saat 12.30'du.

Barış treni alkışlar arasında yola çıktı.

BULGARİSTAN'ı, Sırbistan'ı, İtalya'yı geçtiler, üçüncü gün İsviçre'ye girdiler.

Resim kadar hoş tarlalar, güzel köyler, zengin ormanlar, düzenli yollar, süslü köprüler, pencereye yapışmış Mevhibe Hanım'ı şaşırtıyor, kıskandırıyordu. Kahvaltı, yemek ve kahve servisinin mükemmelliğine, garsonların kibarlığına hayran kalıyordu. İstanbul'dan Malatya'ya, Malatya'dan Konya'ya, Konya'dan İzmir'e öküz ve at arabaları, saatte 30 km. hızla yürüyen kara trenler ile yolculuk etmişlerdi. Yolları da, yol boyunca gördüğü köyleri, köylüleri de, kara trenlerin sefilliğini de iyi bilirdi. Yoksulluğun, geriliğin ta içinden geçmişti.

Bir kadının otomobil kullandığını görünce çığlığı bastı. İsmet Paşa çığlığın nedenini öğrenince çalışmayı bıraktı:

"Burada hanımlar üniversitede öğretmenlik de yapıyorlar, devlette memurluk da, fabrikada işçilik de. Bütün bir millet, bağnazlıktan, kaç-göçten uzak, son bireyine kadar çalışıyor, düşünüyor, üretiyor ve hayatın tadını çıkarıyor. Memleketleri de tabii böyle resim gibi oluyor. Her köylüsü çiftçi, yani toprak sahibi, her şehirlisi ev sahibi. Bize gelince, Kanuni'den sonra uyumuşuz. İhtişamımız döküle döküle kele dönmüşüz."

RAUF BEY aldığı bilgiyi direksiyon binasında M. Kemal Paşa'ya iletti:

"..Görüşmelere Lord Curzon katılmayacakmış."

"İngiltere'yi kim temsil edecek?"

"İkinci delege, eski İstanbul Yüksek Komiseri Sir Horace Rumbold."

M. Kemal Paşa'nın canı sıkıldı:

"Lord Curzon'un çırağı yani. Fransızları?"

"General Pelle."

"Benimle konuşmak için İzmir'e geldiğinde dost görünüyordu. Ama Fransızları anlamakta zorlanıyorum. Bir kuruşluk çıkar için yön değiştiriyorlar. Fransız ihtilalini bunların ataları mı yaptı, inanmak zor. İtalya'yı?"

"Eski ikinci delege Sinyor Montagna."

"Bu seferki görüşmeler daha az gürültülü ama daha çetin geçecek gibi geliyor bana. Ne koparırsak kârdır diye hepsi harekete geçecek."

"Ben de öyle sanıyorum."

EKSPRES Montreux istasyonunda birkaç dakika durdu. Konferans kesildiğinden beri Lozan'da bekleyen Mustafa Şeref Bey trene bindi. Lozan'a gelene kadar İsmet Paşa'ya edindiği bilgileri sundu. Müttefiklerin Londra'da Lord Curzon'un başkanlığında toplanıp kararlar aldığını aktardı. Fransızların iktisadi ve mali konularda direneceklerini duymuştu. Basın, ikinci dönemin bir

Mustafa Şeref Bey

Türk-Fransız çatışması içinde geçeceğini yazıyordu.[111]

Ekspres saat 21.00'de Lozan garına girdi.

Türk Kurulunu bir gün önce gelen Dr. Rıza Nur, danışmanlar ve görevliler, Lozan şehri temsilcileri, Polis Müdürü, sivil polisler, Türk-İsviçre Derneği yöneticileri, Türkler, basın mensupları ve meraklı Lozanlılar karşıladı. Lozan polisi İsmet Paşa'yı olası bir suikasta karşı sessiz korumaya almıştı yine.

Lozan Palas'a hareket edildi.

Lozan Palas ışıklarla donanmış, Türk, Fransız ve Japon bayraklarıyla süslenmişti. Otel sahibi Herr Steiner İsmet Paşa'yı, eşini ve arkadaşlarını yerlere kadar eğilerek karşıladı. Otel şimdiden gazetecilerle dolmuştu. Fransız ve Japon kurulları da bekleniyordu. Otel birinci dönemde borçlarının büyük bölümünü ödemişti.

İsmet Paşalara iki odalı ve salonlu güzel döşenmiş yeni bir daire ayrılmıştı. Odalardan biri yatak, öteki çalışma odasıydı.

Mevhibe Hanım'ı bekleyen güzel bir haber vardı. Dr. Rıza Nur'un eşi İffet Hanım da Lozan'a gelmişti. Dil bilen, görgülü, bilgili bir ailenin kızıydı. Mevhibe Hanım'ı yalnız bırakmayacaktı.

Akşam yemeğini dairelerinin salonunda, Dr. Rıza Nur ve eşi ile birlikte yediler.

İSTANBUL'da herkesi heyecanlandıran bir olay başlıyordu bu gece. Halide Edip Hanım'ın Milli Mücadele'yi anlatan Ateşten Gömlek romanından uyarlanan film Kemal Film'e ait iki sinemada birden gösterime giriyordu.

Filmin yönetmeni ve senaristi Muhsin Ertuğrul Bey'di.

Milli Mücadele hakkında ilk film olmasından başka çok önemli bir özelliği daha vardı Ateşten Gömlek'in. İlk kez iki Türk hanımı bu filmde başrolleri oynayacaklardı:

Bedia Muvahhit

Neyire Neyir

Bedia Muvahhit ve Neyire Neyir Hanımlar.

Oysa gelenek, Türk hanımlarının sahneye çıkmasına, tiyatro yapmalarına henüz izin vermiyordu. Bunu bir kez Afife Hanım göze almışsa da birçok olaylar patlak vermiş, hükümet Müslüman Türk hanımlarının sahneye çıkmasını yasaklamıştı.

Bu yasağı koyan yönetimin yerinde yeller esiyordu ama bu bağnaz emir hâlâ yürürlükteydi.

Milli Mücadele'nin ayrıntıları hakkında pek az bilgisi olan İstanbul halkı iki sinema salonunu her gösterimde tıklım tıklım dolduracak, alkışlar, sevinç gözyaşları, gericilerin homurtularını bastıracaktı.[111a]

KONFERANSIN ikinci dönemi, 23 Nisan Pazartesi günü törensiz olarak Uşi Oteli'nde açılacaktı.

Mevhibe Hanım İsmet Paşa'yı dualarla yolcu etti. Dua etmeleri için annesine ve Cevriye Hanım'a da mektup yazmıştı.

Başdelegeler saat 16.00'da toplanarak çalışma esaslarını saptadılar. Müttefikler yine anlaşmalı gelmişlerdi. Üç komisyon kuruldu, yine başkanlıklara Müttefiklerin başdelegeleri seçildi.

Saat 17.00'de toplantı salonu danışman ve uzmanlara da açıldı. Bütün Başdelegeler barışı öven güzel konuşmalar yaptılar. İlk gün böyle sona erdi.

Görüşmeler 24 Nisan sabahı başladı. Önce kolay, basit sorunlar konuşuldu ve uzlaşıldı. Çekişmeler ertesi gün başladı. Artarak sürecekti.

MEVHİBE HANIM Paşa'yı dualarla uğurluyor, sonra hava elverişli ise İffet Hanım'la birlikte Lozan'ı geziyor, tanımaya çalışıyordu. Burası bambaşka, hayal bile edemeyeceği bir yeni dünya idi.

Her şeye dikkat ediyordu. Öğrenmek için kimi kez öyle çocukça, safça sorular soruyordu ki İffet Hanım'ı kahkahalarla güldürüyordu. Artık eliyle ağzını kapatmıyordu. Başını suçlu gibi yere eğip yürümekten de yavaş yavaş kurtulmaktaydı.

En çok şaştığı olay, yaşlı başlı hanımların evlerine kapanmamalarıydı. Hepsi güzelce giyinip gezmeye çıkıyor, pastanelerde oturup tatlı tatlı konuşuyorlardı. Hepsi tüllü, tülsüz, çiçekli, kenarlı, kenarsız şapkalıydı. Hiçbiri şişman, hantal değildi. İffet Hanım hepsinin gençliklerinde kayak, paten, tenis, jimnastik, dağcılık gibi sporlar yaptıklarını söyledi.

Spor ha!

Türk kadınlarının hiç bilmediği bir sözcüktü bu. Kocalarıyla birlikte kolkola yürüyüşe çıkmaları bile ayıplanırdı.

Süleymaniye'deki mahallesini, ailesini, Malatya'yı, Konya'yı düşündü. Ah, arada ne kadar büyük fark vardı. Yedi devlet gücündeki Osmanlı Devleti'ni acaba bu fark mı yıkmıştı?

Son dışarı çıkışlarında İffet Hanım'ın zorlaması ve sevimli tezgâhtar kızların heveslendirmesiyle kendine bir manto, bir tayyör, uzunca topuklu bir çift ayakkabı ve kenarsız, fındık kabuğu denilen küçük bir şapka aldı.

Otele gelince, dayanamadı, hemen aynanın önüne geçti, saçlarını toplayıp şapkayı giydi. Sağa sola dönerek şapka-

Yeni Mevhibe Hanım

nın nasıl durduğunu incelerken yatak odasının kapısı açıldı. Şapkayı hemen çıkarıp saklamaya çalıştı. İsmet Paşa sevgiyle, "Hanımcığım.." dedi, "..Niçin çıkardın, çok yakışmıştı."

Mevhibe Hanım kıpkırmızı kesildi:

"Çocukça bir hevesle aldımdı. Galiba alışamayacağım. Bugün nasıl geçti?"

"Berbat."

YUNUS NADİ, M. Baha ve M. Müfit Beyler M. Kemal Paşa'yı ziyarete gelmişlerdi. Lozan görüşmeleri hakkında bilgi istediler.

"Görüşmeler hemen sertleşti. Osmanlı borçları, kapitülasyonlar, eskiden verilmiş ayrıcalıklar ve haklar gibi çeşitli konularda çekişme sürüyor. Geleceğimizi yine ipotek altına almak istiyorlar."

M. Baha Bey "Paşam.." dedi, "..bu adamlar bu kadar bencilken siz, Batı uygarlığını övüyor, örnek olarak gösteriyorsunuz. Bu bir çelişki değil mi?"

Paşa M. Baha Bey'e gülümseyerek baktı:

"Hayır! Batı'nın bilimine, sanatına, teknolojisine, özgürlüğüne, hayat düzeyine yani uygarlığına saygılıyız. Uygarlık şu anda Batıda olduğu için onu örnek almalıyız diyorum. Ama Batı'nın bir de çirkin yüzü var: Emperyalizm. Biz öteden beri Batı'nın emperyalizmine ve militarizmine karşıyız. Bencil dediğin o diplomatlar, Batı uygarlığının değil, Batı'nın emperyalist, militarist yanının, çirkin yüzünün temsilcileri.."

Ayağa kalktı, elini dostça M. Baha Bey'in omuzuna koydu:

"..Bir daha ezilmemek, sömürülmemek, yenilmemek, parçalanmamak, ikinci sınıf bir millet muamelesi görmemek, saygın bir devlet olmak için yapmamız gereken iki şey var. Batı'nın çirkin yüzünü bilip ona göre davranacağız, yani aldanmayacağız, Batı uygarlığını oluşturan özelliklere de sahip olmaya çalışacağız.."

Hepsine döndü:

"..O özelliklerin bir kısmına sahip olmak yetmez. Tanzimat'tan bu yana bu yol denendi, olmadı. Çünkü uygarlık bir bütündür. Bunun gereğini yapacak cesareti gösteremediğimiz için durduk, geriledik, çöktük, dayak üstüne dayak yedik, hak etmediğimiz kaba muamelelere uğradık, halkımızı mutlu edemedik, ilkelliği yazgı sandık. Ama bu yalpalama dönemi sona erdi artık. Bitti!"

YEMEKTE bir ara Osmanlı borçları konusu açılmıştı. İsmet Paşa ile Dr. Rıza Nur hayli sinirliydiler. Bir aksilik vardı ama Mevhibe Hanım ne olduğunu iyi anlamamıştı. Yalnız kaldıkları zaman sordu:

"Nedir bu Osmanlı borçları?"

İsmet Paşa bir süre homurdandıktan sonra yanıt verdi:

"Yetmiş yılda milyonlarca borç alınmış. Çoğunlukla da Fransa'dan."

"Ne yapmışlar bu kadar parayı?"

"Sadece 30 milyonu imara harcanmış. Kalanı ile bütçe açıkları kapatılmış, borç faizleri ödenmiş, Dolmabahçe ve Çırağan gibi saraylar yapılmış, bunlar süslenip döşenmiş."

"Aaa?"

"Evet, yazık ki böyle. Bu hesapsızlığı, savurganlığı, akılsızlığı temizlemek yeni Türkiye'nin üzerine kaldı. Borcun tümünü bizim ödememizi, hem de altınla ödememizi istiyorlar. Bizse borcun Osmanlı Devleti'nden ayrılan devletler arasında hakça bir ölçüde bölüştürülmesini istiyoruz. Altınla ödemeyi de kabul etmiyoruz. Kabul edersek mali geleceğimiz mahvolur. Yine köle oluruz. Şiddet ve kesinlikle reddediyorum. Onlar da şiddet ve kesinlikle kabul etmem için bastırıyorlar."[112]

İŞGAL ve İstanbul yönetimi sona erince Ankara'daki bakanlıkların işleri çok çoğalmış, görevleri genişlemişti.

Yeni elemanlara ihtiyaç vardı.

Dolmabahçe Sarayı ve Müttefik gemileri

Ankara en zor, çapraşık işleri bile bugüne kadar üç-beş memurla yürütmeyi başarmıştı ama o cephe gerisi havası yoktu artık. Devlet yeniden kuruluyordu. İstanbul'da eski nezaretlerde, kurumlarda çalışmış işe yarar memurlar Ankara'ya davet edildiler.

Bir kısmı emekliliğini isteyip gelmedi. Bazıları geldi, Ankara'yı beğenmedi. Zavallı Ankara sahiden beğenilecek halde değildi. Daha bir pastanesi yoktu. Bir tek eczanesi vardı. İstanbul'a geri döndüler. Ankara'yı sevmek, onun anlamını kavramak için Anadolu macerasını yaşamış olmak gerekirdi. Kalanların kimi çalışkan çıkacak, Cumhuriyet'e kanat gerecekti.

Bir kısmı ise ölgün, heyecansız, sorumluluktan ödü patlayan, Osmanlıyı tüketmiş Bâb-ı Âli memurlarıydı. Şevkle çalışanlara şaşarak bakacak, halkı azarlamayı, hor görmeyi memurluğun şanından bileceklerdi.

Yeni insanların çabucak, hemen yetişmesi, işbaşı etmesi gerekiyordu.

Yeni devlet zamanı da yenmek zorundaydı.

İSMET PAŞALARLA Dr. Rıza Nur ve eşi, bu akşam bir değişiklik olsun diye yemek için aşağıya yemek salonuna indiler. Salon kalabalık, herkes pek şıktı. Mevhibe Hanım yeni aldığı şapkayı ve tayyörü giymişti. Kalabalık korkusu oldukça azalmıştı.

Bir orkestra yemek müziği çalıyordu.

İşten söz açmamaya kararlıydılar ama Dr. Rıza Nur öyle sıkkındı ki dişlerini gıcırdattı:

"Entrika, hile, yalan, baskı, tehdit. Sanki barış konferansı değil, Manakyan'ın melodramlarından biri."

Otelin holünden bir uğultu yükseldi. İsmet Paşa'nın Yaveri Binbaşı Atıf Bey hızla salona girdi.

"Ne oluyor?"

"Efendim az önce Rusya Delegesi Vorovski'yi otelinde vurmuşlar."

"Neee?"

Dr. Rıza Nur "Lanet olsun.." dedi, "..Bu melodramda bir suikast eksikti. O da oldu."

SOVYET RUSYA'yı Lozan'da bu kez küçük bir kurulun eşliğinde Moskova'nın Roma Elçisi Vorovski temsil etmekteydi. Görüşmelere katılamıyordu. Müttefikler sadece Boğazlar Sözleşmesi'nin imza törenine katılabileceğini bildirmişlerdi.

Pek az kimseyle konuşan, sessiz sakin, kibar bir insandı. Birkaç gün önce İsviçre faşistleri kendisiyle görüşmek istemişler, Vorovski reddetmişti. Konferansa kabul edilmediği için Lozan polisi Sovyet Rusya delegesini ve küçük kurulunu korumuyordu.

Olayın ayrıntıları o gece geç saatlerde aydınlandı:

Akşam Vorovski, Basın Ataşesi Arenski ve kâtip Riyankovski yemek için Cecile otelinin yemek salonuna iniyorlar. Dikkati çekmeyen bir İsviçreli iki masa ötelerindeki masaya oturuyor. Üç kadeh konyak içtikten sonra ayağa kalkıp silahını çekiyor ve üç Rus'u vuruyor. İki tabancasını otel görevlilerine vererek, "Polis çağırın.." diyor, "..teslim olacağım."

Vorovski olay yerinde ölmüştü. Basın Ataşesinin yarası oldukça hafifti. Kâtip ağır yaralıydı.

Olay önce otelde, sonra Lozan'da, daha sonra da İsviçre'de panik yarattı.

BU OLAY üzerine telaşlanan Lozan polisi İsmet Paşa için alınan güvenlik önlemlerini artırdı. Ayrıca sınırdan kimliği saptanamayan birkaç kişinin geçtiği öğrenilince Polis Müdürü İsmet Paşa'yı ziyaret etti. Önemli bir isteği vardı:

"Suikastçıların dikkatini çekmemek için bir önlem olarak, arabanızın önünde bulunan küçük Türk bayrağını kaldırmanızı rica edeceğim efendim."

İsmet Paşa Polis Müdürüne şöyle dedi:

"Bakınız, o benim özel flamam değil, o bayrak ülkemi temsil ediyor. Ona dokunamam. Öldürülürsem yerime biri gelir, görevi yürütür. Bayrak yerinde kalır."

Bu açıklamadan sonra da önünde küçük Türk bayrağının dalgalandığı otomobiliyle hiç gerekmediği halde bir ziyarete gitti.[113]

ESKİ Sultan Vahidettin Mart 1923'te İngilizlere, 'sağlık durumunun Hicaz'da kalmaya elverişli olmadığını' yazarak, 'eğer büyük İngiliz devleti bir sakınca görmezse Hayfa, Kıbrıs veya İsviçre'ye yerleşmek istediğini' bildirmişti.[113a]

İngiltere eski sultanın İngiliz topraklarında kalmasını, sorunlara yol açmasını istemedi. Lozan görüşmeleri dolayısıyla, İsviçre'ye gelmesini de uygun bulmadı.

Emperyalst ahlakı böyledir: Kullan, at!

Eski Sultan Vahidettin maiyetiyle birlikte, 24 Mayıs günü Cenova'ya geldi. Bir hafta kadar burada kaldıktan sonra San Remo'ya gidecektir.[113b]

SEÇİM hazırlıkları sürüyordu. 72 seçim bölgesinde iki dereceli seçim yapılacaktı.

Adayları M. Kemal Paşa ve parti adına seçimi yürüten kurul belirlemişti. Adaylar belirlenirken nitelikler yelpazesi geniş tutulmuş, partizanca davranılmamıştı. Sadece adayın Milli Mücadele karşıtı ve saltanatçı olmaması aranıyordu.

Adaylar arasında Birinci Meclis'teki tutuculardan bazılarına da yer verilmişti. Çeşitli düşüncelerin, duyguların bir koalisyonu gibiydi yeni parti.

İkinci Gruptan adaylığını koyan yoktu. Seçime bağımsız olarak sadece birkaç kişi girecekti.

İstanbul'da ise İttihatçılar, gelenekçiler, tezgâhı bozulanlar ve eski siyasetçiler yeraltında, yerüstünde çalışmaya koyulmuşlardı. Dr. Adnan Bey Yakup Kadri Bey'e dedi ki:

"İstanbul'da seçimi İttihatçılar kazanır. Senin parti kazanamaz. Ümitlenme."

Yakup Kadri Bey çok şaşırdı. Sakarya Savaşı geceleri Kızılay merkezinde zaman zaman buluşup geleceği, cumhuriyeti, çağdaşlığı konuştuğu Dr. Adnan Bey bu muydu?

Ne demekti 'senin parti'?

İstanbul bu kadar mı çabuk esir alıyordu insanları?

HİÇBİR barış konferansı Lozan Konferansı gibi uzun sürmemiş, hiçbirinde bu kadar oyun, entrika, dalavere, baskı, arsızlık, yüzsüzlük, bencillik, haksızlık görülmemişti.

Türkiye tam bağımsız olmak istiyor, uygar Batı, Türkiye'yi sömürebilmek için buna izin vermiyordu. Barış konferansı sık sık kesilmenin eşiğine geliyordu.

İkinci dönem genel olarak Türk-Fransız çatışması halinde geçmekteydi. Fransa ne kadar haksız olursa olsun en küçük bir çıkarından bile vaz geçmek istemiyordu. Ötekiler de bu arsızlığı destekliyorlardı.

Bu arada Yunanistan, adalardan Anadolu'ya geçip yağma yapan çeteleri subaylar vererek destekliyor, Fransa Suriye sınırında usul usul yığanak yapıyor, İngiltere Irak'ta dehşet saçıyordu.[114]

Yunan Başdelegesi Venizelos sürpriz olarak 14 Mayısta İsmet Paşa'dan randevu istedi ve akşam ziyarete geldi. İsmet Paşa Venizelos'u ihtiyatla dinledi, niyetini anlamaya çalıştı. Venizelos'un Müttefiklerden beklediği desteği alamadığı, Türkleri Meriç batısında toplanan Yunan ordusuyla korkutmaya çalışmanın gülünçlüğünü anladığı anlaşılıyordu. Korkutmaya çalıştığı insan Yunan ordusunu önüne katıp kovalamış komutandı.

Türk düşmanlığının bedelini çok ağır ödemişlerdi.[115] Dostluk kurmak istiyordu. Bu görüşmeler sürdü. Eldeki sorunların çözümüne fazla yararı olmadı ama Türk-Yunan geleceğini olumlu etkileyecekti.

7 Hazirana gelindiğinde daha çözüme bağlanmamış 19 önemli sorun vardı.[116]

Bundan sonrası boğuşma halinde geçti. Türk Kurulu Türkiye'nin bir kırıntı hakkını yedirmemek için mücadele ediyor, hakkını kıymık kıymık koparárak ilerliyordu.

Çözümü en zor sorun borcun ve faizlerinin hangi parayla ödeneceği konusuydu. Fransa altın diye inat ediyor, Türkiye frank diye diretiyordu. Altınla ödeme, borcu en az altı kat yükseltecek, Türkiye uzun yıllar bütçesinin yarısından fazlasını borca ve faize ayıracaktı. Yani hep yoksul kalacaktı.[117]

Bu uzun süreçte yaşanan benzersiz didişme ve karar verme zorlukları Başbakan ve Bakanlar Kurulu üyelerini de, Lozan kurulunu da bitkin düşürmüş, sinirlerini kopacak kadar germişti. Bu yüzden alınmalar, çatışmalar oluyordu. İsmet Paşa ile Rauf Orbay arasındaki dayanışma ve dostluk sarsılmaya başlamıştı.

M. Kemal Paşa'nın zaman zaman araya girmesi, iki yanı uzlaştırması, yatıştırması gerekiyordu.

Görüşmelerin yine uzaması, İstanbul'un hâlâ işgal altında olması halkta bir bezginlik yaratmıştı. Basında da ümit verici haberler, yazılar çok azdı. O da bekleme halindeydi.

GENERAL HARRINGTON'un gazetelerde yer alan bir açıklaması bezgin halkta bir canlılık yarattı.

İstanbul'daki İngiliz birliklerinin futbol takımları arasında yapılan bir turnuvada ilk üç sıraya giren takımlar belli olmuştu: Irish Guards, Grenadiers Guards ve Goldstream Guards. Bu üç takımdan bir karma oluşturulmuştu: Guard'lar karması. General Harrington, oluşturulan bu karmanın bir Türk takımıyla maç yapmak istediğini açıklamıştı. Kazanan takımı gümüş bir kupayla ödüllendirecekti. Türk takımlarının başvurusu bekleniyordu.

Bu açıklama Türk takımlarına bir çeşit meydan okuma olarak kabul edildi.

General Harrington'un bu takımın Fenerbahçe olmasını istediği söylentisi yayıldı. Fenerbahçe iki-üç yıldır İngiliz takımlarıyla birçok maç yapmış, çoğunda galip gelmiş, işgal altındaki halkı mutlu etmişti. Söylentiye göre General bu acar takımı giderayak yenerek Türklere hadlerini bildirmek istiyordu.

Fenerbahçe Kulübü vakit geçirmeden açıklamaya yanıt verdi: Maça hazırdı.

Fenerbahçe İngiliz karacılarının ve denizcilerinin futbol takımlarını iyi tanır, bütün oyuncularını bilirdi. Hepsiyle karşılaşmıştı. Karma takımın da Fenerbahçe'yi yenmesi olasılığı yoktu. Yöneticiler de oyuncular da böyle düşünüyorlardı. Bilmedikleri bir şey vardı. Harrington bu kararı yeni vermemiş, bir ay önce düşünmüş, Mısır ve Malta'da askerliğini yapan dört profesyonel futbolcuyu gizlice İstanbul'a getirmişti. Bu dört futbolcu İngiliz birinci liginde oynayan ünlü Chelsa takımındandı.

Galatasaray Kulübü yöneticileri Fenerbahçe yöneticilerini ziyaret ettiler. Yenilmek olmazdı. Hele bu sırada. "Ya biz de karma bir takım çıkaralım.." dediler, "..ya da Aslan Nihat gibi bir-iki oyuncumuzu alın, daha güçlü olun. Yenin bu İngiliz karmasını!"

Fenerbahçeliler Galatasaray yöneticilerini kucaklayıp öptüler:

"Çok teşekkür ederiz. Takım şu anda çok iyi. Merak etmeyin, İngilizleri yenecek güçteyiz. Bu dostluğunuzu asla unutmayacağız."

Maç tarihi ilan edildi: 29 Haziran 1923 Cuma.

Saat 15.00.

Yer: Taksim stadı.

İstanbul her konuyu unutup bu maça kilitlendi.[118]

ORHAN Dilber'e birçok iş çıkaracağı için çekine çekine bir öneride bulundu :

"Biz arkadaşlarla haftada bir toplanmak, konuşmak, tartışmak, bilgi ve deney alışverişinde bulunmak istiyoruz. Okulda vakit bulamıyoruz. Kahvede toplantı olmaz. Giriş katındaki odada toplanabilir miyiz?"

Giriş katında pencereleri sokağa bakan orta büyüklükte bir oda vardı. Orayı yüklük gibi kullanıyorlardı. Dilber Orhan'ın kucağına zıpladı, kollarını boynuna doladı:

"Elbette. Odayı hazırlarım. Ama izin verirsen ara sıra ben de katılıp sizi dinlemek isterim. Cahilliğimden utanıyorum."

"Kimden?"

"Senden."

İlk toplantıyı cuma günü yapacaklardı. Çoğu Fenerbahçe-İngiliz karması maçına gideceği için toplantı bir dahaki cuma gününe ertelendi.

29 HAZİRAN günü İstanbul Taksim'e yürüyordu. Herkes ümitli, neşeliydi.

Fenerli gençler Köprü'de vapurdan inmiş, ellerinde Türk ve Fener bayrakları ile Karaköy-Tepebaşı yoluyla bugünkü İstiklal Caddesi'ne çıkmışlardı. Burada Fenerlilere Galatasaray Lisesi'nin bahçesinde toplanmış olan Galatasaraylı gençler katıldı. Bunlar da Türk ve Galatasaray bayrakları taşıyorlardı. Kucaklaşarak, selamlaşarak Taksim'e doğru yürüdüler. Taksim meydanına çıkınca, Gümüşsuyu yoluyla gelen Beşiktaşlı gençlerle karşılaşıp karıştılar. Onların da ellerinde Türk ve Beşiktaş bayrakları vardı.

Milli Mücadele marşlarını söyleyerek Taksim stadına yürüdüler. Taksim stadına yürüyen halk bu dayanışmayı görünce durdu, gençleri alkışlamaya başladı.

Bu tarihe kadar hiçbir spor alanında milli bir maç yapılmamıştı. Dünyadan ve çağdan kopuk bir toplumdu. Bu dayanışma, birliktelik, heyecan maça bir milli karşılaşma havası vermişti.

Taksim stadının ahşap tribünü şimdiden dolmuş gibiydi. Stadın bir yanına da iskemleler, koltuklar dizilmişti. İstanbul terbiyesi gereği koltuklar gelen hanımlara veriliyor, erkekler ayağa kalkıyorlardı. Kadınların çokluğu dikkati çekiyordu. Hepsi sıkma başlı, mantoluydu.

Sahanın karşı yanında da Rum ve Ermeni seyirciler toplanmıştı. Onların İngilizleri destekleyecekleri anlaşılıyordu.

Taksim stadı hiç bu kadar kalabalık olmamıştı. Aralarında bugüne kadar hiç futbol maçına gelmemiş beyler ve hanımlar da vardı.

Saat 15.00'e yaklaşırken Türk, İngiliz, Fransız ve İtalyan yöneticiler, komutanlar tribünde yerlerini aldılar. Harrington kupası tribünün önüne konulan bir sehpaya yerleştirildi. Seksen santim boyundaki kupa pırıl pırıl parlıyordu.

BUGÜN Lozan'da görüşme yoktu. Görüşmelere iki gün ara verilmişti. Müttefik delegeleri hükümetlerinden talimat beklediklerini söylemişlerdi.

Böyle ara günler kulis çalışmaları ve haber toplamak için yararlı günlerdi. Türk Kurulunun danışman ve uzmanları, Müttefik görevlilerinin bulunduğu yerlere dağılmışlardı. Ürkütücü bir bilgi ile karşılaştılar:

Fransızların, faizler altın ile ödenmezse İstanbul'u boşaltmamayı, işgali sürdürmeye karar verdiklerini öğrendiler.

Altınla ödeme ölüm, işgalin devamı savaş demekti. İki ucu da felaket olan bir ikilemdi bu.[119]

TAKSİM stadında heyecan doruktaydı. Maçın başlamasına beş dakika kalmıştı. Bir İngilizden Chelsealı dört profesyonel futbolcunun karmada oynayacağını öğrenen bir Fenerli aldığı bilgiyi yanındakilerle paylaştı. Bilgi kulaktan kulağa yayıldı. Bazılarını kaygı sardı.

İşgalcilerin ve azınlıkların alkışları arasında İngiliz takımı sahaya çıktı. Diri, kendinden emin, rahat bir görünümleri vardı. Seyircileri selamladılar. Sahaya yayılarak ısınmaya başladılar. İngiliz takımlarını bilen seyirciler dört yeni oyuncunun varlığını fark ettiler.

Kimdi bunlar?

Birden gök gürler gibi bir uğultu koptu. Fener takımı görünmüştü. Sarı üzerine lacivert çubuklu formaları ile on bir Fenerli, başta kaptan Hasan Kâmil Sporel, koşarak sahaya girdi. Seyircileri selamladılar. Onlar da ısınmaya çalışarak sahaya yayıldılar. Fener şu on birle sahaya çıkmıştı: Şekip Kulaksızoğlu, Hasan Kâmil Sporel, Cafer Çağatay, Kadri, İsmet, Fahir, Sabih, Alaeddin Baydar, Zeki Rıza Sporel, Ömer Tanyeri, Bedri Gürsoy.

Saat tam 15.00'ti.

Hakem seyircilerin alkışları ile maçı başlattı.

İngilizler kesin kazanmak için oynuyorlardı. Sert hatta kırıcıydılar. Fener daha sakindi. Birinci devre karşılıklı akınlarla geçiyor, seyirciler hop oturup hop kalkıyorlardı. Alışılmamış kalabalık, kazanma zorunluğu Fenerlileri olumsuz etkilemiş gibiydi. Bir tutuklukları vardı. Devrenin sonuna doğru İngilizler bir gol attılar. Türkler donup kaldı. İngilizleri tutanlar coştu. Devre İngilizlerin üstünlüğü ile kapandı.

BİR YUNAN deliliğine karşı sekiz bin jandarma, Bulgaristan ve Çorlu üzerinden bölgeye sızan akıncılar ve silahlı köylüler tetikte bekliyorlardı.

Usta çavuşlar ve subaylar, olası bir savaşa karşı gönüllü köylüleri daha ilk günden bölük bölük eğitime almışlardı. Yunan tehlikesinin ne olduğunu bilen kadınlar da silah eğitimine katılmak istiyorlardı.

Refet Paşa Faruk'u karargâhta tutuyordu. İşi sabah çok erken başlıyor, geceye kadar sürüyordu. Karargâhın yeri sürekli değişiyordu. Ama bu yoğunluk içinde Nesrin'e her gün bir mektup yazma mucizesini gerçekleştiriyordu.

Nesrin de her gün yazıyordu.

Evde biriken mektupları bir arkadaşı haftada bir alıp topluca Faruk'a ulaştırıyordu.

Bugün o gündü. Gece işi bitince portatif yatağına uzanıp da Nesrin'in mektuplarını okuyacaktı. Bundan daha güzel ne olabilirdi? Bir tek şey: Nesrin'e kavuşmak!

Bu sırada Yunanlılar Türklere sağlam bir tek ev bırakmamak için evlerin kapılarını, pencerelerini bile sökerek, kullanılabilir ne varsa kırarak, bozarak, parçalayarak Karaağaç'ı boşaltmaya başlamışlardı.

Şimdi de Karaağaç'ın tek değirmenini yıkmaktaydılar.

İKİNCİ DEVRE kadın erkek Türk seyircilerin kulakları sağır eden haykırışları ile başladı:

"Haydi aslanlaaaaar!"

Fener takımı ikinci devreye fırtına gibi başladı. Devre arasında moral depoladıkları, İngiliz karmasını doğru değerlendirdikleri anlaşılıyordu. Koşmuyor uçuyorlardı sanki. Seyirciler bayrakları sallamaya başladılar. Stad tutuşmuş gibi oldu.

60. dakikada Zeki Rıza tutulmaz bir şutla eşitliği sağladı. Gol Fener takımını da, seyircileri de daha coşturdu. İngiliz karması bocalamaya başladı.

Sonra o harika dakika geldi. 74. dakika.

Zeki Rıza topu biraz sürdü, karşısına çıkan İngilizi çalımladı ve General Harrington'un hayalini çökerten şutu attı. Top mermi hızıyla uçup ağları havalandırdı. Kaleci topu görememişti bile. Binlerce ağızdan top patlar gibi bir haykırış yükseldi:

"Goooooooooool!"

Taksim yıkılıyordu.

Maç Fenerbahçe'nın baskısı altında sona erdi.

General Harrington kupayı, takım kaptanı Hasan Kâmil Sporel'e verdi. Hasan Kâmil Bey kupayı ağırbaşlılıkla aldı ve seyircilere dönerek havaya kaldırdı.

Zeki Rıza ikinci gole giderken

Türkler çıldırdılar.

İşgalci İngilizleri destekleyenler sessizce kayboldular.

İSMET PAŞA sabah eşini doktora götürmüş, Mevhibe Hanım'ın bebek beklediği anlaşılmıştı. Akşamüzeri eşini doktorun tavsiyesine uyarak, yürüyüşe çıkardı. Göl kıyısında konuşa konuşa yürüdüler. Mevhibe Hanım yorulunca boş banklardan birine oturup geçenleri, gölü, karlı dağları seyrettiler.

Onca sorun, zorluk, inat, yamanlık içinde bu güzel gelişme, baba olmanın verdiği büyük mutluluk, İsmet Paşa'nın direncini artırmıştı.

Akşam yemek yerken İstanbul'dan Fenerbahçe'nin İngiliz karmasını yendiği, Harrington kupasını kazandığı haberi geldi. Haber Türk Kurulunu havalara uçurdu.

İsmet Paşa bir daha mutlu oldu. Fenerbahçe takımını ânında telgrafla kutladı:

"Kurulumuz adına hepinizi sevinçlerle kutlar, gözlerinizden öperim."

Şimdi Müttefikler karmasını yenmek sırası kendilerindeydi.

BAKIRKÖY Erkek Ortaokulu'ndaki birkaç öğretmen Orhan'ın evinin girişteki odasında ilk toplantılarını yaptılar. Dilber odayı yedi-sekiz kişinin oturabileceği şekilde hazırlamıştı.

Tertemiz bir kilimin serili olduğu odaya ayakkabılarını çıkarıp girdiler. Hepsinin çorabı yamalıydı. Biri aylıkların yetersizliğinden söz açar gibi olduysa da para konusunu hemen utanıp kapadılar. Daha önemli konular vardı. Onlara daldılar.

Hayata dönük olmayan eğitim hepsini düşündürmeye başlamıştı. Bu bilgiyle ortaokulu bitiren bir çocuk hiçbir işe yaramazdı. Öğrencileri Bakırköy'deki iplik fabrikasına götürmek istemişler, Müdür "İcat çıkarmayın" diye engel olmuştu.

Yalnız çocukların değil halkın da eğitimi gerekiyordu.

Nasıl çözülecekti bu sorunlar?

Biri "Önce barış" dedi.

TÜRK Kurulu küçük ödünler verip büyük sorunları didişe didişe çözerek ilerlemekteydi. Bazen bütün gece çalışıp sabah görüşmelere katılıyorlardı. Kaşarlanmış diplomatların oyunlarını öğrenmişlerdi. Kibarlığa, hoş sözlere, pohpohlanmaya aldanmıyorlardı.

Andlaşmaya "Kapütülasyonlar kaldırılmıştır" gibi kesin bir madde konulmasını kabul ettirmişlerdi. Bu, başlı başına bir devrimdi. Üç yüz yıllık bir bela temizlenmişti. Ana borcun altınla ödenmesi gibi Türkiye'nin geleceğini tehdit eden sorun Türkiye lehine çözülmüştü.

Bu görüşmeler sırasında devletin yapısı ve kurumları bakımından çok eksiklikleri, zayıflıkları, yetersizlikleri olduğunu da anlamışlardı.

Temmuz ayı başında tartışmalı sorunlar üçe inmişti: Faizlerin altınla ödenmesi, Türkiye'de bulunan yabancı sermayeli bazı şirketlere ayrıcalık tanınması, İstanbul ve Çanakkale'nin boşaltılması tarihi.

Faizlerin altınla ödenmesi Paris'te bulunan bir avuç sarrafın biraz daha kazanç elde etmesine yarayacaktı. General Pelle bir avuç sarrafın çıkarı için hem barışı yokuşa sürüyor, hem Türkiye'nin geleceğini karartıyordu. Generalin bu konudaki inadı, uzlaşmaz tavrı, oyalamaları, söz verip cayması, İngiliz ve İtalyanların bile midesini bulandırmaya başlamıştı.

İsmet Paşa Müttefiklere birer nota vererek bu sorunların bir an önce ele alınıp artık kesin olarak çözülmesini talep etti. Her geçen gün barışa haksızlıktı. Fransa yüzünden uzama herkesi tedirgin etmişti. Nota olumlu sonuç verdi.

7 Temmuzda Uşi'de toplanıldı. Toplantı kesintisiz altı saat sürdü. Çıkanların hiçbiri demeç vermedi. Böyle karar almışlardı. Gece şifre sekreterleri koşuşup durdular. Bütün kurullar hükümetlerine rapor yolluyor, talimat istiyordu. Türk Kurulu sabahladı.

Sabah uzmanlar uyumadan uzmanlar toplantısına gittiler. Onlardan sonra saat 17.30'da delegeler toplantısı başladı, 20.00'de ara verildi. Yüzler gülüyordu. Yine konuşmadılar. Gece 23.00'te yeniden toplandılar. Gece toplantısına delegeler ve danışmanlar smokinlerini giyerek gittiler. Bu bir olağanüstülüğün işareti idi.

İsmet Paşa ve arkadaşları saat 02.00'de Lozan Palas'a döndüler. Gazeteciler İsmet Paşa'yı çembere aldılar. Paşa iki sözcükle sonucu özetledi:

"Nihayet hallettik."

Faizler konusu Türk Kurulunun istediği gibi çözülmüştü. İstanbul ve Çanakkale, andlaşmanın kabul edilmesinden başlayarak altı hafta içinde boşaltılacaktı.

Danışmanlar, uzmanlar, kâtipler sabaha kadar uyumadılar. Lokantada, barda, holde toplanarak barışı kutladılar. Gazeteciler durumu dünyaya bildirdiler.

Birinci Dünya Savaşı sona ermişti.

AMA Türkler için çile daha sona ermemişti. Müttefikler, üç yabancı şirkete ayrıcalık ve öncelik verilmesinde ısrar ettiler. Ayrıca Boğazlar Sözleşmesi yürürlüğe girene kadar Boğazlar ve Marmara'da ikişer kruvazör ve küçük savaş gemilerinden oluşan birer filo bırakmak istediklerini bildirdiler.

Şirketler sorunu görüşüle görüşüle çözülebilirdi. Ama geride üç filo bırakmak işgalin sürdürülmesi demekti.

11 Temmuzda iki toplantı yapıldı. Uzlaşma olmadı. Toplantılar çok tartışmalı geçmişti. Barış bu iki konuya takılıp kalmış, hava gerginleşmişti.

ANKARA'da 15 Temmuzda eğitim sorunlarını tartışmak ve kararları almak üzere ilk kez bir Heyet-i İlmiye (bilim kurulu) toplandı.

Başkan Eğitim Bakanı İsmail Safa Bey'di.

Kurul bugünden 15 Ağustosa kadar, durmaksızın bir ay çalışacak, eğitimle, kültürle ve sanatla ilgili bütün temel sorunları görüşecekti.

Kurulda Ankara'ya gelen Tercüme Kurulu Başkanı Ziya Gökalp, Samih Rıfat Bey, Ağaoğlu Ahmet Bey, Veled Çelebi, İ. Hakkı Baltacıoğlu, Şekip Tunç, Fuat Köprülü, Celal Esat Arseven, Selim Sırrı Tarcan, İ. Alaaddin Gövsa, Ali Sami Yen vb. gibi seçkin kişiler vardı.

Gündemi çok genişti.

Eğitim ve kültür hayatının yirmi altı büyük sorununu görüşeceklerdi. Türk kültür hayatında bir ilk olan toplantı Bakanın güzel bir konuşmasıyla başladı.[120]

LOZAN'da Müttefikler barışın Türkler yüzünden geciktiğini, belki de kesileceğini yaymaya başlamışlardı. Türk Kurulunu ve hükümetini bu yolla baskı altına almaya çalışıyorlardı.

Bu oyun Türk Kurulunu hiç etkilemedi. Çünkü görüşmelerin neden ilerlemediğini, neden durakladığını Lozan Palas'ın kapıcısı bile biliyordu. Tek sorumlu Fransa'ydı.

Görüşmelerin yeniden kesilmesine neden olmayı kimse göze alamazdı. Müttefikler ister istemez uzmanları 16 Temmuzda toplantıya çağırdılar. Gece İsmet Paşa'nın başkanlığında toplanan uzmanlar gerekli talimatı aldılar:

"Türkiye'nin geleceğini olumsuz etkileyecek hiçbir kalıcı öneri kabul edilmeyecektir."

Sabah gergin ama kararlı gittiler. Toplantı kıyasıya bir mücadele halinde geçti.

Akşam delegeler toplandı.

Her kurul hükümetinden son talimatı almıştı. Saat 02.00'de toplantı sona erdi. Faizler ve savaş gemileri konusu Türkiye açısından olumlu bir biçimde karara bağlanmış, üç şirket konusunda da uzlaşılmıştı.

Bu, Lozan Konferansı'nın son toplantısı oldu.

İsmet Paşa gece yarısından sonra uzunca bir raporla görüşmelerin anlaşmayla sona erdiğini, büyük bir huzur içinde, Ankara'ya bildirdi. Raporu şöyle bitiyordu:

"Andlaşma birkaç gün içinde imzalanabilir."[121]

M. KEMAL PAŞA Nuri Conker'i yemeğe çağırmıştı. Yemekte barıştan söz edildi. Kesintisiz sekiz yıl savaşı yaşayan halk sonunda barışı tadacaktı. Barış keyfiyle söz oradan oraya uçuştu. Yemekten sonra Latife yukarı çıktı, iki arkadaş başbaşa kaldılar.

Eski günleri, Selanik'i, gençliklerini, Çanakkale'yi, birlikte savaştıkları Conkbayırı'nı, Milli Mücadele'nin ilk günlerini konuştular. Lozan görüşmeleri, Müttefiklerin oyunbazlıkları, İsmet Paşa-Rauf Bey arasındaki kırgınlıklar, bu nedenle hemen her Bakanlar Kurulu toplantısına katılma zorunluğu Paşa'yı yormuştu. Çocukluk arkadaşı Nuri ile protokolsüz, rahat konuşma Paşa'yı dinlendiriyordu.

Latife Hanım hızlı adımlarla birdenbire aşağıya indi. Sinirli görünüyordu, "Kemal.." dedi, "..Çok geç oldu. Hâlâ oturacak mısınız?"

Nuri Conker şaşırdı, kızardı. Ömrünce böyle bir saygısızlık görmemişti. Latife Hanım gibi genç bir hanımın M. Kemal Paşa'ya adıyla hitap etmesi de tuhafına gitti:

"Affedersiniz Hanımefendi.."

Kekeleyerek ayağa kalktı:

"..Kal.. Kalkıyordum zaten."

Nuri Conker

M. Kemal Paşa buz gibi bir sesle, "Otur Nuri!" dedi. Nuri Conker çaresizlik içinde oturdu.

"Nereye gidiyorsun? Daha konuşacaklarımız var."

Latife Hanım'a baktı:

"Sen yatabilirsin. İyi geceler."

Latife Hanım, bu tarz uyarıları her zaman susarak karşılayan Paşa'dan hiç böyle bir tepki beklemiyordu, bocaladı, gözleri doldu, "Pekâlâ.." dedi, "..Ben yatıyorum. Siz istediğiniz kadar oturun."

Fırlayıp yine yukarı çıktı.[121a]

LOZAN yönetimi başdelegelerin görüşlerini de alarak imza töreni için hazırlığa girişti.

Birinci Dünya Savaşı'nı bitirecek olan bu barış andlaşmasının imzalanması olayına büyük önem veriyorlardı. Tören Lozan Üniversitesi'ne bağlı Rimini sarayında yapılacak, törene İsviçre Konfederasyon Başkanı başkanlık edecekti.

Türk Kurulunun bütün üyeleri, nice uykusuz geceler, çile, isyan ve azap dolu günlerden sonra, emeklerinin boşa gitmediğini görmenin gururu içindeydiler. Ülkeleri için mümkün olan en iyi sonucu elde ettiklerine inanıyor, bunun huzurunu duyuyorlardı. Müttefiklerin Ocak 1923'te verdikleri proje ile imzalanacak olan andlaşma arasındaki büyük fark bu huzuru hak ettiklerinin kanıtıydı. Tam bağımsızlığı, eşitliği sağlamış, Türkiye'nin geleceği üzerindeki bütün ipotekleri kaldırmayı başarmışlardı.

Barışı canavarın midesinden çekip çıkarmış, emperyalist diplomasiyi yenmişlerdi.

İsmet Paşa bu güzel sonucu Ankara'ya 16/17 Temmuz gecesi sevinçle bildirdi.

17 ve 18 Temmuzda Ankara'dan hiç ses çıkmadı. Doğal olarak hükümetin andlaşmanın imzalanmasını uygun bulduğunu bildirmesi, nezaket gereği herhalde kutlaması da gerekiyordu.

Yalnız İsmet Paşa değil, bütün kurul üyeleri, Ankara'nın sessizliği karşısında çok rahatsız oldular. Her geçen dakika sinirleri biraz daha geriyor, bunalımı artırıyordu. Her konuda hükümetin onayı ile hareket etmişlerdi.

Öyleyse bu sessizliğin anlamı neydi?

Birkaç gün sonra imza töreni yapılacaktı. Öteki kurullardaki meslektaşları, başarılarından dolayı Türk Kurulunun üyelerini kutluyorlardı. Dört yıl önce yenilmiş, teslim olmuş bir ülke şimdi tam bağımsız bir devlet olarak dünya ailesine katılıyordu. Bu, tarihte benzeri olmayan bir başarıydı. Ama kurula andlaşmayı imza etmeye yetkisi olduğu hakkında bir hükümet talimatı gelmemişti.

Hepsi ateş üzerindeydi. Ankara bekleterek işkence yapıyordu.

Sonunda İsmet Paşa patladı. 18 Temmuz akşamı M. Kemal Paşa'ya bir telgraf çekti. Alınan son kararların gerekçelerini açıkladıktan sonra dedi ki:

"Konferansın sona erdiğini, sorunların çözümünü üç gün önce hükümete arz etmiştim. Hiçbir cevap alamadığımdan bir tereddütün yaşandığını sanıyorum. (..) *Eğer hükümet kabul ettiğimiz şeylerin reddinde kesin olarak ısrarlı ise bunu bizim yapmaklığımıza imkân yoktur. Düşüne düşüne benim bulduğum yol, İstanbul'daki Yüksek Komiserlere tebligat yapıp imza yetkisini bizden geri almaktır. Bu halde gerçi bizim için dünyada görülmemiş bir skandal olur. Fakat vatanın yüce yararları şahsi düşüncelerin üzerinde olduğundan, hükümet kanaatini tatbik eder. Hükümetten teşekkür beklemiyoruz. Yaptıklarımızın muhasebesi millete ve tarihe mevdudur* (bırakılmıştır)."[122]

Lozan'da imza törenini izleyenler

ERTESİ SABAH (19 Temmuz) günü M. Kemal Paşa'dan yanıt geldi:

"18 Temmuz tarihli telgrafınızı aldım. Hiç kimsede tereddüt yoktur. Kazandığınız başarıyı en sıcak ve içten duygularımızla kutlamak için andlaşmanın imza edildiğinin bildirilmesini bekliyoruz kardeşim."

Belli ki M. Kemal Paşa'nın uyarısı üzerine Başbakan Rauf Bey'den de akşama doğru şöyle bir telgraf geldi:

"Bildirdiğinize göre her üç sorunun çözümünde, yapılacak yapılmış olduğundan, 24 Temmuzda andlaşmanın imza buyrulması uygun görülmüştür efendim."

Ne kutlama vardı, ne teşekkür. Görüşmeleri aylar sürmüş, savaş olasılığına yol açmış, Kanuni'den bu yana ilk kez tam bağımsızlığı sağlamış olan Lozan Andlaşması için Başbakan'ın çektiği telgraf bundan ibaretti.[123]

Rauf Bey'in bu ruhsuz telgrafı kimsenin mutluluğunu bozmadı. M. Kemal Paşa'nın telgrafı bunalımı sona erdirmiş, hepsi derin bir soluk almışlardı. İsmet Paşa hemen M. Kemal Paşa'yı yanıtladı:

"Her dar zamanda Hızır gibi yetişirsin. Dört-beş gündür çektiğim azabı tasavvur et. Büyük işler yapmış ve yaptırmış adamsın. Sana bağlılığım bir kat daha artmıştır. Gözlerinden öperim pek sevgili kardeşim, aziz şefim."

ÜÇ YILDIR ABD'de yaşayan, eğitim gören Zekeriya Sertel ile eşi Sabiha Sertel İstanbul'a dönmüşlerdi.

İstanbul barış heyecanı içindeydi.

Zekeriya Bey ilerde şöyle yazacaktı:

"Kafamızda büyük hayaller dolaşıyordu. Önce demokratik bir sistemin kurulması gerektiğine inanıyorduk. Biz Amerika'da hürriyet ve demokrasiye inanmıştık. Kurtuluş Savaşı'ndan çıkan memleket şimdi hürriyet ve demokrasi dönemine girecekti."

Bağnazlığın kol gezdiği, insanların yüzde doksanının köyde yaşadığı, bunların yüzde doksan dokuzunun okur yazar olmadığı bir ülkede, Amerikan tarzı demokrasi kurulacağına inanıyorlardı. Tıpkı bir zamanlar bazı aydınların Türkiye'yi Amerikan mandasının kurtaracağına inanması gibi.

İstanbul aydınlarının gerçekçi olmaları, Anadolu'nun şartlarını, özelliklerini kavramaları, milli bir bakışa sahip olmaları zaman istiyordu.

Zekeriya Bey eğitimine, anlayışına uygun bir iş bulmak için eşini daha sonra yanına çağırmak üzere Ankara'ya hareket etti. Ankara'ya inince afalladı. O müthiş kavganın başkenti küçük, tozlu, yoksul, ağaçsız bir kasabacıktı.

Birileri, Zekeriya Bey'i, belki de yabancı sanarak, yabancılar için hazırlanmış temiz bir misafirhaneye yerleştirdiler.

İsmet Paşa'yı beklemeye başladı.

24 TEMMUZ günü barış konferansına katılan kurulların katıldığı oteller, ana caddeler, üniversite çevresi renk renk bayraklar, çiçekler ile süslenmişti.

Tören 15.00'te başlayacaktı.

Saat 14.00'te Lozan Palas'ın önünde büyük bir kalabalık birikmiş, delegeleri götürecek otomobiller kapının önünde sıralanmışlardı. Otelin holü danışmanlar, uzmanlar, gazeteciler, fotoğrafçılar, kameramanlar ve sivil polislerle doluydu. Gazeteciler sivil polisleri kabalıklarından tanıyorlardı.

İsmet Paşa salondan içeri seslendi:

"Hanımcığım, İffet Hanım geldi."

"Geliyorum."

Kapı açıldı. Mevhibe Hanım yatak odasından çıktı. Başında siyah bir şapka, üzerinde çok şık pardösü, kolunda zarif bir çanta vardı. İsmet Paşa hayranlıkla bakakaldı:

"Barış kadar güzelsin."

Şık, zarif, sağlıklı, kibar, çağdaş görünümüyle yeni Türkiye'yi temsil ediyordu. Çarşaflı, peçeli, topuksuz ayakkabılı, başı önünde yürüyen, ürkek Mevhibe çok geride, ezelde kalmıştı. Mevhibe Hanım Paşa'nın elini tuttu:

"Törenden sonra belki hemen yanınıza gelemem. İzin verin sizi şimdiden kutlayayım."

Eğildi, İsmet Paşa'nın elini öptü.

Mevhibe Hanım'la İffet Hanım önden gittiler. Töreni birinci sıradan izleyeceklerdi.

İsmet Paşa, Dr. Rıza Nur ve Hasan Saka, saat 14.45'te asansörle hole indiler. Üçü de tören giysisi olan jaket atay giymişti. Silindir şapkaları ellerindeydi. Magnezyum ışıkları, alkışlar arasında, önünde küçük Türk bayrağının bulunduğu siyah arabaya bindiler.

Otelden üniversiteye kadar bütün yolların iki yanı halk ile doluydu. Üniversite meydanında onbinlerce insan toplanmıştı. Barışı alkışlıyorlardı. Barışın ne büyük bir nimet olduğu İsviçre'den daha iyi hangi ülkede anlaşılabilirdi? Hiç savaş görmemiş, hiç acı çekmemiş, çalışmış, zenginleşmiş, şehirlerini, köylerini oya gibi işlemişti.

Araba 14.55'te Rimini sarayının önünde durdu. Protokol görevlileri, Federal Meclis üyeleri ve subaylar Türk kurulunu karşıladılar. Mermer merdivenler ağır ağır çıkıldı. Görevliler şapkaları ve bastonları aldı.

Görkemli bir merdivenden daha çıkılacaktı. Protokol görevlisi yol göstermekteydi. Geniş bir kapıdan salona girdiler.

Yüzlerce seçkin izleyicinin bulunduğu salonun ortasındaki yoldan geçerek salonun sonundaki yüksek başkanlık kürsüsüne doğru yürüdüler. Kürsünün önünde, ortada, koyu renk bir örtüyle kaplı, uzun, geniş bir masa vardı. Üzerinde imzalanacak andlaşma metni ve 17 eki bulunuyordu. Masanın başında Konferans Genel Sekreteri M. Massigli ayakta bekliyordu.

Kürsünün sağ önündeki iki sıra koltuklar İngiliz, Fransız, İtalyan, Japon, Yunan, Romen, Belçika ve Portekiz delegelerine ayrılmıştı. Kürsünün sol önündeki koltuklar ise, Türk delegeleri ile ABD gözlemcisine, ikinci sıra Bulgaristan delegesine ayrılmıştı. İki yandaki delegelerin yüzleri ortadaki masaya, dolayısıyla birbirlerine dönüktü.

Türk delegeleri kendilerine ayrılmış koltuklarda yerlerini aldılar.

Saat 15.05'te İsviçre Konfederasyonu Başkanı M. Scheurer ve iki yanında yardımcıları, önde beyaz mantolu bir tören görevlisi salona girdiler. Herkes saygıyla ayağa kalktı.

Başkan ve yardımcıları ağar ağır yürüyerek kürsüdeki yerlerine geçtiler. Büyük bir sessizlik oldu. Konfederasyon Başkanı ayağa kalkarak törensel bir edayla, andlaşmanın ve eklerinin adlarını saydı ve dedi ki:

"Efendiler, buyrunuz, imza ediniz!"

Genel Sekreter M. Massigli yürüdü, İsmet Paşa'nın önünde durdu, eğildi :

"Buyrunuz efendim, önce zat-ı devletiniz imza edeceksiniz."

Tüm delegeler ilk imza şerefini Türk Başdelegesi İsmet Paşa'ya tanımışlardı.

İsmet Paşa yerinden kalktı.

Üç yıl önce Osmanlı delegeleri Sevr'i, başka bir anlatımla ölümü imzalamışlardı. Şimdi Osmanlının külünden doğmuş olan yeni Türkiye'nin otuz dokuz yaşındaki Dışişleri Bakanı, hayat demek olan Lozan Andlaşması'nı ve eklerini imza edecekti.

Masanın başına geldi. Cebinden altın bir dolmakalem çıkardı. Bu kalemi andlaşmayı imzalaması için M. Kemal Paşa vermişti. M. Massigli'nin önüne açtığı Lozan Andlaşması'nı imzaladı.

Tarih 24 Temmuz 1923 Salı, saat 15.09'du.

Yeni Türkiye Devleti'nin kuruluşu tarihin kütüğüne 'tam bağımsız' olarak kaydedildi.

Bu sırada Dr. Rıza Nur sağ yanında, Hasan Saka sol yanında yer almışlardı. Ekleri de imzaladılar. Türk Kurulunun imzası yedi dakika sürdü.

Türk Kurulundan sonra öteki delegeler andlaşmayı ve eklerini, Belçika, Portekiz kendilerini ilgilendiren belgeleri imzaladılar. İmzalama işlemi sona erince, Konfederasyon Başkanı kapanış konuşmasını yaptı.

Tören alkışlarla sona erdi.

Delegeler ve salonda bulunan diplomatlar İsmet Paşa'yı ve iki yardımcısını kutlamak için sıraya girdiler. ABD ikinci gözlemcisi Mr. Grew şöyle diyecekti:

"İsmet Paşa Lozan'da büyük bir diplomatik zafer kazanmıştır. Belki bu tarihte kazanılmış en büyük diplomatik zaferdir."[124]

İsmet Paşa otelde M. Kemal Paşa'nın bütün Türk Kurulunu kutlayan candan telgrafını buldu. Andaşmanın imzalandığını bildirdi.[125]

Türk delegeleri Lozan Antlaşmasını imzalarlarken

SAAT 17.00'den başlayarak Türkiye'deki şehirler 101 top atışıyla barışı selamladılar. Top geçirilmesine izin verilmemiş olan Trakya'da ramazan topları ateşlendi.

M. Kemal Paşa kurban bayramı dolayısıyla Latife Hanım'la birlikte İzmir'e gelmişti. İzmir Müstahkem Mevkiinden top atışları başlayınca aile kapının önündeki sundurmaya çıktı. Biri sordu:

"Nedir bu?"

"Barış topları!"

Her top patladıktan sonra İzmirlilerin mutluluk, sevinç çığlıkları yükseliyordu.

Sevinç gösterileri, fener alayları İstanbul'da, Trakya'da ve Anadolu'da da başladı. Minarelerin kandilleri yakıldı. Camilere bayraklar çekildi. Onurlu bir barışın değerini bilenler evlerde, camilerde, mescitlerde şükür secdesine kapandılar. Allah'a hamdettiler, zaferi ve barışı sağlayanlar için dua ettiler.

DARÜLBEDAYİ sanatçıları ilk kez İzmir'e geliyorlardı.[126] İzmir'de sahnesi olan tek salon olarak Palas Sineması (sonra Tayyare Sineması) kalmış, Birinci Kordon'daki bütün tiyatro ve sinema binaları yanmıştı.

Behzat Budak sinemanın sahnesini tiyatro oynanacak hale getirmeye çalışırken, öteki sanatçılar bir hayale daldılar. M. Kemal Paşa'nın İzmir'de olduğunu öğrenmişlerdi. Acaba ziyaret edip oyunlarına çağırsalar gelir miydi? Sahneye çıkmak isteyen üç Türk hanımını birlikte getirmişlerdi. Biri Muvahhit Bey'in eşi, Ateşten Gömlek filminde oynayan Bedia Muvahhit Hanım'dı. Ötekiler Ulviye ve Behire Hanımlardı. Osmanlı yönetimi Müslüman-Türk hanımlarının sahneye çıkmasına izin vermemişti. Acaba Gazi Paşa, Müslüman-Türk hanımlarının sahneye çıkmalarına izin verir miydi? Uzun tereddütlerden sonra randevu istediler. Yanıt hemen geldi. Paşa 26 Temmuz Perşembe günü saat 15.00'te Behzat, Muvahhit ve Şadi Beyleri bekliyordu.

Tam saatinde Göztepe'deki köşkte bulundular.

Heyecan içindeydiler. Konuyu zorlukla açtılar. Gazi'nin tiyatro ile ilgili birçok olayı bildiğini gördüler. Üç Türk hanımla geldiklerini de öğrenmişti. Dedi ki:

"Türk hanımlarıyla birlikte geldiğinize pek memnun oldum. Onları güzel şiveleriyle sahneden dinlemek pek zevkli olacak."

29 Temmuz akşamı eşi ve bazı komutanlarla birlikte geldi, Hisse-yi Şayia adlı komediyi izledi. Oyundan sonra sanatçıları kutladı.

Vasfi Rıza Zobu

Vasfi Rıza Zobu bu olay hakkında güncesine şu notu düştü:

"Temsil büyük başarı ile sona erdi. Böylece Müslüman Türk kadını imtihanını başarıyla vermiş ve Türk sahnesine 'irade-yi milliye' ile yerleşip sahip olmuştu. Artık sahneye kaçak olarak değil resmen çıkabileceklerdi. Bunun ne kadar büyük bir kazanç ol-

duğunu o dönemin tiyatrocuları ve tiyatro seyircileri kadar hiç kimse takdir edip zevkine varamaz."[127]

M. KEMAL PAŞA ve eşi ağustos başında Ankara'ya döndüler. Ertesi sabah Başbakan Rauf Bey ile Meclis 2. Başkanı Ali Fuat Paşa, telefonla izin isteyerek Paşa'yı ziyarete geldiler. Birkaç gün sonra Lozan kurulu dönecekti. Rauf Bey İsmet Paşa ile karşılaşmak istemiyordu:

"Ben İsmet Paşa ile karşı karşıya gelemem. Onu karşılayamam. İzin verirseniz, geldiğinde Ankara'da bulunmamak için seçim bölgem Sivas'a gitmek istiyorum."

Aralarında kişisel bir sorun yoktu. Görev için tartışmışlardı. Barış imzalanmış, artık bu tartışmalar geride kalmıştı. Paşa, "Böyle hareket etmeniz için hiçbir neden yok.." dedi, "..burada bulunmanız, İsmet Paşa'yı bir hükümet başkanına yaraşır surette kabul etmeniz, görevini başarıyla yerine getirdiği için onu, sözlü olarak da takdir ve tebrik etmeniz uygun olur."

Rauf Bey direndi:

"Kendime hâkim değilim, yapamayacağım. İzin verin Ankara'dan uzaklaşayım."

M. Kemal Paşa Rauf Bey'e baktı. Olup biteni unutacak, aşabilecek olgunlukta görünmüyordu.

"Başbakanlıktan ayrılmak şartıyla gidebilirsiniz."

Bu şart hem Rauf Bey'i, hem Ali Fuat Paşa'yı sarstı. Bakıştılar. Beklemedikleri bir tavırdı bu. Ali Fuat Paşa Harbiye'den arkadaş olmanın verdiği bir samimiyetle, "Senin şimdi, aport'ların kimlerdir, bunu anlayabilir miyiz?" diye sordu.[128]

M. Kemal Paşa sakinlikle yanıtladı:

"Bak Ali Fuat Paşa, benim aport'larım yok. Memlekete ve millete kimler hizmet eder, hizmet liyakat ve kudretini gösterirse aport'lar onlardır."

Ziyaretçileri nezaketle uğurladı.[129]

Milli Mücadele'yi başlatan ve yürütenler bir yol ağzına gelmişlerdi.

SEÇİM sona ermiş, milletvekilleri Ankara'da toplanmaya başlamıştı. Eskiler kadar yeni yüzler de vardı aralarında.

Yusuf Akçura

Lozan kurulundan Mustafa Şeref Özkan, Muhtar Çilli, Şükrü Kaya ve Fuat Ağralı milletvekili seçilmişlerdi. Falih Rıfkı Atay, Yakup Kadri Karaosmanoğlu, Yahya Kemal, Ruşen Eşref Ünaydın, Mehmet Emin Yurdakul, Ziya Gökalp, Yusuf Akçura, Ahmet Ağaoğlu, Vasıf Çınar, Şemsettin Günaltay, Haydar Rüştü Öktem, Dr. Reşit Galip, Hakkı Tarık Us gibi değerli yazar, aydın ve bilim adamları da seçilenler arasındaydı.[130]

Y. Kadri Bey'in boşuna korktuğu anlaşılmış, İstanbul'da da yalnız Müdafaa-yı Hukuk adayları seçilmişti. Dr. Adnan Bey Müdafaa-yı Hukuk adayları arasında olduğu için milletvekili olabilmişti.

Adayların partizanca seçilmediği, değişik görüşlü adaylara da yer verildiği, kısa bir süre sonra başlayacak olan olaylarla anlaşılacaktı. Halk Partisi, hiçbir zaman militan bir parti olmayacak, çeşitli görüşteki temsilcilere yer vermeye özen gösterecekti. Hep bir koalisyon niteğini taşıyacaktı.

YENİ Meclis binasının yapımı bitmemişti. 11 Ağustos 1923 Cumartesi günü eski binada toplanılacaktı.

Böyle günlerin mutluluğunu paylaşmayı hiç ihmal etmeyen Ankaralılar Meclis'in önünü, Millet Bahçesi'ni ve meydanı doldurmuşlardı. Meclis'e giren milletvekillerini alkışlıyor, hayır diliyorlardı.

Salon ve dinleyici balkonları dolmuştu. Milletvekillerinin büyük bölümü kalpaklıydı. Otuz kadar sarıklı milletvekili vardı. Ancak 189 milletvekili Meclis'e katılabilmişti. Kalanlar yoldaydı.

Saat 13.30'da en yaşlı üye tarihçi Abdurrahman Şeref Bey alkışlar arasında başkanlık kürsüsüne çıktı. Kısa bir konuşma ile TBMM'nin ikinci dönemini açtı:

"Türkiye Büyük Millet Meclisi'nin ikinci dönemini açıyorum. Bizden önceki Birinci Meclis, vatanın kurtarıcısı oldu. Bu Meclis'in görevi de devletin düzenleyicisi olmaktır. Allah yardımcımız, teenni ve irfan rehberimiz ve ışığımız, vatanseverlik ve vicdan dayanağımız olsun."

Abdurrahman Şeref Bey

İkinci gün milletvekillerinin seçim belgelerinin incelenmesi ve milletvekilliklerinin onaylanması işlemleriyle geçti.

AKŞAM M. Kemal Paşa Latife Hanım'a, "Yeni bir döneme girdik.." dedi, "..Arkadaşlarla zaman zaman bir araya gelmek, konuşmak, birbirimizi aydınlatmak zorundayız. Bu yüzden sık sık misafirlerimiz olacağını sanıyorum."

Uzanıp elini tuttu:

"Biliyorum yorulacaksın, belki sıkılacaksın ama lütfen sabırlı ol. Geçen gece Nuri ile yaşadığımız sahneyi bir daha yaşamayalım. Olur mu Latif?"

Latife Hanım başını önüne eğdi:

"Biliyorum, çocukluk ettim. Söz veriyorum, bir daha olmaz."

Paşa eşinin elini okşadı:

"Teşekkür ederim. Yarın İsmet Paşa dönüyor. Gece bizde kalabilir."

"Hanımı?"

"O sonra gelecek. Ailece kalabilecekleri bir yer bulmaya çalışıyoruz."

13 AĞUSTOS sabahı İsmet Paşa, Hasan Saka ve danışmanlarla birlikte Ankara'ya geldi. İstanbul'da bir gün kalmış, Lozan

Andlaşması'nı imzaladığı kalemi Darülfünun'a (üniversiteye) armağan etmiş, eşini İzmir'e gitmesi için İstanbul'da bırakmıştı. Dr. Rıza Nur da dinlenmek için İstanbul'da kalmıştı.

Lokomotifi İstanbul'da bayraklar ve defne dalları ile süslemişlerdi. M. Kemal Paşa İsmet Paşa'yı ve arkadaşlarını karşılamaya eşiyle birlikte gelmişti. Sivas'a gitmiş olan Rauf Bey dışında bütün Bakanlar, milletvekilleri, yüksek yöneticiler, Dışişleri mensupları, Ankara'daki komutanlar ve üst subaylar istasyondaydılar.

Barış treninden ilk kez İsmet Paşa indi. Magnezyum ışıkları patlamaya başladı. Alkışlar yükseldi. Türkiye'ye geniş bir soluk aldıran, yaşama sevinci veren barışın mimarlarını coşkuyla kucakladılar.

M. Kemal Paşa ve eşi, İsmet Paşa'yı alarak Çankaya'ya çıktılar. İsmet Paşa yolda, "Rauf Bey hasta mı?" diye sordu.

"Hayır. İstifa ederek Ankara'dan ayrıldı."

"Neden?"

M. Kemal Paşa şoförün yanında veremediği yanıtı evde, çalışma odasına girer girmez verdi:

"Seninle karşılaşmak istemedi. Ayrılmadan önce de hilafet makamını güçlendirmemi istedi."

"Ne diyorsun?"

"Rauf Bey'in yerine birini seçmek gerekiyor."

"Kimi düşünüyorsun?"

"Fethi Bey'i."

İsmet Paşa'nın gözleri parladı:

"Çok iyi."

"Niye o kadar sevindin?"

"Bir an beni düşündüğünü sanıp korkmuştum. Çünkü andlaşma Meclis'çe onaylanınca hiç olmazsa bir ay dinlenmek istiyorum."

"Hak ettin ama yapacak iş çok İsmet."

Yapılacak işleri saydı. İsmet Paşa da Lozan Andlaşması hakkında bilgi verdi. Açıklamasını "Ama andlaşmanın eksikleri var" diye bitirdi.

M. Kemal Paşa "Evet ama.." dedi, "..Hepsi zamanla halledilecek konular. Lozan'da tam bağımsızlığımızı sağladınız. Önemli olan bu."

İsmet Paşa ayağa kalktı:

"Fakat sürekli tetik durmamız gerekiyor. Açık verirsek Sevr anlayışı her zaman patlayabilir. Çünkü yaşamak ve kurtulmak için kendilerine avuç açacağımıza, böylece bütün kazandıklarımızı geri alacaklarına inanıyorlar. Çağdaşlaşacağımıza, uygarlık âlemine katılabileceğimize ihtimal bile vermiyorlar. Hep ikinci, üçüncü sınıf yoksul, geri bir doğulu millet olarak kalacağımızı düşünüyorlar."

"Yanıldıklarını görecekler. Türkiye yüz yıldır kendini yenilemeye çalışıyor. Doğruları ve yanlışları ile arkamızda büyük bir deney birikimi var. Üstelik bizimki o ürkek denemelerin devamı olmayacak. Çok kapsamlı, kökten bir hayat hamlesi olacak. Yaşama gücümüz ve hakkımız olduğunu dünyaya kanıtlayacağız."

İsmet Paşa kafasına takılan bazı sorunları açtı:

"Devletin bir başkenti yok. Artık rejimimizin adını da koymamız gerekiyor. Birçok kanunları da yenilemek zorundayız. Çağdışı kanunlarla çağdaş dünyaya katılamayız."

Latife Hanım Paşaları Meclis'e geç kalmamaları için erkenden yemeğe davet etti.

MECLİS 13.30'da açıldı.

Bugün Meclis Başkanı seçilecekti. Oturuma 197 milletvekili katıldı.

Mustafa Kemal Paşa 196 oyla ikinci kez TBMM Başkanlığına seçildi. Bir oy da İsmet Paşa'ya çıkmıştı. Bir milletvekili "Onu da belki M. Kemal Paşa vermiştir!" dedi.

M. Kemal Paşa yoğun alkışlar arasında Başkanlık kürsüsüne çıktı. Mondros Ateşkes Anlaşması'ndan başlayarak son dört yılın özetini yaptı. Yeni Meclis'e Milli Mücadele'yi, Sevr'i, zaferi ve barışı anlattı. Çözüm bekleyen önemli sorunları saydı, yeni milletvekillerini Cumhuriyet düşüncesine hazırlamak için dedi ki:

"Yeni Türkiye Devleti bir halk devletidir, halkın devletidir. Geçmişin kurumları ise bir şahıs devleti idi, şahısların devleti idi... Büyük düşünce akımları, köhne kurumlara ümit bağlayanların, çürümüş idare usullerinde kurtuluş kuvveti arayanların amansız düşmanıdır. Avusturya, Almanya, Rusya, hatta dünyanın en tutucu bir uygarlığına mensup Çin İmparatorluğu, o büyük düşünce akımının kahredici darbeleriyle gözlerimizin önünde devrilmiştir. İşte efendiler, yeni Türkiye Devleti de cihana hâkim o büyük ve kudretli düşüncenin Türkiye'de tecellisidir, gerçekleşmesidir."

Meclis'e başarılar diledi.[131]

Muş Milletvekili İlyas Sami Efendi ve arkadaşları 'Sevr'i Lozan'a çeviren orduya Meclis'in şükranının bildirilmesini' önerdiler. Öneri oybirliği ile kabul edildi. Ordu olmasa Anadolu ve Trakya, sekize bölünecek, Türkiye ebedi denetim altında zavallı bir devletçik olacaktı.[132] Meclis, orduyu kuran ve zaferi sağlayan kahraman Birinci Meclis'i de yücelten bir karar aldı.

İkinci dönem ümit veren vefalı, anlayışlı bir hava içinde başlamıştı.

FETHİ BEY Başbakanlığa seçildi.

Sıradaki en önemli konu Lozan Andlaşması'nın Meclis'te görüşülmesi ve onaylanmasıydı. Andlaşma ve ekleri Meclis Başkanlığınca Dışişleri Komisyonuna havale edilmiş, milletvekillerine de dağıtılmıştı.

Andlaşma ve komisyon raporu 21 Ağustos günü Meclis genel kuruluna geldi.

Fethi Bey

Başkan Ali Fuat Paşa andlaşmayı ve 15 ekini okutmaya başladı. Milletvekilleri hepsini tam bir dikkatle izlediler. Sonra da Dışişleri Komisyonunun raporu okundu. Komisyon tam bağımsızlığı ve milletler ailesinde eşitliği sağlayan andlaşmanın milli emellere uygun olduğunu belirterek onaylanmasını öneriyordu.

İlk konuşmayı Komisyon Başkanı, eski Dışişleri Bakanı Yusuf Kemal Tengirşenk yaptı. Emperyalizmin tavrını, kabalığını, inadını, bencilliğini en iyi bilenlerden biriydi. Başarısı dolayısıyla Lozan kurulunu yürekten kutladı.

Sonra milletvekilleri konuştu. Kimi andlaşmayı övdü, kimi özellikle sınırlar sorunu yüzünden eleştirdi.

Görüşmeler 22, 23 Ağustos günleri de sürdürüldü. Son konuşmayı İsmet Paşa yaptı. Lozan görüşmeleri konuşma yeteneğini çok geliştirmişti. Bütün eleştirileri akıcı, açık bir dille yanıtladı, olumsuz noktaların nedenlerini açıkladı. Lozan Andlaşması'nın sağladığı yeni Türkiye'yi şöyle tanımladı:

"Mütecanis (türdeş), yeknesak (tek düzenli) bir vatan. Dışarıya karşı olağandışı kayıtlardan ve hükümet içinde hükümet demek olan iç ayrıcalıklardan arınmış bir durum. Olağandışı mali yükümlülüklerden kurtulmuş bir hal. Tam bağımsız, kaynakları bol ve özgür bir vatan. Bu vatanın adı Türkiye'dir. Bu Türkiye'yi Lozan Andlaşması ve ekleri anlatmakta ve açıklamaktadır."

Çok alkışlandı.

Meclis Türk Kuruluna ve orduya teşekkür edilmesini kararlaştırdı. Lozan Andlaşması'nın onaylanmasıyla ilgili kanun tasarıları oylandı ve kabul edildi.[133]

Durum İstanbul ve Çanakkale'nin boşatılmasına başlanması için hemen İstanbul'daki Yüksek Komiserliklere o gece bildirildi.

İşgalcilerin en geç 6 hafta içinde Türkiye'yi terk etmeleri gerekiyordu. Bir saat bile fazla kalmalarına kimsenin tahammülü yoktu.

Genel Kurmay savaş karargâhı İzmir'den Ankara'ya alındı. Ordu birkaç gün içinde barış düzenine geçecek, Cephe Komutanlıkları kaldırılacak, askerin bir bölümü daha terhis edilecekti. Musul için savaşa girilmesi olasılığı unutulmuyor, bu konu önemle dikkatte tutuluyordu.

THE SATURDAY EVENING POST adlı gazetenin yazarı İsaac F. Marcosson Çankaya'da M. Kemal Paşa ile bir görüşme yaptı. Yazı adı geçen gazetede ekim ayı içinde yayımlanacaktı. Ama görüşme sırasında Paşa'nın bir tümcesi, çevirmenlik yapan Dışişleri görevlisini çok etkilemişti. Çevresine söyledi. Yayıldı ve geleceğe ışık tuttu :

"Demokrasi insan ırkının ümididir."[133a]

BAKIRKÖY'de bir yazlık sinema açıldığı haberi köyü ayağa kaldırdı. İlk gösterilecek filmin Ateşten Gömlek olması heyecanı artırmıştı.

Orhan akıllılık edip erkenden bilet almaya gitti. Şaşkın bir halde döndü:

"Bütün Bakırköy oradaydı. Zorlukla iki bilet bulabildim."

Yemeklerini yediler. Dilber süslendi, Kemal'i de güzelce giydirdi. Hava kararırken evden çıktılar, taş köprüyü geçip Sakızağacı'na yürüdüler.

Renkli ampullerin aydınlattığı büyük meydan, Milliyadi Sineması'na girmek isteyen yüzlerce insanla doluydu. Bahçenin kapısında üç kişilik bir saz takımı bilinen parçalar çalıyordu. Köyün ünlü, büyük aileleri süslü atların çektiği faytonlarla geliyorlardı.

Bahçenin yarısı hanımlara ve çocuklara, yarısı erkeklere ayrılmıştı. Ama yakın aileler ve komşular bu kurala uymayıp birlikte oturmuşlardı. Kimse de itiraz etmedi. Bu tarz karışık oturma âdet olacaktı.

Film büyük bir merak, heyecan, alkışlar, gözyaşları içinde izlendi. Sinemaya ilk kez gelenler filmin kahramanlarını bağıra çağıra uyarıyor, alkışlıyor, düşmana lanetler yağdırıyorlardı.

Film bir hafta tıklım tıklım izlendi.

KEÇİÖREN'de oturan Basın Genel Müdürü Ahmet Ağaoğlu, bazı bakanlar gibi şehre atla geliyor, atını genel müdürlüğün kapısına bağlıyordu. Burası tek katlı, küçük, eski bir evcikti.

Zekeriya Sertel

Ağaoğlu iş bekleyen Zekeriya Bey'i çağırdı. Milletvekili seçildiği için görevini Zekeriya Sertel'e önerdi. O da kabul etti.

İşi çok kolaydı. Ankara'da iki gazete çıkıyordu: Hâkimiyet-i Milliye ve Yeni Gün. Nerede Amerika'da çıkan gazeteler, nerede bunlardı. İkisi de, 'çok fakir, çok zavallı, birer vilayet gazetesi halinde çıkıyor, derme çatma matbaalarda basılıyordu'. Anadolu Ajansı da bunlar gibiydi. Amerika'daki ajanslar yanında buna zavallı bile denemezdi.

Yeni Genel Müdürün Milli Mücadele'nin sesi olan gazetelere ve ajansa bakışı böyleydi. İsmet Paşa "Hâkimiyet-i Milliye gazetesini nasıl buluyorsunuz?" diye sordu. Zekeriya Bey gazeteyi yetersiz buluyordu. Düşüncesini kısaca şöyle açıkladı:

"Hâkimiyet-i Milliye adında bir gazete tanımıyorum."

Hâkimiyet-i Milliye yıllardır Ankara'nın sesini temsil ediyor, mucize halinde basılıyordu. Bir Amerikan gazetesine benzemek gibi bir hevesi hiç olmamıştı. Hep bağımsızlık rüyası görmüştü.

İsmet Paşa yeni Basın Genel Müdürüne bir daha hiçbir soru sormadı.[134]

BU SIRADA kurtuluş kutlamaları başlamıştı.

27 Ağustos günü Afyon, 30 Ağustosta Kütahya, 1 Eylülde Uşak, 2 Eylülde Eskişehir, 6 Eylülde Balıkesir, 7 Eylülde Aydın, 8 Eylülde Manisa, 9 Eylülde İzmir,[134a] 10 Eylülde Bursa kurtulmuş, 18 Eylül günü Anadolu'da esir ve yaralılardan başka tek Yunan askeri kalmamıştı. Rum milisler ve çeteler de ya temizlenmiş, ya kaçmışlardı.

Batı Anadolu dev bir bayram yeri gibiydi.

Kurtuluş sevinci, yokluğun ve yoksulluğun acısını bastırıyordu.

TEVHİD-İ EFKÂR gazetesi sahibi ve başyazarı Velit Bey'in yazılarında dikkati çeken bir yalpalama gözleniyordu. Tutucu mu, gerici mi, gerçekten milli egemenlik yanlısı mı, anlamak güçtü. İstanbul aydınlarına özgü bir akışkanlığı vardı. Son yazısında "Batı uygarlığına ihtiyacımız yok, Doğu uygarlığı bize yeter" demiş, bu düşünceyi savunmuştu.

Ağaoğlu Ahmet Bey Vatan gazetesinde bu görüşü eleştiren bir yazı yazdı. Özetle diyordu ki:

Ağaoğlu Ahmet Bey

"Bir yandan milli egemenliği kabul ediyorsunuz, bir yandan da Doğu uygarlığını korumak istiyorsunuz. Bu iki eğilim bir kişide nasıl toplanır?

Doğu uygarlığının başlıca niteliği kişisel ve mutlak saltanattır. Padişahlara ilahlık mahiyeti veren, padişahlığa adeta tapmak âdetini icat eden Doğudur. Ben bir tek Doğu milleti bilmiyorum ki tarihinde milli egemenlik ilkesini kabul etmiş olsun. Yalnız İslamiyet bu genel Doğu geleneğine karşı bir tepki özelliği taşıyordu. Fakat o da otuz üç yıl süren asr-ı saadetten sonra Muaviye'nin tahta çıkışı ile Doğu'nun eski geleneğine yenildi. İslam âlemi üzerinde şahsi istibdatın en müthişi egemen oldu. Bu hal bizde de Meşrutiyete kadar sürdü.

İşte size tarih!

Sizi düşünüyorum. Kılığınız kıyafetiniz, mesleğiniz, mesleğinizin araçları, düşüncelerinizin kaynağı hep Batı. Bunları milletinizden niye esirgiyorsunuz? Kişisel olarak Paris'i Kandahar'a üstün gördüğünüz halde, millete seslenirken niye Kandahar'ı Paris'ten üstün gösteriyorsunuz?

Bu karışık, çelişkili haliniz bizi duraksatıyor."[135]

23 EYLÜL günü İstanbul'da çıkan İkdam gazetesinde de M. Kemal Paşa'nın Avusturyalı bir gazeteciye verdiği demecin Türkçesi yayımlandı.

Paşa yürürlükteki anayasanın milli egemenlikten ve Meclis'in niteliğinden söz eden ilk iki maddesine değindikten sonra diyordu ki:

"Bu iki maddeyi bir kelimede özetlemek mümkündür: Cumhuriyet."

Bu tek sözcük büyük yankılar uyandırdı.

Yeni Türkiye'nin Amasya Genelgesi'nden başlayarak adım adım cumhuriyete yürüdüğü açıktı. Gizli saklı bir yanı yoktu. Bu açıklama cumhuriyetçileri sevindirdi. Demek ki artık insan onuruna en uygun rejimin açıkça adını koymanın sırası gelmişti.[135a]

Ama kararsızlar bu açıklamayı erken buldular. Bu konu uzun uzun görüşülmeliydi. Hiç acele edilmemeliydi. Saltanat kaldırılmıştı ya, daha neydi?

Samimi Osmanlılar kaygılandılar. Yüzyılların oluşturduğu bir hayat tarzı, bir hayat düzeni vardı. Bunlar hep aynı kalsa, zaman dursa, güzellikler değişmese ah ne iyi olurdu. Ama dünya dönüyor, zaman akıyordu.

Yeni Türkiye'nin her şeyine karşı olmayı hayat ilkesi kabul etmiş olan gericiler ise bu sözcüğü öfke ile karşıladılar.

Cumhuriyet ha!

Ayrılıkçılarla birlikte, cumhuriyete rahat vermemeyi kararlaştırdılar.[135b]

BU GÜNLERDE işgalciler İstanbul'u ve Çanakkale'yi boşaltmaya hazırlanıyorlardı. Buralara sonsuza kadar çıkmayacak gibi yerleşen işgal kuvvetleri yani emperyalizm sökülüp gidiyordu.

Uçaklar, toplar, fazla silahlar, araçlar, askeri gereçler gemilere yükleniyordu. Birlikler de parça parça İstanbul'dan ayrılmaya başlamışlardı.

Türklere ait bütün savaş araç ve gereçlerinin bulunduğu kışlalar, ambarlar, depolar sırayla Türk yetkililere teslim ediliyordu. Zorla işgal ettikleri evleri de boşaltıyorlardı. Kimi evi bulduğu gibi teslim ediyor, kimi soyup çıkıyordu.

Halk bu sökülüp gitmeyi içine sindire sindire, büyük bir dikkat ve tarifi zor bir keyifle izlemekteydi.

İşgal kuvvetlerine yiyecek, su, erzak sağlayan iş adamları ile işgalcilerin kullandığı işbirlikçiler ve İngilizlere güvenen ayrılıkçılar ise büyük üzüntü içindeydiler.

İşgalcilerin boşalttığı her resmi yapıya törenle Türk bayrağı çekiliyordu.[136]

İSTANBUL'u ve Çanakkale'yi boşaltma işleminin 4 Ekim günü bitmesi gerekiyordu. Ama devir ve teslim işleri 1 Ekim günü bitmişti. İşgal kuvvetlerinden geride İstanbul'da sadece üç küçük tören birliği kalmıştı.

2 Ekim Salı günü Kabataş meydanında yapılacak bir törenle işgal kuvvetleri komutanları İstanbul'u terk edeceklerdi. İngiliz, Fransız ve İtalyan kuvvetlerini temsil eden üç küçük tören birliği erkenden yerini aldı. Son olarak bir Türk tören birliği de çevreyi dolduran halkın alkışları arasında yerine geçti. Sancak açtı.

İşgalci komutanları General Selahattin Adil Paşa yolcu edecekti.

İşgal Komutanlarının gidişi

Selahattin Adil Paşa Mondros Ateşkes Anlaşması'ndan sonra Çanakkale Boğazı'nı ve gazi tabyaları İngilizlere ağlayarak teslim eden Türk birliğinin komutanıydı. Güzel kader şimdi bu komutanı işgalcileri yolcu etmekle görevlendirmişti.

General Harrington, General Charpi, General Mombelli Selahattin Adil Paşa'yla askerce vedalaştılar ve Türk sancağını saygı ile selamlayarak rıhtımın sonuna doğru yürüdüler.

Halk sessizlik içinde, nice sınavlardan geçmiş milletlere özgü bir vekarla bekliyordu.

Generaller ile küçük tören birlikleri gemilerine gitmek üzere motorlara bindiler ve rıhtımdan uzaklaştılar. Beş yıldır bu ânı beklemiş olan halk birden, top gibi, gök gürültüsü gibi, yanardağ gibi patladı. Alkışladı. Ağladı. Çığlık attı. Birbirlerine ve askerlere sarıldı. Bayrağa selam durdu.

Aynı işlem Çanakkale'de de yapılmış, gazi tabyalar, eski siperler, kışlalar, mübarek topraklar boşaltılmıştı.

Türk askeri İstanbul'da

Beş yıl önce paylaşılmak, parçalanmak, ezilmek istenen Anadolu'da bir tek işgal askeri kalmamıştı.

Yurtseverlerin gördüğü rüya –ki böyle bir rüyayı ancak yurtseverler, namuslu vatandaşlar görebilirdi– gerçek olmuştu.

FARUK'tan Nesrin'e:

"Canım,

Görevle İstanbul'a geldim. Üçüncü Kolordu'nun şehre girişinde bulundum. Şehir bayrak denizine dönmüştü. Kolordu Gülhane'ye çıktı. Oradan yürüyüşe başlayarak, halkın coşkusu içinde, geçit töreni yapar gibi Sirkeci'yi, Köprü'yü, Beyoğlu'nu geçti, Taksim'e geldi. İki tümen. Süngüleri ışıldayan on bin asker. Her alay sancağını açmış. Halk sancağın ya ölüm ya istiklal andını temsil ettiğini biliyor. Yüz top. Yüzlerce makineli tüfek. Derileri pırıl pırıl ya-

nan kadanalar, atlar, katırlar. Yürüyüşün güzelliğini ve heybetini, halkın heyecanını ve sevincini anlatamam. Bu İstanbul'un ikinci ve ebedi fethidir. İlkinin ebedi olmadığı 1918'de görülmüştü. Sevr Andlaşması'yla şehir elimizden gitmişti.

Türk ordusu ve TBMM sayesinde İstanbul yeniden Müslüman, yeniden Türk."[136a]

NESRİN'den Faruk'a:

"Canımcığım,

Burada da bazılarının beklediği ama pek az kimsenin inandığı büyük bir şey oldu. İsmet Paşa ve arkadaşlarının verdiği öneri üzerine, Ankara yeni Türkiye'nin başkenti olarak seçildi. Sadece bir kişi hayır demiş, kalan milletvekilleri, 1919'dan beri yeni Türkiye'nin kalesi, karargâhı, kalbi, beyni, yönetim yeri olan Ankara için oy vermişler.

Hepsinin ellerinden öpüyorum. (13 Ekim 1923)"

OSMANLI Devleti sağ iken başkenti kâğıt üzerinde İstanbul'du. Ne var ki Padişahın ve yönetiminin sözü, ancak işgalcilerin desteği ile belediye sınırları içinde geçiyordu.

Başkentliği çoktan bitmişti.

Karmakarışık, kirlenmiş, pislenmiş, günahkâr, parçalanmış büyük bir şehirdi. Uzaktan dünyanın en güzel şehriydi, yakından en bakımsız. Daha sokaklarına ad, evlerine numara verilmemişti.

Ankara'nın başkent ilan edilmesinin birçok nedeni vardı. Başlıcası güvenlikti. Ne var ki güvenlik gibi nedenler İstanbul sevdalılarını ilgilendirmiyordu. Ankara'nın başkent yapılmasına çok içerlediler. İçerleyenler arasında Halife Abdülmecit Efendi ve çevresi de vardı.

Ama şaşılacak olan durum şuydu: Bu karara en çok Müttefikler kızmışlardı.

İstanbul'un en güzel yerlerinde, en güzel binalarında yaşıyor, çalışıyor, İstanbul'un tadını çıkarıyorlardı. Büyükçe bir köye benzeyen, daha ciddi bir caddesi, bir parkı, akarsuyu, elektriği olmayan Ankara'da nasıl yaşayacaklardı?

Üstelik yeni devletin ömrü ne kadardı? Ne parası vardı, ne yeterli yetişmiş insanı. Birkaç yıl içinde bu devlet pes eder, İstanbul yeniden başkent olurdu.

Ankara'nın başkentliğini kabul etmemeye karar verdiler.[137]

HALK PARTİSİ Meclis grubunda küçük ama becerikli bir muhalif grup belirmişti. Bu grup Mecliste Fethi Bey hükümetini hırpalıyordu.

Ali Fuat Paşa orduya dönmek istediği için İkinci Başkanlıktan ayrılmıştı. Parti yönetimi İkinci Başkanlık için Yusuf Kemal Bey'i, boşalan İçişleri Bakanlığı için de Ferit Tek Bey'i aday göstermişti. Becerikli grup harekete geçti. Parti grubunda yapılan seçim sonucu şaşırtıcı oldu: İkinci Başkanlığa Rauf Bey, İçişleri Bakanlığına Sabit Sağıroğlu seçilmişti (25 Ekim 1923).

Bu olay üzerine M. Kemal Paşa 'düşüncesini uygulama zamanının geldiğine karar verdi'.[138]

O gece ve ertesi gece bakanlar kurulunu Çankaya'da topladı. Bu görüşmelere Ali Fuat Paşa da katıldı. Her önemli ve özel günlerde olduğu gibi her iki günde de sofrada içki yoktu. Konuştular. İş görebilmek, istikrarı sağlayabilmek için sistemde düzeltme yapmak gerekiyordu.

Yol açmak için Fethi Bey ve Bakanlar istifa ettiler.

M. Kemal Paşa ve parti yönetimi, Başbakanı seçmede ve Bakanlar Kurulunu oluşturmada Halk Partisi grubunu serbest bıraktı. Milletvekilleri öbek öbek çeşitli listeler hazırlamaya başladılar. Ama hiçbiri genel kabul görmüyordu.[139]

M. Kemal Paşa 28 Ekim akşamı bazı arkadaşlarını yemeğe davet etti. Bu toplantıda Ali Fuat Paşa bulunamadı. İstanbul'a hareket etmişti. Bu tarihi yemekte şu milletvekilleri bulundu: Fethi Bey, İsmet Paşa, Kâzım Özalp Paşa, Halit Paşa, Kemalettin Sami Paşa, Fuat Bulca, Ruşen Eşref Ünaydın.

Bugün de içki söz konusu değildi. Bir süre genel konular konuşuldu. M. Kemal Paşa büyük kararlardan önce yaptığı gibi yine içine çekilmiş, susuyor, düşünüyor ve dinliyordu. Yemek biterken hükümet sorunu açıldı. Bazı görüşler ileri sürüldü. Sorunu kökünden çözecek çarenin adını M. Kemal Paşa açıkladı:

"Yarın cumhuriyet ilan edeceğiz!"

Hepsi bu açıklamayı büyük bir sevinçle karşıladı. Ertesi gün için iş bölümü yapıldı. Hepsinin görevi saptandı.

Misafirler erken kalktılar. Derin bir saygı içinde ayrıldılar. Yarın başka bir gün olacak, Anadolu ihtilali hedefine varacaktı.

Yalnız İsmet Paşa kalmıştı. M. Kemal Paşa dört ay önce hazırladığı notları çıkardı. Anayasada yapılacak değişiklikleri konuşa konuşa son olarak gözden geçirdiler. Anayasanın birkaç maddesinde değişiklik yapılması sorunu çözüyordu.

Sonunda rejimin adı konacaktı.

MERKEZİ Konya'da bulunan İkinci Ordu Komutanlığına atanan Ali Fuat Paşa 29 Ekim sabahı Haydarpaşa'ya ulaştı. Annesini görmek, yeni üniforma yaptırmak için iki hafta izin almıştı.

Geleceğini bildirdiği için İstanbul'da bulunan Rauf Bey, Refet Paşa ile Dr. Adnan Bey ve birçok tanıdık karşılamaya gelmişti. Konuşmak için Refet Paşa ile Rauf Bey'in kaldıkları Kalamış'taki köşke gittiler.

"Ankara'da neler oluyor? Bu hükümet krizinin nedeni ne?"

Ali Fuat Paşa Ankara'daki olayların içyüzünü biliyordu. Çünkü Ankara'da yapılan toplantıların, sonuncusu dışında, hepsine katılmıştı. Olayları özetledi ve dedi ki:

"Cumhuriyetin ilan edileceği günlerin arifesinde bulunduğumuzu zannediyorum."

Bilgi verdiği değerli kimseler Kurtuluş Savaşı'nın öncüleriydi. Bu bilgi Kurtuluş Savaşı öncülerini memnun etmedi. Düşmanı kovmayı yeterli buldukları, eski düzenin küçük düzeltmelerle sürmesinden yana oldukları anlaşılıyordu.[140]

BU SAATTE Halk Partisi Meclis Grubu da toplanmıştı. Görüşler arasında bir uyum sağlanamayınca, Kemalettin Sami Paşa, sorunu çözmek için M. Kemal Paşa'nın yardımının istenmesini önerdi. Öneri kabul edildi. M. Kemal Paşa grup toplantısına davet edildi.

M. Kemal Paşa gelince doğru kürsüye çıktı:

"Bakanlar Kurulunun seçiminde düşüncelerin dağıldığı anlaşılmıştır. Bana bir saat kadar izin verin, bulacağım çözümü arz edeyim."

Grup M. Kemal Paşa'nın önerisini kabul etti.

Paşa bu süre içinde parti ileri gelenleriyle görüştü, hazırladığı kanun tasarısını gösterdi, görüşlerini aldı. Kâzım Karabekir İstanbul'a gitmek üzere Trabzonda, Rauf Bey, Refet Paşa, Dr. Adnan Bey, Ali Fuat Paşa İstanbul'daydı. Ankara'da olsalardı belki onların da görüşlerini alırdı.

Saat 13.30'da parti grubu yeniden toplandı.

İlk sözü M. Kemal Paşa aldı. Kısa bir giriş yaptıktan sonra hazırladığı kanun tasarısını okuması için başkanlık divanı kâtibine vererek kürsüden indi.

İşin özü değil ama biçimi, hukuki niteliği gibi konular tartışıldı. Bazı milletvekilleri M. Kemal Paşa'ya Halifelik görevini de üstlenmesini önerdiler.[141] Bir-iki milletvekili acele edilmemesini, enine boyuna görüşülmesini istedi. Döneminin en büyük hukukçusu kabul edilen Seyit Bey şöyle dedi:

"Önerilen şekil yeni bir şey değildir. Var olan anayasayı açıklamaktan ibarettir."

Tarihçi Abdurrahman Şeref Bey de şöyle dedi:

"Hükümet şekillerini saymaya lüzum yoktur. Hâkimiyet kayıtsız şartsız milletindir dedikten sonra, kime sorarsanız sorunuz, bu cumhuriyettir. Biz şimdi çoktan doğmuş olan çocuğun adını koyuyoruz. Ama bu ad bazılarına hoş gelmeyecekmiş. Varsın gelmesin."

Değişiklik tasarısı grupça kabul edildi.

TBMM 29 Ekim akşamı saat 18.00'de Çorum Milletvekili İsmet Eker Bey'in başkanlığında toplandı. Divan kâtipleri Haydar Rüştü ve Ruşen Eşref Beylerdi. Salon birkaç günden beri elektrikle aydınlanıyordu.

Işıl ışıldı.

Anayasada yapılacak değişiklik tasarısı Anayasa Komisyonuna havale edilmişti. Komisyon çalışıyordu. Meclis komisyon kararı gelene kadar gündeminde bulunan konuları görüştü.[141a]

Muhafız Taburu Komutanı İsmail Hakkı Tekçe 8. Tümenden sekiz top almış, Meclis'in yanına yerleştirmişti. Cumhuriyet kabul edilince 101 top atışı yapılması grup toplantısında karara bağlanmıştı.

Başkan İsmet Bey, sırası gelince, "Anayasa Komisyonu, anayasanın bazı maddelerinin değiştirilmesi hakkındaki kanun tasarısının öncelik ve ivedilikle görüşülmesini öneriyor" dedi.[142] Kabul edilmesi üzerine komisyonun raporunu okuttu. Raporu ve tasarıyı Ruşen Eşref Bey gür sesiyle okudu.

Tarihi oturum başlamıştı.

Koridordaki milletvekilleri salona girdiler. Meclis memurları balkonların altına koşuştular. İki balkon da cumhuriyetin ilan edileceğini bilen basın mepsupları, Ankara ileri gelenleri ile doluydu. Balkona sığmayan dinleyiciler salonun kenarlarına toplandılar. Herkes kucak kucağa gibiydi.

Heyecan dolu bir hava vardı.

M. Kemal Paşa en öndeki sıranın sağ köşesinde oturuyordu. Yanında İsmet Paşa, Fethi Bey, Fevzi Paşa ve son Bakanlar vardı.

İlk sözü Anayasa Komisyonu Başkanı Yunus Nadi Bey aldı. Kanun tasarısı hakkında bilgi verdi. Yunus Nadi Bey'i görkemli konuşmasıyla Vasıf Çınar Bey izledi. Sonra Eyüp Sabri Efendi, Rasih Efendi, Şeyh Saffet Efendi, Mehmet Emin Yurdakul, Emin Sazak ve Süleyman Sırrı Beyler konuştular.

Şair Mehmet Emin Yurdakul süt beyaz sakalıyla çağdaş bir Dede Korkut gibiydi. Bütün milletvekillerini 'ayağa kalkarak üç kez yaşasın cumhuriyet diye bağırmaya' davet etti. Bütün milletvekilleri coşku içinde ayağa fırlayarak "Yaşasın cumhuriyet!" diye bağırdılar.

Mehmet Emin Yurdakul

Cumhuriyetle ilgili birinci madde saat 19.37'de sürekli alkışlar, sevinç çığlıkları arasında kabul edildi. Öbür maddeler de oylandı. Kanunun tümünün oya sunulması aşamasına gelinmişti. Başkan da heyecanlıydı. Titreyen bir sesle dedi ki:

"Kanunun tümünü kabul edenler lütfen el kaldırsın."

Başkan cumhuriyet rejimini oya sunuyordu.

Bütün eller havaya kalktı.

"Oybirliği ile kabul edilmiştir."

Saat 20.30'du.

Öyle bir alkış patladı ki şiddetinden pencere camları zangırdadı. Yalnız milletvekilleri değil dinleyiciler, gazeteciler, Meclis memurları da alkışlıyor, onlar da milletvekilleri gibi kucaklaşıyorlardı. Ağlayanlar vardı. Haber dışarda bekleyen kalabalığa ulaşmıştı. Onlar da alkışlamaya ve bağırmaya başladılar.

"Yaşasın cumhuriyet!!!"

İsmail Hakkı Tekçe dışarı koştu. Numluları istasyon yönüne dönük duran toplara sırayla "Ateş!" emrini verdi. Toplar yeri göğü inleterek Türkiye Cumhuriyeti'nin doğumunu duyurdular.

İçerde Cumhurbaşkanı seçimine geçilmişti.

Seçime 158 üye katılmış, M. Kemal Paşa, oybirliği ile Cumhurbaşkanı seçilmişti. Türkiye Cumhuriyeti'nin Cumhurbaşkanı Gazi M. Kemal Paşa yoğun alkışlar, başarı dilekleri ve dualar arasında kürsüye geldi.

Saat 20.45'ti.

İsmail Hakkı Bey bu mutluluk verici haberi Latife Hanım'a ulaştırmak için telefona koştu, M. Kemal Paşa'nın oybirliği ile

Cumhurbaşkanı seçildiğini bildirdi. Latife Hanım bu inceliği için İsmail Hakkı Bey'e teşekkür etmedi, bir sevinç belirtisi de göstermedi. Şöyle dedi:

"Aaa ne yapayım İsmail Hakkı Bey? Cumhurbaşkanı olmuşsa ne olmuş? Ne yapayım yani?"

İsmail Hakkı donakaldı.

Bayaz sakallı, cüppeli adamlar bile Meclis'te çocuk gibi sevinirken, Latife Hanım'ın tepkisi böyleydi. "Efendim.." dedi, "..eşiniz şerefli bir vazife almış bulunuyor. Siz de eşisiniz, haberdar etmek istedimdi."

Telefonu kapadı.[143]

M. Kemal Paşa Cumhurbaşkanı olarak konuşmayı sürdürüyordu:

"...Yüzyıllardır haksızlığa ve zulme uğrayan milletimizin son yıllarda gösterdiği kabiliyet, istidat ve kavrayış, milletimiz hakkında olumsuz görüşler ileri sürenlerin ne kadar gafil ve görünüşe aldanan insanlar olduklarını pek güzel ispat etti. Milletimiz liyakatini, yeni rejim sayesinde, uygarlık âlemine daha kolaylıkla gösterecektir. Hep beraber ileriye gideceğiz. Türkiye Cumhuriyeti mesut, muvaffak ve muzaffer olacaktır."

Meclis yeni devletin kurucusu ve ilk Cumhurbaşkanı Gazi M. Kemal Paşa'yı ayağa kalkarak yoğun alkışlarla selamladı.[144]

Ankaralılar Cumhuriyet bayramını kutlamaya başlamışlardı. Meclis'in önüne akan seğmenlerin naraları top sesleriyle yarışıyordu.

ÇÖKMÜŞ, çağdışı bir devletten yepyeni, tam bağımsız, dünya devletleri ile eşit haklara sahip, saygın bir halk devleti, Türkiye Cumhuriyeti kurulmuştu.

Sevinç, Cumhuriyeti bekleyen büyük, acı, kanayan sorunları bir akşamlık olsun unutturmuştu. Oysa bir zamanların en kudretli, en uygar imparatorluğundan Cumhuriyete, kötü ve akıl dışı yönetim yüzünden, maddi bakımdan borca batık bir miras kal-

mıştı: Cehalet, yoksulluk, birçok konuda üzücü, utandırıcı gerilik, yönetici, uzman ve milli sermaye yetersizliği, büyük bir borç, Batı karşısında aşağılık duygusu, Arapçılık, kadın-erkek eşitsizliği, yetersiz eğitim, sağlıksız toplum, çağdışı kanunlar, hurafeler, batıl inançlar, huzurlarına sürünerek girilen şeyhler, toprak ağaları, ortaçağın sürmesini, halkın uyanmasını asla istemeyenler, İngilizlerin kışkırttığı ve Sevr'in umutlandırdığı ayrılıkçılar yani Kürtçüler ile Lozan'ı affetmeyen emperyalist bir dünya, Güneybatı Anadolu'da gözü kalmış İtalya vb., vb.

Cumhuriyet bu sorunları çözmek, bu zorlukları aşmak, bu düşmanları yenmek zorundaydı.

Yenebilir miydi?

Cumhuriyet karşıtları kıs kıs güldüler.

Bu yeni, yoksul devlet, bu deneysiz yöneticiler ne bu büyük sorunları çözebilirlerdi, ne bu dev gibi düşmanları yenebilirlerdi.

Haklı gibi görünüyorlardı. Ama bir şeyi unutmuşlardı: Yurtseverlik.

Onun yenemeyeceği ne vardı?

Birinci cildin sonu

DİPNOTLAR, AÇIKLAMALAR

Başlangıç Notları

1) İ. Hakkı Sunata, *İstanbul'da İşgal Yılları*, s.166 vd.'dan yararlanarak ve M. Goloğlu, *Cumhuriyete Doğru*, s.417 vd.
2) İ. Gökalp-F. Georgeon, *Kemalizm ve İslam Dünyası*, s.29 vd.; *Atatürk'ün Düşünce ve Uygulamasının Evrensel Boyutları*, s.161-186; B. Şimşir, *Doğunun Kahramanı Atatürk*, s.41 vd., 480 vd.; F. Rıfkı Atay, *Niçin Kurtulmamak*, s.34 vd.; İ. Bardakçı, *Taşhan'dan Kadifekale'ye*, s.151 vd.; M.K. Palaoğlu, *Kuva-yı Milliye Saati*, s.287; Ş. Turan, *Türk Devrim Tarihi, 2. Kitap*, s.270, *3. Kitap 2. Bölüm*, s.23; Z. Sarıhan, *Kurtuluş Savaşı Günlüğü, IV. cilt*, s.786 vd.; Hikmet Bayur, *XX. Yüzyılda Türklüğün Tarih ve Acun Siyasası Üzerindeki Etkileri*, s.315-363, TTK, Ankara, 1989; Hadiye Yılmaz, *Kurtuluş Savaşımız ve Asya-Afrika'nın Uyanışı*, Kaynak Yayınları, İstanbul, 2007.
3) Üçlü Anlaşma (Accord Tripartite): Sevr Andlaşması'yla birlikte bildirilmiş olan ek anlaşmadır. Bu anlaşma Sevr kadar barbarcadır. Bu anlaşmaya göre Türkiye'nin güneydoğusu İngilizlere, Çukurova ve çevresi Fransızlara, Güneybatı Anadolu İtalyanlara nüfuz (çıkar/sömürme) bölgesi olarak veriliyordu. Yeraltı servetleri ve yerüstü imkânları bu devletlerin olacak, diledikleri gibi yararlanacak, bir gün isterlerse bu toprakları kendi ülkelerine katabilecek, vatandaşlarını getirip yerleştirebileceklerdi. Osmanlı yönetimi Sevr ile birlikte bu anlaşmayı da kabul edip imzalamıştır: Osman Olcay, *Sevres Andlaşmasına Doğru*, s.542 vd.
4) Başkomutan Gazi M. Kemal Paşa bu şartı, 5 Eylül 1922 günü açıklamıştır. *Belgelerle Türk Tarihi* dergisi, "Zaferin İlk On Beş Günü", Tülay Duran, sayı 72, Eylül 1973.
5) 2 tugay, 50 top, 36 uçak ve 16 savaş gemisi (*Şu Çılgın Türkler*, s.673).

6) Çanakkale konusunda İngilizlerle ilgili bilgiler genellikle Dawid Walder'in *Çanakkale Olayı* adlı araştırmasına dayanmaktadır (s.226 vd.).

Savaş meraklısı Başbakan Lloyd George ile Sömürgeler Bakanı Churchill, Boğazları elde tutmak için İngiliz İmparatorluğu'na bağlı bütün ülkeleri, Balkan devletlerini, Batı dünyasını Türklerle savaşmaya çağırdılar. Yunanistan'ı bile yeni bir savaş için kışkırttılar.

Churchill halkı savaşa kandırmak için korkutucu bir bildiri kaleme aldı :

"Muzaffer Türklerin yeniden Avrupa'da görünmesi, bütün Balkanlarda son derece ciddi bir kargaşalığa sebep olacak, yeniden geniş çapta kan dökülmesine yol açacaktır."

Savaş olasılığı basına yansıdı. Tepkiler başladı. İşçi Partisi hükümete karşı cephe aldı. Bir İngiliz gazetesi "Durdurun bu savaşı!" diye manşet atacak, bir başka İngiliz gazetesi Lloyd George ile Churchill'i 'savaş köpekleri' diye niteleyecekti (D. Walder, s.341).

Ama yalnız Yeni Zelanda'dan olumlu yanıt almışlardı. Dünya barışın keyfini sürmekteydi. Lloyd George ve destekçileri, İngiltere'yi Boğazları ve Doğu Trakya'yı Türklere vermemek için yalnız başına savaşa sokmaya karar verdi. Boğazları elden kaçırmak istemiyor, Trakya'yı barış görüşmeleri için koz olarak saklamak istiyordu.

Lloyd George bu kararı verdiğinin ertesi günü ABD'nin eski İstanbul Büyükelçisi Henry Morgenthau ile kahvaltı etti. Morgenthau savaşı destekliyor, İstanbul'un Türklerin elinde bırakılmamasını istiyordu. İstanbul, İngiltere, Fransa ve İtalya tarafından ortaklaşa yönetilmeliydi. Gerektiğinde ABD de bu ortak yönetime katılabilirdi. Sözünü şöyle noktalamıştı:

"Türkleri Asya'ya püskürtünüz!" (D. Walder, s.272)

7) Meclis İkinci Başkanı Ali Fuat Cebesoy Paşa, Başbakan Rauf Orbay, Dışişleri Bakanı Yusuf Kemal Tengirşenk Ankara'dan gelmişlerdi. Başbakan Rauf Orbay savaştan sonraki siyasi işlerin Bakanlar Kurulunun yetkileri içinde olduğunu düşünüyor, M. Kemal Paşa'yı yalnız bırakmak istemiyordu (*Nutuk*, s.178). Avrupa'dan dönen Fethi Okyar da İzmir'deydi. M. Kemal Paşa'nın yaverleri Binbaşı

Salih Bozok ile Yüzbaşı Muzaffer Kılıç'tı, Refakat Subayı da Yüzbaşı Mahmut Soydan'dı.

Evde yalnız Latife Hanım, büyükannesi ve hizmetliler vardı. Aile işgal üzerine Fransa'ya kaçmış, işgal yıllarını yurt dışında geçirmişti. Latife Hanım erken dönmüş, babası, annesi ve kardeşleri daha toparlanıp da İzmir'e gelememişlerdi.

Latife Hanım konusu için kaynakçada yer alan kaynaklardan denetleyerek yararlandım. Önemli noktalarda kaynak belirteceğim.

Göztepe'deki Uşaklıgiller köşkü Türk Koleji sahibi rahmetli Bahattin Tatiş tarafından satın alınmış, korunmuş, restore ettirilmiştir. Müze olarak düzenlenen Köşk ziyarete açıktır.

7a) Büyük romancı Halit Ziya Uşaklıgil bu ailenin büyüğüdür. Oğlu Vedat'a yazdığı mektupta Muammer Bey ailesini ağır şekilde eleştiriyor. M. Kemal Paşa'nın Latife Hanım'la evlenmesini uygun bulmuyor. Bu mektuba daha sonra değineceğim. Latife Hanım konusunu değerlendirirken bu mektubu görmezden gelmek gerçeği saklamak olur.

8) R. Eşref Ünaydın, *Özleyiş*, s.82.

9) Paris'ten dönen Lord Curzon durumu Başbakan Lloyd George'a şöyle anlatmıştı: "Fransa Başbakanı M. Poincare Çanakkale konusunda politikamızı desteklemenin mümkün olmadığını, Türklerle dost olmak istediklerini açıkladı. Bunu akşam telgrafla bildirmiştim. Ama bildirmediğim bir husus var. Yunanistan'dan asker istememizin, Fransa'ya hakaret olduğunu söyledi, köpürdü. Çeyrek saat beni azarladı, aşağıladı. Hayatımda böyle bir olay yaşamamıştım. Sonunda odadan kaçtım ve hıçkıra hıçkıra ağladım." (D. Walder, s.280)

10) İngiltere, Fransa ve İtalya açısından Milli Mücadele döneminin özeti: Üçü de Milli Mücadele'nin karşısında yer almıştı. Önce İtalya çatışmaya girmemek için Anadolu'dan İstanbul'a çekildi, payını almak umuduyla mücadelenin sonunu beklemeye başladı. Fransa Güney Anadolu'da çok barbarca yürüttüğü savaşı kaybedince Ankara Anlaşması'nı imzalayarak geçici bir barış yapmış ve Hatay dışında işgal ettiği yerleri boşaltmıştı. İngiltere ise sonuna kadar Milli Mücadele'nin karşısında yer aldı, politik olarak doğrudan, askeri

bakımdan dolaylı biçimde hep başrolde oldu. Türkiye aleyhindeki her olumsuz durumun arkasında o vardır. Bunun kesin kanıtı, İngiliz belgeleridir. Birçok eserde yer almaktadır.

Milli Mücadele sırasında Türklerle İngilizler arasında hiç çatışma olmadığı gibi yanlış bir kanı var. İrili ufaklı 14 silahlı çatışma saptadım (T. Özakman, *Vahideddin, M. Kemal ve Milli Mücadele*, s.445-446). Daha ayrıntılı bir araştırma yapılırsa bu sayı çoğalabilir.

İngiltere'nin İstanbul Yüksek Komiseri Sir Horace Rumbold 7 Ocak 1922'de Dışişleri Bakanı Lord Curzon'a şu yazıyı yollamıştı: "Kemalistlerle anlaşmaya varılamaz. Çünkü Anadolu'nun tam bağımsızlığını istiyorlar."

İngiliz ve Fransızlar ateşkes görüşmelerini kabul etmeden önce hayli entrika çevirmiş, Ankara'nın kesin tutumu üzerine görüşmelerin başlamasına razı olmuşlardır (N. Hakkı Uluğ, *Emperyalizme Karşı Türkiye*, s.48 vd.).

Milli Mücadele'yi bir Türk-Yunan savaşına indirgemeye, anti-emperyalist özelliğini örtmeye çabalayan bazı yazarlarımız bulunuyor. Tarihe, gerçeklere, olaylara, on binlerce belgeye ve kanıta, uluslararası tanıklara rağmen bu iddiada bulunanları bilgisiz diye nitelemek doğru olmaz. Bunlar bile bile gerçeğe ihanet ediyorlar. Doğruyu saklıyor, yerine yalanı yerleştirmeye çalışıyorlar. Bizden başka hiçbir ülkede böyle bir tarih sahteciliği yok. İnsan utanıyor.

Müttefik gazetelerinin başlıcaları "Türkler Müttefikleri değil sadece Yunanlıları yendi" diye yazarak, Türkler karşısında Müttefiklerin galibiyet hakkının devam ettiğini belirtmeye çabalıyorlardı (Mesela: S.R. Sonyel, *Gizli Belgelerle Lozan Konferansı'nın Perde Arkası*, s.34, TTK, Ankara, 2006). Aynı yaklaşımı Lozan'da da göreceğiz. Amaç Türkiye üzerinde Mondros ve Sevr anlayışını sürdürebilmekti. Kısacası emperyalistçe bir yaklaşımdı. Bizimkiler bu emperyalist yaklaşımı benimsiyorlar.

11) *İstiklal Harbinin Son Safhası*, s.44 vd.

M. Kemal Paşa ile General Harrington'un gerçekçi, ölçülü tutumları savaş olasılığını ertelemiş, ateşkes görüşmelerinin başlamasını sağlamıştır.

11a) Kral Konstantin tahtını büyük oğlu Yorgi'ye bırakarak Yunanistan'dan ayrılmıştı. İhtilal yönetimi, yenilgiye neden olduklarını ileri sürerek eski Başkomutan General Hacianesti, Başbakan Protopapadakis, eski Başbakan Gunaris, Savaş Bakanı Teotokis, Dışişleri Bakanı Baltaciz, İçişleri Bakanı Stratos'u tutuklatmıştı. Bunlar olağanüstü bir mahkemede yargılanacaklardı.
Bildiri için, A. Fuat Cebesoy, *Siyasi Hatıralar*, s.83 (sadeleştirilmiştir).

11b) Lord St. Davids'in Yunanlılar hakkındaki raporunun başlığı: "Savaşta kötü, cinayette birinci sınıf." (D. Walder, s.313)
1. Ordu Komutanı Nurettin Paşa İzmir'e girer girmez 18-45 yaş arasındaki Rumları yakalatıp onarım ve enkaz kaldırma işleri için işçi taburlarında toplamıştı.

12) Bunların kimi Türktür, kimi Kafkasyalı, kimi Pomak vb. Ortak bir sözcük olduğu için Osmanlı dedim.
Kaçanlardan beş örnek: İzmir Belediye Başkanı Hacı Hasan Paşa, Manisa Mutasarrıfı Hüsnü (sanı: Hüsnüyadis), Uşak Belediye Başkanı Hulusi, Afyon Mutasarrıfı Sabit, Kütahya Mutasarrıfı Hoca Rasihzade İbrahim. Daha yüzlerce var. Bunlara İstanbul ve Trakya'daki hainler de katılacak (Güneydeki hainler Fransızlarla birlikte Suriye'ye kaçmışlardır).
Anadolu'da parça parça yaşıyorduk. Yapma bir Osmanlı milleti yaratma gayreti Türklüğe büyük zarar vermekten başka bir şeye yaramamış, kimse Osmanlılığı kabul etmemişti. Atatürk'ün Türkiye sınırları içinde yaşayan herkesi yurtseverlik düşünce ve duygusu çevresinde toplayarak milletleştirme çabası hayati bir gereklilikti. Aynı özeni, çabayı, bilinci şimdi de ve ısrarla göstermeliyiz. Yoksa büyük emekle, incelikle, çabayla, nice acılardan geçerek sağlanan birlikteliğimiz gevşer, yine parçalara ayrılırız. Ayrılmaya başladık bile...

12a) Mesela Yıldız eşrafı denilen din adamları, Batı Anadolu'yu Yunanlılarla birlikte yönetmeyi amaçlayan Anadolu Cemiyeti adlı ihanet örgütünü kuran siyasiler, dinciler, Askeri Nigehban, Kızıl Hançer, Tarikat-ı Selahiye, İla-yı Vatan, İngiliz Muhipleri Cemiyeti, Cemiyet-i Müderrisin vb. gibi örgüt ve derneklerin yöneticileri, koyu taraftarları vb.

- Osmanlı Devleti'nin, kültürünün ve siyasi rejiminin yaşatılabileceğini sanan, iyi niyetli, saygıdeğer Osmanlılar da vardı. Bunların yukarkilerle hiçbir ilgisi yoktur. Bunlar cumhuriyeti, yenileşmeyi bir süre yadırgamışlar ama cumhuriyete düşman olmamış, insan onuruna daha uygun bir düzen olduğunu anlayarak cumhuriyeti benimsemişlerdir. Cumhuriyete ve Atatürk'e saygılı Osmanlıların başında, birkaç üyesi dışında, Osmanlı Hanedanı gelmektedir. Bu birkaç üye dışında hanedandan hiç kimse cumhuriyet aleyhindeki pisliklere katılmamıştır, oyuna gelmemiştir.
- Damat Ferit, Saray ile Hürriyet ve İtilaf Partisi'ne dayanarak, kendine göre polis, kendine bağlı birkaç mahkeme oluşturmuştu (Nemrut Mustafa Divan-ı Harbi gibi). Kendine göre bir ordu kurmaya da girişmiş, emekliye ayrılmış birtakım paşaları önemli yerlere getirmiş ama orduyu kendine uyduramamıştı. Sözünü geçiremediği komutanları İngilizlere ihbar ederek Malta'ya sürdürmüştü.

13) Birkaç örnek: "Türkler kendi güçleri ile adam olamaz. İngilizler elimizden tutarak bizi kurtaracak." (Refi Cevat Ulunay, 21 Mayıs 1919); "Bütün cihanın kuvvetine karşı harpten ezilmiş olan zavallı Anadolu'nun kuvveti ile kafa tutmanın ne hükmü olabilir?" (*Adana Renin* gazetesi, 11.10.1019); "İngilizlere meydan okuyoruz. Bu en büyük küfürdür." (Gerede isyanı öncülerinden Divitli Eşref Hoca, 1920); "Avrupa ile başa çıkmayı yüzyıllardan beri Asya'nın hangi kavmi (milleti) başardı ki biz başarabilelim?" (Ali Kemal, 6 Şubat 1921). Birçok örnek için bkz. *Vahideddin, M. Kemal ve Milli Mücadele.*

Bunlar Allah'a değil, kudrete, makama, paraya, çıkara tapan sahte Müslümanlardır. Tapdıkları dış kudret o zamanlar İngiltere'ydi.

14) İngiliz Muhipleri (severleri) Derneği'nin kurucusu, İngiliz casusu, bir ara Adalet Nazırlığı Müsteşarı olan Sait Molla İstanbul'dan ilk kaçan haindir. Romanya'dan sonra Mısır'a geçer. İkinci kaçanın millicilerin öldürülmesinin din gereği olduğu hakkında fetva veren Şeyhülislam Dürrizade Abdullah haini olduğunu sanıyorum. Hicaz'a gider.

Sait Molla'nın kaçışı ve Refet Paşa'nın İstanbul'a gelişinden sonra, birçok işbirlikçi, gerici, ayrılıkçı dernek gibi İngiliz Muhipleri Derneği de çözülür. Üyelerin bir kısmı yeraltına kayar.

14a) B.N. Şimşir, *İngiliz Belgelerinde Atatürk*, 4.c., s.CXVI.

15) İstanbul yönetimini savunmanın İngiliz çıkarlarına daha uygun olduğunu gören Mr. Ryan hep Osmanlıcı kalmıştır. Anıları bunun kanıtıdır: Andrew Ryan, *The Last of The Dragomans*, Londra, 1951; Lozan görüşmeleri sırasında azınlıklar, özellikle Ermeniler konusunda Türk delegasyonuna büyük zorluklar çıkarttı (*Lozan Telgrafları*, 1.c., s.236, *dipnot); konferanstan önce tanıdığı Türk delege, danışman ve uzmanlar hakkında Lord Curzon'a yazılı bilgi verdi (S.N. Sonyel, *Gizli Belgelerle Lozan Konferansı'nın Perde Arkası*, s.49 vd.)

16) H. Edip, Y. Kadri, F. Rıfkı, M. Asım, *İzmir'den Bursa'ya*, Atlas Kitabevi, İstanbul, 1974.

F. Rıfkı Atay şöyle yazıyor: "Henüz çürümeyen cesetler ve neredeyse henüz tüten yangınlar içinden geçiyorduk. Yakup Kadri, külleri savrulan Manisa'ya, cetlerinin şehrine, iki eli böğründe bakakaldı. Yunanlılar çekilişlerinde yok edici bir tahrip yapmışlardı. Yanmayanlar, vakit bulup da yakamadıkları, yaşayanlar, fırsat bulup da öldüremedikleri idi." (*Çankaya*, s.331)

17) M.M. Grubu hakkında doğru bilgi için: Yar. Doç. Dr. Mesut Aydın, *Milli Mücadele Döneminde TBMM Hükümeti Tarafından İstanbul'da Kurulan Gizli Gruplar ve Faaliyetleri*, s.78-94, Boğaziçi Yayınları, İstanbul, 1992.

18) Rahmi Apak, *Yetmişlik Bir Subayın Hatıraları*, s.266-267

19) M. Kemal Paşa'nın Y. Kadri'ye söylediklerini anımsayalım: "İki muzaffer ordumuza karşı kimse yeni bir savaşı göze alamaz. Birkaç gün içinde mütareke (ateşkes) isteyeceklerdir. Böylece Milli Mücadelemizin dört yıl süren ilk safhası kapanmış olacak. Şimdi bir yol ayrımındayız. Ya ülkeyi ve milleti İstanbul'un o teslimiyetçi, çağdışı, onursuz zihniyetine ve rejimine terk edeceğiz ya da akılcı, bilime öncelik veren, bağımsız, özgür, başı dik, yeni bir toplum olacağız. (...) Asıl kurtuluşa akıl yoluyla varabiliriz. Bunun için de Milli Mücadele'nin ikinci safhasını açmalıyız. Zor, çetin bir yol. Bağnaz-

lıkla, dar görüşlülükle, önyargılarla, hurafelerle, iliklere işlemiş cahillikle, din tüccarlarıyla, belki uyanmamızı istemeyen dış güçlerle de mücadele edeceğiz. Ama bunu göze almak, hepsiyle mücadele etmek, bu güzel toplumu bir daha hiçbir gücün sömüremeyeceği şekilde bilgi ve bilinçle donatmak zorundayız. Dünya hızla gelişirken, biz yerimizde sayamayız. Yoksa geleceğin akıllı nesilleri bizi affetmez." (*Şu Çılgın Türkler*, s.676)

20) H.E. Adıvar, *Türkün Ateşle İmtihanı*, s.238.

21) Haldun Taner, *Ölür ise Ten Ölür, Canlar Ölesi Değil*, s.99 vd., Cem Yayınevi, İstanbul, 1979; Halide Edip Hanım'ı en doğru tahlil eden insan sarrafı, Haldun Taner'dir. Rahmetli Taner'in yukarki kitabını okumanızı dilerim. Halide Edip Hanım'ın bencilliği, kendini beğenmişliği M. Kemal Paşa ile bozuşmasına neden olmuştur. Kocasıyla birlikte Türkiye'den ayrılmıştır. Hayatı boyunca akımdan akıma kaymıştır. Değişmez tutumu Batı, özellikle İngiltere ve ABD hayranlığıdır (Bu konuda: Çetin Yetkin, *Türk Edebiyatında Batılılaşma ve Kimlik Sorunu*, s.111 vd., Salyangoz Yayınları, İstanbul, 2008).

Dışardayken yazdığı *The Turkish Ordeal* adlı anılarında kendini dinlemediği için M. Kemal'e yakışıksız ve haksız eleştiriler yöneltereк kendi kişiliğini yaralamıştır. Hizmetlerine saygımı koruyarak bu tutumunu kınıyorum. Anılarını Türkçe yazarken (ya da değiştirerek Türkçeye çevirirken) bu iddialarından utanarak hiçbirine yer vermemiştir. Sabiha Sertel'e, pişmanlık içinde, "M. Kemal haklıymış" diyecektir (Yıldız Sertel'in yazısı, *Cumhuriyet* gazetesi, 4 Şubat 1997, aktaran Perihan Ergun, s.23). Yıllar sonra aklı başına gelmiş. Gerçek aydın objektif kalmayı bilmeli, güvenilir çizgide durmayı başarmalıdır. Öfke ya da sevgi rüzgârıyla tarihe katkıda bulunulmaz. Halide Edip Hanım'ın anılarındaki başlıca yanlışları *Vahidettin, M. Kemal ve Milli Mücadele* adlı kitabımda belirtmiştim. İçinde yaşadığı halde Sakarya Savaşı hakkında verdiği bilgilerin çoğu yanlıştır. Zaferden sonra büyük bir U dönüşü yaparak, geleneksel rejim yandaşları arasında yer alarak muhalif olmuş, sırf muhalefet olsun diye gerici tepkilerde de bulunmuştur.

Bütünüyle aydın olan ne kadar az insanımız var.

22) İzmir'de Müslüman-Türk nüfusu kadar da Hıristiyan vardı. Ekonomik, toplumsal hayat genel olarak bunların elindeydi. Alsancak-Pasaport arasındaki bütün iş ve eğlence yerleri özellikle Rumlarındı. Bu nedenledir ki İzmir bu duruma bir çeşit tepki olarak Gâvur İzmir diye anılıyordu. 9 Eylül ile Gâvur İzmir adı tarihe karıştı, İzmir'i yakanlar, yurttaşlığın gereklerini unutanlar İzmir'den kaçtılar. Şimdi İzmir'e Güzel İzmir diyoruz. Gâvur İzmir demek, tarihe, gerçeğe aykırı, her bakımdan yanlış, çok incitici olur. Lütfen dikkat.

22a) N. Hakkı Uluğ, *Emperyalizme Karşı Türkiye*, s.91 vd.; D. Walder, s.329 vd.

Lloyd George hesap sorulması üzerine Avam Kamarası'nda şu açıklamayı yapmış: "Yüzyıllar nadir olarak dâhi yetiştirir. Şu talihsizliğimize bakınız ki o büyük dâhiyi yüzyılımızda Türk ulusu yetiştirdi. M. Kemal'in dehasına karşı elimizden ne gelir?" (*Atatürk Araştırma Merkezi* dergisi, sayı 14, s.284, Prof. Dr. İ. Giritli'nin yazısı. İ. Giritli bu açıklamanın özgün kaynağını açıklamıyor.)

23) Afyon ile doğusundaki Çobanlar istasyonu arasındaki demiryolunun 6 km.lik kısmını Yunanlılar sökmüş, ray parçalarını ve traversleri mevzileri berkitmek için kullanmışlardı. Yolun kalan 20 km.lik kısmını da bozmuşlardı. Afyon alınır alınmaz orduyu ikmal etmek için bu demiryolunun hızla tamamlanıp onarılması gerekiyordu. Küçük jeneratörlerle sağlanan elektrik ışıkları altında geceleri de çalışılarak yol döşenip onarılmış ve ilk tren 6/7 Eylül gecesi, 8 gün sonra, Afyon'a girmiştir (Behiç Erkin, *Hatırat*, s.217).

Demiryollarımız tarihinin yazılmamış olması büyük eksikliktir.

24) Salih Bozok, *Hep Atatürk'ün Yanında*, s.205.

25) Anadolu halkı son yıllardaki işgal ve savaş acılarını da, inanılmaz bir zaferle ölümden kurtuluşu da yüzyıllardır hiç yaşamamıştı. Onun içindir ki şimdiye kadar hiç kimseye kurtarıcı Atatürk'e duyduğu sevgiyi, saygıyı, minneti duymamıştı.

Bu ölümden dönüşü ilkellikten kurtuluş izlemiştir, çağdaşlaşma hamlesi.

Bu ikinci büyük kurtuluştur.

Bu iki aşamalı kurtuluşun büyük değerini ve anlamını kavrayamayan bazı yabancılar, özellikle politikacılar Atatürk sevgisini, ona duyulan bitmez minneti ve vefayı anlayamıyorlar. Böyle bir süreçten geçmedikleri, böyle bir liderleri olmadığı için, ne kadar anlatsanız, anlamaları da çok zor. Üstelik tarihimizi iyi incelemeden konuşuyor, yanlış yargılarda bulunuyor, haksız sonuçlara varıyorlar. Bunlar hayranı olduğumuz Shakespeare'in, Voltaire'in, Goethe'nin, Cervantes'in, Dante'nin, İbsen'in, Petrov'un değil, Lloyd George'un ve benzerlerinin torunları. Bu adamlar Avrupa'nın emperyalist, bencil, çıkarcı, sömürücü, barbar, yalınkat, her şeyi kendine yontan, kaba, kibirli, ruhsuz yüzünü temsil ediyorlar. Bizim saygı duyduğumuz Avrupa bu değil, böyle değil.

26) Salih Bozok, *Hep Atatürk'ün Yanında*, s.208.

26a) Atatürk'ün bu tarihe kadar İzmir'de kalmasının nedeni, Müttefiklerle Ankara arasındaki askeri ve diplomatik ilişkilerin gelişimini beklemesidir. Ateşkes anlaşması yolu açılınca Ankara'ya döner (T. Bıyıklıoğlu, *Trakya'da Milli Mücadele*, 1. c., s.437).

27) Mehmet Tevfik Bey'e göre Padişahın aylık ödeneği 52.000, Veliahtın ödeneği 3.120, hanedan üyelerinin ödenekleri 25.850 liraydı, toplam 80.970 lira (Tevfik Bey'in *Abdülhamit, Meşrutiyet ve Mütareke Hatıraları*, s.459, 484).

28) Bu büyük yangında 20-25.000 ev ve dükkân yanmıştır. İzmir yangını konusundaki en güvenilir belge İzmir Sigortaları İtfaiyesi Komutanı Greskoviç'in raporudur (Prof. Dr. Bilge Umar, *Yunanlıların İzmir'de Son Günleri*, s.323 vd., Bilgi Yayınevi, Ankara, 1974). Greskoviç İzmir yangınını başlatanların Ermeniler olduğunu açıklıyor. Sonrası hakkındaki iddialar, tahmin ve yakıştırmalardır.

29) Yunanlıların yıktığı Başköy köprüsü 162 metre uzunluğunda, 45 metre yüksekliğinde bir demir köprüydü.
24 Ekimde Afyon-Eskişehir, 23 Kasımda da Eskişehir-Ankara hattı kesintisiz olarak açıldı (Behiç Erkin, s.230).

30) O zaman yolun iki yanı da boştu. Gençlik Parkı bataklıktı. Şimdi bu yolun sağ yanında Gençlik Parkı, Ankara Palas, sol yanında 19 Mayıs Stadyumu, 1. ve 2. T.B.M.M. binaları var.

31) Bu çekişmeyi bütün aşamalarıyla irdeleyen bir eser: Ömür Sezgin, *Türk Kurtuluş Savaşı ve Siyasal Rejim Sorunu*; ayrıca M. Kemal Palaoğlu, *Müdafaa-yı Hukuk Saati*, s.183-195.

Gelenekçi ideoloji= Padişahlık/halifelik, meşrutiyet, din devleti, ümmetçilik. Çağdaşlık ideolojisi= Bağımsızlık, cumhuriyet, laiklik, millilik, toptan kalkınma.
Gelenekçiler Vahidettin'i hiçbir zaman savunmamışlardır. Kurtuluş Savaşı'nı söndürmek için çalıştığını hepsi biliyordu. Mal meydandaydı. Vahidettin'i kahraman gibi gösteren yalanlar henüz düzülmemişti. Gelenekçiler, Vahidettin'i değil padişahlık/meşrutiyet rejimini savunuyorlardı. Yaptıkları yüzünden padişahlık/meşrutiyet rejiminin savunulmasını zorlaştırdığı için Vahidettin'e dehşetli kızmaktaydılar. Saltanatın kaldırıldığı güne ilişkin Meclis tutanakları bunun kanıtıdır, 1 Kasım 1922.

31a) Gelenekçiler, gericiler, dinciler, tutucular, Birinci Meşrutiyet'ten beri daima seçimden, halkın kararından, son aşamada milli iradeden yana olmuşlardır. Çünkü halk daha ortaçağdaydı ve dine, dini motiflere önem veriyordu. Bunun sonucu olarak her zaman çoğunlukla seçileceklerine güveniyorlardı. Bir-iki istisna dışında genel olarak haklı çıkmışlardır.
İkinci Grup da pek hararetli milli iradeciydi. Kadınlara seçme hakkını bile tanımadılar vb...
Bu anlayış halkın uyanmasını, doğruyu ve yanlışı ayırdetmesini sağlayacak her girişime karşı çıkmıştır.

32) S. Bozok, *Hep Atatürk'ün Yanında*, s.113 vd.; İslam Ansiklopedisi, 1. c., 10. cüz, s.766; Bilal Akba, *Başkumandanımız Ankara'da Nasıl Karşılandı, Devrin Yazarlarının Kalemiyle Milli Mücadele ve Gazi M.Kemal*, 2. c., s.1028 vd. (Akşam gazetesi yazarı Bilal Akba Ankara'da Akba Kitap ve Yayınevi'ni kuracaktır. Ankara'daki ilk yayınevidir. Birçok önemli eser yayımlamıştır. Bilal Akba'dan sonraki en önemli, büyük yayıncı Bilgi Yayınevi'nin kurucusu ve yöneticisi Ahmet Küflü'dür.)

32a) Bu sırada Londra'da Yunanistan'ı Doğu Trakya'dan yoksun bırakmamak, yenilgi acısını bu yolla gidermek için gizli çalışmalar yapılıyor, entrikalar döndürülüyordu. Bu çabalarda ön planda Venizelos, Zaharof, Sir Stavridis, Sir Crosfield gibi Yunanlılar veya Yunanlılara yakın İngilizler vardı. Lloyd George bu gizli çalışmaların içindeydi. Mudanya görüşmeleriyle ilgili sorunların kaynağı Lloyd

George'un duygusal, kaypak yaklaşımlarıdır (David Walder, s.361 vd.; Zeki Sarıhan, *Kurtuluş Savaşı Günlüğü*, 4. c., s.722).

33) F.R. Atay, *Çankaya*, s.314.
F.R. Atay diyor ki: "Evet, muhalifleri ve rakipleri sapsarı idiler. Ah, bir kurşun, son Yunan kurşunu M. Kemal'in göğsüne saplanamaz mıydı? (..) O gün sapsarı kesilenler veya onların kinini güdenler, şimdi bile o günün hatırasını söndürmeye uğraşmakta değil midirler? Doğu kini, vicdanları saran bu kanser... Kanserin en habis soyu."
Bu kinin nedeni, alıştıkları, bildikleri, yararlandıkları düzenin gideceğini sezmeleri, anlamalarıydı.
Zaferden sonra koyu muhalifler her fırsatta sorun çıkarma peşinde olurlar. Ölçülü, sağduyulu, yurtseverce davranmayı bırakırlar. İstedikleri, alışık oldukları çağdışı düzenin sürüp gitmesidir. Bu olumsuz, yararsız, tehlikeli istek uğruna milleti ikiye, üçe bölmekte bir sakınca görmezler. Bu sorumsuz davranış ya da milli hastalık tedavi edilmiş değildir.

34) Bu muhaliflere, özellikle aşırılara zaman zaman rastlayacağız. Birçok olay adım adım böyle örülüyor. Çok bilinen muhaliflerin adlarını belirtiyorum. Kalanları takma adlarla anacağım.

34a) İstanbul ve Ankara'daki gelenekçilerin düşüncesi şöyle özetlenebilir: 'Devlet düzeni değişmemeli, Vahidettin tahttan indirilmeli, Veliaht Abdülmecit Padişah-Halife olmalı, B.M. Meclisi de İstanbul'a gelip eski Mebusan binasına yerleşmeli, iş tatlıya bağlanmalı.'
Gelenekçiler M. Kemal ve arkadaşları olmasa rüyalarının kolayca gerçekleşeceğini sanıyorlardı. Milli Mücadele sürecinde gelişen, halka yayılan düşünceleri, yeşeren yeni hayatı hiç dikkate almıyorlardı. Padişahlığın kalktığı gün bir tek kişi bile tepki göstermemiştir.

35) İ. İnönü, *Hatıralar*, 2. c., s.28.
Giderek alışır ve saygı duyarlar. İsmet Paşa büyük zafer kazanmış bir cephe komutanıydı. Karşısındaki generallerin hiçbirinin ciddi bir askeri başarısı yoktu. İsmet Paşa'nın başkanlığına razı olmalarının bir nedeni de İsmet Paşa'nın bu tartışılmaz üstünlüğüdür.
İsmet Paşa iyi Almanca ve Fransızca biliyordu.

Mudanya'nın bir önemi de Mondros Ateşkes Anlaşması'na dayanılarak işgal edilmiş olan Çanakkale ve İstanbul'da işgalin sınırlarının da saptanacak olmasıdır. Mudanya Anlaşması ile sınırları belirlenen işgalin barış andlaşmasının imzasına kadar devam edeceği Müttefiklere kabul ettirilmiştir (T. Bıyıklıoğlu, *Trakya'da Milli Mücadele*, 1. c., s.446, 455).

36) Ş. Süreyya Aydemir, *İkinci Adam*, 1. c., s.201-204; General Harrington Lozan'da İsmet Paşa ile karşılaşacak olan Lord Curzon'a uzun bir yazı ile İsmet Paşa hakkında bilgi vermiştir. Ş. Süreyya Aydemir İsmet Paşa hakkındaki bu uzun mektubu şöyle özetliyor: "Bu adama dikkat ediniz!" (s.204)

37) Mudanya görüşmeleri için kaynakçadaki eserlerden yararlandım. Hızlı ve özet anlatabilme amacıyla olaylar biraz sıkıştırılmıştır. Atatürk'ün İsmet Paşa'ya yazıları için, *Atatürk'ün Bütün Eserleri*, 13. c., s.387 vd.

37a) Tevfik Bıyıklıoğlu, *Trakya'da Milli Mücadele*, s.456; *İstiklal Harbinin Son Safhası*, s.62.
Ayrıca dipnot 64a'ya bakınız.

38) M. Kemal Paşa birkaç gün önce de ilgisine teşekkür için Latife Hanım'a armağan olarak Sakarya adlı atını yollar (S. Bozok, *Hep Atatürk'ün Yanında*, s.209).

39) Atatürk'ün sofrası için kaynakçada yer alan kitapların birçoğunda bilgi vardır. Hepsinin ortak noktası bu sofranın bir fikir bahçesi, forum, tartışma ortamı, bir çeşit akademi olduğudur.
Dünyaya küçücük, basit, boyutsuz köşelerinden bakan birilerinin, hele yobazların Atatürk'ün sofrası hakkında yargıda bulunmaları komik oluyor. Sevgili gençler, yüzlerce dürüst, sağlıklı, gerçekçi kitaptan çıkardığım sonucu özetliyorum: Atatürk içerdi ama ölçülü olduğu için, adam gibi içmesini bildiği için sarhoş olmazdı, üstelik sarhoştan nefret ederdi, sarhoş olan kimse bir daha sofrasına gelemezdi, önemli günlerde ve gündüz içmezdi, yani içki düşkünü değildi. Keyif için, kendi anlatımıyla 'beynini dinlendirmek için' içerdi. Sofrasında havadan sudan, laubali konulara yer verilmezdi. Atatürk medeni yaşayıştan anlamaz insanların değerlendiremeyeceği

biridir. Çoğunun yazıları, kara sineğin kartal hakkında konuşmasına benziyor.

İkiyüzlü olmadığı için içki içtiğini, içmeyi sevdiğini hiç saklamamıştır. İkiyüzlü olmamak büyük bir erdemdir. Namuslu olmanın özüdür.

Atatürk'ün bütün büyük erdemlerini ve başarılarını bir yana koyup da içkisini söz konusu etmek çok ilkel bir yaklaşım. Ne yani, IV. Murat döneminde miyiz? Dileyen içer. Kime ne? Ayıp olan medenice içmek değil, bunu söz konusu etmektir.

39a) M. Kemal Paşa'nın en yakın arkadaşı Nuri Conker'dir. Çocukluk arkadaşıdır. M. Kemal Paşa'ya 'sen' diyen tek insandır. Başyaver Salih Bozok da çocukluk arkadaşıdır. Öteki arkadaşları Kılıç Ali, eski Başyaveri Cevat Abbas Gürer, Recep Zühtü ve Hasan Cavit Beylerdir. Bunlar genellikle 'mutad zevat' diye anılır. Hiçbirine önemli bir mevki vermemiştir. Bu arkadaşları Atatürk'ün protokolsüz dost ortamı özlemini karşılıyorlardı. Ayrıca hepsi Atatürk'ün gönüllü korumasıydı. Bunların dışında çok geniş bir dost çevresi vardı.

40) F.R. Atay, *Çankaya*, s.309.

40a) Bu uyarıcı konuşmalar generallerin "İsmet Paşa bize 'yenik devlet muamelesi' yapıyor" diye yakınmalarına yol açacaktır. İsmet Paşa'nın bu yolla savaşı önlediğinin farkında değillerdi.

41) *İstiklal Harbinin Son Safhası*, s.62, Başkomutan'ın İsmet Paşa'ya gönderdiği talimatın 2. maddesi, s.75.

42) Rumeli, Batı Trakya elden gitmişti. Lord Curzon Doğu Trakya'nın da Yunanlılara verilmesini, İstanbul'un Türklerden alınmasını istiyordu. Türklerin Asya'ya sürülmesini isteyen birçok Batılı siyasetçi vardı. Sevr Andlaşması Anadolu'yu bile Türklere çok gören anlayışın eseridir.

Türkiye daha geriye gitmeyecekti. Son çizgideydi. Bu konuda ölümüne kararlıydı. Doğu Trakya ve Anadolu kesinlikle korunacaktı. Cumhuriyet dönemindeki birçok çaba, Batının Türkler ve Türkiye üzerindeki oyunlarına ve iddialarına karşı savunma amaçlıdır. Bu anlaşılmayınca mesela Türk tarih tezi anlaşılmaz. Doğru tanıda bulunmak için o döneme ilişkin iç ve dış kaynakların büyük çoğunluğunu tarayıp incelemek, işin özünü kavramak gerek. Hiçbir tarihi olgu, gerçek nedenlere ulaşılmadıkça doğru tanımlanamaz, bütün yargılar yakıştırma olur. Şimdilerde bu yüzeysel tutumun bazı örneklerini okumaktayız.

43) *İstiklal Harbinin Son Safhası*, s.63-64.

44) General Harrington hükümetinin siyasetine uyarak, Çanakkale'deki komutana Türkler harekete geçerse ateş açma yetkisi vermişti (David Walder, s.369).

45) Koşullar şunlar:

a) Yunanlılar Trakya'yı 15 günde boşaltacak, Müttefik birlikleri de Trakya'yı Türk yönetimine bir ay içinde teslim edecek. b) Trakya'nın Türkiye'ye tesliminin Müttefik devletler tarafından kararlaştırıldığı ifade edilecek. c) Karaağaç Müttefiklerin işgali altında kalacak. d) Trakya'ya geçirilecek Türk jandarma sayısı sınırlandırılacak (*İstiklal Harbinin Son Safhası*, s.71).

46) İ. İnönü, *Hatıralar*, 2. c., s.34.

47) Yunan delegesi toplantıya katılmamış ama 14 Ekimde İstanbul'daki Yunan temsilcisi, hükümetinin 'boyun eğdiğini, anlaşmayı kabul ettiğini' yazıyla Müttefik Yüksek Komiserlerine bildirmiştir (*İstiklal Harbinin Son Safhası*, s.88-89).

Sevgili gençler, Mudanya görüşmeleri çok kısaca özetlenebilirdi. Ama karşılaştığımız anlayışı, tutumu, yöntemleri, büyük devletlerin üslubunu ve bakışını bilmeniz için ayrıntılı olarak anlattım. Lozan'da daha düşündürücü sahneler yaşanacaktır.

Batı ile birçok konuda görüşmekteyiz. Bazıları geleceğimizi yakından ilgilendiriyor. Yenilmemek, kanmamak için bu görüşmelere katılan yetkililerin yakın tarihimizi, özellikle de Mudanya ve Lozan görüşmelerini, geri planlarıyla birlikte çok iyi bilmeleri gerektiğini düşünüyorum. Ders ve ibret alınmazsa, tarihin ne yararı ve anlamı olur? Batılı siyasetçi ve diplomatlar, tepki görmezlerse şimdi de aynı 'kaba, tehditlerle süslü, çoğunlukla haksız üslubu' sürdürüyorlar. Tepki görmeden hizaya gelmiyor, hadlerini bilmiyorlar.

47a) İki milletvekili Mudanya Barış Anlaşması'nı bir hata olarak değerlendirmişlerdir. Bunlara göre ordu yürürken durdurulmamalı, Çanakkale'ye ve İstanbul'a hücum etmeli, İngilizlerle, gerekirse Fransızlarla savaşılmalı, Trakya'ya geçilmeli, Meriç'i aşıp Batı

Trakya da ele geçirilmeliydi. Böyle düşünen bir de komutan vardı, 1. Ordu Komutanı Sakallı Nurettin Paşa. Bunlar bir hamle sonrasını hesaplamayan, acemi, cahil, bu nedenle de gözü kara satranç oyuncularına benziyorlar. Bunlar fırsat verilse üçüncü hamlede yenilirler. Allahtan devletin ve ordunun başındakiler böyle maceracı, hayalci değillerdi.

47b) Şehzade Ömer Faruk, İkinci İnönü zaferinden 25 gün sonra, 27 Nisan 1921'de İnebolu'ya gelmiş, aynı gün İstanbul'a geri gönderilmiştir (Z. Sarıhan, *Kurtuluş Savaşı Günlüğü*, 3. c., s.497).

48) Bu ve bunun gibi konuşmalar, açıklamalar için kaynakçada yer alan İngiliz belgelerinden, İngiliz anılarından ve bu dönem hakkındaki yabancı incelemecilerin eserlerinden yararlanıyorum.

49) Trakya Türklerini Yunan, Rum ve Anadolu'dan kaçan çetelerin zulmünden korumak için Bulgaristan'dan Edirne'ye, Çatalca'dan Vize ve Kırklareli yörelerine hazırlanmış akıncı birlikleri sızdırılmaya başlanmıştı. Bunun için hayli zaman önce plan ve hazırlık yapılmıştır (Ayrıntılı bilgi için Tevfik Bıyıklıoğlu, *Trakya'da Milli Mücadele*, s.457 vd.). Bolu Milletvekili Cevat Abbas Gürer de bu konuyla ilgili altyapıyı hazırlaması için çok önceden Bulgaristan'a yollanmıştı. Milli Mücadele her olasılığı dikkate alan, olayları öngören, zamanında gerekli hazırlıkları yapan bu üstün anlayışla kazanılmıştır.

50) Fikriye Hanım konusu için kaynakçada yer alan eserlerden yararlandım. Gerçek izlenimi taşısa da belgesiz, kanıtsız ya da olayların akışına, mantığına uymayan görüşlere, söylentilere ve iddialara yer vermedim. Şemsi Belli'nin genel olarak belgelere dayalı *Fikriye* kitabını esas aldım.

50a) K. Karabekir, *İstiklal Harbimiz*, s.1095.

50b) *Devrin Yazarlarının Kalemiyle Milli Mücadele ve Gazi Mustafa Kemal*, 2. c., s.1093 vd.

50c) Sadrazam Tevfik Paşa'nın Padişahın önceden görüşünü almadan böyle bir yazı hazırladığı düşünülemez bile. Bu konuda geleneksel düzenden yana olan Hariciye Nazırı A. İzzet Paşa'yla birlikte hareket ediyor (Ali Türkgeldi, *Mondros ve Mudanya Mütarekelerinin*

Tarihi, s.182; A. İzzet Paşa, *Feryadım*, 2. c., s.232 vd.; Z. Sarıhan, *Kurtuluş Savaşı Günlüğü*, 4. c., s.748).

A. İzzet Paşa anılarında Milli Mücadele dönemiyle ilgili bölümlerde çok kaba, kof, çağdışı bir üslup kullanıyor. Sadrazamlık, Hariciye Nazırlığı, Genelkurmay Başkanlığı gibi çok önemli görevlerde bulunmuş birinin sığlığı, bilinçsizliği, kinciliği, duygusallığı ve düzeysizliği insanı irkiltiyor. Anadolu'yu parçalamak isteyenlerden, yakıp yıkanlardan çok, bağımsızlık mücadelesi veren Ankara'ya düşman! Böyle biri!

50d) Refet Paşa M. Kemal Paşa ile görüşmek için İzmir'e gelmişse de görüşmeleri gerçekleşememiş, Ankara'ya dönmüştü. Başkomutanla birlikte Bursa'ya geldi. M. Kemal Paşa Rauf Orbay'ın ricasını dikkate alarak Refet Paşa'ya önemli bir görev vermeyi düşünüyordu.

51) M. Kemal Paşa 1921 baharında yol paralarını yollayarak, Y. Kadri, F. Rıfkı ve Yahya Kemal'i Ankara'ya çağırmış, bu çağrıya yalnız Y. Kadri Karaosmanoğlu uymuştu. F. Rıfkı, daha yararlı olacağını ileri sürerek İstanbul'da gazetesinde kalmak için izin istemiş, Paşa bu isteği kabul etmişti.

Ankara'da yaşamak istemeyen Y. Kemal ise bir süre gözden kaybolmak için Sofya'ya gitmiş, konu kapandıktan sonra İstanbul'a dönmüştü (*Çağdaş Eleştiri* dergisi, S. Karaören, "İki Yahya Kemal", s.40 vd., Mayıs 1982; N. Hakkı Uluğ, *Emperyalizme Karşı Türkiye*, s.130).

52) Ankara'ya dönmekte olan Halide Edip Hanım Karaköy istasyonunda Paşa'ya ve Fikriye'ye rastlamıştır. *Türkün Ateşle İmtihanı*, s.266-267 (Rastlaştıkları gün için verdiği tarih yanlış. Halide Edip'te bu tür hayli yanlış bulunuyor).

53) Muhafız Taburu Büyük Taarruz'a katılmış, savaşarak Kütahya üzerinden Bursa'ya gelmişti.

54) Bursa'yı ziyaret tarihi: 16 Ekim Pazartesi 1922.

Atatürk'ün şehirleri ziyaretleriyle ilgili bilgiler için Mehmet Önder'in *Atatürk'ün Yurt Gezileri* adlı çalışmasından, anılardan, konuşmaları için özellikle *Atatürk'ün Bütün Eserleri*'nden yararlanıyorum. Bu son eserde karşılamalar hakkında ayrıntılara da yer veriliyor.

Bursa için ayrıca: Ali Sedat'ın *Renin* gazetesinde çıkan "Bursa Mektubu, Devrin Yazarlarının Kalemiyle Milli Mücadele ve Gazi M. Kemal", 2. c., s.1036-1047. (Yazar diyor ki: *"Bursa kurtuluş gününden beri bayram yapıyor. (..) Issız sokaklar şimdi gece yarılarına kadar binlerce kadın ve erkekle doludur."* Toplum birçok alanda değişiyor, özgürlük sınırları genişliyordu.)

55) Bursa Müttefiklerin engellemesi sayesinde yakılmamış ama işgal dolayısıyla çok büyük zarara uğramıştır. 85.000 kişi açıktaydı. Köyler ve ürün yakılmıştı. 4.500-5.000 olan öğrenci sayısı Yunan işgali sırasında 500'e düşmüştü. Yunanlılar 15 okuldan 14'ünü kapatmışlardı. (Z. Sarıhan, *Kurtuluş Savaşı Kronolojisi*, 4. c., s.764)

Bursalıları, Yunan askerleri ve onlara uyup şımaran Rumlar kadar, Yunanlılarla işbirliği yapan, onlara hizmet eden dindaşlar, soydaşlar da kahretmişlerdir. (M. Şükrü Eğilmez, *Milli Mücadele'de Bursa*, Tercüman Yayını, İstanbul, 1980; İlhan Selçuk, *Yüzbaşı Selahattin'in Romanı*, 2. c., Bursa bölümleri)

Bunların bir kısmı Yunan 3. Kolordusunun artıklarıyla birlikte Doğu Trakya'ya kaçmış, bir kısmı da kalabalığın arasında kaybolup unutulmak ümidiyle İstanbul'a gitmişlerdi. Bunlar yurt bilinci, duygusu, yurttaşlık anlayışı olmayan yaratıklardı. İstanbul'a kaçanları Emniyet Müdürü millici Esat Bey'in polisleri yakalamaya başlamışlardı. Mesela Yunancı Müftü Hamdi'yi saklandığı Fatih'te yakaladılar.

Hızla millet olmak gerekiyordu. Bir millet olmak için aynı kandan, soydan ve dinden gelmek gerekmez. Coğrafya ve tarih birlikteliği yeter. Ek birliktelikler birliği güçlendirir.

56) N. Hakkı Uluğ, *Emperyalizme Karşı Türkiye*, s.116 vd.

57) F. Rıfkı Atay diyor ki: *"Ben yere kapanarak Atatürk'ün ayağını öpen tek adam hatırlarım: Yahya Kemal. Bursa'da ilk rastlayışında ayaklarını öpmüştür. Acaba Anadolu'ya gitmek için kendisine yollanan para ile Eskişehir bozgunu üzerine paniğe uğrayarak Bulgaristan'a gitmiş olduğunu unutturmak için midir?"* (F.R. Atay'ın *Dünya* gazetesinde 2 Mayıs 1965'te yayımlanan yazısından aktaran Sami Karaören, *Çağdaş Eleştiri* dergisi, Mayıs 1982)

M. Kemal Paşa şairin Ankara'ya gelmemesi olayını unutmuş görünerek sofrada yakınına oturtmuş, şiir okumasını da istemiştir. (N. Hakkı Uluğ, *Emperyalizme Karşı Türkiye*, s.130)

58) Madam Gaulis'in katıldığı yemek iki gün sonraki yemektir. İki yemeği birleştirdim. (N. Hakkı Uluğ, *Emperyalizme Karşı Türkiye*, s.130-133)

59) Atatürk'ün bu kitapta yer alan, yer alacak olan sözleri ilke olarak özgündür, o tarihte ve o yerde söylediği sözlerdir; bazıları ise bütün konuşmalarını dikkate alarak benim kurguladığım özetlerdir.

60) Gelenekçi muhaliflere yakındı. Büyük Taarruz'a hazırlanılırken önerilen 1. Ordu Komutanlığını, zafere güveni olmadığını söyleyerek reddetmişti (*Şu Çılgın Türkler*, s.571). Savaşa katılmadığı için rütbesi yükseltilmemiştir. Bu görev biraz da teselli armağanıydı. Bu görevi çok iyi başaracaktır.

61) *Muhafızı Atatürk'ü Anlatıyor*, E. General İsmail Hakkı Tekçe'nin Anıları, s.30.

62) Musul'daki durum: Büyük Taarruz'un başladığı gün, Gaziantep kahramanı Özdemir Bey komutasına verilen özel bir müfreze de, Türk sınırını aşarak İngiliz işgali altındaki Irak'a girmiş, Derbent'te karşılaştığı İngiliz kuvvetini yenmiş Musul sorunu bitene kadar Zaho'da kalmıştır (İstiklal Harbinin son safhası, sayfa 98 vb., M.Güztoklusu, Musul Özdemir harekatı)

62a) *Nutuk*, 2. c., s.183-184.

62b) M. Kemal Paşa 1921 Anayasasını, 30 Ocak 1921 tarihli yazıyla Tevfik Paşa hükümetine tebliğ etmiştir. İstanbul-Ankara ikiliğinin kalkması için padişahın kısa bir açıklama ile TBMM'ni tanımasını da önermiştir. Fakat Padişah bu öneriyi kabul etmemiştir (*Nutuk*, 2. c., s.90-93). Bu husus ikinci bir kez daha önerilecek, yine kabul etmeyecektir. Böylece adım adım sonunu hazırlar.

63) *Muhafızı Atatürk'ü Anlatıyor*, E. General İsmail Hakkı Tekçe'nin Anıları, s.31; A.F. Cebesoy, *Siyasi Hatıralar*, s.102.

64) *Atatürk'ün Bütün Eserleri*, 14. c., s.25 (18 Ekim 1922); son Maliye Nazırı Mehmet Tevfik Bey, 1921 Anayasası'ndan haberli olmadıklarını, anayasa metnini zorlukla bulduklarını ama yürürlükte olup olmadığını bilmediklerini yazıyor. Milli Mücadele, TBMM, Ankara

hükümeti hakkındaki bilgileri bu kadar zayıf. Belli ki olup bitenleri hiç merak etmemişler. Beşiklerinde uyumuşlar (*Mehmet Tevfik Beyin Hatıraları*, 2. c., s.501).

64a) E. Hemingway, *İşgal İstanbulu*, s.28-33; Milli Mücadele hakkındaki yazıları çok sığ ve kof. Hemen hemen hiçbir şey anlamamış. Barda duyduklarını doğru bilgi diye yazıya dökmüş.

D.T. Ambelas adlı Yunan subayı *Yeni Onbinlerin İnişi* adlı eserinde bu çekilişi şöyle anlatıyor: *"Anadolu bozgunu yüzünden bir daha görünmemek üzere Yunan ırkı Trakya'dan ve Anadolu'dan çekiliyordu. Yerlerinden kovulmuş Yunan ırkının bu hali pek acıklı idi."* (Aktaran T. Bıyıklıoğlu, *Trakya'da Milli Mücadale*, s.459)

David Walder de çekiliş için şöyle yazıyor: *"Venizelos'un Yunan İmparatorluğu hülyası ile Lloyd George'un savaş sonu dış politikası böylece sona ermişti."* (*Çanakkale Olayı*, s.371-372)

Ama Yunanlıların çekilirken yaptıkları Türk kıyımlarına hiç değinilmiyor.

Bu konuyu ilk kez araştıran ve araştırmalarını sürdüren Y. Müh. Ziya Çağlı'ya göre: Yunanlılar daha 9 Eylül akşamı Edirne'de aralarında Haşim İşçan'ın da bulunduğu 75 sivil Türkü evlerinden alarak kuzey Ege'de bir adaya götürürler. Bu intikamcı tavır giderek kıyıma dönüşecektir. Trakya köylerindeki birçok Türk toplanır. Bunlar Dedeağaç limanı ile Tekirdağ limanına getirilir, Yunanistan'a ve Ege adalarına kaçırılırlar. Doğu Trakya kıyımı çok ciddi bir olaydır. Y. Müh. Ziya Çağlı toplananların sayısının on binleri bulduğunu yazıyor. Bu sivil esirler ya da rehineler, açıkçası barbarlık kurbanları, Yunanistan ve adalardaki 37 esir kampına götürülmüştür. Sağ kalabilenler ancak Lozan Andlaşması sonunda vatanlarına dönebilirler (Ziya Çağlı'nın 14 Ekim 2006 tarihinde yolladığı özet bilgiden).

Bu önemli araştırmanın sonuçlanmasını önemsiyorum. Asıl kıyıma uğrayanlar bilinmeli.

65) H. Himmetoğlu, *Kurtuluş Savaşı'nda İstanbul ve Yardımları*, 2. c., s.329.

65a) M. Llewellyn Smith, *Anadolu Üzerindeki Göz,* s.351. Bu adları *Şu Çılgın Türkler*'den tanıyoruz. Bunlar Yunan yayılmacılığının sivil ve asker önderleri ve uygulayıcılarıydılar. Hepsinin elleri kanlıdır.

66) Albay Esat Bey, Ankara muhaliflerinden son Hariciye Nazırı Ahmet İzzet Paşa'nın kardeşidir. Başından beri milliciydi. Gün herkesin gerçek kimliği ile ortaya çıktığı gündür. Karşılama konusunda en etkin örgüt Trakyalılar Yardımlaşma Derneği'dir (N.H. Uluğ, *Emperyalizme Karşı Türkiye,* s.136).

67) H. Himmetoğlu, *Kurtuluş Savaşı'nda İstanbul ve Yardımları,* 2. c., s.330.

67a) F. Tevetoğlu, *Atatürk'le Samsun'a Çıkanlar,* Refet Paşa bölümü, s.80; Vahidettin'i Rumca gazeteler savunuyordu (Z. Sarıhan, *Kurtuluş Savaşı Günlüğü,* 4. c., s.818).

68) F.R. Atay, *Çankaya,* s.338.

69) Karşılama ile ilgili olarak yararlandığım başlıca kaynaklar: A.F. Cebesoy, *Siyasi Hatıralar,* s.102 vd.; *Devrin Yazarlarının Kalemiyle, Milli Mücadele ve Gazi Mustafa Kemal,* 2. c., s.1048-1062 (*İleri* gazetesinde yayımlanan karşılama ile ilgili uzun yazı); H. Himmetoğlu, *Kurtuluş Savaşı'nda İstanbul ve Yardımları,* 2. c., s.328 vd.; F. Tevetoğlu, *Atatürk'le Samsun'a Çıkanlar,* Refet Paşa bölümü, s.76 vd.; Z. Sarıhan, *Kurtuluş Savaşı Günlüğü,* 4. c., 19 Ekim ve sonrası, s.762 vd.

70) H. Himmetoğlu, *Kurtuluş Savaşı'nda İstanbul ve Yardımları,* 2. c., s.330-331; Gülnihal'in durdurulması, uçakların uçması, bölüğün karaya çıkarılmaması General Harrington'un izni ve emri olmadan yapılamaz. Harrington-Ankara çekişmesi, sessiz bir biçimde İngilizler gidene kadar sürecektir.

71) İngilizlerin İstanbul'a getirip bıraktıkları Mehmetçiklerin yaşadıkları çirkinlikler hk: Rauf Orbay, *Hatıraları, Yakın Tarihimiz,* 2. c., s.404; Nebizade Hamdi, *Devrin Yazarlarının Kalemiyle Milli Mücadele ve Gazi Mustafa Kemal,* 1. c., s.509.
Osmanlı Devleti kuruluşunu, yaşamasını borçlu olduğu Türkü, doğu tipi bir imparatorluk anlayışına kurban etmiş, yönetimde devşirmelere, dönmelere, Arapçılara, Türklüğünü inkâr edenlere öncelik vermiştir.

İngiltere de imparatorluktu, emrinde, idaresinde İngiliz olmayan birçok millet vardı ama imparatorluğu İngilizler yönetiyordu. Osmanlı yenilip yok oldu.

72) Lloyd George'un istifasının ayrıntılı hikâyesi ve nedenleri hakkında: D. Walder, s.373-385. Koalisyonun bozulmasının nedenleri arasında özellikle L. George'un gözü kapalı Yunancı siyaseti ve Çanakkale olayı dolayısıyla savaşçı tutumu, ağırlıklı olarak yer almaktadır.

Türkiye'yi üç yıl yangın yerine, kan gölüne ve ölüm tarlasına çeviren bütün kararların, yönlendirmelerin, teşviklerin arkasında Lloyd George, dolayısıyla İngiliz hükümeti vardır. Bugünkü Ortadoğu sorunlarının temelinde de Lloyd George'un uğursuz etkileri bulunuyor.

23 Ekimde Bonar Law hükümeti kurulacak, son dakikada Lloyd George'un yanından ayrılan Lord Curzon Dışişleri Bakanı olarak bu hükümette de yer alacaktır. Lord Curzon da bir liberaldir. İngiliz tipi liberalizm, yaldızlı emperyalizm demektir. Lloyd George'u aratmayacaktır.

73) Salih Bozok, *Hep Atatürk'ün Yanında*, s.214 vd.

74) Mondros ateşkes görüşmelerinde Osmanlı Devleti'ni Rauf Bey temsil etmiş, Sevr'in önsözü niteliğindeki Mondros Ateşkes Anlaşması'nı imza etmişti. Bu bakımdan başdelegeliğini desteklemeyenler de çoktu.

75) Hamit Hasancan Bey M. Kemal Paşa'nın Tevfik Paşa'ya yolladığı yanıtı, kendisine verilmiş bir talimat olarak anlamış, yazıyı vermemiş, içeriğini Tevfik Paşa'ya sözlü olarak bildirmiş, üç gün içinde beş kez tebligatta bulunmuş. Hatta yapacağı açıklamanın taslağını da dahi göndermiş (*Nutuk*, 2. c., s.184 ve 262. belge).

76) Barış görüşmelerinde izlenecek esaslar, Misak-ı Milli dikkate alınarak, Yusuf Kemal Bey'in Dışişleri Bakanlığı sırasında hazırlanmış, delegelerle gidecek danışman ve uzmanların büyük kısmı da saptanmış (Y. Kemal Tengirşenk, *Vatan Hizmetinde*, s.284 ; M. Kemal Paşa'nın Y. Kemal Bey'in istifa etmesini ve yerine İsmet Paşa'nın aday gösterilmesine yardımcı olmasını isteyen incelik dolu telgrafı: s.285).

M. Kemal Paşa Bursa'ya gitmeden önce Y. Kemal Bey'le görüştüğünü, Y. Kemal Bey'in 'başdelegeliği en iyi İsmet Paşa'nın yapabileceğini' söylediğini yazıyor (*Nutuk*, 2. c., s.180).

77) Kütahya-Eskişehir Savaşı sırasında toplanan Öğretmenler Kongresi'nde yaptığı milli ve çağdaş eğitim hakkındaki konuşması ve kadın öğretmenleri yüceltmesi her yanda duyulmuş, büyük sevinç yaratmış, hayranlık uyandırmıştı. M. Kemal Paşa'ya zaferin öncüsü ve öğretmenlerin koruyucusu olarak iki kat saygı duyuyorlardı.

O günü anlatan *Renin* gazetesi yazarı diyor ki: *"Gözyaşları dökerek Başkomutanımızın ayaklarına kapanan öğretmenlerin heyecanı ve teessürü anlatılamaz."* (*Devrin Yazarlarının Kalemiyle Milli Mücadele ve Gazi Mustafa Kemal*, 2. c., s.1070)

Ankara bütün illerde Öğretmenler Derneği kurulmasına da önayak olmuştu (İ.H. Tonguç, *İlköğretim Kavramı*, s.223). Bu derneklerin uygarlaşma ve aydınlanmaya önemli katkıları olacaktır.

78) *Şu Çılgın Türkler*, M. Kemal Paşa'nın Şark Tiyatrosunda yaptığı bu konuşma ile bitmişti. Konuşmayı özetlemiş, bazı konuşmalarından da tümceler eklemiştim.

Uzun bir konuşmadır bu. M. Kemal Paşa'nın Türkiye'nin geleceği konusunda birçok konuda nasıl hazırlıklı, dolu ve kararlı olduğunu gösterir. Meraklıların bütününü bulup okumalarını dilerim (*Atatürk'ün Bütün Eserleri*, 14. c., s.41-47).

78a) Refet Paşa'nın ziyaretleri, kabulleri ve konuşmaları için: Z. Sarıhan, *Kurtuluş Savaşı Günlüğü*, 4. c., s.762 vd.

78b) "Günde yaklaşık 3.000 Rum İstanbul'dan ayrılıyordu." (S. Meray, *Lozan Tutanakları*, 1. c., s.127, Lord Curzon'un verdiği bilgi)

78c) Türkler, Arnavutlar, Çerkezler, Kürtler vb.

Mütareke, Osmanlı diye bir millet, bir topluluk, bir yurttaşlar birliği olmadığını çok acı bir biçimde göstermişti. Türkler de kendi aralarında türlü öbeklere ayrılmışlardı.

79) *Nutuk*, 3. c., s.307, 263. belge.

79a) Refet Paşa 29 Ekimde, Tevfik Paşa'nın aracılığı sonucu Vahidettin'le konuşmuş, hükümetin istifa etmesini istemiş, Vahidettin kabul etmemiştir (Jaeschke, *Türk Kurtuluş Savaşı Kronolojisi II*, s.4, kaynak: Yüksek Komiser Rumbold'un 30 Ekim ve 7 Kasım günlü raporları).

80) Bu suçlamalarla ilgili belgeler, kaynaklar için: T.Ö., *Vahidettin, M. Kemal ve Milli Mücadele*, s.40, 220-224, 332, 341-342, 347-350, 367, 382-386, 386-397, 404-419, 434-439; *1881-1938 Atatürk, Kurtuluş Savaşı ve Cumhuriyet Kronolojisi*, s.117.

Bilal N. Şimşir, *İngiliz Belgelerinde*, 3. c., s.LVIII/245, LXIX/248, Sina Akşin İstanbul Hükümetleri, s.78 vd., 148 vd., 505.

Vahidettin ilk partici padişahtır. İttihat ve Terakki Partisi'nin düşmanı, Hürriyet ve İtilaf Partisi'nin yandaşıdır. Sırf İttihatçıları kötülemek için Ermeni kıyımı iddialarını kabul etmiştir (G. Jaeschke, *Kurtuluş Savaşı ile İlgili İngiliz Belgeleri*, s.4).

Tevfik Paşa ve hükümetlerinde yer alan bazı Nazırların genel tavrı şöyle özetlenebilir: Padişaha itiraz etmeye terbiyeleri, tam bağımsızlığı kavramaya anlayışları engeldir. Hele İngilizlere karşı durmak akıllarının ucundan bile geçmez. Yunanlılar yenildikçe sevinirler. Ama sonunda Ankara, Meclis'i ve hükümeti dağıtıp İstanbul yönetimine ve politikasına bağlanmalı, Osmanlı Devleti de Padişahı, yönetim tarzı ve bütün çağdışı kurumları ile yine eski usul sürmeli.

81) Rauf Bey bu sözleri Keçiören'de Refet Paşa'nın evindeki yemekte M. Kemal Paşa'ya söylemiş, Refet Paşa da benzer görüşte olduğunu açıklamıştı. Yemekte bulunan dördüncü kişi Ali Fuat Cebesoy'du. O Moskova'dan yeni döndüğünü ileri sürerek düşüncesini açıklamaktan kaçınmıştır (*Nutuk*, 2. c., s.181-181).

Olaylar cumhuriyete akarken bu gibi duygu ve düşüncelerin ne anlamı olur, ne de işlevi. Büyük kararları tarihin mantığı dikte eder. Rauf Bey bu aşamada hiç itirazsız M. Kemal Paşa'nın dediğini yapacak, hatta saltanatın kaldırıldığı günün bayram olarak kabul edilmesini önerecektir (*TBMM 1. Dönem Tutanak Dergisi*, 24. c., s.315).

82) *1. Devre Zabıt Ceridesi*, 24. c., s.291 (bu yazılı bir öneridir).

83) *1. Devre Zabıt Ceridesi*, 24. c., s.269-298.

Konuşmalar özleri korunarak özetlenmiştir. Meraklıların bugünle ilgili tutanağı okumalarını dilerim. Bir hükümdar ve yönetimi aleyhinde daha ağır konuşulamaz. Çoğunu yansıtmadım. Vahidettin'i ve yönetimini bir kişi bile savunmamıştır. Nasıl savunabilirdi ki? İstanbul yönetiminin rezilliklerini, hainliklerini bire bir yaşamış, görmüş, okumuş, günü gününe işitmiş, birçok olaya tanık olmuşlardı. O tarihte sahte tarihçiler, tarih yalancıları, uydurmacılar, tarih oyuncuları, çarpıtıcıları, sulandırıcıları, palavracıları daha ortada yoktu. Bunlar 1950'den sonra azar azar belireceklerdir.

83a) Trakya'nın hainleri de az değildir. Mesela 'Yunan yönetiminin devam etmesi için dua eden' Saray Mütftüsü bunlardan biridir (T. Bıyıklıoğlu, *Trakya'da Milli Mücadele*, 1. c., s.427). En ünlü hain, Edirneli gazeteci Neyir Mustafa'dır. Yunanistan'a geçmiş, Selanik'te Türkiye aleyhine *Hakikat* adlı bir gazete çıkarmıştır.

Trakya'ya kaçmış olan Bursalı, İzmitli, İstanbullu bazı hainler, eski isyancılar da Rumlarla birlikte Yunanistan'a gitmişlerdir (T. Bıyıklıoğlu, *a.g.e.*, s.456 vd.).

84) İlk Jandarma birliği İstanbul'a gelmiş, Sirkeci'de bekliyordu. Bir kafile de bu sabah Gemlik'te Akdeniz gemisine binmişti. İkinci kafile ertesi sabah Gülcemal gemisiyle Tekirdağ Ereğli'ye hareket edecekti. Sekiz bin jandarmanın bir an önce Trakya'ya geçmesine çalışılıyordu.

85) Afet İnan, *Atatürk Hakkında*, s.101.

86) Ulus Meydanı'nda, üç katlı, büyük bir binaydı. Meclis yemekhane ve yatakhanesinden başka, binada Milli Eğitim Bakanlığı ile Basın Yayın Genel Müdürlüğü de bulunuyordu. 1947 yılında yandı. Bu acı yangını Bankalar Caddesi'nin sağ kaldırımından seyreden talihsizlerden biriyim.

87) Paşa'nın özelliklerini bilenler için bu şaşılacak bir olgu değildi. En uzak olasılıklara bile hazırlıklı olurdu. Hiçbir olaya hazırlıksız yakalanmamıştır. Sürekli düşünen, okuyan, kendini yenileyen ve geliştiren bir aydındı.

Atatürk'ün çizerek, notlayarak, işaretler koyarak okuduğu kitap sayısı bir sayıma göre 3.997, bir sayıma göre 4.200'dür. Anıtkabir Derneği Atatürk'ün okuduğu kitapları 24 cilt halinde tanıtıp özetlemiş, işaret ettiği, notladığı yerleri belirtmiştir.

Anıtkabir Kütüphanesinde 2.151, Çankaya'daki kütüphanede 1.074 kitap vardır. Kalan kitaplar, İstanbul Üniversitesi Kütüphanesinde (102 adet) ve Samsun 19 Mayıs Üniversitesi Kütüphanesindedir (3 adet). Toplam 3.997.

88) Bu aşamada ve daha sonra hilafetin kaldırılacağı sırada, Atatürk'e padişahlığı, halifeliği üzerine alması için tekliflerde bulunulduğu biliniyor. Olayı böyle sembolik bir sahne ile anlattım (*Nutuk*, 2. c., s.302-303; Damar Arıkoğlu, *Hatıralarım*, s.344; M.E. Bozkurt, *Atatürk İhtilali*, s.325; K. Özalp, *Atatürk'ten Anılar*, s.27, 30).

89) *Atatürk'ün Bütün Eserleri*, 14. c., s.77-87.

90) *1. Devre Zabıt Ceridesi*, 24. c., s.300-312.

90a) Askerlerin sayısı ve Çorlu'ya geliş tarihi konusunda kaynaklarda değişik bilgiler yer alıyor. Ben resmi kurtuluş günü tarihine uydum.

91) Bu, Atatürk'ün ikinci ihtilalci jestidir. İlki şuydu: Başkomutanlık kanununun uzatılmaması üzerine, *"Düşman karşısında ordumuz başsız bırakılamazdı. Binaenaleyh bırakmadım, bırakamam ve bırakmayacağım"* demiş, uzun bir konuşma ile bu hareketinin gerekçelerini açıklamıştı. Meclis kanunu uzatmıştır (*Gizli Celse Zabıtları*, 3. c., s.334 vd.; *Nutuk*, 2. c., s.159-165).

Uzun, köklü, yoğun, dallı budaklı bir ihtilal süreci içinde bu iki ihtilalci jesti vardır, üçüncü bir jesti olmamıştır.

92) *Nutuk*, 2. c., s.186.

92a) Meclis Başkâtipliği memurlarından Hıfzı Veldet Velidedeoğlu not defterine bu ânı şöyle kaydetti: *"İşte 650 yıllık bir saltanat gözlerimin önünde böylece sona erdi ve tarihe gömüldü."* (*Devirden Devire*, 1. c., s.105).

93) *1. Devre Zabıt Ceridesi*, 24. c., s.313-316.

a) Konunun üzerinde durulmamasını, bir karar verilmemesini savunanlar (Bu yolla padişahlığın lağvedilmesini engellemeyi ümit edenler): Hüseyin Avni (Erzurum), Süleyman Necati (Erzurum), Selahattin Köseoğlu (Mersin), Dursun (Çorum), Arif (Konya), Neşet (Çankırı), Emin (Samsun), Ziya Hurşit (Lazistan), Edip (Batum), Kara Vasıf (Sivas), Mehmet Şükrü (Afyon), Nusret (Erzurum), Emin (Erzincan), Hakkı Hami (Sinop) (24. c., s.291).

b) Ortak komisyonun üyeleri: Müfit (Kırşehir), Yunus Nadi (Muğla), Hamit (Biga), Ragıp (Kütahya), Tahir (Isparta), Hamdi (Diyarbakır), Mehmet Şükrü (Afyon), Ali (İçel), Celal Nuri (Gelibolu), Refik (Konya), Sabit (Kayseri), Veliyüddin (Burdur), Ali Süruri (Şarki Karahisar), Mustafa Hulusi (Afyon), Mehmet Hasip (Maraş), Dr. Tevfik Rüştü (Muğla), İsmail Şükrü (Afyon), Hasan (Denizli), Mustafa (Ankara), Atıf (Ankara), Nusret (Erzurum), Behçet (Çankırı), Emin (Samsun).

94) Konak daha sonra aile tarafından otele çevrilmiştir: Eski Park Palas.

95) İki belgeden biri padişahlığın kaldırılması hakkındaki karardı, ikincisi Vahidettin'in yargılanıp cezalandırılması hakkındaki 306 sayılı Meclis kararıydı.

Vahidettin'in kaçmasının başlıca nedeninin 306 sayılı karar olduğunu sanıyorum.

96) Z. Sarıhan, *Kurtuluş Savaşı Günlüğü*, 4. c., s.796 vd.

96a) Karşıyaka'daki bu köşk Karşıyaka Belediyesinin gayretleri ile müze haline getirilmiştir. Başkan Cevat Durak'a, emeği geçenlere ve Deniz Süer'e teşekkür ederim.

97) G. Jaeschke, *Türk Kurtuluş Savaşı Kronolojisi 2*, s.7-8.

98) Meclis, Lozan kurulu üyelerinin Türkiye'nin onuruna ve milletlerarası görgü kurallarına uygun olarak giyinebilmeleri için her üyeye dolgunca bir ödenek vermişti. M. Kemal Paşa'nın İsmet Paşa'ya ayrıca özel olarak yardımda bulunduğunu tahmin ediyorum. İsmet Paşa'nın saygınlığını çok önemsemiştir.

98a) *İstiklal Harbi'nin Son Safhası*, s.117; Bakanlar Kurulu'nun Lozan delegelerine verdiği direktif 14 maddeden oluşmaktaydı. Elbette Müttefiklerin eline geçmemesi gereken çok gizli bir belgeydi.

99) *1. Devre Zabıt Ceridesi*, 24. c., s.347.

100) *1. Devre Zabıt Ceridesi*, 24. c., s.353, 373.

101) Türk-Kürt anlaşmazlığı yaratmak, Anadolu'yu bölmek, hiç olmazsa sorunlu bir bölge yapmak için güneyde ve İstanbul'da İngiliz, Suriye'de Ermeni çalışmaları sürmüştür. Ermeni çalışmalarına zamanla Yunanlılar da katılırlar (Hoybun örgütü). Türkiye birikmiş

sorunlarını çözmek için çırpınırken bunların, bazı Kürtleri çeşitli yöntemlerle kazanmayı başardıklarını göreceğiz.

101a) Celal Bayar, Zekai Apaydın, Zülfü Tiğrel, Prof. Veli Saltıkgil.

101b) İsmet İnönü diyor ki: *"Atatürk'ün cemiyet ile söyleşmek ve onunla iş görmek hevesi bu memlekette pahası ölçülemez iyilikler yapmıştır."* (Aktaran Afet İnan, *Atatürk Hakkında Hatıralar*, s.96)

101c) Bugünkü İstanbul Valiliği binası.

Refet Paşa'nın Türk çıkarlarını korumasını bir Fransız gazetesi 'Kemalist küstahlığı' diye niteleyecektir (*Lozan Telgrafları*, 1. c., s.129, *dip not). Kapitülasyoncu kafa böyleydi.

102) Z. Sarıhan, *Kurtuluş Savaşı Günlüğü*, 4. c., s.799; İ.H. Danişmend, *İzahlı Osmanlı Tarihi Kronolojisi*, 4. c., s.468; G. Jaeschke, *Türk Kurtuluş Savaşı Kronolojisi 2*, s.8; Şefik Okday, *Büyükbabam Son Sadrazam Ahmet Tevfik Paşa*, s.66.

Tevfik Paşa'nın 1921 Londra konferansında, söylentiye göre, Ankara temsilcilerini göstererek, güya 'sözü milletin hakiki ve meşru temsilcilerine bırakıyorum' dediği yaygın bir söylentidir. Bu nedenle de yurtsever diye anılır. Bu söylentinin gerçekle ilgisi yoktur. Doğrusu şu: Tevfik Paşa konferansta, İstanbul hükümetinin görüşlerini açıklamış, sözünü Ankara'nın da çağrılmasından şikâyet kokusu taşıyan şu cümle ile bitirmiştir (sadeleştirerek): *"Ankara Millet Meclisi tarafından seçilmiş ve o Meclis adına söz söylemeye yetkili temsilcileri davet ettiniz; size sunacakları önerileri açıklamaları için sözü kendilerine bırakıyorum."* (Konferans tutanağı, Ali Türkgeldi, *Mondros ve Mudanya Mütarerekeleri Tarihi*, s.137; *Bekir Sami Bey'in raporu, Atatürk'ün Dış Politikası*, 1. c., s.239)

O konferansa katılan Ankara temsilcilerinden biri de M. Esat Bozkurt'tur. M. Esat Bozkurt şöyle yazıyor: *"Milli heyet içinde bulunuyordum, İzmir mebusu sıfatıyla. Tevfik Paşa sözü milli heyete bırakmadı. O ihtiyar haliyle uzun uzun söyledi ve yalnız hilafet ve saltanat haklarını müdafaaya çalıştı. (..) Tevfik Paşa'nın esasen sözü Ankara'ya verdirmiş olması söz konusu edilemezdi. Çünkü konferansa Ankara'yı devletler davet ediyordu. Ankara oraya söz söylemek için gitmişti. Londra konferansında Tevfik Paşa'ya vatanperverlik hesabına düşen şey, memleketi, milleti hakkıyla temsil eden Ankara delegelerinin huzurunda sükût ederek çekilip gitmekti. Böyle büyük tarihi rolleri yapmak her yiğidin kârı değildir. Tevfik Paşa da yapamadı."* (*Türk İhtilalinde Vatan Müdafaası*, s.45) İşte bu masalın aslı bu. Tevfik Paşaların görevleri ve ödevleri, millet haklarını değil, saltanat haklarını korumak, isteklerini yapmaktır. Tersi hiç olmamıştır. Çünkü kendilerini milletin değil padişahın hizmetinde görüyorlardı. Ortaçağ sistemi budur.

103) 450 yıllık başkentin bir başkente yakışır düzeni, niteliği, temizliği, düzeyi yoktu. Pislik, çamur, çirkef, toz, kuralsızlık, bakımsızlık, sinek, köpek sürüleri içinde yüzüyordu. Kuşkuya düşenlere bu tarihlerde İstanbul Belediye Başkanlığı yapmış olan Operatör Cemil Paşa'nın anılarını okumalarını tavsiye ederim. Güzellik önce doğadaydı, sonra da halk ile zamanın birlikte oluşturduğu eski İstanbul köşelerindeydi ve İstanbul'un 450 yıllık bir süreç içinde oluşturduğu emsalsiz bir silueti vardı. Şimdi bunlar dönüşüm adı altında veya İstanbul'u Manhatten'a benzetme hevesiyle yok ediliyor.

103a) Ali Kemal Kars ve çevresinin Ermenilerden geri alınması amacıyla harekete geçildiği zaman Ermenileri tuttuğu için halk, adına bir Ermeni adı olan Artin'i eklemiş, Artin Kemal yapmıştı.

104) Gerçekten Nurettin Paşa'nın tertibidir (görgü tanığı Rahmi Apak, *70'lik Bir Subayın Hatıraları*, s.263); linç edenler askerler değil, İnzibat Yzb. Kel Sait'in topladığı ayak takımıdır (s.265); H. Himmetoğlu, *Kurtuluş Savaşı'nda İstanbul ve Yardımları*, 2. c., s.334 vd.; Asım Us, *1930-1950*, s.47-54.

Nurettin Paşa daha önce İzmir'de de Rum Ortodoks Metropoliti Hrisostomos'un linç edilmesi olayını tertip etmişti (Prof.Dr. Bilge Umar, *İzmir'de Yunanlıların Son Günleri*, s.308-319).

Nurettin Paşa'nın Vahidettin'i de İstanbul'dan kaçırtıp 'cezasını vermeyi' düşündüğü anlaşılıyor (Y. Kemal, *Siyasi ve Edebi Portreler*, s.98).

105) G. Jaeschke, *Kurtuluş Savaşı ile İlgili İngiliz Belgeleri*, s.248, İ.M.K. İnal, *Son Sadrazamlar*, 4. c., s.2058.

106) Bu sefillerin İngilizlere sığınmalarını en ayrıntılı biçimde yine içlerinden biri, Refik Halit Karay anlatmıştır: *Minelbab İlelmihrap*,

s.213 vd.; otomobillerle elçiliğe getirtme, s.224; ayrıca Rıza Tevfik, *Biraz da Ben Konuşayım*, s.245 vd.

Sığınanların sayısı 180'i geçmişti (Nurşen Mazıcı, *Atatürk Döneminde Muhalefet*, s.139).

Ermeni Patriği Zaven Efendi de İngilizlerin yardımıyla İstanbul'dan kaçar. Suçlular telaşlarından belli oluyor (S.N. Sonyel, *Gizli Belgelerle Lozan Konferansı'nın Perde Arkası*, s.62, dipnot 191).

107) Vahidettin İngilizlere, mümkünmüş gibi, muzaffer Ankara yönetimini tanımamalarını, İstanbul'un Ankara yönetime bağlanmasını da kabul etmemelerini telkin etmeye çalışıyor. İstanbul ne olacak? İngiliz yönetiminde mi kalacak? Sonra Vahidettin yeniden tahtına mı oturacak? Bu nasıl gerçekleşecek? Müttefikler savaş ilan edip Ankara yönetimini, ordusuyla birlikte silip süpürecekler ve Vahidettin'e tahtını ve başkentini geri mi verecekler?

Sahte tarihçilerimizin İstiklal Savaşı'nı planladığını filan iddia ettikleri Vahidettin'in kaçmadan önceki son görüşleri böyle. Bu tarz sahneleri ben uydurmuyorum. Her isteyenin görüp inceleyebileceği belgelerde bulunan bilgileri dürüstçe, değiştirmeden aktarıyorum. Bu sahnenin bilgilerini aldığım belge 108. dipnotta açıklanmaktadır.

İlerde Vahidettin'in başka şaşırtıcı davranışlarını da göreceğiz.

Bu belgeleri yok sayarak yargıda bulunmak ne tarihçiliğe yakışır, ne aydın olmaya. Gerçek tarihçi de aydın da gerçeğe saygılı olur. Olmayanlara ne tarihçi denilebilir, ne de aydın.

108) İngilizlerin Padişahı koruyacakları hakkında söz ve güvence vermeleri ve bunu birkaç kez doğrulamaları için: T.Ö., *Vahidettin, M. Kemal ve Milli Mücadele*, s.62-64 (çeşitli kaynaklardan derlenmiş belgeler).

109) G. Jaeschke, *Kurtuluş Savaşı ile İlgili İngiliz Belgeleri*, s.248-249 (Corresp. Turkey II, No. 547); belge Sir H. Rumbold'un Lord Curzon'a yolladığı, bu görüşmenin ayrıntılarını bildiren rapordur. Açıklık getirmek için Rumbold'un konuşmasına Mısır hakkında küçük bir açıklama ekledim. Gelecek olaylara hazırlık olmak üzere Malta sözcüğü de benim eklememdir.

109a) İşgalcilerin telgraflar üzerindeki sansürü 11 Kasımda, basın üzerindeki sansurü 19 Kasımda kalkacak. İşgal yönetimi giderek sembolikleşecektir.

109b) *Hayat Tarih Mecmuası*, Şemsettin Kutlu'nun "Ali Kemal" dizisi, s.69-73, Mart 1971.

110) Z. Sarıhan, *Kurtuluş Savaşı Günlüğü*, 4. c., s.813; haberi biraz süsledim.

110a) Tütüncübaşı Şükrü Anlatıyor, *Vahdeddin'in Son Günleri*, s.26 vd.

111) 36. ve sonuncu Padişah Vahidettin kaçarken yanına hazineye ait bir şey almamıştır. Kendine ait para ve değerli taşları götürmüştür. Bu konuda geniş ve belgeli bilgi için: T.Ö., *Vahidettin, M. Kemal ve Milli Mücadele*, s.49 vd.

112) U. Kocatürk, *Atatürk ve Türkiye Cumhuriyeti Tarihi Kronolojisi*, s.365; G. Jaeschke, *Türk Kurtuluş Savaşı Kronolojisi II*, s.10; bazı kaynaklarda kurulun İstanbul'dan hareket tarihi 8 Kasım olarak verilmektedir.

Kurul: Delegeler: İsmet Paşa, Rıza Nur, Hasan Saka; Danışmanlar ve Uzmanlar: Muhtar Çilli, Veli Saltık, Zühtü Tiğrel, Zekai Apaydın, Celal Bayar, Münir Ertegün, Şefik Başman, Seniyettin Başak, Şevket Doruker, Tevfik Bıyıklıoğlu, Tahir Taner, Nusret Metya, Hikmet Bayur, Zühtü İnhan, Fuat Ağralı, Mustafa Şeref Özkan, Şükrü Kaya, Hamit Hasancan, Hayim Naum (daha sonra Baha Bey, eski Maliye Nazarı Cavit Bey); Basın Danışmanları: Ruşen Eşref Ünaydın, Yahya Kemal Beyatlı; Genel Sekreter: Reşit Saffet Atabinen; Mütercim ve Kâtipler: Hüseyin Pektaş, Ali Türkgeldi, Mehmet Ali Balin, Cevat Açıkalın, Saffet Şav, Süleyman Saip Kıran, Rıfat, Dr. Nihat Reşat Belger; İsmet Paşa'nın Yaverleri: Binbaşı Atıf Esenbel, Binbaşı Sabri Bey.

Kurulda on askerden kurulu bir koruma ekibi de var.

113) Bu tarihteki bazı fiyatlar: Beyaz un 25, patates 11-14, toz şeker 51, Hollanda küp şeker 65, tereyağı 160, gazyağı 24, tuz 10, koyun eti 82, süt 28 kuruş (Z. Sarıhan, *Kurtuluş Savaşı Günlüğü*, 4. c., s.817).

114) Refik Halit Karay'ın *Minelbab İlelmihrap* ve *Bir Ömür Boyunca* adlı anılarında ne utanç, ne özür, ne pişmanlık, ne alttan alma vardır. Tam bir pişkinlik içinde yaptığı pislikleri anlatır.
Bugün Bediizzaman Molla Sait Efendi dinleyici locasından Meclis görüşmelerini izlemiş, altı Bitlis, Muş, Siirt milletvekili kendisinin selamlanmasını, Rasih Hoca da kürsüye gelip dua etmesini istemiştir. Zabıtta bunların uygulandığı hakkında bir bilgi yer almıyor. Zabt-ı sabık hülasasında, 'hoş geldiniz' denildiği yazılı. Bunun nasıl yerine getirildiği hakkında açıklama yok. Başkan 'hoş geldiniz' demiş olmalı. Kürsüye gelip dua okumamıştır. Bunun uygun görülmediği anlaşılıyor. Bu konuda sahte tarihlerde türlü ayrıntılar yer alıyor. Belgelere göre durum bu, ötesi masal (*1. Devre Zabıt Ceridesi*, 24. c., s.439, 451).

115) Z. Sarıhan, *Kurtuluş Savaşı Günlüğü*, 4. c., s.819

116) Tevfik Paşa Sakarya zaferinden 6 gün sonra, 19 Eylül 1921 günü Nazırlar Kurulunda, 'Yunanlıların Anadolu'yu boşaltmaları karşılığında Trakya'nın Yunanistan'a bırakılması düşüncesini' savunmuştur (B.N. Şimşir, *Sakarya'dan İzmir'e*, s.259).

117) *İstiklal Harbinin Son Safhası*, s.118.

118) Z. Sarıhan, *Kurtuluş Savaşı Günlüğü*, 4. c., 655'ten başlayarak aylarca her gün, bu tür kutlamalar sürmüştür. Günlükte hepsi hakkında bilgi var. Mazlumlar dünyası ayakta. Emperyalizm panikte.

İkinci Bölüm notları

1) İ. İnönü, *Hatıralar*, 2. c., s.50.
2) B.N. Şimşir, *Lozan Telgrafları*, 1. c., s.103; İ. İnönü anılarında Lozan'a 11 Kasımda ulaştıklarını açıklıyor. *Hatıralar*, 2. c., s.49; başka kaynaklarda da tarihler bakımından farklılıklar var. Ben çok dikkatli bir araştırmacı olan Sayın Bilâl N. Şimşir'in verdiği tarihleri esas alıyorum.
2a) Lozan'da hayli Yunanlı, Ermeni ve Yahudi vardı. Yahudiler dostluk göstermişlerdir (*Lozan Telgrafları*, 1. c., s.198). Türk kurulunun ciddiliği, dikkati ve davasını da çok etkili savunması İsviçrelileri de etkilemiş, bunun sonucu olarak Türkiye'nin Dostları İsviçre Derneği kurulmuştur (*Lozan Telgrafları*, 1. c., s.240, dipnot).
2b) İsmail Safa Bey'den önceki Eğitim Bakanı Vehbi Bey 20 Şubat 1921'de bir genelge yayımlayarak, 'milletin bu yüzyıla kadar cahil kalmasından' –yeteri kadar okul açmayan, öğretmen yetiştirmeyen, eğitim yöntemlerini geliştirmeyen, halk eğitimi diye bir düşünceye sahip olmayan yönetimi değil– öğretmenleri sorumlu tutmuştur (İ.H. Tonguç, *İlköğretim Kavramı*, s.226).
3) Ali Naci Karacan, *Lozan*, s.85 vd.; bazı cümleler eklenerek ve özetlenerek.
4) Sevr Andlaşması'nı imzalayanlar: Hadi Paşa, Rıza Tevfik, Reşat Halis Bey.
5) Lozan için esas olarak *Lozan Tutanakları*, İ. İnönü'nün anıları, Cemil Birsel'in *Lozan* adlı incelemesi, Ali Naci Karacan'ın *Lozan* adlı eseri, B.N. Şimşir'in *Lozan Telgrafları*, Seha Meray'ın *Lozan Tutanakları* ve genel olarak kaynakçada bu konuyla ilgili olarak yer alan eserlerden yararlanılmıştır. Ancak önemli noktalarda dipnot verilecektir.
Sevgili gençler! Mudanya'da olduğu gibi burada da karşılaştığımız anlayışı, tutumu, yöntemleri, büyük devletlerin üslubunu, bakışını, oyunlarını bilmeniz için Lozan'ı oldukça geniş anlattım. Türkiye nasıl kuruldu, bunu hepimiz çok iyi bilmeliyiz.
5a) M. Llewellyn Smith, *Anadolu Üzerindeki Göz*, s.352.
6) *İstiklal Harbinin Son Safhası*, s.122.

7) David Walder, s.385; savaşçı Churchill de seçimi kaybetmişti.

8) S.R. Sonyel, *Türk Kurtuluş Savaşı ve Dış Politika*, 2. c., s.291, 299-301, TTK, Ankara, 1986.

9) Zeki, Vahidettin'i terk edip saraydan kaçan eşi veya odalığı İnşirah Hanım'ın kardeşidir. Saray Hademeleri ve Mızıkası Komutanıdır. Zeki hakkında bilgiler ve kaynaklar: T.Ö., *Vahidettin, M. Kemal ve Milli Mücadele*, s.77.
Hademeler ile müzisyenleri bir birimde toplayan kafaya ne demeli?
Yılmaz Çetiner adlı gazeteci de *Vahdettin* adlı kitabında bu Zeki ile İstiklal Marşımızın bestecisi önemli müzik adamı Zeki Üngör'ü birbirine karıştırmıştır. Ya bu kafaya ne demeli?

10) Vahidettin'in başvuru yazısı hakkında kaynaklar: T. Bıyıklıoğlu, *Atatürk Anadolu'da*, s.49, TTK, 1958; Tim Harrington, *Looks Back*, s.125, London, 1940; B.N. Şimşir, "Vahidettin'in Kaçışı ve Sonu", *Cumhuriyet* gazetesi, 27 Kasım 1973 (1. bölüm), belgenin arşiv künyesi, FO 371/7962.
Tarık Mümtaz Göztepe, *Vahdettin Gurbet Cehenneminde* adlı kitabının 16. sayfasında uyduruk bir yazıyı Vahidettin'in başvuru yazısı diye yayımlamıştır. Yılmaz Çetiner gibi yazarlar bu uyduruk mektubu gerçek mektup diye kitaplarına alıyorlar. Yakın tarihimizi yalancılar ve bilgisizler birlikte çarpıtıyorlar.

10a) Nevzat Vahdettin, *Yıldız'dan San Remo'ya*, s.15.

11) İçinde kaç altın olduğu tartışmalıdır. 20.000 altın diyen de var (152 kilo eder, Dr. Reşat Paşa nasıl taşısın, küçük çantaya bu kadar para nasıl sığsın?), 50.000 kâğıt para diyen de. Ben Tütüncübaşı Şükrü Bey'in açıklamasının doğruya yakın olduğunu düşünüyorum: Çantada 3.000 altın, bir İngiliz bankasındaki hesabında da 20.000 altın (*Yakın Tarihimiz*, 3. c., s.388; *Tütüncübaşı Şükrü Anlatıyor, Vahdeddin'in Son Günleri*, s.31-32).
Mücevherler Vahidettin'e ait kişisel mücevherlerdir. Tütüncübaşı Şükrü Vahidettin'in, hazineye ait, cildi elmaslarla süslü çok değerli, satılırsa çok para getirecek bir Kuran'ı almayı unuttuğu için çok üzüldüğünü iddia ediyor (s.32).

12) Vahidettin'in kaçısı hakkındaki kaynaklar: N. Hakkı Uluğ, *Halifeliğin Sonu* (bu kitapta Ryan'ın, General Harrington'un, Başkâtip Rıfat Bey'in, İkinci Mabeynci Salim Bey'in anıları var) s.75 vd.; B.N. Şimşir, "Vahidettin'in Kaçışı ve Sonu" (Yüksek Komiserlik tercümanı Mattews'ın Vahidettin'in kaçışı ile ilgili ayrıntılı notları var), *Cumhuriyet* gazetesi, 27 Kasım 1973 (1. bölüm); Padişahın Denizci Yaveri Yüzbaşı Fahri Bey'in (Engin) anıları, *Yakın Tarihimiz*, 3. c., s.385 vd.; Tütüncübaşı Şükrü Bey'in Anıları, *Yakın Tarihimiz*, 3. c., s.388 vd. (Bu anılar kitap olarak da çıkmıştır: *Tütüncübaşı Şükrü Anlatıyor, Vahdeddin'in Son Günleri*, Yağmur Yayınları, İstanbul, 2007); Murat Bardakçı, *Şahbaba*, s.252-255.

Kaçışla ilgili tanıklar, belgeler, güvenilir bilgiler bunlar.

Bu konuda da birçok masal, yakıştırma, çarpıtma var. Bunlar için: T.Ö., *Vahidettin, M. Kemal ve Milli Mücadele*, s.61-66.

Kaçıştan sonrası hakkında kaynaklar ayrıca verilecek.

Vahidettin'le birlikte gidenler: Oğlu Ertuğrul, Başmabeynci Ömer Yaver Paşa, özel doktoru Reşat Paşa, Hademe ve Mızıka Komutanı Yarbay Zeki, Seccadecibaşı İbrahim Bey, Esvapçıbaşı Küçük İbrahim Bey, Tütüncübaşı Şükrü Bey, Berberbaşı Mahmut Bey, 2. Musahip Mazhar Ağa, 3. Musahip Hayrettin Ağa (10 kişi).

13) Kaçış planı, aşamaları, ayrıntıları General Harrington'un anılarından alınmıştır (N.H. Uluğ, *Halifeliğin Sonu*, s.80-81). General Harrington Vahidettin'i nerede beklediğini açıklamıyor. Duruma ve bazı anılara göre Tophane'den çok Kabataş olması daha doğru görünüyor.

Kaçış ile ilgili düzmece hikâyeler var. Ne uğurlamak için okullar gelmiş (böyle komik masallar var), ne Malaya zırhlısında top atışlarıyla karşılanmıştır (böyle masallar da var).

Vahidettin'in kaçtığını öğrenen saray görevlileri olay kendiliğinden anlaşılsın diye öğle namazına kadar sustular. "Halifemiz yargılanmamak için kaçtı" diyemediler.

14) N.H. Uluğ, *Halifeliğin Sonu*, s.82-83 (Refet Paşa'nın anıları).

14a) Vahidettin'in hainliği, tarihçilerin, yazarların bir iddiası, yakıştırması, iftirası değildir. Öncelikle Türkiye Büyük Millet Meclisi'nin kararıdır (karar sayısı 306, 308 ve bildiri). Bu niteleme, Türk ve yabancı belgelere, tanıklara, olayların akışına, bizzat Vahidettin'in beyannamesine, kısacası yaşanılan hayata ve dürüst tarihe uygundur. Doğru ve gerçektir. Keşke son padişah böyle olmasaydı da böyle nitelenmesiydi. İşgal başlayınca ya karşı koysaydı, ya şerefiyle bir kenara çekilseydi. Şimdi kendisini saygı ile anıyor olsaydık.

Yazık ki çok şaşırtıcı, karanlık, affedilmez işler yaptı. Tarihe, TBMM'nin kararı ve bütün belgelerin doğrulamasıyla 'hain' olarak geçti.

Bazı sahte tarihçiler ile hanedan dostları, bazı gelenekçi yazarlar, Vahidettin'e haksızlık edildiğini ileri sürerek, onu 'milli mücadeleyi planlayan, başlatan, kadri bilinmemiş bir kahraman, yurtsever' olarak tanıtmaya çalışıyorlar. Bu iddiaların hiçbir gerçek, doğru, tutarlı, belgeli bir yanı yoktur. Baştan aşağı uydurmadır, masaldır, çok naiv bir yakıştırmadır. Bu hiçbir dayanağı olmayan yalanlara inananlar arasında bazı aydınların, öğretmenlerin, yazarların bulunuyor olması beni çok şaşırtıyor, geleceğimiz bakımından ürkütüyor. Demek ki o dönem hakkında doğru bir yargıda bulunabilecek kadar bilgi sahibi değiller. Ne düşündürücü bir bilgisizlik. Yalana dayalı bir geleceğe doğru gidiyor gibiyiz. Yalana dayalı bir düzen yaşar mı, ne kadar yaşar?

Vahidettin'in tutumu, siyaseti ve gizli ilişkileri hakkında belgeli, tanıklı, doğru ve gerçek bilgi edinmek isteyenlere Prof.Dr. Sina Akşin'in *İstanbul Hükümetleri ve Milli Mücadele* adlı çok önemli kitabını tavsiye ederim. Türkiye İş Bankası yayınıdır. Benim *Vahidettin, M. Kemal ve Milli Mücadele* adlı, yakın tarihimiz hakkındaki yalanları, yanlışları ve bunların yanıtlarını içeren kitabımı da bağışlanmamı dileyerek tavsiye edeceğim. Çünkü henüz böyle kapsamlı bir çalışma yok. Olursa onu tavsiye ederim.

Bu kitapları okumayan Vahidettin hakkında konuşmamalı. Çünkü konuşanın bilgi yetersizliği hemen sırıtıyor.

14b) M. Kemal Paşa'nın Refet Paşa'ya verdiği emir özellikle Mukaddes Emanetlerin koruma altına alınması ve görüşünü almak üzere Abdülmecit Efendi'yle bir ön konuşma yapması hakkındadır.

15) *1. Devre Zabıt Ceridesi*, 24. c., s.562-566; *Gizli Celse Zabıtları*, 3. c., s.1042-1064. Görüşmeler konuşmaların özü korunarak özetlenmiş ve dil sadeleştirilmiştir.

16) *Tütüncübaşı Şükrü Anlatıyor, Vahdeddin'in Son Günleri*, s.34.

16a) *Atatürk Devri Fikir Hayatı*, 1. c., s.52 vd.

16b) S.R. Sonyel, *Türk Kurtuluş Savaşı ve Dış Politika*, 2. c., s.300.

17) Türk gazeteciler: *İkdam* gazetesi sahibi Ahmet Cevdet Bey, *Tanin*'den Hüseyin Cahit Yalçın, *Vakit* gazetesinden Ahmet Şükrü Esmer, Ali Naci Karacan vb.

17a) Zekeriya Sertel, *Hatırladıklarım*, s.103.

17b) Osman Öndeş, "Vahideddin Malta'da", *Hayat Tarih Mecmuası*, Mart 1971, s.34-38; *Tütüncübaşı Şükrü Anlatıyor, Vahdeddin'in Son Günleri*, s.34.

18) Ege ve Doğu Trakya sorunu şöyle özetlenebilir: Rumlar yüzlerce yıldır Anadolu'da ve Trakya'da Türklerle uyum içinde yaşayorlardı. Ekonomi, eğitim, yaşayış kalitesi bakımdan Türklerden daha iyi durumdaydılar. Enosisçiler, megali ideacılar, Venizelosçular, papazlar Rumları Ege'nin, Doğu Trakya'nın, hatta İstanbul'un Yunanistan'ın olacağına inandırdılar. Büyük Yunanistan kurulacaktı. Bu propaganda ve inanış yüzünden Rumların önemli bir kısmı, Yunan ordusu gelince ve yayılmaya başlayınca, şımardı, azdı, komşuluğa da, toprak kardeşliğine de aykırı, kirli işler yaptı. Bu konudaki acı ayrıntıları açıklayan yerli yabancı birçok eser, resmi rapor var. Suçlu olmasalar kendiliklerinden kaçan ordunun peşine takılıp da arkalarında kanlı izler, küller, yıkıntılar, acı anılar bırakarak İzmir'e, Tekirdağ'a, limanı olan kıyı kasabalarına, Meriç ötesine kaçarlar mıydı?

Doğrusu şu ki Türkün yüzüne bakacak halleri yoktu artık. İzmir'de ve küçük limanlarda toplanmışlardı. Parça parça Yunanistan'a göç ediyorlardı. Göçmek için gemi bekleyen daha birçok Rum vardı Ege'de.

19) Ali Fuat Cebesoy, *Siyasi Hatıralar*'ında, bu konuşmayı eleştiriyor, 'teşekkürle yetinse, eleştiri yapmasaydı' diyor. Son dönem boynu bükük, ezik Osmanlı diplomasisinin etkisi Ali Fuat Paşa'da da sürüyor. Bu korkak, çekingen anlayış Osmanlının son zamanlarının

ürünüdür. Cumhuriyet döneminde bu dış politika üslubu ve davranışı değişecektir. Ama giderek korkak, pısırık, nanemolla üslup yine yeşermeye başlayacaktır. Milli çıkarları kollayan, düzeyli, onurlu, ilkeli, açık sözlü ama gerekli üslup inceliğini de koruyan diplomasi, bağımsızlığın ve çağın gereğidir.

20) Bugün akşam üzeri Lord Curzon İsmet Paşa'yı, daha yakından tanımak için, özel görüşmeye davet etti. İsmet Paşa Lord Curzon'un da karşılık olarak ziyarete geleceği güvencesi verilince, davete uydu ve Lord Curzon'u ziyaret etti. Ertesi gün de Lord Curzon İsmet Paşa'yı ziyaret etti. Genel konular konuşuldu. İsmet Paşa bu konuşmaları, 'fırtınadan önceki tatlı yel' diye niteleyerek rapor etti. İsmet Paşa ilk günlerde tercüman kullanıyordu. Zamanla tercümanı bırakacaktır.

20a) Lord Curzon boşuna korkuyordu. Kapitülasyon ve borçlar konusu nedeniyle dostluğun yerini bencillik, sömürücülük, çıkarcılık alacaktır.

20b) Hikmet Uluğbay, *İmparatorluktan Cumhuriyete Metropolitik*, s.225-273, 275-347; bu bölümlerde Musul, petrol, İngiliz siyaseti, Lord Curzon'un durumu gibi konularda çok önemli bilgiler yer almaktadır.

21) Konferans üyeleri: Türkiye, İngiltere (Lord Curzon, Sir H. Rumbold), Fransa (M. Barere, M.Bompard), İtalya (Marki Garroni, S. Montagna), Japonya, Yunanistan (Venizelos, Kaklamanos), Romanya, Sırp-Hırvat-Sloven devleti, gözlemci olarak ABD (Mr. Child ABD Roma Büyükelçisi, Mr. Joseph C. Grew Bern Büyükelçisi). Bunlar her oturuma katılacak üyeler. Bazı devletler ise kendilerini ilgilendiren konularda konferansa katılacaklar: Rusya, Bulgaristan, Belçika, Portekiz.

M. Massigli deneyli, bilgili bir diplomattı. İkinci Dünya Savaşı sırasında Ankara'da Fransa Büyükelçisi olarak bulunacaktır.

Görüşme dili İngilizce Fransızca kabul edilmişti. İsmet Paşa Türkçenin de kabul edilmesini istemiş, reddedilmişti. İsmet İnönü ilk gün bilerek kural dışına çıkıp Türkçe konuşmuş, Nihat Reşat Belger ânında Fransızcaya çevirmiştir.

22) Birçok yazarın yazısının bulunduğu *Yaşayan Lozan*'da, Prof.Dr. Ömer Kürkçüoğlu-Doç.Dr. Çağrı Erhan, *Lozan Gelişmeleri,* s.52; 70. Yılında Lozan Barış Andlaşması Uluslararası Seminer, Keith Jeffey ve Alan Sharp, *Lord Curzon ve 1922-23 Lozan Konferansında Gizli İstihbaratın Kullanımı,* s.146, İnönü Vakfı Yayını, Ankara, 1994; S.R. Sonyel, *Gizli Belgelerle Lozan Konferansı'nın Perde Arkası,* s 45, 53.

Türkler bazı telgrafların çözüldüğünden kuşkulanınca sürekli şifre anahtarı değiştirmiş, bazı önemli yazıları da kuryeler ile ulaştırmışlardır. *Lozan Telgrafları*'nda bu konuda birçok not var; Bilâl N. Şimşir'den aktararak S.R. Sonyel, *Gizli Belgelerle Lozan Konferansı'nın Perde Arkası,* s.53, dipnot 161.

23) 22 Kasım 1922 günlü, 16 sayılı telgraf, *Lozan Telgrafları,* 1. c., s.119.

24) Lozan Konferansı yedi ay süren çok ayrıntılı, uzun, karmaşık, karışık, birçok sorunun ele alındığı bir toplantı. Tümünü eksiksiz yansıtmak bu kitabın amacını aşıyor. Lozan'da üç ana komisyonda ve birçok alt komisyonda görüşülen başlıca konular şunlardır: Türkiye'nin sınırları, Boğazlar sorunu, kapitülasyonlar, Osmanlı borçları, vakıflar, azınlıklar, Musul, vergi rejimi, ticaret rejimi, gümrük tarifeleri, kabotaj rejimi, adalet rejimi, din ve hayır kurumları, eğitim kurumları, arkeolojik araştırmalar, uyrukluk sorunu, ulaştırma ve haberleşme sorunları, sağlık işleri, sigorta işleri, fikri ve sınai haklar, genel af, Patrikhane, Gelibolu'daki İngiliz ve Fransız mezarlıkları, adalar sorunu, nüfus mübadelesi, tutsakların değişimi vb.

Bu nedenle Lozan'ı ana çizgileri ve önemli sahneleriyle özetleyerek yansıtacağım. Özetlerken bazı olayları birleştiriyorum.

24a) Karaağaç sahnesi için: A.N. Karacan, *Lozan,* s.123-124; ayrıca, *Lozan Tutanakları,* 1. c., s.44; Karaağaç sorunu görüşmelerin son döneminde bir çözüme bağlanacak, Türkiye'ye verilecektir.

T. Bıyıklıoğlu özetle, 'Mudanya görüşmeleri hakkında tutanak yoktur' diyor (*Trakya'da Milli Mücadale,* s.550, dipnot 116); oysa Ali Türkgeldi'nin *Mondros ve Mudanya Mütarekelerinin Tarihi* adlı eseri, görüşme tutanaklarına ve görüşmeler sırasında sunulup tutanağa eklenmiş resmi belgelere dayanmaktadır. Bu eserin 166. ve 168. sayfalarında Karaağaç'a ilişkin tutanaklardan aktarma bilgiler ve belgeler yer almaktadır. 174. sayfada General Harrington'un 6. Toplantının açılışında yaptığı konuşmanın metni var. General Karaağaç'ı açıkça vaadediyor. Yazar bu metni 'Fransızca tutanaktan' aldığı hakkında not düşmüş. Yani generallerin Karaağaç'ı Türklere vaadettiklerini gösteren tutanaklar vardır. Fransızca tutulmuştur. Tutanaklar olmasa Ali Türkgeldi'nin kitabı yazılamazdı.

24b) *Lozan Telgrafları*, 1. c., s.230-231, Rauf Bey'in telgrafı.

25) Emperyalizm sömürgeleri, insanları böyle düşündürerek ve böyle düşünenlerin yardımıyla yönetiyordu. Böylece insanı insan yapan yurttaşlık, yurtseverlik, onur, bağımsızlık, özgürlük gibi erdemlerden koparıyordu.
Bu konuda en belirgin örnek Damat Ferit ve takımıdır. Tıpkı böyle düşünüyorlardı. Bu hasta, dine aykırı anlayışın kökü kurumamıştır.

26) *Devrin Yazarlarının Kalemiyle Milli Mücadele ve Gazi Mustafa Kemal*, 2. c., s.1100 vd., Ali Sedat'ın yazısı, 27 Ekim 1922, *Tanin* gazetesi; Çanakkale ve Gelibolu da teslim alındı. Doğu Trakya'nın devir ve teslimi 30 Kasımda tamamlandı.

27) M. Llewellyn Smith, *Anadolu Üzerindeki Göz*, s.352 vd.
Papulas aklanmış, Stratigos kısa süre için hapse atılmış, General Prens Andreas da rütbesi alınarak hapse mahkûm edilmişti. İngiliz Krallık ailesiyle akrabalığı dolayısıyla İngilizler General Andreas'ı cuntanın göz yumması ile İngiltere'ye kaçırdılar. Andreas, bugünkü Kraliçenin eşi Philip'in babasıdır.
Atatürk, Yunan ordusu Başkomutanı tutsak General Trikupis'i Yunanistan yatışana kadar geri vermemiş, ancak Trikupis için bir hayat tehlikesi kalmayınca geri yollamıştır. Trikupis her Cumhuriyet bayramında Türk Büyükelçiliğini ziyaret etmiş, Atatürk'ü minnet ve saygıyla anmıştır.
Papulas 1935'te bir darbe girişimine katıldığı için idam edilecektir. Papulas, Statigos ve Andreas anılarını yazmışlardır. *Şu Çılgın Türkler*'de üçünün anılarından da yararlanılmıştır.

28) Şeref Aykut, *Kemalizm*, s.82.

misiniz?" M. Kemal Paşa bu öneriyi kabul eder (*1. Devre Zabıt Ceridesi*, 27. c., s.173 vd.).

İzmir'de İktisat Kongresi'nin toplanması için hazırlıklara başlanılır.

Milli Ticaret Birliği dış ticaretle ilgili kongre yapmayı erteler.

Bu ayrıntıları şunun için veriyorum. Bir sayın bilim adamımız, bir açıkoturumda diyor ki: "İzmir İktisat Kongresi aslında İstanbul Ticaret Odası'nın, yani ticaret çevrelerinin M. Kemal ve arkadaşlarından kurtulmak için organize etmeye çalıştığı bir toplantının mahiyetinin anlaşılarak, daha sonra M. Kemal ve arkadaşları tarafından organize edilmiş şeklidir." (*Dünden Yarına Atatürk ve Atatürkçülük*, s.22, A.Ü. Siyasal Bilgiler Fakültesi Yayını, Ankara, 2007)

Bu yorumu doğrulayan hiçbir bilgi yok. O tarihte İstanbul Ticaret Odası felç. Toplanamıyor bile. Bir toplantı, hele M. Kemal ve arkadaşlarından kurtulmayı hedefleyen bir toplantı yapacak durumda, güçte, nitelikte değil (Gündüz Ökçün, *Türkiye İktisat Kongresi*, s.94-100). Sayın bilim adamının sözünü ettiği toplantının Milli Ticaret Birliği'nin düşündügü dış ticaret toplantısı olduğunu sanıyorum. İktisat Kongresi ile ilgili hazırlıkların başlangıcı, İstanbul'daki bu toplantının düşünülmesinden öncedir. Tarihleri belirttim. Kısacası, İzmir İktisat Kongresi, İstanbul'da düşünülen toplantının 'M. Kemal ve arkadaşları tarafından organize edilmiş şekli' değildir.

Bazı yazarlarımız İzmir İktisat Kongresi'ni Lozan görüşmeleri ile ilişkilendiriyorlar. Tarihler bu yaklaşımı da doğrulamıyor. Kongre yoluyla yabancı sermayeye şirin görünmek istendiği doğrultusunda yorumlar da var. Bu iddia da Kongre kararları ile uyuşmuyor.

İzmir İktisat Kongresi nedensiz, gereksiz bir toplantı değil ki böyle yorumlar yapılıyor. Yıkıntı içinde, yoksul, geri bir ülke devralınmıştır. Devlet ellerini kavuşturup oturacak, iktisadın kendi kendine düzelmesini mi bekleyecekti?

Gerçeği makulde aramalıyız.

36) Müttefiklerin temel görüşü Boğazların yalnız ticaret gemilerine değil, savaş gemilerine de sınırsız ve sürekli açık olmasıydı.

36a) *Atatürk'ün Bütün Eserleri*, 14. c., s.170-172 (özetlenmiştir).

37) İ. İnönü, *Hatıralar*, 2. c., s.80-81 (konuşma özetlenmiştir); Noradunkyan Efendi birkaç kez gelmiş fakat İsmet Paşa bir daha kabul etmemiştir.
Bunlar Türkiye'nin doğusundaki Sovyet Ermenistanı'ndaki yönetimi kabul etmeyen Ermenilerdi. Türkiye ve Sovyet Ermenistanı 1921 yılında Kars Barış Andlaşması ile her konuda anlaşmış, barış düzenine geçmişlerdi. Aralarında bir sorun yoktu. Ne kadar dost olunduğunu ilerde göreceğiz. Dostluğun bozulması, sınırın kapanması vb. çok sonradır.

37a) Bu yolla, Türkiye'de oluştuğunu gördükleri birliği, millet olmaya gidişi, çeşitli azınlık grupları yaratarak engellemek, Türkiye'yi parçalı bohçaya çevirmek istiyorlardı. Bu yöntemi şimdi de kullanıyorlar. Ayının kırk türküsü varmış kırkı da ahlat üzerineymiş. Batının da Türkiye için oluşturduğu oyunlar hep aynı. Tarih bilen bu oyunlara gelmez. Bilmeyen kanar.

38) İ. İnönü, *Hatıralar*, 2. c., s.79.
Lord Curzon bu sahneyi eşine yazdığı mektupta şöyle anlatıyor: *"Türkler dayanılmaz bir durumdalar. Dün İsmet, azınlıklar sorununda Müttefikler adına yapmış olduğum ciddi önerilere sözde yanıt oluşturan ve konuyla hiç ilgisi olmayan küstahça bir konuşma yaptı. (..) Türkler sanki dünyanın fatihleriymiş gibi her noktaya karşı çıkıyorlar."* (S.N. Sonyel, *Gizli Belgelerle Lozan Konferansı'nın Perde Arkası*, s.63)

39) A.N. Karacan, *Lozan*, s.197; İ. İnönü, *Hatıralar*, 2. c., s.85; *Lozan Tutanakları*, 1. c., s.222 (üç sözcük ekledim).
Türkiye, İngiltere'nin etkisi altında olduğunu bildiği Milletler Cemiyeti'ne 1932 yılına kadar katılmamış, ancak davet üzerine katılmayı kabul etmiştir.

39a) Y.K. Karaosmanoğlu'nun anılarından yararlanarak (*Politikada 45 Yıl*, Bilgi Yayınevi, Ankara, 1968); M. Kemal Paşa İstanbul'a Ali Çetinkaya ile Rasih Kaplan'ı yollayacaktır.

40) Nüfus değişiminin doğru özeti böyledir. Kaynak: *Lozan Tutanakları*, 1. c., s.118 vd., 8 sayılı tutanak, Dr. Nansen'in komisyondaki açıklaması. Farklı bilgiler gerçeğe aykırıdır. Dr. Nansen önerisini,

'mübadelenin Yakın Doğu'da barış için önemli olduğunu' açıklayarak sunmuştur (s.118).

Gençlerimiz için not: Bir arada yaşamayı Müttefikler ve Yunanlılar kundaklamışlardır. Mübadele Türk önerisi değildir. Öneren Dr. Nansen, destekleyenler İstanbul'daki İngiliz, Fransız, İtalyan Yüksek Komiserleridir. Kabul eden ülke Yunanistan'dır. Öneri Lozan'daki Müttefikler ve gölgelerince desteklenmiştir (*a.g.e.*, s.119, 123). Türkiye ilk aşamada önerinin uygulanabilir olup olmadığını incelemek istediğini ileri sürecektir. Osmanlı önce Rumeli'de, sonra Anadolu'da azınlıklardan ve onları bahane ederek içişlerine karışan, bağımsızlığa aykırı çözümler için zorlayan büyük devletlerden o kadar çok çekmişti ki Ankara da tarihten ders alarak değişimi kabul edecektir. Böylece Ege ve Doğu Trakya'daki bölük pörçük, parça parça yapı sona erer.

40a) Türk Kurulunu Lozan'da zor durumda bırakan temel konu, hukuk ve adalet sistemiydi. Kanunlar çağdışıydı, yetersizdi. O yüzden Müttefikler yabancı yargıçların bulunacağı karma mahkemeler öneriyor, Türk Kurulu reddediyordu. Ama Türk Kurulu uygar âlemle birlikte yaşayabilmek için kanunların ve adalet sisteminin yenilenmesi gerektiğini gözlemekteydi.

41) İ. İnönü, *Hatıralar*, 2. c., s.89-90.

Yeni Lord Curzonların, ustaları Lord Curzon'un uyarısına tam bir bağlılıkla uyduklarını görüyoruz. Keşke Lord Curzon'un bu sözleri de Atatürk'ün *Gençliğe Hitabe*'si gibi basılıp duvarlara asılsaydı, kuşakları uyanık tutsaydı.

42) Atatürk'ün çizerek, yanlarına notlar alarak okuduğu kitap sayısı 3.997'dir.

42a) Tam serbestliği sağlamak için Boğazların askersizleştirilmesini, Türk Silahlı Kuvvetleri'nin Boğaz kıyısından 15 km. uzakta kalmasını istiyorlardı. Buna karşılık bir savaş halinde Türkiye Boğazlara el koyabilecek, silahlandırabilecekti. Boğazlara el koymak için gereken süre Çanakkale'de de, İstanbul'da da, birkaç saatti. Türkler önce Boğazların tahkim edilmesini savunmuşlar ama askersizleştirme konusunu bu nedenle çok önemsememişlerdir. Askersizleştirilmesi istenen bölgelerde Türk jandarması ve yönetimi bulunаcaktı. Bunlar herhalde bir savaş halinde el koymayı kolaylaştıracak bazı ön hazırlıklar yapacaklardı (*Gizli Celse Zabıtları*, 4. c., s.87). Görüşmeler birkaç oturum daha sürdü. Kesin bir karara varılamadı. Ama çözümsüz bir konu olarak da görülmedi. Sona bırakılan sorunlar arasında yerini aldı.

43) B.N. Şimşir, *Lozan Telgrafları*, 1. c., s.270.

43a) Daha sonra Abddürrahim ve Ali Metin Çavuş'un da Karşıyaka'ya geldiklerini yazan kaynaklar var.

44) Esirlerin değişimi ve Yunanlıların rehin olarak Yunanistan'a götürdüğü rehinelerin geri verilmesi konusu hızla ve oldukça olumlu gelişiyordu.

45) B.N. Şimşir, *Lozan Telgrafları*, 1. c., s.266, 194. telgraf.

46) *İstiklal Harbi'nin Son Safhası*, s.170; aynı gün General Harrington da Londra'ya savaşa hazır olduklarını bildiriyor, savaş planını açıklıyordu (S.N. Sonyel, *Gizli Belgelerle Lozan Konferansı'nın Perde Arkası*, s.79).

47) Lozan Telgrafları, 1. c., s.345; İ. İnönü, *Hatıralar*, 2. c., s.83-84; Dr. Rıza Nur, *Hayat ve Hatıratım*, 3. c., s.1061-1064.

47a) Ajax eski Padişahı Port Sait'te bırakır. Clematis adlı sıradan bir yolcu gemisiyle Süveyş'e gönderilir. Oradan Mansura adlı bir Mısır gemisiyle Cidde'ye gelir. Kral Hüseyin ve oğlu Ali tarafından karşılanır. Hicaz havası iyi gelmez. Bir beyanname yayımlayarak Hicaz'dan ayrılır, Hayfa veya civarında oturmak istediğini belirtir ama İngilizler kabul etmezler, 20 Mayısta San Remo'ya yerleşmek üzere Cenova'ya çıkar. Yayımladığı beyanname ve bütün bu süre hakkında doğru bilgi için: T.Ö., *Vahidettin, M. Kemal ve Milli Mücadele*, s.67-70 (Bu yolculuk ve ayrıntılar hakkında birçok masal, uydurma, yakıştırma var. Doğrular söz konusu araştırmada).
San Remo'da yine Vahidettin'le birlikte olacağız.

47b) Sabiha Gökçen Şemsi Belli'ye, 'Atatürk'ten duyduğunu belirterek, Salih Bozok'un Zübeyde Hanım'ın olumsuz kanısını bildirmediğini, sonradan bunu Atatürk'e itiraf ettiğini' açıklıyor (*Fikriye*, s.108).

48) Prof.Dr. Ş. Turan, *Türk Devrim Tarihi, 3. Kitap, 1. Bölüm*, s.52-55; *Nutuk*, 2. c., s.196 vd.

Bu günlerde İskilipli Atıf Hoca da halifelik konusunda *İslam Yolu* adlı bir kitap yayımlamıştı. Her iki çalışmanın amacı geleneksel düzeni geri getirmekti.

49) Ziya Oranlı, *Atatürk'ün Şimdiye Kadar Yayınlanmamış Anıları*, Anlatan Ali Metin, Atatürk'ün Emir Çavuşu, s.142-143; *Atatürk'ün Bütün Eserleri*, 14. c., s.259.
* İzmir Atatürk'ün annesini güzel ve çok kalabalık bir törenle toprağa vermiştir.

50) *Atatürk'ün Bütün Eserleri*, 14. c., s.259 (Siirt Milletvekili Mahmut Bey'in *Milliyet* gazetesinde yayımlanan [1929] yazısından aktarılarak).

51) *Atatürk'ün Bütün Eserleri*, 14. c., s.231-258, başka konuşmalarından da esinlenerek.

52) Orhan Duru, *Amerikan Gizli Belgeleriyle Türkiye'nin Kurtuluş Yılları*, s.144 (J.E. Gillespie'nin Ankara raporu); J.E. Gillespie hakkında Ahmet Emin Yalman, *Gördüklerim ve Geçirdiklerim*, 2. c., s.246 vd. bilgi var. J.E. Gillespie Lozan'da ABD kurulunda uzman olarak bulunmuştur.

53) Müttefikler her barış andlaşmasıyla birlikte miletlerarası âdettir diye genel af ilan edilmesini istiyorlardı. Mütareke döneminde birçok Rum ve Ermeni ile Müslüman-Türk, işgalcilere hizmet ve ajanlık etmişti. Genel âdete uyarken bunları da kurtarmış olacaklardı. Türk delegasyonu, adları sonra saptanmak üzere 150 kişinin af dışı kalmasını zorlukla sağlayarak, hainlerin elebaşlarının aftan yararlanmalarına engel olmuştur. Bunlar 150'likler diye anılacaklar.
Patrikhanenin Türkiye'den çıkarılması Dr. Rıza Nur'un bir yanlış ifadesi yüzünden gerçekleştirilemez. Bu konunun ayrıntıları için: İ. İnönü, *Hatıralar*, 2. c., s.130-132. Ama Partikhane'nin hakları, azınlıklara tanınan haklardan ileri olmayacaktır. Yerel bir dini örgüt olarak kabul edilir. Ekümenik değildir.

54) Eski belgesel filmler ve ses kayıtları Atatürk'ün sesini tizleştiriyor. Bu yüzden gerçek sesini yansıtmıyor. Görgü tanıkları sesini şöyle tanımlıyorlar: Dinamik, gür, tınlayan, keskin, pürüzsüz, sıcak, güzel, berrak (Bu tanımları yapan görgü tanıkları: M. Müfit Kansu,

İ.H. Sevük, Y.K. Karaosmanoğlu, F.R. Atay, Süreyya Sami Berkem, Grace B. Ellison, B.D. Gaulis).

Kısa boylu da değildir. Boyu 174 cm.dir (Atatürk'ün Genel Sekreteri Hasan Rıza Soyak, *Atatürk'ten Hatıralar*, 1. c., s.3).

55) Değinilen başlıca konular: Mudanya Mütarekesi, Lozan, Batı Trakya, Musul, Boğazlar, azınlıklar, kapitülasyonlar, dış siyaset, Pontus sorunu, asayiş, çiftçilere yardım, içki yasağı, başkent, nüfus sorunu, Ermeni yurdu, Meclis'teki fikir akımları, gruplar hakkında bilgi, hilafet, din ve devlet, bilgisizlik, Halk Partisi ve programı, yeni seçim, kadın milletvekilleri konusu.

56) M. Kemal Paşa Kürtlük adına bir sınır çizmenin mümkün olmadığını açıkladıktan sonra, yürürlükteki anayasanın yerel yönetimlere yerel konularda özerklik verdiğini açıkladı. Bu hak herkes gibi Kürtler için de geçerliydi.

1921 Anayasası'nın özerklikle ilgili başlıca maddeleri şunlardır:

Madde 11– Vilayat, mahalli umurda manevi şahsiyeti ve muhtariyeti haizdir. Harici ve dahili siyaset, şeri, adli ve askeri umur, beynelmilal iktisadi münesebat ve hükümetin umumi tekâlifi ile menafii birden ziyade vilayata şamil hususat müstesna olmak üzere, Büyük Millet Meclisi'nce vaz edilecek kavanin mucibince evkaf, medaris, maarif, sıhhıye, iktisat, ziraat, nafıa ve muavenet-i ictimaiye işlerinin tanzim ve idaresi vilayat şûralarının salahiyeti dahilindedir.

Madde 12– Vilayat şûraları vilayat halkınca müntehap azadan mürekkeptir. Vilayat şûralarının ihtihap devresi iki senedir. İçtima müddeti senede iki aydır.

Madde 16– Nahiye hususi hayatında muhtariyeti haiz bir manevi şahsiyettir.

Madde 17– Nahiyenin bir şûrası, bir idare heyeti ve bir de müdürü vardır.

(Prof.Dr. Suna Kili, Prof.Dr. A. Şeref Gözübüyük, *Türk Anayasa Metinleri*, s.106,107, T. İş Bankası Yayını, İstanbul, 2006, 3. baskı)

M. Kemal Paşa'nın Kürt konusu ile ilgili bu açıklaması tam olarak şöyledir:

"Kürt meselesi bizim yani Türklerin menfaatine olarak da katiyen söz konusu olamaz. Çünkü malum-u âliniz, milli sınırımız dahilinde mevcut Kürt unsurlar o surette yerleşmiştir ki pek sınırlı yerlerde yoğunluğa sahiptir. Fakat yoğunluklarını kaybede ede ve Türk unsurlarının içine gire gire öyle bir sınır hasıl olmuştur ki Kürtlük namına bir sınır çizmek istersek Türklüğü ve Türkiye'yi mahvetmek lazımdır. Faraza Erzurum'a kadar giden, Erzincan'a, Sivas'a kadar giden, Harput'a kadar giden bir sınır aramak lazımdır. Ve hatta Konya çöllerindeki Kürt aşiretlerini de nazar-ı dikkatten hariç tutmamak lazım gelir. Dolayısıyla başlı başına bir Kürtlük tasavvur etmek ise, bizim Teşkilat-ı Esasiye Kanunu gereğince zaten bir tür mahalli muhtariyetler teşekkül edecektir. O halde hangi livanın (yerel yönetim kademesinin) ahalisi Kürt ise onlar, kendi kendilerini muhtar olarak idare edeceklerdir. Bundan başka, Türkiye'nin halkı söz konusu olurken onları da beraber ifade lazımdır. İfade olunmadıkları zaman bundan kendilerine ait bir mesele çıkarmaları daima varittir. Şimdi Türkiye Büyük Millet Meclisi hem Kürtlerin, hem Türklerin salahiyet sahibi vekillerinden meydana gelmiştir ve bu iki unsur bütün menfaatlarını ve mukadderatlarını birleştirmiştir. Yani onlar bilirler ki bu müşterek bir şeydir. Ayrı bir sınır çizmeye kalkışmak doğru olmaz."

Görüldüğü gibi:

1. M. Kemal Paşa Kürtlere özerklik vaadetmemiştir. Anayasada var olan hak ve yetkileri anımsatmıştır. Bu hak ve yetkiler herkes için geçerlidir. Özerklik vaadettiği hakkındaki iddialar gerçeğe aykırıdır, doğru değildir. İleri süren gerçeği saptırıyor demektir. Söz konusu maddelerdeki özerklik, yerel konularla ilgili sınırlı yetkilerdir, öyle siyasi özerklik değildir.

2. 1924 Anayasası ile bu sistem değiştirilmiş, yeni kurulan üniter, milli, merkezi devlete ve topyekûn kalkınma anlayışına uygun yeni bir sistem getirilmiştir (89. madde).

57) İkinci gün değindiği konular: Barış, etkinlikler, yeni Türkiye'nin bir iktisat devleti olacağı, yeni Türkiye'nin temel ilkeleri, milli egemenliğin bir zerresinin bile kimseye terk edilemeyeceği, çalışkan

olma zorunluğu, Halk Partisi'ni kurmasının nedenleri, İstanbul'un durumu.

Velit Ebüzziya M.M. Grubu yöneticilerinden, tutucu, dar görüşlü bir yurtseverdi. Ona göre en vatansever örgüt M.M. Grubu idi, en vatanseverler de elbette onun yöneticileriydi. Öyleyse her şey ondan, onlardan sorulmalıydı. Aynı hastalığı M. Kemal Paşa'nın bazı yakın asker arkadaşlarında da göreceğiz. Onlar da her şeyin kendilerinden sorulmasını isteyeceklerdi.

58) B.N. Şimşir, *Lozan Telgrafları,* 1. c., s.409 (20 Ocak 1923), Başbakan'dan İsmet Paşa'ya bilgi.

İkinci bir bilgi yazısı: *"İngilizler bir vapurla iki bin sandık cephane, müteaddit sandık bomba, iki yüz mitralyöz, 10 uçak, yirmi top ve pek çok malzemeyi Dedeağaç'a göndermişlerdir."* Başbakan Rauf, *Lozan Telgrafları,* 1. c., s.438 (25 Ocak 1923)

Bu sırada İstanbul ve çevresinde bulunan Müttefik birlikleri: İngilizler: 6 piyade taburu, 2 deniz piyade taburu, 2 depo taburu, 3,5 sahra bataryası, 2 obüs bataryası, bir süvari alayı, uçaklar, 16 parça savaş gemisi. Fransızlar: 7 piyade taburu, 3 süvari bölüğü, 3 topçu taburu, 1 istihkâm taburu, 14 uçak, bir tank müfrezesi, 12 zırhlı otomobil, 6 savaş gemisi. İtalyanlar: 2 piyade taburu, 3 savaş gemisi (*İstiklal Harbinin Son Safhası,* s.173); hepsi yaklaşık 2 tümen. Karşısında 1. Türk ordusu vardı.

59) *Atatürk'ün Bütün Eserleri,* 14. c., s.321-352.

59a) 1923 yılında Türkiye'nin devraldığı mirasın zavallılığı hakkında üç kaynak: Alptekin Müderrisoğlu, *Cumhuriyetin Kurulduğu Yıl Türkiye Ekonomisi,* Ziraat Bankası Yayını, Ankara, 1998; Tevfik Çavdar, *Milli Mücadeleye Başlarken Sayılarla Vaziyet ve Manzara-yi Umumiye,* Milliyet Yayını, İstanbul, 1971; Gündüz Ökçün, *Türkiye İktisat Kongresi,* s.142 vd. (Türkiye İktisat Kongresi Başkanlığına sunulmak üzere Milli Ticaret Birliği'nce hazırlanan iktisadi rapor).

Devlet 1875'te iflas etmiştir. Durumu bundan daha özlü ne anlatabilir?

59b) Türkiye İktisat Kongresi için temel kaynak olarak Gündüz Ökçün, *Türkiye İktisat Kongresi, 1923-İzmir*'den yararlanıyorum.

60) Bursa Belediyesi Atatürk için Çekirge'de bulunan bir köşk satın almış, çok zevkli bir biçimde dayatıp döşetmişti. Bu köşk bugün M. Kemal Paşa'ya armağan edildi. Paşa ile Fevzi ve Karabekir Paşalar, yaverler o gece bu köşkte kaldılar. Atatürk daha sonra bu köşkü Bursa belediyesine bağışlayacaktır. Şimdi müze.

60a) Fransız Başdelegesi M. Barrere 23 Ocakta rahatsızlandığını ileri sürerek Lozan'dan ayrılmış, yerini ikinci delege M. Bombard almıştır. Lord Curzon bu durumdan hiç hoşlanmamıştır. M. Bombard'ın Türklere ödün vereceğinden kuşkulanıyordu. Barrere'in niye kaçtığı anlaşılamamıştır (*Lozan Telgrafları*, 1. c., s.440, dipnot**).

61) *Atatürk'ün Bütün Eserleri*, 14. c., s.356-370 (Bu konuşmanın tutanağı yer yer özet halindedir); Atatürk şu konuşmayı burada yapmıştır: *"İnsanlar olgunlaşmak için bazı şeylere muhtaçtır. Resim yapmayan, heykel yapmayan, güzel sanatları anlamayan bir milletin noksanı var demektir. Böyle bir milletin ilerleme yolunda yeri yoktur."*

61a) Milletler Cemiyeti Cenevre'deydi. Lozan görüşmeleri sırasında Romanya delegesi bir şair hanım söz alarak uzun uzun Türkleri, haremi, Türkiye'de köle pazarları olduğunu, kölelerin harem denilen zindanlarda çürütüldüklerini anlatmış, bu facialara son verilmesini istemiş, Milletler Cemiyeti de İstanbul'daki Mukaddes Kitap Cemiyeti'nin başkanı ABD'li Mr. Pit'i harem, köle pazarları, palalı, sarıklı Türkler vb. hakkında denetlemek ve bir rapor vermekle görevlendirmişti. Mr. Pit bir süre sonra, bu iddiaların gerçeklerle ilgisi olmayan masallar olduğunu bildirdi (İ.H. Sevük, *O Zamanlar*, s.209-211).

Milletler Cemiyeti'nin ve Avrupa'nın 1922/23 yılında Türkiye hakkındaki bilgi düzeyi böyleydi. Şimdi de birçok konuda aynı düzeye, daha doğrusu düzeysizliğe tanık oluyoruz. Avrupa'nın her şeyi doğru bildiğini sanmak kadar büyük yanılgı olmaz. Benim yakın tarihten çıkardığım sonuç şu: Avrupa siyasetinin dörtte biri doğruya, dörtte üçü yalana, yakıştırmaya, çarpıtmaya dayanıyor.

62) A.N. Karacan, *Lozan*, s.242-258; *Lozan Tutanakları*, 1. c., s.343-378.

63) *Lozan Telgrafları*, 1. c., s.429; İsmet Paşa'nın Musul görüşmeleri hakkında iki raporu: s.431-432, 434-436.

"*Lord Curzon Musul vilayetinin yarısını, Süleymaniye'ye kadar olan bölgeyi Türkiye'ye bırakmayı düşünmüştü. Bunun üzerine Londra'dan yollanan talimatta İngiltere'nin bu toprakları Türkiye'ye bırakmayacağı bildirildi.*" (Bilâl N. Şimşir'in verdiği bilgi: *Lozan Telgrafları*, 1. c., s.224, dipnot***)

63a) Bilsay Kuruç, *Mustafa Kemal Döneminde Ekonomi*, s.208, Maliye Bakanının sözü.

64) *Atatürk'ün Bütün Eserleri*, 14. c., s.388-389.

65) İsmet Paşa Cavit Bey'in danışmanlığından memnun kalmamıştır. Cavit Bey'in Türklerden çok Fransızlara yakın olduğu, onların çıkarlarını savunduğu söylenmektedir. Bu konu TBMM'nde de konuşulmuştur (*Gizli Celse Zabıtları*, 4. c., s.175). İsmet Paşa ikinci döneme Cavit Bey'i götürmez.

66) *Atatürk'ün Bütün Eserleri*, 14. c., s.395-398 (konuşma özetlenmiş ve Atatürk'ün başka konuşmalarından da eklemeler yapılmıştır).

* Bugün Kurtuluş Savaşı'nın havacı kahramanlarından Binbaşı Fazıl Bey bir gösteri sırasında düşerek şehit olur.

67) 30 Ocak günü söz konusu sözleşme, protokol ve anlaşma imzalanmış ve yürürlüğe girmiştir. Nüfus değişimi zorunludur. Bu anlaşma halkları yerlerinden oynatmanın acı bir olay olduğu belirtilerek, bundan acı duyulduğu açıklanarak kabul edilmiştir. Müttefikler ve gölgeleri, bu sonucu yaratan olayın, İngiliz, Fransız Başbakanları ve ABD Başkanının ortaklaşa verdikleri kararla Yunan ordusunu İzmir'e çıkarmaları, daha sonra da Trakya'ya yürütmeleri olduğuna hiç değinmemişlerdir.

* Anadolu'yu kana bulayan eski Yunan Kralı Konstantin tam da bu sırada Ocak 1923'te Palermo'da ölür.

68) A.N. Karacan, *Lozan*, s.271-273; Müttefiklerin hazırladığı proje metni: *Lozan Tutanakları*, 2. c., s 53-127; İ. İnönü, *Hatıralar*, 2. c., s.91 vd.; *Lozan Telgrafları*, 1. c., s.463.

69) Müttefik projesinde yer alan bazı hususlar: Karaağaç Yunanlılara veriliyor. Doğu Trakya'da bulunan Türk jandarmasının sayısı 5.000'e indiriliyor. Türkiye İstanbul'da ancak 12.000 asker bulun-

durabilecek. Irak sınırı Milletler Cemiyeti tarafından saptanacak. Adli, ticari ve mali bazı konularda kapitülasyonlar sürecek. Türkiye Müttefiklere 15 milyon altın zarar ziyan ödeyecek vb...

70) *Lozan Telgrafları*, 1. c., s.470-471.

71) *Lozan Tutanakları*, 12. c., s.32-52; A.N. Karacan, *Lozan*, s.275-283.

72) Hasan Âli Yücel'in çeşitli düşüncelerinden yararlanarak.

73) *Atatürk'ün Bütün Eserleri*, 15. c., s.50-103.
1918'te İstanbul'da kurulacak yeni bir hükümette neden Harbiye Nazırlığı istediğini, sonra ne yapmak istediğini de anlatıyor.

74) Nitekim şimdi bunların hepsi gayet olağan olaylar oldu. Ne taş yağıyor, ne dinden çıkılmış oluyor. En tehlikeli cahillik dinde cahillik. Osmanlı tarihi böylelerinin ayaklanmalarıyla dolu. Osmanlı topla yıkılır devlet değildi. Bu ortaçağda donup kalmış anlayış yüzünden durakladı, geriledi, bitti.

74a) Lord Curzon 3 Şubatta şöyle demişti: *"Türkiye'nin imza edeceği en iyi andlaşma budur. Eğer imza etmezse Türkiye düşünsün. Asya'nın görünmez derinliklerinde kaybolur."* (A.N. Karacan, *Lozan*, s.623) Barışçı bir diplomat böyle konuşur mu?

75) *Lozan Tutanakları*, 5. c., s.1-20; İ. İnönü, *Hatıralar*, 2. c., s.91-93; A.N. Karacan, *Lozan*, s.288-293; *Lozan Telgrafları*, 1. c., s.493; Joseph Grew (ABD Temsilcisi), *Atatürk ve İnönü*, çeviren Muzaffer Aşkın, s.40-42 (J. Grew'in anılarının Atatürk ve Lozan ile ilgili bölümleri. J. Grew Lord Curzon'un dairesindeki son sahnenin tanıklarından biridir. Anılarında bu sahneyi anlatmıştır. İlerde Türkiye'de Büyükelçi olarak bulunacak; kızgın boğa, korku içinde vb. sözler J. Grew'indir).

76) *İstiklal Harbinin Son Safhası*, s.162 vd.

77) *Atatürk'ün Bütün Eserleri*, 15. c., s.108-115.

78) *Atatürk'ün Bütün Eserleri*, 15. c., s.113-115.

78a) Sovyet Rusya Büyükelçisi Aralof evliliği dolayısıyla M. Kemal Paşa'yı kutlamıştı. Paşa Aralof'a bugün şu ünlü yanıtı verdi: *"Gösterdiğiniz hissiyat ve tebrikattan dolayı bilhassa teşekkür ederim. Ben en büyük ve hakiki saadeti, mazlumlar âleminin kurtuluş gününde idrak edeceğime kaniim. Hak ve adaletin âşığı ve savu-*

nucusu olan milletlerin müşterek mesaisiyle bu kurtuluş günlerini mutlaka idrak edeceğimize kati emniyetim vardır." (*Atatürk'ün Bütün Eserleri*, 15. c., s.116, 6 Şubat 1923)

* Yüzden fazla mazlum millet 20. yüzyıl içinde bağımsızlığına kavuşacaktır. En büyükleri Hindistan'dır.

79) Hutbenin Türkçe olması için birkaç yıl hazırlık yapılması gerekmiştir. Yüzlerce yıl hutbenin dili konusu üzerinde durulmamış olması Osmanlı döneminin temel zaaflarından birini sergiliyor: Geniş düşünmemek. Bugün okunan hutbeler Türkçe ve temel/güncel sorunlarla ilgili ise, bunu, M. Kemal Paşa'nın Zağanos Paşa Cami'sinde yaptığı bu konuşmaya borçluyuz.

Acaba Atatürk'e borçlu olmadığımız ne var?

*Hutbenin Türkçe olmasını ilk öneren Ali Suavi'dir (Ş. Turan, *Türk Devrim Tarihi, 3. Cilt, 2. Kitap*, s.52).

80) *Atatürk'ün Bütün Eserleri*, 15. c., s.113-121 (Bu konuşmalara ek olarak verilen gazete alıntılarından da yararlanıyorum).

M. Kemal Paşa ve Latife Hanım buradan Balya'ya ve Edremit'e gitmişlerdir. Paşa iki yerde de askeri birlikleri denetler. Edremit'te akşam yemeği için bir doktorun geniş evi hazırlanmıştır. Ev sahibi hanımın kız kardeşi vardır. Yardım için bazı öğretmen hanımları da çağırır. Büyük sofrada, Latife Hanım'la birlikte bu hanımlar da yer alırlar. Atatürk "Eşim yanımda olduğu halde dolaşıyorum ama hiçbir yemeğe hiçbir hanımefendi katılmadı" der, bu uygar sofra için teşekkür eder (Nazmi Kal, *Atatürk'le Yaşadıklarını Anlattılar*, s.111 vd.).

Büyük şehirler, kendiliklerinden çağa ayak uyduracaklardır. Köylerde zaten kadın hayatın dışında değildir. Ortaçağ kasabalar ve küçük şehirlerde tutunmaya çalışacaktır.

81) *Lozan Telgrafları*, 1. c., s.508 vd.

82) Gündüz Ökçün, *Türkiye İktisat Kongresi*, s.220-230'da sergide yer alan tüm ürünlerin tam listesi bulunuyor.

82a) Büyükelçi Abilof 23 Şubat günü İzmir'de hastalanarak ölmüştür.

83) Latife Hanım'la ilgili bütün kitaplarda M. Kemal Paşa'nın İktisat Kongresi'ni açmaya Latife Hanım'la birlikte geldiği belirtiliyor. Prof.Dr. Gündüz Ökçün kongre ile ilgili eserinde bütün gazeteler-

de yer alan ilk güne ilişkin haber ve yazıları veriyor. Ama hiçbirinde Paşa'nın Latife Hanım'la birlikte geldiği yazılı değil. *Anadolu Ajansı*'nın açılışla ilgili haberinde de Latife Hanım'la ilgili bir bilgi yer almıyor (*Atatürk'ün Bütün Eserleri*, 15. c., s.138).

Gece trenle yola çıkacaklardı. M. Kemal ve Fevzi Paşalar, ertesi gün Eskişehir'de İsmet Paşa ile buluşacaklardı. Latife Hanım herhalde evde yol hazırlığı yapıyordu. İlk kez Ankara'ya gidecekti.

84) Bu konuşmayı herkes, özellikle de her siyasetçi okumalı. Uzun olmasına rağmen bu nedenle buraya alıyorum. Arayıp bulmak için kimse yorulmasın:

İZMİR İKTİSAT KONGRESİ'Nİ AÇIŞ NUTKU*
(17 ŞUBAT 1923)

Efendiler, aziz Türkiya'mızın iktisadi yükselmesi vasıtalarını aramak ve bulmak gibi vatani, hayati ve milli bir mukaddes gaye için bugün burada toplanmış olan sizlerin, muhterem halk temsilcilerinin huzurunda bulunmakla çok mesut ve bahtiyarım. Efendiler, uzun gafletlerle ve derin kayıtsızlık ile geçen asırların iktisadi bünyemizde açtığı yaraları tedavi etmek, tedavi çarelerini aramak ve memleketi mamuriyete, milli bir refaha, saadete ve servete ulaştıracak yolları bulmak için vuku bulacak mesainizin çok kıymetli ve muvaffakiyetli neticelere kavuşmasını temenni eylerim.

Arkadaşlar, sizler doğrudan doğruya milletimizi teşkil eden halk sınıflarının içinden geliyorsunuz ve onlar tarafından seçilmiş olarak geliyorsunuz. Bu itibarla memleketimizin, milletimizin halini, ihtiyacını ve milletimizin emellerini ve elemlerini yakından biliyorsunuz. Herkesten daha iyi biliyorsunuz. Sizin söyleyeceğiniz sözler, alınması lüzumunu beyan edeceğiniz tedbirler, doğrudan doğruya halkın lisanından söylenmiş gibi kabul olunur. Bu, en büyük isabetlere sahiptir. Zira halkın sesi, Hakk'ın sesidir. Efendiler, tarih, milletlerin yükseliş ve düşüşü sebeplerini ararken birçok siyasi, askeri, toplumsal sebepler bulmakta ve saymaktadır. Şüphe yok, bütün bu sebepler toplumsal hadiselerde tesirlidirler. Fakat bir milletin doğrudan doğruya hayatıyla, yükselişiyle, düşüşüyle alâkadar ve münasebettar olan, o milletin iktisadiyatıdır. Tarihin ve tecrübenin tespit ettiği bu hakikat, bizim milli hayatımızda ve milli tarihimizde de tamamen tecelli etmiştir. Hakikaten Türk tarihi incelenirse, bütün yükseliş ve düşüş sebeplerinin bir iktisat meselesinden başka bir şey olmadığı derhal anlaşılır. Efendiler, tarihimizi dolduran bunca muvaffakiyetler, zaferler veyahut mağlubiyetler, yok oluşlar ve felaketler, bunların tamamı, vukua geldikleri devirlerdeki iktisadi ahvalimizle münasebettar ve alâkadardır. Yeni Türkiya'mızı layık olduğu mertebeye ulaştırabilmek için mutlaka iktisadiyatımıza birinci derecede ehemmiyet vermek mecburiyetindeyiz. Çünkü zamanımız tamamen bir iktisat devresinden başka bir şey değildir. Efendiler, bir milletin hayati vasıtalarını, refah ve saadetini teşkil eden iktisadiyatıyla iştigal etmemesi, iştigal edememesi nazarı dikkati çeken bir keyfiyettir. Fakat biz itiraf etmeye mecburuz ki, iktisadiyatımıza lüzumu kadar ehemmiyet vermemiş bulunuyoruz. Bir milletin doğrudan doğruya hayati vasıtalarıyla iştigal edememesi, o milletin yaşadığı devirler ile ve o devirleri tespit eden tarihiyle çok alâkadardır. Dolayısıyla biz de eğer iştigal edememiş isek, hakiki sebeplerini, geçirdiğimiz devirlerde ve bilhassa tarihimizde arayabiliriz. Fakat böyle bir inceleme yaptığımız zaman, ne yazık ki, itirafa mecburuz ki, biz henüz şimdiye kadar hakiki, ilmi, olumlu manasıyla milli bir devir yaşayamadık. Dolayısıyla milli bir tarihe sahip olamadık. Bu noktayı biraz izah edebilmiş olmak için hep beraber Osmanlı tarihini hatırlayalım. Osmanlı tarihinde bütün gayretler, bütün mesai, milletin arzusu, emelleri ve hakiki ihtiyaçları bakımından değil, belki şunun bunun özel emellerini, ihtiraslarını tatmin bakımından vuku bulmuştur. Mesela Fatih, İstanbul'u zapt ettikten sonra, yani Selçukî saltanatıyla Doğu Roma İmparatorluğu mirasına konduktan sonra, Batı Roma İmparatorluğu'nu da zapt ederek azametli bir saltanat kurmak istedi. Böyle geniş bir emel takip eyledi. Böyle bir emeli takip ve tatbik edebilmek için bütün milleti, asli unsuru arkasından bu hedefe doğru sevk etti. Mesela Yavuz Sultan Selim, Fatih'in açtığı batı cephesini tespit etmekle beraber, bütün Asya'yı birleştirerek büyük bir İslam imparatorluğu vücuda getirmek üzere böyle bir siyasi yol takip etti. Asli unsuru bunun arkasından dolaştırdı. Kanunî Süleyman her iki cepheyi azami derecede genişletmek, bütün Bahri Sefid'i bir Osmanlı havuzu haline getirmek, Hindistan üzerinde nüfuzunu tesis eylemek gibi çok azametli, şahane bir siyaset takip etti. Bu siyasetin tatbiki için asli unsuru kullandı.

Arkadaşlar, bütün bu tavırlar ve harekât incelenirse görülür ki, bu azametli, kudretli padişahlar takip ettikleri harici siyasette kendi emelleri, hırsları ve arzularına dayanmışlardır. Büyük ve şahane arzularına dayanmakla beraber dahili teşkilatlarını, dahili siyasetlerini bu ihtirasların doğurmuş olduğu harici siyasetlerine göre tanzim etmek mecburiyetinde kalmışlardır. Halbuki harici siyaset, dahili teşkilat ve dahili siyasete dayandırılmak zaruretindedir, yani dahili teşkilatının tahammül edemeyeceği genişlikte olmamalıdır. Yoksa hayali, harici siyasetler peşinde dolaşanlar, dayanak noktalarını kendiliğinden kaybederler. Hakikaten Osmanlı hakanları, asıl olan noktayı unuttular. Hissiyatları ve emelleri üzerine bütün harekât ve fiilleri bina ettiler. Dahili teşkilatlarını harici siyasetlerine uydurmak mecburiyetinde kalınca, zapt ettikleri memleketlerde bütün unsurları; lisanları, dinleri, ananeleri, her şeyi başka başka olan ve birçok milletlerden ibaret bulunan bu unsurları olduğu gibi muhafazaya kalkıştılar ve onlara bütün bu şeyleri muhafaza edebilecek istisnalar, imtiyazlar bahşettiler. Buna karşılık asli unsur uzun seferler yapmakla, fetih meydanlarında ölmekle, zapt olunan memleketlerin kendisini ve halkını beslemekle ve onlara bekçilik etmekle kendi kendini tahrip ediyordu. Bu itibarla millet, asli unsur; kendi evinde, kendi yurdunda ve kendi hakiki hayati vasıtalarını elde etmek için çalışmaktan tamamen mahrum bir halde bulunuyordu. Bu tacidarlar, milleti böyle diyar diyar dolaştırmakla, onlara kendi yurtlarını düşünmeye müsaade etmemekle de yetinmiyorlardı. Belki fetih dairesi dahiline gelen halkı memnun edebilmek için, son yabancıları memnun edebilmek için doğrudan doğruya asli unsurun hukukundan ve hayali ve iktisadi kaynaklarından birçok şeyleri lütuf olarak, ihsan olarak, hediye olarak onlara bahşediyorlardı. Mesela Fatih zamanında Cenovalılara ve Patrik'e verilen imtiyazlar ile açılan yol, kendisinden sonra daima genişlemiş ve sağlamlaştırılmış bulunuyordu. Bu imtiyazlar, bu istisnaiyet, hükümetin en kuvvetli, en azametli zamanında vuku buluyordu. Yalnız ve yalnız padişahın bir müsaadesi, bir ihsanı olmak üzere vuku buluyordu. Hepiniz hatırlayabilirsiniz: Kanunî Sultan Süleyman zamanında Venediklilerle ticaret antlaşması yapılmıştı. Fakat Padişah, Venediklilerle ticaret antlaşması yapmayı kendi şerefine ve izzetinefsine aykırı buldu. Zira onun zihniyetine göre antlaşma, yekdiğerine eşit milletler arasında yapılırdı. Halbuki Venedik o zaman

Osmanlı devletine eşit olmak şöyle dursun, onun doğrudan doğruya vesayeti altında idi. Dolayısıyla zatı şahane böyle bir hükümetle antlaşma yapamazdı. Fakat ona müsaadelerde bulunabilirdi ve müsaadelerde bulundu. İşte bu müsaade kelimesi kapitülasyonlar kelimesiyle tercüme edilmiştir. Halbuki biliyorsunuz, kapitülasyon kelimesi, bir kale içinde kuşatılan, bütün müdafaa vasıtalarını kullandıktan sonra teslimiyet arzına mecbur olanlar hakkında kullanılan bir kelimedir. İşte böyle bir kelimeyi, padişahların müsaadesini tercüme ederken kullanmış bulundular. Bu ufak tafsilatı iki noktadan tekrar edeyim: Millet hayati vasıtalarıyla iştigalden yasaklı olarak diyar diyar dolaştırılıyor ve bu yeni diyarlar halkı birçok istisnalara, birçok imtiyazlara sahip olarak çalışıyordu. Yani fatihler, asli unsuru peşine takarak kılıçla fetihler yaparken, kılıç sallarken, zapt olunan memleketler ahalisi kazandıkları istisnalar, imtiyazlarla sabana yapışıyorlar, toprak üzerinde çalışıyorlardı. Arkadaşlar, kılıç ile fetihler yapanlar, sabanla fetihler yapanlara mağlup olmaya ve neticede mevkii terk etmeye mecburdurlar. Nitekim Osmanlı saltanatı da böyle olmuştur. Bulgarlar, Sırplar, Macarlar, Rumlar sabanlarına yapışmışlar, mevcudiyetlerini muhafaza etmişler, kuvvetlenmişler; bizim milletimiz de böyle fatihlerin arkasında serserilik etmiş ve kendi anayurdunda çalışmamış olmasından ötürü bir gün onlara karşı mağlup olmuştur. Bu bir hakikattir ki, tarihin her devrinde ve cihanın her yerinde aynen vaki olmuştur. Mesela Fransızlar Kanada'da kılıç sallarken, oraya İngiliz çiftçisi girmiştir. Bu medeni sabanla kılıç mücadelesinde nihayet muzaffer olan sabandır *(alkışlar)* ve Kanada'ya sahip oldu. Efendiler, kılıç kullanan kol yorulur, nihayet kılıcı kınına koyar ve belki kılıç o kında küflenmeye, paslanmaya mahkûm olur. Lakin saban kullanan kol gün geçtikçe daha ziyade kuvvetlenir ve daha çok kuvvetlendikçe daha çok toprağa malik ve sahip olur. *(Alkışlar)*

Efendiler, Osmanlı fatihleri, hakanları, istilacıları, asli unsur ile beraber sahanın önünde mağlup olup ricata başladıktan sonra, asıl felaketlerin büyüğü başladı. Sırf padişahın bir ihsanı olarak yabancılara bahşedilmiş olan ve özel lütuf olarak memleket dahilindeki gayrimüslim unsurlara verilmiş olan her şey kazanılmış haklar kabul edildi.

Fakat yabancılar yalnız bu hakları muhafaza ile de yetinmediler. Belki her gün onları biraz daha artırmak için çareler aradılar ve buldular.

Dahili unsurlar muhafazaya muktedir oldukları dahili teşkilatlarına dayanarak, haricin daima teşvikine ve özendirmelerine ve yardımına sığınarak devletin ve asli unsurun imhasıyla siyasi bir mevcudiyet kazanmak için çalışmaktan geri durmadılar. Yabancılar bir taraftan dahili unsurları teşvik ediyorlardı, diğer taraftan da kendileri müdahale ediyorlar ve her müdahalede yine devlet ve milletin aleyhine olmak üzere yeni yeni birtakım imtiyazlar, haklar alıyorlardı. Bu devamlı takibat altında zaten fakir düşmüş olan anayurtla, asli unsur devlete verebilecek parayı güç tedarik ediyordu. Halbuki tacidarlar, saraylar, Bâbıâliler mutlaka debdebeye, gösterişe sahip olabilmek için, onu devam ettirebilmek, zevk ve ihtiraslarını temin edebilmek için her ne pahasına olursa olsun, bu parayı tedarik etmek çaresine girişmişlerdir. O çareler de, borçlanmalar oldu. O kadar çok borçlanmalar yapıyorlardı, o kadar fena şartlar dahilinde borçlanmalar yapılıyordu ki, bunların faizlerini de ödemek mümkün olamadı. En nihayet bir gün Osmanlı devletinin iflasına hükmettiler. Maliye işleri hemen kontrol altına alınmış ve başımıza Düyunu Umumiye belası çökmüş bulunuyordu.
Efendiler, milletin içine düştüğü bu hazin halin, bu sefaletin sebeplerini arayacak olursak, doğrudan doğruya devlet kavramında buluyoruz. Biliyorsunuz ki, Osmanlı devleti, şahsi saltanat ve en son beş on sene zarfında meşruti saltanat esasına dayanarak idarei hükümet ediyordu. Arkadaşlar, şahsi saltanatta her hususa tacidarların arzusu, iradesi ve emeli hâkimdir. Söz konusu olan yalnız odur. Milletin emelleri, arzuları, ihtiyaçları söz konusu olmaktan çok uzaktır. Bütün millet, emellerinden ve iradelerinden yoksun kalmış bulunuyordu. Çünkü tacidarlar kendilerini Allah tarafından gönderilmiş bir şahsiyet farz ederlerdi. Bir de tacidarların etrafını alan menfaatperestler vardı. Onlar da padişahların zihniyetleri ile zihniyetlenirler ve padişahın bu zihniyetini, bu arzusunu semavi bir gerek ve *Kur'an*'ın bir gereği gibi herkese telkin ederler: bu gayet koyu ve sürekli telkinler karşısında hakikaten bir gün bütün halk bu arzu ve iradelerin yapılması lazım gelen ve kayıtsız şartsız icap eden semavi iradeler gibi olduğuna kani olurlardı. Böyle irade ve hâkimiyetten yoksun kalmaya rıza gösteren bir milletin akıbeti elbette felakettir, elbette musibettir. Arkadaşlar! Son durduğum noktada artık Osmanlı devleti hakikatte ve fiilen bağımsızlıktan mahrum bir hale getirilmişti. Hakikaten bir devlet ki, kendi tebaasına koyduğu bir

vergiyi yabancılara koyamaz; gümrük muamelelerini, vergilerini memleketin ve milletin ihtiyaçlarına göre tanzim etmekten yasaklıdır; ve bir devlet ki fazla olarak yabancılar üzerinde yargı hakkını tatbikten mahrumdur; böyle bir devlete bittabi bağımsız denilemez. Devletin ve milletin hayatına vuku bulan müdahaleler yalnız bu kadar değil, daha fazla idi. Doğrudan doğruya milletin hayati ihtiyaçlarından olan, mesela şimendifer yapmak için, mesela fabrika yapmak için, mesela her şey yapmak için devlet serbest değildi. Mutlaka müdahale vardı. Dolayısıyla hayatını teminden men ettirilen bir devlet bağımsız olabilir mi? Arz ettiğim gibi hakikatte devlet bağımsızlığını çoktan kaybetmişti ve Osmanlı ülkesi yabancıların serbest bir sömürgesinden başka bir şey değildi ve Osmanlı halkı içindeki Türk milleti de tamamen esir bir vaziyete getirilmişti. Bu netice, arz ettiğim gibi milletin kendi iradesine ve kendi hâkimiyetine sahip bulunamamasından ve bu irade ve hâkimiyetin şunun bunun elinde kullanılagelmiş olmasından ileri geliyor. O halde katiyetle diyebiliriz ki, biz milli bir devir yaşamıyorduk ve milli bir tarihe sahip bulunmuyorduk.

Mesela, Osmanlı tarihi, baştan nihayetine kadar hakanların, padişahların, şahısların, en nihayet zümrelerin hal ve hareketini kaydeden bir destandan başka bir şey değildir. Mazinin, asırların elimize tarih diye uzattığı kitabın mahiyeti bundan ibarettir. Arkadaşlar, milletin hâkimiyetine sahip olmaması yüzünden dahil olduğu Harbi Umumi'den kıymetli evlatlarımızdan meydana gelen kahraman ordularımızın Galiçya'da, Romanya ve Makedonya'da, Kafkas dağlarında, Sina çöllerinde uğradığı zahmetleri hatırlatmaya lüzum görülecek kadar çok zaman geçmemiştir ve en nihayet bu Harbi Umumi'nin uğursuz neticesi de hepinizin malumudur. Bilhassa Mondros Mütarekesi'yle açılan mütareke devrinin manzarası, bir an için tekrar düşünmüş olursanız göreceksiniz ki, baştan nihayete kadar bir dağılma manzarasından başka bir şey değildi. Devletler her türlü insani ve medeni anlaşmalardan ve hukuktan ayrılarak memleketimizin en kıymetli ve en verimli yerlerini çiğnediler. İzmir'i, Bursa'yı, Eskişehir'i, ta Sakarya'ya kadar; sonra bütün Adana ve havalisini ve Trakya'yı, İstanbul'u, en aziz yerlerimizi çiğnediler. Fakat düşmanların bu hareket tarzından daha acı ve feci ve daha çok teessüf edilecek olan bir nokta varsa, o da bu memleketin asırlarca başında bulunan ve bu milletin irade ve hâkimiyetini kullanan insanların dahi düşman saflarına geçmiş olmasıdır. *(Kahrolsunlar sesleri)* Ve arkadaşlar biliyorsunuz, bu düşmanlar, yani dahili düşmanlar, harici düşmanların yapmadığı ve yapmaya muktedir olamayacağı kötü ve feci fiilleri ve harekâtı yapmakta tereddüt göstermemişlerdir. Harici düşman kuvvetleri, saydığım aziz vatan topraklarında bulunurken, padişahın iradesiyle çıkarttığı fetvalarla ve hilafet ordularıyla bu masum millet şurada burada doğru yoldan saptırılıyor ve kandırılıyordu. Hakikaten vatanımızın şurasında burasında isyanlar başlamıştı. Zaten çoktan beri manen ve fiilen bağımsızlığından mahrum edilmiş olan Osmanlı devletinin bitişine muvaffakiyet hasıl olmuştu.

Osmanlı devleti tamamen çökmüştü. Fakat düşmanlarımız aynı zamanda Osmanlı devletini kuran Türk milletinin de, asli unsurun da, bu memleketin hakiki halkının da mahvolduğunu ve çöktüğünü zannettiler. İşte bunda çok aldandılar. Osmanlı devleti ve Osmanlı devleti gibi çok devletler kurmuş olan Türk milleti mahvolamaz ve mahvolmamıştır. *(Şiddetli alkışlar)* Bilakis hayatına vurulan bu darbelerden, harici düşmanların ve dahili düşmanların bu acı ve nefret edilecek darbelerinden birdenbire bülün teyakkuzlarını, bütün uyanışlarını takındı ve hayatını, şerefini, namusunu kurtarmak için büyük bir azimle başını kaldırdı; birlikte ve dayanışma içinde ortaya atıldı. *(Alkışlar)*

İşte milletimiz o dakikadan itibaren milli devreye girdi, halk devresinin başlangıcına girdi. Millet bu başlangıç noktasından başladığı gün, kendisini hedefe ulaştıran yolların ve bizzat hedefin bulunduğu ufukların karanlıklar içinde bulunduğunu hepimiz hatırlarız. Fakat bu hal milletimizi ümitsizliğe düşürmedi. Büyük bir azim ile mukaddes hedefe adımlarını attı. Efendiler, milletimiz kati kurtuluşa ve hakiki kurtuluşa mazhar olabilmek için, iki umdeye dayanmanın farz ve şart olduğunu anladı; büyük ve bariz kanaatlerle anladı. O umdelerden birincisi Misakı Milli'nin ifade ettiği mana ruhudur. *(Alkışlar)* İkincisi, Teşkilatı Esasiye Kanunu'muzun tcspit ettiği değiştirilemez hakikatlerdir. *(Alkışlar)* Biliyorsunuz ki, Misakı Milli, milletin tam bağımsızlığını temin eden ve bunu temin edebilmek için iktisadiyatında gelişmesine mâni olan bütün sebepleri bir daha ve katiyen dönmemek üzere lağveden bir düsturdur. Teşkilatı Esasiye Kanunu da Osmanlı İmparatorluğu'nun, Osmanlı devletinin öldüğünü idrak ve ifade eden ve onun yerine yeni Türkiya devletinin geçtiğini ilan eyleyen bir kanundur *(alkışlar)* ve bu devletin hayatının da kayıtsız şartsız hâkimiyetin milletin uhdesinde kalmasıyla mümkün olacağını ifade ve beyan eden bir kanundur. *(Alkışlar)* Hâkimiyetin kayıtsız şartsız milletin uhdesinde kalabilmesi için, halkın bizzat kendi mukadderatını idare etmesi esasını şart kılan bir kanundur. "Artık Türkiya halkı için yegâne temsilci, kanun yapma ve icra salahiyetine sahip olan kendi meclisidir, Türkiya Büyük Millet Meclisi'dir" diyen bir kanundur ve Bâbıâli hükümeti yerine Türkiya Büyük Millet Meclisi hükümetini koyan bir kanundur.

Efendiler, Türkiya Büyük Millet Meclisi ve bunun hükümetinin milletten aldığı yön, tam bağımsızlık ve kayıtsız şartsız milli hâkimiyet umdelerine dayanarak memleketi mamur etmek ve milleti zengin, müreffeh ve mesut etmekten ibarettir. *(Alkışlar)* Böyle olmakla beraber, Teşkilatı Esasiye Kanunu özel bir madde ile Meclis'in vazifesini dahi açıklar. O vazifeler ki, doğrudan doğruya milletin hukuk ve salahiyeti iken asırlarca şunun ve bunun elinde kalmıştır. Artık bu hukuk ve salahiyetin hiçbir sebep ve suretle hiçbir makama ve şahsa terk olunamayacağını ve verilemeyeceğini katiyetle ifade etmek için özel bir madde koymuştur. Efendiler, milletimizin bu iki esasa dayanarak çalışmaya başladığı günden bugüne kadar geçen zaman, çok zaman değildir; üç buçuk, dört seneden ibarettir. Fakat milletimizin kazandığı muvaffakiyet, muzafferiyet bu üç buçuk dört seneye sığamayacak kadar çoktur, taşkındır, coşkundur, yüksektir, kuvvetlidir. *(Alkışlar)* Hakikaten o iradei seniyelerle, hilafet ordularıyla ve bin türlü teşvikler ve yalanlarla vukua getirilen isyanların tamamı bastırılmıştır. Millet tüfeksiz, topsuz, her türlü malzemesiz ve parasız bulunduğu bir zamanda yeniden dünyanın en kuvvetli ve en muazzam ordusunu teşkile muktedir olmuştur. *(Alkışlar)* Ve bu ordu daha henüz teşekkül halinde iken Birinci İnönü, İkinci İnönü, Sakarya meydan muharebelerini ve zaferlerini kazanmıştır. *(Alkışlar)* Ve en nihayet bütün cihanı hayretlerde bırakan, bütün cihanı ister istemez takdirlere sevk eden en son muzafferiyeti kemali şiddet ve muvaffakiyet ile kazanarak topraklarımızı ve mukaddes vatanımızı çiğneyen düşman ordularını bire kadar mahvetmiştir. *(Şiddetli ve kuvvetli alkışlar)* Fakat efendiler, tam bağımsızlık için şu düstur vardır, milli hâkimiyet için bir kanun vardır diyoruz ve bugün de büyük bir muzafferiyetin etkenleri ve failleri bulunduğumuzu ifade ediyoruz. Bu noktada çok kati olan bir hakikati hep beraber tekrar etmek mecburiyetindeyiz. Bu kadar büyük, bu kadar mukaddes ve azametli hedefler yalnız kâğıt üzerinde düsturlarla ve kanun maddeleriyle ve sadece hırslarla, arzularla husul bulamaz. Tam tahakkukunu temin edebilmek için yegâne kuvvet, hakiki en kuvvetli temel iktisadiyattır. *(Alkışlar)*

Siyasi, askeri muzafferiyetler ne kadar büyük olursa olsunlar, iktisadi muzafferiyetler ile taçlandırılamazlarsa, husule gelen zaferler payidar olamaz, az zamanda söner. Bu itibarla en kuvvetli ve parlak zaferimizin dahi temin edebildiği ve daha edebileceği faydalı semereleri tespit için iktisadiyatımızın, iktisadi hâkimiyetimizin temini ve sağlamlaştırılması ve genişletilmesi lazımdır. Efendiler, bu kadar verimli ve bu kadar kuvvetli olan yeni hükümetimizin, yeni devletimizin düşmansız kalacağını farz etmek doğru değildir. Bu güzel temellerin dahi içine kundak koyarak onu yıkmaya çalışacaklar olacaktır. Onun hayatına, verimine karşı suikastlar tertip etmeye teşebbüs edecekler bulunacaktır. Bütün bunlara karşı en kuvvetli silahımız, iktisadiyattaki genişlik, sağlamlık ve muvaffakiyetimiz olacaktır. Efendiler, dahil olduğumuz halk devrinin, milli devrin, milli tarihini dahi yazabilmek için kalemlerimiz sabanlar olacaktır. *(Alkışlar)* Bence halk devri, iktisat devri kavramı ile ifade olunur.

Öyle bir iktisat devri ki, onda memleketimiz mamur olsun, milletimiz müreffeh olsun ve zengin olsun. Bu noktada bir felsefeyi size hatırlatayım: "El kanaatü kenzi lâyüfnâ". Kanaati, "kenzi lâyüfnâ" farz etmek, fakirliği fazilet bilmek felsefesine de iktisat devri artık son versin. *(Alkışlar)*

Efendiler, bu felsefeyi, mutlaka yanlış yorumlamak yüzünden bu millete, bu memlekete çok büyük fenalık edilmiştir. Biliriz ki, Allah dünya üzerinde yarattığı bu kadar nimetleri, bu kadar güzellikleri insanlar istifade etsin, nimetlensin diye yaratmıştır ve azami derecede istifade edebilmek için de, bugün kâinattan esirgediği zekâyı, aklı insanlara vermiştir. Eğer vatan denilen şey, kupkuru dağlardan, taşlardan, mezrai sahalardan, çıplak ovalardan ve vatan, şehirler, köylerden ibaret olsaydı, onun zindandan hiçbir farkı olmazdı. Ve hakikaten bu dediğimiz felsefenin sahipleri bu kıymetli vatanımızı böyle zindan ve cehennem yapmaktan başka bir şey yapmamışlardır. Halbuki bu vatan, evlat ve torunlarımız için cennet yapılmaya layık, çok layık bir vatandır. İşte bu memleketi böyle mamure haline, cennet haline getirecek olan, iktisadi vasıtalar ve etkenler ve iktisadi faaliyettir. Dolayısıyla öyle bir iktisat devri lazımdır ki, artık milletimiz insanca yaşamasını bilsin, insanca yaşamanın neye bağlı olduğunu öğrensin ve o vasıtalara girişsin. Hepimizin arzumuz şudur ki., bu memleketin efradı, ellerinde numuneleriyle ziraatın, ticaretin, sanatın, emeğin, hayatın bir temsilcisi olsun. Ve artık bu memleket böyle fakir ve bu millet hakir değil, belki memleketimize zengin memleketi, zenginler memleketi, bu yeni Türkiya'nın adına da çalışkanlar diyarı denilsin. İşte millet böyle bir devir içinde bulunuyor ve böyle bir devri yüceltecektir. Ve böyle bir devrin tarihini yazacaktır. Ve böyle bir devirde, böyle bir tarihte en büyük makam, en büyük hak çalışkanlara ait olacaktır. Efendiler, Türkiya İktisat Kongresi, tarihte ilk defa yüksek mevki kazanacak bir kongredir. Sizler memleketin ihtiyacını, milletin ihtiyacını ve milletin kabiliyetini ve bunun karşısında bütün dünyada mevcut olan çok kuvvetli iktisat teşkilatını nazarı itibara alarak, yapılması lazım gelen tedbirleri ve tatbiki elzem olan bütün yenilikleri tam bir açıklıkla ifade etmelisiniz, tespit etmelisiniz. Ta ki, o tedbirler, o yenilikler tatbik olundukça memleketimiz bereketlere, nurlara boğulsun. Arkadaşlar, Türkiya Büyük Millet Meclisi'niz ve hükümetiniz, tabii milletin emelleri dairesinde, ilerlemeye, yeniliğe tamamen dosttur, tamamen taraftardır. Bunun için memleket ve millete faydalı kabul edeceğiniz tedbirler büyük bir memnuniyetle nazarı dikkate alınacaktır. Buna şüphe etmiyorum. Efendiler, iktisadiyat sahasında düşünürken ve konuşurken zannolunmasın ki, biz yabancı sermayesine hasım bulunuyoruz. Hayır, bizim memleketimiz geniştir. Çok çalışmaya ve sermayeye ihtiyacımız vardır. Dolayısıyla kanunlarımıza riayetkâr olmak şartıyla yabancı sermayelerine lazım gelen teminatı vermeye her zaman hazırız ve arzu edilir ki, yabancı sermayesi bizim emeğimize ve sabit servetimize katılsın ve bizim için ve onlar için faydalı neticeler versin; fakat eskisi gibi değil. Hakikaten mazide ve bilhassa Tanzimat devrinden sonra, yabancı sermayesi memlekette müstesna bir mevkiye sahip oldu. Ve ilmi manasıyla denebilir ki, devlet ve hükümet yabancı sermayesinin jandarmalığından başka bir şey yapmamıştır. Artık her medeni devlet gibi, millet gibi, yeni Türkiya dahi buna razı olamaz; burasını esir ülkesi yaptıramaz. *(Bravo sesleri, alkışlar)*

Hoca Efendi: Paşa Hazretleri, Hindiçini ve Bengal eyaletinde bulunduğumuz zamanda orada bulunan İslam kardeşlerimize Türkiya hükümeti mi arıyorsunuz, diyen Muhammed Ali isminde bir zata kaptan... ismindeki aşağılık kâfire bir tokat vurduğu gibi kan çıkarmıştır. Dolayısıyla pek güzel buyurdunuz. Memleket çalışkan diyarıdır. Dolayısıyla Allah'ın inayeti ile bu memleketimizi cennet misali yerlere döndürmeye gayret edeceğiz ve bunu bekleriz.

Başkumandan: Arkadaşlar, son söz olarak demiştim ki, biz memleketimizi artık esir ülkesi yapamayız. Belki hepinizin nazarı dikkatini çekmiş olan Lozan Konferansı'nın son müzakeresi bu nokta ile alâkadardır. Konferansın şimdilik askıya alınışı hep aynı meseleden, aynı noktadan kaynaklanmaktadır gibi anlaşılabilir. Ordularımız en büyük bir zaferi kazanmışlardı ve muzafferane yürüyüşünü durduracak hiçbir mâni mevcut değildi. *(Alkışlar)* Böyle bir zamanda İtilaf devletleri, tabii haklarımızı, meşru haklarımızı müzakereler ile dahi tasdik edeceklerini ve meselelerin müzakereler ile dahi hallolunacağını söylediler ve bizi konferansa davet ettiler. Milletimiz, Meclisimiz ve hükümetimiz samimi olarak barış taraftarı bulunduğu için, muzaffer ordularımızı durdurdu ve delege heyetimizi Lozan'a gönderdi. Aylardan beri müzakereler ve münakaşalar cereyan ediyor. Fakat henüz muhataplarımız bizimle üç senelik, dört senelik bir hesabı görmüyorlar; üç yüz ve dört yüz senelik hesapları görmeye başlamışlardır. Ve hâlâ muhataplarımız eski Osmanlı devletinin tarihe karıştığını ve bugün yeni bir Türkiya devletinin mevcut olduğunu ve bu Türkiya devletini kuran milletin çok azimkâr ve kahraman bir millet olduğunu ve bu milletin artık tam bağımsızlığından ve milli hâkimiyetinden zerre kadar fedakârlık yapamayacağını anlayamamışlardır. *(Alkışlar)*

İşte bunu anlayamamak yüzünden tereddüte düşmüşler, duraksamışlardır. Arkadaşlar, onlar istedikleri kadar tereddüt edebilirler. Fakat bu millet kati kararını vermiştir. Bu millet için tereddüt devirleri çoktan geçmiştir. *(Bravo sesleri, sürekli alkışlar)* Devletlerin delege heyetimize verdikleri son proje bittabi heyetimizce kabule değer görülmedi. Diğer delege heyetleri gibi bizim delege heyetimiz de vaziyeti hükümete ve icap ederse Meclis'e arz etmek üzere memlekete dönmek üzeredir. Tabii izahat ve sorular olacaktır. Ancak bütün millet, bütün cihan bilsin ki, en nihayet ve en nihayet bu millet tam bağımsızlığının temin edildiğini görmedikçe, yürümeye başladığı yolda bir an durmayacaktır. *(Şiddetli ve sürekli alkışlar)*

Efendiler, hiç kimseden fazla bir şey istemiyoruz. Dünyanın her medeni milletinin tabiaten sahip olduğu şeylerden bizi mahrum etmemelidirler ve haklarımızı teslim etmelidirler. Çünkü hakkımız tabiidir, meşrudur, makuldür ve bize lazımdır. Biz bu haktan vazgeçmeyeceğiz ve ne kadar haklı isek, bu hakkımızı müdafaa ve muhafaza için de memleketimizin, milletimizin kabiliyet ve kudreti o kadardır. *(Alkışlar)* Efendiler, görülüyor ki, bu kadar kati ve yüksek bir askeri zaferden sonra dahi bizi barışa kavuşmaktan men eden sebepler, doğrudan doğruya iktisadi sebeplerdir, iktisadi düşüncelerdir. Çünkü bu devlet, bu millet iktisadi hâkimiyetini temin ederse o kadar kuvvetli temel üzerinde yerleşmiş ve yükselmeye başlamış olacaktır ve artık bunu yerinden kımıldatmak mümkün olamayacaktır. İşte düşmanlarımızın, hakiki düşmanlarımızın uygun bulmadıkları, bir türlü rıza göstermedikleri budur.

Efendiler, bu fiilen vaki olmuştur. Barış denilen şeyin temini için yabancıların bu hakikati itiraf etmemekteki tereddütlerine mantıki mana vermek mümkün değildir. Çok arzu edilir ki, pek yakın bir zamanda onlar da bu hakikati itiraf ederler ve bütün medeniyet cihanının pek büyük istek ve hasretle beklediği barışın yapılmasına mâni olmak mesuliyetinden sakınırlar. Biz şimdiden hayati vasıtalarımızı temine başlamış bulunuyoruz. Ve bittabi barış halinin inşasında daha büyük gelişmeler oluyor. Fakat muvaffak olmak için çok çalışmak lazım olduğunu bilmeliyiz. İktisadiyat, iktisadiyat diyoruz. Fakat arkadaşlar, iktisadiyat demek, her şey demektir. Yaşamak için, mesut olmak için, insanın mevcudiyeti için ne lazımsa onların tamamı demektir; ziraat demektir, ticaret demektir, çalışmak demektir, her şey demektir. Bütün bu hususlarda şu anda memleket ve milletimizin ne halde olduğunu sizler çok güzel bilirsiniz. Vasıflandırmak istemeyeceğim. Ancak memleketimizin genişliği ve nüfusumuzun bu genişliğe ne kadar orantısız olduğunu da hatırlayınız. Bu geniş ve verimli toprakları işleyebilmek, işletebilmek için noksan olan el emeğini, mutlaka fenni aletler ile telafi etmek mecburiyetindeyiz. Memleketimizi bundan başka şimendiferler ile ve üzerinde otomobiller çalışır şoselerle şebeke haline getirmek mecburiyetindeyiz. Çünkü Batı'nın ve cihanın vasıtaları bunlar oldukça, şimendiferler oldukça, vapurlar oldukça, bunlara karşı deve ile merkepler ve kağnı ile ve tabii yollar üzerinde müsabakaya çıkışmanın imkânı yoktur. Memleketimiz ziraat memleketidir. Bu itibarla halkımızın çoğunluğu çiftçidir, çobandır. Dolayısıyla en büyük kuvveti, kudreti bu sahada gösterebiliriz ve bu sahada mühim müsabaka meydanlarına atılabiliriz. Fakat aynı zamanda sanatımızı da artırmak ve genişletmek mecburiyetindeyiz. Eğer sanat hususunu yine görmezden gelirsek, o halde sanayi eserlerinde yine haricin haraç vereni oluruz. Mahsullerin ve mamullerin mübadeleleri ve servete dönüştürülmesi için, ticarete ihtiyacımız vardır. Ticaretimizin yabancılar elinde kalması, memleketimizin servetinden lüzumu kadar istifade edememeye sebep olur. Fakat bütün bunlar söylenildiği kadar basit ve kolay olmayan şeylerdir. Bunda muvaffak olabilmek için hakikaten memleketin ve milletin ihtiyacına uygun esaslı program üzerinde bütün milletin beraber ve ahenk içinde çalışması lazımdır. Yüksek heyetiniz bu esasların en kıymetlilerini inşallah bulup ortaya koyacaksınız. Arkadaşlar, bence yeni devletimizin, yeni hükümetimizin bütün esasları, bütün programları iktisat programından çıkmalıdır. Çünkü demin dediğim gibi, her şey bunun içinde yer almaktadır. Dolayısıyla evlatlarımızı o suretle talim ve terbiye etmeliyiz, onlara o suretle ilim ve irfan vermeliyiz ki, ticaret, ziraat ve sanat âleminde ve bütün bunların faaliyet sahalarında verimli olsunlar, tesirli olsunlar, faal olsunlar, pratik bir uzuv olsunlar. Dolayısıyla maarif programımız, gerek ilk tahsilde, gerek orta tahsilde verilecek bütün şeyler, bu görüşe göre olmalıdır. Maarif programlarımız gibi devlet şubeleri için tasavvur olunacak programlar dahi, iktisat programına dayanmaktan kendini kurtaramazlar. Esaslı bir program tatbik etmek** ve bu program üzerinde bütün milleti ahenk içinde çalıştırmak lazımdır.

Bizim halkımızın menfaatlari yekdiğerinden ayrılır sınıflar halinde değil; bilakis mevcudiyetleri ve mesai neticesi yekdiğerine lazım olan sınıflardan ibarettir. Bu dakikada dinleyicilerim çiftçilerdir, sanatkârlardır, tüccarlardır ve ameledir. Bunların hangisi yekdiğerinin karşısında olabilir? Çiftçinin sanatkâra, sanatkârın çiftçiye ve çiftçinin tüccara ve bunların hepsine, yekdiğerine ve ameleye muhtaç olduğunu, kim inkâr edebilir?

Bugün mevcut olan fabrikalarımızda ve daha çok olmasını temenni ettiğimiz fabrikalarımızda kendi amelemiz çalışmalıdır. Müreffeh ve memnun olarak çalışmalıdırlar ve bütün bu saydığımız sınıflar aynı zamanda zengin olmalıdır ve hayatın hakiki lezzetini tadabilmelidir ki, çalışmak için kudret ve kuvvet bulabilsin. Dolayısıyla programdan bahsolunduğu zaman, adeta denebilir ki, bütün halk için bir "Emek Misakı Millisi"dir. Ve böyle bir Emek Misakı Millisi mahiyetinde olan program etrafında toplanmaktan hasıl olacak olan siyasi şekil ise, alelade bir fırka mahiyetinde tasavvur edilmemek lazım gelir ve barıştan sonra vukua gelebilecek olan böyle bir siyasi şeklin şimdiye kadar olduğu gibi milletin azim ve imanıyla ve birlik ve dayanışmasının birbirine yardımcı olmasıyla muvaffak olacağı hakkındaki kanaatim kuvvetlidir ve tamdır.

Efendiler, yüksek heyetinizin bugün yapmış olduğu Türkiya İktisat Kongresi çok mühimdir, çok tarihidir. Nasıl ki, Erzurum Kongresi, Sivas Kongresi felaket noktasına gelmiş olan bu milleti kurtarmak hususunda Misakı Milli'nin ve Teşkilatı Esasiye Kanunu'nun ilk temel taşlarını tedarik hususunda etken olmuş, tesirli olmuş, müteşebbis olmuş ve bundan dolayı tarihimizde, milli tarihimizde ve milli hayatımızda en kıymetli ve yüksek hatırayı kazanmış ise, kongreniz dahi milletin ve memleketin hayat ve hakiki kurtuluşunu temine vasıta olacak düsturun temel taşlarını ve esaslarını hazırlayıp ortaya koymak suretiyle, tarihte en büyük namı ve çok kıymetli bir hatırayı kazanacaktır. *(Alkışlar)* Bu kadar kıymetli ve tarihi kongrenizi açmak şerefini bana bahşettiğinizden dolayı bilhassa teşekkürler arz ederim. *(Alkışlar, estağfurullah sesleri)* Ve böyle bir kongreyi yapan sizlersiniz. Bundan dolayı sizi tebrike değer görürüm ve tebrik ederim. *(Teşekkür ederiz sesleri)* Kongre açılmıştır efendim.

*) *Hâkimiyeti Milliye*, 19 Şubat 1923, Numara: 743, s.1-2; *Vakit*, 18 Şubat 1923, Numara: 1864, s.1: Gazi Mustafa Kemal Paşa Hazretleri İzmir Yollarında, Matbuat Müdüriyeti Umumiyesi Neşriyatı, İstihbarat Matbaası, Ankara, 1923, s.103-126;

(*Atatürk'ün Bütün Eserleri*, 15. c., s.138-148)

**) Sabahattin Selek diyor ki: *"Zaferden sonra ihtilal kendi felsefesine ihanet etti. 17 Şubat günü İzmir'de toplanan Türkiye İktisat*

Kongresi ile yeni Türkiye devletinin milli kapitalist ekonomiyi benimsediğini görmekteyiz. Gazi M. Kemal Paşa Kongreyi açış nutkunda devletçilikten tek kelime bile söz etmemiştir." (*Anadolu İhtilali*, s.706-707, Cem Yayınevi, İstanbul, 1973, 5. basım)
Rahmetli Selek genele bakmıyor, iktisat hayatımızın o tarihte hangi düzeyde olduğunu dikkate almıyor. Devletçiliğe, daha doğrusu karma ekonomiye ulaşmak için birçok aşamadan geçmek, birimler ve kurumlar kurmak, yasalar çıkarmak vb. gerekir. Hemen ulaşılabilecek bir hedef değil. Bu nedenle M. Kemal Paşa'nın devletçilikten bahsetmemesi, ihtilal felsefesine ihanet değildir. Karma ekonomi görüşünü M. Esat Bey'e söyleterek tartışmaya açılmasını uygun görmüştür. Ama bu hedeften hiç gözünü ayırmadığını da ilerledikçe göreceğiz.

85) Gündüz Ökçün, *Türkiye İktisat Kongresi*, s.262 (konuşmanın tümü: s.257-266); M. Kemal Paşa'nın bu güne kadarki konuşmalarını gözden geçirenler bu paragrafın dayanaklarını bulabilirler. Türkiye'yi bu görüş düze çıkaracaktır. Karma iktisadı herkesten önce M. Kemal Paşa ve arkadaşları formüle etmiştir.

86) Kâzım Karabekir Paşa'nın konuşması için: Gündüz Ökçün, *Türkiye İktisat Kongresi*, s.266-269.
M. Kemal Paşa'nın konuşması ile Kâzım Karabekir'in konuşmasını karşılaştırınca insan, M. Kemal Paşa'nın neden Milli Mücadele'nin önderi, neden en büyük, neden Atatürk olduğunu çok iyi anlıyor.

86a) Anadolu ve Rumeli ebedi anavatan sanılırken, Rumeli birkaç gün içinde elden gidivermişti. Sopayla kovalanmışlardı. Müttefikler Doğu Trakya'yı Türklere zor geri vermişlerdi. Anadolu hakkında hâlâ bazı tasarıları vardı. Ermeniler, Geldaniler, Nasturiler, Asurlular için yurt isteyerek, Alevilere, Kürtlere, Çerkeslere, Araplara azınlık statüsü verilmesi için baskı yaparak Anadolu'yu çözmek, parçalamak isteğini sürdürdükleri görülüyordu. Son dayanak, son sınır, son yurt, son barınak Doğu Trakya ve Anadolu'ydu. Burada tutunmak, hayat eseri göstermek, kimsede ümit bırakmamak gerekliydi. Bunun için her şey yapılmalıydı!
Bir daha belirtiyorum: Birçok karar, Anadolu'yu koruma, savunma amaçlıdır.

87) Sevgili gençler! M. Kemal Paşa'nın her yerde, her zaman halkın büyük ilgisi ve sevgisi ile karşılaştığını görüyorsunuz. Nasıl emsalsiz bir sevgi ile sevildiğini belirtmek için bu bilgileri veriyorum. Bu bilgileri o günkü gazetelere, anılara, belgelere dayanarak aktarıyorum. Millet Atatürk'ü böyle sevmiş, böyle saymıştır. Yalnız bizim tarihimizde değil, dünya tarihinde de Atatürk'e duyulan bu sürekli ve büyük sevgi ve saygının benzeri yoktur. Aramızdan ayrılana kadar da ilgi ve sevgi, böyle devam etmiştir. Peki sonra ne oldu da Atatürk aleyhinde yazan, konuşan birtakım vefasız, kadirbilmez, saygısız insanlar türedi? Bu kitapta bu da anlatılacak.

88) Latife Hanım'la ilgili bir kitapta 'yedi deve yükü çeyiz getirdiği' yazılı. Bu bir halk ölçüsüdür, 'çok' anlamına gelir. Ama Latife Hanım'ın çok çeyiz getirdiği bir abartıdır. O zamanlar bugünkü gibi yatak odası takımı, mutfak eşyası kız tarafına aittir gibi âdetler yoktu. Zaten bunların alâsı vardı köşkte. M. Kemal Paşa evine özenen, çok düzenli biriydi. Latife Hanım bir bekârın evine değil, Devlet Başkanı'nın yaşadığı köşke geliyordu. Latife Hanım'ın giysileri dışında, bavullara sığan örtüler, çarşaflar, yemek takımı, çatal bıçak takımı gibi bir şeyler getirdiği anlaşılıyor. Gerisi abartıdır.

New York Times gazetesi "Latife Hanım'ın bir milyon liralık (660.000 dolarlık) çeyiz getirdiği söyleniyor" diye yazmış. Bu ve benzeri haberler Doğudan masalsı haberler verme alışkanlığının ürünüdür.

İpek Çalışlar'ın *Latife Hanım* adlı çalışması emek ürünü bir çalışma. Ama genelde bilimsel ve gerçekçi değil. Bir derleme. Her derlediği bilgiyi kitabına almış. Bazı önemli ve bilinen gerçekleri ise dışarda bırakmış. Genel olarak oryantalist bakış ürünü dış haberlere dayanıyor. Olayların akışı ile Türk gazeteleri ve anılar, bu ve benzeri yabancı kaynaklı masalları doğrulamıyor.

Biyografi yazmak için her şeyden önce, dönemle ve karakterlerle ilgili bütün ana kaynakları taramak ve eleştirel bir tutumla değerlendirmek gerekir. Karakterlere, gerçeklere ve olayların akışına uyan bilgiler korunur, masallar, uydurmalar, dedikodular atılır. Geriye güvenilir, doğru, dürüst, güvenilir bir çalışma kalır.

Sayın İpek Çalışlar'ın çalışmasında gerçeğe, karakterlere, olayların akışına ve döneme uymayan hayli bilgi, gerçekmiş gibi yer alıyor. Latife Hanım'a saygı duymak doğru ve güzel bir yaklaşım. Ama aynı saygıyı gerçeklere de göstermek gerekmez mi? Biyografi, roman değildir. Hele masal hiç değildir.

Ayrıntılarla ilgili birçok yanlış var. Önemli olanlara yeri geldikçe değineceğim.

Kitapla ilgili yazıları toplamıştım. Bu yazıları yazanların çoğunun o dönemi bilmedikleri ya da pek az bildikleri anlaşılıyor. Bu genel bilgisizlik insanı utandırıyor.

89) *Gizli Celse Zabıtları*, 4. c., s.1290-1301.

90) Müttefik tasarısına karşı hızla bir Türk tasarısının hazırlanmasını ve Müttefiklere gönderilmesini İsmet Paşa'ya, Lozan'da bulunan ABD temsilcisi Amiral Bristol tavsiye etmişti. İsmet Paşa bu tavsiyeyi benimsedi, hükümete iletti. Hükümet de uygun buldu. Barış yolunu bu işlem açmıştır (İ. İnönü, *Hatıralar*, 2. c., s.95).

90a) G. Ökçün, *Türkiye İktisat Kongresi*, s.310.

91) O zamanlar mali yılbaşı 1 Mart idi. Meclis toplantı dönemleri de 1 Martta başlardı.

92) O yoksulluk içinde basımevi ve kitaplık kurulması için 260.360 TL ödenek ayrılmış. Üç erkek bir kız yeni öğretmen okulu açılmış. Sağlık Bakanlığında 337 doktor ve 434 sağlık memuru, çocuk yurtlarında on bine yakın yetim varmış. Kanunları gözden geçirmek üzere yedi komisyon kurulmuş vb.

Binlerce sorun ve yoksulluk, bu demirden kuşağı yıldırmıyor, sürekli çare arıyor ve üretiyorlar.

* Meclis bu son döneme, 341 üye ile giriyor.

93) *1. Devre Zabıt Ceridesi*, 27. c., s.11, 12 (birleştirilerek).

93a) Afet İnan, *İzmir İktisat Kongresi*, s.85.

94) Milli Marş'ın, Zeki Üngör'ün bestesinden önce, çeşitli besteleri var. En bilineni Ali Rıfat Çağatay'ın alaturka bestesi. Bu besteler tutmamış, beğenilmemiştir. 1930 yılında Zeki Üngör'ün bestesi kesin olarak kabul edildi.

95) Kongre önce grup kurulları olarak çalışmıştır. Hazırlanan raporlar önce grup genel kurullarında görüşülmüş, sonra Kongre genel kurulunda tartışılmıştır. Genel kurul 17 kez toplanmıştır.

* K. Karabekir Paşa Kongre sırasında Latin harflerinin kabulü yönünde bir dilek üzerine bir konuşma yaparak dileğin aleyhinde konuşmuş, bunun yıkım olacağını söylemiştir (G. Ökçün, *Türkiye İktisat Kongresi*, s.318).

* Mahmut Esat Bey de Kongre'de kredi ve bankalar konusunda şöyle demiştir: *"Çok önem verdiğim bir sorun da kredi sorunudur. Eğer bankalar kurmazsak biz yabancı sermayesine eziliriz.* (Milli) *Bankalar Türkiye'nin iktisadi sınırlarının siperleri olacaktır. Kanaatimiz, Türk iktisadı, bankalarla başlamalıdır."* (G.Ökçün, *Türkiye İktisat Kongresi*, s.312)

* Genel kurulda bazı üyelerin başları açık, fessiz ya da kalpaksız oturdukları görülüyordu. Bu yeni durum bazı üyeleri rahatsız etti. Erkeklerin başlarının da kapalı olması âdetti. Başlar kapalı oturulması için önerge verdiler. Genel kurul bu öneriyi reddetti.

* Kongre oldukça yararlı olmuştur. Devlet grupların isteklerini öğrenir. Milli iktisat anlayışı tohumu toprağa düşmüştür. Ayrıca yurdun dört bucağı birbirini tanır. Ama şunu söylemek gerekiyor: Resmin bütünü görülmemiş, Türkiye'nin genel durumu ve çıkış yolu gerektiği gibi tartışılmamıştır. Her grup kendi yararına uygun önerilerde bulunmuştur. Kongreye olaya topyekûn bakış yerine mesleki tavrın egemen olduğu söylenebilir.

* Misak-ı İktisadi'de yerli kumaş kullanılması, iktisadi birlik, ağaç bayramı, kitap bayramı, namuslu olmak gibi öğütler var. Bu belgeyi çocukça, safça bulanlar çoğunlukta. Kapitülasyonlar döneminden çıkılıyor, böyle bir özgürlük hiç yaşanmamış, deney birikimi çok az, iktisatçı da çok değil. Bu belge o andaki genel durumumuzu, duyguları, özlemleri yansıtan bir ayna. Henüz bu düzeydeyiz. Bu nedenle belgeye şefkatle bakmak insafa uygun olur.

96) En önemli konu Musul'du. Musul konusunda herkes duyarlıydı. Genel eleştirilerin haklı olanları da vardı, haksız, abartılı, önyargılı olanları da. Havayı geren eleştirilerden çok, muhalefetin kaba, hoyrat üslubu ve durmadan konuşma isteği ile usulü zorlamalarıydı.

96a) B.N. Şimşir, *Lozan Telgrafları*, 2. c., s.XLI, 43. dipnot.

97) *Gizli Celse Zabıtları*, 4. c., s.2-191; Ali Fuat Cebesoy, *Siyasi Hatıralar*, 1. c., s.259-295. (Cebesoy, tartışmalarla ilgili bazı ayrıntılar

veriyor, muhalefete mensup 60 milletvekilinin oya katılmadıklarını, 1. Gruba mensup 14 milletvekilinin de hayır dediğini, 6'sının çekimser kaldığını açıklıyor. Bu ayrıntılar zabıtta yok. 60 muhalifin oya katılmamasını eleştiriyor.)
Meclis görüşmeleri Başbakan Rauf Bey ile İsmet Paşa arasında büyük bir dayanışma, anlayış, düşünce birliği olduğunu gösteriyor. Anlaşmazlık ikinci dönemin sonuna doğru belirecektir.
* Bildirinin özeti: 'Müttefiklerin tasarısını olduğu gibi kabul etmemize imkân yok. Hayati sorunumuz olan Musul'un kısa bir süre içinde halli gereklidir. TBMM mali, iktisadi, idari sorunlarda hayat ve bağımsızlık haklarımızın sağllanması şartıyla barış girişimlerine devam için Bakanlar Kuruluna yetki vermiştir.'

98) Ş. Belli, *Fikriye*, s.94-97.

99) Ş. Turan, *Türk Devrim Tarihi*, 3. c., 1. kitap, s.66-68; İ.H. Tonguç, *İlköğretim Kavramı*, s.228 vd.; bu genelge laik eğitime hazırlık niteliğindedir. Daha sonra da Ankara'da Bilim Kurulu (Heyet-i İlmiye) toplantıya çağrılacaktır (15 Temmuz 1923); eğitim devrimi böyle başlar.
Millet çok kısa bir tanımla bir vatanda bir arada yaşayan insan topluluğu demektir. Türlü millet tanımlarının özü budur. Bu topluluğun vatanseverlik anlayışı çevresinde toplanıp çağdaş bir millet olabilmesi için milli bir eğitim siyaseti güdülmesi zorunludur. 'Milli' bu anlama gelir. Şimdilerde milliyetçiliği, milliliği, ırkçılık, şovenlik gibi anlatmaya, yansıtmaya, tanıtmaya çalışanlar var. Yeni Türkiye milliyetçiliğinin böyle bir niteliği, dar bakışı, hasta yanı yoktur. Olsa Türkiye'yi yalnız Türkler yönetirdi.
Bir küçük not: Atatürk'ün üç tane yaveri vardı, biri Türktü (Salih Bozok), biri Abhazdı (Muzaffer Kılıç), biri Kürttü (Mahmut Soydan).

99a) M. Kemal Paşa eşinin onayını alarak Çankaya Köşkü'nün genişletilmesine karar verdi. Mimar Vedat Bey'le görüştü. Yaptığı planı beğendiler. Bu çabuk yapılacak ama evi genişletip güzelleştirecek bir plandı. Haziranda hazırlıklara başlandı. M. Kemal Paşa ve eşi, inşaat sırasında bahçede kurulan bir çadırda, bir bağ evinde, zaman zaman da direksiyon binasında kalacaklardır.

99b) Bu sanayi kuruluşlarının alanları şöyle: Gıda, toprak, deri, dokuma, ağaç, kırtasiye, kimya. İşçi sayısı yaklaşık 15.000 kişi. *Modern Türkiye* adlı kitabında E.G. Mears diyor ki: *"Yabancı sermayenin etki alanının Osmanlı İmparatorluğu'ndan daha geniş olduğu bağımsız bir devlet herhalde yoktur. Bu miras sadece ekonomik girişimleri ilgilendirmekle kalmaz, Türkiye'nin politik ve toplumsal hayatının tümüne etkilerini yayar. Siyasi denetim sağlamanın en güvenceli ve en basit yöntemlerinden biri sermaye kaynakları üzerinde egemenlik sağlamaktır. Eski Osmanlı İmparatorluğu şaşılacak derecede dış mali çıkarlara ipotek edilmiş durumdaydı."* (Aktaran: Korkut Boratav, *Türkiye İktisat Tarihi*, s.19, Eylül 2007 basımı)

100) Bugün gazetelerde Adana Müftüsünün bir açıklaması yayımlandı. Müftü, M. Kemal Paşa'nın eşiyle birlikte geziye çıkmasının İslam dinine aykırı olmadığını, eşinin bu giyimle görünmesinin şeriata uygun bulunduğunu bildiriyordu (M. Önder, *Atatürk'ün Yurt Gezileri*, s.17). Homurdanan bağnazlar vardı. Bunlar çevrelerini etkileyerek sayılarını çoğaltacaklardır.

* 1923 yılı başlarında İstanbul'da gizli bildiriler dağıtıldığı anlaşılmıştı. Bildirilerin Atina'da basıldığı, Hidiviye kumpanyası vapurları ile İstanbul'a getirtildiği, İngiliz İstihbarat Örgütüne bağlı Rum ve Ermeni ajanlar aracılığıyla dağıtıldığı saptandı. Bildirilerin altındaki imza 'Anadolu-Osmanlı İhtilal Komitesi' idi. Uzunca bir çalışmadan sonra şu bilgiler elde edildi: Söz konusu komite Atina'da kurulmuş, 17 Nisan 1923'te merkez Midilli'ye taşınmış. Başkan Kuşçubaşı Eşref'tir. Vahidettinciler, Türkiye'den kaçan birtakım hainler ile İzmir asıllı Rumlar, Pontus Cemiyeti, Ermeni Taşnak Partisi vb. tarafından desteklenmektedir. Ele geçen bildirinin başında M. Kemal Paşa ile eşinin ve bazı arkadaşlarının fotoğrafı vardır. Latife Hanım ayak ayak üstüne atmış görünmektedir. Bu oturuşu İslam ve milli muaşeret adabına aykırı bulan anlayış, bu aykırılığın yayılmadan kırılması için halkı isyana teşvik etmektedir. Birkaç bildiri daha basılıp dağıtılmış, sonra bu etkinlik alınan önlemlerle sona erdirilmiştir. Geniş bilgi ve Türk istihbaratının bu konuda hazırladığı rapor için: *Yakın Tarihimiz*, 2. c., s.87-88.

* Sevgili Çerkez gençler! Çerkez Ethem'in hain olarak anılmasından üzülenleriniz var. Milli Mücadele sürerken düşmana katılan ve onunla işbirliği yapana başka ne sıfat verilebilir ki? Sizin hem Kafkasya'da büyük kahramanlarınız var, hem Milli Mücadele'de büyük kahramanlıklar göstermiş gerçek kahramanlarınız var. İkisinin adını vereyim: Albay Bekir Sami Bey, Gaziantep kahramanı Özdemir Bey. Bu gibi gerçek, halis kahramanlarla övünün, biz de övünmenize yürekten katılalım.

100a) O zamanki Belediye Başkanı Mithat Toroğlu diyor ki: *"Mersin ithalat, ihracat memleketi. Ama bu ithalatı, ihracatı yapan tek Türk yoktu."* (N. Kal, *Atatürk'le Yaşadıklarını Anlattılar*, s.30)

100b) Ailenin büyüğü ünlü yazar Halit Ziya Uşaklıgil oğluna yazdığı bir mektupta Latife Hanım için diyor ki: *"Latife'nin Uşakizade ailesinin güzel ve temiz taraflarından ona kadar gelen meziyetlerin yanında, Muammer'in kötü yaradılışından, özellikle de Adviye'nin (Latife Hanım'ın annesi) türlü türlü yozlaşmış miraslarından geçen sakatlıkları vardır. Paşa'nın Latife ile izdivacını haber alır almaz kendi kendime 'Eyvah' demiştim, 'M. Kemal'in bütün hayatı zehirlenecek.'"* (Mektubu aktaran: Prof.Dr. Ş. Turan, *Mustafa Kemal Atatürk*, s.656)

100c) Ümit Sarıaslan, *Demir Ağlardan Örümcek Ağlarına*, s.157.

101) Gezinin tamamı için: M. Önder, *Atatürk'ün Yurt Gezileri*; Damar Arıkoğlu, *Hatıralarım*, s.305 vd.; İ.H. Sevük, *O Zamanlar*, s.243-299; *Atatürk'ün Bütün Eserleri*, 15. c., s.202-265; *Anadolu Ajansı, Türkiye Cumhuriyeti 80. Yıl Kronolojisi*, s.33.

* Her toplantıya Latife Hanım'ın katıldığı hakkında açık bilgi yok. Bazılarına belki de yorgunluktan katılmamış olabilir.

101a) Türk notasını ve karşı projesini alınca Müttefik temsilcileri 21 Martta Londra'da Lord Curzon'un başkanlığında toplanırlar. İkinci dönemde Türklere karşı yine birlikte hareket etme ilkesi kabul edilir ve her ana sorun hakkında kararlar alınır. Bu kesin kararlar ikinci dönemde Türk Kurulunun önüne demirden duvarlar gibi dikilecektir. Türk Kurulunun bu dönemde işi daha zor olacaktır. (Londra toplantısı ve ayrıntılar hakkında: B.N. Şimşir, *Lozan Telgrafları*, 2. c., s.XLVI-L)

102) Lozan görüşmelerine deniz uzmanı olarak katılan Yarbay Şevket Doruker Ali Şükrü Bey'in kardeşidir. Ali Şükrü Bey'in kaybolduğunu Rauf Bey'e o haber vermiştir.

103) Topal Osman Ağa-Ali Şükrü Bey olayı hakkında yararlanılan kaynaklar: *1. Devre Zabıt Ceridesi*, c. 28., s.226 vd.; Rauf Orbay, *Hatıralar, Yakın Tarihimiz*, 4. c., s.82-83; Salih Bozok-Cemil S. Bozok, *Hep Atatürk'ün Yanında*, s.115-119; İ. Hakkı Tekçe, *Muhafızı Atatürk'ü Anlatıyor*, s.33-39; Ali Fuat Cebesoy, *Siyasi Hatıralar*, s.295-299; Ömer Sami Coşar, *Osman Ağa*, s.75-77; Erden Menteşoğlu, *Osman Ağa ve Giresunlular*, s.152-193; bu konuda hiç başvurulmayacak olan kaynak Dr. Rıza Nur'un hastalıklı anılarıdır. Anıların bu niteliği hakkında: T. Özakman, *Dr. Rıza Nur Dosyası*, Bilgi Yayınevi, Ankara, 1995 (Ben Dr. Rıza Nur'un kendi aleyhinde yazdığı bazı olaylara da inanmıyorum. Geçmişi değiştirerek, yeniden kurgulayarak yansıtma hastalığının kendisini de kapsamış olduğunu düşünüyorum).

104) *1. Devre Zabıt Ceridesi*, s.282-301.
Muhalefet de yeni seçim önerisini şiddetle benimsemiş, savunmuş ve bu karara 'mukaddes karar' adı verilmesini istemiştir.
Bazı yazarlar bu kararı iktidar grubunun bir oldu bittisi gibi göstermeye çalışıyorlar. Bu, gerçeklere aykırı bir iddiadır. Bir örnek: 19 Temmuz 2009 günü *Habertürk Tv.*'de saat 20.00'deki toplu programda bir konuşmacı ilk Meclis'in 'bir ayak oyunu ile sona erdirildiğini' söyledi. Ya bilgisiz ya da bilerek uyduruyor. İkisi de ayıp. Aynı konuşmacı ilk Meclis'in Lozan Andlaşması'nı da kabul etmediğini söyledi. Lozan görüşmeleri o tarihte daha sürmekteydi. Lozan Andlaşması aylar sonra, 24 Temmuz 1923'te kabul edilmiştir. Bu insanların gerçekleri bilmelerini ve gerçekleri konuşmalarını nasıl sağlamalı?
* Seçime karar verilir ama Meclis tatil edilmez. Meclis 16 Nisana kadar çalışmaya devam eder. Çoğunluk bulunamadığı için kendiliğinden sona erer (*1. Devre Zabıt Ceridesi*, 29. c., s.240).

105) Osman Ağa'nın Ali Şükrü Bey'i neden öldürttüğü anlaşılamamıştır. Birkaç söylenti varsa da hiçbiri kanıtlanmış değildir. En acı söylenti cinayetin M. Kemal Paşa'nın emri ya da bilgisi ile olduğudur. Bu

çirkin iddia ne M. Kemal'in kişiliğine uyuyor, ne bunu gerektirecek bir durum var ortada, ne de Ali Şükrü Bey tehlikeli, hain biri. Sadece muhalif. Meclis'te daha 80 kadar muhalif vardı.

O dönemin muhalefeti, gelenekçiler bu iddiayı M. Kemal Paşa'ya zarar vermek, saygınlığını yaralamak için kullanmışlardır. İftira yolu böyle açılır. Günümüze kadar dayanır. Siyasetimizin düzeyi bu.

Türk tarihinin en hain adamı Damat Ferit'i, Yunan ordusunun başarısı için dua edilmesini isteyen Ali Rüştü Efendi'yi, Divan-ı Harp Başkanı Nemrut Mustafa Paşa'yı vs. vs. vurdurmak mesele miydi? İstanbul'da bu işi başaracak kaç tane gizli örgüt vardı. Ama ne M. Kemal Paşa, ne Ankara yönetimi, ne gizli örgütler kanlı hiçbir tertibin, girişimin içinde olmamıştır. İnsan bunca yıl sonra, Milli Mücadele dönemine genel olarak bakınca, ne kadar temiz bir ihtilal olduğunu anlıyor. Gerçek bir tarihçi, bilgili bir araştırmacı, objektif bir aydın, küçük beyinlerin ürettiği kolay senaryoların akışa uymadığını hemen anlar, ciddiye almaz.

106) İpek Çalışlar *Latife Hanım* adlı kitabında Osman Ağa olayında M. Kemal ve Latife Hanım'ın durumu hakkında gerçeğe aykırı olduğu eteklerinden dökülen bir açıklamaya yer vermiş. Bu açıklama bir belgeye, kanıta, kaynağa, tanığa, yazılı bir anıya, bir mektuba dayanıyor mu? Hayır. Bilinen bütün kaynaklara, belgelere aykırı, yepyeni bir bilgi bu:

Latife Hanım'ın kız kardeşi Vecihe Hanım meğerse o gün Ankara'da, Çankaya'da imiş, o gün yaşadıklarını yıllar sonra yakın akrabalarına anlatmış. Bunlardan biri de sayın İpek Çalışlar'a anlatmış ya da duyurmuş. Anlatan kim? Yazar anlatanın kimliğini, aileye nisbetini belirtmiyor, isim, yaş vermiyor. Böylesine önemli, yepyeni bir bilgi, kaynak gösterilmeden anlatılır mı? İçki sohbeti değil ki bu.

Anlatılan masalı parça parça ama kesintisiz aktaracağım ve kısaca gözden geçireceğim. Üslubu yadırgamamanızı rica edeceğim. Çünkü bu ciddiye alınacak bir iddia değil. Tırnak içersindeki italik cümleler *Latife Hanım* adlı kitaptan alıntılardır:

"M. Kemal Paşa tehdit altındaydı." (Masala göre vakit akşam. Osman Ağa ile çatışma ise 10-12 saat sonra, sabah başlayacak. Daha

uzun saatler var. Yani M. Kemal Paşa tehdit altında filan değil. Osman Ağa ve adamları M. Kemal Paşa'nın muhafızları. Ama masal böyle kuyruklu bir yalanla başlıyor.)

"Kısa bir tartışma yaşandı. Önemli olan M. Kemal Paşa'nın yaşamıydı. Ona bir şey olursa hiçbiri hayatta kalamazdı. Dışardakilerle pazarlık başladı." (Neden M. Kemal Paşa'nın hayatı söz konusu? Bu saatte böyle bir durum söz konusu bile değil. Kimlerle pazarlık yapılıyor? Ne pazarlığı yapılıyor? Masalcı, evin Osman Ağa'nın adamları tarafından sarıldığını, pazarlığın bunlarla yapıldığını iddia ediyor. Allah Allah! Bu saatte ortalık süt liman. M. Kemal Paşa'nın evinin sarılmasını gerektirecek hiçbir durum yok. Çatışma 10-12 saat sonra, sabahleyin, ta Papazın Bağı'nda, yani 2 km. uzakta başlayacak. Anlatanın kafası belli ki yakın tarihimiz bakımından Toricelli borusu kadar boş. Çankaya çevresini de bilmiyor. Sallıyor.)

"Âdet olduğu üzere 'kadınlar ve çocuklar önden çıksın' dediler." (Vay vay vay! Ev kesin sarılmış. Ama M. Kemal Paşa'yı öldürmeye ya da yakalamaya gelenlerin filmlerdeki sahneleri hatırlatan ince bir yanları var: 'Kadınların ve çocukların önden çıkmalarına' izin veriyorlar. Demek ki içerde kalanlarla birlikte Çankaya Köşkü'nü yakacaklar ya da dinamit koyup yıkacaklar. Masal en heyecanlı yerinde. Okuyoruz:)

"Plan şuydu: M. Kemal Paşa kılık değiştirerek kadınlar ve çocuklarla birlikte dışarı çıkacaktı." (Planı gördünüz mü? Harika. Eski Türk komedi filmleri gibi. Çocuklar diyor. Kimin çocukları bunlar? Evde bir tek Abdürrahim var çocuk olarak. Başka? Yanıt yok tabii. Plana gelelim. Plan bu kadar değil. Arkası var:)

"Ama evin içinde de birilerinin kalması gerekiyordu. Latife muhafızlarla birlikte evde kalmaktan yanaydı. 'Ben onları oyalarım' diyordu." (Birilerinin niye evde kalması gerekiyor? Çünkü dışardakiler M. Kemal Paşa'nın içerde kaldığını sanacaklar. Gidenlere dokunmayacaklar. M. Kemal bu sayede çarşafla kaçacak. Birinin M. Kemal Paşa gibi davranması gerek. Kim olacak bu kahraman? Evde yaver var, muhafızlar var, Ali Metin Çavuş var. Yani bunların olması lazım. Anlatan bir şey bilmediği için 'muhafızlar' diyor. Muha-

fızlar dediği dışardakilerin arkadaşı. İçerde oynanan oyunu dışarı bildirmezler mi? Arkadaşları evi sarmış, niye diye sorup saflarını belirlemezler mi? Masalcının böyle ayrıntılarla uğraşacak hali yok. Masalı sürdürüyor. Masala göre evdeki erkeklerin hepsi ödlek. Hiçbiri bu tehlikeli role talip olmuyor. Bu büyük kahramanlığı, tehlikeli dublörlüğü –masal bu ya– Latife Hanım üstleniyor. "Ben onları oyalarım" diyor. Kendini bu büyük olaya hazırlamış. İzmirli demek biraz da efe demektir. Şimdi masalın en kritik yerine geliyoruz. Bu budala plana Milli Mücadele'nin lideri, Meclis Başkanı, Başkomutan, ömrü cephede, ateş altında geçmiş, sokak savaşı bile yapmış, ölümle kaç kez yüz yüze gelmiş Mareşal ve Gazi M. Kemal Paşa ne diyecek? Nefesimizi tuttuk, bekliyoruz:)

"M. Kemal Paşa önce şiddetle itiraz etti. Ancak Latife'nin inadını bilirdi." (Latife'nin inadının her türlü düşünceden ve duygudan, hatta tarihten, gerçeklerden bile önemli, güçlü olduğu anlaşılıyor. O kadar ki M. Kemal Paşa'nın şiddetli itirazı, Latife'nin inadı karşısında kar helvası gibi eriyor.)

"Vecihe bir çarşaf bulup getirdi." (Vecihe Hanım'ın o gün orada olmasının hikmeti ve yararı da bu işte. Tam da M. Kemal Paşa'ya uygun bir çarşafı tam zamanında bulup getiriyor. Kalın peçesi de var herhalde. Latife'nin inadı M. Kemal Paşa'yı, o yılmaz, yenilmez askeri, lideri, gaziyi, milli kahramanı yeniyor ve...)

"M. Kemal Paşa çarşafı giydi, baldızı Vecihe ve hizmetkâr kadınlarla birlikte dışarı çıktı." (Bir milli kahraman iki aylık karısını ölüm tehlikesi karşısında bırakacak, kendisi çarşafa bürünüp kaçacak! Bunu yapan, yalnız evden değil, tarihten de çıkar gider, yok olur. İşte *Latife Hanım* adlı kitapta akıl, mantık, gerçek, vicdan, sağduyu, izan, insanlık, yazarlık sorumluluğu, dikkat, özen ve saygı dışı bu palavra yer alıyor. Haydi anlatanın aklı mutlak sıfır. Yazar bu deli saçmasını biraz akıl ve bilgi süzgecinden geçiremez miydi? Bu aptal masalın olayların akışına da, karakterlere de, gerçeklere de, ayrıntılara da, mantığa da, olay yerlerine de uygun olmadığını anlayamaz mıydı? Bakınız: Rauf Orbay anılarında diyor ki: *"İstasyondaki dairede* (lojmanda) *yemek yerken bir de baktım, M. Kemal*

Paşa Latife Hanım'la beraber otomobille geldi. Karşıladım ve olup bitenleri anlattım."

Gerçek bu.

Masalın devamı da akla ziyan ama dişimizi sıkıp dinleyelim:)

"Latife de bu arada onun kalpağını kafasına takmıştı. Erlerden birine, 'Mutfaktaki portakal sandıklarını getir' dedi. Sandıkları pencerelerin önüne dizdiler. Evde ışıklar yanıyor ve bahçeden bakıldığında içerdekiler fark ediliyordu. Boyunun kısalığı dışardan fark edilmemeliydi. Latife, portakal sandıkları üzerinde bir ileri bir geri yürüyordu." (Latife Hanım M. Kemal Paşa rolünde tam hedef. Ev de sarılı. M. Kemal Paşa başında kalpak pencerelerin önünde, ışıklar içinde, seyyar hedef olarak gezip duruyor. Acaba niye vurmuyorlar? Hani hayati tehlike vardı? O ne oldu? Kadınları çocukları evden niye uzaklaştırdılar? Koca Gazi çarşafla kaçtı. Neden bekliyorlar? Tabii bu sorular da masal kadar aptalca. Çünkü her şey yalan, uydurma, aptallık, pislik. Devam edelim:)

"Dışardan gelen habercilerle iletilen mesajları evde M. Kemal Paşa varmış gibi alıp cevap veriyordu." (Anlatan Vecihe Hanım ise o gitti. Bu ayrıntıları nerden biliyor? Gerçek şu ki ne mesaj yollayacak kimse vardı dışarda, ne de gelen mesaj! Haydi bu rezil masalı gerçek kabul edelim ve soralım: Mesaj nasıl gelecekti? Kim getirecekti? Yahu ev sarılı değil miydi? M. Kemal Paşa bu sıkı çemberden ancak kadın kılığında kaçarak canını kurtarmamış mıydı? Neyse. Biz devamını okumaya katlanalım. Her zaman bu kadar halis deli saçmasına ya da haince yalana rast gelemez insan:)

"Latife Hanım ölüm tehdidi altında çeteyi oyalamayı sürdürüyordu. O sırada M. Kemal Paşa Topal Osman'a karşı yürütülecek harekâtı planlıyordu. Sonunda Topal Osman'ın adamları eve kurşun yağdırmaya başladılar. Ardından eve girdiler. M. Kemal Paşa'nın gittiğini anlayınca çılgına dönüp ne buldularsa parçaladılar. Onların aradığı M. Kemal Paşa'ydı. Ama ellerinden kaçırmışlardı. O sırada Topal Osman çetesi Muhafız Taburu tarafından sarıldı. Latife'ye zarar vermeye zamanları kalmamıştı." (Masal burda bitiyor. Kitabı eleştirenlerden biri bile bu kaba yalana değinmiyor! Akıl tutulması mı, dil tutulması mı, anlamadım.)

Gerçek şu, özetleyeyim: 1 Nisan akşamı olay aydınlanmış, suçlular belirlenmiş. Bazı önemli kararlar almak gerekecek. M. Kemal Paşa Başbakan Rauf Bey'i beklemiyor, onunla buluşmak, konuşmak için istasyondaki lojmanına gitmeyi uygun buluyor. Saat akşam yemeği saati. Bir çatışma çıkar ve yayılırsa diye eşini ve manevi oğlunu da evde bırakmıyor, onları da yanına alıyor. Evde kalan yok. İstasyona geliyor. Yanında Latife Hanım olduğu halde Rauf Bey'le buluşuyor. Bir karara varıyorlar. 1-2 Nisan gece yarısından sonra hareket başlıyor. Sabah çatışma çıkıyor. Öğle üzeri bitiyor. Bu kadar.

Sayın yazarın, bu rezil masalı anlatan kimsenin adını açıklaması gerekir. Açıklamalı ki bu iftirayı atanı bilelim ve açıkça lanetleyelim! Açıklamazsa, bu masalı yazarın uydurduğunu sananlar olabilir. Allah korusun.

Bence sayın yazarın yapacağı en doğru hareket, bu çirkin bölüme, yeni basımlarda yer vermemektir.

107) *1. Devre Zabıt Ceridesi*, 28. c., s.304-310; ilk oturumda İsmail Suphi Soysallıoğlu bir önceki oturumda alınan Osman Ağa'yı asma kararının oybirliği ile olmadığını, kendisinin bu kararı onaylamadığını açıklıyor. Birkaç arkadaşının daha olduğu anlaşılıyor. O vahşet patlaması içinde Başkanın bu ayrıntılara dikkat etmediği anlaşılıyor.

Meclis'te Osman Ağa'ya kaymakam (yarbay), Mustafa Kaptan'a teğmen rütbesi nasıl verildi, kim verdi diye eleştiriler yapıldı. (Çeteci Kara Fatma'ya da rütbe verilmiştir. Halide Hanım'a başçavuş rütbesi verilmiştir vb.) Milli Mücadele biteli ancak beş ay olmuştu. Bu kahramanlara yine bu Meclis'in kabul ettiği kurallara göre böyle rütbeler verildiğini unutmuş görünüyorlardı. Bu kahramanlara hepsi minnettardı. Yere göğe koyamıyorlardı. Osman Ağa kahraman 47. Alayın komutanı idi. Bu alayı Ankara'ya geldiği zaman Ali Şükrü Bey karşılamış, Meclis'e de iftiharla bilgi vermişti (*1. Devre Zabıt Ceridesi*, 12. c., s.35) 47. Alay hem Sakarya'da, hem Büyük Taarruz'da görev almıştır. M. Kemal Paşa'nın muhafızları 47. Alayın Giresunlu seçkin gençleriydi. M. Kemal Paşa'yı çok iyi korumuşlardır. Osman Ağa bir suç işledi diye hepsini aşağılamak ve Osman Ağa'nın kahramanlıklarını yok saymak olur mu? Meclis'in, ölüyü mezardan çıkartıp astırması, bu kahramanları aşağılamaya yeltenmesi Birinci Meclis'in büyük yanlışları arasında yer alacak, büyüklüğünü lekeleyecektir.

107a) *1. Devre Zabıt Ceridesi*, c. 28 (3 Nisan 1923), s.322- 341.

108) 9 İlke'nin bir girişi vardır. Bu giriş kalkınma, yeniden yapılanma ve refahın amaçlandığını, Halk Partisi'nin yeni dönemde Meclis'te çoğunluğun bu amaçlar etrafında toplanmasını sağlamak için kurulduğunu açıklamakta, ayrıntılı parti programının hazırlanmakta olduğunu bildirmektedir. Girişten sonra yer alan 9 ilkenin özeti şöyledir: 1. Egemenlik milletindir, 2. Saltanat kesin olarak kaldırılmıştır, 3. Güvenlik ve asayişe çok önem verilecek, 4. Adalet hızlandırılacak, 5. İktisadi kurtuluş sağlanacak, 6. Askerlik süresi kısaltılacak, 7. Yedek subayların, askeri malullerin, emekliler ve dulların durumları düzeltilecek, 8. Memur sorunları çözülecek, 9. Harap yerlerimiz hızla imar edilecektir (A. Fuat Cebesoy, *Siyasi Hatıralar*, s.314).

* M. Kemal Paşa ertesi gün Müdafaa-yı Hukuk Grubu'nu toplayacak, bu bildiriyi gruba da okuyacak. İşi rastlantıya bırakmamak için aday listelerinin hazırlanması ve seçim işleriyle yakından ilgilenecektir. Yönetimin bir partiye dayanması demokrasiye gidişi, geçişi çok kolaylaştırmıştır. Bir dernek, komita, kurul, konsey, üst yöretim vb. gibi bir örngütlenme modeli kişisel, oligarşik yönetimlere özgüdür. Bildirinin kısa, sade oluşu, halka ulaşmayı kolaylaştırmıştır. Muhalefetten kimse seçilmemiştir.

* A.F. Cebesoy diyor ki: *"Ben ve milli harekâtın ilk safhasında mühim vazife ve mesuliyetleri üzerine almış olan diğer arkadaşlarımız, M. Kemal Paşa'nın siyasi bir fırka teşkil etmesine taraftar olmamıştık."* (s.312)

* Söz konusu kişiler ilk aşamada Ali Fuat Cebesoy ile Kâzım Karabekir'dir. Bunlara Rauf Orbay ve Refet Paşa da katılır. Yalnız kendilerinin katılacağı, her şeyi denetleyecek, TBMM'nin de üzerinde bir çeşit yüksek kurul oluşturulmasını isterler. Fevzi Çakmak Paşa aracılığı ile ilettikleri bu öneri rejime, hukuk düzenine aykırı olduğu için kabul edilmez. Kendileri parti kurup M. Kemal Paşa'ya

muhalefete başlarlar (İ. İnönü, *Hatıralar*, 2. c., s.171-174, 182-185, 191-192, 204-207, 218-219).

109) Gülsün Bilgehan, *Mevhibe*, 1. c., s.116-117; Mevhibe Hanım konusunda bu eserden yararlanılacaktır. Bu eser Türk devrimini içinden anlatan en önemli kaynaktır.

110) Çarşaftan çıkarken gerçekten böyle mi düşündü? Bu cümleler benim *Mevhibe* adlı kitabın bütününden edindiğim kanıyı yansıtıyorlar. Mevhibe Hanım hayatının sonuna kadar dinine çok bağlı bir insan olarak yaşamıştır. Ama iyi bir Müslüman ve mevkiinin gereklerini bilen bir hanımefendi olarak bunu hiçbir zaman vitrinlememiştir. Bu, Türkiye için bir talih olmuştur.
Bu konudaki dikkatsizlikler biriktikçe laiklik, dolayısıyla demokrasi için ciddi sakıncalar beliriyor ve birikiyor. Kamplaşma derinleşiyor.

111) Chester projesi ABD'li bir grubun projesidir. Projenin konusu demiryolları yapımı ve Anadolu'nun imarıydı. Ankara'nın bu projeye yakınlık göstermesi, birçok iktisadi çıkarlar ve haklar elde etmeyi uman Fransızları çok rahatsız etmişti.

111a) M. Kaplan ve arkadaşları, "Atatürk Devri Fikir Hayatı", 2. c., s.101-103 (22 Nisan 1923 günlü *Vatan* gazetesi).

112) Birçok yazar, *Yaşayan Lozan*, s.330 vd. ; A.N. Karacan, *Lozan*, s.399; İ. İnönü, *Hatıralar*, 2. c., s.143.
* Ödeme biçim ve süreleri, para birimi gibi konular çeşitli evrelerden geçecektir. Türkiye Osmanlı borçlarının payına düşen bölümünü son kuruşuna kadar ödemiştir. Osmanlı borçları sorunu 25 Mayıs 1954'te kapanır (*Yaşayan Lozan*, s.359).

113) A.N. Karacan, *Lozan*, s.426-437; www.caginpolisi.com.tr (3 Temmuz 2009).
* Alexi Conradi Zürih'te yaşayan eski bir Rus subayıydı. Ailesi Bolşevikler tarafından öldürülmüştü. Genel kanı İsviçreli faşistlerin Conradi'yle bu suikast için anlaştıkları şeklindeydi.
* Başbakan'dan İsmet Paşa'ya: *"İki Ermeni çetesinin ve Çerkez Ethem'in İsviçre'ye geçtiği bildiriliyor. İstanbul, Roma ve Paris'te girişimde bulunulması talimatı verdik."* (*Lozan Telgrafları*, 2. c., s.46, 47)

113a) K. Mısıroğlu, *Lozan*, 3. c., s.164; T.Ö., *Vahidettin, M. Kemal ve Milli Mücadele*, s.69, dipnot 195.

113b) Vahidettinci yazarlar eski sultanın Cenova'da İtalyan Kralı ve Başbakan Mussolini tarafından karşılandığını yazıyorlar. Aslı yoktur. Aslı olmadığını nasıl mı biliyoruz? Çünkü eski sultan kızı Sabiha Sultan'a yazdığı mektupta Cenova'da belediye temsilcileri tarafından karşılandığını yazmıştır. Bu mektup K. Mısıroğlu, *Osmanoğullarının Dramı*, s.197'de var.

San Remo'da oldukça küçük bir villa kiralanır. 1924 Martında büyük bir villaya geçecekler. San Remo'da İtalyan hükümeti eski sultanı polis gözetimi altında bulundurur (B.N. Şimşir, *Bizim Diplomatlar*, s.204, Roma Türk temsilcisinin raporu).

114) *Lozan Telgrafları*, 2. c., s.37, 180. belge, s.46, 234. sayılı belgeye ek; s.97, 477. belge; s.93, 455. belge.

115) Bu yenilgiden sonra Yunanistan 14 yıl kendine gelemez, bir türlü istikrara kavuşamaz. Bu süre içinde 19 kez hükümet, 3 kez rejim değişir, 7 hükümet darbesi olur. Yenilginin dehşetini düşününüz (D. Walder, s.409).

116) *Lozan Telgrafları*, 2. c., s.80.

* Ankara 5 milyar lira tazminat istiyordu.

* Yunanistan'ın ekonomik durumunun çöküntü halinde olduğunu bilen, Türkiye'nin tazminat istemekte haklı olduğunu kabul zorunda kalan Müttefikler ilk kez barışçı bir girişimde bulunarak bu sorunun çözümüne yardımcı oldular. Türk Kuruluna tazminata karşılık Karaağaç'ı önerdiler. Yunanistan'ın durumunu dikkate alan Ankara'da bu öneriyi uygun buldu. Batı sınırı böylece kesinleşti.

* Müttefikler de Türkiye'den istedikleri tazminat, zarar-ziyan gibi isteklerinden vaz geçmişlerdir.

117) Bir altın lira Nisan 1923'te 679.60 kuruş (*Lozan Telgrafları*, 2. c., s.45).

Yüz milyonluk Türk bütçesinin altmış milyonu borca ve faizlere gidecekti (A.N. Karacan, *Lozan*, s.541).

118) Kaynaklar: Fenerbahçe Kulübü web sitesi; Sinan Meydan, *Sarı Lacivert Kurtuluş*, s.189 vd.

119) *Lozan Telgrafları*, 2. c., s.505, 281. belge; Fransa'nın tutumunu İngiltere ve İtalya da desteklediler. Konferansı kesintiye uğratacakları tehdidini savurdular: *Lozan Telgrafları*, 2. c., s.566, 617. belge. Bütün sorun Chester projesine karşı Müttefiklere ait üç şirkete öncelik hakkının tanınmasıydı (Şirketler: Reji General, Armstrong Wickers, Turkish Petroleum); amaçlarının Chester projesini iptal ettirmek olduğu anlaşılıyor. Chester projesi yatırımcı grubun sermaye bulamaması yüzünden geçersiz kalacaktır.

120) Osman Ergin, *Türk Maarif Tarihi*, 5. c., s.2005-2006; Bilim Kurulları 1924 ve 1926 yıllarında iki kez daha toplanmıştır. Örgütlenme ve eğitim yöntemleri bakımından her üç Bilim Kurulu toplantısının da eğitimde gelişime çok yararları dokunmuştur.

M. Kemal Paşa 14 Ağustos akşamı Bilim Kurulu ile birlikte olmuş, uzun uzun sohbet etmiş, sohbet 5,5 saat sürmüştür (*Atatürk'ün Bütün Eserleri*, 15. c., s.85-86).

121) *Lozan Telgrafları*, 2. c., s.578-579.

121a) Bu olayı Nuri Conker'in oğlu Ali Conker'den dinlemiştim. Aileyi şaşırtan, sık sık konuşulan bir konu olduğu anlaşılıyor.

122) *Lozan Telgrafları*, 2. c., s.582-584.

123) Rauf Bey'in telgrafı: *Lozan Telgrafları*, 2. c., s.585; ifade fukaralığından anlaşıldığına göre ayak üstü çiziktirilmiş bir not.

Rauf Orbay bekletmenin nedenini anılarında açıklamıyor. Durumu geçiştiriyor. Buna karşılık bu konuda *Nutuk*'ta Rauf Bey'in tutumunu açıklayan ciddi bilgiler var: 2. c., s.256-260; İ. İnönü'nün bu konudaki düşünceleri, *Hatıralar*, 2. c., s.148; geciktiren Bakanlar Kurulu değil, Başbakan Rauf Bey'dir. Alınganlığını aşamadığını göreceğiz.

* Atatürk diyor ki: *"Daha sonra öğrendim ki Rauf Bey İsmet Paşa'yı tebrike ve ifa ettiği mühim ve tarihi vazifeden dolayı teşekküre lüzum görmüyormuş."* (*Nutuk*, 2. c., s.258-259) Atatürk 25 Temmuzda yeni bir kutlama telgrafı daha yazdı, bunu Rauf Bey'e de imzalatıp yolladı (*Lozan Telgrafları*, 2. c., s.607).

* Rauf Bey'e devlet adamı olmanın gereğini hatırlatan bu olaydan sonra Rauf Bey sonunda kendisi bir kutlama telgrafı yazıp yollayacaktır (*Lozan Telgrafları*, 2. c., s.608, 25 Temmuz 1923). Bu telg-

rafta Rauf Bey Osmanlı Devleti'nin dağılmasına yol açan uğursuz Mondros Ateşkes Anlaşması'na değinmekte, şöyle demektedir: *"Cihan harbinin hudutsuz ıstıraplarından kurtulmak ve milletimizin cihan sulhunu tesiste ne büyük bir amil olduğunu bilfiil ispat etmek maksadı ile imzaladığımız Mondros Mütarekenamesi'ne rağmen..."*

Mondros Ateşkes Anlaşması'nı imzalamış olmak Rauf Bey'in büyük kompleksidir. Bir yanda Mondros'u imzalamış olan Rauf Bey, öte yanda Mudanya ve Lozan'ı imzalamış olan İsmet Paşa. Bu zıtlık, Rauf Bey'in siyasi hayatını etkileyecek, sonunda Atatürk'ten de kopartacaktır.

Lozan dolayısıyla Meclis 2. Başkanı Ali Fuat Paşa da, İsmet Paşa'nın en yakın arkadaşı Kâzım Karabekir de kutlama telgrafı yollamamışlardır. Bu grubun ruh halini ve süregelen tavrını Refet Paşa üç sözcükle açıklamıştır: *"İsmet Paşa'yı kıskandık!"* (*Belleten, LII*, Kasım 1988, sayı 2004, s.951) Atatürk İsmet Paşa'yı destekledikçe bu grup ikisinden de uzaklaşmıştır. Aralarındaki ayrılığın nedeni düşünce farkı değildir. Ali Fuat ve Kâzım Karabekir Paşaların anılarını okuyan, ayrılıklarını düşünce farkına bağlamak için ne kadar naiv nedenler ileri sürdüklerini görür. Ali Fuat Paşa dedikoduları önemser, Karabekir Paşa ise yazık ki gerçekleri değiştirmekten, olmamış olaylar üretmekten çekinmez (Bkz T.Ö., *Vahidettin, M. Kemal ve Milli Mücadele*, s.617 vd.).

124) J. Grew, *Turbulent Area (Atatürk ve İnönü)*, s.46; tören ayrıntısı: A.N. Karacan, *Lozan*, s.629-642.

125) Birçok yabancı diplomat ve yazar Lozan Andlaşması'nın önemini, büyüklüğünü ve başarısını belirtmiştir. Bu konudaki son büyük araştırma, birçok yazarın katkısıyla hazırlanmış olan *Yaşayan Lozan* adlı araştırmadır. Prof.Dr. Cemal Bilsel'in *Lozan* adlı iki ciltlik eseri de yeniden yayımlandı. Rauf Orbay anılarında şöyle demiştir: "[İsmet Paşa ile] *aramızda hasıl olan anlaşmazlıklara rağmen memleket hesabına yapılması imkânı olanın en iyisi yapılmıştır.*" (*Yakın Tarihimiz*, 4. c., s.55) En doğru ve çarpıcı anlatım Atatürk'ündür: *"Bu andlaşma, Türk milleti aleyhine yüzyıldan beri*

hazırlanmış ve Sevres Andlaşması ile tamamlandığı zannedilmiş bir büyük suikastın yıkılışını ifade eden bir belgedir."

* Lozan eksiksiz, mükemmel bir andlaşma mıdır? Hayır. Böyle bir andlaşma yoktur zaten. Lozan Andlaşması'nın tam bağımsızlığı sağlamak gibi olağanüstü niteliğine karşı ciddi üç eksiği vardır: Hatay, Musul ve Boğazlar statüsü. Hatay ve Boğazlar sorunu Atatürk sağken çözülür. Musul Milletler Cemiyeti'nin kararı ile Irak'a bırakılacaktır.

* Lozan'da büyük hakları kurtarmak için verilmiş bazı ödünler vardır ama bunların hepsi kısa sürelidir, bir süre sonra geçerlikleri kalmaz. Danışman hukukçular, gümrük tarifesi gibi. Hiçbiri kalıcı, sürekli değildir.

* Türkiye Lozan'da Kıbrıs'ı, Mısır'ı, 12 Adaları vb. vermiş gibi birtakım iddialar var. Bunlar çoktan elden çıkmış yerlerdi ve hepsi Misak-ı Milli dışındaydı. Bunlar daha çok dincilerin Lozan'ı küçültmek için ileri sürdükleri, sağduyu ve gerçeklerle ilgisi olmayan iddialardır. Batı Trakya'nın da Lozan'da kaybedildiğini ileri sürenler var. Misak-ı Milli'de bu konuda yer alan madde orada referandum yapılmasını istemek hakkındadır. Türkiye Batı Trakya'ya talip olmamıştır. Çünkü orası Balkan Savaşı'ndan sonra yapılmış ve Osmanlı Devleti'nin imzalamış olduğu andlaşmalar nedeniyle elimizden çıkıp gitmişti. Daha başka iddialar var ama hiçbiri üzerinde durulacak nitelikte değil.

* Lozan Andlaşması'yla ilgili bazı masallar, senaryolar yani yalanlar da az değil. Bunlar ve doğruları için: T. Özakman, *Vahidettin, M. Kemal ve Milli Mücadele,* s.565-596.

* Türk Kurulu 23 Temmuzda Polonya ile dostluk anlaşması imzalamıştı. Şimdi de ABD ile 1917'de kesilen siyasi ilişkilerin yeniden başlamasını için görüşmeler yapılıyordu. Bu görüşmeler bitip Dostluk ve Ticaret Anlaşması imzalanınca (6 Ağustos 1923) İsmet Paşa da Lozan'dan ayrılarak Ankara'ya dönecekti.

* ABD Senatosu'nun reddettiği anlaşma, Lozan Andlaşması değil, Lozan'da imzalanan bu Dostluk ve Ticaret Anlaşmasıdır. Siyasi ilişkiler 1927'de kurulacaktır. ABD Senatosu yalnız Türk Kurulu ile

imzalanan anlaşmayı değil, Avrupa'yla ilgili bütün anlaşmaları reddetmiştir.

126) Darülbedayi sonradan Şehir Tiyatrosu adını alacak. Kadro Darülbedayi Sanatkârları adıyla turneye çıkmış.
Bu bölümle ilgili bilgi: Vasfi Rıza Zobu, *O Günden Bugüne*, s.78 vd.

127) Bütün kadın rollerini Ermeni sanatçılar oynuyorlardı. Türk tiyatrosu bu sanatçılara çok şey borçludur. Ne var ki çoğu şivesini düzeltemediği için ne kadar güzel oynasa şivesi oyunu yaralıyordu. Asıl büyük kazanç sahneye doğru ve güzel Türkçenin çıkmasıdır. Macide Tanır ve arkadaşları bu açılan yoldan yürüyerek konservatuara girmiş, Türk tiyatrosunu taçlandırmışlardır.

128) Aport= havari, yardımcı, yoldaş, yakın iş, ideal arkadaşı.

129) Bu sahne Atatürk'ün *Nutuk*'undan yararlanılarak yazıldı (2. c., s.260-261). Ali Fuat Paşa da anılarında bu sahneyi anlatır ama doğru bilgi vermez (*Siyasi Hatıralar*, 2. Kısım, s.7, 8). Lozan Andlaşması'nın imzalandığını bildirmek için Çankaya'ya çıktıklarını anlatıyor. Oysa o tarihte Atatürk İzmir'dedir. Atatürk Lozan Andlaşması'nın imzalandığını öğrenince çok heyecanlanmış vb. Bir sürü yakıştırma ayrıntı var. Tabii hepsi Ali Fuat Paşa'nın ürünü.
Rauf Bey anılarında diyor ki: *"Barışın imzalanışının ertesi günü Lozan'daki delegeler başkanlığına şu telgrafı yazdım."* Söz konusu telgraf Mondros Mütarekesi diye başlayan telgraf olup 25 Temmuz akşamı yollanmıştır. Rauf Bey devam ediyor: *"Bu telgrafı çektikten sonra, ertesi gün Çankaya Köşkü'ne giderek M. Kemal Paşa ile buluştuk."* Bu anlatıma göre Çankaya'ya 27 Temmuzda çıkmış olmaları gerekiyor. Ama yukarıda belirttiğim gibi Atatürk bu tarihte İzmir'dedir. Doğru ziyaret tarihleri 3 Ağustostur.
* Rauf Bey Ankara'dan niye ayrılmak istediğini anılarında şöyle anlatıyor: *"Ben, ne olursa olsun, bir daha İsmet Paşa ile yüzyüze gelemem, artık onunla birlikte imkânı yok çalışamam."* Lozan Telgrafları ortada. Hiçbirinde bu derece öfkeye, kine, nefrete neden olacak bir ifade yok.
* Ali Fuat Paşa'nın ve Rauf Bey'in anılarındaki ayrıntılar birbirini tutmuyor.

* Rauf Bey Başbakanlıktan istifa eder ve 4 Ağustosta Ankara'dan ayrılır.

* Atatürk yıllarca bu duygusal, alıngan, naiv insanlara katlanmış, hiçbirini yanından uzaklaştırmamış, kaprislerini çekmiştir. Çağdaşlaşma, uygarlaşma, aydınlanma yolunda Atatürk'ü terk edip tutuculuğa soyunanlar, 'Amerikan ekonomisini örnek alacağız' diyenler, gericiliği okşayanlar bunlardır.

130) Atatürk'ün yakın çevresinden de bazı kimseler milletvekili seçilmişlerdi: Salih Bozok, Nuri Conker, Mahmut Soydan.
O zamanki seçim yasası uyarınca bazı komutanlar da milletvekili olmuşlardı: Fahrettin Altay, Ali Fuat Cebesoy, Fevzi Çakmak, Cevat Çobanlı, Cafer Tayyar Eğilmez, Şükrü Naili Gökberk, Kâzım Karabekir, Kemalettin Sami, Kâzım Özalp. M. Kemal Paşa ile İsmet Paşa'nın da dosya üzerinde askerlikle ilişkileri sürüyordu.

131) İkinci Başkanlığa Ali Fuat Cebesoy, Başkan Yardımcılıklarına İsmet Eker ve Sabri Toprak seçildi.
Atatürk'ün konuşması: *Atatürk'ün Bütün Eserleri,* 16. c., s.80.

132) İzmir ve Doğu Trakya'da Yunanlılar, İstanbul yarı bağımsız bir devlet, doğuda Ermenistan, Kürt özerk bölgesi, Antalya ve çevresi İtalyan çıkar bölgesi, Çukurova ve çevresi Fransız çıkar bölgesi, Van Gölü güneyi İngiliz çıkar bölgesi, Ankara ve çevresi Osmanlı Devleti (8 parça).
Atatürk ile silah ve ideal arkadaşları bu suikastı önlediler, millete yekpare bir vatan armağan ettiler. Bu inanılmaz sonucu sağlayan bu büyük insanlara nankörlük etmek, hizmetlerini minnetle anmamak, insanlığa yakışır mı?
Nankörleri Allah ıslah etsin!

133) Görüşmeler: *2. Devre Zabıt Ceridesi,* 1. c., s.218-285.
Andlaşma ve ekleri 4 kanunla onaylanmıştır. Oylar:
1. kanun: 213 kabul, 14 red
2. kanun: 206 kabul, 14 red
3. kanun: 208 kabul, 13 red
4. kanun: 212 kabul, 13 red.

Başlıca reddedenler: Kılıç Ali, Zamir, M. Necati, Vasıf Çınar, Yahya Kemal, Şeyh Saffet, Şükrü Kaya, Faik Öztrak, Hoca Esat.

Yunanistan Lozan Andlaşması'nı 25 Ağustosta onaylar.

133a) *Atatürk'ün Bütün Eserleri,* 16. c., s.37.

134) Bilgi kaynağı: Zekeriya Sertel, *Hatırladıklarım,* s.99 vd.
Sürekli pot kırdı. Ama bu arada iyi bir iş yaptı. *Ayın Tarihi* adlı aylık bir dergi yayımlamaya başladı. Bir ay içindeki bütün iç ve dış haberleri içeren ve belgeleri veren bu yararlı dergi hâlâ yayımlanmaktadır.

134a) İzmir'in Kurtuluş gününe katılan Ali Fuat Cebesoy o günü şöyle anlatıyor: *"İzmir'in 9 Eylül kurtuluş günü bayramı misli görülmeyen bir şekilde 150 bini geçen muazzam bir halk kitlesi tarafından kutlandı. Zafer alayı öğleden sonra başladı ve akşamın geç saatlerine kadar devam etti. Birçok halk teşkilatı, milli kuvvetler, piyade tümeni ve tayyarelerimiz sıra ile bu geçit resmine katıldı. Gece yapılan tezahürat gündüzki merasimin görkeminden hiç de aşağı kalmadı."* (*Siyasi Hatıralar,* 2. c., s.29)

135) "Atatürk Devri Fikir Hayatı", 1. c., s.87, 5 Eylül 1923 günlü *Vatan* gazetesinden. Kısaltılıp sadeleştirilmiştir.
Türkiye Doğu dünyasında Cumhuriyete giden, laikliği kabul eden, akla özgürlüğünü veren, kadın-erkek eşitliğini kabul eden tek ülkedir.

135a) Hıfzı Veldet Velidedeoğlu, Cumhuriyete 9 aşamada ulaşıldığını anlatıyor: *Devirden Devire,* 1. c., s.125-143.
Halk Partisi 11 Eylül 1923 günü kurulmuş, M. Kemal Paşa Genel Başkanlığa seçilmiştir. Kuruluş dilekçesi 23 Ekim günü İçişleri Bakanlığına verilmiştir (T.Z. Tunaya, *Türkiye'de Siyası Partiler,* s.557; U. Kocatürk, *Atatürk ve Türkiye Cumhuriyeti Kronolojisi,* s.395).

135b) Bu kararı bazı dış güçler de destekleyecektir. Yeri geldikçe göreceğiz.

136) 3. Kolordunun İstanbul'a girişi: 6 Ekim 1923.
İstanbul'un gün gün boşaltılışı ile ilgili bilgiler için: İlhami Soysal, "İşbirlikçiler", s.208 (1923 Eylül günlü *Ayın Tarihi*'nden).
* 15 Eylülde Karaağaç istasyonu, 21 Eylülde Bozcaada, 22 Eylülde Gökçeada da Yunanlılardan teslim alınır.

136a) Türk ordusunun İstanbul'a girdiği bugün Türk tarihinin en hain adamı Damat Ferit Nice şehrinde ölür. Yaptıkları ile tarihin çöplüğünde yer alır.

* 7 Ekim günü sıkıyönetim ve sansür kaldırılır.

137) Lord Curzon bu konuda daha 2 Ağustosta Ankara'ya karşı bir ortak cephe oluşturma hazırlığına başlamıştır (Bilal N. Şimşir, *Ankara, Ankara...*, s.223).

138) M. Kemal Paşa, daha dört ay önce cumhuriyetin ilanı için anayasada yapılacak değişiklikleri hazırlamış, Adalet Bakanı Seyit Bey'in görüşünü de almıştı (Hasan Rıza Soyak [Genel Sekreter], *Atatürkten Hatıralar*, 1. c., s.181 vd.).

139) M. Kemal Paşa bir kriz çıkarmak istemiyordu. Amacı bu muhalif grubun gücünü ve milletvekilleri üzerindeki etkisini ölçmekti. Eğer Başbakanı seçebilseler, Bakanlar Kurulunu oluşturabilseler ne olacaktı? *Nutuk*'ta bunu açıklıyor: *"İstedikleri kimselerden istedikleri gibi bir Bakanlar Kurulu oluşturarak memleketi yönetmelerinde bir sakınca görmüyoruz. (..) Meclisi aldatmaya çalışan ihtiras sahibi grup, şu veya bu yolda hükümet kurmayı başarabilirse, bu hükümetin bir süre yönetim biçimini ve yönetimdeki başarısını izlemenin, hatta ona yardım etmenin uygun olacağı kanısında bulunduk.... Ülke yönetiminde ve yeni amaçlarımızı izlemekte beceriksizlik ve sapma gösterirse, bunu belirterek Meclis'i aydınlatacaktık."* (*Nutuk*, 2. c., s.265-266)

Ama genelin kabul edeceği bir liste oluşturulamaz.

140) A. Fuat Cebesoy, *Siyasi Hatıralar*, 2. c., s.34-36.

Memnun olmamalarının nedeni, bu konudaki anılardan ve açıklamalardan anlaşılıyor ki onaylarının alınmaması, iktidar dışında kalmış olmalarıdır. Tepkilerini "Cumhuriyetin ilanında acele edildi" diye açıklayacaklardır.

Ali Fuat Paşa ve arkadaşları bir hükümet krizinden söz ediyorlar. Hükümet istifa etmiş ama yenisi seçilene kadar görevi başında. İstifa tarihi de, 26 Ekim akşamıdır. Sadece iki gün geçmiş. Buna kriz denir mi? Birkaç gün sonra krizi kendileri yaratacak.

Ali Fuat Cebesoy'un Milli Mücadale Hatıraları ile Siyasi Hatıralarını ihtiyatla okumalıdır. Anılarına kendi görüşüne göre, olayların akışına ve gerçeğe aykırı birçok ayrıntılar ve bilgiler ekliyor.

141) Buraya kadarki gelişmenin kaynakları: *Nutuk*, 2. c., s.264-275; İ. İnönü, *Hatıralar*, 2. c., s.176-177; Ali Fuat Cebesoy, *Siyasi Hatıralar*, 2. c., s.34-36; Ruşen Eşref Ünaydın, *Kemalizm* dergisi 1930 (aktaran H.V. Velidedeoğlu, 1.c., s.152-153); H. Veldet Velidedeoğlu, *Devirden Devire*, 1. c., s.145-155; Ş. Turan, *Türk Devrim Tarihi, 2. Kitap*, s.293-297; H. Rıza Soyak, *Atatürk'ten Hatıralar*, 1. c., s.183-189.

141a) Başkan, Sağlık Bakanı Dr. Rıza Nur'un istifa yazısını okutup Meclis'in bilgisine sundu. Böylece Dr. Rıza Nur'un anılarında yer alan korkularla, kuruntularla dolu hastalık dönemi başlar. Ayrıntılı bilgi için: T. Özakman, *Dr. Rıza Nur Dosyası.*

142) Anayasa Komisyonu başkan ve üyeleri: Başkan Yunus Nadi, Yazman Celal Nuri İleri; Üyeler: Feridun Fikri Düşünsel, İ. Süreyya Yiğit, İlyas Sami Efendi, Refik Koraltan, Mehmet Bey (?), Rasih Efendi (Komisyonda iki din alimi var).

143) H. Pulur, *Muhafızı Atatürk'ü Anlatıyor*, s.32.

144) *2. Dönem Zabıt Ceridesi*, 3. c., s.89-100; Ş. Turan, *Türk Devrim Tarihi, 3. Kitap, 1. Bölüm*, s.24-26 (Celal Nuri İleri'nin bu günle ilgili yazısı).

Komisyon M. Kemal Paşa'nın önerisine, anayasada yer almayan yeni bir madde eklemeyi uygun görmüştü: "Türkiye Devleti'nin dini din-i İslamdır, resmi dili Türkçedir."

Cumhuriyeti kabul etmeyen birkaç ortaçağlı milletvekili vardı. Onlar oturuma katılmamışlardı.

Turgut Özakman'ın
"Milli Mücadele" Kitapları

Dr. Rıza Nur Dosyası

Vahidettin, M.Kemal ve Milli Mücadele
"yalanlar, yanlışlar, yutturmacalar"

1881-1938 Atatürk, Kurtuluş Savaşı ve
Cumhuriyet Kronolojisi

19 Mayıs 1999 Atatürk Yeniden Samsun'da

Şu Çılgın Türkler

Diriliş - Çanakkale 1915

Cumhuriyet - Türk Mucizesi